GW00660432

COLLECTION
FOLIO CLASSIQUE

Les Mille
et Une Nuits

Contes choisis

II

*Édition présentée, établie et traduite
par Jamel Eddine Bencheikh
et André Miquel*

Gallimard

La traduction des contes choisis publiée ici pour la première fois (à l'exception de 'Ajîb et Ghârib paru chez Flammarion en 1977) est destinée à paraître dans l'édition complète des Mille et Une Nuits prévue dans la Bibliothèque de la Pléiade.

© *Éditions Gallimard, 1991.*

Conte de Qamar az-Zamân, fils du roi Shâhramân

Nuits 170 à 249

Ici s'exaspère la passion, impuissante à se perpétuer, ici se dévoie sa fureur. Deux êtres identiques, parfaite image l'un de l'autre, parcourent le monde pour se trouver, se perdre, se reprendre et se quitter enfin. Lorsque le temps voudra apaiser leur flamme, la femme ne s'y résoudra pas, elle ne se résignera pas à aimer moins.

Qamar az-Zamân est fils d'un roi de Perse occidentale, Budûr fille d'un roi de Chine, « maître des îles et des mers alentour et des sept palais aux mille tours[1] *». Les deux jeunes gens se découvrent grâce à l'intervention merveilleuse de djinns. Uniques et semblables, proprement devenus fous de n'être plus habités que par la pensée de l'autre, ils vont d'aventure en aventure. Après avoir surmonté tous les obstacles, ils effacent enfin le scandale de leur séparation.*

Mais il fallait à ce roman une autre fin que celle où s'éteignent par épuisement les amours heureuses. Qamar az-Zamân a épousé Budûr et une autre princesse. Deux

1. Ce roman s'inspire probablement d'un texte indien réparti à l'origine en trois contes indépendants. Cf. la revue *Communications*, n° 39, 1984 : *Les Avatars d'un conte*, articles de Claude Bremond et de Margaret Sironval, p. 5 à 45 et p. 125 à 140. Il a été analysé par J. E. Bencheikh, *Les Mille et Une Nuits ou la parole prisonnière*, 1988, p. 97-135.

fils lui sont nés et Phèdre resurgit dans les deux mères qui désirent chacune son beau-fils. Des îles d'Ébène à la ville des mages, le conte se mue en une cruelle tragédie. Cruelle à sa naissance qui voit un père ordonner l'exécution de ses fils ; cruelle en son cheminement qui voit l'un des jeunes princes horriblement torturé par les mages et l'autre sauver sa vie au prix d'un meurtre ; cruelle enfin en son dénouement qui prononce la séparation des amants revenu chacun vers son royaume.

Notre traduction établit la version la plus complète que l'on puisse lire de ce roman[1]. Elle souligne l'aspect artificiel, voire l'inutilité de la traduction du seul texte établi par Mahdi[2]. Car aucun des trois ensembles utilisés édition Macnaghten, édition Mahdi et manuscrits complémentaires, ne peut se passer des autres. Macnaghten est très supérieur pour ce qui est de l'ampleur du texte, de la qualité et de la précision de la langue, de son incomparable richesse en poèmes. Mahdi qui se réduit, pour certaines nuits, à moins qu'un résumé et néglige presque systématiquement les vers, reprend l'avantage pour la logique du déroulement narratif et l'abondance des détails vivants. Il offre d'autre part la meilleure version pour ce qui est des aventures des princes al-Amjad et al-As'ad ; descriptions et dialogues y sont souvent remarquables. Enfin certains manuscrits permettent d'utiles rectifications de détails ou une lecture plus sûre des poèmes.

J. E. BENCHEIKH

---

1. Nous ne retenons pas ici le conte de *Ni'ma et Nu'm*, que les éditions placent incompréhensiblement à la 237ᵉ Nuit, à un moment où l'intensité du récit ne tolère pas cette digression.

2. Elle a été pourtant faite : *The Arabian Nights* translated by Husein Haddawy based on the text edited by Muhsin Mahdi, W. W. Norton, New York-Londres, 1990, XXXI-428 p.

CONTE DE QAMAR AZ-ZAMÂN
FILS DU ROI SHÂHRAMÂN

Lorsque ce fut la cent soixante-dixième nuit, Shahrâzâd dit :

On raconte encore, Sire, ô roi bienheureux, qu'il y
avait au temps jadis, il y a bien, bien longtemps, un
puissant roi nommé Shâhramân. Il régnait sur un pays
lointain dont toutes les provinces, proches ou éloignées, lui obéissaient. Il disposait d'une armée, de
nombreux esclaves et d'une foule de serviteurs. Il était
d'âge si avancé que ses os en étaient devenus fragiles.
Et cependant il n'avait pas un seul enfant. À chaque
fois qu'il y songeait, son cœur s'emplissait de tristesse
et d'angoisse. Il s'en ouvrit à l'un de ses ministres.

— J'ai bien peur, lui dit-il, que mon royaume se
perde après moi car je n'ai pas d'héritier.

— Dieu y pourvoira, s'Il le veut, répondit le vizir. Il
faut t'en remettre à Lui. Fais tes ablutions, accomplis
deux prières rituelles et va t'unir à ta femme. Peut-être
réaliseras-tu ton souhait.

Le vieux roi fit venir sa femme dans sa couche et
s'unit à elle. Par la grâce de Dieu, elle fut enceinte
aussitôt. Au terme de sa grossesse, elle accoucha d'un
garçon aussi beau qu'une lune pleine par une nuit
d'encre. Le roi, heureux à l'extrême, le nomma Qamar

az-Zamân. Durant sept jours, la capitale fut décorée, les tambours battirent, les trompettes annoncèrent la bonne nouvelle. Le bébé, confié aux nourrices et aux gouvernantes, fut chéri et choyé pendant toute son enfance. Parvenu à l'âge de quinze ans, il était d'une beauté et d'une grâce rares, avait la taille élancée et le corps harmonieusement dessiné. Son père l'aimait passionnément et ne pouvait s'éloigner de lui ni la nuit ni le jour. Au point qu'il s'ouvrit de cet attachement excessif à l'un de ses ministres :

— Je crains, lui dit-il, que les vicissitudes du sort et les coups du destin ne frappent mon fils. Je voudrais le marier tant que je suis vivant.

— Le mariage, répondit le vizir, est une excellente chose et il serait bon que ton fils prenne femme maintenant.

Le roi fit convoquer le prince. Lorsque celui-ci fut devant son père, il baissa respectueusement la tête.

— Mon fils, je désire te marier afin de bénir moi-même cette union.

— Je n'ai pas le mariage en vue, répondit le prince, et n'ai aucun penchant pour les femmes. On a écrit des livres entiers pour raconter leur fourberie et les preuves abondent qui établissent leur perfidie. Le poète n'a-t-il pas dit :

> *Si vous m'interrogez sur les femmes, je suis*
> *expert en la matière et fort savant.*
> *Tête chenue et bourse plate*
> *n'ont point de part à leur amour.*

Ou encore :

> *Résiste aux femmes sans plier sous leur loi,*
> *même si jamais jeune homme ne leur passa la muse-*
> *rolle !*

Elles l'empêchent de parfaire ses vertus,
chercherait-il le savoir durant mille ans.

Après avoir récité ces vers, le prince s'écria :
— Père, je ne me marierai jamais, même si l'on me
donnait la mort.

Tout s'assombrit aux yeux du roi qui fut saisi d'un
chagrin profond en voyant que son fils Qamar az-
Zamân lui refusait l'obéissance.

Et l'aube chassant la nuit, Shahrâzâd dut interrompre son récit.

Lorsque ce fut la cent soixante et onzième nuit, elle
dit :
On raconte encore Sire, ô roi bienheureux, que
tout s'assombrit aux yeux de Shâhramân lorsqu'il
entendit les paroles de son fils. Il fut affligé par ce
manque d'obéissance. Mais il l'aimait tant qu'il
n'insista pas et, sans plus s'irriter contre lui, se
montra plein de gentillesse à son égard, le combla de
présents et le traita avec bonté, ne cessant de lui
prodiguer tout ce qui pouvait susciter l'affection en
son cœur.

Qamar az-Zamân devenait de plus en plus beau,
gracieux et de bonnes manières. Son père patienta
toute une année jusqu'à ce que le jeune homme, s'étant
exercé à l'éloquence, joignît la maîtrise du verbe à la
beauté des traits. Les cœurs s'enflammaient pour lui et
ne pouvaient taire les aveux les plus secrets. Chaque
brise indiscrète récitait tout son charme. Il troublait
les amants, et tout désir ardent voyait en lui sa fleur. Il
ne disait que paroles douces et son visage faisait honte
au disque de la pleine lune. Il avait la taille bien prise,
son raffinement et son élégance faisaient penser à un
rameau de saule pleureur ou à la tige du bambou. Sa

joue avait plus d'éclat que l'anémone, sa taille plus de
finesse qu'une branche de muscadier. Il était d'un
caractère heureux et le poète a pu dire de lui :

> *Il parut ! Béni soit Dieu, s'écria-t-on,*
> *le Très Grand qui le moula et modela.*
> *Ô le plus beau d'entre les beaux, roi*
> *dont les sujets prennent la loi !*
> *Sa salive est un miel versé,*
> *ses dents en perles sont disposées.*
> *Beauté parfaite et sans pareille*
> *qui jette l'homme en la démence.*
> *Charme qui écrit sur son front :*
> *« j'atteste qu'il n'y a de beau que lui. »*

Une deuxième année s'écoula. Le roi convoqua
Qamar az-Zamân et lui dit :

— Mon fils ne m'écouteras-tu pas cette fois-ci ?

Le prince se jeta aux pieds de son père tellement il le
vénérait et n'osait l'affronter.

— Père, lui répondit-il, comment ne t'écouterais-je
pas alors que Dieu m'ordonna de t'obéir et de me
soumettre à tes ordres ?

— Sache donc, dit Shâhramân, que je voudrais te
marier pour connaître cette joie de mon vivant, et te
léguer mon royaume avant ma mort.

Qamar az-Zamân baissa la tête et resta sans mot dire
un long moment. Puis il releva le front et s'écria :

— Cela, mon père, je ne le ferai jamais, même si
je devais en périr. Je sais que Dieu me fait obligation
de t'obéir, mais par ce même Dieu, je te conjure de
ne pas me faire cette violence. Ne compte jamais que
je me marie de toute ma vie. J'ai lu les livres de jadis
comme ceux d'aujourd'hui, je sais tous les malheurs
et les tourments que les hommes ont connus pour

s'être laissé séduire par les femmes et prendre à leurs innombrables tromperies. Je n'ignore rien des calamités qu'elles provoquent et le poète a raison de dire :

Qui est pris aux pièges de ces débauchées plus jamais ne
*   leur échappe,*
Même derrière mille forteresses aux murailles de plomb.
Ni remparts ne serviront, ni citadelles.
Elles sont traîtresses, qu'on les approche ou s'en éloigne.
Doigts rougis de henné, cheveux nattés en tresses,
Paupières noircies, elles vous abreuvent de chagrin.
Attrape-t-on l'éclair au filet et tient-on l'eau dans une
*   cage ?*

Et qu'il a bien dit cet autre :

Les femmes, même priées d'être chastes, sont aussi légères
*   que des os retournés par le vautour qui s'abat.*
À toi cette nuit elle dira son secret
*   mais offrira ailleurs sa jambe et son poignet.*
Sa couche ouverte est à toi jusqu'à l'aube,
*   mais bientôt fera place à d'autres inconnus.*

Lorsqu'il eut entendu et compris ces vers, le roi ne répondit mot tant il aimait son fils. Au contraire, il lui prodigua toutes les marques de sa bienveillance et de sa générosité. Peu après, le conseil fut levé et l'assemblée se sépara à l'exception du vizir que le roi pria de demeurer avec lui. Les deux hommes s'isolèrent et Shâhramân demanda ce qu'il devait faire avec son fils.

Et l'aube chassant la nuit, Shahrâzâd dut interrompre son récit.

Lorsque ce fut la cent soixante-douzième nuit, elle dit :

On raconte encore Sire, ô roi bienheureux, que le roi s'isola avec son vizir et lui dit :

— Que dois-je faire au sujet de mon fils Qamar az-Zamân ? Tu m'as conseillé de le marier avant que je lui lègue le royaume. Tu m'as demandé d'insister, je l'ai fait. Mais il refuse de m'écouter. Il faut donc que tu me dises ce qu'il te paraît bon de décider maintenant.

— Sire, il faut patienter encore une autre année. Après cela, si tu décides de lui reparler de mariage, ne le fais pas en privé. Choisis le jour où se réunira ton gouvernement, où seront assemblés tes émirs et tes ministres, où la troupe se tiendra sous les armes devant ton palais. À ce moment-là, convoque ton fils. Lorsqu'il comparaîtra, annonce-lui ta décision de le marier en présence des émirs, des ministres, des chambellans, des délégués, des Grands de l'état, des chefs de l'armée et des officiers du palais. Il aura honte de cette assistance et n'osera pas te désobéir en public.

Le roi trouva cet avis excellent et, pour témoigner sa joie, il offrit à son vizir une magnifique robe d'honneur. Il patienta donc une nouvelle année. Chaque jour qui passait ajoutait à la grâce et au charme de Qamar az-Zamân, à son élégance et à la plénitude de son éclat. Il atteignit ainsi sa vingtième année. Dieu l'avait revêtu des parures de la beauté et couronné de perfection. Ses regards avaient plus de magie que ceux de Hârût et de Mârût. La coquetterie de ses œillades troublaient plus encore que ne le faisaient les Ṭâghût. Ses joues resplendissaient d'incarnat. Ses cils défiaient les sabres tranchants. La blancheur de ses dents imitait tout l'éclat de la lune. Ses cheveux avaient de la nuit la sombre profondeur. Sa taille était plus fine qu'un fil de broderie et gémissait sous le poids d'une croupe plus lourde qu'une dune. Le rossignol affolé chantait la beauté de ses flancs et tant de vertus laissaient ébloui le genre humain. Ainsi l'a chanté le poète :

Je jure par ses pommettes et ses dents apparues
  et par les flèches que lance sa magie.
Par la souplesse de ses flancs et l'oblique pointe de ses
    regards,
    par la blancheur de ses dents, la nuit de ses che-
    veux,
Par les cils qui me cachent son sommeil
  et les sourcils qui disent ou l'ordre ou le refus,
Par les boucles scorpions qui étreignent ses tempes
  et assassinent les amants éconduits,
Par la rose de ses joues, le myrte de leur duvet,
  par sa lèvre cornaline, la perle de ses dents,
Par le parfum de son souffle et l'eau suave
  de sa bouche qui rend fades les meilleurs vins,
Par sa croupe gonflée qui ondule
  et s'apaise, par la finesse de sa taille,
Par sa paume généreuse et sa langue sincère,
  par sa nature exquise et sa noblesse,
Je jure qu'il n'est de musc qu'en ses grains de beauté
  dont les senteurs se confient à la brise.
Le soleil lumineux est peu de chose auprès de lui
  et le croissant de lune n'est qu'une rognure de ses
  ongles.

Ainsi donc le roi Shâhramân écouta les conseils de son vizir et patienta encore une année jusqu'à ce qu'arrive le jour des grandes fêtes.

Et l'aube chassant la nuit, Shahrâzâd dut interrompre son récit.

Lorsque ce fut la cent soixante-treizième nuit, elle dit :

On raconte encore, Sire, ô roi bienheureux, que Shâhramân suivit les conseils de son vizir et patienta une année entière. Pour célébrer la fête du royaume, toute la cour se rassembla, émirs, ministres, chambellans, grands dignitaires du royaume, officiers et soldats. Le roi fit convoquer son héritier. Lorsque Qamar az-Zamân arriva, il baisa le sol trois fois aux pieds de son père et se tint debout les mains croisées derrière le dos.

— Mon fils, dit le roi, je t'ai fait cette fois comparaître en présence de mon conseil alors que mes officiers sont tous assemblés ici. C'est pour t'intimer un ordre auquel tu ne saurais contrevenir. Cet ordre est que tu te maries. Tu vas épouser la fille d'un roi afin que je me réjouisse de tes noces avant de mourir.

Qamar az-Zamân écouta ce discours et baissa la tête. Puis il se redressa et fut pris à ce moment d'une espèce de folie qui était celle de la jeunesse. Il se montra insensé comme seuls les jeunes hommes peuvent l'être, car il osa répéter :

— Je ne me marierai jamais, même si je devais en mourir. Tu n'es vraiment qu'un vieillard de peu de raison. Deux fois déjà tu m'as fait cette demande et par deux fois j'ai refusé.

Le jeune homme s'était tellement emporté qu'il décroisa ses bras et osa relever ses manches devant son père. Le roi s'empourpra de confusion et de honte de se voir ainsi apostrophé devant les grands du royaume et les officiers venus assister aux célébrations de la fête. Il fut soulevé d'une royale colère et tonna d'une manière effrayante contre son fils. Il hurla à l'adresse des gardes en leur ordonnant de se saisir du jeune homme, ils s'en saisirent, de le garrotter, ils le garrottèrent et le poussèrent devant le roi. Pris d'effroi et terrifié, Qamar az-Zamân tenait la tête basse. La sueur perla à son front et à son visage. Il fut pétrifié de honte. Son père l'injuria dans les termes les plus violents :

— Fils de rien, de peu de bien, à l'éducation de vaurien, est-ce ainsi que tu oses me répondre devant mes officiers et mes troupes. Qui t'a donc élevé ?

Et l'aube chassant la nuit, Shahrâzâd dut interrompre son récit.

Lorsque ce fut la cent soixante-quatorzième nuit elle dit :

On raconte encore Sire, ô roi bienheureux, que Shâhramân dit à son fils Qamar az-Zamân :

— Qui t'a donc élevé ? Quiconque de mes sujets aurait eu cette attitude en aurait connu le châtiment sur l'heure.

Il commanda aux gardes de l'emprisonner, les mains liées derrière le dos, dans l'une des tours de la forteresse. Les gardes le jetèrent dans une pièce délabrée de la vieille tour au pied de laquelle était creusé un puits. Des valets balayèrent, nettoyèrent le pavement et dressèrent un lit avec un tapis, un matelas et un oreiller. Comme le lieu était sombre même de jour, ils placèrent là une lanterne et une bougie. Un serviteur se tenait à la porte. Qamar az-Zamân abattu et triste s'assit sur sa couche. Il se faisait de vifs reproches et regrettait son attitude à l'égard de son père. Mais à quoi pouvaient bien lui servir ses regrets ? « Que Dieu maudisse le mariage, les filles et les femmes traîtresses. J'aurais mieux fait d'écouter mon père et de consentir à me marier. Mes noces auraient valu mieux que la prison. »

Voilà pour ce qui en était du prince. Son père, quant à lui, resta sur son trône tout le jour jusqu'au coucher du soleil. Il prit son vizir à part et lui adressa de violents reproches :

— Tu es cause de ce qui est advenu entre moi et mon fils. J'ai agi selon tes conseils, que dois-je faire maintenant ?

— Sire, il faut laisser ton fils en prison durant une quinzaine de jours. Ensuite, fais-le comparaître et ordonne-lui de se marier, il ne pourra plus te désobéir.

Et l'aube chassant la nuit, Shahrâzâd dut interrompre son récit.

Lorsque ce fut la cent soixante-quinzième nuit, elle dit :

On raconte encore Sire, ô roi bienheureux, que le vizir conseilla à Shâhramân de laisser son fils en prison une quinzaine de jours, de le convoquer alors et de lui ordonner le mariage. Il était certain qu'il ne désobéirait plus. Le roi décida de suivre ce conseil. Il dormit mal cette nuit tellement il était préoccupé, car il éprouvait pour cet enfant unique un amour total. Il ne parvenait pas à s'assoupir s'il ne tenait son bras sous la tête de son fils. Ainsi ne trouvait-il plus maintenant le sommeil tellement il était dans le trouble. Il se tournait et se retournait comme si sa couche était faite des braises de l'enfer. Obsédé par le sort du prince, il ne ferma pas l'œil de la nuit. Ses larmes coulaient et il se souvint des vers du poète :

Que la nuit est longue tant que veillent les délateurs,
*   et la peur de te perdre ajoute à ma torture.*
Je dis alors que le chagrin éternise ma nuit :
*   quand poindras-tu encore ô lumière du jour ?*

Ou encore de ces autres :

> *Lorsque les astres eurent un regard de sommeil,*
>   *que l'étoile polaire entra en léthargie,*
> *Que la Grande Ourse passa en ses habits de deuil,*
>   *je sus alors que leur matin était mourant.*

Voilà ce qu'il en était de Shâhramân. Qamar az-Zamân, lui, était dans sa prison et la nuit venait de tomber. Le serviteur approcha la lanterne et alluma une bougie qu'il fixa à un chandelier. Après cela, il servit un repas. Le prince mangea légèrement. Il ne cessait de se faire des reproches pour avoir manqué d'égards au roi son père. Il se disait : « Ne sais-tu pas que l'homme est otage de sa langue et qu'elle le précipite dans tous les dangers ? » Il continua à se blâmer de la sorte jusqu'à ce qu'il ne puisse plus retenir ses larmes. Il avait le cœur brisé et regrettait amèrement les propos horribles qu'il avait tenus. Il récita ces vers :

> *Écart de langage est plus mortel que faux pas.*
> *Chuter laisse plaie guérissable, mais parler conduit au*
>   *trépas.*

Qamar az-Zamân finit de souper, demanda l'aiguière pour se laver les mains, fit ses ablutions, accomplit les prières du couchant et de la nuit puis revint s'asseoir sur sa couche.

Et l'aube chassant la nuit, Shahrâzâd dut interrompre son récit.

Lorsque ce fut la cent soixante-seizième nuit, elle dit :

On raconte encore Sire, ô roi bienheureux, que Qamar az-Zamân, fils de Shâhramân fit les prières du couchant et du soir puis s'en revint s'asseoir sur son lit.

Il prit un Coran et lut les sourates : *La Génisse* (II), *La Famille de 'Imrân* (III), *Yâsîn* (XXXVI), *Le Miséricordieux* (CV), *Le Culte pur* (CXII), *Béni soit* (LXVII), *La Clarté du jour* (CXIII), *Les Hommes* (CXIV), et enfin les *Mu'awwidhatân*, c'est-à-dire les deux dernières sourates du Coran *Al-Falaq* et *An-Nâs*, avant de terminer par une invocation à Dieu auprès duquel il chercha refuge. Il alla ensuite se coucher. Il s'étendit sur un matelas à deux faces recouvert de satin brillant, bourré de soie et de laine d'Irak. Son oreiller était garni de plumes d'autruche. Il se déshabilla pour dormir et ne garda qu'une fine chemise de percaline lustrée. La tête couverte d'un voile bleu de Merv, il était dans l'obscurité comme une lune en son quatorzième jour. Il avait jeté sur lui un manteau de soie et s'était endormi tandis que la bougie se consumait à sa tête et que la lanterne brillait à ses pieds. Il dormit ainsi un tiers de la nuit sans savoir ce que lui cachait l'avenir, ni ce qu'avait décidé pour lui Celui qui connaît toutes choses cachées. Aussi bien la chambre que la tour où elle se situait étaient délabrées et inhabitées depuis de longues années. Il y avait au pied de la tour un puits byzantin qui servait d'habitation à une démone descendante d'Iblîs le maudit. Elle s'appelait Maymûna, fille de ad-Dumriyât, l'un des plus fameux rois des démons.

Et l'aube chassant la nuit, Shahrâzâd dut interrompre son récit.

Lorsque ce fut la cent soixante-dix-septième nuit, elle dit :

On raconte encore Sire, ô roi bienheureux, que cette démone s'appelait Maymûna, fille d'ad-Dumriyât, un des plus fameux rois des démons. Qamar az-Zamân dormit durant le premier tiers de la nuit ; à ce moment, la démone sortit de son puits pour se rendre dans les cieux et savoir ce qui s'y disait. C'est alors qu'elle vit une lumière dans la tour qui, d'ordinaire, était plongée dans l'obscurité. Comme elle habitait ces lieux depuis d'innombrables années, elle se dit : « Je n'ai jamais rien vu de pareil ! » Très étonnée, il lui vint à l'idée qu'il y avait là anguille sous roche. Elle se dirigea vers la lumière et constata qu'elle venait d'une chambre. Elle y pénétra et y trouva un serviteur endormi à la porte. Elle s'avança jusqu'au lit dressé sur lequel se devinait une forme humaine. À la tête du lit brûlait une bougie et à son pied une lanterne. Stupéfaite, Maymûna s'approcha à petits pas, les ailes repliées, jusqu'à ce qu'elle arrivât au bord du lit. Elle souleva le manteau de soie qui recouvrait le visage du dormeur et l'examina avec attention. Elle resta interdite un long moment tellement elle contemplait de beauté et de grâce. L'éclat de ce visage l'emportait de loin sur la flamme qui l'éclairait. Son front était illuminé, ses yeux parlaient d'amour et rien ne le disputait au noir de ses prunelles que l'incarnat de ses joues. Ses sourcils s'arquaient et le parfum profond du musc émanait de lui comme dit le poète :

Mes lèvres le baisèrent, sa prunelle qui fait ma folie
s'assombrit et ses joues de pourpre devinrent.
Ô mon cœur, si tous ceux qui te blâment prétendent
qu'ailleurs existe telle beauté, réponds : « Montrez-la
donc ! »

Lorsque Maymûna, fille d'ad-Dumriyât, le vit, elle rendit grâce au Seigneur et s'écria :
— Béni soit Dieu le meilleur des Créateurs.
Car cette démone faisait partie des génies croyants. Elle resta un long moment à contempler le visage de

Qamar az-Zamân et à chanter les louanges de l'Unique. Elle était soulevée d'enthousiasme par tant de grâce et tant de beauté et se disait en elle-même : « Par ma foi, je ne lui ferai aucun tort et ne laisserai personne lui faire du mal. Je me chargerai de tout ce qui pourrait lui nuire. On ne peut qu'admirer ce visage éclatant et louer son Créateur. Comment sa famille a-t-elle accepté de l'abandonner dans cette ruine ? Si l'un de nos démons était survenu, c'en était fait de lui. »

Maymûna se pencha, le baisa entre les yeux et déploya le manteau de soie dont elle le couvrit. Elle s'envola et ne cessa de s'élever dans les airs jusqu'à ce qu'elle soit à proximité du premier ciel. Elle entendit près de là un battement d'ailes, se dirigea vers le lieu d'où il lui semblait venir et aperçut un démon nommé Dahnash. Elle fondit sur lui tel un épervier. Dahnash comprit tout de suite qu'il s'agissait de Maymûna, fille du roi des génies, dont il avait si peur qu'il tremblait rien que de la voir. Il se mit à l'implorer en lui disant :

— Je te supplie par le Nom Suprême de Celui que j'adore * et par le noble talisman gravé sur la bague de Salomon que j'honore *, d'être bienveillante et de ne pas me faire de mal, toi que j'implore *.

A ces mots, Maymûna fut tout attendrie et lui dit :

— Tu as fait là un serment solennel, maudit sois-tu, je ne te tiendrai pour quitte que lorsque tu me diras d'où tu viens à cette heure.

— Maîtresse, j'arrive du fin fond de la Chine et du pays des îles. Je voudrais te parler d'une chose très extraordinaire que j'ai vue cette nuit. Si tu accordes foi à ce que je vais te raconter, tu me laisseras passer mon chemin et me délivreras un sauf-conduit disant que tu m'as donné ma liberté. Nul n'essaiera de m'arrêter et aucun génie volant des cieux supérieurs ou des cieux inférieurs, aucun génie plongeant des océans ne s'opposera à mon passage.

— Et qu'as-tu bien pu voir cette nuit, maudit menteur, dis-moi et surtout n'espère pas m'échapper par des mensonges. Je jure par l'écriture gravée sur le chaton de la bague de Salomon, fils de David — le salut soit sur eux deux —, que si tu me racontes des sornettes, je t'arracherai les plumes une à une de ma propre main, je lacérerai ta peau et te casserai les os.

— J'accepte tes conditions, s'écria l'Ifrît volant Dahnash, fils de Shamhûrash. Si je mens, fais de moi ce que tu voudras, ô ma Dame.

Et l'aube chassant la nuit, Shahrâzâd dut interrompre son récit.

Lorsque ce fut la cent soixante-dix-huitième nuit, elle dit :

On raconte encore Sire, ô roi bienheureux, que Dahnash dit :

— Je reviens à l'instant des îles intérieures de l'empire de Chine. C'est là le royaume d'al-Ghayûr, maître des îles, des mers alentour et des sept palais aux mille tours. J'ai vu la fille de ce monarque et j'affirme que Dieu n'a pas créé d'être plus beau qu'elle de notre temps. D'ailleurs, je ne sais comment te la décrire et serais tout à fait incapable de le faire comme il convient. Mais je puis évoquer quelques-uns de ses traits qui ne te donneront d'elle qu'une idée d'ailleurs très éloignée de la réalité. Ses cheveux ont la couleur de ces nuits sombres où l'on prend la route et se quitte ; son visage a l'éclat des jours où l'on se retrouve et s'unit. Le poète a trouvé les mots qu'il fallait pour la décrire :

Elle a déployé trois tresses de ses cheveux,
  ajoutant à la nuit trois nuits des plus profondes.
La lune dans la nuit reflète son visage
  et deux astres alors l'un dans l'autre se mirent.

Son nez est aussi fin que le tranchant d'un sabre poli. Ses pommettes imitent la flamme d'un vin pur, ses joues sont des anémones, ses lèvres de corail soulignent la cornaline de ses dents. Sa salive, plus désirable qu'un vieux nectar, éteint l'incendie qui dévore l'amant. Son langage est animé par la raison et sa réplique fulgurante. Sa poitrine jette dans le trouble. Gloire à Celui qui la créa et la modela. Ses bras ronds et potelés ont été décrits par le poète égaré d'amour :

Si des bracelets n'avaient enserré ses bras,
  le sang aurait coulé de ses manches comme l'eau d'un ruisseau.

Ses seins sont des écrins d'un ivoire dont la lune et le soleil tirent leur éclat. Son ventre est moelleux comme un lin d'Égypte, élégant, souple et plissé comme un parchemin enroulé. Sa taille fine semble être une ombre qui danse au-dessus des hanches, et ses hanches, arrondies comme des dunes de sable, l'alourdissent lorsqu'elle se lève et l'entraînent lorsqu'elle se couche :

Sa croupe fait ployer sa taille si fragile,
  ah ! quelle croupe injuste et pour moi et pour elle,
Qui me fait me dresser chaque fois que j'y pense,
  et qui la fait s'asseoir quand elle veut se lever.

Les cuisses lisses et rondes qui soutiennent ces hanches sont pareilles à des colonnes d'albâtre qui ne peuvent la porter que grâce à l'ogive qu'elles encadrent. Plus en dire, nul n'y parviendrait quel que soit son talent ! Et cet édifice repose sur deux jambes élégantes, blanches comme des perles, et sur des pieds gracieux, fins comme un fer de lance, œuvres de Celui qui veille à toute chose, le Rétributeur. Je me demandai avec étonnement comment pieds si mignons pouvaient supporter tout ce corps. Quant à ce qu'elle est, vue de dos, je n'en dirai rien.

Et l'aube chassant la nuit, Shahrâzâd dut interrompre son récit.

Lorsque ce fut la cent soixante-dix-neuvième nuit, elle dit :

On raconte encore Sire, ô roi bienheureux, que l'Ifrît Dahnash, fils de Shamhûrash, dit à Maymûna :

— Quant à ce qu'elle est, vue de dos, je n'en dirai rien car j'en serais incapable ni par mots ni par gestes. Le père de cette jeune fille est un monarque tout-puissant *, cavalier toujours chargeant *, de nuit et de jour les mers du monde parcourant *, ne craignant ni la mort ni le temps *, car c'est un injuste tyran *, arbitraire et violent *. Il commande à des armées régulières et à des contingents *, il règne sur des provinces, des îles, des villes, des pays et des continents *. Il se nomme le roi al-Ghayûr *, maître des îles et des mers alentour * et des sept palais aux mille tours *.

Il éprouve pour sa fille que je viens de décrire une véritable passion. Il a réuni les richesses de tous les autres rois pour lui faire construire sept palais. Chacun d'entre eux est d'une matière différente : le premier de cristal, le second de marbre, le troisième de fer de Chine, le quatrième de mosaïques incrustées d'onyx, le cinquième d'argent, le sixième d'or, le septième de joyaux. Les sept châteaux sont garnis de tapis de soie somptueux. La vaisselle y est d'or et d'argent. On y trouve tout ce qui est nécessaire au service d'un roi.

Al-Ghayûr a ordonné que sa fille séjourne dans chaque palais durant une partie de l'année. À la fin de chaque séjour, elle se transporte dans la demeure suivante. Elle porte le nom de Budûr. Sa beauté devint vite célèbre et l'on parla d'elle dans tout l'empire. Les rois envoyèrent des délégations pour obtenir sa main afin de l'épouser. Son père la consulta, mais elle refusa net et dit :

— Je ne désire point du tout me marier. Je suis femme de haute noblesse et reine qui règne. Comment pourrais-je supporter qu'un homme me gouverne ?

Mais plus elle refusait et plus le désir des prétendants se faisait vif. Les souverains des plus lointaines îles de la Chine envoyèrent des cadeaux somptueux et des offrandes précieuses, accompagnés de lettres suppliant qu'on leur accordât la jeune fille. L'empereur insista à plusieurs reprises mais sa fille refusa de l'écouter et même se courrouça :

— Père, si tu me parles une autre fois encore de mariage, je regagnerai mes appartements, prendrai cette épée, en poserai la garde sur le sol et la pointe sur ma poitrine et me passerai la lame à travers le corps jusqu'à ce qu'elle ressorte dans mon dos.

À ces paroles, l'empereur sombra dans les idées les plus noires. Son cœur nourrissait un amour brûlant pour sa fille et il craignit qu'elle mette sa menace à exécution. Il était perplexe, ne sachant comment répondre aux demandes des seigneurs prétendants. Il dit donc à la princesse :

— Si tu persistes dans ton refus, il ne faudra plus sortir de mon palais.

Il ordonna donc qu'on la cloîtrât dans des appartements où il la fit garder et servir par dix gouvernantes d'âge. Il lui interdit l'accès des sept palais et montra en toute chose qu'il était très irrité. En même temps, il fit tenir une correspondance à tous les rois pour leur apprendre que Budûr avait perdu la raison et qu'elle était, depuis une année déjà, soustraite aux regards.

Et c'est ainsi, continua Dahnash, que je vais jusqu'à elle chaque nuit pour la regarder, jouir de contempler son visage et la baiser entre les yeux pendant qu'elle dort. J'ai tant d'amour pour elle que je ne lui ferai aucun mal ni injure, ni ne la chevaucherai, car sa jeunesse est touchante, sa beauté sans égale. Nul ne peut la voir sans devenir jaloux de sa propre ombre. Je t'adjure, maîtresse, de m'accompagner pour admirer toi-même sa beauté, sa grâce et l'harmonie parfaite de sa taille. Après cela, si tu veux me punir ou m'emprisonner, fais comme bon te semblera. Ce sera ton affaire.

Après avoir fait ce récit, Dahnash inclina la tête et croisa ses ailes vers le sol. Maymûna éclata de rire et lui cracha au visage :

— Mais qu'est-ce donc que cette fille dont tu me rebats les oreilles ? Elle n'est rien d'autre qu'une pisseuse ! Pouah ! Et moi qui m'attendais à ce que tu me racontes des merveilles ou me donnes des nouvelles étonnantes. Maudit sois-tu ! Par Dieu, si tu avais vu la créature humaine que j'ai découverte cette nuit et dont je suis éprise, si tu l'avais admirée même en songe, tu en serais hémiplégique et ta bave en aurait coulé !

— Quelle est cette histoire de jeune homme ? dit Dahnash.

— Eh bien imagine-toi qu'il lui est arrivé exactement ce qui est arrivé à la jeune fille dont tu viens de me parler. Son père lui a ordonné à maintes reprises de se marier, mais il a refusé. Devant son obstination, le souverain s'est emporté et l'a fait emprisonner dans la tour où j'habite. Je suis montée cette nuit et je l'y ai vu.

— Maîtresse, montre-moi ce jeune homme pour que je te dise s'il est plus beau que mon aimée, la reine Budûr, ou non. Parce que, vois-tu, je ne pense pas qu'il puisse exister à notre époque quelqu'un d'aussi beau qu'elle.

— Satané menteur! le plus calamiteux des démons rebelles, le plus vil des diables. Viens que je te montre qu'il n'existe pas de pareil à mon aimé dans le monde.

Et l'aube chassant la nuit, Shahrâzâd dut interrompre son récit.

Lorsque ce fut la cent quatre-vingtième nuit, elle dit :

On raconte encore Sire, ô roi bienheureux, que Maymûna dit à Dahnash :

— Je vais m'assurer que nul ne peut égaler mon aimé en ce monde. As-tu perdu la raison en voulant le comparer à ton amoureuse ?

— Par Dieu, maîtresse, accompagne-moi donc, regarde mon aimée. Je reviendrai avec toi et nous irons contempler ton amoureux.

— J'y compte bien, ô damné, car tu n'es qu'un démon plein de fourberie. Mais il nous faut d'abord décider d'un gage et d'une condition. Si je constate que la jeune fille que tu aimes et que tu estimes à un si grand prix est plus belle que celui que j'aime et que je place au-dessus de tout, tu seras gagnant. Mais s'il se révèle que mon aimé est le plus beau, tu seras perdant.

— J'accepte cette condition et m'engage à la respecter. Partons pour les îles.

— Non, mon aimé est bien plus proche : il dort juste au-dessous de nous. Allons le voir, nous irons ensuite en Chine.

— Je suis à tes ordres.

Ils descendirent donc du ciel et se rendirent dans la tour. Maymûna fit avancer Dahnash jusqu'au bord du lit, tendit la main, souleva le manteau de soie et découvrit Qamar az-Zamân, fils du roi Shâhramân. Son visage rayonna comme une aurore, comme un soleil qui se levait dans tout l'éclat de sa splendeur et la beauté de sa lumière. Maymûna le fixa longuement puis se tourna vers Dahnash et lui dit :

— Regarde, maudit, et ne sois pas abominable, car nous sommes femme et sous son charme.

Dahnash se pencha vers le prince et le considéra un long moment. Puis il hocha la tête et dit :

— Par Dieu, ma maîtresse, tu as toutes les excuses. Mais une chose doit entrer en ligne de compte : le charme d'une femme est tout de même autre chose que celui d'un homme. Sinon, je jure par Dieu que ton amoureux est la réplique exacte de mon aimée par la beauté et la grâce, l'élégance et la perfection. On dirait qu'ils ont été coulés dans le même moule.

Maymûna fut saisie d'une colère noire. Elle assena sur la tête de Dahnash un coup si violent de son aile qu'il s'en fallut de peu qu'elle ne le tue.

— Je jure, dit-elle, par la lumière de Dieu et Sa majesté, espèce de damné, que tu vas aller sur-le-champ chercher la jeune fille que tu aimes pour l'amener ici sans tarder. Nous allons les mettre côte à côte et les comparer pendant qu'ils dorment l'un près de l'autre. On verra bien alors lequel est le plus beau. Si tu n'obéis pas à mon ordre immédiatement, maudit, je te brûlerai de mon feu, t'environnerai de ses étincelles, te taillerai en lambeaux pour te jeter en pâture aux hyènes et aux corbeaux, que tu serves de leçon à celui qui ici demeure, comme à celui qui passe.

— Maîtresse, tout cela est en ton pouvoir. Mais je

sais, moi, que mon aimée est la plus belle et la plus
plaisante.

Sur ces mots il s'envola. Maymûna l'accompagna
par mesure de prudence. Ils disparurent un moment
puis revinrent, portant la jeune fille. Elle était vêtue
d'une chemise vénitienne de grand prix, tissée de fils
d'or du Maghreb, entrelacée de brocart d'Égypte. Sur
le haut des manches étaient brodés ces vers :

Craignant ou un guetteur ou un jaloux furieux,
   trois raisons l'empêchèrent de nous rendre visite :
La lumière de son front, ses bijoux indiscrets et
   cette senteur d'ambre qu'exhalent ses manteaux.
Qu'elle dissimule donc sous sa manche son front,
   qu'elle ôte ses bijoux et que sa rosée soit son seul
   parfum.

Maymûna et Dahnash pénétrèrent dans la chambre
et allongèrent la jeune fille auprès du prince.

Et l'aube chassant la nuit, Shahrâzâd dut interrompre son récit.

Lorsque ce fut la cent quatre-vingt et unième nuit,
elle dit :

On raconte encore Sire, ô roi bienheureux, que
Dahnash et Maymûna pénétrèrent dans la chambre,
allongèrent la jeune fille près du prince et leur découvrirent alors le visage. Ils se ressemblaient si parfaitement qu'on aurait dit des jumeaux, à tout le moins
deux enfants d'une même mère. Ils auraient troublé
même un pieux musulman comme a pu dire le poète.
éloquent :

   Ô cœur n'adore point une beauté unique,
      coquette et tyrannique, qui te torturerait.

Adore toutes celles que tu viens à croiser,
  si l'une te délaisse, l'autre viendra t'aimer.

Ou encore :

Je les ai vus moi-même endormis sur la terre
et voudrais qu'ils reposent sous ma paupière.
Ma gazelle enfuie, ma lune qui surgit, mon soleil jailli,
  mon croissant dans le soir, mon rameau alangui, ma
  nuit qui me saisit, mon idole et ma beauté.

Dahnash et Maymûna se mirent à les détailler :
— Reconnais que mon aimée est bien plus belle.
— Que non, que non ! Es-tu aveugle et insensible ?
Ne fais-tu pas la différence entre le maigre et le gros ?
Veux-tu cacher la vérité ? Ne vois-tu pas la beauté de
mon aimé et sa grâce, l'élégance de sa taille exquise ?
Écoute bien ce que je vais dire de lui. Si tu es vraiment
amoureux de ta belle, il faudra que tu dises d'aussi
beaux vers sur elle.
Alors Maymûna baisa à plusieurs reprises Qamar az-
Zamân entre les yeux :

Je suis malade et l'on te blâme avec violence,
  mais comment t'oublier ô mon mince rameau ?
Ton regard de jais répand sa magie,
  il n'est de pur amour qui de toi se détourne.
Tu es turque d'œillades et blesses notre cœur
  plus que ne pourrait faire la lisse et fine lame.
Tu me fais supporter tout le poids de l'amour
  moi qui ne puis porter une chemise légère !
Ma peine pour toi et ma tristesse sont de nature tu le sais
  bien,
  alors qu'aimer une autre ne serait qu'imposture.
Si mon cœur de ton cœur avait la dureté,

aussi fin que ta taille mon corps exténué
  ne consentirait pas chaque nuit à veiller.
Malheur à toi astre de beauté descendu
  sur cette terre où toute beauté peut se dire.
On me blâme d'aimer et l'on veut savoir qui
  m'afflige, me tourmente, me réduit à merci.
Ô cœur sans pitié, apprends la bienveillance
  peut-être seras-tu touché et indulgent.
Tu as, ô mon prince, pour ta beauté, un garde
  impitoyable, un chambellan injuste!
Et mentent ceux qui disent que toute beauté
  est en Joseph, toi qui mille fois le surpasses.
Même les djinns me craignent lorsque je les affronte
  alors que devant toi, mon cœur frémit et tremble.
Je m'efforce de fuir par crainte des malheurs,
  mais comme enfant docile devant toi je m'incline.
Ô chevelure sombre sur un front de lumière,
  ô regard de Houri, ô corps comme une liane.

Dahnash, émerveillé par ce poème, fut soulevé d'enthousiasme.

Et l'aube chassant la nuit, Shahrâzâd dut interrompre son récit.

Lorsque ce fut la cent quatre-vingt-deuxième nuit, elle dit :

On raconte encore Sire, ô roi bienheureux que Dahnash, émerveillé par ce poème, fut soulevé d'enthousiasme :

— Tu as bien récité ce poème subtil écrit pour ton amoureux, bien que ton esprit soit tout préoccupé. Je vais m'efforcer de dire quelques vers bien que ma pensée soit tout aussi occupée que la tienne.

Il se leva, se pencha vers Budûr, la baisa entre

les yeux, regarda Maymûna puis le jeune prince, et
récita un premier poème comme s'il était en extase :

Ils m'ont blâmé de tant t'aimer et redoublé leur blâme
    injuste ! Mais comment sans savoir peut-on se montrer
    juste ?
Et toi, sois généreuse ! Unis à toi l'errant ;
    s'il endure l'absence, il s'égare et se perd.
Je suis frappée d'amour et mes larmes
    versées racontent mon tourment.
J'ai tant sangloté que ceux même qui me blâment
    ont dit : « Ce jeune homme a des larmes de sang ! »
Il n'est point étonnant que je souffre d'amour,
    mais que l'on reconnaisse mon corps exténué !
Je suis privé de toi quand le doute m'assaille,
    que mon cœur se lasse ou bien qu'il se contraigne.

Puis un second :

Nos lieux de rendez-vous déserts au bord du fleuve,
    je suis blessé à mort sur la rive du fleuve !
Je suis ivre d'amour et jaillissent
    mes larmes au chant du chamelier.
Mais comment être heureux d'aimer et avoir droit
    que mon bonheur s'accorde aux étoiles qui montent ?
Ma plainte ne sait parmi tous ces objets
    devant moi quel objet choisir pour se dire :
Son œil tel une épée ? sa taille telle une lance ?
    ses boucles sur la tempe comme un casque de mailles ?
Elle dit alors que vainement j'avais interrogé
    sur elle et le Bédouin et l'homme de la ville :
« Mais, je suis dans ton cœur ! Jettes-y un regard,
    tu m'y verras. » Et je lui répondis : « Où donc est
    mon cœur parti ? »

— Tes vers sont très beaux, s'écria Maymûna, mais qui l'emporte des deux jeunes gens ?

— Mon aimée Budûr est plus belle que Qamar az-Zamân.

— Tu mens, démon maudit, mon aimé est plus beau que ton amoureuse.

Ils ne cessèrent ainsi de se contredire. Maymûna poussa un hurlement, se précipita sur Dahnash et voulut le frapper. Celui-ci fit mine de se soumettre et baissa le ton en lui disant :

— Tu ne refuseras pas une solution raisonnable. Cessons de disputer, car chacun de nous ne pourra choisir que son aimé. Arrêtons cela et soumettons l'affaire à un arbitre qui tranchera en toute justice et au verdict duquel nous nous soumettrons.

— Entendu, dit Maymûna qui frappa le sol d'un coup de talon.

Un démon borgne, bossu et galeux surgit à cet appel. La fente de ses yeux était verticale. Sa tête s'ornait de sept cornes et il avait quatre mèches de cheveux qui descendaient jusqu'à terre. Il avait des mains d'ogre terminées par des griffes de lion, des pieds d'éléphant chaussés de sabots d'âne. Lorsqu'il sortit de terre et vit Maymûna, il se prosterna devant elle puis croisa les bras et lui demanda :

— Que veux-tu, maîtresse, fille de notre roi ?

— Je voudrais, Qashqash, que tu arbitres entre moi et ce maudit de Dahnash.

Elle lui raconta toute l'histoire du début jusqu'à la fin. Qashqash regarda attentivement le visage des deux jeunes gens qui dormaient enlacés. Chacun d'eux avait un bras passé sous le cou de l'autre. Ils s'égalaient en beauté, en grâce et en élégance. Qashqash le rebelle les contempla, stupéfait devant une telle perfection. Après un long moment,

il se tourna vers Maymûna et Dahnash puis
récita ces vers :

> *Visite qui tu aimes sans souci des envieux,*
> *   car jamais leur envie ne vient aider l'amour.*
> *Le Miséricordieux fit-il rien de plus beau*
> *   que deux amants étendus sur leur couche,*
> *Enlacés, revêtus de leur seul plaisir,*
> *   chacun offrant à l'autre son bras pour oreil-*
> *   ler ?*
> *Si ton désir limpide sur un être se fixe,*
> *   c'est là ce que tu veux, vis donc de cet amour.*
> *Lorsque deux cœurs amis unissent leur passion,*
> *   les jaloux ne peuvent que battre leur fer froid.*
> *Ô vous qui blâmez les amants de s'aimer,*
> *   peut-on encore guérir un cœur qui se dévore ?*
> *Mon Dieu, Toi de pitié, embellis notre fin,*
> *   qu'avant la mort un jour nous soit laissé,*
> *   demain.*

Qashqash se tourna vers Maymûna et Dahnash
pour leur dire :

— Si vous voulez entendre la vérité, sachez, je
le jure par Dieu, qu'aucun d'entre eux ne surpasse l'autre. Ils se ressemblent parfaitement, ont
même grâce et même beauté, même éclat, même
perfection. Seul le sexe les différencie. J'ai une
proposition à vous faire. Réveillons-les à tour de
rôle. Pendant que l'un continuera à dormir, l'autre pourra le contempler à son aise. Celui dont le
cœur s'enflammera le plus d'amour aura perdu. Il
reconnaîtra lui-même par là qu'il a moins de
beauté et de grâce.

— Je suis d'accord, dit Maymûna, c'est le bon
sens même.

— Moi aussi, dit Dahnash qui se transforma en puce
et alla piquer Qamar az-Zamân.

Et l'aube chassant la nuit, Shahrâzâd dut interrompre son récit.

Lorsque ce fut la cent quatre-vingt-troisième nuit,
elle dit :

On raconte encore Sire, ô roi bienheureux, que
Dahnash se transforma en puce et alla piquer Qamar
az-Zamân dans un endroit particulièrement doux de
son cou. Le prince porta la main à la piqûre qui l'avait
brûlé. Il se mit à se gratter. En faisant ce geste, il
bougea et sentit qu'à ses côtés était couché quelqu'un
dont le souffle était plus parfumé qu'un musc puissant
et le corps plus doux que le beurre. Il en fut très étonné.
Il se redressa, s'assit et regarda. Il aperçut une jeune
fille. Elle avait l'éclat d'une perle, l'arrondi d'une
coupole construite ; élancée comme la lettre *alif*, sa
taille pouvait se saisir d'une main. Elle avait les seins
haut dressés, les joues enflammées d'incarnat comme a
pu dire le poète :

> *Quatre choses n'ont été réunies*
> *que pour blesser mon âme et répandre mon sang :*
> *La lumière d'un front, la nuit d'une chevelure,*
> *la rose de pommettes et l'éclat d'un sourire.*

Ou comme il dit encore :

Elle a paru comme une lune, s'est inclinée comme un
   rameau de saule,
a exhalé un parfum d'ambre et gémi comme une
   gazelle.
Mon cœur est blessé d'amour tendre
   car l'heure du départ va suivre notre union.

Lorsqu'il la vit, il avança la main vers Budûr, fille du roi al-Ghayûr, la retourna et déboutonna sa chemise couleur noisette. Elle ne portait pas de saroual et avait sur la tête une *kûfiyya* brodée de fils d'or brochée de pierreries. Ses boucles d'oreille brillaient comme des étoiles, et aucun roi n'aurait pu acheter le collier de perles uniques qui ornait son cou. Les seins d'ivoire et le ventre apparurent, ce qui accrut encore l'amour et le désir de Qamar az-Zamân. Il crut perdre la raison et sentit en lui la brûlure de l'instinct. Dieu venait de lui faire connaître la pulsion du coït et il se dit en lui-même : « Ce que Dieu veut, est. Ce qu'Il ne veut pas, n'est pas. » Il essaya de réveiller la jeune fille mais en vain, car Dahnash l'avait plongée dans un sommeil très profond. Il la secoua encore plus fort, puis s'écria :

— Éveille-toi, amie, regarde-moi, je suis Qamar az-Zamân.

Mais Budûr ne se réveilla pas et ne remua même pas la tête. Le prince se prit à réfléchir et se dit : « Je commence à comprendre, cette jeune fille est celle que mon père veut me donner en mariage et que je refuse depuis trois ans. Si Dieu le veut, dès l'aube, je demanderai au roi de me marier à elle. »

Et l'aube chassant la nuit, Shahrâzâd dut interrompre son récit.

Lorsque ce fut la cent quatre-vingt-quatrième nuit, elle dit :

On raconte encore Sire, ô roi bienheureux que Qamar az-Zamân se dit : « Dès l'aube, si Dieu le veut, je demanderai au roi, mon père, de me marier à elle. Je ne laisserai pas passer la demi-journée que je ne la possède et que je ne m'emplisse de sa beauté et de sa

grâce. » Sur ce, il se pencha sur Budûr et se mit à lui
donner des baisers.

Maymûna en fut toute tremblante de rage et de
honte. Par contre, Dahnash sautait de joie. Mais au
moment où Qamar az-Zamân voulut prendre la
bouche de Budûr, il se reprit par pudeur devant Dieu et
détourna son visage. Il réfléchit un moment et se dit :
« Il faut que je patiente. Mon père s'est emporté contre
moi et m'a fait enfermer ici. Peut-être a-t-il ordonné à
cette jeune fille de venir dormir près de moi pour
m'éprouver. Il lui a recommandé de ne pas se réveiller
trop vite si j'essayais de la sortir du sommeil, et, quoi
que je fisse, de lui en rendre compte. Peut-être est-il
caché et m'observe-t-il à mon insu. Il verra tout ce que
je ferai et pourrait alors m'adresser des reproches
violents : " Comment, me dirait-il, tu m'as toujours
affirmé que tu n'avais aucune envie de te marier alors
que tu as enlacé et embrassé cette jeune fille ? " Il faut,
se dit Qamar az-Zamân, que je me contienne afin de ne
point être surpris par mon père. Je ne la toucherai pas,
je ne me tournerai même pas vers elle, je lui prendrai
simplement quelque chose qui restera pour moi comme
un indice et un souvenir d'elle et constituera pour nous
deux un signe de reconnaissance. » Il saisit donc la
main de la jeune fille et ôta l'anneau qu'elle portait au
petit doigt. Il valait une fortune car son chaton était
fait d'une pierre précieuse et portait gravés ces vers :

Et ne croyez jamais que j'oublie vos serments
  même si votre absence doit durer trop longtemps.
De grâce, montrez-vous généreuse et clémente,
  et me laissez baiser vos lèvres et vos joues.
Et je jure par Dieu de ne point vous quitter
  et de votre passion de supporter l'excès.

Qamar az-Zamân retira l'anneau du petit doigt de la princesse Budûr et le passa au sien. Cela fait, il tourna le dos et s'endormit. Maymûna ne se tenait plus de joie en voyant cela :

— Vous avez vu, dit-elle à Dahnash et Qashqash, vous avez bien vu que mon aimé n'a pas touché à la jeune fille, car la chasteté est au nombre de ses grandes vertus. Il l'a regardée si belle et si gracieuse. Il ne l'a pas enlacée, il ne l'a même pas touchée de la main, bien au contraire, il lui a tourné le dos et s'est endormi.

— C'est exact, nous l'avons constaté, répondirent-ils. Il a été parfait.

Sur ce, Maymûna se transforma en puce et pénétra sous les habits de Budûr, l'aimée de Dahnash. Elle parcourut la jambe, remonta la cuisse et s'avança à quatre travers de doigt du nombril et là elle piqua. La jeune fille ouvrit les yeux, se mit sur son séant et vit un jeune homme qui ronflait à ses côtés. C'était la plus belle des créatures de Dieu. Il avait des lèvres de corail, des joues pareilles à des anémones, une bouche aussi petite que l'anneau de Salomon, une salive suave plus efficace qu'une thériaque. Ses regards auraient fait baisser les yeux d'une Houri. C'est de sa beauté que le poète a dit :

> *Je me consolerai de perdre et Zaynab et Nawâr*
> *pour la rose d'une pommette et le myrte d'une joue.*
> *Mon cœur est fou d'un faon drapé d'une tunique*
> *et plus ne me passionne pour qui porte bracelets.*
> *Mon ami, en compagnie ou bien en tête à tête,*
> *est autre que celle qui partage ma maison.*
> *Ô toi qui me blâmes de délaisser Hind et Zaynab,*
> *regarde mon excuse qui brille comme une aurore.*
> *Comment passer mes nuits captif d'une captive*
> *retenue dans sa geôle et gardée par des murs ?*

Lorsque la princesse Budûr vit Qamar az-Zamân, elle fut saisie d'une folle passion, soulevée par l'émotion amoureuse, prise d'un désir ardent.

Et l'aube chassant la nuit, Shahrâzâd dut interrompre son récit.

Lorsque ce fut la cent quatre-vingt-cinquième nuit, elle dit :

On raconte encore sire, ô roi bienheureux, que la princesse Budûr en voyant Qamar az-Zamân fut saisie d'une folle passion, soulevée par l'émotion amoureuse, prise d'un désir ardent. Elle se dit : « Je suis déshonorée. Que fait dans mon lit ce jeune étranger que je ne connais pas ? » Puis elle le regarda plus attentivement, releva la finesse de ses traits, la coquetterie de sa mise, sa beauté et sa grâce. « Par Dieu, se dit-elle, il est beau comme un astre, je sens mon cœur sur le point de se rompre d'amour pour lui ! Quelle misère ! Et si c'était le jeune homme qui m'avait demandée en mariage à mon père ? Ah ! si je l'avais su, je ne l'aurais pas éconduit, je l'aurais épousé, je me serais emplie de sa beauté. »

La princesse Budûr se pencha sur le visage de Qamar az-Zamân et dit :

— Monseigneur, ami de mon cœur, lumière de mes yeux, réveille-toi de ton sommeil, jouis de ma beauté et de ma grâce !

Elle le poussait de la main, mais Maymûna rendait son sommeil encore plus profond et alla même jusqu'à peser de l'aile sur sa tête. Il ne se réveilla donc point. La princesse, cette fois, le secoua violemment en disant :

— Je te supplie par ma vie de m'obéir. Réveille-toi ! Regarde mes seins blancs comme des narcisses et la douceur de ma tendre taille ; jouis du parterre de mon ventre et du nombril, sa fleur ouverte. Folâtre et badine avec moi d'ici jusqu'à demain. Lève-toi mon seigneur, prends appui sur cet oreiller et cesse de ronfler.

Mais Qamar az-Zamân ne lui répondit pas, ne prononça pas un seul mot et continua de ronfler de plus belle. Énervée, la princesse Budûr commença de l'invectiver :

— Ho, ho, te voilà bien fier d'être beau, gracieux, élégant et coquet. Si tu es beau, je ne le suis pas moins que toi. Que fais-tu donc là ? T'a-t-on incité à te détourner de moi ? Est-ce mon père, ce vieillard de malheur qui t'a interdit de me parler durant cette nuit ?

Qamar az-Zamân n'ouvrait toujours pas les yeux et l'amour de la jeune fille n'en devenait que plus violent. Elle lui lançait des regards suivis de mille soupirs. Son cœur battait. Elle était remuée d'amour jusqu'à ses entrailles. Ses membres s'agitaient. Elle dit au prince :

— Mon seigneur, parle-moi, mon amour raconte-moi, mon aimé réponds-moi et dis-moi ton nom. Tu me fais perdre la raison.

Et pendant tout ce temps, le prince, plongé dans un profond sommeil, ne répondait pas mot. Budûr gémit et s'écria :

— Ho, ho, mais quelle vanité !

Elle le secoua puis lui baisa les mains. À ce moment, elle vit qu'il portait son propre anneau au petit doigt. Elle eut un hoquet de surprise suivi d'une grimace d'étonnement et s'exclama :

— Mais, mais... Par Dieu, tu es mon ami et tu m'aimes. Tu ne te détournes que par coquetterie car tu es venu pendant que je dormais. Et je ne sais ce que tu as fait de moi! Mais il est sûr que je n'enlèverai pas mon anneau de ton doigt.

Elle ouvrit un peu plus la chemise du prince, se pencha vers lui, le baisa au cou et chercha quelque chose qu'elle pourrait lui prendre et ne trouva rien. Sa main se posa sur sa poitrine, glissa tellement la peau en était douce jusqu'au ventre, caressa le nombril et se trouva soudain contre la verge. Ce fut comme si son cœur se fendait, comme si tout son corps palpitait, car le désir chez les femmes est bien plus fort que chez les hommes. Mais la jeune fille eut honte et retira sa main. Elle fit glisser l'anneau que le prince portait au doigt et le mit à sa main à la place de la bague qu'il lui avait prise. Elle lui baisa la bouche, les paumes et ne laissa pas une partie de son corps sans y déposer un baiser. Elle le serra contre sa poitrine, glissa un bras sous sa tête, l'enlaça de l'autre et dormit ainsi contre lui.

Et l'aube chassant la nuit, Shahrâzâd dut interrompre son récit.

Lorsque ce fut la cent quatre-vingt-sixième nuit, elle dit:

On raconte encore Sire, ô roi bienheureux, que la princesse Budûr dormit, enlacée à Qamar az-Zamân. Maymûna en fut ravie et dit à Dahnash:

— Alors, maudit démon, tu as bien vu combien ton amoureuse était impatiente et triste de n'avoir pu réveiller Qamar az-Zamân, et comme il l'a traitée avec orgueil et négligence. Cela ne fait plus de doute, mon aimé est plus beau que ton amoureuse. Mais va, je te pardonne!

Elle écrivit une lettre qui affranchissait le démon et demanda à Qashqash de l'aider à porter Budûr pour la ramener chez elle.

— La nuit s'achève, ajouta-t-elle, et il me reste à faire.

Dahnash et Qashqash se glissèrent sous la princesse, la soulevèrent et s'envolèrent. Une fois chez elle, ils la ramenèrent dans son lit. Restée seule avec lui, May-mûna ne cessa de contempler Qamar az-Zamân endormi jusqu'à ce que la nuit fût presque à son terme. Et elle s'en fut.

À l'aube, le prince se réveilla. Il eut beau se tourner de tous les côtés, personne ne se trouvait près de lui dans le lit : « Que voilà encore ? se dit-il. Mon père a voulu m'inciter au mariage en m'envoyant la jeune fille qui était ici. Il l'a fait sortir pendant mon sommeil pour augmenter encore mon désir. » Il hurla au servi-teur qui dormait à la porte :

— Malheur à toi, maudit animal, vas-tu bien te réveiller !

Le serviteur bondit, l'esprit embrumé par le sommeil. Il présenta l'aiguière et le bassin. Le jeune homme se leva, entra dans les cabinets pour satisfaire ses besoins, fit ses ablutions pour la prière rituelle de l'aube. Il s'assit ensuite pour rendre grâce à Dieu. Le serviteur était debout devant lui en train d'attendre ses ordres.

— Malheur à toi, Sawâb, qui est venu cette nuit chercher la jeune fille qui dormait à mes côtés ?

— Seigneur, quelle jeune fille ?

— La jeune fille qui a dormi près de moi cette nuit.

— Il n'y a pas eu de jeune fille, dit le serviteur éberlué, ni personne d'autre d'ailleurs. Et comment serait-elle entrée alors que je dormais derrière la porte et que celle-ci était fermée à clé ? Seigneur, crois-moi, personne n'a pénétré dans cette chambre, ni homme ni femme.

— Tu mens ! esclave de malheur. Voilà que tu oses

toi aussi me tromper et ne pas vouloir me dire où est
allée cette jeune fille qui a dormi avec moi cette nuit, et
qui est venu la chercher ici.

— Mon seigneur, balbutia l'eunuque, je te le jure
par Dieu. Je n'ai vu ni jeune fille ni jeune homme.

— C'est bien cela, dit Qamar az-Zamân, furieux.
Mon père t'a ordonné de me tromper. Approche!

Le serviteur s'avança. Qamar az-Zamân le saisit au
collet, le précipita à terre à l'en faire péter, le piétina,
s'assit sur lui et l'étrangla jusqu'à ce qu'il fût évanoui.
Il le garrotta avec une corde de chanvre après quoi il le
suspendit au-dessus du puits où il le fit descendre. Or,
c'était un hiver de grand froid. Qamar az-Zamân
laissait filer la corde puis la remontait de telle sorte
que tour à tour le serviteur s'enfonçait dans l'eau puis
en émergeait. À chaque fois que sa tête surgissait, il
appelait désespérément au secours, criait et hurlait,
mais Qamar az-Zamân, impassible, disait :

— Je ne te sortirai de ce puits que lorsque tu me
diras où est la jeune fille et qui est venu la chercher
pendant que je dormais.

Et l'aube chassant la nuit, Shahrâzâd dut interrompre son récit.

Lorsque ce fut la cent quatre-vingt-septième nuit,
elle dit :

On raconte encore, Sire, ô roi bienheureux, que
Qamar az-Zamân dit à l'eunuque :

— Par Dieu, je ne te sortirai de ce puits que lorsque
tu me diras où est cette jeune fille et qui est venu la
chercher pendant mon sommeil.

— Mon seigneur, répondit le malheureux qui voyait
la mort venir, remonte-moi et je te dirai toute la vérité.

Le prince hissa hors du puits l'eunuque qui avait
perdu connaissance tant l'eau était glaciale et tant il

avait suffoqué. Le supplice de la noyade l'avait épuisé et il tremblait comme un roseau dans la tourmente. Il ne pouvait plus desserrer les dents, ses vêtements étaient mouillés et maculés de boue, son corps couvert de blessures dues aux pierres des parois le long desquelles il avait glissé. Bref, il était dans un tel état que même Qamar le prit en pitié. Lorsqu'il se retrouva sur la terre ferme, il dit au prince :

— Mon seigneur, laisse-moi aller quitter mes habits, les essorer et les étendre au soleil. Je passerai d'autres vêtements et reviendrai sans tarder pour te dire la vérité.

— Esclave de malheur, il t'a donc fallu voir la mort de près pour te décider enfin ? Va vite et reviens sans perdre un instant.

L'esclave s'exécuta. Il n'arrivait pas à croire qu'il s'en était sorti. Il courait, tombait, se relevait et finit par arriver chez le roi Shâhramân, le père du prince. Il le trouva assis qui s'entretenait avec son vizir :

— Je n'ai pas dormi cette nuit tant j'étais préoccupé par mon fils. J'ai peur qu'il attrape mal dans cette vieille tour. Je me demande si nous avons bien fait de le jeter en prison.

— Tu n'as pas à avoir de crainte et, je le jure par Dieu, il ne lui arrivera rien de fâcheux. Laisse-le donc en prison un petit mois. Qu'on le brise un peu ! Son caractère s'adoucira et son naturel deviendra meilleur.

Ils conversaient ainsi lorsque l'esclave fit irruption dans la salle du conseil tel qu'il s'était échappé du puits.

— Seigneur notre Sultan, dit-il au roi inquiet, ton fils a perdu la raison, il est devenu fou. Il m'a fait subir le supplice du puits et m'a mis dans l'état misérable où tu me vois. Il affirme qu'une jeune fille a dormi avec lui cette nuit et qu'elle est repartie pendant son sommeil.

Il veut à tout prix que je lui dise qui elle est, où elle est et qui est venu la lui prendre. Et moi je n'ai vu ni jeune fille ni jeune homme ! La porte est restée fermée toute la nuit et je dormais en travers du seuil avec la clé sous ma tête. J'ai ouvert moi-même lorsqu'il m'a appelé à l'aube.

Shâhramân s'écria :

— Ô mon fils !

Il s'emporta avec violence contre le vizir qu'il accusa d'être la cause de ce malheur :

— Va voir ce qu'il en est, lui dit-il, trouve ce qui a pu faire perdre la raison à mon enfant.

Le vizir se précipita. Il était tellement effrayé par la colère du souverain qu'il se prenait dans ses robes en courant. Accompagné de l'eunuque, il se rendit promptement à la tour. Le soleil était déjà haut. Il trouva le prince assis sur sa couche qui lisait le Coran. Il le salua, prit place à ses côtés et lui dit :

— Mon seigneur, cet esclave de malheur est venu tenir des propos qui nous ont beaucoup troublés, inquiétés et qui ont provoqué la colère de ton père, le roi.

— Qu'a-t-il donc bien pu vous raconter qui ait troublé mon père ? Cet animal n'a cessé de m'irriter moi-même.

— Il a fait irruption dans la salle du conseil dans une tenue lamentable, et a dit à ton père des choses que je ne saurais te répéter, de purs mensonges dont je n'arrive même plus à me souvenir tellement ils sont énormes. Dieu te garde la jeunesse, une saine raison, un langage éloquent. Fasse que le ciel te préserve de tout acte détestable.

— Mais qu'a-t-il encore inventé, cet esclave de malheur ?

— Que tu aurais perdu la raison, qu'une jeune fille

aurait passé la nuit dernière près de toi, que tu aurais demandé à ce misérable où elle était partie et que tu l'aurais torturé pour le faire avouer.

— Je vois bien, rétorqua Qamar az-Zamân pris de nouveau par la colère, je vois que vous avez bien appris sa leçon à cet esclave.

Et l'aube chassant la nuit, Shahrâzâd dut interrompre son récit.

Lorsque ce fut la cent quatre-vingt-huitième nuit, elle dit :

On raconte encore Sire, ô roi bienheureux, que Qamar az-Zamân, rendu de nouveau furieux, dit au vizir :

— Je vois que vous avez bien appris sa leçon à cet esclave. Vous lui avez interdit de me parler de cette jeune fille qui a dormi la nuit dernière près de moi. Mais tu es, toi, plus raisonnable que cet esclave et tu vas me dire sur-le-champ où elle est. C'est vous qui me l'avez envoyée en lui ordonnant de dormir contre moi. Nous avons donc passé la nuit couchés l'un près de l'autre. Lorsque je me suis éveillé à l'aube, elle avait disparu. Où est-elle ?

— Seigneur Qamar az-Zamân, que le nom de Dieu soit autour de toi. Je te jure que nous n'avons envoyé personne cette nuit. Tu as dormi seul. La porte était fermée et l'eunuque a passé toute sa nuit en travers du seuil. Personne n'est venu te voir, ni jeune fille ni quelqu'un d'autre. Retrouve la raison, mon seigneur, reprends tes esprits et ne te mets pas tout cela en tête.

— Vizir, s'écria le prince plein de colère, cette jeune fille est mon aimée, la belle aux yeux noirs et aux joues vermeilles que j'ai tenue enlacée toute la nuit.

— Seigneur, répondit le vizir ahuri, as-tu bien vu

cette jeune fille de tes yeux et dans la réalité ou seulement en rêve ?

— Misérable vieillard, crois-tu par hasard que je l'ai vue avec mes oreilles ? Je l'ai vue de mes propres yeux et en état de veille. Je l'ai touchée de mes mains, j'ai passé la moitié de ma nuit à m'emplir de sa beauté, de sa grâce, de son élégance et de son charme. C'est vous qui lui avez donné l'ordre ou le conseil de ne point me répondre. Elle a fait semblant d'être plongée dans un profond sommeil et j'ai dormi à ses côtés jusqu'à l'aube. Lorsque je me suis éveillé, elle n'était plus là.

— Seigneur Qamar az-Zamân, peut-être étais-tu endormi et as-tu fait une sorte de cauchemar ou t'es-tu imaginé tout cela ? Peut-être as-tu avalé quelque nourriture indigeste ? Peut-être est-ce simplement quelque suggestion démoniaque ?

— Tu te moques donc de moi à ton tour, sinistre vieillard, voilà que tu me parles de cauchemar alors que l'eunuque allait avouer et qu'il devait revenir me dire toute la vérité.

Qamar az-Zamân se dressa soudain, fit face au vizir et le saisit par la barbe qu'il avait fort longue. Il l'enroula autour de sa main et, serrant le poing, jeta à terre le vieil homme. Celui-ci sentit son âme lui monter au bord des lèvres tellement le prince tirait sur sa barbe. Le jeune homme lui donnait maintenant des coups de pied, lui assenait des coups de poing dans la poitrine et sur les côtes, lui administrait d'énormes gifles sur la nuque. Le vizir crut sa dernière heure venue : « Si l'esclave, se disait-il, s'est tiré des mains de ce jeune fou en mentant, je puis faire aussi bien et me tirer d'affaire grâce à un mensonge. Il est capable, sinon, de me faire périr car il a assurément perdu la raison et sa folie ne fait plus de doute. Il me faut donc mentir. »

— Seigneur, ne m'en veux pas. Ton père m'a conseillé de ne point te parler de cette jeune fille. Mais je n'en peux plus, tes coups m'ont brisé le corps ; je suis un vieil homme sans forces qui ne peut supporter pareille souffrance. Laisse-moi me remettre, je vais te parler et te raconter toute l'histoire.

— Pourquoi a-t-il fallu que je te traite fort mal et que je te frappe pour que tu te décides à me dire la vérité ? Relève-toi, veillard de malheur, et parle-moi d'elle.

— Il s'agit bien de cette jeune fille au beau visage et à la taille flexible ?

— Oui, c'est cela même, c'est elle. Dis-moi qui l'a introduite ici, et l'a fait dormir près de moi pour venir la reprendre dans la nuit. Où est-elle à cette heure que j'aille la chercher moi-même ? Si c'est mon père le roi Shâhramân qui a ourdi tout cela, et a dépêché cette jeune beauté pour me mettre à l'épreuve et me forcer à épouser une femme, dis-lui que je satisferai ses désirs. Il n'a agi de la sorte que parce que je refusais le mariage. Je me rends à ses vues et suis satisfait de ses dispositions. Informe-le de tout cela et prie-le de me marier à cette jeune fille. Je ne veux qu'elle et mon cœur n'en aimera pas d'autre. Va, cours et dis à mon père de hâter les noces. Reviens me faire part de sa réponse sur l'heure.

— Bien, mon seigneur, dit le vizir qui n'en croyait pas ses oreilles et ne pouvait imaginer qu'il s'en tirait à si bon compte.

Il se précipita et sortit de la tour. Il était tellement apeuré et effrayé qu'il butait à chaque pas. Il courut jusqu'à la salle du conseil où l'attendait le roi Shâhramân.

Et l'aube chassant la nuit, Shahrâzâd dut interrompre son récit.

Lorsque ce fut la cent quatre-vingt-neuvième nuit, elle dit :

On raconte encore Sire, ô roi bienheureux, que le vizir sortit de la tour et ne cessa de courir jusqu'à ce qu'il fût arrivé à la salle du conseil où l'attendait Shâhramân. Lorsque celui-ci vit l'état dans lequel il était, il lui demanda :

— Quel est le malheur qui te frappe, quelle infortune sur toi s'abat, pourquoi te vois-je dans l'embarras, la frayeur peinte sur ton visage ?

— Sache que ton fils Qamar az-Zamân a perdu la raison et qu'il est devenu complètement fou.

— Vizir, répondit le roi après que l'univers se fut assombri à ses yeux, décris-moi donc cette folie.

Le vieil homme s'exécuta et fit un récit détaillé de sa visite à la tour.

— Réjouis-toi, dit le roi, car je vais te donner la récompense qui convient pour la bonne nouvelle que tu m'annonces de la folie de mon fils. Je vais te faire couper la tête et confisquer tes biens, ô le plus néfaste des ministres, le plus funeste des émirs. Je sais maintenant que tu as causé la folie du prince par tes conseils. Homme de peu de jugement dont les avis par deux fois se sont révélés désastreux. Si vraiment mon héritier est atteint par la maladie ou la folie, je te ferai enfoncer un clou dans les yeux, je t'apprendrai le goût du malheur.

Le souverain quitta son lit d'apparat et se fit conduire à la tour par le vizir. Lorsqu'ils entrèrent dans la chambre où se tenait Qamar az-Zamân, celui-ci se hâta de descendre de sa couche pour aller baiser les mains de son père. Puis il se recula au fond de la pièce et se tint debout, la tête baissée, les mains croisées derrière le dos, et resta un long moment sans faire le moindre mouvement. Puis il leva la tête et considéra le roi. Il laissa couler ses larmes sur ses joues et récita ces vers :

> *Si j'ai naguère commis un crime*
> *à ton encontre et, pis encore, un forfait,*
> *Je pleure ma faute et demande ta bonté*
> *pour qui implore ton pardon.*

Le roi prit son fils entre ses bras, le baisa entre les yeux et l'assit sur le lit à ses côtés. Il lança un regard furieux vers le vizir et lui dit :

— Comment as-tu pu, ô toi le plus misérable des ministres, comment as-tu pu tenir tous ces propos concernant le prince et mettre mon pauvre cœur à la torture ? Quel jour sommes-nous, ajouta-t-il en se tournant vers Qamar az-Zamân ?

— Nous sommes le samedi, Père, qui sera suivi du dimanche, puis du lundi, du mardi, du mercredi, du jeudi et du vendredi.

— Loué soit le Seigneur, ta raison est intacte ! Et quel est le nom arabe du mois où nous sommes ?

— Nous sommes en *Dhû l-Qa'da* qui sera suivi de *Dhû l-Ḥijja, Muḥarram, Safar, Rabî' al-Awwal, Rabî' ath Thânî, Jumâdâ al-Ûlâ, Jumâdâ ath-Thâniyya, Rajab, Sha'bân, Ramaḍân, Shawâl.*

Le roi fut transporté de joie et cracha au visage du vizir en disant :

— Comment as-tu osé prétendre, vieillard de malheur, que mon fils était devenu fou ? Il n'y a que toi de fou ici.

Le vizir remua la tête comme s'il se préparait à parler. Mais il se ravisa et préféra attendre un peu pour voir ce qui allait se passer. Le roi, en effet, demandait à son fils :

— Quels sont ces propos que tu as tenus à l'eunuque et au vizir en affirmant que tu avais dormi cette nuit avec une belle jeune fille? Qu'est-ce donc que cette histoire?

— Père, dit Qamar az-Zamân en éclatant de rire, je n'ai vraiment plus la force de supporter cette plaisanterie. N'ajoutez pas un mot à ce propos. Tout cela m'énerve. Sois assuré, mon père, que j'accepte maintenant de me marier à condition que cela soit avec cette jeune fille qui a dormi chez moi la nuit dernière. Je suis sûr que c'est toi qui l'a envoyée pour me la faire désirer. Après cela, tu l'as fait partir avant l'aube de chez moi.

— Que le nom de Dieu soit autour de toi, mon fils. Que ta raison soit préservée de la folie.

Et l'aube chassant la nuit, Shahrâzâd dut interrompre son récit.

Lorsque ce fut la cent quatre-vingt-dixième nuit, elle dit:

On raconte encore, Sire, ô roi bienheureux, que Shâhramân dit à Qamar az-Zamân:

— Que le nom de Dieu soit autour de toi, mon fils. Que ta raison soit préservée de la folie. Quelle est cette histoire de jeune fille dont tu prétends que je te l'ai envoyée cette nuit pour la faire reprendre avant l'aube? Je te le jure par Dieu, j'ignore tout de cela. Je te supplie de me dire s'il s'agit d'un cauchemar ou de visions provoquées par une nourriture indigeste. Tu t'es endormi l'esprit préoccupé par cette affaire de mariage. Tu étais obsédé par cette idée. Dieu maudisse le mariage et celui qui l'a conseillé. Il ne fait plus de doute après tout cela que ta nature s'y refuse. Tu as donc vu en songe une belle jeune fille qui te tenait enlacé et tu es persuadé que tu l'as vue dans la réalité. Crois-moi, tout cela n'est qu'un rêve.

— N'en parlons plus! Es-tu prêt à me jurer par Dieu, le Créateur, l'Omniscient, Celui qui brise les puissants et fait périr les Chosroès, à me jurer que tu n'as aucune connaissance de cette jeune fille ni du lieu où elle peut habiter?

— Par Dieu immense, Celui d'Abraham et de Moïse, je jure que je ne sais rien de tout cela et que je n'en ai jamais entendu parler. Je te répète que c'est un cauchemar que tu as fait pendant ton sommeil.

— Eh bien je vais te prouver, moi, qu'il s'agissait bien de la réalité.

Et l'aube chassant la nuit, Shahrâzâd dut interrompre son récit.

Lorsque ce fut la cent quatre-vingt-onzième nuit, elle dit :

On raconte encore, Sire, ô roi bienheureux, que Qamar az-Zamân dit à son père :

— Eh bien, je vais te prouver, moi, que tout cela se passait dans la réalité. Peux-tu me dire s'il est arrivé que quelqu'un, rêvant de bataille, se voie en train de combattre au cœur de la mêlée, et se réveille tenant dans sa main un sabre maculé de sang? Cela est-il arrivé?

— Cela est parfaitement impossible, je te le jure.

— Eh bien, je t'apprends que cela m'est arrivé. Cette nuit, j'ai rêvé que je me réveillais au milieu de la nuit et que je trouvais une jeune fille qui dormait à mes côtés. Elle me ressemblait parfaitement tant par la taille que par la physionomie. Je l'ai enlacée puis retournée de ma propre main. Ensuite, je lui ai retiré sa bague et l'ai passée à mon doigt avant de retirer la mienne et de la passer à son doigt. J'ai dormi près

d'elle sans la toucher par pudeur à ton égard et par
crainte que tu ne l'aies toi-même envoyée pour
m'éprouver. J'ai même cru que tu étais caché quelque
part pour voir ce que je ferais. Du coup, je n'ai même
pas osé l'embrasser sur la bouche. J'étais sûr que ce
stratagème était destiné à me faire accepter le
mariage. Lorsque je me suis réveillé à l'aube, il n'y
avait plus trace de la jeune fille dans la chambre et je
ne pus savoir ce qu'il en était. C'est alors que je reçus
les visites successives de l'eunuque et du vizir. Explique-moi donc comment tout cela ne peut être qu'illu-
sion et rêve, alors que la bague est bien réelle ? Sans
elle, je croirais volontiers qu'il s'agissait d'un songe.
Mais elle est ici, passée à mon petit doigt. Regarde, roi,
si ce n'est pas une bague de femme.

Shâhramân prit le bijou, l'examina attentivement, le
tourna et retourna avant de dire :

— Cette bague est un indice tout à fait important,
c'est un élément concret. Ce qui s'est passé cette nuit
avec cette jeune fille est une énigme. J'ignore d'où cela
nous est venu, je sais seulement que le vizir est la cause
de tous nos ennuis. Je te supplie d'être patient, mon
fils, jusqu'à ce que Dieu dissipe tes soucis et t'apporte
une belle consolation. Le poète n'a-t-il pas dit :

> *Peut-être que le temps tournera bride*
> *et me rendra heureux, lui qui est versatile !*
> *Que soient comblés mes vœux, accomplis mes espoirs*
> *et qu'après cet orage commence le printemps.*

Mon fils, j'ai la preuve que tu n'es pas fou. Mais ton
histoire est bien étrange et seul Dieu peut nous la faire
comprendre.

— Père, accorde-moi une faveur, fais rechercher
cette jeune fille et amène-la-moi car je me sens prêt à

mourir de tristesse et personne ne se doutera que je meurs.

Le cœur plein d'émotion amoureuse, Qamar az-Zamân récita ce poème :

Si la promesse de vous donner n'est que mensonge,
*   au moins par le rêve unissez-vous à qui vous aime ou*
*   rendez-lui visite !*
Comment dire qu'un spectre vient hanter mes songes
*   alors que le sommeil se refuse et me fuit.*
Vous avez laissé dans mon cœur en partant
*   un feu qui met au cœur sa morsure profonde.*
L'envieux se réjouit de me voir esseulé,
*   jusques à quand serai-je et seul et envié ?*
Mes larmes se répandent partout où vous étiez
*   et l'âme se déchire aux pièges du désir.*
La tristesse d'amour affronte ma patience,
*   ma patience se brise, amour sans espérance !*

— Père, dit-il après avoir dit ces vers, ma patience est épuisée.

Le roi se tordit les mains en disant :

— Il n'y a rien à faire. On a dû te jeter un mauvais sort.

Il prit son fils par le bras et revint avec lui au palais. À compter de ce moment-là, Qamar az-Zamân prit le lit. Son père se tenait tristement à son chevet. Il pleurait, maudissait cette heure, se plaignait de ce qui arrivait et survenait. Il s'écria :

Fortune m'est contraire et résiste en ennemi,
*   chaque jour passant me donne douleur en partage.*
Si un jour s'illumine d'un limpide bonheur,
*   le lendemain s'obscurcit aussitôt de souffrance.*

Qamar az-Zamân ne mangeait ni ne buvait plus. Il
passait son temps à murmurer : « Ô sa taille ! ô sa
beauté ! ô son port ! » Il pleurait nuit et jour et versait
d'intarissables larmes. Son père ne le quittait plus des
yeux. Un jour, le vizir vint le rejoindre et s'assit aux
pieds du prince. Celui-ci ouvrit les yeux, fixa successivement son père et le ministre puis se reprit à pleurer.
Tout humble et brisé, il se tourna vers son père et
récita ce poème.

Et l'aube chassant la nuit, Shahrâzâd dut interrompre son récit.

Lorsque ce fut la cent quatre-vingt-douzième nuit,
elle dit :

On raconte encore, Sire, ô roi bienheureux, que
Qamar az-Zamân récita ce poème :

Prenez garde à son regard, il ensorcelle
  et celui qu'elle épie ne peut en réchapper.
Car les yeux noirs qui se font doux
  ont le tranchant des sabres clairs.
Ne vous prenez pas au miel de ses paroles,
  l'ardeur de votre feu vous ravirait la raison.
Si délicate qu'une rose touchant sa joue
  ferait couler sa larme à flots.
Et si dans son sommeil le vent léchait son ombre,
  il s'en irait chargé des parfums de son corps.
Ses colliers jalousent ses riches ceintures,
  à ses poignets ses bracelets restent muets.
Et des pendants d'oreille aux anneaux de cheville,
  ses tresses de cheveux mesurent notre désir.
Celui qui me juge ne me trouve nulle excuse,
  à quoi servent les yeux si l'on n'a point d'esprit ?
Ô juge injuste, que le Seigneur te confonde :
  ceux qui voient sa beauté, savent le prix de ce faon.

Lorsque le prince eut dit ce poème, le vizir s'adressa en ces termes à son père :

— Roi de ce siècle et de tous les temps, jusques à quand vas-tu négliger les devoirs du royaume pour rester au chevet de ton fils ? À ne plus recevoir les grands responsables de l'état, tu risques de porter atteinte au bon ordre de ton gouvernement. Lorsque le sage est atteint de blessures diverses, il doit commencer par soigner la plus grave. Je suis d'avis que tu ne gardes pas ton fils près de toi, mais que tu le fasses transporter au sérail sur la mer où tu pourras lui consacrer la majeure partie de ton temps. Tu réserveras le jeudi et le lundi de chaque semaine pour tenir ton conseil et recevoir le cortège des gens venus te saluer. Ainsi les émirs, les vizirs, les chambellans, les lieutenants du royaume, les responsables de l'état, les officiers particuliers de la cour, les soldats et sujets pourront venir t'exposer leurs affaires. Tu seras en mesure de répondre à leurs demandes, de juger entre eux, de prendre et de donner, d'ordonner et d'interdire. Tu consacreras les autres jours de la semaine à Qamar az-Zamân. Tu pourras attendre de cette façon que Dieu mette un terme à ton inquiétude. Ne te crois pas garanti, ô mon souverain, contre les vicissitudes du sort et les atteintes du destin. Le sage doit être toujours sur ses gardes. Et que le poète a bien dit :

Tu te fies aux jours qui te sont favorables
  sans craindre que le sort te devienne néfaste.
Tu te leurres aux nuits qui te laissent en paix,
  car les nuits les plus claires savent cacher l'orage.
Ô bonnes gens qu'un jour le destin favorise,
  prenez garde sans cesse qu'il montre sa traîtrise !

Le souverain trouva ce discours fort sage et le conseil judicieux. Il fut impressionné par les arguments du vizir et comprit qu'il pouvait mettre en péril son royaume. Il ordonna sur-le-champ de transférer son fils au sérail sur la mer. Ce palais était bâti sur une île à laquelle on accédait par une chaussée large de vingt coudées. Il s'ouvrait sur les flots par d'innombrables fenêtres grillagées, son sol était revêtu de marbre multicolore, son plafond peint des couleurs les plus riches et incrusté d'or et de lapis-lazuli. Dans une vaste pièce, on dressa un lit recouvert d'une soie somptueuse. On étendit des tapis damassés. Les murs furent recouverts de tentures de brocart. Les rideaux étaient ornés de pierres précieuses. Le lit du prince était fait de bois de genévrier incrusté de perles et de joyaux. On assit Qamar az-Zamân sur sa couche. Il était tellement occupé par le souvenir de la jeune fille et dévoré par sa passion que son teint s'était altéré et son corps tout amaigri. Il ne mangeait, ne buvait et ne dormait plus. Il donnait l'impression d'être malade depuis vingt ans. Son père s'asseyait à son chevet le cœur plein d'une immense tristesse.

Chaque lundi et chaque jeudi le roi recevait dans ce palais les émirs, les chambellans, les lieutenants du royaume, les responsables de l'état, les soldats et les sujets. Chacun remplissait devant lui les devoirs de ses charges et de ses fonctions. Ils restaient à travailler ainsi jusqu'à la fin du jour puis s'en retournaient à leurs occupations. Le monarque se rendait alors auprès de son fils et ne le quittait plus ni de jour ni de nuit. Ainsi les jours et les nuits passèrent.

Voilà pour ce qui est du prince Qamar az-Zamân, fils du roi Shâhramân. Voyons ce qui advint de la princesse Budûr, fille du roi al-Ghayûr, maître des îles et

des mers alentours et des sept palais aux mille
tours. Les démons l'avaient ramenée dans son lit
où elle dormit jusqu'à l'aube. Lorsqu'elle se fut
réveillée, elle s'assit et se tourna de tous côtés
sans voir le jeune homme qu'elle avait tenu contre
elle. Son cœur se mit à battre. Elle crut perdre la
raison et poussa un véritable hurlement. Servantes,
nourrices, gouvernantes furent brutalement tirées
de leur sommeil. Elles se précipitèrent chez la
princesse et la plus âgée d'entre elles s'inquiéta :

— Princesse que t'arrive-t-il ?

— Misérable vieillarde, où est mon aimé, où est
ce beau jeune homme qui a passé cette nuit
contre moi ? Où est-il parti ?

Lorsque la gouvernante entendit ces paroles, le
jour s'assombrit pour elle. Elle fut prise d'une
frayeur terrible :

— Princesse Budûr, quels méchants propos tiens-
tu là ?

— Où est mon amant, sinistre vieille, ce beau
jeune homme au gracieux visage, à la taille souple, aux yeux de charbon, aux sourcils qui se joi-
gnent, qui a passé la nuit chez moi, cette nuit
même, de l'heure du dîner à celle de l'aube ?

— Je le jure par Dieu, je n'ai vu ni jeune
homme ni autre personne. Je te supplie de ne pas
poursuivre cette plaisanterie qui dépasse les limites. Si elle parvient aux oreilles de ton père, c'en
est fait de nous. Nul ne pourra nous tirer de ses
mains.

Et l'aube chassant la nuit, Shahrâzâd dut interrompre son récit.

Lorsque ce fut la cent quatre-vingt-treizième
nuit, elle dit :

On raconte encore, Sire, ô roi bienheureux, que la gouvernante dit à la princesse Budûr :

— Je te supplie de ne pas poursuivre cette plaisanterie qui dépasse les limites. Si elle parvient aux oreilles de ton père, c'en est fait de nous. Nul ne pourra nous tirer de ses mains.

— Et moi je te dis qu'un jeune homme a passé cette nuit chez moi et il a le plus beau visage du monde.

— Dieu te garde la raison, personne n'a passé cette nuit chez toi.

À ce moment-là, le regard de Budûr se porta sur sa main. Elle vit que l'anneau de Qamar az-Zamân était passé à son doigt et qu'elle ne portait plus le sien. Elle dit alors à la gouvernante :

— Malheur à toi, ô maudite, traîtresse, tu as osé me mentir, me soutenir que personne n'avait passé la nuit chez moi et en faire le serment sur Dieu ?

— Je suis une vieille femme tout près de la tombe. Voudrais-tu me perdre et me conduire à la mort ? Dieu ne te permettrait pas cela.

— Tu te moques de moi, vieillarde. Viens, nous allons jouer à deux.

Elle sauta du lit, se saisit de la gouvernante et la jeta par terre. Les robes de la pauvre femme se soulevèrent et laissèrent voir qu'elle était entièrement nue. Budûr s'assit sur sa poitrine et ordonna à toutes les servantes de venir maintenir sa victime en lui tenant les mains et les pieds. Elle lui découvrit la tête et se mit à lui arracher les cheveux par poignées. Budûr était comme furieuse, les serviteurs, les servantes et les esclaves se mirent à hurler d'effroi.

Lorsque la vieille gouvernante qui s'était évanouie, revint à elle, elle se retrouva seule. Elle se précipita chez la mère de Budûr pour l'avertir de ce qui venait de se passer et la supplier d'intervenir. Cette dernière se rendit en toute hâte auprès de sa fille. Elle la salua et reçut d'elle les salutations les plus courtoises. Elle s'assit auprès de Budûr, prit de ses nouvelles et lui demanda si tout ce qu'on lui avait raconté était vrai.

— Mère, ma patience est à bout, je ne supporte pas l'absence de mon amant, de l'aimé de mon cœur, de ce beau jeune homme que j'ai tenu enlacé jusqu'à l'aube.

Qu'il est beau! La beauté n'est que l'un de ses traits
et il n'est de magie que celle de ses gestes.
C'est un astre. Si la lune lui demandait d'illuminer
la nuit, il serait son halo.
Si le croissant à l'horizon se mirait à son visage,
il y verrait comme un astre sur son orbe.
Un grain de beauté marque la plage lisse de sa joue
comme si une encre calligraphiait une morsure.
Il commet des péchés pour piller nos âmes,
que Dieu nous comble de bienfaits!
Je me languis sans fin du moment où je puis l'aimer
pour qu'il approche enfin et cesse d'être traître.
La nuit de notre amour, j'ai pris sur moi les péchés de ce
monde et su cacher toutes ses fautes.
Nous avons passé la nuit enlacés, ivres
des ivresses de mon amour et de ses mots.
Je l'ai serré comme un avare étreint sa fortune
et se penche sur elle et de partout la frôle.
Puis je l'ai enlacée comme un
faon que je craignais de voir s'enfuir.

Dès qu'elle eut entendu ces mots, la mère se frappa le visage et s'écria :

— Ma fille, es-tu devenue folle? Qu'est-ce que ces paroles? N'as-tu pas honte?

— Mère, que Dieu soit avec toi. Ne me torture pas, marie-moi à l'amant qui a dormi près de moi cette nuit. Si tu ne le fais pas, je me tuerai.

— Personne n'a dormi auprès de toi cette nuit.

— Tu mens, tu mens.

Budûr se jeta sur sa mère, lui griffa le visage, la renversa, s'assit sur elle et se mit à lui déchirer tous ses vêtements. La pauvre femme comprit alors que sa fille était folle. Il n'y a de puissance et de force qu'en Dieu, le Très Haut, l'Immense. Elle appela à son secours les servantes qui la délivrèrent, puis elle se précipita chez le roi al-Ghayûr auquel elle raconta les faits en pleurant.

Le monarque tout ému se rendit immédiatement auprès de la princesse et lui demanda de lui donner des explications :

— Père, où est le jeune homme qui a dormi auprès de moi cette nuit ? Il faut que je l'épouse aujourd'hui même.

Elle semblait avoir perdu la raison. Ses regards allaient en tout sens. Elle déchira sa robe jusqu'en bas. Lorsque son père vit dans quel état elle se mettait, il ordonna aux esclaves de se saisir d'elle. Elles la maîtrisèrent, l'enchaînèrent, lui passèrent un collier de fer qu'elles fixèrent au grillage de l'une des fenêtres du palais et la laissèrent là.

Le roi al-Ghayûr interdit à quiconque sous peine de mort de parler de sa fille et de donner des nouvelles de son état. Il mit des eunuques dans lesquels il avait confiance, de faction devant la porte. Puis il sortit plongé dans une sombre tristesse, car il aimait sa fille et s'affligeait de son malheur. Il prit place sur son trône et convoqua ses ministres et les dignitaires du royaume. Lorsque ceux-ci comparurent et eurent baisé le sol en signe de respect, leur souverain les mit au fait de ce qui advenait à la princesse. Il était persuadé qu'elle était le jouet des démons, l'un d'eutre eux avait pris la forme d'un beau jeune homme et avait passé la nuit avec elle.

— Je ne lui tiens pas rigueur pour une seule raison, dit al-Ghayûr. C'est qu'elle porte au doigt une bague d'homme au chaton de rubis d'une très grande valeur. Je l'ai vue de mes propres yeux. Et je vous prends à témoin : je m'engage à donner ma fille en mariage et la moitié de mon royaume à tout homme qui la soignera et la guérira. Mais s'il échoue, je le ferai décapiter et ordonnerai qu'on accroche sa tête à l'entrée du palais de Budûr.

On fit alors venir des médecins, des astrologues et des maîtres en écriture talismanique. L'un d'entre eux se présenta et demanda à être introduit auprès de la princesse. Le sultan lui rappela la condition qu'il avait édictée :

— Je ne veux pas, ajouta-t-il, si tu venais à échouer, que tu ailles parler d'elle, décrire son teint et sa beauté, et en faire le portrait. L'honneur de ma fille serait ainsi perdu. Par conséquent, tu la guéris et l'épouse, ou je te fais décapiter.

L'homme rentra dans la pièce où se tenait Budûr. Il s'assit, fit des incantations et prononça des formules magiques. La princesse regarda son père et lui dit :

— Pourquoi as-tu fait venir cet homme, tu me fais visiter par des étrangers maintenant ?

— Ma fille bien-aimée, je l'ai fait venir pour qu'il chasse cette créature qui te poursuit et s'est présentée à toi cette nuit.

— Écoute, vieillard de malheur, celui qui m'a visitée n'est pas un démon comme tu t'entêtes à le dire.

C'est un beau jeune homme, mon amant et mon ami, le fruit de mon cœur et la lumière de mes yeux :

> *Ô toi qui veux fendre mon cœur, attends*
>   *un peu, retiens ta flèche !*
> *Ô toi qui commets tant de crimes,*
>   *tu me prives même de salut !*
> *Qui t'a rendu licite ma mort ?*
>   *lève pour moi un peu de ton voile,*
> *Souris, je revivrai peut-être*
>   *de l'un de tes sourires.*
> *Et si tu veux me laisser vivre,*
>   *tu viendras me prendre en ton rêve.*

Lorsque le magicien entendit ces vers, il comprit que la jeune fille était folle et bouleversée par sa passion. Il eut honte d'apprendre au roi que sa fille était amoureuse. Il se prosterna devant lui et dit :

— Sire, je n'arrive pas à la guérir.

Le roi se saisit de lui, le ramena à la salle du conseil et ordonna qu'on l'exécute, ce qui fut fait. Les émirs présents s'écrièrent :

— Dieu maudisse quiconque l'envierait pour ces noces !

À la suite de cette exécution, plus personne ne se présenta pour tenter l'aventure. Le roi passait ses jours à ruminer sa peine. Il ne mangeait ni ne buvait. Il commanda aux crieurs publics de lire à travers la ville, dans les îles du Golfe, sur toutes les mers, dans toutes les forteresses surveillant la côte, dans tous les villages cette proclamation :

« Que tout astrologue se présente au souverain, le roi al-Ghayûr, le maître des îles et des mers alentour et des sept palais aux mille tours. »

Les crieurs parcoururent le royaume, accompagnés

des gouverneurs de province. À leur appel répondirent les gens de toutes les contrées et de tous les pays. Une foule considérable se rassembla, faite aussi bien de savants que d'ignorants, et se porta vers le palais. Le roi considéra cet attroupement et donna l'ordre qu'on fit venir le cadi et les témoins auxquels il s'adressa en ces termes :

— Je vous prends à témoin, vous les magistrats et vous aussi qui êtes assemblés ici, quiconque guérira ma fille deviendra son époux et recevra en partage la moitié de mon royaume et de mes biens. Mais s'il pénètre dans sa chambre et n'arrive pas à la guérir, la mort sera sa récompense.

Les magistrats prirent acte du serment. Un astrologue s'avança, baisa le sol devant le monarque et son entourage, et demanda à être introduit auprès de la jeune fille.

— Je la guérirai, dit-il, et si j'y échoue, j'accepte d'être exécuté.

— Et je répète moi, dit le roi, que ma fille sera son épouse s'il la guérit et que je lui donnerai la moitié de mes biens. Prends la main de cet astrologue, dit-il à un serviteur, et conduis-le à la salle où se trouve Budûr.

Le serviteur prit l'astrologue par la main, le guida au long de nombreux couloirs et entra avec lui dans la pièce où se tenait la princesse. L'astrologue la vit enchaînée et ne douta pas un instant qu'elle fût folle. Il s'assit et sortit de son sac un encensoir de cuivre, des plaquettes de plomb, des plumes et du papier. Il fit brûler de l'encens et se mit à tracer des cercles sur le sol et à prononcer des incantations. Budûr le regarda et lui dit :

— Qui es-tu, toi ?

— Ton esclave est un astrologue, je fais des incantations pour faire apparaître l'ami qui t'a visitée et t'a laissée dans l'état où tu es. Je vais l'attirer ici, m'en saisir et l'enfermer dans un flacon de cuivre auquel je mettrai un sceau de plomb et que je jetterai dans la mer.

— Bout de poil de cocu, maudit fils de maudit, c'est ainsi que tu traiterais mon ami ?

— Princesse, c'est un démon.

— Tais-toi, que le démon te prenne au collet. Celui qui est venu me voir est un beau jeune homme aux yeux et aux sourcils noirs. Il a passé la nuit contre moi jusqu'au matin. Est-ce que tu pourrais me le ramener et nous réunir ?

Puis la jeune fille soupira :

Fasse la beauté de ton visage ne pas trahir ma confiance
　　et le parfum de nos étreintes mettre fin à ton absence.
Par notre passion si sincère
　　et notre foi et nos serments,
Sache que je suis sûre de mon amour
　　et n'écoute point les envieux qui médisent de moi.

— Par Dieu, princesse, nul autre que ton cocu de père ne peut te réunir à ton aimé.

Il ramassa ses cuivres, remit ses affaires dans son sac et revint au conseil tout à fait furieux.

— Sire, vous m'avez envoyé chez une folle ou bien une libertine ou bien une délaissée.

— Nous y sommes, répondit le roi. Maintenant que tu as vu ma fille, que tu as violé son intimité et que tu as été incapable de la guérir, tu dis qu'elle a tous les vices. Témoins, que mérite cet homme ?

— La mort.

L'astrologue fut exécuté et sa tête accrochée aux créneaux du palais. Les uns après les autres, médecins et astrologues essayèrent en vain de guérir Budûr. Ils furent décapités et eurent la tête accrochée à la porte du palais. Les gens de la ville venaient contempler en riant les crânes ainsi alignés. C'est ainsi que périrent cent cinquante médecins et astrologues. Nul n'ayant trouvé de remède à ce mal, on cessa d'entreprendre de le soigner. L'histoire remplit de perplexité les savants et les maîtres ès écritures talismaniques.

La princesse Budûr, quant à elle, était plongée dans la tristesse, le désir la dévorait, sa passion la rongeait et elle aimait éperdument au point d'en devenir folle. Elle ne cessait de pleurer et de réciter ces vers :

Mon désir de toi, ô mon astre, est exigeant
et ton souvenir en la nuit me tient compagnie.
Je dors la poitrine dévorée par un feu
dont la brûlure imite la flamme des enfers.
Je suis atteinte d'une passion qui me consume
et la passion qui me consume fait toute ma souffrance.

Budûr gémit et dit encore :

Mon salut aux amis partout où ils se trouvent
et vers l'ami sans cesse c'est toujours que je vais.
Salut à vous et non pas un salut d'adieu
mais un salut sans fin qui sans fin se redit.
Je vous aime et le dis et j'aime vos maisons
mais suis trop loin de vous, ô vous ma déraison.

Budûr pleura tant que ses yeux en furent malades et que son teint s'altéra. Cela dura trois ans. Le roi, son père, en avait un chagrin immense. Et le secret de sa souffrance ne cessait de le tourmenter.

Or, il se trouvait que la vieille gouvernante qui allaita et éleva Budûr, avait un fils nommé Marzawân qui avait grandi avec la princesse et partagé tous ses jeux. Il ressentait pour elle un amour qui était plus que fraternel. Lorsqu'il parvint à l'âge de raison, on lui interdit de rendre visite à sa sœur de lait et il n'était plus revenu au palais depuis dix ans. Il était versé dans l'astronomie, la détermination de la position des astres et le maniement des astrolabes, la géomancie et l'astrologie, l'arithmétique et le comput. Il avait beaucoup voyagé et vécu à l'étranger, fréquenté bien des savants, des médecins et des devins. Et voilà qu'il retournait en son pays et en sa ville au moment même où Budûr vivait les événements que nous savons. Il remarqua les têtes accrochées à la porte du palais. Il s'en fit préciser la raison, puis se rendit chez sa mère qui lui fit fête et lui dit :

— Mon fils, es-tu au courant de ce qui est arrivé à ta sœur Budûr ?

— Je ne suis revenu ici que pour elle. J'ai entendu un voyageur raconter que la princesse, la fille du roi al-Ghayûr, était devenue folle et que son père promettait sa main à celui qui la guérirait et la mort à qui ne pourrait y réussir.

— Le voyageur a dit vrai. Cela fait trois ans qu'elle est dans cet état, un collier de fer passé autour du cou. Les médecins et les savants sont restés impuissants à la guérir.

— Je dois pénétrer jusqu'à elle. Je découvrirai peut-être ce qu'elle a et pourrai la soigner.

— Je crois aussi qu'il le faut, mais attends jusqu'à demain que je trouve un moyen de te faire rentrer.

La vieille gouvernante se rendit sur-le-champ au palais de la princesse Budûr et alla trouver l'officier gardien de la porte. Elle lui fit un beau présent et lui adressa ces paroles :

— J'ai une fille qui a été élevée avec la princesse et qui est mariée. Elle a appris sa malheureuse histoire et ne cesse de penser à elle. Voudrais-tu bien permettre qu'elle vienne lui rendre une très brève visite, juste le temps de la voir avant de s'en retourner. Personne n'en saura rien.

— Cela n'est possible que la nuit, répondit l'officier, après la visite quotidienne du roi. Attends qu'il soit ressorti, je t'introduirai toi et ta fille.

La gouvernante baisa la main de l'officier et s'en revint chez elle. Elle attendit jusqu'au lendemain soir. Lorsque l'heure fut venue, elle habilla Marzawân en femme, lui prit la main et franchit l'enceinte extérieure du palais. La visite du roi à sa fille était terminée et la gouvernante alla jusqu'au corps de garde. L'officier gardien des portes la vit, vint à elle et lui dit :

— Entre mais ne reste pas trop longtemps.

C'est ainsi que Marzawân fut conduit jusqu'à la chambre où était enchaînée Budûr. Deux bougies y étaient allumées. Il retira ses vêtements féminins et salua sa sœur de lait. Il disposa des plumes, des livres et des talismans dont il s'était muni, alluma une bougie qu'il plaça devant lui et prononça des formules d'exorcisme. La princesse le regarda, le reconnut et lui dit :

— Bonjour mon frère Marzawân, comment vas-tu ? Tu es parti en voyage et tu n'as plus donné signe de vie.

— Il est vrai, mais Dieu a permis que je revienne sain et sauf et je dois d'ailleurs repartir. Mais ce que l'on me raconte à ton sujet m'en tient empêché et me brûle le cœur. Je suis venu pour essayer de te tirer de ce malheur.

— Crois-tu, mon frère, que je suis atteinte de folie ?

— Oui.

— Il n'en est rien, je te le jure :

Ils ont dit : « Fou d'aimer comme tu aimes ! »
j'ai dit : « Il n'est de vie qu'en déraison ! »
L'amant de sa passion jamais ne se délie,
    elle qui le jeta sur l'heure en la prison.
Oui, je délire. Qu'on amène l'objet de ma folie
    et s'il sait me guérir, cessez de me blâmer !

Marzawân comprit tout de suite que Budûr était amoureuse :

— Raconte-moi tout ce qui t'est arrivé, lui dit-il. Peut-être pourrai-je faire quelque chose pour te tirer de là.

Et l'aube chassant la nuit, Shahrâzâd dut interrompre son récit.

Lorsque ce fut la cent quatre-vingt-quatorzième nuit, elle dit :

On raconte encore, Sire, ô roi bienheureux, que Marzawân dit à la princesse Budûr :

— Raconte-moi tout ce qui t'est arrivé. Peut-être Dieu m'éclairera-t-Il sur quelques remèdes à tes maux.

— Écoute donc mon histoire, frère. Réveillée au troisième tiers de la nuit, je me mis sur mon séant et vis qu'il y avait dans le lit à côté de moi un jeune homme d'une très grande beauté, si beau que je serais incapable de le décrire. Il avait la souplesse d'une branche de saule et la finesse d'une tige de bambou. Je pensais qu'il était venu m'éprouver sur l'ordre de mon père. Celui-ci m'avait à plusieurs reprises conviée à me marier lorsque des rois lui avaient demandé ma main. Mais j'avais toujours refusé. Pensant donc qu'il s'agissait d'une ruse, je n'ai point essayé de réveiller le jeune homme. Je craignais, si je le caressais et l'enlaçais, qu'il n'aille le raconter au roi.

Au matin, ce n'est plus ma bague que j'avais au doigt mais celle du jeune homme qui avait de son côté pris la mienne. Voilà mon histoire, voilà la cause de ma folie. Frère, à peine l'ai-je vu que je suis tombée profondément amoureuse de lui. Je ressens une telle passion, j'éprouve un tel désir que je n'en dors plus. Je ne fais plus que verser des larmes et réciter des poèmes jour et nuit :

> *Sans cet amour la vie pourrait-elle m'être douce*
> *alors que ce faon pâture dans les cœurs ?*
> *Il verse sans regret le sang de ses amants*
> *tandis que leur âme s'épuise et dépérit.*
> *Il a mon plus fidèle désir,*
> *mais je n'ai point part du sien.*
> *J'attends qu'il consente et gémis*
> *de ma tendresse, mais jamais il ne répond.*
> *Il m'asservit et ce n'est point étrange,*
> *mais étrange serait qu'il veuille me consoler.*
> *Jaloux de mes propres regards et de ma pensée même,*
> *chacune de mes mains surveille l'autre et la garde.*
> *Il est si délicat et subtil*
> *que le plus fin rameau n'a pas son élégance.*
> *Ses prunelles lancent des flèches*
> *meurtrières qui percent nos cœurs.*
> *Il a en mon âme une place*
> *que jamais autre amant ne prendra.*
> *Le reverrai-je avant ma mort*
> *en ce monde qui n'accorde rien ?*
> *Je dois taire un secret, mes larmes seules disent*
> *ce que mon cœur connaît et que découvre l'envieux.*
> *Amour si proche mais qui déjà s'éloigne,*
> *image si lointaine et si présente en moi.*

Regarde, frère, ce que tu peux faire en ce qui m'arrive.

Marzawân ne dit mot et garda la tête baissée. Il était

stupéfait et ne savait que penser. Il leva enfin les yeux sur Budûr et dit :

— Tout ce que tu m'as raconté est vrai mais je n'arrive pas à me l'expliquer. Je vais visiter tous les pays qu'ils soient à l'intérieur des terres ou au bord des mers, les contrées arabes comme les territoires persans, je poserai des questions, je solliciterai, je ferai tout ce qu'il sera possible de faire. Peut-être Dieu me permettra-t-il de trouver un remède. Il te faudra être patiente et montrer de la constance.

Marzawân fit ses adieux à sa sœur, lui baisa les mains et la laissa pendant qu'elle disait ces vers :

Ton ombre se glisse en ma pensée
comme si tu me venais de ton séjour lointain.
L'espérance te rapproche de mon cœur
et l'éclair brûle moins que l'éclat du regard.
Ne me quitte pas, tu es ma lumière
et ton absence m'interdit le sommeil.

Après être sorti du palais, Marzawân se rendit chez sa mère où il passa la nuit. Au matin, il se prépara et prit la route. Il voyagea ainsi de ville en ville et d'île en île durant tout un mois. Il arriva un jour à une cité appelée aṭ-Ṭayrab. Il se mit aussitôt à s'informer auprès des gens dans l'espoir de trouver un remède. Car il n'était question que de la maladie de la princesse Budûr, fille du roi al-Ghayûr, dans toutes les cités où il séjournait ou qu'il traversait. Et c'est seulement à aṭ-Ṭayrab qu'il entendit parler de Qamar az-Zamân, fils du roi Shâhramân. Il était atteint, disait-on, de neurasthénie et de folie. Marzawân demanda quelle était la capitale de ce royaume.

— Elle se trouve dans les îles Khâlidân, à un mois de navigation ou à six mois de marche d'ici.

Marzawân prit un bateau affrété par des commerçants qui se rendaient aux îles Khâlidân. On fit voile un beau jour après la prière de l'aube. Le vent ne cessa d'être favorable un mois durant et ils furent bientôt en vue des maisons et des palais de ces îles. Il ne restait plus qu'à aborder, lorsqu'un vent violent se leva, cassa la vergue, déchira les voiles et les emporta. Le bateau sombra avec tout ce qu'il contenait.

Et l'aube chassant la nuit, Shahrâzâd dut interrompre son récit.

Lorsque ce fut la cent quatre-vingt-quinzième nuit, elle dit :

On raconte encore, Sire, ô roi bienheureux, que le vaisseau sombra avec tout ce qu'il contenait. Chacun ne songea plus qu'à son propre salut. Une vague emporta Marzawân et le jeta sur le rivage juste aux pieds des murailles du palais royal où résidait Qamar az-Zamân. Le destin avait décidé que ce fût le jour où le roi Shâhramân recevait les responsables de l'état, les hauts dignitaires du royaume, les principaux lieutenants et les chambellans qui se tenaient tous debout. Le souverain était assis sur son lit d'apparat ; la tête de son fils reposait sur ses genoux et un serviteur chassait de lui les mouches avec un éventail. Depuis deux jours, Qamar az-Zamân ne disait pas un mot, ne mangeait ni ne buvait. Il était devenu plus mince qu'un fuseau. Le vizir se tenait à ses pieds près d'une fenêtre qui donnait sur la mer. Son regard vint à se porter vers le large et il aperçut Marzawân qui, après avoir lutté contre les flots, en réchappait d'extrême justesse. À bout de force et de souffle, il était le jouet des vagues qui tantôt le déposaient sur le sable et tantôt l'y venaient reprendre. Le vizir l'eut en compassion, s'approcha du souverain et, lui parlant tout bas à l'oreille, demanda la permission de descendre dans la cour du palais et d'ouvrir les portes afin de recueillir un homme qui avait échappé de peu à la noyade.

— Dieu, ajouta-t-il, nous en saura peut-être gré et sauvera ton fils comme nous aurons sauvé cet homme.

— Ne te suffit-il pas, répondit le roi, d'avoir conduit mon fils là où il est ? Si tu introduis ce naufragé, il va voir ce qui se passe ici, constater la maladie de Qamar az-Zamân et se répandre en propos injurieux à mon égard. Mais, je te le jure par Celui qui a déployé la terre et élevé les cieux, si tu le mets en présence du prince et qu'il trahisse ensuite notre secret, ta tête tombera avant la sienne, car tu es la cause première et dernière de tout ce qui nous arrive. Et maintenant, fais comme il te plaira.

Le vizir se leva et ouvrit une porte secrète sur un escalier qui conduisait à la mer. Il descendit vingt marches et arriva sur le sable. Marzawân, encore recouvert par les vagues, gisait là comme un mourant. Le vizir le saisit par les cheveux et le tira au sec. Le naufragé était sur le point de succomber, il avait le ventre plein d'eau et les yeux exorbités. Le vizir attendit qu'il reprît ses esprits avant de lui retirer ses vêtements, de lui passer des habits secs et de lui mettre un turban qui appartenait à un serviteur du palais :

— Sache, dit-il à Marzawân, que je t'ai sauvé de la noyade. Ne sois donc pas cause de ma mort et de la tienne.

Et l'aube chassant la nuit, Shahrâzâd dut interrompre son récit.

Lorsque ce fut la cent quatre-vingt-seizième nuit, elle dit :

On raconte encore, Sire, ô roi bienheureux, que le vizir dit à Marzawân :

— J'étais cause de ton salut, ne soit pas cause de ta perte et de la mienne.

— Comment cela pourrait-il se faire ?

— C'est que tu vas monter maintenant avec moi pour te rendre à la salle du conseil. Tu vas te retrouver parmi des chefs d'armée et des ministres dont aucun ne prononce un seul mot par égard pour Qamar az-Zamân, le fils du sultan.

À la seule évocation de ce nom, Marzawân sut qu'il avait atteint son but. C'était ce prince dont il avait entendu parler et à la recherche duquel il était parti. Mais il fit l'ignorant et s'enquit :

— Et qui est Qamar az-Zamân ?

— Le fils du sultan Shâhramân, l'un des grands rois de ce temps, maître de ce royaume qui a pour nom les îles Khâlidân. Il est étendu sans force sur son lit. Il ne trouve point de repos, ne mange, ne boit ni ne dort, que ce soit la nuit ou le jour. Il est tellement décharné qu'il semble avoir quitté la vie et compter plus parmi les morts que parmi les vivants. Il passe ses jours à se consumer et ses nuits à verser des larmes. Il va sans aucun doute périr, il frôle la mort et nous désespérons de lui, persuadés que nous sommes de son trépas. Prends surtout bien garde de ne pas le fixer trop longtemps ou de regarder ailleurs que là où tu mets les pieds, sinon c'en serait fait de toi et de moi.

— Je te supplie, par Dieu, vizir, fais-moi la grâce de m'en dire un peu plus sur ce pauvre jeune homme que tu viens de me décrire. Quelle est donc la cause de l'état où il se trouve ?

— Je l'ignore tout à fait. Tout ce que je sais, c'est que voici trois ans son père lui demanda de se marier. Il refusa et provoqua ainsi la colère du roi qui le fit jeter en prison. Au matin de la première nuit passée dans sa geôle, il raconta l'étrange histoire que voici. S'étant endormi, il avait vu à ses côtés une jeune fille d'une beauté si grande que personne n'eût pu la décrire. Il nous a affirmé qu'il avait échangé sa propre bague contre la sienne qu'il portait maintenant au doigt. Et nous ne savons toujours pas le fin fond de cette histoire. Par Dieu, mon fils, quand tu seras là-haut, ne regarde pas le fils du roi et va ton chemin sans te tourner à droite ou à gauche, car le souverain m'en veut terriblement.

« Par ma foi, se disait Marzawân, je vais arriver à mes fins. Voici le jeune homme dont Budûr est devenue folle. Ils ont tous les deux refusé le mariage et ont échangé leurs bagues. »

Il suivit donc jusqu'à la salle du conseil le vizir qui alla prendre place aux pieds de Qamar az-Zamân. Marzawân alla sans hésiter se placer devant le prince et le considéra longuement. Le cœur du vizir se glaça d'effroi. Il faisait des clins d'œil désespérés pour que le jeune homme s'en aille, mais celui-ci les ignorait délibérément et poursuivait attentivement son examen. Il comprit qu'il tenait enfin la clé de l'énigme.

Et l'aube chassant la nuit, Shahrâzâd dut interrompre son récit.

Lorsque ce fut la cent quatre-vingt-dix-septième nuit, elle dit :

On raconte encore, Sire, ô roi bienheureux, que Marzawân poursuivit attentivement son examen et comprit qu'il tenait enfin la clé de l'énigme. « Exalté soit Dieu, se dit-il, qui les a créés : Ils ont tous deux même taille, même joue et même teint. » À ce moment, Qamar az-Zamân ouvrit les yeux et prêta attention à ce que disait Marzawân. Celui-ci, voyant que le prince l'écoutait, récita ce poème :

Je te vois éploré, abattu et sans voix,
  toujours à rappeler l'attrait de sa beauté.
Quelle ardeur te tourmente, quelle flèche te frappe
  quand ce cri est poussé par ton cœur éperdu ?

— Ah surtout pas un mot de la 'Âmiriyya :
  je suis jaloux de la bouche qui parle d'elle,
Jaloux de la chemise sur ses flancs
  qui recouvre son corps fragile.
J'envie la coupe qui touche ses lèvres
  et se pose sur elles comme un baiser.
Ne croyez pas que je meurs d'un coup de sabre,
  ce sont ses yeux qui m'ont lancé leurs flèches.
Lorsque nous nous sommes retrouvés, ses doigts
  teints au henné semblaient pressés d'un sang-dragon.
J'ai dit : « Ainsi tu as rougi ta paume en mon absence !
  de l'amant qui erre accablé, c'est donc la récom-
  pense ? »
Ne pouvant plus celer sa flamme, attisant
  en mon âme une braise fatale, elle dit :
« Cesse de calomnier pour m'accuser à tort !
  je le jure, sur ta vie, ce n'est pas du henné.
Mais je t'ai vu partir
  toi qui étais mon bras, mon poignet et ma main.
J'ai versé ce jour-là bien des larmes de sang
  dont ma paume et mes doigts furent bientôt teintés. »
Si mes pleurs avaient su jaillir avant les siens,
  j'aurais guéri mon âme et chassé le regret.
Mais elle pleura d'abord et fit naître
  mes larmes : « Douleur première seule est sincère. »
Ne venez pas blâmer cet amour exalté,
  il me perd moi-même, me brûle et me déchire.
Je pleure à la beauté, visage de lumière,
  qui n'eut sa pareille de Perse à l'Arabie.
Elle a les attaches d'une Khuzâ'iyya, le ventre étroit,

les joues de rose, la bouche parfumée.
Elle a la sagesse de Luqmân, la beauté de Joseph,
　　la voix suave de David et la chasteté de Marie.
Moi j'endure le chagrin de Jacob et la plainte de Jonas
　　et les malheurs de Job et les regrets d'Adam!
Ne me vengez pas si je péris de sa passion mortelle,
　　mais demandez-lui qui lui a permis de verser mon sang.

Lorsque Marzawân récita ce poème, Qamar az-Zamân ressentit une impression de fraîcheur et de paix. Il soupira, passa sa langue sur ses lèvres et dit au roi :

— Père, laisse ce jeune homme venir s'asseoir près de moi.

Et l'aube chassant la nuit, Shahrâzâd dut interrompre son récit.

Lorsque ce fut la cent quatre-vingt-dix-huitième nuit, elle dit :

On raconte encore, Sire, ô roi bienheureux, que Qamar az-Zamân dit au roi :

— Père, laisse ce jeune homme venir s'asseoir à mes côtés.

Lorsque le sultan entendit son fils parler, il en fut bouleversé de joie. Il avait vu non sans colère Marzawân s'avancer vers le lit et avait décidé de le faire décapiter immédiatement. Mais en constatant que son fils reprenait la parole, il bondit, se saisit du jeune homme et le fit asseoir aux côtés du prince et dit :

— Dieu — qu'Il soit loué — assure ton salut.

— Que Dieu garde ton fils et te protège.

— De quel pays es-tu ?

— Des îles du Golfe qui appartiennent au roi al-Ghayûr, le maître des îles et des mers alentour et des sept palais aux mille tours.

— Ton arrivée est une bénédiction pour mon fils. Dieu le sauvera peut-être.

— Si Dieu le Très Haut le veut, les choses ne pourront que bien se terminer.

Marzawân se pencha ensuite vers le prince et lui dit à l'oreille sans que le roi et les gens de sa cour puissent entendre :

— Seigneur, reprends tes esprits, ressaisis-toi et sèche tes larmes. Celle pour laquelle tu souffres est dans le même état que toi. Mais tandis que tu dépérissais sans plus parler, elle a eu la faiblesse de s'emporter. On l'a tenue pour folle et jetée en prison, enchaînée, le cou pris dans un collier de fer. Elle s'est mise dans une bien mauvaise situation. Si Dieu le permet, je dois pouvoir vous guérir tous les deux.

Ces mots rendirent la vie à Qamar az-Zamân qui reprit courage et retrouva des forces. Il fit signe à son père de l'aider à se mettre sur son séant. Le roi qui ne se tenait plus de joie se leva et aida son fils à s'asseoir. Il agita ensuite son mouchoir pour donner l'ordre à tous les chefs de l'armée et à tous les ministres de quitter la grande salle. Il plaça deux oreillers sous la nuque du prince, ordonna que le palais fût parfumé à la fleur de safran et la ville pavoisée, qu'on y battît les tambours et les tambourins et que les crieurs publics appellent les habitants à chanter et à se réjouir. Puis il dit à Marzawân :

— Vraiment, mon fils, ton arrivée est un événement heureux et béni de Dieu. Mon vizir avait raison, nous t'avons sauvé de la noyade et Dieu a sauvé mon enfant.

Le roi commanda qu'on servît à boire et à manger. Marzawân convia Qamar az-Zamân à prendre quelque nourriture et le prince s'exécuta bien volontiers. Le roi ne cessait de remercier son hôte, de prier pour lui et de se réjouir de son arrivée. Lorsqu'il vit son fils

manger, il ne put se retenir et se précipita pour
donner la nouvelle à la mère du prince et aux gens du
palais. On annonça partout la guérison de Qamar az-
Zamân. Les habitants de la ville en liesse se précipitèrent à travers les rues pour exprimer leur allégresse.
Marzawân passa la nuit près de son fils et le roi ne se
résolut pas à les quitter tellement son bonheur était
immense.

Et l'aube chassant la nuit, Shahrâzâd dut interrompre son récit.

Lorsque ce fut la cent quatre-vingt-dix-neuvième
nuit, elle dit :

On raconte encore, Sire, ô roi bienheureux, que
Shâhramân était à ce point heureux de voir son fils
guéri qu'il passa la nuit en sa compagnie et ne quitta sa
chambre qu'au matin. Resté seul avec son ami, le
prince lui raconta toute son histoire.

— Je connais, répondit Marzawân, la jeune fille qui
a dormi près de toi. Elle se nomme la princesse Budûr,
fille du roi al-Ghayûr, dont je vais à mon tour te narrer
l'aventure.

Il décrivit l'amour que la jeune fille avait conçu pour
lui.

— Tout ce qui t'est arrivé avec ton père lui est arrivé
avec le sien. Il ne fait aucun doute que tu l'aimes
autant qu'elle t'aime. Sois ferme et résolu. Je vais te
conduire à elle pour vous réunir bientôt. Je ferai avec
vous ce qu'a dit le poète :

> *Lorsqu'un ami quitte son compagnon*
> *et sans fin s'éloigne de lui,*
> *Je les réunis et unis leurs êtres*
> *comme un clou unit des lames de ciseaux.*

Marzawân ne cessait de fortifier Qamar az-Zamân, de l'encourager, de le distraire et de le pousser à manger et à boire. Le jeune homme se sentait revenir à la vie et retrouvait ses forces. Il semblait sauvé. Marzawân lui récitait des poèmes, lui disait des contes, lui narrait les grandes histoires d'amour des Arabes où les amants souffrent d'être séparés. Peu à peu il recouvrait la santé. Il se dressa un jour sur son séant et demanda à aller au hammam. À cette nouvelle le roi ordonna de pavoiser la ville, de faire battre les tambours et de distribuer des robes d'honneur à tous les soldats de tous grades. Aumônes et dons furent prodigués, or et argent distribués aux pauvres et aux gueux. On suspendit la perception des impôts et libéra les prisonniers.

Marzawân et le prince se lavèrent soigneusement et ressortirent du bain propres et purifiés. Le sultan offrit à son invité une robe d'honneur qui valait mille dinars, lui fit présent d'une somme équivalente et choisit pour lui une jeune fille de son gynécée.

Et l'aube chassant la nuit, Shahrâzâd dut interrompre son récit.

Lorsque ce fut la deux centième nuit, elle dit :

On raconte encore, Sire, ô roi bienheureux, qu'en honneur de la première sortie de Qamar az-Zamân, le roi Shâhramân fit relâcher les prisonniers, offrit des robes d'apparat aux grands dignitaires du royaume et fit des aumônes aux pauvres. La ville fut en fête durant sept jours.

Comme le prince se retrouvait tête à tête avec Marzawân, il lui dit :

— Mon père a pour moi un amour profond et ne peut me quitter plus d'une heure. Je ne vois pas quelle ruse employer pour rejoindre mon aimée. Conseille-moi, je t'obéirai en toute choses.

— Je ne suis venu de chez la princesse Budûr que dans ce but. Je n'ai fait ce voyage que pour la tirer de la situation où elle est. Il nous faut donc trouver une ruse pour partir d'ici, car ton père n'admettra jamais que tu le quittes. J'ai une idée. Demande-lui la permission d'aller chasser. Nous allons prendre des fontes emplies d'or, choisir pour chacun de nous un bon coursier, un cheval de bât et deux dromadaires, l'un de course et l'autre de bât pour l'or, l'équipement, l'eau et les provisions. Nous dirons à ton père que nous voulons parcourir la campagne, nous y promener, chasser et y passer une nuit. Pas un seul serviteur ne doit nous suivre. Dès que nous serons éloignés, nous prendrons la direction du royaume d'al-Ghayûr.

Qamar az-Zamân trouva l'idée excellente. Tout joyeux et ragaillardi, il demanda audience à son père qui lui accorda aussitôt la permission d'aller chasser et ajouta :

— C'est un jour mille fois béni qu'aujourd'hui, mon fils. Tu as retrouvé tes forces et je ne déteste pas te voir les employer. Mais ne passe qu'une nuit dehors et reviens dès demain. Tu sais que je n'ai goût à vivre qu'avec toi. Je n'arrive pas encore à croire que tu es guéri et je dis comme le poète :

Si même je possédais jour et nuit
 et le tapis de Salomon et le pouvoir des Chosroès,
Cela ne vaudrait pas plus pour moi qu'aile de moustique
 si mes yeux sur toi ne pouvaient se porter.

Le roi prescrit qu'on fît les préparatifs pour la chasse de son fils et de Marzawân. On leur choisit quatre chevaux et quatre dromadaires pour l'or, l'équipement, l'eau et les provisions. Le prince inter-

dit à tout serviteur de le suivre. Son père le serra
contre lui, le baisa entre les yeux et dit :

— Je t'adjure par Dieu, mon fils, de ne pas t'absenter plus d'une nuit. Je sais déjà que je n'en dormirai
pas :

> *Te voir arriver est doux, si doux,*
> *t'attendre est cruel, si cruel !*
> *J'avoue : si mon crime est d'aimer,*
> *mon crime est immense, immense.*
> *Brûles-tu comme moi d'une passion mortelle*
> *qui dévore mon cœur des tourments de l'enfer ?*

— Père, si Dieu le veut, je ne m'absenterai qu'une
nuit.

On se fit des adieux et les deux hommes s'en furent
sur leurs coursiers suivis des dromadaires.

Et l'aube chassant la nuit, Shahrâzâd dut interrompre son récit.

Lorsque ce fut la deux cent unième nuit, elle dit :

On raconte encore, Sire, ô roi bienheureux, que
Qamar az-Zamân et Marzawân s'en furent. Ils quittèrent la ville et s'enfoncèrent dans la campagne où ils
cheminèrent jusqu'au soir. Ils firent halte pour se
restaurer, se désaltérer et faire boire leurs bêtes. Après
ce repos, ils reprirent leur route et ne cessèrent
d'avancer ainsi durant trois jours. Au quatrième, ils
aperçurent un paysage vastement espacé où se
déployait une forêt bordée par des prés où murmuraient des sources. Deux routes se croisaient en ce lieu
où ils décidèrent de s'arrêter. Marzawân conduisit à
l'écart un dromadaire de bât. Il l'égorgea, lacéra ses
chairs et broya ses os. Il demanda à Qamar az-Zamân
de lui donner sa chemise et son caleçon qu'il déchira en

morceaux et macula du sang de la bête égorgée. Il prit de la même façon la *jubba* du prince et la déchiqueta au croisement des deux routes. Il laissa ici et là sur le sol une flèche et quelques pièces d'équipement du prince. Il ajouta même quelques lambeaux de chair et débris d'ossements pris au cadavre du dromadaire.

Cela fait, les deux jeunes gens mangèrent et burent avant de remonter en selle et de reprendre la route.

— Pourquoi donc tout cela et à quoi cela va-t-il servir ?

— Le roi Shâhramân nous a permis de nous absenter une nuit, il n'attendra pas une seconde de plus. Dès qu'il aura constaté notre absence, il se sera lancé sur nos traces à la tête d'une troupe. Lorsqu'il arrivera ici, il verra ta chemise et ton caleçon déchiquetés et tachés de sang. Il se dira que tu as été victime soit de coupeurs de route soit de fauves. Il n'aura plus l'espoir de te retrouver et reviendra dans sa capitale. Nous pourrons alors poursuivre notre dessein.

— Bravo, voilà une excellente ruse.

Les deux jeunes gens voyagèrent des jours et des nuits. Lorsque Qamar az-Zamân se retrouvait seul, il poussait des plaintes et pleurait jusqu'à ce qu'enfin son compagnon lui annonce leur arrivée proche au royaume d'al-Ghayûr. Il récita alors ce poème :

Seras-tu cruelle avec un amant qui ne cesse de penser à
  toi,
    et te détourneras-tu après l'avoir désiré ?
Que Dieu m'accable si j'ai trahi l'amour
    et sois puni d'exil si je dis des mensonges !
Quel crime me vaut ta cruauté ?
    si j'en ai commis un, je viens tout repentant.
C'est un destin inouï que d'être abandonné,
    le sort nous promet-il autres étranges choses ?

— Regarde, lui dit à ce moment-là Marzawân, les îles du roi al-Ghayûr apparaissent.

Le prince fut transporté de joie, remercia son compagnon pour tout ce qu'il avait fait, le baisa entre les yeux et le serra contre lui.

Et l'aube chassant la nuit, Shahrâzâd dut interrompre son récit.

Lorsque ce fut la deux cent deuxième nuit, elle dit :

On raconte encore, Sire, ô roi bienheureux, que Qamar az-Zamân, transporté de joie, remercia son compagnon pour tout ce qu'il avait fait, le baisa entre les yeux et le serra contre lui. Ils entrèrent dans la ville et s'installèrent dans un caravansérail où ils se reposèrent pendant trois jours des fatigues du voyage. Le prince revêtit de riches habits de marchand ornés de broderies. Marzawân fit fondre pour lui un bassin de géomancien tout en or incrusté de pierres précieuses. Il lui prépara un attirail d'astrologue où prenaient place un très bel encrier et un calame taillé dans une émeraude sertie d'or. Tout cela lui avait coûté mille dinars. D'une plaque d'argent plaquée d'or il fit un astrolabe.

— Seigneur, tu vas aller maintenant sous les murs du palais et clamer à haute voix :

> *Je suis l'arithméticien, l'écrivain,*
> *Voici chiffres et parchemins*
> *Pour mieux déchiffrer vos destins,*
> *Vos désirs au creux de vos mains*
> *Et tous vos rêves incertains !*
>
> *Médecin digne de mémoire,*
> *Je suis astrologue notoire,*
> *Géomancien divinatoire,*

> *Mes amulettes, mes grimoires,*
> *Mes talismans propitiatoires,*
> *Mes oraisons jaculatoires,*
> *Qui en veut, qui veut me voir ?*

Lorsque le roi t'entendra, il t'enverra chercher pour te faire conduire auprès de la princesse Budûr, ton aimée. Tu seras reçu par lui auparavant. Demande-lui un délai de trois jours pour guérir sa fille. Dis-lui que si tu réussis à la sauver, il doit te la donner en mariage, et que si tu échoues, tu acceptes de subir le sort des autres astrologues. Il sera d'accord et te fera conduire auprès d'elle. Lorsqu'elle te verra, dis-lui qui tu es. Elle retrouvera ses esprits et son calme. Une nuit lui suffira pour se remettre. Fais-la manger et boire. Son père sera comblé et vous mariera. De plus, il te donnera la moitié de son royaume comme il s'y est engagé.

Qamar az-Zamân lui exprima toute sa reconnaissance. Habillé somptueusement, muni de tous les instruments préparés par Marzawân, il alla sous les murs du palais du roi al-Ghayûr et clama à haute voix :

> *Je suis l'arithméticien, l'écrivain,*
> *Voici chiffres et parchemins*
> *Pour mieux déchiffrer vos destins...*

Lorsque les habitants de la ville entendirent ces mots, ils se pressèrent autour du jeune homme. C'est qu'ils n'avaient plus vu depuis longtemps d'astrologue ou de magicien oser s'aventurer près du palais. Ils entourèrent cet inconnu dont ils admiraient la très grande beauté, la finesse de la taille, l'harmonie des proportions. Ils ne cessaient de détailler sa grâce, son élégance et sa perfection. L'un des spectateurs s'approcha de lui et dit :

— Que Dieu soit avec toi, beau jeune homme qui sait si bien dire les choses. Ne t'expose pas au danger et ne te jette pas dans un péril mortel parce que tu désires épouser la princesse Budûr, fille de notre roi. Regarde toi-même ces têtes suspendues. Elles ont toutes appartenu à des hommes qui sont morts de ce désir-là.

Mais Qamar az-Zamân ne prêta aucune oreille à ce que lui avait dit cet homme. Au contraire il reprit de plus belle :

> *Je suis l'arithméticien, l'écrivain,*
> *Voici chiffres et parchemins*
> *Pour mieux déchiffrer vos destins...*

Tous les habitants de la ville essayèrent de le dissuader mais en vain. Il ne les regardait même pas et se disait en lui-même : « *Ne connaît la brûlure que celui qui l'endure.* » Et il lança de toute sa voix :

> *Je suis l'arithméticien, l'écrivain,*
> *Voici chiffres et parchemins*
> *Pour mieux déchiffrer vos destins...*

Et l'aube chassant la nuit, Shahrâzâd dut interrompre son récit.

Lorsque ce fut la deux cent troisième nuit, elle dit :
On raconte encore, Sire, ô roi bienheureux, que Qamar az-Zamân ne prêta aucune attention à ce que lui disaient les gens de la ville et continuait à déclamer son poème. On se mit en colère, on lui dit :

— Tu n'es qu'un jeune idiot, orgueilleux et stupide. Quel dommage pour ta jeunesse et ta grande beauté !

Mais le faux astrologue continuait de plus belle malgré les objurgations. Le roi al-Ghayûr finit par entendre la voix de Qamar az-Zamân et la rumeur qui montait de la rue. Il ordonna à son vizir d'aller quérir l'astrologue. Le vizir se précipita, se saisit du jeune homme au milieu de la foule et le conduisit jusqu'au roi. Lorsqu'il fut devant ce dernier, le faux magicien se prosterna, baisa le sol et récita :

> *Tu as les huit vertus qui couronnent la gloire*
> *et qu'un siècle zélé consacre à ton service.*
> *Savoir et foi, noblesse, générosité,*
> *langage, esprit, fortune et enfin la victoire.*

Le roi le considéra avec attention, le fit approcher puis prendre place à ses côtés.

— Mon fils, lui dit-il, si tu n'es pas astrologue, ne t'expose pas au danger et ne te soumets pas à mes conditions. J'ai en effet décidé de décapiter quiconque serait introduit auprès de ma fille et ne guérirait pas son mal. En revanche, il l'épousera s'il arrive à l'en délivrer. Crois-le bien, ta jeunesse et ta beauté n'y feront rien. Dieu sait, Dieu sait que je te ferai trancher le cou si tu échoues.

— Je n'ignorais rien de tout cela bien avant que je vienne ici et l'accepte.

Le roi fit enregistrer sa décision par les juges puis le confia à un serviteur qui le prit par la main pour le conduire chez la princesse Budûr. Ils longèrent de nombreux corridors et comme Qamar az-Zamân marchait devant, il se mit à presser l'allure. Le serviteur fut obligé de courir pour le rattraper et s'écria :

— Mais qu'as-tu donc à filer ainsi ? Es-tu si pressé d'aller à la mort ? Par ma foi, je n'ai jamais vu un seul des astrologues qui ont visité la princesse se précipiter de la sorte. Mais tu ne sais pas les malheurs qui t'attendent !

Qamar az-Zamân qui s'était arrêté pour l'écouter, tourna le dos au serviteur.

Et l'aube chassant la nuit, Shahrâzâd dut interrompre son récit.

Lorsque ce fut la deux cent quatrième nuit, elle dit :
On raconte encore, Sire, ô roi bienheureux, que le serviteur dit à Qamar az-Zamân :

— Mais attends donc, qu'as-tu à te presser ?

Le prince lui tourna le dos et récita ces vers :

Je sais les traits de ta beauté mais j'ignore,
*   éperdu, ce que disent mes mots.*
C'est un astre, dirais-je, mais les astres déclinent
*   alors que ta beauté est toujours à son plein.*
Un soleil peut-être ? mais jamais ta beauté ne quitte
*   mon regard, alors que le soleil se couche.*
Tes vertus sont parfaites qu'il nous faudrait décrire,
*   mais les plus éloquents y échouent et les plus diserts y*
*   renoncent.*

Le serviteur s'arrêta devant un rideau qui cachait l'entrée. Qamar az-Zamân lui dit :

— Que préfères-tu que je soigne et guérisse ta maîtresse d'ici, ou que je rentre pour le faire ?

— Que tu le fasses d'ici, répondit l'homme stupéfait. Cela ajouterait à tes mérites.

Qamar az-Zamân s'assit donc devant le rideau, sortit un encrier et une plume, prit une feuille et écrivit ces mots :

« ... Lettre de celui qu'afflige une blessure * que la passion égare * que la douleur conduit à la mort * malheur à qui désespère de la vie * malheur à qui est sûr du trépas * dont le cœur endeuillé n'attend ni aide ni secours * dont les yeux sans sommeil * s'emplissent

de chagrin * qui se consume tout le jour * et se torture
au long des nuits * dont le corps épuisé se décharne * et
que jamais un messager de l'amant ne visite. »

Puis il poursuivit sa lettre en vers :

> *Je t'écris le cœur avide de ton souvenir*
> *et mes yeux tout meurtris ont des larmes de sang.*
> *Désir ardent, douleur vêtent mon corps souffrant*
> *d'un voile qui ne peut dérober sa maigreur.*
> *Je pleure ma passion lorsque passion me frappe*
> *et je n'ai plus de lieu où garder ma patience.*
> *Sois généreuse, aie pitié, sois bienveillante,*
> *car mon cœur d'amour se rompt et se déchire.*

Puis il poursuivit sa lettre en prose rimée :
« Du seul et solitaire à l'astre nouveau * de l'amant
captif à son seigneur et maître * de l'errant sans
sommeil au dormeur sans souci * de l'esclave soumis
au seigneur tout-puissant :

Le cœur se guérit de revoir l'ami * n'est plus grande
torture que de quitter l'aimé * et qui trahit l'ami par
Dieu sera puni * qui de vous ou de nous trahit * n'aura
pas ce qui est promis * à cœur cruel, Dieu éternel * rien
de plus beau qu'amour fidèle * »

Puis il signa sa lettre de cette façon :
« L'errant qui soupire d'amour * l'amant qui perdit
la raison * celui que son amour éperdu et sa flamme
ont jeté dans le trouble * le prisonnier de sa souffrance
et de sa soif * Qamar az-Zamân, fils de Shâhramân *
à :

» La perle unique de son siècle * la plus belle des
plus belles Houris * la princesse Budûr fille du roi al-
Ghayûr :

» Sache bien que la nuit je ne trouve sommeil * et
que le jour je ne sais où aller * mon corps malade

s'épuise et s'exténue * l'amant passionné, l'amoureux *
qui pousse de profonds soupirs * qui verse d'abondantes larmes * livré à son vertige * dont l'âme
passionnée s'éteint * le cœur brûlé par son exil *
asservi à sa folie * commensal de la maladie * je suis
l'insomniaque qui jamais ne ferme un œil * l'esclave
dont la larme jamais ne s'épuise * le feu jamais ne
s'éteint * la flamme jamais ne se meurt *. »

Après cela, Qamar az-Zamân écrivit en marge de sa
lettre :

> *Celui qui n'a pour trésor que la grâce de Dieu salue*
>   *celle qui tient en ses mains et son âme et son cœur.*

Puis il ajouta :

> *Accorde-moi quelques paroles, peut-être*
>   *y auras-tu pitié ou mon cœur y sera consolé*
> *Tel est mon amour et telle est ma douleur*
>   *que je néglige toute chose quand je suis négligé.*
> *Dieu la garde l'inaccessible*
>   *dont je cache l'amour dans le lieu le plus cher.*
> *Voici que le destin se montre généreux*
>   *qui me jette aujourd'hui au seuil de l'amie.*
> *J'ai vu Budûr près de moi sur ma couche*
>   *et ma lune s'est éblouie à son soleil.*

Qamar az-Zamân plia sa lettre et écrivit en guise
d'adresse :

> *Trouve en ma lettre ce que ma plume a tracé*
>   *où l'écriture dit et ma détresse et mon tourment.*
> *Ma main écrit, mes yeux de larmes sont baignés,*
>   *l'amour se plaint à la feuille de l'impuissance de la*
>   *plume.*

Et mes larmes sans fin sur la feuille s'écoulent,
   si n'y suffit ma larme, j'y allierai mon sang.

Il ajouta enfin ces derniers mots :

Je t'envoie cette bague que je t'avais prise
   lors de notre rencontre ; retourne-moi la mienne.

Qamar az-Zamân mit la bague dans le feuillet plié de sa lettre et remit le tout au serviteur. Celui-ci entra dans la chambre.
Et l'aube chassant la nuit, Shahrâzâd dut interrompre son récit.

Lorsque ce fut la deux cent cinquième nuit, elle dit :
On raconte encore, Sire, ô roi bienheureux, que Qamar az-Zamân mit la bague dans la lettre et remit le tout au serviteur qui entra dans la pièce où se trouvait la princesse Budûr. Celle-ci prit la missive, l'ouvrit et y trouva sa bague. Elle prit connaissance de la lettre et comprit que l'homme qu'elle aimait se tenait derrière la porte. Telle fut sa joie qu'elle faillit en perdre la raison. Son cœur se dilata d'aise et s'épanouit. De ravissement elle récita ce poème :

Amer fut mon regret de devoir te quitter,
   les larmes de mes yeux ont bien souvent coulé !
J'ai fait le vœu, si le sort voulait un jour nous joindre,
   de ne plus prononcer le mot séparation.
Tellement aujourd'hui l'exaltation m'emporte
   et si grande est ma joie, que je pleure.
Et tant mes yeux ont pris de pleurer l'habitude,
   qu'après tant de douleur, ils pleurent à mon bonheur.

Lorsque Budûr finit de réciter ce poème, elle se tourna vers le mur, y appuya ses pieds et poussa de

toutes ses forces. Elle poussa si fort que ses chaînes se
rompirent de même que le carcan qui lui enserrait le
cou. Elle courut au rideau, se jeta sur Qamar az-
Zamân, lui baisa la bouche et la pénétra comme une
colombe abecque son poussin. Elle le tenait enlacé
tellement son émotion et son désir étaient grands. Puis
elle s'écria :

— Suis-je éveillée ? N'est-ce qu'un rêve ? Dieu a-t-il
eu pitié de nous ? Qu'Il soit loué, Lui qui nous réunit et
met fin à notre désespoir.

Lorsque le serviteur la vit et l'entendit, il s'en fut à
toutes jambes trouver le roi al-Ghayûr, baisa le sol
devant lui et dit :

— Seigneur, cet astrologue est le maître des astrologues, et plus savant que tous réunis. Il a guéri ta
fille au travers d'un rideau, sans même entrer dans la
pièce.

— Es-tu bien sûr de ce que tu dis ?

— Seigneur, viens vérifier toi-même. Elle a retrouvé
tant de force qu'elle a brisé ses chaînes. Elle est sortie,
a enlacé l'astrologue et s'est mise à l'embrasser.

Le souverain, à ces mots, se précipita pour se rendre
auprès de la princesse. Lorsque celle-ci le vit, elle
couvrit ses cheveux et dit ces vers :

> Je n'aime pas le siwâk car
>   si je dis siwâk, je veux dire « sans toi ».
> Mais j'aime le arâk car
>   si je dis arâk, c'est que « je te vois ».

Son père, tout heureux de la voir guérie, se sentait
des ailes car il l'aimait d'un immense amour. Il la
baisa entre les yeux puis se tourna vers Qamar az-
Zamân et lui demanda de quel pays il était. Le prince
l'informa très exactement de tout ce qui le concernait.

Il lui apprit qu'il était le fils du roi Shâhramân et lui
narra dans le détail tout ce qui lui était arrivé et
notamment la nuit passée avec la princesse Budûr et
l'échange des bagues.

Le roi al-Ghayûr, émerveillé par ce récit, s'écria :

— Tout ce que tu viens de dire devrait être mis par
écrit et lu bien après vous aux générations qui se
succéderont.

Il convoqua immédiatement des magistrats et des
témoins pour que soit dressé l'acte de mariage de la
princesse Budûr et de Qamar az-Zamân. Il ordonna
que durant sept jours la ville fût pavoisée. Les tables
furent dressées, les nappes tendues, les fêtes célébrées.
Dans la ville toute parée, les soldats magnifiquement
vêtus défilèrent au son des tambours. Les cadeaux
affluaient de toute part. Qamar az-Zamân se prépara à
rejoindre son épouse. Al-Ghayûr se réjouissait infiniment de la guérison de sa fille et de son mariage. Il
remerciait Dieu de lui avoir fait aimer un beau jeune
homme qui était de plus le fils d'un roi.

On avait magnifiquement paré Budûr. Les deux
époux se ressemblaient trait pour trait. Ils étaient
d'une extrême beauté et avaient en commun la même
grâce et les mêmes bonnes manières. Qamar az-Zamân
dormit cette nuit auprès d'elle après avoir satisfait son
désir. Et Budûr assouvit sa passion de lui, jouissant de
sa beauté et de son charme. Ils s'enlacèrent ainsi la
nuit entière. Le lendemain, le roi offrit un banquet à
tous les habitants des îles intérieures et extérieures. On
déploya les tapis sur le champ de course, on dressa les
tables et on servit des plats somptueux durant tout un
mois.

Ainsi Qamar az-Zamân était venu à bout du mystère
et avait atteint son but. Il vécut dans la plus grande
joie aux côtés de la princesse Budûr jusqu'à cette nuit

où il vit en songe son père. Le roi Shâhramân lui disait :

— Est-ce ainsi mon fils que tu me traites ? Que tu as vite fait de m'oublier ! Je t'en supplie, par Dieu, reviens-moi vite que je te voie une dernière fois avant de mourir.

Puis il lui récita ces vers :

L'astre des ténèbres a disparu, et je suis dans l'effroi
  depuis qu'il m'a laissé à guetter les étoiles.
Patience ô mon cœur, peut-être me reviendra-t-il ?
  patience ô mon âme, supporte ta brûlure.

Qamar az-Zamân se réveilla bouleversé par les reproches de son père. Il raconta son rêve à Budûr qui s'inquiétait de le voir triste et affligé.

Et l'aube chassant la nuit, Shahrâzâd dut interrompre son récit.

Lorsque ce fut la deux cent sixième nuit, elle dit :

On raconte encore, Sire, ô roi bienheureux, que Qamar az-Zamân raconta à la princesse Budûr le songe qu'il avait fait. Ils décidèrent tous deux de se rendre auprès d'al-Ghayûr et de lui demander la permission de partir.

— Je te l'accorde bien volontiers, dit le roi à Qamar az-Zamân.

— Mais, père, je ne puis me séparer de lui, dit Budûr.

— Partez donc ensemble, je te permets de l'accompagner, mais il te faudra venir me rendre visite une fois par an.

Les deux époux baisèrent les mains du roi qui veilla lui-même aux préparatifs du voyage. Il s'occupa des vivres, des équipements et des bagages. Il choisit des chevaux de prix, des dromadaires de race, des mulets et des dromadaires de bât. Il fit préparer pour sa fille une litière tirée par trois mulets et mit à son service des serviteurs et des esclaves. Bref, il s'assura que rien n'allait leur manquer du nécessaire. Le jour du départ, il fit ses adieux à Qamar az-Zamân et lui offrit dix magnifiques robes d'honneur tissées de fil d'or et brochées de pierreries, dix pur-sang, dix chamelles et un trésor de route. Il lui recommanda de prendre grand soin de la princesse. Il accompagna le cortège jusqu'aux limites de sa capitale. Les ministres et les chefs d'armée firent leurs adieux. Le roi alla à la litière où se trouvait Budûr. Il la serra contre lui, l'embrassa et se mit à pleurer en récitant ces vers :

> *Ô toi qui veux nous séparer, retiens un peu tes pas,*
> *le plaisir de l'amour n'est-il pas d'enlacer ?*
> *Retiens un peu tes pas, le temps n'est que traîtrise*
> *et toute union un jour finit par se briser.*

Après avoir fait ses adieux à sa fille, il donna l'accolade au prince son époux qui lui baisa les mains. Puis il s'en retourna dans sa capitale au milieu de son armée.

Qamar az-Zamân ordonna le départ. Jour après jour, la caravane poursuivit son chemin. Au bout d'un mois, ils firent halte dans une très vaste prairie aux verdoyants pâturages. Ils décidèrent d'y planter leurs tentes et d'y laisser leurs bêtes au repos. On cuisina, on mangea et l'on but. Vers midi, la chaleur se fit forte et les voyageurs se réfugièrent sous leurs tentes pour se reposer. Budûr s'endormit sans se douter de ce que le destin préparait. Qamar az-Zamân la rejoignit et la trouva étendue sur le dos. Elle portait une chemise légère faite d'une soie transparente couleur abricot qui

ne cachait rien de son corps. Sa tête était enveloppée
d'une *kûfiyya* tissée de fil d'or et incrustée de perles et
de pierreries. Une brise s'éleva qui souleva la chemise
et laissa voir le nombril et les seins de la jeune femme.
Son ventre était plus blanc que la neige, plus pur que le
cristal, plus tendre que le beurre. Chaque pli délicat de
son ventre pouvait contenir une once de beurre de
muscade. Qamar az-Zamân ressentit encore plus vivement son amour et son désir. Il récita ces vers :

Si l'on me disait tandis qu'un brûlant zéphyr me
      consume,
   que le feu dévore mon cœur et mes entrailles :
« *Veux-tu la revoir et la tenir sous ton regard,*
   ou veux-tu de cette eau limpide et fraîche ? »
Je dirai : « *Je veux la revoir.* »

   Qamar az-Zamân porta la main à la cordelière qui
retenait le saroual. Obéissant à son désir, il tira sur elle
et la défit. Il remarqua alors que la cordelière faisait un
nœud qu'il dénoua. Il y trouva un chaton de bague
rouge comme du sang dragon. Il l'examina et vit qu'il
portait sur deux lignes des caractères d'une écriture
qu'il ne pouvait déchiffrer. Très étonné, il se dit : « Il
faut qu'elle attache une bien grande importance à ce
chaton noué à la cordelière de son saroual et caché sur
la partie la plus intime d'elle-même pour ne jamais
s'en séparer. Que peut-elle donc bien faire de ce bijou
et quel est son secret ? »
   Il voulut l'examiner à la lumière du jour et sortit
pour cela de la tente.
   Et l'aube chassant la nuit, Shahrâzâd dut interrompre son récit.

Lorsque ce fut la deux cent septième nuit, elle dit :

On raconte encore, Sire, ô roi bienheureux, que Qamar az-Zamân prit le chaton de bague pour l'examiner à la lumière du jour. Il était en train d'en considérer les signes, lorsqu'un oiseau fondit du ciel, lui prit le chaton des doigts et s'envola pour se poser un peu plus loin. Le prince, craignant de perdre le bijou, courut pour rattraper l'oiseau. Mais celui-ci s'envolait et allait un peu plus loin à chaque fois que le jeune homme était sur le point de se saisir de lui. L'un courant, l'autre s'envolant, ils ne cessèrent de se poursuivre ainsi de vallée en vallée, de colline en colline, de montagne en montagne et de plaine en plaine jusqu'à ce que la nuit soit tombée. L'oiseau se percha sur un arbre élevé pour dormir. Qamar az-Zamân s'assit contre le tronc. Il était tout perplexe et accablé de faim et de fatigue. Il sentit qu'à s'entêter il courait un danger et décida de revenir sur ses pas. Mais il ne sut quelle direction prendre et la nuit le surprit bientôt.

« Il n'y a de puissance et de force qu'en Dieu le Très-Haut, le Tout-Puissant. *Nous sommes à Dieu et à Lui reviendrons* », se dit-il avec philosophie avant de s'endormir sous l'arbre où perchait l'oiseau. Il se réveilla à l'aube pour constater que le volatile, tiré du sommeil avant lui, était allé se poser un peu plus loin. Qamar az-Zamân se remit à la poursuivre et le manège recommença.

« C'est tout de même curieux, se dit Qamar az-Zamân en souriant. Hier, cet oiseau réglait son vol sur ma course. Aujourd'hui il la règle sur ma marche, comme s'il savait que j'étais fatigué et que je ne pouvais plus courir à sa poursuite. Par Dieu, cela est bien troublant. De toute façon, il faut que je le pourchasse et qu'il me guide pour me sauver la vie ou me faire périr. Je le suivrai où il ira car il ne peut qu'arriver dans un pays habité. »

Le prince se mit donc à marcher au-dessous de l'oiseau. Lorsque la nuit tombait, celui-ci choisissait un arbre pour y dormir. Qamar az-Zamân se nourrissait de plantes et buvait à l'eau des ruisseaux. Au bout de dix jours, il parvint à une hauteur qui dominait une ville habitée. L'oiseau jeta un regard rapide, puis s'envola vers la ville au-dessus de laquelle il disparut. Qamar az-Zamân ne pouvait savoir où il s'était éclipsé.

« Tout cela est bien étrange, se dit-il, mais je dois remercier Dieu qui m'a sauvé en dirigeant mes pas jusqu'ici. »

Il s'assit au bord d'une rivière tout près des portes de la ville. Il s'y lava le visage et les membres puis se donna quelque repos. Mais il se souvint de sa félicité, de la vie heureuse et paisible qu'il menait auprès de son aimée. Il considérait en même temps sa fatigue, sa faim, sa solitude loin des siens. Il ne put retenir ses larmes, les laissa rouler sur ses joues et récita ce poème :

Je cache mais en vain ce que de toi j'endure :
  le sommeil dans mes yeux fait place à l'insomnie.
J'ai dit quand souvenance a terrassé mon cœur :
  « ô temps prends donc ma vie et ne laisse
    Mon âme entre peine et péril ! »
Si le sultan d'amour me rendait sa justice,
  le sommeil de mes yeux ne serait pas enfui.
Seigneur pitié pour un amant près de mourir,
  grâce pour qui fut puissant et s'humilie,
    Qui fut riche et s'appauvrit sous la loi de l'amour.
Reviens ! Que je sois ta rançon, mon cœur affolé se
  consume
  et le désir s'acharne à rompre tous mes membres.

Mais j'ai beau m'humilier, tu restes sans pitié
  et j'ai droit de trahir un secret bien gardé :
      Célèbre fut le Majnûn de Layla qui trahit le sien !
Qui me blâme s'obstine, mais je ne cède point
  et bouche mes oreilles pour me rendre plus sourd.
Ils disent : « Tu aimes une belle ! » Je réponds :
  « j'ai choisi la belle d'entre les belles ! »
      Cessez donc, la destinée vous rend aveugle !

Après avoir dit ces vers, Qamar az-Zamân se reposa
un instant. Il lui fallut peu de temps ensuite pour
gagner les portes et entrer dans la ville.

Et l'aube chassant la nuit, Shahrâzâd dut interrompre son récit.

Lorsque ce fut la deux cent huitième nuit, elle dit :
On raconte encore, Sire, ô roi bienheureux, que
Qamar az-Zamân se reposa un moment puis entra
dans la ville par la porte qui ouvrait sur les terres.
Comme il ne savait où aller exactement, il traversa
toute la cité jusqu'à la porte qui donnait sur la mer.
Sur tout son chemin il ne rencontra pas âme qui vive.
Une fois la deuxième porte passée, il longea le rivage
et parvint enfin à des jardins et à des vergers. Il
s'engagea sous des arbres et marcha jusqu'à ce qu'il
fût arrivé devant la porte d'un jardin. Le jardinier qui
s'en occupait vint à lui pour échanger les saluts
d'usage. Une fois connaissance faite, il dit au jeune
homme :

— Dieu soit loué, tu es sorti sain et sauf de cette
cité. Entre vite ici avant que quelqu'un ne te voie.

Qamar az-Zamân, tout éberlué encore, le suivit et
lui demanda ce qu'il y avait à craindre des habitants
de cette ville.

— Ce sont tous des adorateurs du feu. Explique-moi donc comment tu as réussi à venir ici et ce que tu viens y faire.

Le prince raconta très exactement au jardinier ce qu'il lui était advenu et le brave homme, stupéfait, lui dit :

— Mon fils, la terre d'islam est fort éloignée. Nous en sommes à quatre mois de navigation ou à douze de marche. Nous avons un bateau qui appareille vers elle une fois par an, chargé de négociants et de marchandises. D'ici il se dirige vers la mer des îles d'Ébène qui sont gouvernées par un roi nommé Armânûs, puis se rend aux îles Khâlidân qui font partie du royaume du sultan Shâhramân.

Qamar az-Zamân resta un long moment à réfléchir. Il conclut que rien ne valait mieux pour lui que de demeurer près du jardinier et demanda à ce dernier s'il consentait à le prendre comme aide. Le jardinier accepta bien volontiers. Il revêtit le prince d'une courte tunique de couleur bleue qui lui arrivait aux genoux. Il lui apprit à prendre son tour d'eau pour irriguer les arbres, à désherber à la houe, à bêcher, à manier la pioche. Qamar az-Zamân passait la journée à s'échiner et la nuit à verser d'abondantes larmes. Il ne trouvait de repos ni la nuit ni le jour tellement il souffrait de sa solitude. Il ne cessait de dire des vers destinés à sa bien-aimée comme ce poème :

Vous qui avez promis, pourquoi ne pas tenir,
*   vous qui parlez si bien sans jamais accomplir ?*
Je veille en mon désir pendant que vous dormez,
*   inégale partie entre veille et sommeil !*
Nous nous étions jurés de n'aimer qu'en secret,
*   mais, trompée par un traître, vous nous avez trahis.*
Amis qui partagez la colère et la joie,
*   en tout moment vous êtes mon unique but.*

Mon cœur se torture pour certaine personne,
*   sera-t-elle charitable, aura-t-elle pitié ?*
Tous les yeux ne sont pas comme mes yeux blessés,
*   tout cœur comme mon cœur peut n'être point esclave !*
Injuste, vous avez dit : « l'amour n'est qu'injustice »
*   et eu raison de dire, ah oui, eu bien raison !*
Consolez cet amant dont le serment résiste au temps,
*   même si l'incendie dévore ses entrailles.*
Si celle que j'aime est en amour juge et partie,
*   auprès de qui me plaindre et réclamer justice ?*
Si je n'avais en moi un tel besoin d'aimer,
*   j'aurais pour vous aimer un cœur bien moins captif.*

Voilà ce qui en était de Qamar az-Zamân, fils du roi Shâhramân. Quant à son épouse Budûr, fille du roi al-Ghayûr, elle se réveilla au matin et chercha son mari auprès d'elle sans le trouver. Elle s'aperçut que son saroual était ouvert et que la bague ne se trouvait plus fixée à la cordelière qui lui serrait la taille. « C'est étrange, se dit-elle, où est mon aimé ? On dirait qu'il a pris ma bague et s'en est allé sans en connaître le secret. Où donc peut-il être ? Il faut que ce soit quelque chose de bien extraordinaire qui l'ait fait partir car il ne peut rester loin de moi plus de quelques instants. Dieu maudisse cette bague ! »

La princesse resta à réfléchir un moment et se dit : « Si j'annonce à notre troupe que mon époux a disparu, je vais devenir un objet de désir pour ces gens. Il faut donc que j'use d'une ruse. » Elle se leva, revêtit une robe de Qamar az-Zamân, se ceignit la taille d'une ceinture, s'entoura la tête d'un de ses turbans, mit ses bottines en maroquin, ses éperons et couvrit la partie inférieure de son visage d'un *lithâm*. Elle ordonna ensuite à l'une de ses servantes de prendre place dans sa litière puis sortit de sa tente et ordonna à ses serviteurs de lui amener son coursier. Elle se mit en selle, fit charger les bagages sur les animaux de bât, après quoi elle donna le signal du départ.

Et le voyage reprit sans que personne doutât qu'elle était bien Qamar az-Zamân auquel elle ressemblait il est vrai tant par la taille que par le visage. Elle avait par ailleurs le même âge et le même teint. On chemina ainsi des jours et des nuits jusqu'à ce que la troupe arrive à une ville qui dominait la mer. Budûr fit dresser le camp à l'extérieur des remparts afin de prendre quelque repos. Ayant demandé quelle ville c'était là, elle s'entendit répondre qu'il s'agissait de la ville des îles d'Ébène sur laquelle régnait le roi Armânûs. Celui-ci avait une fille, du nom de Ḥayât an-Nufûs qui était la plus belle des femmes de son temps.

Et l'aube chassant la nuit, Shahrâzâd dut interrompre son récit.

Lorsque ce fut la deux cent neuvième nuit, elle dit :
On raconte encore, Sire, ô roi bienheureux, que Budûr ordonna de faire halte sous les murs de la ville des îles d'Ébène pour que l'on prenne quelque repos. Le roi Armânûs dépêcha un messager pour savoir qui était ce prince venu dresser son camp ainsi devant sa capitale. L'envoyé courut aux nouvelles et revint en disant qu'il s'agissait d'un fils de roi qui voulait se rendre aux îles Khâlidân, royaume du roi Shâhramân, mais qui s'était égaré. À peine avisé, Armânus se porta au-devant des visiteurs dans un cortège qui comprenait les plus proches dignitaires de sa cour. Devant les tentes, Armânûs et Budûr se firent face, mirent pied à terre, échangèrent leurs saluts et se donnèrent l'accolade. Le roi pria la princesse de l'accompagner. On remonta à cheval pour traverser la ville et se rendre au château qui dominait. Les serviteurs dressèrent les

tables, tendirent les nappes et servirent une collation. Armânûs ordonna que la troupe de Budûr fût logée dans la maison des hôtes où elle séjourna durant trois jours. Au quatrième, le roi désira rendre visite à la princesse. Celle-ci était allée le matin même au hammam, laissant apparaître un visage aussi beau que la pleine lune et dont le charme aurait jeté le trouble dans l'univers et mis tous les hommes à la torture. Elle revêtit une robe de soie brodée de fil d'or et brochée de pierreries. Elle passa par-dessus un premier caftan de brocart et un second caftan de chasse bordé de fourrure d'écureuil. Elle avait l'aspect si princier et magnifique que les gens sur son passage s'écriaient : Béni soit Dieu le Créateur parfait.

Le roi Armânûs s'avança vers Budûr et lui parla en ces termes :

— Je suis devenu un vieillard décrépi sans avoir jamais eu d'enfant sinon une fille dont la séduction et la grâce égalent les tiennes. Je suis maintenant trop fatigué pour conduire les affaires. Mon royaume est à toi, mon fils. Si cette terre te plaît, si tu veux y rester pour l'habiter, je te marierai à ma fille et te ferai mon héritier. Je pourrai enfin me reposer.

La princesse Budûr baissa la tête. Honteuse, elle sentit son front s'emperler d'une rosée froide. Elle se disait : « Comment faire ? Je suis une femme ! Si je refuse et que je m'enfuis, tout peut arriver. Peut-être le roi enverra-t-il à ma poursuite une troupe et me fera-t-il tuer. Mais si j'accepte, je serai vite découverte. De toute façon, j'aurai perdu mon aimé Qamar az-Zamân dont je n'ai aucune nouvelle. Je ne vois point d'autre solution que de garder mon secret, d'accepter sa proposition et de demeurer ici jusqu'à ce que Dieu prenne lui-même la décision et exécute Sa sentence. »

Budûr releva la tête et dit qu'elle répondait bien volontiers à ses vœux. Armânûs fut empli d'une grande joie et ordonna que les crieurs publics proclament dans toutes les îles d'Ébène que le temps était venu d'embellir la ville, de se parer et de se réjouir. Il réunit ses chambellans, ses officiers, ses émirs, ses ministres, ses hauts fonctionnaires, les cadis de sa capitale et procéda à l'investiture officielle de la princesse Budûr au profit de laquelle il abandonnait la conduite du royaume. Il la revêtit de la robe royale et lui remit un poignard d'honneur. Après quoi les émirs et tous les chefs de l'armée entrèrent pour prêter serment. Aucun d'eux ne doutait un seul instant qu'elle ne fût un prince et un prince d'un agrément et d'une grâce tels qu'ils n'osaient lever les yeux sur lui.

Lorsque Budûr fut devenu roi et qu'elle se fut assise sur son trône, les tambours battirent et les trompettes sonnèrent pour annoncer la bonne nouvelle au peuple des îles d'Ébène qui exprima son allégresse. Armânûs activa les préparatifs et fit rédiger l'acte de mariage de sa fille Ḥayât an-Nufûs avec le prince fils du roi al-Ghayûr. Après quelques jours, le mariage fut célébré et Budûr conduite à la chambre de son épouse. Ils étaient tous deux comme deux lunes au moment de leur lever ou deux soleils qui venaient de se rejoindre. On referma les portes et on rabattit les tentures. À l'intérieur de la chambre, des tapis de soie entouraient la couche nuptiale autour de laquelle des bougies et des lanternes avaient été allumées.

Budûr entra, considéra longuement Ḥayât an-Nufûs et pensa à Qamar az-Zamân son aimé. Le chagrin de l'avoir perdu lui serra le cœur et elle se mit à pleurer sur son absence. Ses larmes coulèrent et elle récita ce poème :

Ô âmes séparées, mon tourment redouble,
  du corps écartelé s'amenuise le souffle.
Au long des nuits je pleurais,
  mes larmes ont tari et je regrette l'insomnie !
Vous avez disparu, ma passion a pris votre place,
  et pourrait vous dire ce que passion endure.
Sans les pleurs que mes yeux depuis lors ont versés,
  pas un lieu sur la terre qui ne serait resté
  sans prendre feu à ma brûlure.
Je me plains au Seigneur de l'ami que je perds
  qui n'a pitié ni de l'amour ni de mon supplice.
Pourtant mon seul tort est de le désirer,
  le désir passe ainsi de la joie au malheur.

La reine Budûr essuya ses larmes, s'assit près de
Ḥayât an-Nufûs et l'embrassa. Puis elle se leva, fit ses
ablutions et se mit à prier. Elle resta si longtemps à
faire ses dévotions que le sommeil s'empara de la jeune
princesse. Lorsqu'elle se fut endormie, Budûr s'étendit
près d'elle, lui tourna le dos et s'assoupit jusqu'à
l'aube. Elle se leva alors, fit la première prière et alla
s'asseoir sur son trône. Elle donna ses commande-
ments, prononça ses interdictions, arbitra et jugea
avec équité.

Le roi Armânûs, de son côté, alla rendre visite à sa
fille. Il était accompagné de son épouse. Ils lui demandèrent comment s'était passée la nuit. Ḥayât an-Nufûs
leur raconta exactement les choses et leur récita même
le poème qu'elle avait entendu.

— C'est, dit Armânûs, qu'il a dû penser à sa famille
et à son pays. Attristé, il a récité ces vers. Mais la nuit
prochaine, il se comportera autrement.

Budûr, pour sa part recevait les émirs, les ministres
et les hauts dignitaires qui la félicitèrent pour son

accès au trône et lui présentèrent leurs vœux. Très
souriante, elle les reçut, les revêtit de robes d'honneur,
leur offrit de somptueux cadeaux. Elle eut des atten-
tions spéciales pour les émirs et leurs soldats. Tous
furent pris pour elle d'une grande admiration, lui
exprimèrent leur attachement et firent des prières pour
que Dieu lui accorde longue vie.

Elle s'occupa donc des affaires du règne durant tout le
jour. La nuit tombée, elle regagna ses appartements
privés. Des bougies y avaient été allumées. Elle s'assit
auprès de Ḥayât an-Nufûs, lui tapota les joues et la
baisa entre les yeux. À ce moment-là, elle se souvint de
Qamar az-Zamân son aimé. Une expression de tristesse
couvrit son visage, elle soupira, gémit et récita ces vers :

Ma larme a trahi mon secret,
  mon corps exténué dit mieux que moi l'amour.
J'étouffe ma passion, mais cette absence
  révèle mon mal à mes juges.
Ô vous qui quittez le campement, vous me laissez
  le corps consumé, l'âme déserte ;
Vous habitez au fond de mes entrailles, mes larmes
  ruissellent, mes yeux versent du sang.
Que ma vie à jamais rachète ces absents,
  d'un désir éternel pour eux je fais l'aveu.
Cet amour mutilé m'interdit le sommeil
  et sans fin mes pleurs se déversent.
Mes ennemis me prêchent d'être ferme,
  qu'ils se taisent ! je ne veux point prêter l'oreille.
C'est en vain qu'ils s'acharnent,
  seul Qamar az-Zamân comblera mes espoirs.
Il a de la vertu plus qu'il n'en fut jamais
  chez aucun souverain d'aucun des temps passés
Des hommes le plus généreux et le plus magnanime,
  aussi prodigue qu'Ibn Zâ'ida, indulgent que Mu'âwiya.

Si ne craignais d'être prolixe quand se doit le vers d'être
    bref,
    j'épuiserais les rimes pour chanter ta beauté.

Budûr se leva, essuya ses larmes, alla faire ses
ablutions et se mit à prier jusqu'à ce que le sommeil
s'empare de Ḥayât an-Nufûs. À ce moment-là, elle alla
s'étendre auprès d'elle jusqu'au matin. Elle se rendit
dès l'aube dans la salle du trône où elle se remit au
travail. Armânûs rendit visite à sa fille et l'interrogea
comme il l'avait fait la veille. Hayât lui raconta les
choses, lui récita les vers entendus et ajouta :

— Je n'ai jamais vu au monde homme plus raisonnable et pudique que mon époux. Mais il ne cesse de
pleurer et de gémir.

— Patiente encore jusqu'à cette troisième nuit, dit
son père. S'il ne t'enlève pas ta virginité ce soir,
j'aurais alors à prendre des mesures. Je le destituerai
et le jetterai en exil.

Une fois tombé d'accord avec sa fille, il réfléchit aux
mesures à prendre pour exécuter éventuellement son
dessein.

Et l'aube chassant la nuit, Shahrâzâd dut interrompre son récit.

Lorsque ce fut la deux cent dixième nuit, elle dit :
On raconte encore, Sire, ô roi bienheureux, qu'Armânûs tomba d'accord avec sa fille et réfléchit aux
mesures à prendre pour exécuter éventuellement son
dessein. La journée se passa et la cour se retira. Budûr
quitta la salle du trône et se rendit dans les appartements de Ḥayât an-Nufûs. Celle-ci était assise et la
flamme des bougies allumées lui donnait l'éclat d'une
lune à son quatorzième jour. Budûr la regarda et mille
souvenirs affluèrent à son esprit touchant à son aimé
Qamar az-Zamân, à leur vie heureuse, à leurs étreintes

gorge dénudée contre poitrine et cheveux dénoués. Il lui semblait ressentir encore les morsures sur ses joues et les dures caresses sur ses seins. Elle se remit à pleurer, à soupirer et à gémir puis récita ces vers :

> *Ne gardent le secret que les gens de confiance*
> *et c'est chez les meilleurs qu'il est toujours gardé.*
> *Mon secret est profond, sa serrure rebelle*
> *ne trouvera jamais de clé pour la forcer.*

Puis ces autres :

Je le jure, mes mots remplissent l'espace
comme un soleil sur les tamaris.
Mon amant m'a fait un signe impossible à comprendre
et pour cela sans fin augmente mon désir.
Depuis que je l'aime, je hais toute patience,
sais-tu comment un amant passionné peut haïr ?
Celui qui saurait guérir mes yeux les assaille, les blesse
et mon regard se meurt d'être soigné.
Il a dénoué ses cheveux, dévoilé son visage
et j'ai vu sa beauté à la fois sombre et blanche.
Il tient entre ses mains mon mal et mon remède,
ainsi peut vous guérir qui vous fit expirer.
Sa ceinture reste lâche tant sa taille est étroite
et sa croupe jalouse refuse qu'il se lève.
Ses boucles sur front d'albâtre sont ténèbres profondes
qui s'illuminent à l'éclat de l'aube.

Lorsqu'elle eut fini de réciter ces poèmes, Budûr voulut se lever et prier comme elle le faisait d'habitude. Mais Ḥayât an-Nufûs la saisit par le pan de sa robe et lui dit :

— Seigneur, n'as-tu pas honte de te conduire ainsi envers mon père qui a été si généreux avec toi, et envers moi que tu n'as pas touchée jusqu'ici ?

À ces mots, Budûr se rassit et lui dit :

— Que me dis-tu là mon amie ?

— Ce que je dis c'est que je n'ai jamais rencontré quelqu'un plus fat que toi. Est-ce que tout être beau doit être forcément vaniteux ? Surtout ne crois pas que je parle pour attirer ton attention et que tu me désires. Je crains tout simplement la réaction du roi Armânûs. Il médite, si tu ne consommes pas notre mariage cette nuit même et que tu n'ôtes ma virginité, il médite de te destituer dès l'aube et de te chasser de son royaume. Peut-être même sa colère sera telle qu'il te fera exécuter. C'est par pure pitié pour toi, seigneur, que je t'avertis. Fais comme il te semblera bon.

La reine Budûr, toute perplexe, baissa la tête et resta silencieuse un long moment. « Je péris si je n'obéis pas, et je me trahis si je fais mine d'obéir ! Mais je suis maintenant la reine de toutes les îles d'Ébène et exerce mon autorité sur elles. Ce n'est qu'ici que je pourrai retrouver Qamar az-Zamân, car il n'a point d'autre route pour rentrer chez lui et il passera en ces lieux un jour ou l'autre. Je ne sais vraiment plus quoi faire sinon de m'en remettre à Dieu qui est le plus efficace des conseillers. Je ne suis pas un mâle pour dépuceler cette jeune vierge. »

Budûr lui dit :

— Si je t'ai négligée, c'est que j'y suis contrainte.

Parlant maintenant de sa voix naturelle de femme, ayant montré son corps et ses seins, elle raconta à Ḥayât toute son histoire depuis le début jusqu'à la fin.

— Je te supplie par Dieu, lui dit-elle, de taire mon secret et de ne rien révéler de ce que je suis jusqu'à ce que Dieu me réunisse à mon aimé Qamar az-Zamân. À ce moment-là, advienne que pourra.

Et l'aube chassant la nuit, Shahrâzâd dut interrompre son récit.

Lorsque ce fut la deux cent onzième nuit, elle dit :
On raconte encore, Sire, ô roi bienheureux, que
Budûr raconta toute son histoire à la jeune fille en lui
demandant de bien garder son secret. Ḥayât an-Nufûs
fut stupéfaite par ce récit. Toute émue et compatis-
sante, elle se montra pleine d'attention et fit des vœux
pour que les deux époux se retrouvent :
— Ma sœur, n'aie point peur et ne crains rien.
Patiente jusqu'à ce que Dieu prononce son Décret.
Puis elle récita ces vers :

Mon secret est rebelle serrure
  dont la clé s'est perdue laissant la chambre close.
Ne garde le secret que les gens de confiance
  et c'est chez les meilleurs qu'il est toujours gardé.

Puis reprit :
— Ma sœur, *Qui est bien né, sur tout secret reste muet.*
Je ne trahirai pas.
Les deux jeunes femmes jouèrent, se prirent par le
cou, s'embrassèrent et dormirent jusqu'à l'heure où
allait retentir l'appel à la première prière. Ḥayât an-
Nufûs se leva et prit un pigeonneau qu'elle égorgea sur
sa chemise. Elle enleva son saroual, se macula de sang
et poussa un cri. Ses gens firent irruption, les servantes
poussèrent des you-yous. La reine mère vint aux
nouvelles, s'affaira et resta auprès d'elle jusqu'au soir.
De son côté, Budûr s'était levée pour aller au hammam
où elle prit un bain avant de faire sa prière. Elle se
rendit ensuite au palais du gouvernement où elle
siégea sur son lit d'apparat pour rendre la justice.
Lorsque le roi Armânûs entendit les you-yous, il
demanda ce qui se passait. On lui apprit que sa fille
avait été dépucelée. Réjoui, le cœur dilaté, épanoui, il
ordonna que fût donné un grand banquet et que l'on

fasse battre tambour. Et ainsi s'écoula le temps. Tous
se réjouissaient sauf la princesse Budûr. Durant la
journée, elle se distrayait à gouverner, donner ses
ordres et prononcer ses interdictions. Mais le soir, elle
rentrait auprès de Ḥayât an-Nufûs, lui confiait son
inquiétude et l'entretenait de son amour pour Qamar
az-Zamân.

Voilà donc ce qui était arrivé à Qamar az-Zamân et à
Budûr, l'une dans son royaume des îles d'Ébène,
l'autre dans un jardin de la ville des mages. Mais
revenons au roi Shâhramân. Son fils était donc allé
chasser en compagnie de Marzawân. Il patienta jusqu'au coucher du soleil sans voir revenir personne. Il
lui fut impossible de trouver le sommeil au cours d'une
nuit interminable. L'angoisse le saisit, monta en affliction et il crut bien que l'aube ne poindrait jamais. Il
attendit en vain jusque vers le midi. Son cœur lui dit
alors qu'il ne verrait plus son fils. Brûlant de sollici-
tude, il se mit à pleurer jusqu'à en mouiller son habit
et son âme accablée lui inspira ces vers :

> *J'ai contrarié sans cesse les gens d'amour*
> *et voici que l'amour me frappe, doux et cruel.*
> *Je prends bonnes gorgées de refus*
> *et me plie à l'esclave comme à l'homme libre.*
> *Le temps s'était annoncé de l'absence,*
> *il vient fidèle à sa promesse !*

Après avoir récité ces vers, le roi, consterné par la
disparition de son fils, essuya ses larmes et donna
l'ordre de se mettre en selle. Il répartit sa troupe en six
détachements chargés de battre le terrain dans toutes
les directions. Le rassemblement général était fixé
pour le lendemain au carrefour des quatre routes.

L'armée s'ébranla en ce dispositif et ne cessa de parcourir le pays tout le jour et la nuit qui suivit. Le lendemain vers midi, le détachement conduit par le roi se trouva le premier au lieu convenu du rassemblement sans avoir trouvé trace du prince. Là, on découvrit des morceaux de vêtements en charpie, des lambeaux de chair ainsi que des traces de sang. Ces débris étaient éparpillés sur une assez grande surface.

À cet horrible spectacle, le roi Shâhramân poussa un cri atroce qui semblait jaillir de ses entrailles, et tomba évanoui. Lorsqu'il fut revenu à lui, il se frappa le visage, s'arracha la barbe et déchira ses vêtements. Il était persuadé maintenant que son fils avait péri. Au fur et à mesure que les autres détachements arrivaient au carrefour et rendaient compte de ce que leurs recherches avaient été vaines, ils furent informés de la macabre découverte. Devant la détresse de leur souverain, officiers et soldats ne doutèrent plus de la mort du prince. Ils répandirent de la terre sur leur tête et déchirèrent leurs vêtements. La nuit les surprit en cette affliction qui tirait des larmes aux plus braves et leur faisaient souhaiter de périr. Le roi avait comme un feu dans la poitrine et, tout en poussant des soupirs, dit ce poème :

Ne blâmez pas celui qui se plonge en sa peine,
*　　sa brûlure lui suffit bien !*
Il pleure de trop s'affliger et souffrir
*　　et son amour te donne la mesure de son feu.*
Heureux celui qui pour un amant jure
*　　qu'à tout jamais ses larmes baigneront ses paupières.*
Il trahit sa passion pour un astre éclatant
*　　dont la clarté faisait pâlir les autres astres.*
La mort lui a offert à boire sa coupe pleine
*　　le jour de son départ loin de sa terre natale.*

Il a quitté nos maisons, nous a jetés dans le malheur
sans se soucier de dire adieu même à ses frères !
Son absence me frappe et la cruauté
de son départ et de son abandon me plonge dans la
douleur.
Voici qu'il prend congé de nous
au moment où Dieu lui ouvrait ses jardins.

Le roi Shâhramân donna alors à sa troupe l'ordre de
prendre le chemin du retour vers sa capitale.

Et l'aube chassant la nuit, Shahrâzâd dut interrompre son récit.

Lorsque ce fut la deux cent douzième nuit, elle dit :
On raconte encore, Sire, ô roi bienheureux, que le roi
Shâhramân donna l'ordre à sa troupe de prendre le
chemin du retour. Il était maintenant certain que son
fils avait péri sous l'attaque d'un fauve qui l'avait
déchiré ou d'un brigand qui l'avait assassiné. Il fit
proclamer dans toutes les îles Khâlidân que les habitants devaient désormais se vêtir de noir pour prendre
le deuil de Qamar az-Zamân. Il fit élever une petite
construction qu'il appela Pavillon des larmes. Il y
passait les jours de la semaine à l'exception du lundi et
du jeudi qu'il consacrait aux affaires du royaume,
entouré de ses soldats et de ses sujets. Les autres jours,
il allait en ce lieu retiré pour y pleurer son fils et réciter
des vers en sa mémoire :

Le jour de la vie est celui où vous êtes près de moi,
le jour de la mort celui où vous vous éloignez.
Je veille effrayé, menacé de me perdre
et seule votre présence me fait trouver la paix.

Ou encore :

Je donnerais mon âme même à qui prendra la route,
  le chemin du cœur est bien plus rude et douloureux.
La joie comme une veuve peut bien attendre,
  je répudie le bonheur par un triple serment.

Voilà ce qui en était de Shâhramân. Quant à la
princesse Budûr, fille du roi al-Ghayûr, maître des îles,
des mers alentour et des sept palais aux mille tours,
elle était devenue la reine des îles d'Ébène. Les gens la
montraient du doigt et disaient :
— Voici le gendre du roi Armânûs.
Durant le jour elle s'occupait des affaires du
royaume et rejoignait à la nuit Ḥayât an-Nufûs avec
laquelle elle dormait. Elle lui disait combien elle se
languissait de son époux dont elle lui décrivait la
beauté et la grâce. Elle pleurait de ne pas retrouver
Qamar az-Zamân même en songe et disait des
poèmes :

Dieu sait que depuis votre absence
  j'ai tant pleuré qu'il me faut emprunter des larmes !
On me blâme et me conseille la patience,
  mais où apprendre la patience ?

De son côté, Qamar az-Zamân demeurait chez le
jardinier de la ville des mages. Il pleurait jour et nuit,
disait des poèmes et ne cessait de soupirer en songeant
aux temps heureux et aux nuits de passion. Le vieillard
lui disait :
— Patiente donc. À la fin de l'année partira le
bateau vers les pays musulmans.
Ainsi passèrent les semaines et les mois.
Il advint qu'un jour, la ville connut une grande
affluence. Les gens se rendaient visite et s'assem-

blaient, les amis retrouvaient les amis. Le jardinier vint dire à Qamar az-Zamân surpris par ces manifestations :

— C'est jour de fête aujourd'hui, mon fils, et les gens vont échanger leurs vœux. Cesse de travailler et d'arroser les arbres. Repose-toi, surveille simplement le jardin. De mon côté, je vais aller prendre des nouvelles du bateau qui doit être affrété par les marchands. Je pense que dans peu de temps tu pourras voguer vers la terre d'islam.

Le vieux jardinier sortit, laissant le jeune homme plongé dans de tristes pensées et les yeux baignés de larmes. Il se souvint de Budûr son aimée et se mit à sangloter :

> *Crois-tu que l'aimée reviendra en ces fêtes*
> *vers un cœur éperdu que consume l'absence ?*
> *Privé d'elle, je sais maintenant que la vie*
> *est celle qu'elle éternise d'un moment de bonheur.*

Saisi par l'émotion, il s'évanouit. Lorsqu'il reprit ses esprits, il se remit à marcher dans le jardin en pensant à l'étrange sort qui était le sien et à sa solitude :

> *Ton image jamais ne me quitte,*
> *occupant en mon cœur la place la plus noble.*
> *Si je n'espérais te voir, je mourrais à l'instant,*
> *n'était ta douce image, jamais ne dormirais.*

Il allait ainsi pensif, préoccupé par son malheur, lorsqu'il buta et s'abattit la face contre terre. Son front porta sur une racine d'arbre et s'ouvrit. Son sang se mit à couler et, se mêlant aux larmes, ne lui laissa plus voir son chemin. Il s'essuya le visage, se banda le front et dit encore ces vers :

Tant je gémis que près suis de mourir
  au souvenir des nuits qui nous ont fuis.
Je dis : voici un jour passé tout à gémir,
  et j'attends le suivant qu'encor puisse gémir.

Il reprit sa marche tout autour du jardin, plongé dans un océan de pensée. Il aperçut à ce moment-là deux oiseaux qui s'affrontaient dans un arbre, se frappant du bec et des ailes. L'un d'eux réussit à porter au cou de l'autre une blessure si profonde qu'elle détacha la tête du corps. L'oiseau vainqueur saisit dans ses griffes la tête de son adversaire et s'envola. Le corps décapité de l'autre tomba aux pieds de Qamar az-Zamân. Celui-ci avait à peine fait un geste, que deux nouveaux oiseaux, de très grande taille, se posèrent de part et d'autre du petit cadavre, tendirent leurs ailes au-dessus de lui, allongèrent le cou et se mirent à se lamenter comme le font des pleureuses autour d'un mort. Ils roucoulaient tristement et gémissaient.

Qamar az-Zamân fut empli de douleur à ce spectacle. Il se souvient de son épouse et de son père. Il avait autant de chagrin qu'en montraient les deux oiseaux pleurant leur compagnon.

Et l'aube chassant la nuit, Shahrâzâd dut interrompre son récit.

Lorsque ce fut la deux cent treizième nuit, elle dit :
On raconte encore, Sire, ô roi bienheureux, que Qamar az-Zamân, lorsqu'il vit les deux oiseaux pleurer leur compagnon, se prit à verser d'abondantes larmes en songeant à son épouse et à son père. Comme il portait de nouveau ses regards vers eux, il vit que les deux oiseaux avaient creusé la terre, y avaient déposé le corps de la victime et s'étaient envolés. Au bout de

quelque temps, ils revinrent conduisant de force entre eux le criminel. Ils se posèrent sur la petite tombe et se jetèrent sur leur prisonnier qu'ils étouffèrent sous eux. Après quoi, ils le déchirèrent à coups de bec et lui arrachèrent les entrailles, arrosant de son sang la sépulture de leur compagnon. Ils s'acharnèrent sur le meurtrier, lui arrachèrent les plumes, le déchiquetèrent et le mirent en pièces.

Qamar az-Zamân les regardait faire avec étonnement lorsqu'il aperçut au milieu des débris un objet brillant. Il s'approcha et vit qu'il s'agissait du gésier éclaté de l'oiseau sacrifié dans lequel se trouvait la cornaline talismanique de son épouse. C'était cette bague qu'il avait trouvée dans le cordon de saroual de Budûr. Qamar az-Zamân fut si ému qu'il tomba évanoui sur le sol. Lorsqu'il reprit connaissance, il s'écria :

— Dieu soit loué, ceci est de bon augure et annonce que je vais bientôt retrouver mon aimée. En perdant cette bague, j'ai perdu Budûr, puisque je la retrouve, je retrouverai Budûr. Et Dieu me l'a rendue pour me rendre à l'amour.

Il baisait le chaton, le passait sur ses yeux et pleurait en récitant ces vers :

> *Je vois ses traces et me dissous d'amour ;*
> *là où elle demeura, je déverse mes larmes.*
> *Je demande à Celui qui m'infligea l'absence*
> *de m'accorder la grâce un jour de sa présence.*

Tout heureux, il enveloppa la bague dans un mouchoir qu'il serra autour de son bras. Il se promena dans le verger en attendant le jardinier. Mais la nuit tomba sans que le vieil homme revînt. À l'aube, Qamar az-Zamân se leva pour aller au travail. Il serra autour de

sa taille une corde de fibre de palmier, mit sa houe sur
son épaule, se saisit d'un couffin et se rendit au verger.
Il alla à un caroubier que le vieux jardinier l'avait
chargé de déraciner. Le premier coup qu'il porta sur
les racines retentit d'une manière curieuse. Il repoussa
la terre de sa main et mit ainsi à découvert une plaque
de cuivre jaune.

Et l'aube chassant la nuit, Shahrâzâd dut interrompre son récit.

Lorsque ce fut la deux cent quatorzième nuit, elle
dit :

On raconte encore, Sire, ô roi bienheureux, que
Qamar az-Zamân mit à découvert une plaque de cuivre
jaune. Il finit de la dégager entièrement. Une fois
soulevée, elle laissa apparaître un escalier qui s'enfonçait dans le sol sous une voûte de pierre. Il s'engagea
dans le passage et compta dix marches avant d'aboutir
à un très beau et très vaste caveau de construction
ancienne creusé dans le roc. Il semblait être là de
toujours et remontait aux Byzantins et peut-être même
aux 'Âd et aux Thamûd. Tout le pourtour de ce caveau
était garni de vases aussi grands que des jarres, rangés
en bon ordre. Il introduisit la main dans l'un d'eux et
trouva qu'il était plein d'or rouge de grande pureté.
« *Après la pluie, le beau temps*, se dit-il. C'est maintenant
sûr, Dieu va nous réunir bientôt. » Et il récita ces vers :

> *Lorsque ses messagères ont redit son refus*
> *et que pour elle l'âme fut près de s'éteindre,*
> *Le malheur s'installa sans bienveillance,*
> *mais au bout du malheur viendra la délivrance.*

Qamar az-Zamân se mit à compter les vases et
trouva qu'il y en avait vingt, tous pleins d'or du

meilleur alliage. Il s'en retourna dans le souterrain, gravit les dix marches et se retrouva à l'extérieur. Il remit soigneusement en place la plaque de cuivre et la recouvrit de terre. Après quoi il reprit ses travaux de jardinage et d'arrosage des arbres jusqu'à la fin du jour. Le vieux jardinier revint à ce moment-là et lui dit :

— Mon fils, sois heureux, tu vas bientôt rentrer chez toi. Les commerçants se préparent et ont décidé de partir dans trois jours pour se rendre à la capitale des îles d'Ébène qui est la première ville musulmane sur leur chemin. Une fois là-bas, il te faudra prendre la route et cheminer durant six mois pour arriver aux îles Khâlidân dont ton père est le souverain.

Au comble de la joie, Qamar az-Zamân dit ces vers :

> *Ne quittez pas celui qu'accable votre absence*
> *et ne torturez pas, cruelle, un innocent.*
> *D'autres, abandonnés, se seraient consolés,*
> *cessant de vous aimer tandis que je vous aime.*

Le prince baisa les mains du jardinier et lui dit :

— Mon père, tu m'as appris là une bonne nouvelle, je vais t'en annoncer une autre.

Et de lui faire le récit de sa découverte.

— Mon fils, cela t'appartient, dit le vieil homme tout joyeux. Je vis dans ce jardin depuis quatre-vingts ans, j'y ai vécu avec mon père et je n'y ai jamais rien trouvé. Tu es arrivé ici depuis moins d'une année et voilà que tu découvres cette fortune. Elle est à toi. Elle t'aidera à lutter contre l'adversité, à revenir dans ton pays et à retrouver ceux que tu aimes.

— Pas du tout, il faut que nous partagions ce trésor.

Qamar az-Zamân conduisit alors le jardinier dans le caveau. Il lui remit dix des vases et en garda dix pour lui-même.

— Tu vas te munir, dit le vieil homme, de grands pots de ces olives à étourneaux que donne notre verger. Cette espèce ne se trouve nulle part ailleurs que chez nous et nos commerçants en vendent dans le monde entier. Dissimule ton or dans les olives, recouvre le tout d'huile et bouche soigneusement les pots. Tu les emporteras avec toi sur le bateau.

Qamar az-Zamân se munit de cinquante pots et fit exactement comme lui avait dit son vieil ami. Sauf qu'il plaça la bague talismanique au milieu des olives de l'un des pots. Cela fait, il alla bavarder avec le jardinier. À trois jours du départ du bateau, il était maintenant sûr de retrouver bientôt les siens. « Dès que j'arriverai aux îles d'Ébène, se dit-il, je prendrai la route vers le royaume de mon père et j'y aurai des nouvelles de mon aimée Budûr. Je me demande si elle est revenue chez elle, ou si elle a poursuivi le voyage que nous avions entrepris jusque chez mon père, ou s'il lui est arrivé quelque chose en cours de route. Mais que ferais-je si personne ne peut me dire où elle est ? »

Elle alluma le feu dans mon cœur et s'en fut,
sa tribu s'ébranla avec celle que j'aime.
Les tentes en ce printemps sont si lointaines
que ne puis leur rendre visite.
Je me suis montré ferme au moment du départ
mais depuis et sommeil et patience me fuient.
J'ai perdu toute joie depuis qu'elle est partie
et perdu le repos que je ne connais plus.
Elle m'a quitté et fait couler mes larmes,
mes pleurs pour l'absente ruissellent.

Quand je brûle un jour de la voir,
   si grande est ma tendresse et mon impatience
Que je crée son image au profond de mon cœur
   en y mêlant passion, désir et nostalgie.
Vous dont le souvenir me drape comme un voile
   tandis que l'ardeur se moule à mon corps,
Delivrez votre amant désespéré
   et retenu captif sans qu'il ait commis de crime.
Ô vous que j'aime jusques à quand me ferez-vous
   languir,
   me repousserez-vous, me tiendrez-vous en aversion ?

Et Qamar az-Zamân se mit patiemment à attendre Il raconta au jardinier l'étonnante histoire des trois oiseaux et comment il avait retrouvé la bague talismanique. Le lendemain matin en se réveillant, le vieillard se sentit très faible. Durant les deux jours suivant son état s'aggrava au point que Qamar az-Zamân désespéra de sa vie et en fut frappé d'une profonde tristesse. Le troisième jour, le capitaine du bateau et les marins vinrent au verger. Le prince les informa de la maladie du jardinier.

— Où est donc le jeune homme qui doit embarquer pour les îles d'Ébène ?

— C'est moi-même. Pourriez-vous transporter ces pots sur le bateau ?

— D'accord, mais ne traîne pas. Le vent est favorable et il nous faut partir.

Qamar az-Zamân se pressa de rassembler quelques affaires, de se munir de quelques provisions et de porter le tout sur le bateau. Il revint en courant pour faire ses adieux au jardinier qu'il trouva à l'agonie. Il se tint à son chevet et récita la profession de foi musulmane à son oreille. Lorsqu'il rendit son âme, il lui referma les yeux, fit sa toilette et l'enterra en le

confiant à la miséricorde divine. Puis il se précipita le
cœur en feu vers le port, mais le bateau avait hissé ses
voiles et glissait déjà sur les eaux pour disparaître
bientôt à l'horizon. Les commerçants l'avaient attendu
un long moment mais, comme le vent menaçait de
tourner et que chacun avait sur le bateau pour cent
mille dinars de marchandises, ils avaient décidé le
départ. Qamar az-Zamân était atterré et ne savait plus
que faire ni que dire. Il revint au verger et s'assit
prostré, accablé par le chagrin. Il se couvrait la tête de
terre et se frappait les joues tellement il était désespéré.

Et l'aube chassant la nuit, Shahrâzâd dut interrompre son récit.

Lorsque ce fut la deux cent quinzième nuit, elle dit :
On raconte encore, Sire, ô roi bienheureux, que
Qamar az-Zamân regarda le bateau partir et s'en
revint au verger, plein d'une extrême tristesse. Il
décida de prendre celui-ci en location et alla payer le
prix convenu à son propriétaire. Il prit un jardinier
pour l'aider à l'arrosage des arbres. Cela fait, il
descendit dans le caveau où il répartit dans cinquante
pots l'or des dix grands vases qui y était resté. Il finit
de remplir chaque pot avec des olives qui cachaient
ainsi le précieux contenu. Il s'enquit ensuite du prochain départ de bateau. On lui répondit qu'il fallait
attendre une année. Agité de sombres pensées, il se
laissa envahir par la plus noire des mélancolies,
désespérant de revoir son aimée. Mais ce qui l'attris-
tait le plus était d'avoir perdu la bague de Budûr. Il
pleurait nuit et jour et récitait des vers. Voilà ce qui en
était de Qamar az-Zamân.

De leur côté, les voyageurs partis sans lui avaient eu bon vent, ce qui leur permit de naviguer sans encombre des jours et des nuits jusqu'aux îles d'Ébène où leur bateau jeta l'ancre. Il se trouva justement que ce jour-là, la reine Budûr était assise à une fenêtre d'où elle regardait la mer. Lorsqu'elle vit arriver le navire, le cœur battant et toute émue, elle donna l'ordre qu'on amenât son cheval. Escortée par ses émirs, ses chambellans et ses lieutenants, elle se porta jusqu'au rivage. Les commerçants s'affairaient déjà pour débarquer leurs marchandises et les répartir dans les boutiques. Budûr fit convoquer le capitaine du bateau et l'interrogea sur la nature de son chargement.

— Seigneur, nous avons toutes sortes de marchandises que ne pourraient transporter ni chameaux ni mulets : des simples, des collyres, des drogues en poudre et en feuilles, des pommades, des onguents et des baumes. Nous proposons encore de précieuses étoffes de toutes les couleurs, des soieries et des brocarts, des velours brodés et des toiles, des satins unis, brochés et lamés, des chèches de fine toile de coton blanc. Nous offrons des tapis de cuir du Yémen et de la porcelaine du Japon. Nous présentons toutes sortes d'essences, de parfums à brûler et d'épices, du bois d'agalloche venu de l'Inde et du bois d'aigle de Samandûr, du musc, de l'ambre gris, de l'encens et du benjoin, du bois de santal, des bambous, du géranium rosa, du tamarin, du camphre, des clous de girofle, de la noix muscade, de la cannelle et du gingembre. Nous avons encore des pierres précieuses, des perles, de l'ambre jaune et du corail. Nous vendons enfin des dattes indiennes et surtout des olives de la variété dite des étourneaux qui sont très rares et ne se trouvent pas dans ce pays.

Lorsqu'elle entendit parler d'olives, Budûr pensa :

« Mon Dieu, des olives d'étourneaux ! Cela fait si longtemps déjà que petite fille j'en mangeais dans notre palais ! Je les aime tellement. » Elle demanda :

— Quelle quantité en as-tu ?

— Cinquante pots pleins dont le propriétaire n'a d'ailleurs pas fait le voyage avec nous. Votre Majesté, que Dieu lui donne longue vie, peut bien en prendre autant qu'elle voudra.

— Fais porter ces pots à terre que je les examine.

Sur un ordre du capitaine, les matelots débarquèrent les cinquante pots. Budûr déboucha l'un d'entre eux, examina les fruits et dit :

— Je prends le tout et vous paierai la somme demandée quelle qu'elle soit.

— Dans mon pays, répondit le capitaine, les olives n'ont pas de valeur et le propriétaire de celles-ci a manqué notre départ. C'est un pauvre homme : qui d'autre pourrait vendre aussi piètre marchandise ?

— Quel est leur prix rendues ici ?

— Mille dirhams.

— Je les prends à mille dinars.

Budûr fit transporter les pots au palais et, la nuit tombée, ordonna que l'un d'entre eux lui fût servi. Elle était seule avec Ḥayât an-Nufûs. Elle déboucha le pot, plaça devant elle un grand plat et y versa les olives : ce fut des pièces d'or rouge qu'elle vit s'amonceler.

— Mais c'est de l'or ! s'étonna-t-elle devant Ḥayât an-Nufûs.

Elle donna aussitôt l'ordre à ses serviteurs de transporter l'ensemble des pots dans ses appartements. Elle trouva qu'ils étaient tous emplis d'or dissimulé sous une mince couche d'olives dont l'ensemble n'aurait pas suffi à remplir un pot. C'est en portant la main vers les pièces d'or qu'elle découvrit un chaton de bague. Elle le prit, l'examina attentivement et reconnut le bijou qu'elle portait noué à sa cordelière et que Qamar az-Zamân avait emporté. À sa vue, elle ne put s'empêcher de pousser un cri de joie et de tomber évanouie.

Et l'aube chassant la nuit, Shahrâzâd dut interrompre son récit.

Lorsque ce fut la deux cent seizième nuit, elle dit :

On raconte encore, Sire ô roi bienheureux, que Budûr, lorsqu'elle eut reconnu le chaton de sa bague, ne put s'empêcher de crier de joie et de tomber évanouie. Elle reprit bientôt ses sens et se dit : « Ce chaton a été cause de notre séparation moi et mon bien-aimé Qamar az-Zamân, mais il est aujourd'hui annonce de bonheur. » Elle expliqua à Ḥayât an-Nufûs que la présence de cette bague était un signe certain de retrouvailles. Dès l'aube, elle prit place sur son trône et convoqua le capitaine du bateau qui se hâta de comparaître, se prosterna et baisa le sol à ses pieds.

— Où se trouve, s'enquit Budûr, le propriétaire des olives ?

— Roi de ce temps, nous l'avons laissé au Pays des mages où il travaille dans un verger comme jardinier.

— Si tu ne vas pas le chercher sur l'heure, tu ne peux imaginer ce qui va arriver à toi et à ton navire !

Budûr ordonna de mettre les scellés sur tous les magasins de la ville. Elle expliqua aux commerçants que le propriétaire des olives était son débiteur et qu'il avait une dette à lui régler.

— Si vous ne l'amenez pas, leur expliqua-t-elle, je vous ferai tous exécuter et pillerai vos commerces.

Les commerçants s'en revinrent auprès du capitaine et lui offrirent de louer son navire pour qu'il les ramène au Pays des mages.

— Nous te supplions, lui dirent-ils, de nous tirer des griffes de ce roi injuste et violent.

Le capitaine reprit donc le commandement de son bateau et mit les voiles. Dieu voulut qu'il fasse le trajet sans encombre. Il arriva de nuit devant la ville, descendit à terre et monta immédiatement au verger. Qamar al-Zamân s'y tenait éveillé, incapable de trouver le sommeil au souvenir de sa bien-aimée. Il pleurait assis en se remémorant ses malheurs et récitait ces vers :

> *Ô nuit d'astres immobiles,*
> *sans fin et qui ne veut finir,*
> *Telle qu'un jour du Jugement*
> *pour celui qui espère l'aube.*

À ce moment, le capitaine frappa du heurtoir à la porte. Qamar az-Zamân ouvrit, mais à peine l'avait-il fait que des matelots se précipitaient sur lui, le maîtrisaient et le transportaient sur le navire. On mit les voiles et on poussa jour et nuit au vent sans s'arrêter un seul instant. Qamar az-Zamân ne comprenait rien à tout cela.

— Tu as une dette envers le roi, maître des îles d'Ébène, gendre du roi Armânûs, que tu as volé, maudit sois-tu !

— Mais, je le jure par Dieu, je ne suis jamais allé dans ce pays que je ne connais pas !

Les protestations du jeune homme ne servirent à rien. Le bateau fut à peine arrivé qu'on le porta chez la princesse Budûr. Dès qu'elle le vit, celle-ci reconnut Qamar az-Zamân. Elle ordonna qu'il fût confié aux serviteurs afin qu'ils le conduisent au bain. Elle libéra les commerçants et revêtit le capitaine du bateau d'une robe qui valait dix mille dinars. Cette nuit même, elle se rendit au palais et informa Ḥayât an-Nufûs de tout ce qui était survenu.

— Prends soin surtout de n'en rien divulguer, ajouta-t-elle, avant que je ne réalise mon dessein et que je fasse ce qui méritera d'être mis par écrit pour être lu aux rois et à leurs sujets bien après nous.

Pendant ce temps, les serviteurs avaient conduit Qamar az-Zamân au hammam puis l'avaient revêtu d'habits royaux. Il avait retrouvé tout son éclat et l'on aurait dit un flexible rameau de saule pleureur ou un astre montant qui aurait éclipsé le soleil et la lune. Lorsqu'il revint au palais, Budûr dut réprimer les élans de son cœur afin de conduire ce qu'elle projetait jusqu'à son terme. Elle mit à la disposition de son hôte des esclaves et des serviteurs, des chameaux et des mulets et un trésor pour sa subsistance. Elle ne cessa de lui conférer honneurs et fonctions, de lui faire gravir les échelons jusqu'à lui confier le poste de trésorier du royaume et le soin des finances. Elle lui manifestait une grande affabilité, en fit son plus proche conseiller et informa ses émirs du rang qu'elle lui accordait : ils lui exprimèrent tous leur confiance. Chaque jour qui passait, Budûr augmentait ses revenus. Qamar az-Zamân ne saisissait pas la raison des honneurs qu'on lui rendait. Il était devenu tellement riche qu'il put lui-même faire des présents et se montrer généreux. Il servait si bien le roi Armânûs que celui-ci l'en aima comme l'aimèrent les émirs et tout un chacun, des plus hauts responsables au commun du peuple, le prit en affection et ne jura plus que par lui. Qamar az-Zamân n'en revenait pas de l'attitude du « roi ». « L'affection qu'il me témoigne, se disait-il, doit bien avoir une raison. Cette générosité exagérée dont il me gratifie recouvre peut-être un dessein mauvais ? Je vais lui demander l'autorisation de partir en voyage. »

Il se rendit alors auprès de Budûr et s'adressa à elle en ces termes :

— Sire, tu t'es montré à mon égard d'une munificence insigne, pourrais-tu la porter à son comble et me laisser voyager ? Je confierai à ta garde tous les biens dont tu m'as fait présent.

— Pourquoi entreprendre des voyages, répondit la princesse avec un sourire, et affronter les dangers alors que tu es parfaitement traité et que ta fortune ne cesse de s'accroître ?

— Sire, je n'arrive pas à croire que ces hommages n'aient point leur cause. Il serait le plus étrange du monde qu'il n'en soit rien. Tu me confies en effet les tâches les plus hautes qui auraient dû faire l'objet d'un autre choix que le mien, moi qui suis enfant de rien.

— Eh bien la raison est que je suis amoureux de toi, tant est sublime ta beauté, rares ta grâce et ton charme. Si tu me donnes ce que je désire, je me montrerai encore plus généreux, plus prodigue et bienveillant. Je te ferai vizir malgré ton jeune âge, comme on m'a fait sultan malgré le mien. Faut-il d'ailleurs s'étonner que des enfants règnent en cette époque où le poète a dit :

Nous vivons comme un temps de Loth
qui se plaît à grandir les nains.

Lorsque Qamar az-Zamân entendit ces mots, il fut saisi de honte et ses joues s'incendièrent. Il s'écria :

— Je ne veux pas d'honneurs qui conduisent au péché. Je veux vivre pauvre d'argent mais riche de vertu.

— Je ne me laisserai pas tromper par une crainte de Dieu qui naît de l'orgueil ou de la coquetterie. Le poète le savait bien :

Je lui rappelais qu'il avait juré de se donner,
  « *Vas-tu longtemps encore de tes mots me blesser ?* »
dit-il.
Je montrai une pièce d'or, il soupira :
  « *Comment fuir l'inéluctable !* »

— Sire, répondit Qamar az-Zamân qui avait compris le sens de ces vers, je n'ai pas l'habitude de me conduire ainsi et ne suis point de taille à porter ce qui ferait plier plus vieux que moi, comment donc y arriverais-je ?

— Cela est singulier, dit Budûr en souriant. Voilà que tu dis faux en croyant dire vrai. Puisque tu es jeune, comment pourrais-tu craindre de commettre un acte illicite et de succomber au péché alors que tu n'as pas atteint l'âge des obligations légales ? On ne peut ni réprimander un jeune être ni le traiter avec dureté. Tu t'es imposé toi-même l'argument qui clôt la controverse : tu as l'obligation d'accepter l'union sans plus te refuser ni t'effaroucher. La décision de Dieu est un arrêt immuable. J'ai plus matière que toi à craindre de me perdre. Et n'a-t-on pas bien dit :

Ma verge est longue, l'éphèbe supplia :
  « *frappe au fond comme un seigneur !* »
Je dis : « cela ne se peut », il insista,
  alors je le baisai, mais... pour lui obéir !

— Sire, dit Qamar az-Zamân dont le visage s'était assombri, tu as plus de femmes et de belles servantes qu'aucun des souverains de ce temps, ne te suffisent-elles pas ? Choisis parmi elles qui tu voudras et laisse-moi en paix.

— Tu dis vrai, mais comment me contenter d'elles alors que je te désire ? Lorsque les humeurs et la complexion se sont corrompues, l'être humain n'écoute plus les conseils et les exhortations. Cesse donc de débattre et écoute plutôt ces vers :

Ne vois-tu ce marché où s'alignent des fruits,
figues de figuier pour l'un ou de sycomore pour l'autre ?

Qamar az-Zamân répondit par ce poème :

L'anneau se tait à sa cheville tandis que bruit sa ceinture,
car l'une est riche et l'autre pleure misère.
Elle veut me séduire par sa beauté, la sotte,
comment après avoir donné ma foi, trahir ?
Pour le duvet de tes joues, je méprise ses tresses,
aucune riche vierge, je le jure, ne me détournera de toi.

Budûr lui répliqua :

Ô ma beauté unique, t'adorer est mon dogme,
c'est toi que je choisis parmi tous les credos
Pour toi j'ai renoncé aux femmes au point
que l'on me prend ce jour pour un ascète !

Et poursuivit :

Ne compare pas imberbe à femelle, et ne laisse
médisants t'accuser de vice.
Entre femme qui baise au visage
et faon qui baise le sol, quelle différence !

Et encore :

Que je paye ton sang, c'est bien toi que je veux,
car tu n'as ni règles ni couches !
Si j'avais penchant pour les femmes,
vaste pays ne contiendrait ma descendance !

Et encore :

Elle me dit, furieuse d'avoir été coquette,
   alors qu'elle m'excitait en vain :
Si tu ne me niques comme époux doit niquer sa femme,
   ne te plains pas d'être cornard.
Ta verge, on le dirait, n'est que de cire molle,
   qui s'alanguit quand ma paume la pétrit !

Ou encore :

   Je refusai d'être pervers, elle s'écria :
      « ignare et sot qui se prive !
   Tu refuses à mon cul d'adresser ta prière,
      je t'offrirai alors une qibla de vertu ! »

Ou encore :

      Elle m'offrit un conin tendre,
         je répondis : « Mais point ne nique ! »
      Elle s'éloigna en maugréant :
         « faible d'esprit qui s'en prive ! »
      « Baiser devant, fis-je, par
         ces temps n'est plus d'usage. »
      Elle tourne alors vers moi sa croupe
         pareille à pur argent fondu.
      « Merci, à ma Dame,
         que jamais je ne te perde,
      Merci ô toi plus vaste que
         conquêtes de sire notre roi. »

Et encore :

On implore le pardon de Dieu en joignant les mains,
   elles l'implorent en ouvrant les jambes.

> *Ô quel acte vertueux*
> *que Dieu hausse vers les profondeurs !*

Lorsque Qamar az-Zamân l'entendit réciter ces vers, il fut persuadé qu'il n'y avait aucun moyen d'échapper à sa volonté et dit :

— Ô roi de ce temps, s'il ne peut en être autrement, donne-moi l'assurance que tu ne feras cela qu'une seule fois, même si je pense que cela ne pourra amender une nature initiée au vice. Une fois cette chose faite, ne me demande plus jamais de la recommencer, peut-être Dieu voudra-t-il bien guérir ce qui se sera corrompu en moi.

— Je t'en fais la promesse et je prie Dieu de nous pardonner nos péchés et d'effacer par Sa grâce nos crimes mortels. L'indulgence divine s'étendra jusqu'à nous, nous purifiera de nos souillures les plus graves et nous arrachera des ténèbres de l'égarement pour nous rendre à la lumière du droit chemin. Ah ! qu'il faut admirer ce qu'en a dit le poète :

> *Les gens nous prêtent bien des choses*
> *qu'ils cèlent en leur âme et leur cœur.*
> *Viens, donnons-leur raison, évitons-leur*
> *le péché de médisance, une fois, une seule,*
> *après quoi ferons pénitence.*

Budûr s'engagea solennellement par promesse, engagement écrit et serment de ne le posséder qu'une seule fois, même si sa passion contenue devait la conduire inexorablement à la mort. Ayant obtenu cette assurance, Qamar az-Zamân accompagna le faux roi dans ses appartements privés afin qu'il assouvisse le désir qu'il avait de lui. Il ne cessait de murmurer :

— Il n'y a de force qu'en Dieu, le Très Haut, le Très

Grand. Ce qui arrive là est un décret du Suprême, de l'Omniscient.

Lorsqu'il arriva dans la chambre, il dénoua la cordelette de son saroual, mourant de honte et pleurant d'effroi. Budûr eut un sourire et l'attira à elle sur le lit.

— Après cette nuit, plus rien ne méritera le nom de malheur, dit-elle.

Elle se pencha sur lui, l'enlaça, se mit à lui donner des baisers et à nouer ses jambes aux siennes. Puis elle murmura :

— Passe ta main entre mes cuisses comme tu le dois, peut-être que ce qui est prosterné se dressera-t-il pour prier.

Qamar az-Zamân en larmes répondit :

— Je ne sais rien de tout cela.

— Je t'assure que si tu fais ce que je t'ordonne, cela te fera grand bien.

Qamar az-Zamân qui ne cessait de soupirer tendit la main et toucha une cuisse plus moelleuse que le beurre et plus douce que la soie. Il trouva cet attouchement délicieux et laissa sa main glisser ici et là jusqu'à ce qu'elle arrive à la coupole tant bénie et tant frémissante. « Peut-être, se dit-il, que le roi n'est ni homme ni femme et que c'est un eunuque. »

— Sire, je ne trouve pas l'instrument qui fait les hommes. Alors pourquoi m'as-tu poussé à cela ?

Budûr éclata de rire à s'en renverser :

— Ami, tu as bien vite oublié les nuits que nous avons passées ensemble !

Et à ce moment-là elle se fit connaître comme son épouse, la reine Budûr, fille du roi al-Ghayûr, maître des îles et des mers alentour et des sept palais aux mille tours. Qamar az-Zamân la prit dans ses bras, elle l'enlaça, il lui baisa la bouche, elle le baisa, il s'abattit sur elle, elle se coucha et ils se dirent ces vers :

Lorsque enfin complaisant il voulut bien s'unir,
et montrer son bon cœur en offrant ses faveurs,
Que sa bienveillance eut attendri son cœur,
et qu'il voulut pour moi cesser d'être rebelle,
Il craignit d'être vu par quelque médisant,
et vint sans se risquer, le front brillant
d'un éclat prophétique,
Sa taille gémit sous le poids de sa croupe
qu'il soutient en marchant comme jeune chamelle.
Ses regards d'acier trempé ont le tranchant
et la nuit le défend sous sa sombre cuirasse.
Son parfum de musc prévint qu'un bonheur me venait,
je m'envolai comme un oiseau de sa cage.
Je couchai ma joue sous ses pieds
et la terre qu'il avait foulée, guérit mes yeux malades.
Je l'enlaçai pour mieux serrer nos nœuds
et dénouai celui qui me refusait le bonheur.
J'éclatai d'une joie à laquelle fit écho
un émoi délivré du zèle d'un barbon.
La lune parsema sa bouche
de dents-étoiles miroitant de plaisir.
Je me prosternai sur l'autel de volupté
. dans une adoration qui rendrait à Dieu un apostat.
Je le jure par les versets de La Clarté du jour
qui naît de son visage,
De ne jamais oublier la sourate du Culte
que je lui voue (Coran CXII et CXIII).

Après cela, les deux amants se racontèrent du début
à la fin ce qui leur était advenu. Qamar az-Zamân ne
put s'empêcher de lui faire des reproches.

— Qu'est-ce qui t'a poussée à te jouer de moi comme
tu l'as fait ?

— Ne m'en veux pas, j'avais envie de plaisanter, me
divertir et me réjouir.

À l'aube, lorsque la lumière du jour commença à se répandre, Budûr pria Armânûs, roi des îles d'Ébène, de bien vouloir lui rendre visite. Elle lui révéla toute la vérité sur elle, lui apprit qu'elle était l'épouse de Qamar az-Zamân et lui narra leurs aventures et les raisons de leur séparation. Elle l'informa de ce que sa fille Ḥayât an-Nufûs était en réalité toujours vierge. Armânûs écouta cette histoire avec un étonnement grandissant. Il ordonna qu'on l'écrivit en lettres d'or pour qu'elle soit lue et reste dans les mémoires siècle après siècle. S'adressant à Qamar az-Zamân, il le pria d'épouser sa fille et de devenir ainsi son gendre.

— Il me faut d'abord consulter mon épouse car je lui dois une reconnaissance infinie.

Budûr acquiesça au projet en s'écriant :

— Épouse-la, je serai sa servante. Elle nous a rendu si grand service, s'est si bien conduite à notre égard, a été si bienveillante qu'il nous faut lui exprimer notre gratitude et ce d'autant plus que nous sommes chez elle et que les bons procédés de son père ne nous ont pas fait défaut.

Qamar az-Zamân, voyant que son épouse, loin de nourrir de la jalousie à l'égard de la jeune fille, applaudissait à ce mariage, donna son acceptation.

Et l'aube chassant la nuit, Shaharâzâd dut interrompre son récit.

Lorsque ce fut la deux cent dix-septième nuit, elle dit :
On raconte encore, Sire, ô roi bienheureux que Qamar az-Zamân et Budûr convinrent de ce mariage et l'annoncèrent au roi Armânûs qui en fut tout joyeux. Il s'empressa de regagner la salle du conseil et de prendre place sur son trône. Il convoqua les vizirs, les émirs, les chambellans et les hauts dignitaires de l'état pour les informer très complètement de tout ce qui

s'était passé. Il fit part de sa décision de marier sa fille
à Qamar az-Zamân et de confier à ce dernier le
sultanat du royaume en lieu et place de la reine Budûr.

— Puisque Qamar az-Zamân est le mari de Budûr et
que celle-ci était auparavant notre sultan et, pensions-
nous, le gendre de notre roi, nous acceptons son
autorité. Nous le servirons loyalement et ne manque-
rons pas au devoir d'obéissance.

Ravi d'avoir été ainsi écouté, Armânûs, par-devant
cadis, témoins de justice et tenants des plus hautes
fonctions et charges de l'état, fit établir le contrat qui
liait Qamar az-Zamân et Ḥayât an-Nufûs. Le soir
même l'époux ôtait sa virginité à son épouse. Ce ne fut
ensuite que fêtes, festins fastueux, remises de somptueuses robes d'honneur aux émirs et aux chefs de
l'armée. Le roi distribua aussi les aumônes aux pauvres et aux gueux, et fit libérer les prisonniers de toutes
les prisons. Il annonça au monde entier la bonne
nouvelle du règne de Qamar az-Zamân. De partout
affluèrent les vœux pour la puissance, la prospérité, le
bonheur et la grandeur du royaume.

Le jour où Qamar az-Zamân monta sur le trône, il
supprima les droits d'entrée et de sortie qu'on lève aux
portes, les péages, les impôts sur les boutiques et les
fours, les redevances sur les vaisseaux. Il libéra des geôles
les derniers malheureux qui s'y trouvaient, et fut en
tout point un souverain digne d'éloges. Paisible, joyeux
et fidèle, il vécut en parfaite harmonie avec ses épouses
passant alternativement une nuit avec chacune d'elles.

Et le temps passa. Soucis et tristesse s'étaient
éloignés, le prince avait complètement oublié son père
le tout-puissant roi Shâhramân. Dieu le Très Haut le
combla de deux garçons aussi beaux que des astres
éclatants. L'aîné, fils de la reine Budûr, se prénommait
al-Amjad ; le plus jeune, fils de Ḥayât an-Nufûs, se

prénommait al-As'ad et était plus beau, plus aimable et plus élégant que son frère. Ils furent élevés ensemble, chéris, choyés, bien façonnés et reçurent une éducation aboutie. Ils apprirent la calligraphie, s'initièrent aux sciences, à la politique et à l'équitation. Ils purent ainsi porter leurs qualités à leur achèvement. Ils étaient extrêmement élégants et beaux, séduisant aussi bien les femmes que les hommes. Ils avaient maintenant dix-sept ans et, très attachés l'un à l'autre, ne se quittaient pas ni une heure ni une seconde, mangeant, buvant et dormant ensemble. Ils avaient toutes les vertus et faisaient l'envie de tous.

Dès qu'ils eurent atteint l'âge adulte, leur père, s'il venait à entreprendre un voyage, leur laissait son trône pour qu'ils l'occupent à tour de rôle, chacun d'eux gouvernant un jour. Mais un fatal destin et l'arrêt immuable de Dieu voulurent que la reine Budûr tombât amoureuse d'al-As'ad, le fils de Ḥayât an-Nufûs et que cette dernière s'éprît d'al-Amjad, le fils de Budûr. Chacune des deux femmes folâtrait avec son beau-fils, l'embrassait et le serrait contre elle. Chacune des deux mères notait le comportement de l'autre à l'égard de son fils mais n'y voyait, diaboliquement, aucun mal, mettant ces élans au compte de la tendresse et de l'amour maternel. Et pourtant la passion avait jeté les deux femmes dans une folie amoureuse. Lorsque leurs beaux-fils leur rendaient visite, elles n'en finissaient pas de les embrasser, baisaient leurs lèvres, les pressaient contre leur poitrine et auraient souhaité ne les quitter jamais. Les enfants pensaient qu'il s'agissait d'affection à leur égard et n'y voyaient aucun mal. Le temps durait aux deux femmes de ne trouver aucun moyen d'assouvir leur désir. Elles perdirent le manger et le boire et ne connurent plus les douceurs du sommeil. Il arriva qu'un jour le roi Qamar az-Zamân

s'en alla suivre une partie de chasse. Il ordonna à ses
deux fils de gouverner à sa place un jour chacun à tour
de rôle comme d'habitude.

Et l'aube chassant la nuit, Shahrâzâd dut interrompre son récit.

Lorsque ce fut la deux cent dix-huitième nuit, elle
dit :

On raconte encore, Sire, ô roi bienheureux que
Qamar az-Zamân s'en alla suivre une partie de chasse.
Il laissa ses deux fils gouverner à sa place un jour
chacun à tour de rôle comme d'habitude. Le premier
jour c'est al-Amjad, fils de Budûr, qui commanda et
prononça les interdictions, nomma aux fonctions et
destitua, donna et refusa. La reine Ḥayât an-Nufûs,
mère d'al-As'ad, lui écrivit pour implorer sa bienveillance, lui révéler qu'elle s'était éprise de lui au point
d'en être devenue passionnément amoureuse. Elle lui
confiait son secret et avouait qu'elle désirait s'unir à
lui. Elle poursuivit ainsi sa lettre.

« De la pauvre amoureuse * affligée solitaire * qui
pour ton amour gâche sa jeunesse et pour toi endure
son supplice * si je te disais combien profonde est ma
détresse * combien m'accable la tristesse * combien
mon cœur est passionné * combien je pleure et me
lamente * si je te disais combien mon âme est dolente *
combien se suivent mes chagrins * et s'accumulent
mes soucis * si je te disais ce que me fait subir
l'absence * et mon malheur et ce feu qui me dévore *
» Mais je ne puis l'expliquer par lettre * impuissante à dénombrer mes maux * je ne trouve d'asile ni
sur terre ni au ciel * en toi mon seul espoir et mon seul
recours * je sens venir la fin de mes jours * je m'agite,
je cours, languissante, abattue * la force m'abandonne

et le repos me tue * l'éloignement me torture *
j'entends mugir ma flamme et je sens sa brûlure * ma
souffrance s'accroît de ma séparation et de ton abandon * si j'avais à décrire les tourments de mon âme * je
n'aurais jamais assez de feuilles * et tant suis affligée
et tant exténuée que j'écris pour toi ces vers :

> *Si voulais dire cette brûlure,*
> *mon mal, ma passion, les affres que j'endure,*
> *N'y suffiraient sur terre ni plumes, ni cahiers,*
> *encres, ni feuilles pour l'écrire.*

» Aie pitié, viens rompre mes chaînes * mon âme est
pour toujours près de toi * mon désir m'entraîne vers
toi * je ne peux compter que sur toi *
» Cette lettre, ô al-Amjad, maître de l'étoile propice
* qui dit mon insomnie la nuit et l'angoisse de mes
jours * est écrite par celle dont les entrailles brûlent,
dont les larmes se pressent * l'assoiffée de ta présence,
l'avide de ton apparition * qui fait de ton image son
spectre * son idéal de ta personne * dont le sommeil
fuit les paupières * qui ne trouve point de repos * ô toi
dont elle gémit, son soutien, son désiré *

> *Jusques à quand me fuir et te montrer cruel,*
> *n'ai-je déjà versé pour toi assez de larmes ?*
> *Combien de temps encor vouloir me repousser ?*
> *si tu voulais me rendre jalouse, cela est fait !*
> *Sois bon, ma passion me déchire,*
> *ô al-Amjad, montre-moi tendresse et pitié.*
> *Si le perfide sort faisait justice à un amant,*
> *je ne veillerais pas, amante, à demander justice.*
> *Vers qui aller, à qui dire mon ardeur,*
> *seigneur, cruauté me dure, cruauté me dure ?*

» Que Dieu te conserve et te pardonne mon corps exténué * qu'il éloigne de toi les peines et me comble de ta présence * ô héritier de ma vie et maître de ma mort * mon âme est impatiente, mes yeux sans sommeil, ma larme jamais ne tarit * tu es ma souffrance, tu me désespères et m'affliges * comprends ma lettre * presse-toi d'y répondre * je meurs, je me consume, je suis altérée * »

La reine Ḥayât an-Nufûs plia sa lettre et l'enveloppa dans un carré de soie précieuse imprégné de musc et d'aromates. Elle attacha le tout avec un magnifique ruban à cheveux de soie irakienne bordé d'un fil d'or rouge égyptien tressé à un fil de soie multicolore. Elle plaça lettre et carré de soie dans un foulard qu'elle remit à un serviteur en lui ordonnant de le porter au roi al-Amjad.

Et l'aube chassant la nuit, Shahrâzâd dut interrompre son récit.

Lorsque ce fut la deux cent dix-neuvième nuit, elle dit :

On raconte encore, Sire, ô roi bienheureux, que la reine confia sa lettre à un serviteur en lui ordonnant de la porter au roi al-Amjad. L'homme s'exécuta sans savoir ce que lui réservait le destin, mais seul le Très Savant, Celui qui n'ignore rien de l'invisible, conduit les choses comme Il l'entend. Le serviteur entra dans la salle du conseil, baisa le sol aux pieds du souverain et lui remit le foulard avec ce qu'il contenait. Al-Amjad le déplia et y trouva la lettre dans un carré de soie. Il retira le ruban à cheveux et le mit dans la poche de cuir qu'il portait à la ceinture du côté droit. Puis il lut la lettre et comprit que l'épouse de son père envisageait la trahison et qu'elle était déjà en elle-même infidèle à Qamar az-Zamân. Il entra dans une colère violente et s'en prit aux femmes pour leur vilenie : *Dieu maudisse les femmes, les traîtresses qui n'ont ni raison ni religion.* Puis il tira son épée du fourreau et cria au serviteur :

— Malheur à toi, maudit esclave, comment as-tu osé me transmettre ce message de trahison que t'a remis l'épouse de ton seigneur ? Par Dieu, il n'y a rien de bon en toi, ô noir de peau et d'âme, hideux et stupide à la fois.

Puis il brandit son sabre et d'un seul coup le décapita. Il replia ensuite le foulard sur ce qu'il contenait, le plaça sous sa robe, contre sa poitrine, et se précipita chez sa mère. Il lui apprit ce qui venait de se passer, la couvrit d'injures et lui fit outrage :

— Vous êtes toutes plus mauvaises les unes que les autres. Par Dieu Tout-Puissant, si je ne craignais, pour défendre l'honneur de mon père et de mon frère, de manquer à mes devoirs, j'irais la frapper comme j'ai frappé son serviteur.

Il sortit de chez sa mère la reine Budûr dans un courroux extrême.

Lorsque Ḥayât an-Nufûs fut informée de la conduite d'al-Amjad, elle se répandit en injures et en imprécations, et réfléchit à la manière d'en tirer vengeance par la ruse. Al-Amjad pendant ce temps ne put fermer l'œil de la nuit tant il était abattu. En lui la colère le disputait à l'humiliation. Plongé dans ses pensées, il ne put prendre ni repos ni nourriture.

À l'aube qui suivit, al-As'ad se rendit dans la salle du conseil où il siégea à la place de son père pour rendre la justice. Il prononça ses arrêts, nomma et destitua, ordonna et interdit, offrit et retira. Il fut tout à ses travaux jusque dans l'après-midi. De son côté, la reine Ḥayât an-Nufûs était tout abattue et réfléchissait à ce qui s'était passé, tandis que la reine Budûr faisait venir une vieille entremetteuse de sa connaissance à laquelle

elle voulait se confier. Elle prit une feuille et écrivit à son beau-fils al-As'ad pour lui exprimer la passion qu'elle avait pour lui :

« De celle qui a rencontré et le désir et la passion * au meilleur des hommes de corps et d'esprit * qui admire sa propre beauté * qui s'enorgueillit de son charme * inaccessible à toute supplique d'amour * qui méprise la compagnie de celui qui se soumet et s'humilie * qui se montre cruel et repousse *

» De l'aimante au teint altéré * au roi al-As'ad * à la grâce incomparable * à la suprême beauté * au visage scintillant * et au front rayonnant * à l'éclat le plus éblouissant *

» Voici ma lettre à celui dont l'amour épuise mon corps exténué * qui me laisse la peau sur les os * sache que ma patience est épuisée * que je ne sais plus que faire * que le désir et l'insomnie me font mourir d'angoisse * que le courage et le repos me fuient * que la tristesse et la veille sont mes compagnes * que l'ivresse et l'ardeur m'accablent * que je me consume et dépéris *

» Que mon âme paye ton sang * même si tu te plais à briser ma passion * que Dieu te garde * qu'Il te préserve de tout mal * »

Elle fit suivre cette prose rimée de quelques vers :

La vie a voulu que je t'aime,
ô toi dont les attraits scintillent dans l'espace.
Tu joins à la beauté toute l'éloquence,
parmi les créatures ton éclat est unique.
Puisque tu consens à être mon bourreau,
peut-être feras-tu l'aumône d'un regard ?
Qui meurt d'amour pour toi peut périr apaisé :
il n'est point de vertu pour qui n'aime ou n'adore.

Puis elle ajouta cet autre poème :

Je me plains à As'ad du feu de ma passion,
    aie pitié d'une esclave qui brûle de désir.
Jusques à quand serai-je jouet de ma fureur et de ma
    flamme,
    du souvenir, de l'insomnie, de la douleur ?
Tantôt mes yeux ruissellent et tantôt ils s'enflamment,
    que cela est étrange, ô toi mon espérance !
Cesse de me blâmer et prends soin de t'enfuir,
    du vertige d'amour, vois mes larmes couler.
Combien je crie hélas de ce mal d'absence,
    rien ne sert de souffrir et de se torturer.
Tu me brises en me fuyant et point ne le supporte,
    tu es médecin, porte donc secours et fais ce que tu dois.
Et toi qui me juges, ne me mets plus en garde,
    tu pourrais être atteint du vertige d'aimer.

La reine Budûr imprégna sa lettre d'un fort parfum de musc, la roula et l'attacha avec ses rubans à cheveux de soie d'Irak dont les franges étaient faites de baguettes d'émeraude mêlées de perles et de joyaux. Elle remit le tout à la vieille femme et lui ordonna de porter sa lettre à al-As'ad, fils de son époux le roi Qamar az-Zamân. La messagère se rendit immédiatement à la salle du conseil dans une partie retirée de laquelle se tenait le prince. Elle lui donna la lettre et se tint debout à attendre la réponse. Al-As'ad lut et comprit ce qu'on lui disait. Il roula la feuille, renoua les tresses de soie et plaça le tout sous sa robe, contre sa poitrine. Il était saisi d'une violente colère et maudissait les femmes félonnes. Il se leva, sortit son sabre du fourreau et d'un seul coup décapita la vieille femme. Puis il se précipita chez sa mère Ḥayât an-Nufûs et la trouva dans son lit, tout abattue par ce qui lui était arrivé. Al-As'ad l'injuria et la maudit. Il se rendit ensuite chez son frère et l'informa de la lettre que venait de lui adresser la reine Budûr. Il ajouta qu'il avait exécuté la messagère.

— Par Dieu, mon frère, n'était le respect que je te dois, je me serais rendu dans les appartements de ta mère pour la décapiter.

— Par Dieu, mon frère, il m'est arrivé hier ce qui t'est arrivé aujourd'hui. Je siégeais dans la salle du conseil, lorsque ta mère m'a envoyé une lettre qui contenait une déclaration identique à celle tu as reçue. J'ai moi aussi coupé le col au messager et n'eût été le respect que je te dois, j'aurais infligé à ta mère le même traitement.

Les deux frères passèrent le restant de la nuit à deviser et à maudire les femmes traîtresses. Ils décidèrent de garder le silence sur cette affaire dans la crainte que Qamar az-Zamân, mis au courant, n'exécutât les deux femmes. Ils attendirent l'aube dans la plus grande désolation.

Lorsque le jour pointa, le roi leur père revint de la chasse à la tête de ses soldats. Il s'arrêta un moment dans la salle du conseil, donna congé à ses émirs et monta dans son palais où il regagna ses appartements privés. Il trouva ses deux épouses couchées. Elles avaient ourdi un stratagème et s'étaient mises d'accord pour perdre leurs fils car elles ne voulaient pas, si elles étaient percées à jour, tomber sous leur coupe. Elles avaient dévoilé leur félonie, s'exposant ainsi à payer de leur vie leur action ignominieuse. Elles craignaient donc, prisonnières de leur erreur, d'être livrées sans défense. Elles s'étaient enduites le visage de safran pour mieux simuler le désespoir. Lorsque Qamar az-Zamân les vit dans cet état, il s'en inquiéta et leur en demanda la raison. Elles se levèrent, lui baisèrent les mains et lui répondirent en ces termes :

— Sire, sache que tes fils, élevés pourtant dans ta faveur, ont cherché à te trahir en la personne de tes épouses et voulu te couvrir d'opprobre.

À ces mots, le monde s'assombrit aux yeux de Qamar az-Zamân. La fureur le saisit au point de lui faire perdre la raison.

— Expliquez-moi cela, jeta-t-il à ses femmes.

— Sache, ô roi de ce temps, dit la reine Budûr, qu'al-As'ad, fils de Ḥayât an-Nufûs, ne cesse depuis plusieurs jours de m'envoyer des messages et des lettres m'incitant à la fornication. J'ai essayé de le détourner de ses viles intentions, rien n'y a fait. Lorsque tu es parti, il m'a assaillie, ivre, le sabre à la main. Il a tué mon serviteur et s'est jeté sur moi tenant toujours son arme. J'ai craint qu'il ne me tue comme il avait tué mon serviteur si je continuais à me refuser. Il m'a donc prise de force. Si tu ne tires pas vengeance de lui, je mettrai fin à mes jours de mes propres mains. Qu'ai-je à faire de vivre en ce monde après cet acte horrible ?

Ḥayât an-Nufûs, secouée par les sanglots, succéda à Budûr pour faire le même récit.

Et l'aube chassant la nuit, Shahrâzâd dut interrompre son récit.

Lorsque ce fut la deux cent vingtième nuit, elle dit :
On raconte encore, Sire, ô roi bienheureux, que la reine Ḥayât an-Nufûs, secouée par les sanglots, succéda à Budûr pour faire le même récit :

— Il m'est arrivé exactement la même chose avec ton fils al-Amjad. Depuis quelque temps, il m'envoyait des lettres d'amour malgré mes protestations. Lorsque tu es parti en voyage, il s'est précipité chez moi, probablement après s'être concerté avec son frère qui faisait de même de son côté. Il est entré, ivre, a tué ma gouvernante d'un coup de sabre puis s'est jeté sur moi, son arme ruisselant encore du sang de sa victime. J'ai cru qu'il me tuerait aussi si je me défendais, et l'ai laissé me prendre. Tes fils sont devenus tes pires ennemis. Si tu ne tires pas vengeance de lui, j'informerai mon père Armânûs de ce que j'ai subi.

Lorsque Qamar az-Zamân vit ses deux épouses redoubler de pleurs et qu'il eut entendu leurs plaintes, il ne douta pas un instant que leur version des faits était véridique et fut emporté par l'indignation. Il se leva avec l'intention de se rendre immédiatement chez ses fils et de les faire périr. Mais il se trouva que son beau-père, le roi Armânûs, venait justement le saluer après avoir appris qu'il était rentré de la chasse. Il le vit dans cet état de fureur, le sabre à la main, le sang coulant de ses narines et le questionna. Qamar az-Zamân ne lui cacha rien et lui dit sa résolution d'aller infliger à ses fils la mort la plus cruelle afin que cela serve de terrible leçon. Armânûs lui tint alors ce discours :

— Je suis aussi courroucé que toi et ce que tu as décidé de faire est très bien. Que Dieu les maudisse eux et tous les fils qui voudraient se conduire ainsi à l'égard de leur père. Mais, mon enfant, le proverbe ne dit-il pas : *Qui ne voit les conséquences n'a point le temps pour ami* ? Tes fils ils sont, tes fils ils resteront. Tu ne dois pas les tuer de ta propre main et rester accablé de chagrin, car tu le regretterais lors que tes regrets ne serviraient plus à rien. Expédie-les en compagnie d'un esclave qui les exécutera hors des murs. Ils seront loin de tes yeux et comme dit le proverbe : *Bien mieux vaut être loin de l'ami, yeux ne voient et cœur ne s'attriste.*

Qamar az-Zamân trouva que l'avis était judicieux. Il

rengaina son sabre et revint s'asseoir sur son trône. Il fit convoquer son Grand Trésorier qui était un vieillard expert et avisé devant les coups du sort et lui dit :

— Rends-toi auprès de mes fils al-Amjad et al-As'ad, garrotte-les soigneusement et place-les chacun dans un coffre. Fais charger les deux coffres sur un mulet, monte à cheval et rends-toi hors des murs en pleine campagne. Une fois à bonne distance, décharge le mulet, ouvre les coffres, égorge mes fils et emplis de leur sang deux fioles que tu m'apporteras aussitôt.

— À tes ordres, répondit le Grand Trésorier qui se leva et se rendit chez al-Amjad et al-As'ad.

Il les rencontra justement en chemin, au débouché du grand corridor du palais, portant leurs plus beaux vêtements et revêtus de leurs robes d'apparat. Ils venaient saluer leur père et lui présenter leurs vœux après son retour de la chasse. Le Grand Trésorier les prit par la main et leur dit :

— Mes enfants, sachez que je suis un esclave aux ordres et que votre père m'a chargé d'une mission. Êtes-vous prêts à vous soumettre à sa volonté ou refusez-vous ?

— Nous acceptons, dirent-ils.

Le vieil homme les garrotta avec leur foulard et les enferma chacun dans un coffre qu'il fit porter sur une mule. Monté lui-même sur un cheval, il sortit de la ville et ne cessa d'aller en pleine campagne jusqu'au milieu de l'après-midi. Il fit halte dans un endroit désert et sauvage où il descendit de cheval, déchargea le mulet et porta les princes hors des coffres. Lorsqu'il les regarda, il se mit à pleurer tellement il fut ému par leur grâce et leur beauté. Il dégaina son sabre et s'adressa à eux en ces termes :

— Par Dieu, mes seigneurs, j'ai grand-peine à me conduire vilainement à votre égard. Mais je suis excusable car je ne suis qu'un esclave obéissant et le roi Qamar az-Zamân votre père m'a ordonné de vous décapiter.

— Grand Trésorier, répondirent-ils, exécute les ordres du roi, nous nous soumettons aux décrets de Dieu le Très Haut, le Tout-Puissant. Il t'est licite de verser notre sang.

Après avoir dit ces mots, ils se donnèrent l'accolade et se firent leurs adieux. Al-As'ad s'adressa ainsi au Grand Trésorier :

— Je te supplie par Dieu, mon oncle, ne m'inflige pas le chagrin de voir mourir mon frère et ne m'abreuve pas de ce tourment. Tue-moi le premier, cela me rendra les choses plus faciles.

Mais al-Amjad tenait le même discours et implorait le Grand Trésorier de commencer par lui :

— Mon frère est le plus jeune, ne me fais pas goûter à l'horreur de le voir mourir.

Les deux frères éclatèrent en sanglots et le vieil homme ne put empêcher ses larmes de couler.

Et l'aube chassant la nuit, Shahrâzâd dut interrompre son récit.

Lorsque ce fut la deux cent vingt et unième nuit, elle dit :

On raconte encore, Sire, ô roi bienheureux, que le Grand Trésorier ne put s'empêcher de verser des pleurs. Les deux frères tombèrent une nouvelle fois dans les bras l'un de l'autre et se redirent adieu. Al-Amjad supplia :

— Ainsi le permet le Coran, ainsi en dispose Dieu ! Pour quelle faute allons-nous mourir ?

— Tout cela est dû à la fourberie des deux débauchées qui nous ont donné le jour, dit al-As'ad. Voilà ma récompense pour m'être conduit comme je l'ai fait avec ta mère et voilà ta récompense pour t'être conduit comme tu l'as fait avec la mienne. Il n'y a de force et de puissance qu'en Dieu le Très Haut, l'Immense ! *Nous sommes à Dieu et à Dieu reviendrons* (Coran II/156).

Al-As'ad prit son frère dans ses bras et tout en poussant de profonds soupirs récita ces vers :

> *Toi vers qui monte ma plainte, ô Toi mon seul refuge,*
> *   Toi qui agences tout ce qui survient,*
> *Je n'ai d'autre recours que d'aller à ta porte,*
> *   si Tu ne m'entends pas à quelle autre frapper ?*
> *Ô Toi dont le « Sois » résume l'excellence,*
> *   accorde-nous Ta grâce, Toi la somme du bien.*

Lorsque al-Amjad vit son frère en pleurs, il le serra contre lui et dit à son tour :

> *Ô Toi dont les mains pour moi se multiplient*
> *   en tes dons innombrables,*
> *Jamais ne m'a frappé malheur*
> *   que Tu n'aies pris alors ma main.*

Puis il se tourna vers le Grand Trésorier :

— Je te supplie par l'Unique, le Tout-Puissant, le Souverain notre protecteur, de me tuer le premier. Ainsi cessera peut-être de brûler mon cœur, ne ravive pas sa douleur.

— Non, cria al-As'ad, je veux mourir avant toi.

— Alors enlaçons-nous, le sabre qui m'ôtera la vie, ôtera la tienne du même coup.

Les deux jeunes gens se serrèrent l'un contre l'autre, visage contre visage et dirent au Grand Trésorier :

— Garrotte-nous avec une corde solide, lie très fort nos chevilles, prends ton sabre à deux mains et frappe-nous au cou si tu le veux ou au ventre. Nous périrons ensemble et aucun de nous n'assistera à la mort de l'autre.

Le Grand Trésorier les attacha avec une lanière qui mesurait six coudées, après avoir placé leurs bras le long du corps. Il tira son sabre en pleurant à grosses larmes. Il plaça le tranchant de son arme contre les corps et dit :

— Ô mes seigneurs, qu'il m'est cruel de vous ôter la vie ! Auriez-vous un dernier souhait, quelque chose que je pourrais faire, une recommandation à transmettre, une lettre à faire parvenir ?

— Nous n'avons rien à te demander, dit al-Amjad, je te prie simplement de me placer de telle sorte que ton sabre me frappe le premier. Lorsque tu nous auras tués et que tu seras revenu au palais, le roi te demandera si nous avons prononcé des paroles avant de mourir. Réponds-lui :

— Tes deux fils te saluent. Ils te font dire que tu ne sais pas s'ils sont innocents ou coupables ; que tu les a exécutés sans t'assurer de leur faute et sans considérer leur cas ; qu'ils ont murmuré ces vers :

> *Femmes, démones créées pour nous,*
> *que Dieu nous garde de leurs pièges !*
> *Des créatures elles sont la plaie*
> *dans la vie comme dans la foi.*

— Transmets-lui ces vers que tu viens d'entendre, nous ne voulons rien d'autre.

Et l'aube chassant la nuit, Shahrâzâd dut interrompre son récit.

Lorsque ce fut la deux cent vingt-deuxième nuit, elle dit :

On raconte encore, Sire, ô bienheureux, qu'al-Amjad dit :

— Transmets ces vers que tu viens d'entendre, nous ne voulons rien d'autre. Fais-moi aussi la grâce de laisser mon frère entendre ces quelques mots :

> *Rois anciens moururent, je sais !*
> *Quand vis chemin sans issue que mort,*
> *Celui où vont et faibles et forts,*
> *Sus que là où rois furent, j'allais.*

Al-Amjad sanglotait. Le Grand Trésorier pleurait à en mouiller sa barbe et al-As'ad dont les yeux s'embuèrent, dit ce poème :

> *Ô destin que l'on vit avant d'en relire les traces,*
> *à quoi bon pleurer les fantômes et les ombres ?*
> *Et qu'est-ce que la ténèbre où nous chutons, Dieu le dit,*
> *quand nous trahit la main étrangère ?*
> *Elle tendit perfide un piège à Ibn az-Zubayr,*
> *pourtant réfugié à La Mekke sous la Pierre noire.*
> *Plût au ciel lorsque se rachète une vie*
> *que ce soit celle de 'Alî au prix de n'importe quelle vie.*

Il ne put retenir plus longtemps les larmes qui ruisselaient sur ses joues et récita cet autre poème :

> *Les nuits et jours sont faits*
> *de tromperies, de feintes et de ruses.*
> *Le mirage en désert y rit à belles dents,*
> *le péril des nuits passe vos yeux au khôl.*
> *Ma faute, ah ! qu'on la blâme à jamais,*
> *n'est que celle du sabre dont le maître recule.*

Et encore ce dernier :

Ô toi qui désires cette vie misérable,
 elle n'est que fange et mal au malheur tressé.
En sa maison on rit un jour
 pour y pleurer hélas demain.
Ses cavernes sont sans fin et leur prisonnier
 ne sauve sa vie qu'au prix de mortels périls.
Si un homme fait fi de ses leurres, restant
 rebelle à ses charmes jusqu'à l'outre mesure,
Elle tourne vers lui son bouclier, plonge en lui
 son couteau, tend l'arc pour se venger.
Toujours ses assauts surprennent même si
 passe le temps et tarde la flèche du destin.
Garde que ta vie ne s'écoule en vain,
 qu'elle ne s'enfuie en pure perte.
Brise tes liens pour elle, ne la désire plus,
 tu découvriras le secret de la paix et du bien-être.

Lorsque al-As'ad finit de dire ces vers, il serra son frère si étroitement qu'il ne faisait plus qu'un seul corps avec lui. Le Grand Trésorier tira son sabre pour frapper. Mais à ce moment-là, sa jument, effarouchée, se cabra, rompit son licou et s'enfuit droit devant elle. Or c'était un pur-sang qui valait mille dinars ; ses étriers d'or martelé, façonnés en Égypte, valaient une fortune et son mors en or était d'un très grand prix. Le Grand Trésorier jeta son arme et se précipita à la poursuite de la bête.

Et l'aube chassant la nuit, Shahrâzâd dut interrompre son récit.

Lorsque ce fut la deux cent vingt-troisième nuit, elle dit :

On raconte encore, Sire, ô roi bienheureux, que le Grand Trésorier se précipita le cœur battant à la poursuite de sa jument. Il courut ainsi jusqu'à un bois au milieu duquel s'était engagée la bête dont le galop battant le sol retentissait sous les arbres et laissait un nuage de poussière. Furieuse, elle grondait et hennissait. Or, il y avait dans ces fourrés un lion extrêmement dangereux, à l'aspect hideux, dont les yeux étincelaient, dont la tête grimaçante et le museau camus jetaient la terreur dans l'âme. Ayant entendu le hennissement de la jument, il jaillit de sa tanière en rugissant de colère et, prompt comme l'éclair, surgit derrière le Grand Trésorier. Celui-ci se retourna et vit le fauve qui se ruait. Il ne pouvait fuir et n'avait plus son sabre. « Il n'y a de force et de puissance qu'en Dieu le Très Haut, l'Immense, se dit-il. Tout ce qui m'arrive est de la faute d'al-Amjad et d'al-As'ad. Cette aventure annonçait le malheur depuis le début. »

Quant aux deux frères, ils ressentaient de plus en plus les effets de la chaleur qui était torride. Ils avaient tellement soif que leur langue pendait. Ils appelèrent en vain, personne ne leur répondit. Ils se disaient :

— Nous aurions préféré la mort et son repos. Où a bien pu s'enfuir ce cheval ? Le Grand Trésorier s'est lancé à sa poursuite et nous a laissés attachés. Il aurait mieux fait d'exécuter les ordres de notre père car si un fauve nous attaquait maintenant, il nous dévorerait sans que nous puissions nous défendre.

— Patience, mon frère, répondit al-As'ad. Dieu — qu'Il soit exalté et glorifié — va nous venir en aide. Le cheval ne s'est enfui que parce que Dieu en avait décidé ainsi pour nous aider. Seule cette soif est insupportable. Le Grand Trésorier a jeté son sabre avant de s'en aller, il faut que j'arrive à le prendre.

Tout en parlant, al-As'ad se contorsionnait et finit par se défaire de ses liens. Il délivra son frère et alla se saisir du sabre resté à terre.

— Allons dans la direction qu'ils ont prise, dit-il à son frère, pour savoir ce qui s'est passé.

Les deux frères remontèrent les traces jusqu'au bois dont ils firent le tour pour constater que le cheval et son cavalier n'en étaient pas sortis.

— Poste-toi là, dit al-As'ad, je vais rentrer dans le bois pour voir.

— Je ne te laisserai pas y pénétrer seul, nous en ressortirons sains et saufs ou y périrons ensemble.

Les deux frères s'engagèrent sous les arbres. Ils y trouvèrent le lion couché sur le Grand Trésorier qui ne paraissait pas plus gros sous le fauve qu'un passereau. Il implorait Dieu avec ferveur et regardait vers le ciel. Al-Amjad prit le sabre et, se jetant sur le lion en hurlant, lui planta la lame dans le cœur. Il réussit à tuer net la bête horrible qui roula sur le côté. Le vieillard qui n'en croyait pas ses yeux, se releva pour voir les fils de son roi debout près de lui. Il se jeta à leurs pieds qu'il couvrit de sa barbe blanche et leur dit :

— Par Dieu, mes seigneurs, comment pourrais-je maintenant tirer l'épée contre vous ? Si l'on devait vous tuer, je paierais votre vie de mon sang.

Et l'aube chassant la nuit, Shahrâzâd dut interrompre son récit.

Lorsque ce fut la deux cent vingt-quatrième nuit, elle dit :

On raconte encore, Sire, ô roi bienheureux que le Grand Trésorier assura aux deux princes :

— Si on devait vous tuer, je paierais votre vie de mon sang.

Il leur donna l'accolade et leur demanda comment ils avaient pu se défaire de leurs liens pour parvenir jusqu'à lui.

— Nous avions très soif. L'un de nous, en se contorsionnant, a réussi à défaire ses cordes et à nous libérer. Dieu a ainsi reconnu notre innocence. Nous avons ensuite suivi tes traces jusqu'ici.

Le Grand Trésorier les remercia. Ils sortirent du bois et finirent par rattraper le cheval.

— Mon oncle, il faut maintenant que tu exécutes les ordres de mon père.

— Dieu me garde de vous causer le moindre mal. Vous allez me donner vos habits et revêtir les miens. Je vais remplir du sang de ce lion deux fioles que je rapporterai à votre père pour lui faire croire que je vous ai mis à mort. Quant à vous, allez de par le monde car le *royaume de Dieu est immense* (Coran XXXIX/10 et IV/97). Sachez que votre séparation m'est cruelle.

Les trois hommes pleuraient abondamment. Le vieillard macula de sang les vêtements des princes dont il fit deux ballots. Puis il alla remplir deux fioles de sang du lion. Il monta sur son pur-sang, plaça les ballots entre ses genoux, donna aux princes le peu d'or qu'il avait sur lui, fit ses adieux et prit le chemin du retour. Il ne s'arrêta pas une seule fois avant de parvenir à la ville. Il se rendit dans la salle du conseil et alla baiser le sol aux pieds du roi. Il avait le visage encore altéré d'avoir subi les assauts du lion. Mais Qamar az-Zamân mit cette altération sur le compte de l'exécution de ses fils. Il en fut heureux et dit :

— As-tu rempli ta mission ?

Le Grand Trésorier affirma que oui en déposant devant le trône les vêtements et les fioles remplies de sang.

— Comment cela s'est-il passé ? Et ont-ils prononcé de dernières volontés ?

— Ils ont été constants et résignés à ce qui leur arrivait :

— Porte notre salut à notre père, il est excusable et il
lui était licite de verser notre sang, m'ont-ils dit.
Cependant, rappelle-lui bien ces vers :

> *Femmes, démones créées pour nous,*
>   *que Dieu nous garde de leurs pièges!*
> *Des créatures elles sont la plaie*
>   *dans la vie comme dans la foi.*

Et ceux-ci :

> *Le bout pulpeux des doigts teinté,*
>   *les tresses passées au henné,*
> *Elles font glisser nos turbans,*
>   *et nous font boire nos misères.*

Et ces autres :

> *Peut-on prendre l'éclair au filet*
>   *ou remplir d'eau une cage ?*

Qamar az-Zamân écouta et tint longtemps la tête
baissée. Il comprit immédiatement que les princes
avaient injustement péri. Il réfléchit à la fourberie des
femmes et à leur rouerie. Il prit les deux ballots, les
ouvrit et en retira les vêtements de ses enfants qu'il
tourna et retourna en pleurant.

Et l'aube chassant la nuit, Shahrâzâd dut interrompre son récit.

Lorsque ce fut la deux cent vingt-cinquième nuit,
elle dit :
On raconte encore, Sire, ô roi bienheureux, que le roi
ouvrit les ballots et se mit en pleurant à tourner et à
retourner dans ses mains les vêtements de ses enfants.

Il tenait l'un d'entre eux qui appartenait à al-As'ad lorsqu'il trouva dans une poche une lettre écrite de la main de son épouse Budûr. Elle était liée par des rubans à cheveux. Il déroula la feuille, la lut et sut alors que son fils était innocent. Il se hâta de fouiller les vêtements d'al-Amjad et y trouva la lettre de Ḥayât an-Nufûs tenue elle aussi par des rubans à cheveux. Il y apprit que son autre fils était tout aussi innocent. Pris de désespoir et se battant les mains, il s'écria :

— Il n'y a de force et de puissance qu'en Dieu le Très Haut, le Très Grand, j'ai tué mes fils sans raison.

Il se frappait les joues et ne pouvait plus dire que : « Mes enfants, mes enfants ! » Sa douleur fut immense et interminable son tourment.

Il ordonna d'élever deux monuments funéraires et de construire autour un oratoire qu'il appela Oratoire de l'affliction. Il fit graver sur chacune des tombes le nom d'un de ses fils. Pleurant et gémissant, il se jeta sur la tombe d'al-Amjad et récita ce poème :

> *Ô astre disparu maintenant sous la terre,*
> *que pleure même au ciel l'étoile scintillant.*
> *Ô jonc, jamais taille plus fine*
> *et souple que la tienne on ne verra.*
> *D'avoir été jaloux voilà que je te perds,*
> *évanoui dans l'au-delà.*
> *Et depuis à veiller, à m'inonder de larmes,*
> *je connais mon enfer.*

Puis il se jeta sur la tombe d'al-As'ad en sanglotant et récita ce poème :

> *Ton visage, astre en son plein, s'est éteint,*
> *et ta taille, tige de saule, brisée.*
> *Ô fleur parmi les fleurs la plus épanouie,*

une main s'est tendue pour te cueillir.
Ô perle enfouie dans la tombe, elle que je portais
au plus profond de moi,
Mon âme était heureuse de te voir près de moi,
mais la mort de la joie a fait une détresse.

Et puis celui-ci :

J'aurais voulu partager ta mort,
Dieu en a disposé autrement.
L'horizon se noircit à mes yeux
rendant inutile toute trace de khôl.
Mes larmes ne tarissent
et mon cœur toujours saigne.
Qu'il est cruel de te voir en la tombe
où le valet ressemble au prince.

Le roi passait son temps à pleurer et gémir. Il délaissa ses amis les plus intimes, ses compagnons les plus fidèles et toutes ses relations. Il ne quittait plus l'oratoire. Il rompit tout lien avec ses femmes. Voilà ce qu'il en était de lui.

Quant à al-Amjad et à al-As'ad, ils allaient leur chemin, se nourrissant de plantes et buvant à l'eau de pluie durant tout un mois. La nuit, ils dormaient à tour de rôle pour ne pas se laisser surprendre. Ils finirent par arriver au pied d'une chaîne montagneuse qui dominait la plaine et barrait l'horizon devant eux sans qu'ils puissent savoir jusqu'où elle s'étendait. Un chemin s'y engageait qui gravissait les pentes. Ils ne voulurent pas le prendre par peur de la soif et du manque de végétation. Ils longèrent les montagnes sur leur droite durant cinq jours sans arriver à un chemin qui les contournât. Ils revinrent alors à leur point de départ et firent la même tentative sur la gauche. Mais au bout de cinq jours encore, ils durent rebrousser chemin. Peu habitués aux fatigues de la marche, ils étaient harassés et à bout de forces. Ils ne pouvaient plus maintenant éviter de gravir la montagne et se résignèrent à emprunter le chemin qui s'y élevait.

Et l'aube chassant la nuit, Shahrâzâd dut interrompre son récit.

Lorsque ce fut la deux cent vingt-sixième nuit, elle dit :

On raconte encore, Sire, ô roi bienheureux, qu'al-Amjad et al-As'ad se résignèrent à gravir la montagne. Ils marchèrent la journée entière. Ils avaient beau s'élever, la montagne restait dressée au-dessus d'eux. Al-As'ad dit bientôt à son frère :

— Nous n'y arriverons jamais, je suis épuisé, je ne peux plus faire un pas.

— Ressaisis-toi, lui répondit al-Amjad et prends courage, Dieu va peut-être avoir pitié de nous.

Ils continuèrent donc d'avancer. La nuit était tombée et les ténèbres s'épaississaient. Al-As'ad exténué déclara qu'il lui était impossible de faire un pas de plus. Il se laissa tomber sur le sol en pleurant. Son frère le chargea sur ses épaules et reprit la route. Tantôt il marchait en portant son frère et tantôt il s'asseyait pour se reposer. Il progressa ainsi jusqu'à l'aurore. Ils étaient arrivés au sommet de la montagne. Là, ils trouvèrent une source d'eau claire près de laquelle avait poussé un grenadier et avait été construit un petit temple. Les deux frères n'en croyaient pas leurs yeux. Ils se précipitèrent, burent jusqu'à plus soif et restèrent étendus sur le sol jusqu'au lever du soleil. Ils se lavèrent alors les mains, les pieds et le visage à l'eau de la source puis mangèrent des grenades. Après quoi,

ils s'endormirent pour ne se réveiller que dans l'après-
midi. Ils décidèrent de repartir mais ne le purent tant
les jambes d'al-As'ad avaient gonflé. Ils se reposèrent
donc en cet endroit durant trois jours avant de reprendre leur marche qui se poursuivit des jours et des nuits.
Grâce à Dieu, ils avaient refait leurs forces et trouvaient partout eau douce et végétation abondante. Ils
progressèrent ainsi un mois sur les hauteurs de cette
montagne. Ils se sentaient de nouveau à bout de forces,
harassés qu'ils étaient par une marche difficile et un
mauvais sommeil. C'est à ce moment que, du haut de
la montagne, ils aperçurent dans le lointain une ville
au bord d'une mer. Emplis de joie, ils entreprirent de
descendre le versant. Il leur fallut trois jours pour
parvenir à proximité de la ville. Tout émus, ils rendirent grâce à Dieu et al-Amjad dit à son frère :

— Reste ici, je vais aller voir ce qu'est cette cité, à
qui elle appartient et où elle se situe sur la vaste terre
de Dieu. Nous pourrons ainsi savoir quels territoires
nous avons franchis pour parvenir ici. Si nous avions
contourné cette montagne, il nous aurait fallu une
année pour atteindre cet endroit. J'en profiterai pour
acheter quelques vivres. Louange à Dieu qui nous a
sauvés.

— Frère, c'est moi qui irai faire cette reconnaissance. Que je sois ta rançon : si tu me laisses seul, je ne
pourrai supporter ton absence. Je vais faire mille
suppositions et avoir mille pensées noires à ton sujet.

— D'accord, vas-y mais ne t'attarde pas.

Al-As'ad prit sur lui quelques dinars et, laissant son
frère sur les dernières pentes montagneuses, se dirigea
d'un pas rapide vers la ville. Aussitôt arrivé, il entra
par une porte et se trouva dans une rue. Il rencontra un
vieillard d'un âge très avancé, dont la barbe couvrait la
poitrine et descendait jusqu'au nombril pour fourcher

en deux chaînes d'argent. Il portait de riches vêtements, avait un grand turban rouge sur la tête et
s'appuyait sur une canne. Frappé par son allure et sa
mise, al-As'ad l'aborda et lui demanda par où il
pouvait se rendre au marché. Le vieillard sourit et lui
demanda s'il était étranger. Al-As'ad répondit que oui.

Et l'aube chassant la nuit, Shahrâzâd dut interrompre son récit.

Lorsque ce fut la deux cent vingt-septième nuit, elle
dit :

On raconte encore, Sire, ô roi bienheureux, que le
vieillard qui avait rencontré al-As'ad sourit et
demanda :

— On dirait que tu es étranger.

Comme le prince répondait que oui, il ajouta :

— Tu nous honores de ta compagnie et tu en prives
ton pays. Que veux-tu aller faire au marché ?

— J'ai un frère que j'ai laissé dans la montagne.
Nous venons de très loin et voyageons depuis trois
mois. Lorsque nous avons aperçu cette ville, nous
avons décidé qu'il m'attendrait pendant que j'y viendrais acheter quelque nourriture pour nous sustenter.

— Mon fils, sois heureux, car je donne justement un
banquet à de nombreux invités. J'y ferai servir les plats
les plus fins et les mets les plus succulents. Veux-tu
m'accompagner chez moi pour que tu choisisses ce que
tu désires sans avoir à débourser le moindre sou ? J'en
profiterai pour te communiquer tous les renseignements que tu souhaites sur cette ville. Il faut louer
Dieu, mon fils, que ce soit moi qui t'ai rencontré et non
un autre.

— Fais ce qui te convient mais vite car mon frère
m'attend et il doit s'inquiéter de moi.

Le vieillard prit la main d'al-As'ad et le conduisit

dans une ruelle étroite. Il lui souriait et ne cessait de s'écrier :

— Gloire à Dieu qui t'a préservé des habitants de cette ville !

Il marcha jusqu'à une vaste maison où il entra. Dans l'une de ses pièces se tenaient assis quarante vieillards d'un âge très avancé. Ils formaient cercle autour d'un feu allumé devant lequel ils se prosternaient et marquaient les signes de l'adoration. Al-As'ad en resta interdit. Il frissonna à en avoir la chair de poule, ne s'expliquant pas bien ce qui se faisait là. Le personnage qui l'avait amené dit à l'assemblée :

— Vieillards du feu, quel jour béni que celui-ci.

Puis il cria à haute voix :

— Ghaḍbân.

À cet appel répondit un gigantesque esclave noir aussi massif qu'une montagne, qui semblait être un descendant des 'Âd, de la taille d'un bambou et de la largeur d'une banquette. Il avait l'aspect hideux, le visage renfrogné, le nez camard. Il parlait par onomatopées, était fangeux, breneux, graisseux, dégoûtant et répugnant et c'est tout ! Sur un signe de son maître, il se précipita sur al-As'ad et d'une seule gifle le mit à terre puis le ficela en un tour de main. Le maître de maison lui dit :

— Descends-le et jette-le dans une des chambres du sous-sol. Je chargerai ma fille Bustân et notre servante Qawâm d'aller le torturer jour et nuit sans toutefois le faire périr et de ne lui donner que deux pains légers à manger par jour. Lorsque viendra la fête du Feu, nous irons à la Montagne pour l'y égorger et nous rendre notre Seigneur le Feu propice.

Le Noir chargea le jeune homme sur ses épaules, traversa plusieurs pièces de la maison jusqu'à une dernière où apparaissait une trappe qu'il souleva.

Toujours chargé de sa victime, il descendit un escalier de vingt marches qui aboutissait à un caveau où il déposa al-As'ad non sans avoir passé une lourde chaîne à ses chevilles. Après quoi, il remonta informer son maître que ses ordres avaient bien été exécutés. Le vieux mage passa toute la journée avec les adorateurs du feu. Lorsque ses invités furent repartis, il alla trouver sa fille Bustân et lui dit :

— Descends, toi et notre servante Qawâm, à notre caveau. Vous y trouverez ce musulman dont j'ai fait la prise aujourd'hui. Frappez-le et torturez-le à l'aube et au crépuscule. Ne lui donnez à manger qu'un pain léger et à boire qu'une cruche. J'ai décidé de l'égorger sur la Montagne afin de me concilier notre Seigneur le Feu.

Ce fut Qawâm qui descendit la première cette nuit-là. Elle mit nu le prisonnier et le fouetta si fort que le sang coula de ses flancs et qu'il s'évanouit. Elle déposa près de lui un pain sec et un cruchon d'eau salée puis s'en fut. Al-As'ad se réveilla au milieu de la nuit, enchaîné, tout douloureux des coups qu'il avais reçus. Il pleurait, gémissait et implorait du secours. Il pensait à son frère et à son père, à la vie qu'il menait en ce temps où il vivait heureux, puissant et considéré au royaume de Qamar az-Zamân. Il se mit à réciter ces vers :

Et l'aube chassant la nuit, Shahrâzâd dut interrompre son récit.

Lorsque ce fut la deux cent vingt-huitième nuit, elle dit :

On raconte encore, Sire, ô roi bienheureux qu'al-As'ad se retrouva enchaîné et tout douloureux des coups qu'il avait reçus. Il se rappela combien il était heureux, puissant et considéré au royaume de son père

Qamar az-Zamân dont il était maintenant séparé, et
pensa à son frère resté seul sur la montagne. Tout en
pleurant et en soupirant, il récita ces vers :

Arrêtez-vous près de nos traces, demandez-vous où nous
　　sommes
　　sans croire que nous restons pour toujours où nous
　　fûmes.
Le temps qui désunit a su nous disperser,
　　apaisant contre nous le cœur des envieux.
Une méchante me fouette et me torture
　　le cœur pour moi empli de haine.
Peut-être, peut-être, Dieu nous réunira-t-il
　　et nous délivrera en châtiant nos ennemis.

Lorsqu'il eut fini de dire son poème, il tâta le sol près
de lui et y trouva du pain et un cruchon d'eau salée. Il
avala quelques bouchées par nécessité et pour maintenir en vie son corps exténué. Puis il but un peu d'eau
mais ne put de toute la nuit trouver le sommeil tant il
était dévoré par les punaises, poux et autres puces. À
l'aube, la servante redescendit et lui arracha sa chemise comme elle l'avait fait la veille. Le sang coulant
des plaies avait séché, et le vêtement emporta la peau à
laquelle il avait adhéré. Al-As'ad poussa un hurlement
de douleur puis cria vers Dieu.

— Seigneur, si telle est Ta volonté, ajoute à mon
supplice. Mon Dieu, Tu connais qui me torture, venge-
moi de lui.

Puis il murmura ce poème :

Je me soumets mon Dieu aux arrêts de Ta loi,
　　je me soumets pour mériter Ta grâce.

Patient devant Ton décret, Seigneur,
  patient même jeté dans le feu de l'enfer.
Injustement traité et livré à la haine,
  mes bonnes actions pourront-elles me sauver ?
Tu es seul Seigneur à ne pas admettre l'injustice
  et j'ai recours à Toi ô Maître du décret.

Et cet autre :

  Détache-toi des affaires de ce monde,
    laisse le destin les régler.
  Souvent ce qui irrite
    finit par satisfaire.
  Souvent s'élargit la passe
    et souvent se réduit l'espace.
  Dieu fait ce qu'Il veut
    ne Lui soit pas rebelle.
  Espère un bonheur proche,
    tu oublieras le passé.

À peine avait-il terminé que Qawâm le fouetta
jusqu'à l'évanouissement, puis déposa près de lui un
pain et un cruchon d'eau salée avant de le laisser
seul, solitaire, accablé, promis à l'égorgement. Le
sang coulait de ses flancs, les fers lui meurtrissaient
les chevilles, il était loin des siens, séparé de son
frère.

Et l'aube chassant la nuit, Shahrâzâd dut interrompre son récit.

Lorsque ce fut la deux cent vingt-neuvième nuit,
elle dit :

On raconte encore, Sire, ô roi bienheureux qu'al-
As'ad se souvint de son frère et de l'existence heureuse et considérée qu'il avait eue chez son père. Il

pleura et se lamenta, gémit et se désola, et au milieu
de ses larmes récita :

Doucement, ô Fortune, injuste et tyrannique
*   qui vers nous, mes frères, s'en vient et puis s'en va.*
N'est-il temps de pleurer d'une aussi longue absence
*   et d'être enfin touché, ô toi cœur de pierre ?*
Tu affliges les miens en me traitant ainsi,
*   tu me hais à mourir et je me sens perdu.*
L'ennemi à me voir se délecte et jubile
*   de mon abandon, de ma douleur et de ma solitude.*
Il ne se rassasie du malheur qui me frappe,
*   de mon lointain exil, de mes yeux désolés.*
Et me voici jeté en cette étroite geôle,
*   sans aucun compagnon, à me mordre les mains.*
Mes larmes se déversent comme trombes du ciel
*   et la fièvre d'absence jamais ne se guérit.*
Je m'afflige éperdu et toujours me souviens
*   et soupire et gémis et encore me plains.*
Regrets qui me taraudent, tristesse qui m'égare,
*   en cul-de-basse-fosse prisonnier impuissant.*
Nulle âme bienveillante qui me prenne en pitié
*   se plaise chaque jour à me rendre visite.*
Est-il un ami franc et sincère qui m'aime
*   et pleure ma misère et ma longue insomnie ?*
Que je me plaigne à lui des douleurs que j'endure
*   pendant que la nuit passe à chercher le repos.*
La torture prolonge ma veille, un feu vif
*   me brûle de chagrin.*
Punaises et puces boivent mon sang
*   comme on boit à un vin que tend un échanson.*
Mon corps livré aux poux ressemble à la fortune
*   d'un orphelin livré aux juges hérétiques.*
J'habite une tombe de trois coudées
*   et je m'éveille à l'aube enchaîné et saigné.*

Les larmes sont mon vin, le bruit des chaînes
   ma musique, le rêve mon évasion et le chagrin ma
   couche.

Voilà ce qu'il en était d'al-As'ad. Son frère al-Amjad
l'attendit en vain jusqu'au milieu du jour. L'inquiétude le gagna peu à peu, son cœur fut étreint par
l'angoisse à lui arracher des larmes.

Et l'aube chassant la nuit, Shahrâzâd dut interrompre son récit.

Lorsque ce fut la deux cent trentième nuit, elle dit :
On raconte encore, Sire, ô roi bienheureux, qu'al-
Amjad attendit son frère jusqu'au milieu du jour.
L'inquiétude le gagna peu à peu, son cœur fut étreint
par l'angoisse jusqu'à lui arracher des larmes. Il
appelait :

— Petit frère, mon compagnon, que t'est-il arrivé,
hélas, que j'aie peur de te perdre !

Le visage ruisselant de larmes, il dévala le versant de
la montagne. Il entra dans la ville et, sans savoir où il
allait, finit par arriver au marché. Il demanda aux gens
quel était le nom de la cité.

— C'est la Ville des mages, lui répondit-on. Ses habitants adorent le feu et non le Seigneur Tout-Puissant.

Il chercha ensuite à savoir où se trouvait la Ville
d'Ébène. On lui dit qu'elle était à une distance d'une
année de marche ou de six mois de navigation, que le
roi Armânûs y régnait qui avait pris pour gendre et
successeur le roi Qamar az-Zamân, que ce dernier était
un souverain juste, bon, généreux et en lequel on avait
toute confiance. En entendant prononcer le nom de son
père, al-Amjad pleura, gémit et se lamenta. Il ne savait
plus où aller. Il fit l'emplette de quelques vivres et se
mit en quête d'un endroit où il pourrait se soustraire

au regard. Il s'y assit et voulut se mettre à manger, mais l'inquiétude le serrait à la gorge et il dut se forcer pour garder quelques forces. Il se leva et s'en fut marcher à travers la ville pour retrouver la trace de son frère. Il avisa un tailleur musulman qui travaillait dans son échoppe. Il s'assit près de lui et lui raconta toute son histoire.

— S'il est tombé entre les mains d'un mage, répondit le tailleur, il serait bien étonnant que tu le retrouves, à moins que Dieu décide de vous réunir. Voudrais-tu venir habiter chez moi ?

Al-Amjad acquiesça et le tailleur l'emmena dans sa maison. Pendant le mois qui suivit, il le consolait, lui faisait prendre patience et l'initiait à la couture où le jeune homme devint rapidement très habile. Le prince décida d'aller un après-midi au bord de la mer où il lava ses vêtements. Il se rendit ensuite au hammam. Après s'être baigné, il s'habilla de propre et sortit se promener dans les rues. Il y rencontra par hasard une femme très belle et gracieuse, à la taille bien prise, aux proportions harmonieuses et d'un charme incomparable. Lorsqu'elle le vit, elle releva le voile qui lui couvrait le visage, sourcilla d'émotion, cligna de la paupière, lui lança des regards langoureux et dit ce poème :

> *Je t'ai vu arriver et j'ai baissé les yeux*
> *comme si tu étais, ô mince, l'œil du soleil !*
> *Car tu es le plus beau de ce qui se peut voir*
> *et tu l'es aujourd'hui plus encore qu'hier !*
> *Si l'on répartissait la beauté, un cinquième*
> *irait à Joseph ou peut-être... un peu moins !*

Lorsque al-Amjad entendit cela, il se détendit et se laissa aller à la joie, ressentit pour cette femme un vif

désir et fut pris d'une tendre ardeur. Il lui fit un petit
signe et dit ce poème à haute voix :

Sous la rose des pommettes, la fine arête de son nez,
    et la bouche bavarde qui voudrait se cueillir mais
Surtout ne tend pas la main ! Depuis longtemps
    la guerre éclate pour un simple regard vers elle.
Dis-lui que même injuste elle nous ravage,
    et juste que serait-ce !
Que plus elle se voile et plus elle nous égare,
    qu'à la montrer entière, mieux on garde la beauté !
Comme un soleil dont on ne peut fixer la face
    sauf s'il se couvre d'un fin nuage.
De grand matin bruit l'essaim fiévreux,
    demandez au gardien du camp ce que nous sommes
    venus faire !
Si ma mort est leur but, qu'ils cessent
    de me haïr et devenons amis.
Leur attaque n'est pas plus vive au combat
    que le regard de celle au grain de beauté lorsqu'elle
    paraît.

L'inconnue eut un soupir qui lui souleva la poitrine,
répondit à son signe, sourit et dit :

C'est toi qui choisis le dédain, pas moi !
    donne-toi si c'est le temps d'être fidèle.
Ô toi qui fais poindre l'aurore en souriant
    et donnes l'asile à la nuit sur tes tempes,
Beauté d'idole tu m'asservis,
    m'égares et soulèves mon tourment.
Il n'est point étonnant que la passion me brûle,
    qui adore une idole mérite bien le feu !
Tu peux m'acheter sans argent,
    mais s'il faut vendre, dis ton prix !

Al-Amjad n'y tenant plus, lui glissa :

— Viendras-tu chez moi ou irai-je chez toi ?

Elle baissa la tête pudiquement et récita les versets de Dieu (Coran IV/34) : *Les hommes ont autorité sur les femmes du fait que Dieu a préféré certains d'entre vous à d'autres.* Al-Amjad comprit.

Et l'aube chassant la nuit, Shahrâzâd dut interrompre son récit.

Lorsque ce fut la deux cent trente et unième nuit, elle dit :

On raconte encore, Sire, ô roi bienheureux qu'al-Amjad comprit que l'inconnue souhaitait le suivre où il voudrait bien aller. Mais il n'osait l'emmener dans la maison du maître tailleur où il logeait. Il s'en fut donc au hasard, suivi par la jeune femme. Ils marchèrent ainsi de rue en rue et de place en place jusqu'à ce qu'elle se fatigue et demande :

— Mais où est-ce donc chez toi ?

— Continuons encore un peu et nous y serons.

Il s'engagea dans une très jolie rue qu'il remonta entièrement jusqu'à ce qu'il constate qu'elle se terminait en impasse. « Il n'y a de force et de puissance qu'en Dieu le Très Haut, l'Immense », se dit-il perplexe. Il regarda autour de lui et aperçut, tout au haut de la rue, la porte d'une demeure. Comme elle était fermée, les deux jeunes gens s'assirent sur les banquettes de pierre construites de part et d'autre de la porte.

— Seigneur, qu'attendons-nous, s'inquiéta-t-elle ?

Al-Amjad ne dit mot tant il était embarrassé. Il releva la tête qu'il tenait baissée et répondit :

— J'attends mon esclave qui a les clés. Je lui avais dit de me préparer une collation et un peu de vin pour ma sortie du hammam.

« J'ai bien peur, poursuivit-il en lui-même, que le temps lui tarde et qu'elle me plante là tout seul. » Le temps tardait effectivement à la jeune femme qui protesta :

— Seigneur, cet esclave est bien long à revenir ! Nous sommes assis dans la rue, exposés aux regards.

Comme elle se munissait d'une pierre pour aller forcer le verrou, il s'écria :

— Patiente encore un peu, il va arriver.

Mais l'inconnue ne l'écouta pas, brisa le verrou à coups de pierre et ouvrit la porte.

— Mais qu'est-ce qui t'a pris de faire cela ?

— Et puis après, c'est bien ta maison ?

— Oui, mais il n'était pas nécessaire de briser le verrou !

La jeune femme entra. Al-Amjad était dans un embarras extrême et ne savait que faire tellement il avait peur des gens du lieu.

— Pourquoi ne me suis-tu pas, lumière de mes yeux, feu de mon cœur ?

— Si, si je rentre. Mais ce maudit esclave ne vient pas et je ne sais s'il a préparé les choses comme je le lui ai ordonné.

Le jeune homme, tout tremblant de peur à la pensée de se trouver face à quelqu'un, fit quelques pas. Il remarqua un salon à quatre estrades se faisant face deux à deux. La pièce était meublée d'armoires et de longs canapés à dossier recouverts de tissu de soie ou de vieux brocart à ramages, et agrémentés de coussins. De petites loges tapissées de soie et garnies de sièges étaient régulièrement aménagées dans le mur. Au centre du salon dont le sol était dallé de marbre multicolore se trouvait une riche fontaine avec bassin et jet d'eau. Tout autour étaient disposées deux petites tables recouvertes de carreaux de soie. Près d'elles se

trouvaient des plateaux de cuivre incrustés de pierres
précieuses, les uns chargés de fruits et de bouquets, les
autres de cruchons d'eau fraîche, de vases à vin, de
coupes et de verres. À proximité se dressait un chandelier garni d'un flambeau de cire. On ne voyait ici et là
que tentures de grande valeur, tapis et coussins de
prix, coffres et tabourets. Sur l'une des estrades, il y
avait une rangée de sièges sur chacun desquels étaient
disposés un ballot d'étoffes rares et une bourse pleine
de pièces d'argent et d'or. Tout ici respirait la félicité.

Al-Amjad parcourut le salon d'un coup d'œil et resta
perplexe. Il se disait : « C'en est fait de moi. *Nous
sommes à Dieu et à Dieu reviendrons* » (Coran II/156).
Quant à la jeune femme, elle jubilait et se montrait
ravie.

— Seigneur, s'exclama-t-elle admirative, mais c'est
un palais ! Ton esclave a bien fait les choses. Il a orné,
cuisiné, préparé les fruits et je suis venue au meilleur
moment !

Al-Amjad ne la regarda même pas tellement son
cœur battait à l'idée de voir apparaître les gens de la
maison.

— Mon seigneur, s'étonna-t-elle, mon âme, pourquoi restes-tu debout ainsi ?

Elle se jeta sur lui, poussa un grand soupir et lui
donna un baiser en le mordant aussi fort que si elle
voulait casser une noix :

— Peut-être en attendais-tu une autre que moi ?
Cela ne fait rien, je nouerai ma ceinture et la servirai.

Al-Amjad, malgré toute l'inquiétude où il était,
éclata de rire. Il alla prendre place sur une banquette,
le cœur serré, en se disant : « Quelle mort misérable va
être la mienne si l'on me découvre. » La jeune femme
s'assit à ses côtés en plaisantant et riant, pendant que
son compagnon, angoissé, se renfrognait et faisait

mille conjectures : « Si le maître de maison arrive, qu'est-ce que je pourrais lui dire ? Il va sans doute se précipiter et m'ôter la vie. »

Pendant qu'il s'inquiétait, sa compagne se leva, retroussa ses manches, prit une des tables basses, la couvrit d'une nappe et y disposa de la nourriture. Tout en mangeant, elle invitait al-Amjad à l'imiter :

— Seigneur, mange avec moi ne serait-ce qu'une bouchée. Ton esclave tarde trop à venir !

Mais le jeune homme n'avait pas cœur à festoyer et passait son temps à regarder vers la porte. La belle, quant à elle, se sustenta avec appétit. Lorsqu'elle fut rassasiée, elle débarrassa, servit des fruits et les friandises que l'on offre avec la boisson. Elle déboucha un cruchon de vin et emplit deux coupes. Al-Amjad prit celle qu'elle lui tendait tout en se disant : « Ouïe, ouïe, si le maître de maison me voyait la coupe à la main ! » pensa-t-il l'œil fixé sur le corridor. À peine avait-il pensé cela que le maître de maison fit effectivement son entrée. C'était un officier nommé Bahâdir qui faisait partie des plus hauts dignitaires mameluks et tenait les fonctions de Grand Écuyer du roi. Il avait aménagé cette demeure pour son plaisir, venait s'y divertir et y séjourner avec qui il voulait. Ce jour-là, il avait rendez-vous avec un jeune amant et le salon était préparé pour cette rencontre. Bahâdir était un homme généreux, prodigue, bon, large en aumônes et d'une grande bienveillance. Lorsqu'il arriva à la porte du salon...

Et l'aube chassant la nuit, Shahrâzâd dut interrompre son récit.

Lorsque ce fut la deux cent trente-deuxième nuit, elle dit :

— On raconte encore, Sire, ô roi bienheureux, que le

maître de maison, Bahâdir, l'émir mameluk, arriva à la porte du salon et constata qu'elle était ouverte. Il avança lentement, passa la tête dans l'entrebâillement et vit al-Amjad et la jeune femme assis devant un plateau de fruits et un cruchon de vin. Le jeune homme tenait une coupe à la main et gardait les yeux fixés sur la porte de telle sorte qu'il croisa les regards de l'émir Bahâdir. Il devint livide et se mit à trembler de tous ses membres. Mais, portant son index à la bouche, l'émir lui intima l'ordre de garder le silence, puis lui fit signe de venir le rejoindre. Al-Amjad posa sa coupe et se leva. Comme la jeune femme lui demandait où il allait, il fit signe de la tête pour indiquer qu'il avait besoin d'uriner. Il se rendit pieds nus dans le couloir et comprit tout de suite en voyant Bahâdir qu'il s'agissait du maître de maison. Il s'empressa de lui baiser les mains et dit précipitamment :

— Je t'en supplie par Dieu, seigneur, j'aimerais que tu m'écoutes avant de me punir.

Il lui raconta toute son histoire du début jusqu'à la fin et lui expliqua les raisons pour lesquelles il avait quitté sa terre et son royaume. Il affirma qu'il n'était pas rentré dans cette demeure de son propre mouvement, que la jeune femme avait brisé le verrou, ouvert la porte et pénétré dans le salon.

Lorsque Bahâdir eut écouté ce récit et apprit qu'al-Amjad était fils de roi, il se montra clément et compatissant à son égard. Il lui tint ce propos :

— Écoute-moi bien al-Amjad et montre-toi obéissant, j'assurerai ta sécurité et tu n'auras plus rien à craindre. Par contre, je te tuerai si tu me désobéis. Je suis l'émir Bahâdir.

— Ordonne-moi ce que tu voudras, je ne te désobéirai jamais car c'est à ton grand cœur que je dois ma liberté.

— Retourne au salon et reprends en toute tranquillité la place que tu occupais. Je ne tarderai pas à te rejoindre. Lorsque je ferai mon entrée, injurie-moi et réprimande-moi avec dureté. Demande-moi pourquoi j'arrive avec tout ce retard. N'accepte aucune de mes excuses, lève-toi et bats-moi. Et prends garde d'avoir pitié, car alors je te tuerai. Reviens donc au salon et prends tes aises. Je t'apporterai sur l'heure tout ce que tu désireras. Passe la nuit ici comme tu l'entendras, tu t'en iras demain. Je fais cela pour honorer un étranger solitaire que j'aime à traiter comme il se doit.

Al-Amjad baisa les mains de l'émir et retourna auprès de sa compagne. Son visage avait repris ses belles couleurs et il dit en entrant :

— Ma Dame, ta compagnie m'est chère et cette nuit est une nuit bénie.

— Voilà qui est bien inattendu de toi que tu apprécies ma compagnie !

— Par Dieu ma Dame, je croyais que mon esclave m'avait volé des colliers de pierres précieuses valant chacun dix mille dinars. Lorsque je suis sorti tout à l'heure, j'étais très préoccupé par cela. Je suis allé vérifier et j'ai trouvé les colliers à leur place. Mais je ne sais toujours pas pourquoi mon esclave n'est pas là. Il me faudra le punir.

La jeune femme fut rassurée par ce discours. Les deux jeunes gens, tout à leur bonheur, folâtrèrent, burent et se réjouirent jusqu'à la tombée du soir. C'est le moment que choisit Bahâdir pour les rejoindre. Il avait changé de vêtements, s'était ceint la taille d'une serviette de filoselle et avait chaussé des savates selon la coutume des esclaves. Il salua, baisa le sol, croisa ses bras sur sa poitrine et baissa la tête comme quelqu'un qui reconnaît sa faute. Al-Amjad lui lança un regard furieux et lui jeta :

— Ô le plus misérable des esclaves, quelle est la raison de ton retard ?

— Seigneur, j'étais occupé à laver mes vêtements. Je ne savais pas que tu étais ici, car nous n'avions rendez-vous que ce soir.

— Tu mens, cria al-Amjad, espèce de gueux ! Je m'en vais te corriger.

Le jeune homme bondit, jeta Bahâdir à terre, prit un bâton et se mit à frapper mais très légèrement. Ce fut alors que la jeune femme lui arracha le bâton des mains et assena des coups violents au malheureux qui se mit à pousser des hurlements, à pleurer, à grincer des dents et à implorer secours. Al-Amjad s'égosillait :

— Mais cesse donc !

— Laisse-moi passer ma colère sur lui, rugissait-elle.

Le jeune homme réussit cependant à lui arracher le bâton et à la repousser. Bahâdir se leva, essuya ses larmes et prit son service. Il nettoya le salon et alluma les chandelles. À chaque fois qu'il entrait ou sortait, la jeune femme l'injuriait et le couvrait de malédictions au grand dam d'al-Amjad qui s'exclamait :

— Au nom de Dieu le Très Haut, laisse la paix à mon esclave, il n'est pas habitué à de pareils traitements.

Les deux jeunes gens se remirent à boire et à manger, servis jusqu'à la mi-nuit par Bahâdir. Celui-ci, fatigué par le travail et par les coups reçus, eut envie de dormir et alla s'allonger dans un coin du salon. Il sombra bientôt dans un profond sommeil et se mit à ronfler bruyamment. La jeune femme qui avait bu au point d'être ivre, dit à al-Amjad :

— Va prendre ce sabre qui est au mur et coupe la tête à cet esclave. Si tu ne le fais pas, prend garde à toi !

— Mais qu'est-ce qui te prend de vouloir le tuer ?

— On ne sera heureux que lorsqu'il sera mort. Si tu ne te lèves pas, j'irai l'expédier moi-même.

— Je t'en conjure par Dieu, n'en fais rien.

— Il le faut !

Ayant dit ces mots, elle courut au sabre, le dégaina et se prépara à décapiter Bahâdir. Al-Amjad se dit alors : « Cet homme s'est bien conduit à notre égard, il nous a accueillis, s'est montré bienveillant et m'a servi comme un esclave. Et je l'en récompenserais en le faisant mourir ? Cela ne sera pas. »

Il se tourna vers la jeune femme et dit :

— S'il faut absolument faire périr cet esclave, c'est à moi de le faire et non à toi.

Il lui arracha le sabre des mains, l'éleva jusqu'à ce qu'on voie les poils de ses aisselles et d'un seul coup décapita la jeune femme dont la tête séparée du corps roula sur Bahâdir endormi. Celui-ci, tiré brutalement du sommeil, ouvrit les yeux, se mit sur son séant et vit devant lui al-Amjad le sabre à la main qui dégoûtait de sang. Il regarda le cadavre décapité et demanda ce qui s'était passé.

Al-Amjad lui en fit un récit complet et ajouta :

— Elle voulait absolument te faire passer de vie à trépas, elle a eu sa récompense.

Bahâdir se leva, baisa la tête d'al-Amjad et lui dit :

— Seigneur, tu aurais été plus avisé de lui pardonner ! Mais ce qui est fait est fait. Il ne reste plus qu'à emporter son corps d'ici avant l'aube.

Bahâdir rajusta ses vêtements, enveloppa le cadavre dans un manteau sans manches et le fourra dans un sac. Il se tourna vers al-Amjad :

— Tu es étranger et ne connais personne en cette ville. Ne bouge pas d'ici et attends-moi jusqu'à l'aube. Si je reviens, j'assurerai ta fortune et m'efforcerai de découvrir ce qu'il est advenu de ton frère. Si le soleil se lève sans que je sois revenu, c'est que j'aurai péri. Alors adieu. Cette maison et tout ce qu'elle contient de meubles, d'étoffes et de richesses t'appartient.

Bahâdir se chargea du sac et s'en fut. Il traversa les marchés et se dirigea vers la mer où il comptait jeter le cadavre. Il était tout près d'arriver à la côte, lorsqu'il se vit entouré par le gouverneur, les chefs de quartiers et les officiers de police de la ville. Ils reconnurent le Grand Écuyer du roi et s'étonnèrent de le voir habillé de cette façon. Ils décidèrent d'ouvrir le sac et y découvrirent le corps de la jeune femme. Bahâdir fut arrêté, mis aux fers et présenté le lendemain au roi. Informé de ce qui s'était passé, celui-ci entra dans une violente colère et s'écria :

— Malheur à toi, c'est ainsi que tu assassines les gens, que tu les jettes à la mer et t'empares de leurs biens ? Combien en as-tu tué jusqu'ici ?

Bahâdir baissa la tête sans mot dire.

Et l'aube chassant la nuit, Shahrâzâd dut interrompre son récit.

Lorsque ce fut la deux cent trente-troisième nuit, elle dit :

On raconte encore, Sire, ô roi bienheureux, que Bahâdir baissa la tête sans mot dire. Le roi s'emporta et hurla :

— Qui a tué cette jeune femme ?

— Seigneur, c'est moi, il n'y a de puissance et de force qu'en Dieu le Très Haut, l'Immense.

Furieux, le roi ordonna qu'on le pende. Le bourreau l'entraîna vers le lieu d'exécution. Le gouverneur fit proclamer la sentence à travers la ville par le crieur public qui invita la population à venir assister à l'exécution de Bahâdir, Grand Écuyer du roi, qui aurait lieu à midi. On promena le condamné dans les rues et les souks.

Quant à al-Amjad, il attendit mais en vain jusqu'à ce que le jour se lève et que le soleil fût haut dans le ciel. Il se dit : « Il n'y a de puissance et de force qu'en Dieu le Très Haut, l'Immense ! Qu'est-ce qui a bien pu lui arriver ? » Il était ainsi plongé dans ses pensées, lorsqu'il entendit le crieur public annoncer la pendaison de Bahâdir aux environs de midi et inviter les gens à y assister.

« *Nous sommes à Dieu et à Dieu reviendrons* (Coran II/156), s'écria-t-il en pleurant. Il s'est exposé au danger pour moi et s'est accusé injustement à ma place. Par Dieu, je ne laisserai pas faire cela. »

Il sortit de la demeure, traversa toute la ville en demandant où on allait pendre Bahâdir. Il finit par arriver ainsi sur le lieu de l'exécution. Il fendit la foule attroupée et, parvenu devant le gouverneur, clama :

— Seigneur, n'exécute pas ton Grand Écuyer, il est innocent, c'est moi qui ai tué la fille !

Le gouverneur le fit arrêter immédiatement, reconduisit les deux prisonniers au palais et rapporta ce qu'il venait d'entendre au roi. Celui-ci considéra attentivement al-Amjad et interrogea :

— Est-ce toi qui as tué la jeune femme ?

— Oui.

— Raconte-moi pourquoi et ne mens pas.

— Sire, il m'est arrivé quelque chose de si étonnant, de si étrange que si on l'écrivait à l'aiguille au coin de l'œil, il donnerait matière à réflexion à qui veut réfléchir.

Et le prince fit le récit complet de tout ce qui était advenu à lui et à son frère depuis le début jusqu'à la fin. Le roi trouva l'histoire prodigieuse, fit libérer Bahâdir, affirma que le crime était excusable et demanda à al-Amjad de devenir son vizir. Le jeune homme répondit qu'il était aux ordres et au service du roi. Celui-ci le revêtit d'une robe d'honneur, l'installa dans une belle demeure, mit à sa disposition serviteurs et servantes, lui offrit généreusement tout ce dont il pouvait avoir besoin, fixa ses appointements et avantages. Il le pressa d'enquêter sur la disparition de son frère al-As'ad. Al-Amjad prit ses fonctions de vizir, dit le droit et rendit justice, nomma et destitua, retira et donna. Il fit lire par crieur public un avis de recherche concernant son frère. Plusieurs jours de suite cet avis fut lu dans les rues et les souks, mais nul n'avait entendu parler d'al-As'ad ni relevé sa trace. Le prince en fut plongé dans la désolation et ne savait plus quoi faire. À ses moments de liberté, il ne cessait de pleurer et de dire des poèmes pour exprimer sa douleur.

Voici ce qu'il en était d'al-Amjad. Quant à son frère, il fut soumis à la torture nuit et jour, à l'aube et au crépuscule, durant une année entière. Comme la fête des mages approchait, Bahrâm le mage, que Dieu le maudisse, se prépara au voyage et affréta un bateau.

Et l'aube chassant la nuit, Shahrâzâd dut interrompre son récit.

Lorsque ce fut la deux cent trente-quatrième nuit, elle dit :
On raconte encore, Sire, ô roi bienheureux, que Bahrâm affréta un bateau pour aller célébrer la fête du feu. Il descendit auprès d'al-As'ad, le déposa dans un coffre qu'il ferma soigneusement à clé et fit porter dans les cales du navire. À ce moment-là, il se trouva qu'al-Amjad, par arrêt et décret de Dieu, regardait d'une fenêtre le va-et-vient du port. Il voyait les préparatifs faits pour l'embarquement de Bahrâm. Son cœur se mit soudain à battre et il ordonna à ses serviteurs de

lui amener son pur-sang qu'il monta sur-le-champ.
Entouré de sa garde, il se rendit au port et, s'arrêtant
près du bateau des mages, exigea qu'il soit fouillé de
fond en comble. La garde se précipita et visita les
coins et recoins de l'embarcation sans rien y trouver
de particulier. Les hommes d'al-Amjad remontèrent
sur le pont et lui rendirent compte du résultat néga-
tif de leurs recherches. Le prince remonta à cheval et
revint au palais, l'esprit préoccupé et le cœur lourd.
Il reprit sa place dans le belvédère d'où il avait vue
sur la mer. Il remarqua qu'on avait écrit sur le mur
ces vers :

> *Amis qui disparaissez à mes yeux,*
> *vous ne quittez ni mon esprit ni mon cœur.*
> *Vous me laissez près de mourir,*
> *sans sommeil tandis que vous dormez.*

Après avoir lu ce poème, al-Amjad sentit son chagrin et la brûlure de la séparation augmenter. Il
pleura amèrement en songeant à son frère et écrivit
sous le poème :

Ils sont partis portés par leurs montures
et mon ultime souffle les suit.
Je me suis plaint de leur absence et même leurs mon-
tures,
si elles avaient pu comprendre, les auraient jetés à
terre.

Al-Amjad hoquetait en écrivant. Le monde s'obscur-
cissait à ses yeux. N'y tenant plus, il sortit encore
une fois du palais, chevaucha jusqu'à la mer et s'approcha du bateau. Son cœur battait la chamade et il
fit convoquer le commandant qui n'était autre que

Bahrâm le mage. Dès qu'il fut venu, il lui adressa ce discours :

— Sache que mon cœur, mon âme, mes membres, tout me dit que mon frère est sur ce bateau. Même si tu l'ignores toi-même, je sais moi qu'il est ici.

Bahrâm blêmit mais se ressaisit vite, prit de l'assurance et dit :

— Seigneur, mon navire est à ta disposition.

Al-Amjad mit pied à terre et descendit jusque dans les cales, accompagné d'un mameluk porteur de son tapis de selle. Le destin voulut que, pour permettre au prince de s'asseoir, ce serviteur disposa ce tapis justement sur le coffre où était tenu prisonnier al-As'ad. Al-Amjad enjoignit que toutes les marchandises lui fussent présentées, que tous les ballots et les paquets de hardes soient défaits devant lui et les coffres examinés. Tout fut passé au peigne fin sauf, ô volonté du Très Haut, le coffre sur lequel il était assis. Al-Amjad abattu se dit : « Il n'y a de puissance et de force qu'en Dieu, le Très Haut, l'Immense. » Puis il quitta le navire, remonta à cheval et s'en retourna au palais.

Quant à Bahrâm le mage, il se hâta de regagner le pont. Il s'époumonait et invectivait ses marins afin qu'ils achèvent les préparatifs du départ et lèvent l'ancre. Bientôt les voiles furent hissées et le bateau prit la mer. Comme ils eurent du frais, ils purent voguer ainsi sans perdre un seul instant. Tous les deux jours, on sortait al-As'ad de son coffre pour le nourrir un peu et lui donner à boire. Ils étaient à trois jours environ de la Montagne de feu lorsqu'un vent violent se leva qui tourna à la tempête. Le ciel s'obscurcit, la mer se démonta, les vagues déferlèrent et se brisèrent en embruns. Le navire fut dérouté et s'engagea dans des eaux qu'il ne connaissait pas. On fut bientôt en vue d'une ville bâtie au bord de la mer et dominée par une

forteresse dont les fenêtres grillagées donnaient sur le
large. Cette ville était au pouvoir d'une femme que l'on
appelait la reine Marjâna. Le capitaine dit à Bahrâm :

— Seigneur, nous avons perdu notre route, il nous
faut faire relâche dans ce port. Ensuite nous aviserons
et Dieu fera comme Il l'entend.

— Tu t'es bien sorti de la tempête, fais maintenant
comme il te semblera bon.

— Si la reine envoie de ses hommes aux renseignements, que devons-nous répondre ? Si tu lui dis que
nous allons à la Montagne de feu, elle saura que nous y
conduisons un prisonnier à sacrifier.

— J'ai une autre idée. Il faut habiller celui que nous
détenons comme un esclave et le faire sortir du bateau.
Lorsqu'elle le verra, la reine m'interrogera à son sujet.
Je dirai que je suis un marchand de ces esclaves dont je
fais commerce, que j'en avais un grand nombre, que
je les ai tous vendus à l'exception de celui-ci. J'expli-
querai qu'il sait lire et écrire et qu'il tient mes
comptes.

— Cela me semble convenable.

Ils arrivèrent peu après à la ville, affalèrent les
cordages et jetèrent les ancres. À peine le bateau était-
il immobilisé que la reine Marjâna, entourée de sa
garde, apparut et héla le capitaine. Celui-ci sauta à
quai et baisa le sol aux pieds de la reine.

— Qu'y a-t-il dans ton bateau, s'enquit-elle et qui l'a
affrété ?

— Reine de ce temps, c'est un marchand d'esclaves.

Comme Marjâna exigeait de le voir, Bahrâm descendit sur le quai, suivi par Al-As'ad habillé en esclave. Il
baisa le sol à ses pieds et attendit ses questions.
Comme elle demandait qui il était, il répondit qu'il
faisait le commerce des esclaves. La reine examina al-
As'ad, le trouva tout à fait à son goût et son cœur

s'enflamma aussitôt. Elle s'enquit de son nom. La voix étranglée par les sanglots, il répondit qu'il se nommait « Mameluk » et ses larmes se remirent à couler de plus belle.

— Sais-tu écrire, ajouta-t-elle très émue par son chagrin ?

Comme il répondait affirmativement, elle lui tendit un encrier, une plume et un rouleau de papier en lui demandant de tracer quelques mots. Il calligraphia ce poème :

Ô toi qui me regardes, que peut bien faire un homme
que le destin assaille à tout moment,
Qui le garrotte, le jette dans les flots puis lui dit :
« prends garde, prends garde de te mouiller » ?

Il ajouta :

L'aveugle évite le trou
où tombe l'homme à l'œil d'aigle.
L'ignare sait prononcer le mot
qu'écorche un habile savant.
Le bon croyant s'appauvrit.
tandis que s'enrichit l'impie.
Que peut faire l'homme perplexe
quand Dieu a fixé son destin ?

Marjâna lut ce poème et fut prise de compassion. Elle demanda à Bahrâm de lui céder cet esclave :

— Reine, je ne le puis. J'ai vendu tous mes esclaves et garde celui-ci pour moi.

— Il faut que je l'aie, que tu me le vendes ou que tu me le donnes.

— Je ne le vendrai ni ne le donnerai !

La reine entra dans une violente colère et injuria

Bahrâm. Elle prit al-As'ad par la main et regagna avec
lui la forteresse. Elle adressa une missive qui sommait
Bahrâm de mettre les voiles dès cette nuit et de quitter
son territoire. Que s'il ne s'exécutait pas, elle saisirait
ses biens et détruirait son bateau. Le mage fut très
contrarié et s'écria :

— Notre voyage n'a vraiment pas été une bénédiction !

Il poussa les préparatifs, se rendit au souk où il fit
acheter tout ce dont on avait besoin sur le bateau et
attendit la nuit pour prendre la mer. Il ordonna aux
marins de s'équiper, de remplir leurs outres d'eau et de
se préparer à lever les voiles avant l'aube. Les marins
s'affairèrent en attendant la tombée de la nuit.

Pendant ce temps, la reine Marjâna ouvrit les fenêtres grillagées de la citadelle qui donnaient sur le port
et s'installa en compagnie d'al-As'ad. Elle se fit servir
par ses servantes une collation à laquelle ils firent
honneur tous deux, puis demanda du vin.

Et l'aube chassant la nuit, Shahrâzâd dut interrompre son récit.

Lorsque ce fut la deux cent trente-cinquième nuit,
elle dit :

On raconte encore, Sire, ô roi bienheureux que la
reine Marjâna se fit servir du vin par ses servantes et
but abondamment avec al-As'ad dont l'amour lui avait
pénétré le cœur. Elle lui fit vider coupe après coupe
jusqu'à ce qu'il en perdît la tête. Comme il eut envie de
satisfaire un besoin, il descendit de la haute salle et
s'engagea dans un corridor au bout duquel s'ouvrait
une porte qu'il franchit. Il marcha jusqu'à ce que ses
pas le conduisent à un immense verger où l'on pouvait
voir toutes espèces de fruits et de fleurs. Il alla contre le
tronc d'un arbre et y pissa à l'aise. Puis il avisa une

vasque où il se lava le visage et les mains. Ensuite, il
s'allongea sur le sol, les mains derrière la nuque et
l'habit ouvert. Une légère brise soufflait et il s'endormit. Peu à peu, la nuit descendit.

Voilà ce qu'il en était d'al-As'ad. Quant à Bahrâm, il
attendit l'obscurité pour crier à ses matelots :

— Larguez les voiles !

— À tes ordres. Mais il faut que nous allions faire
provision d'eau.

Les gens de l'équipage prirent leurs outres et s'en
furent quérir de l'eau. Ils arrivèrent ainsi au pied de la
citadelle dont ils firent le tour. Ne trouvant pas de
porte, ils escaladèrent la muraille, sautèrent dans un
grand verger, puis suivirent la canalisation qui conduisait l'eau à la vasque près de laquelle était justement
étendu al-As'ad. Ils le reconnurent et, tout heureux de
l'aubaine, le chargèrent sur leurs épaules après avoir
empli leurs outres à l'eau de la vasque. Ils escaladèrent
à nouveau la muraille et coururent jusqu'au vaisseau
où ils annoncèrent la bonne nouvelle à Bahrâm :

— Sois satisfait, ne te fais plus de bile, fais battre tes
tambours et jouer tes flûtes, nous avons retrouvé et
ramené le prisonnier que la reine Marjâna t'avait
arraché de force.

Ils jetèrent le jeune homme à ses pieds. Le cœur de
Bahrâm battit la chamade et sa poitrine se dilata
d'aise. Il donna leur récompense à ses matelots et leur
commanda de lever les voiles au plus vite. Le navire
prit la mer vers la Montagne de feu et vogua jusqu'à
l'aube.

Voilà ce qui en était des fuyards. La reine Marjâna,
restée seule dans la haute salle de la citadelle, attendit
mais en vain qu'al-As'ad revînt. Elle se leva et partit à
sa recherche sans le trouver. Elle fit alors allumer les
bougies et demanda aux servantes de se joindre à elle

pour retrouver le jeune homme. Elle suivit le corridor, trouva la porte extérieure ouverte et comprit qu'il était passé par là. Elle traversa le verger et marcha jusqu'à la vasque près de laquelle elle vit une sandale d'al-As'ad. Elle parcourut les lieux en tout sens sans relever de traces, fouillant coins et recoins jusqu'à l'aube. Elle songea soudain à savoir si le bateau de Bahrâm se trouvait toujours au port. On lui répondit qu'il avait pris la mer dès le premier tiers de la nuit. Elle comprit alors qu'al-As'ad avait été repris et suffoqua de colère car elle n'admettait pas ce coup de force. Elle donna l'ordre de se metre sur pied de guerre et d'armer promptement dix grands bateaux. Elle fit elle-même ses préparatifs et embarqua entourée par ses esclaves, ses servantes et ses soldats armés de pied en cap. On largua les amarres et Marjâna lança à ses capitaines de vaisseaux :

— Si vous rattrapez le bateau du mage, vous aurez robes d'honneur et richesses, sinon vous périrez jusqu'au dernier.

Partagés entre la crainte et l'appât du gain, les marins couraient en tous sens sur le pont et l'on fut bientôt prêt à prendre la voile. On navigua sans relâche trois jours durant et à l'aube du quatrième, on aperçut enfin le navire de Bahrâm. Le jour ne s'était point écoulé qu'on l'avait rejoint et qu'on le pressait de toutes parts. Il se trouvait que, juste à ce moment, Bahrâm avait fait monter al-As'ad sur le pont pour le flageller. Il le martyrisait et le pauvre jeune homme appelait au secours et implorait tant les coups le faisaient souffrir. mais qui aurait pu lui prêter aide ? Le mage était tout à ce supplice lorsqu'il vint à lever les yeux et vit les vaisseaux de la reine entourer son embarcation comme la cornée entoure l'iris. Il fut assuré de sa perte et comprit que rien ne pouvait le faire échapper.

— Malheur à toi, al-As'ad, tout est de ta faute, mais tu mourras avant moi.

Sur son ordre, les matelots saisirent le jeune homme aux mains et aux pieds et le balancèrent par-dessus bord. Mais Dieu — qu'Il soit glorifié le Tout-Puissant — sauve qui Il veut si tel est Son décret. Al-As'ad disparut dans l'eau puis reparut en agitant ses membres. Grâce à l'aide d'une vague miraculeuse, il fut emporté loin du bateau commandé par le mage et jeté sur le rivage. Il ne pouvait croire qu'il était sauvé. Il enleva ses vêtements, les pressa et les étendit au soleil puis s'assit, nu, et se mit à pleurer sur l'état misérable où il se trouvait, sur tous les malheurs qu'il avait endurés et sur sa solitude :

> *Mon Dieu, je suis à bout et ne sais plus que faire*
> *et, sans plus de courage, je dis adieu au monde.*
> *À qui pourrait se plaindre un misérable hère*
> *sinon, à son Seigneur, ô Seigneur de ce monde !*

Lorsque ses vêtements furent secs, il se rhabilla. Il ne savait ni où il était ni où il devait aller. Il mangea quelques herbes et quelques fruits, but à l'eau d'un ruisseau et marcha sans se donner le moindre repos pendant dix jours jusqu'à ce qu'il aperçoive enfin une ville. Tout heureux, il accéléra le pas et parvint aux portes à la tombée du jour, mais il les trouva déjà fermées.

Et l'aube chassant la nuit, Shahrâzâd dut interrompre son récit.

Lorsque ce fut la deux cent trente-sixième nuit, elle dit :

On raconte encore, Sire, ô roi bienheureux qu'al-As'ad arriva aux portes de la ville à la tombée du jour mais qu'il les trouva déjà fermées. Les décrets de Dieu voulurent qu'il était revenu dans la cité où il avait été tenu prisonnier et où son frère al-Amjad occupait les fonctions de vizir. Ne pouvant franchir les murailles, il se dirigea vers les cimetières et les mausolées situés à l'extérieur des murailles. Il trouva la porte d'un des mausolées ouverte, pénétra dans l'édifice, s'étendit à même le sol, mit son bras sous la tête et s'endormit.

Voilà ce qu'il en était d'al-As'ad. Bahrâm le mage de son côté avait réussi à échapper par ruse et magie à la reine Marjâna. Lorsque celle-ci avait fait arraisonner son bateau, elle l'avait interrogé sur al-As'ad. Il avait juré qu'il n'avait aucune nouvelle de lui. Elle avait commandé qu'on fouillât le navire du pont jusqu'à la cale mais sans rien y trouver. Elle obligea cependant le navire capturé à la suivre jusqu'à son royaume. De retour à sa forteresse, elle voulut supplicier et mettre à mort le mage tellement elle était courroucée de ne pas retrouver al-As'ad. Bahrâm n'avait pu garder la vie qu'en offrant à la reine les richesses qu'il transportait et son bateau lui-même. Marjâna avait alors accepté de le libérer. Accompagné d'un seul esclave, il put se munir de quelques vivres et trouver place sur un bateau. C'est ainsi qu'il revint sain et sauf à sa ville au bout de dix jours de voyage. Il faisait nuit et les portes étaient closes, il se dirigea donc vers les cimetières à la recherche d'un mausolée où il pourrait se reposer jusqu'au matin. Il remarqua que la porte d'un des mausolées était ouverte et jeta un œil dans le monument. Il vit un homme qui dormait près du tombeau, la tête posée sur son bras, en ronflant bruyamment. Il se pencha sur lui pour examiner son visage et s'écria :

— Mais c'est encore toi et toujours vivant ! Malheur à toi, c'est de ta faute si j'ai perdu ma fortune, mon bateau et mes hommes.

Aidé de son esclave, il garrotta solidement al-Aș'ad, le bâillonna et attendit l'heure de l'ouverture des portes qui se faisait à l'aube. Lorsqu'il fut temps, il ordonna à son esclave de se charger du jeune homme puis regagna sa demeure. Il y fut accueilli par sa fille Bustân et sa servante Qawâm. Il leur fit le récit de tout ce qui lui était advenu du fait d'al-As'ad, comment il l'avait jeté à la mer, comment il avait été forcé de donner sa fortune et son bateau pour conserver la vie et comment, voulant passer la nuit dans un des mausolées de la ville, il l'avait retrouvé. Bahrâm intima l'ordre aux deux femmes de porter al-As'ad jusqu'à la salle des supplices au sous-sol, de le charger de fers et d'y descendre lui infliger chaque jour les tortures les plus cruelles jusqu'à ce qu'arrive, l'an prochain, la Fête du feu. Il reprendrait à ce moment-là la mer pour aller sacrifier al-As'ad sur la Montagne de feu.

Les deux femmes délièrent les liens du jeune homme et, après une dernière correction infligée par le mage, le portèrent dans la salle où l'on martyrisait les musulmans et le laissèrent là. Peu après, il se réveilla et réalisa qu'il gisait à nouveau dans cet horrible lieu où il avait souffert tant de jours. Bustân ne fut pas longue à revenir. Elle lui enleva ses vêtements et le fouetta. Il pleura, gémit, hurla et crut sentir son âme s'échapper de lui. Il sanglotait tant son calvaire était cruel et tant il était tenaillé par la faim. Il se sentait devenir fou et dit :

> *Il ne reste de la vie qu'un souffle*
> *et le regard du mourant se voile.*

Lorsqu'elle entendit ces mots, le cœur de la jeune fille fut pris de pitié. Elle le trouvait jeune et beau,

agréable à regarder et aimait ses yeux noirs et ses
sourcils arqués.

— Quel est ton nom, jeune homme ?

— Tu veux que je te dise quel est mon nom aujour-
d'hui ou quel est celui que j'avais hier ?

— Tu avais un nom hier que tu n'as plus aujour-
d'hui ? Quel est-il ?

— Je m'appelais al-As'ad, « le plus fortuné des
hommes », je me nomme al-At'as, « le plus misérable ».

— Ne pleure plus, ô al-As'ad. Puisses-tu avoir le
bonheur que promet ton nom. Tu ne mérites pas d'être
supplicié ainsi et je sais qu'on te traite injustement. Ne
crois pas que je sois une impie comme mon père
Bahrâm. Je suis musulmane comme toi. Je me suis
convertie en secret grâce à une intendante et l'ai
soigneusement caché à mon père. Je demande pardon
à Dieu pour tous les mauvais traitements qui t'ont été
infligés et je m'emploierai dorénavant à te sauver avec
l'aide de Dieu le Très Haut.

Elle défit ses chaînes, le rhabilla pour lui donner à
boire. À partir de ce jour, elle ne cessa de lui apporter
nourriture et boissons, de converser et de faire ses
prières avec lui. Elle lui préparait des bouillons de
poulet et le soigna jusqu'à ce qu'il retrouve ses forces et
guérisse de ses plaies. Comme elle remontait un jour de
le visiter, Bustân se mit à la porte de la maison et
entendit le crieur public proclamer :

— Bonnes gens, ordre du vizir tout-puissant al-
Amjad à tout habitant de la ville, en logements,
maisons et demeures, ordre du Grand Vizir, le puissant, l'excellent, que quiconque détient son frère al-
As'ad, ainsi que suit son signalement, et le délivre, aura
toute la fortune qu'il demandera. Quiconque persistera
à le garder enfermé, sera pendu à la porte de sa

maison, verra ses femmes arrêtées, ses biens saisis et son sang devenir licite au vénérable sultan. Qu'on se le tienne pour dit, à bon entendeur salut et qui ne voudra pas verra !

Dès qu'elle eut entendu la proclamation et écouté le signalement du jeune homme recherché, la jeune fille comprit qu'il s'agissait d'al-As'ad. Elle se précipita et l'informa de ce qu'elle venait d'entendre. Le jeune homme poussa un cri, saisit la main de Bustân, remonta les escaliers de sa geôle quatre à quatre et s'enfuit de la maison par la porte ouverte. En courant dans les rues vers le palais, il rencontra le cortège de son frère le vizir al-Amjad. Il se précipita vers lui et saisit son étrier. Al-Amjad le regarda et s'écria :

— C'est mon frère al-As'ad.

Ils se pressaient les mains tandis que les gardes, descendus de leurs chevaux, faisaient cercle autour d'eux. D'émotion, les deux princes perdirent connaissance. Lorsqu'ils eurent retrouvé leurs esprits, ils montèrent à cheval et al-Amjad conduisit son frère au palais du sultan. Informé de tous ces événements, le souverain, qui portait le nom de Nurdshâh, donna l'ordre qu'on aille piller la maison de Bahrâm et qu'on le pende lui-même.

Et l'aube chassant la nuit, Shahrâzâd dut interrompre son récit.

Lorsque ce fut la deux cent trente-septième nuit, elle dit :

On raconte encore, Sire, ô roi bienheureux que le sultan Nurdshâh ordonna à son vizir al-Amjad de pendre Bahrâm et de faire piller sa maison. Une troupe fut expédiée qui mit à sac la demeure, se saisit du mage et le traîna au palais. Bustân, qui était revenue chez elle tandis que les deux frères se reconnaissaient, fut au contraire conduite avec prévenance devant le vizir qui la reçut et l'honora. Al-As'ad fit le récit complet de ses mésaventures et souligna combien Bustân lui avait montré de dévouement. Al-Amjad manifesta de nouveau sa reconnaissance à la jeune femme et raconta à son tour tout ce qui lui était arrivé avec le Grand Écuyer Bahâdir, comment il avait échappé à la pendaison et comment il était devenu vizir. Les deux frères se dirent combien la séparation leur avait été cruelle. Après cela, le sultan fit comparaître le mage et commanda qu'on le décapite. Bahrâm dit alors :

— Sire très puissant, as-tu vraiment décidé ma mort ? Comme le souverain répondait par l'affirmative, le mage demanda :

— Et qu'est-ce qui pourrait me sauver la vie ?

— Que tu te convertisses à l'islam.

Bahrâm tint la tête baissée quelques instants puis se redressa et prononça la profession de foi musulmane. Le sultan reçut son adhésion à l'islam qui fut applaudie par tous. Les deux princes lui racontèrent toute leur histoire dont il s'émerveilla avant de s'enquérir :

— Mes seigneurs, votre royaume est-il dans l'île d'Ébène et votre père est-il le gendre du roi Armânûs ?

— Oui.

— Je connais votre pays, préparez-vous au voyage car je veux prendre la mer, vous reconduire chez vous et vous réconcilier avec votre père.

Les deux frères acquiescèrent à cette proposition. La conversion du mage les remplissait de joie, l'annonce du retour leur tirait des larmes :

— Ne pleurez pas, mes bons seigneurs, leur dit Bahrâm, il était écrit que vous vous réuniriez comme se sont réunis Ni'ma et Nu'm.

Et l'aube chassant la nuit, Shahrâzâd dut interrompre son récit.

Nous ne retenons pas pour cette édition le conte de Ni'ma et de Nu'm qui va de la nuit 237 à la nuit 246 dans Macnaghten et occupe les nuits 147 à 162 dans Mahdi. Toutes les versions arabes insèrent à ce moment du texte cette histoire qui se passe à Koufa sous le califat de 'Abd al-Malik b. Marwân. Notons que c'est la seule fois dans Qamar az-Zamân et Budûr *qu'on trouve un récit inséré.*

Lorsque ce fut la deux cent quarante-septième nuit, elle dit :

On raconte encore, Sire, ô roi bienheureux, qu'al-Amjad et al-As'ad, après avoir passé la plus agréable des nuits, montèrent à cheval dès l'aube et se rendirent au palais pour demander audience. Le roi les reçut, les fit s'asseoir près de lui et conversa avec eux. Ils étaient ainsi à bavarder lorsque retentirent des clameurs, des cris et des implorations. C'étaient les gens de la ville qui se répandaient dans les rues en proie à une frayeur intense. Le chambellan entra et annonça à voix basse au roi qu'une armée conduite par son prince s'approchait des murs.

— Ils tiennent leurs armes à la main, je ne sais ni pourquoi ils viennent ni quelles sont leurs intentions.

Le roi transmit cette nouvelle à al-Amjad et à al-As'ad. Le premier dit :

— Je vais me porter à la rencontre de cette troupe, me présenter comme ton émissaire et me renseigner sur ses desseins.

Le vizir franchit la porte de la cité et alla à la rencontre de l'armée inconnue. Elle était précédée d'une avant-garde de fantassins et de mercenaires à cheval. Ces guerriers comprirent à sa prestance qu'al-Amjad leur était envoyé par le sultan de la ville. Ils le conduisirent devant leur prince. Lorsque al-Amjad lui fut présenté, il baisa le sol à ses pieds et s'aperçut en se relevant qu'il s'agissait d'une femme au visage voilé qui s'adressa à lui en ces termes :

— Sache que je ne veux aucun mal à votre ville. Je ne suis venue que parce que je recherche un jeune esclave. Si je le retrouve ici, tout se passera bien, sinon ce sera une guerre sans merci.

— Pourrais-je connaître, Reine, le signalement de cet esclave, son nom et les circonstances qui l'auraient conduit dans notre ville ?

— Il se nomme al-As'ad et moi Marjâna. Il est venu sur mes terres en compagnie d'un marchand d'esclaves qui a refusé de me le vendre. Je le lui ai pris de force mais il s'est arrangé pour s'emparer de lui la nuit en cachette.

La reine fit ensuite la description du jeune homme disparu.

— Reine de ce temps, louange à Dieu qui nous apporte la joie après la tristesse. Cet esclave n'est autre que mon frère.

Et al-Amjad raconta toute leur histoire depuis le départ des îles d'Ébène jusqu'à l'arrivée dans la ville de leur solitude. Marjâna, toute heureuse de retrouver al-As'ad, revêtit son frère d'une robe d'honneur avant de le laisser retourner au palais rendre compte de ces événements. Le roi Nurdshâh, accompagné des deux princes, décida de se rendre auprès de Marjâna.

Mais à ce moment-là, une colonne de poussière s'éleva au loin, si haute qu'elle barrait l'horizon. Elle se dissipa peu à peu et l'on put voir une immense armée équipée de son attirail de guerre qui s'avançait comme s'avance l'océan gonflé qui s'élance. Les soldats, cuirassés et armés jusques aux dents, encerclèrent la ville comme la bague entoure l'auriculaire, puis dégaînèrent les sabres et firent briller les lames.

— *Nous sommes à Dieu et à Dieu reviendrons* (Coran II/156), s'écrièrent les deux frères. Qu'est-ce que cette armée innombrable ? Ce sont sûrement des ennemis. Si nous ne faisons alliance avec la reine Marjâna, ils prendront la ville et nous ferons périr. Nous n'avons d'autre solution que d'aller aux nouvelles.

Encore une fois al-Amjad décida de partir en émissaire. Il sortit par la porte de la ville, contourna l'armée de la reine Marjâna et s'avança vers les rangs de cette troupe inconnue. Il demanda à être introduit auprès de son prince. On le conduisit auprès du souverain dont on lui dit qu'il s'agissait du roi al-Ghayûr, père de la reine Budûr, maître des îles et des mers alentour et des sept palais aux mille tours.

Et l'aube chassant la nuit, Shahrâzâd dut interrompre son récit.

Lorsque ce fut la deux cent quarante-huitième nuit, elle dit :

On raconte encore, Sire, ô roi bienheureux, qu'al-Amjad fut conduit au souverain qui se trouvait être al-Ghayûr, maître des îles et des mers alentour et des sept palais aux mille tours. Lorsqu'il comparut, il baisa le sol à ses pieds puis présenta ses vœux de longue vie et de toute-puissance.

— Sache, répondit al-Ghayûr, que je suis le maître des îles et des mers alentour et des sept palais aux mille tours. Je suis venu ici après une longue route parce que le destin m'a frappé durement en la personne de ma fille Budûr qui m'a quitté et n'est jamais revenue. Je n'ai jamais eu de nouvelles et n'ai retrouvé de traces ni d'elle ni de son époux Qamar az-Zamân, fils de Shâhramân, roi des îles Khâlidân. Je n'ai reçu ni lettres ni messages. Je suis plein d'inquiétude à leur sujet. Auriez-vous entendu parler d'eux ?

À ce discours, al-Amjad resta un moment silencieux, plongé dans ses pensées. Il était donc vrai qu'il s'agissait de son grand-père maternel ! Il se prosterna, baisa encore une fois le sol aux pieds d'al-Ghayûr et lui révéla qu'il était son petit-fils. Le roi le prit dans ses bras et les deux hommes mêlèrent leurs pleurs.

— Dieu soit loué, mon fils, dit le père de Budûr, qui a permis que nous soyons réunis sains et saufs toi et moi.

Al-Amjad lui apprit que Budûr et Qamar az-Zamân allaient bien, qu'ils vivaient dans les îles d'Ébène, que son père avait épousé Ḥayât an-Nufûs, fille du roi Armânûs. Il raconta comment Qamar az-Zamân s'était emporté contre lui et son frère au point d'avoir ordonné leur exécution, comment le Grand Trésorier, chargé de les faire périr, avait eu pitié d'eux et leur avait permis de s'enfuir. Al-Ghayûr répondit qu'il allait les ramener lui et son frère pour les réconcilier avec leur père et rester vivre avec eux. Au comble de la joie, revêtu d'une robe d'honneur par son grand-père, al-Amjad revint tout souriant informer le roi des derniers événements dont il lui fit le récit complet. Nurdshâh s'émerveilla de ces retrouvailles et prescrivit qu'on traitât al-Ghayûr avec tous les honneurs dus à son rang. On pourvut son camp de chevaux, de chameaux, de moutons, de ration d'orge et de provisions de toutes sortes pour subvenir aux besoins de ses soldats. On en fit de même pour la reine Marjâna à qui l'on narra les retrouvailles.

— Je les accompagnerai moi aussi aux îles d'Ébène, s'écria-t-elle, et j'aiderai à réconcilier le père et ses enfants.

Ils étaient tout à leur joie lorsque d'immenses colonnes de poussière s'élevèrent à l'horizon et obscurcirent le jour. On entendait dans cette ténèbre des appels, des clameurs et des hennissements. On ne distinguait en cette masse que l'éclat des épées et l'éclair des lances pointées. C'était une armée immense qui vint encercler et la ville et les deux armées qui campaient sous ses murailles. Une fois en place, des tambours se mirent à battre.

Le roi Nurdshâh qui regardait ce déploiement du haut de son palais, s'écria :

— C'est un jour béni qu'aujourd'hui, grâces en soient rendues à Dieu qui nous a permis d'accueillir deux armées dans la paix et qui, s'Il le veut encore, nous laissera faire fête à celle-ci. Princes, allez, tous deux cette fois, en émissaires apprendre qui nous visite ainsi. Il s'agit de l'armée la plus puissante que j'ai jamais vue.

Les deux frères se firent ouvrir la porte de la cité qui avait été fermée sur l'ordre du roi par crainte de la soldatesque. Ils traversèrent les armées de Marjâna et d'al-Ghayûr et se portèrent au premier rang des nouveaux arrivants parmi lesquels ils eurent la surprise de reconnaître certains de leurs amis des îles d'Ébène. Quelques pas plus loin, ils se trouvaient en présence de Qamar az-Zamân aux pieds duquel ils baisèrent le sol en se mettant à pleurer. Leur père les étreignit et mêla ses pleurs aux leurs. Tout en les serrant longuement contre sa poitrine, il s'excusait de s'être conduit à leur égard comme il l'avait fait et leur disait combien il avait souffert de leur absence et de sa solitude. Les deux princes lui apprirent que le roi al-Ghayûr était lui-même sous les murailles de la ville. Qamar az-Zamân sauta à cheval et, entouré de sa garde personnelle, se dirigea vers le camp de son beau-père. Al-Amjad l'y avait précédé pour informer al-Ghayûr de sa proche arrivée. Il le trouva déjà à cheval qui se portait au-devant de son gendre. Les deux hommes mirent

pied à terre, se donnèrent l'accolade, se traitèrent
agréablement, échangeant tapes et bourrades sur le
ventre. Qamar az-Zamân raconta tout ce qui était
advenu depuis leur départ : comment il s'était perdu,
comment il avait disparu des années avant d'arriver
aux îles d'Ébène et comment il avait retrouvé Budûr.
Tout le monde se réjouit des extraordinaires circonstances qui avaient présidé à leurs retrouvailles en ces
lieux et rendit grâces au Seigneur de les avoir per-
mises.

Et c'est ainsi qu'al-Amjad, Qamar az-Zamân et al-
Ghayûr se dirigèrent de conserve vers le palais tandis
qu'al-As'ad faisait un détour pour aller chercher Marjâna qui le reconnut et en fut remplie d'aise. Il
l'informa que des deux souverains qui venaient d'arriver, l'un était son grand-père et l'autre son père. La
reine fut ravie d'apprendre ces bonnes nouvelles et alla
saluer à son tour les deux autres rois qui lui souhaitè-
rent la bienvenue et lui montrèrent beaucoup d'égards.
Tous les trois, entourés de leurs dignitaires et de leur
garde, entrèrent dans la cité. Nurdshâh se porta à leur
rencontre à pied, entouré de ses plus hauts dignitaires
et baisa le sol à leurs pieds. Ils se montrèrent sensibles
à cet égard et l'en remercièrent. Qamar az-Zamân se
porta vers lui, fit son éloge et le garda à ses côtés, après
quoi le cortège gagna le palais. Ému et émerveillé par
cette suite de coïncidences extraordinaires, le roi
ordonna le signal des réjouissances. Ce ne furent que
festins, banquets, repas que chacun, du plus puissant
au plus modeste, donnait selon ses moyens. La reine et
les rois se préparaient eux-mêmes à faire honneur aux
mets, sucreries et boissons qui leur étaient servis,
lorsque le monde se couvrit comme d'un nuage de
poussière et la terre trembla sous le sabot de chevaux
hennissant. On entendit des tambours battre avec un

bruit d'ouragan et l'on vit bientôt avancer vers la ville une multitude aux armes étincelantes. Tous les soldats étaient habillés de noir. À leur tête s'avançait un vieillard de haute taille lui aussi vêtu de noir, mais dont la barbe blanche couvrait la poitrine. À ce spectacle, le maître de la ville dit aux autres rois :

— Il faut rendre grâces à Dieu le Très Haut qui vous a réunis en un même lieu. Mais quelle est cette armée innombrable et puissante qui barre notre horizon ? J'espère que ce sont des amis.

— N'aie aucune crainte, répondirent ses invités, nous sommes trois rois et chacun de nous commande à une foule de soldats. Si ce sont des ennemis, nous les combattrons à tes côtés. Nous les vaincrons même s'ils sont trois fois plus nombreux que nous.

Sur ces entrefaites, un émissaire dépêché par la troupe inconnue se présenta et demanda à être reçu. Il fut introduit auprès de la reine et des trois rois, baisa le sol à leurs pieds et dit :

— Mon souverain a son royaume en Perse orientale. Il est sans nouvelles de son fils depuis de nombreuses années et sait seulement qu'il est devenu roi. Il a entrepris de le rechercher dans tous les pays où il pourrait être. S'il le trouve chez vous, vous n'avez rien à craindre de lui, sinon ce sera la guerre, il détruira votre cité et en jettera les pierres à la mer.

— Il n'en arrivera pas là, répondit Qamar az-Zamân. Mais quel nom lui donne-t-on dans votre pays ?

— Il se nomme Shâhramân, père de Qamar az-Zamân, maître des îles Khâlidân. Il a réuni des contingents levés dans tous les pays qu'il a traversés et détruit les villes où il n'a pas trouvé son fils. Qu'en dites-vous ?

Lorsque Qamar az-Zamân eut entendu ces mots, il poussa un grand cri et s'évanouit. Puis il reprit connaissance, versa d'abondantes larmes et dit à ses fils :

— Mes enfants, suivez cet émissaire et allez saluer votre grand-père paternel. Apprenez-lui que je suis vivant, car il est triste de m'avoir perdu et porte encore mon deuil.

Qamar az-Zamân raconta aux autres rois l'histoire qui fut la sienne au temps de sa jeunesse. Ils s'en émerveillèrent et s'écrièrent au comble de l'émotion :

— Ce récit devrait être transcrit en lettres d'or.

Ils décidèrent donc de suivre l'émissaire et de se rendre tous auprès du roi Shâhramân qui était un imposant vieillard, à peine voûté par l'âge. Prévenu par ses petits-fils, il attendait debout, revêtu d'une magnifique armure. Les visiteurs baisèrent le sol à ses pieds. Il remercia Dieu le Très Haut puis fit se relever ses hôtes. Qamar az-Zamân se jeta dans ses bras, les deux hommes s'étreignirent et perdirent connaissance tellement leur émotion était brutale. Lorsqu'ils reprirent conscience, Qamar az-Zamân raconta à son père tout ce qui lui était advenu. Les autres rois vinrent tour à tour saluer le vieillard. Il se tourna vers son fils et lui dit :

— C'est donc bien vrai, mon enfant, je t'ai retrouvé avant de mourir :

Je jure par les larmes que versent mes paupières
et les pleurs que mes yeux répandent,
Que mon amour pour vous demeurera sincère
jusqu'à ce que mon âme voie les anges.

Il ne cessait de le serrer dans ses bras, de lui décrire sa solitude et de le prier de raconter encore ce qui lui était arrivé. Puis il se tourna vers le roi Nurdshâh, le maître de la ville, le remercia et tint à le reconduire à son palais.

On célébra le mariage d'al-As'ad et de la reine Marjâna qui, à peu de temps de là, fit ses adieux, s'en retourna seule dans son pays après avoir promis de bientôt rejoindre son époux. On maria al-Amjad à Bustân, la fille de Bahrâm, et tout le monde entreprit ensuite un long voyage vers les îles d'Ébène qui ne dura pas moins de quatre mois. On y arriva après bien des fatigues et des souffrances.

Qamar az-Zamân pénétra dans la ville pendant que Shâhramân et al-Ghayûr dressaient leurs camps en deçà des murailles. Il alla saluer son beau-père et lui narra par le menu tout ce qui était arrivé. Armânûs, plongé dans l'étonnement le plus grand, exprima sa profonde joie. Informé de la présence d'hôtes de cette marque, il ordonna que l'on approvisionne le camp des visiteurs de tout ce qui leur était nécessaire et envoya des invitations aux souverains.

Al-Amjad et al-As'ad se rendirent chacun chez leur mère en leurs appartements où ce ne furent que baisers, pleurs et embrassades. Al-Amjad avisa Budûr de la présence de son père le roi al-Ghayûr. Ce dernier rendit d'ailleurs bientôt visite à sa fille et apaisa la soif qu'il avait de la voir. Les rois séjournèrent tout un mois dans les îles d'Ébène. On passa le temps en festins, soirées et conversations au cours desquelles on s'émerveillait sans fin des circonstances étranges qui avaient permis cette réunion de tous. Après quoi, al-Ghayûr fit connaître sa décision de repartir pour la Chine, accompagné de sa fille Budûr.

Et l'aube chassant la nuit, Shahrâzâd dut interrompre son récit.

Lorsque ce fut la deux cent quarante-neuvième nuit, elle dit :

On raconte encore, Sire, ô roi bienheureux, que le roi al-Ghayûr fit connaître sa décision de quitter les îles d'Ébène à la tête de son armée, accompagné de Budûr et de son petit-fils al-Amjad. Il fit observer qu'il était devenu vieux et qu'une fois revenu en Chine, il désignerait son petit-fils comme héritier pour régner en ses lieu et place. Qamar az-Zamân consulta Shâhramân à ce sujet et ils convinrent tous deux de ne pas s'opposer à ce projet. Al-Amjad revêtit une robe royale et fit ses adieux à son père, à son grand-père, à son frère et à tous ses amis. Puis le cortège dans lequel avait pris place Bustân, se mit en route vers la Chine.

De son côté, Qamar az-Zamân, avec l'agrément d'Armânûs, installa son fils al-As'ad sur le trône des îles d'Ébène pour lui succéder dans la conduite des affaires. Il lui recommanda de bien veiller sur son grand-père et sur sa mère Ḥayât an-Nufûs. Après quoi, il fit ses préparatifs car, disait-il, il ne désirait ni épouse ni enfant et voulait se consacrer à son père. Il fit ses adieux à al-As'ad, à son épouse Marjâna qui l'avait rejoint, à sa mère Ḥayât an-Nufûs, puis quitta le pays avec le roi Shâhramân vers les îles Khâlidân. À leur arrivée, leur capitale fut en fête, et les tambours battirent pour annoncer la bonne nouvelle. Grands et petits se réjouirent. Le roi Shâhramân fit de multiples aumônes, distribua biens et argent aux pauvres, aux orphelins et aux veuves. Il installa son fils sur le trône pour conduire le royaume. Qamar az-Zamân régna et gouverna, jugea et condamna, donna ses ordres et prononça ses interdictions avec un art consommé du gouvernement. Il fit libérer des prisonniers, déchargea les pauvres et les miséreux de taxes et d'impôts. Son autorité s'étendit à tous les habitants. Et ils vécurent ainsi jusqu'à ce que les visite celle qui met un terme aux plaisirs d'ici-bas et qui sépare ceux qui étaient réunis avant leur trépas.

Conte de 'Alî Shâr
et de sa servante Zumurrud

Nuits 308 à 327

Histoire d'amour exemplaire que celle-ci. D'abord par la revendication d'une liberté essentielle : c'est la femme qui, ici, choisit la première l'objet de l'amour. C'est elle ensuite qui mène le jeu, veille au bonheur, contre les égarements de son compagnon. Elle ensuite qui se tire d'affaire, toute seule, saisit sa chance, acquiert le pouvoir nécessaire pour se venger de ses ennemis : le compagnon n'est plus guère qu'un comparse. Mais l'exemplarité tient aussi à la conclusion : les valeurs du monde refusées au nom de l'amour retrouvé, pour une vie heureuse et solidaire des autres. Ici comme en tant de contes, la poésie scande le déroulement de l'histoire, mi-amoureuse mi-morale, comme pour mieux en souligner les deux lignes de force.

A. Miquel

CONTE DE 'ALÎ SHÂR
ET DE SA SERVANTE ZUMURRUD

On raconte encore, Sire, ô roi bienheureux, qu'il y avait jadis, loin, très loin dans le temps, au pays de Khurâsân, un marchand nommé Majd ad-Dîn. Il avait toutes les richesses possibles, des esclaves, des domestiques, des serviteurs, mais, jusqu'à ses soixante ans, il était resté sans enfants. Vint enfin le jour où le Très Haut accomplit son vœu. Ce fut un garçon, qui reçut le nom de 'Alî, grandit et ressembla à la lune en son plein. Il était devenu adulte et paré de toutes les perfections, quand son père, malade, sentit ses forces s'affaiblir et la mort approcher. Appelant son fils, il lui dit :

— Mon enfant, voici le moment où va s'accomplir ma destinée. Je voudrais te donner mes derniers conseils.

— Lesquels, père ?

— Ne pas te lier avec n'importe qui, éviter toute occasion de dommage et de malheur, te garder des pervers. Car ils sont comme le forgeron : quand un feu ne te brûle pas, c'est sa fumée qui t'attaque. Le poète l'a fort bien dit :

Aujourd'hui, il ne faut espérer l'amitié de personne :
*   autant d'amis, autant d'infidèles si le sort vient à te*
*   trahir.*
Vis donc tout seul, ne te repose sur personne,
*   voilà mon conseil, et ce que j'ai dit te suffit.*

Et celui-ci encore :

> *L'homme est un mal caché,*
> *   ne te fie pas à lui.*
> *Connais-le bien, et tu verras*
> *   qu'il n'est que tromperie et ruse.*

Et tel autre :

Fréquenter tes pareils ne te rapportera
*   qu'un délire de mots, patati patata.*
Ne les vois donc que peu souvent, lorsqu'il te faut
*   t'instruire, ou bien pour réparer un mauvais sort.*

Et tel autre enfin :

Sois un esprit sensé, qui de l'humanité veuille faire
*   l'épreuve*
*   ainsi que je l'ai fait : il en tâte, il y goûte*
Et comme moi découvre que l'amitié n'est rien que
*   perfidie,*
*   la religion rien moins qu'hypocrisie.*

— Je t'écouterai, je t'obéirai, dit le jeune homme, mais que ferai-je, père ?

— Le bien, autant que tu pourras : traiter, sans faiblir, comme il faut, tes semblables, saisir toute occasion d'être généreux, et Dieu sait que l'on ne peut pas toujours satisfaire à la demande ! Le poète l'a dit fort justement :

Chaque moment, chaque heure qui survient,
   à faire le bien n'est pas toujours propice.
Si donc l'occasion t'en est donnée, n'hésite pas,
   garde-toi de prétexter que bien faire était impossible.

— Je t'écouterai, je t'obéirai, dit le jeune homme.
Et l'aube chassant la nuit, Shahrâzâd dut interrompre son récit.

Quand ce fut la trois cent neuvième nuit, elle dit :
On raconte encore, Sire, ô roi bienheureux, que le jeune homme assura son père de son obéissance.
— Mon enfant, reprit celui-ci, garde Dieu en toi et il te gardera. Veille sur ton bien, ne le dilapide pas. Sinon, tu devras t'en remettre aux plus vils. Sache bien que la valeur d'un homme se mesure à ce que tient sa main droite. Le poète l'a très bien dit :

Si mon bien s'amenuise, peu d'amis restent avec moi,
   s'il s'accroît, tous les gens deviennent mes amis.
La fortune, en venant, fait de mes ennemis autant de
   compagnons,
   si je la perds, combien d'amis me deviennent hostiles !

Demande toujours conseil, mon enfant, à quelqu'un de plus âgé que toi, ne te précipite pas sur le parti à prendre, aie de la compassion pour qui est moins haut que toi, et tu l'auras de qui est ton supérieur, ne fais de tort à personne, ou Dieu te soumettra au pouvoir de qui t'en fera. Le poète a raison :

Prends ton temps, ne te presse en ce que tu désires,
   aie pitié des humains : à cette épreuve te juge le
   Miséricordieux.

Il n'est pas de pouvoir que celui de Dieu ne surpasse,
  pas d'oppresseur qui ne cède à un autre oppresseur.

Et celui-ci encore :

Le pouvoir ne doit pas te porter à l'injustice,
  car l'oppresseur toujours est sur le fil de la vengeance.
Ton œil dort, mais l'opprimé veille
  il prie Dieu contre toi, et l'œil de Dieu jamais ne dort.

Garde-toi de boire du vin : il est la source de tous les maux, y goûter ruine l'esprit et fait du buveur un objet de honte. À juste raison le poète a dit :

Par Dieu, jamais vin ne me troublera, aussi longtemps
  que mon âme
  liée à mon corps restera, et mes paroles à une pensée
  claire.
Puissé-je ne jamais, un seul jour, soupirer après un vin
  bien frais
  et ne jamais choisir, pour compagnons de table, que
  des esprits lucides.

Voilà mes conseils, ne les perds jamais de vue et que Dieu désormais me relaie auprès de toi !

Sur ces mots, Majd ad-Dîn s'évanouit et resta sans parole un moment. Puis il revint à lui, implora le pardon divin, dit sa profession de foi et rendit son âme à la miséricorde du Très Haut. Son fils le pleura, sanglota, prit les dispositions nécessaires pour les funérailles. La dépouille fut suivie par les grands et le peuple. On lut le Coran sur le cercueil, et 'Alî n'oublia rien des devoirs à rendre à son père. Enfin, après les dernières prières, on confia le corps à la terre et l'on inscrivit, sur la tombe, ces vers :

Tu es né de la terre et devenu vivant,
  tu as appris l'art de parler et de bien dire,
Puis, tu es retourné à la terre, te voilà mort,
  comme si tu n'avais jamais été que terre.

Le chagrin du fils, 'Alî Shâr, fut immense et le resta après qu'il eut rendu à son père les devoirs réservés aux gens d'importance. Il fit de même pour sa mère, qui mourut peu de temps après. On le vit ensuite assis dans sa boutique, vendant et négociant, ne se liant avec aucune créature du Très Haut, fidèle en cela aux conseils qu'il avait reçus de son père. Un an se passa.

Et puis, et puis... arrivèrent les fils de dévergondées, qui le prirent dans leurs ruses, si bien qu'il glissa à la débauche et, oubliant la voie droite, but le vin à pleines coupes, s'abandonna aux jolies filles du soir au matin. Il se disait que son père lui avait amassé une fortune ; à qui la laisserait-il s'il ne la dépensait pas lui-même ? Par Dieu, il fallait faire comme le disait le poète :

Si tu passes ta vie, toute ta vie,
  à rassembler et amasser autour de toi,
Quel temps va te rester pour qu'enfin,
  de ces biens amassés tu jouisses ?

'Alî Shâr dilapida si bien sa fortune, nuit et jour et jour et nuit, qu'elle s'évanouit tout à fait. Devenu pauvre et sa situation désespérée, il fit retour sur lui-même, vendit sa boutique, ses maisons, tout ce qu'il possédait et même, à la fin, ses vêtements, n'en gardant, en tout et pour tout, qu'un seul. Son ivresse dissipée et la raison revenue, il fut la proie du regret. Un jour qu'il était resté sans la moindre chose à manger du matin au soir, il se dit qu'il allait visiter tous ces gens qui lui avaient fait dépenser son argent et

qui, il l'espérait bien, le nourriraient pour ce jour-là. Il
en fit donc le tour, sans oublier personne, mais chaque
fois qu'il frappait à une porte, on se dérobait, on se
cachait de lui. Tant et si bien que, brûlant de faim, il se
rendit au souk des marchands.

Et l'aube chassant la nuit, Shahrâzâd dut interrompre son récit.

Quand ce fut la trois cent dixième nuit, elle dit :

On raconte encore, Sire, ô roi bienheureux, que 'Alî
Shâr, brûlé de faim, se rendit au souk des marchands,
où il vit une foule attroupée. Se demandant ce qu'il
pouvait en être, et bien décidé à ne pas quitter les lieux
avant d'avoir jeté un œil là-dessus, il s'approcha : on
faisait cercle autour d'une jeune esclave de quinze ans,
à la taille harmonieuse, avec des joues roses et des
seins fermes. Sa beauté, sa grâce, son éclat, ses perfections surpassaient tout ce que l'on pouvait voir en ce
monde. Elle rappelait tel poète qui les a chantés :

La nature l'a faite au comble de ses vœux ; elle est la
*   perfection.*
* ni grande ni petite, modèle de beauté,*
Mais la beauté se cache en la voyant paraître,
*   un air fier la protège, et la réserve, et la pudeur.*
La pleine lune lui prête un visage, le rameau une taille
*   et le musc une haleine : aucun être ne l'égale.*
On la croirait extraite d'eau de perle,
*   si belle qu'en chacun de ses membres une lune se pose.*

La vue de cette esclave, qui s'appelait Zumurrud,
laissa 'Alî Shâr stupéfait, tant elle était gracieuse et
belle. « Par Dieu, se dit-il, je ne bougerai pas avant
d'avoir su jusqu'où peut aller son prix et connu son
acheteur. » Il resta donc en compagnie des marchands,

qui pensaient bien que l'acheteur allait être lui : ne savait-on pas quelle fortune il avait héritée de son père ? Mais voici que le responsable de la criée prenait place à côté de l'esclave :

— Eh ! vous, les marchands et les riches, qui va ouvrir les enchères pour cette fille, princesse des lunes, perle éclatante, Zumurrud la passementière, rêve et envie, bonheur de tout désir ? Allons, aux enchères ! Pas de blâme ni de reproche à qui les ouvre !

— À moi pour cinq cents dinars ! dit un marchand.

— Dix de plus ! cria un autre.

Un troisième renchérit, un vieil homme nommé Rashîd ad-Dîn, yeux bleus et fort vilain à voir :

— Et cent de plus !

— Et dix encore ! dit un autre.

— Je la prends pour mille dinars ! s'écria le vieillard, ce qui cloua le bec aux marchands.

Dans le silence général, le crieur consulta le maître de l'esclave :

— Je me suis juré, dit-il, de ne la vendre qu'à l'homme qu'elle aura choisi elle-même. Demande-lui !

Le crieur se tourna vers Zumurrud :

— Princesse des lunes, ce marchand désire t'acheter.

Elle regarda celui-ci, le trouva tel qu'il a été dit et conclut :

— On ne me vendra pas à un vieillard que son âge a réduit à un si piteux état. Par ma foi, on a été bien inspiré de dire :

Un jour que je lui demandais un baiser, elle regarda
vers mes cheveux blancs. J'étais pourtant riche, opu-
lent.
Prestement, elle tourna le dos, en disant :
« par Celui qui tira la créature du néant,
Ces cheveux-là, tout blancs, ne m'inspirent pas trop :

me faudrait-il passer la vie à bourrer de coton ma bouche ? »

À ces mots, le crieur dit à l'esclave :

— Je te comprends, car tu vaux bien dix mille dinars !

Il fit donc savoir à son maître qu'elle refusait le vieillard.

— Demande-lui encore, pour un autre, dit le maître.

Un nouvel acheteur se présenta :

— Je la prends au prix proposé par ce vieux dont elle ne veut pas.

Le dévisageant, elle lui trouva la barbe teinte. Et de s'écrier :

— Oh ! le vilain qui veut semer le doute et noircir ce qui est blanc en réalité !

Puis de susciter l'admiration de tous par ces vers :

J'ai lu clairement en cet homme : une nuque
   que l'on frappe à grands coups de sandale,
Un menton largement offert au moustique,
   un front courbé sous la corde qui le serre.
Eh ! toi qui t'emballes devant mes joues, devant ma taille,
   tu n'y penses pas, à enjoliver ainsi l'impossible !
De tes vices, tu teins la blancheur de ton poil,
   tu veux cacher ce qui n'échappe pas à un œil malin.
Tu vas avec une barbe, tu viens avec une autre :
   serais-tu pas quelque fabricant de chimères ?

et par ces vers encore, si fort à propos :

« Je vois, dit-elle : on se teint les poils blancs ! »
   et moi : « C'est pour te les cacher, ô mon oreille, ô mon
   regard ! »
Elle éclate de rire, et puis : « C'est incroyable !
   la triche est donc partout, même dans les cheveux ? »

En entendant ces vers, le crieur dit à la jeune
femme :

— Tu as bien raison.

Et comme le marchand demandait ce qu'il en était,
il lui répéta les mots de l'esclave. Le marchand sut
alors que la vérité prêchait contre lui : il renonça à
son offre. Un autre se présenta et demanda que l'on
requît l'avis de la jeune esclave ; il la paierait, dit-il,
au prix qu'il avait entendu. Le crieur s'exécuta et elle,
dévisageant l'acheteur, vit qu'il était borgne.

— Des borgnes, s'exclama-t-elle, le poète a dit :

Ne sois jamais, un jour, l'ami d'un borgne,
  prends garde : il est méchant, il est menteur.
S'il y avait en un borgne quelque bien que ce fût,
  Dieu ne l'eût pas créé avec un œil aveugle.

— Ne veux-tu pas, dit alors le crieur, être vendue à
cet autre ?

Elle trouva le nouveau venu petit, avec une barbe
qui lui coulait jusqu'au nombril. Celui-là, d'après elle,
rappelait ces vers du poète :

J'ai un ami, avec une barbe
  que Dieu lui a fait pousser on ne voit pas pour-
  quoi :
Elle me rappelle quelque nuit d'hiver,
  longue, et si noire, et froide.

— Gentille madame, reprit le crieur, vois un peu
qui te plaît parmi ceux qui sont là et dis-moi ce que tu
en penses, que je te vende enfin !

L'esclave promena son regard sur le cercle des

marchands, l'un après l'autre, et elle s'arrêta sur 'Alî
Shâr.

Et l'aube chassant la nuit, Shahrâzâd dut interrompre son récit.

Quand ce fut la trois cent onzième nuit, elle dit :

On raconte encore, Sire, ô roi bienheureux, que
l'esclave arrêta son regard sur 'Alî Shâr et que ce
regard lui tira mille soupirs. Son cœur s'attacha au
jeune homme : il était trop beau, et plus doux que la
brise du nord.

— Je ne veux, dit-elle au crieur, être vendue qu'à
mon seigneur que voici, cet homme au beau visage, à la
taille si bien prise, dont un poète a dit pour l'évoquer :

> Ils ont mis au jour ton visage, ô beauté,
> puis ont blâmé tous ceux qu'il rendait fous.
> Mais s'ils avaient voulu me protéger de lui,
> ils auraient retenu ce beau visage sous le voile.

Personne ne m'aura que celui-ci : sa joue est une
courbe parfaite, sa bouche une fontaine dont l'eau
guérit tout mal, ses charmes désespèrent l'écrivain et
le poète même, sauf à dire, comme l'un d'eux :

> Il a le vin pour salive, le musc
> pour haleine et le camphre pour dents.
> Riḍwân a dû le chasser de chez lui :
> il craignait trop de le voir tourner la tête aux jolies
> femmes.
> On le blâme, on le dit trop hautain :
> si haute que soit la lune, qui lui en fait reproche ?

Voyez ces cheveux bouclés, cette joue rose, ce regard
enchanteur. Il est comme dit le poète :

Un faon me l'a promis : nous nous verrons ;
  mon cœur n'est qu'inquiétude et mon œil rien qu'attente.
La promesse était vraie : il m'en a assurée d'un battement de cils ;
  et comment l'accomplir si mon œil s'assoupit ?

Ou cet autre encore :

Je les entends : « La trace d'un duvet a paru sur ses joues :
  comment s'amouracher d'un garçon, si le poil lui pousse ? »
Et moi, j'ai répondu : « Cessez de critiquer, un peu de retenue !
  si cette trace est vraie, c'est une fioriture.
Les jardins de l'Éden sont à cueillir sur ses pommettes :
  à preuve ces lèvres où l'on recueille l'eau du Kawthar. »

En entendant ces vers qui chantaient les grâces de
'Alî Shâr, le crieur s'émerveilla du langage de l'esclave
et de sa rayonnante beauté.

— Ne t'étonne pas, dit le maître de la jeune femme,
de ses charmes qui ridiculisent le soleil en plein jour,
ni de tous ces beaux vers qu'elle garde en mémoire. Car
ce n'est pas tout : elle sait réciter l'auguste Coran selon
ses sept lectures, rapporter les plus nobles traditions
dans leurs versions les plus authentiques, écrire avec
les sept plumes, bref, elle en connaît plus que l'érudit
le plus confirmé. Quant à ses mains, elles valent mieux
que l'or et l'argent : elle fabrique des tentures de soie,
dont la vente lui rapporte cinquante dinars pièce et...
elle vous en fait une en huit jours.

— Monsieur, dit le crieur, j'attends de voir qui va la
prendre en sa maison et la compter au nombre de ses
trésors secrets.

— Vends-la donc à qui elle voudra, conclut le maître de la jeune femme.

Le crieur, venant à 'Alî Shâr, lui baisa les mains et le pria d'acheter l'esclave, puisqu'elle l'avait choisi. Il lui décrivit ses qualités et tout ce qu'il savait d'elle.

— Réfléchis un peu, dit-il, si tu l'achètes, tu récupéreras cent fois ce que tu vas donner.

'Alî Shâr resta un moment la tête basse, riant de lui-même sous cape : « Me voici, se disait-il, à jeun depuis le début de ce jour, mais le plus important est que je n'ose pas dire à tous ces marchands que je n'ai pas de quoi acheter la fille. » L'esclave, le voyant la tête ainsi baissée, pria le crieur de la prendre par la main et de l'amener jusqu'à 'Alî Shâr, à qui elle se présenterait : elle saurait bien se faire désirer par lui, le seul à qui elle voulait se vendre. Le crieur obéit et l'arrêta devant 'Alî Shâr :

— Qu'en penses-tu ? dit-il.

'Alî restant silencieux, l'esclave intervint :

— Seigneur, bien-aimé de mon cœur, pourquoi donc ne m'achètes-tu pas ? Accepte, au prix que tu veux, et je ferai ton bonheur.

'Alî Shâr releva la tête et dit :

— Est-ce que l'on vend de force ? Tu vaux mille dinars !

— Seigneur, répondit Zumurrud, achète-moi pour neuf cents.

— Non !

— Pour huit cents !

— Non !

Elle continua de baisser le prix, jusqu'à cent dinars.

— Je ne les ai pas, tant s'en faut, répondit 'Alî.

Et elle :

— De combien peux-tu baisser ?

— Je n'ai ni cent dinars ni rien. Par Dieu, je ne

possède pas un dirham, blanc ou rouge, pas un dinar. Cherche un autre client que moi.

La jeune femme alors, le sachant ainsi démuni, lui dit :

— Emmène-moi, et promets de ne m'examiner que dans une ruelle.

'Alî s'y engagea et elle, tirant de sa poche une bourse qui contenait mille dinars, lui dit :

— Paie mon prix avec neuf cents et garde les cent autres, qui pourront nous servir.

'Alî s'exécuta, acheta la jeune femme au prix des neuf cents dinars tirés de la bourse et l'emmena chez lui. La maison, à ce qu'elle vit lorsqu'elle y arriva, consistait en une grande salle déserte, sans tapis, sans aucun ustensile. Elle donna mille dinars à 'Alî pour qu'il allât au marché en dépenser trois cents en tapis et ustensiles de ménage. Quand il revint, elle le pria d'acheter de quoi manger et boire.

Et l'aube chassant la nuit, Shahrâzâd dut interrompre son récit.

Quand ce fut la trois cent douzième nuit, elle dit :

On raconte encore, Sire, ô roi bienheureux, que la jeune femme demanda à 'Alî Shâr de se procurer, pour trois dinars, de quoi manger et boire. Quand ce fut fait, elle le pria d'acheter une pièce de soie, de la taille d'une tenture, du tissu broché d'or et d'argent, et de la soie à sept couleurs. Elle recouvrit les murs de la maison, alluma les chandelles et puis tous deux, après avoir bu et mangé, gagnèrent leur lit où, cachés derrière les tentures, ils passèrent la nuit enlacés, heureux d'avoir fait ce que chacun attendait de l'autre. Ils rappelaient ces mots du poète :

Visite qui tu aimes : peu t'importent les propos de l'envie ;
l'envieux, pour l'amour, n'est rien qu'un trouble-fête.

J'ai rêvé, je t'ai vu couché tout près de moi,
  j'ai cueilli sur ta lèvre le plus frais des baisers.
Ah ! Tout ce que j'ai vu était vrai, cent fois vrai .
  n'en déplaise à l'envie, certes, oui, je l'aurai.
Quel œil a jamais vu spectacle plus charmant
  que deux amants au même lit,
Enlacés, superbement vêtus de leur plaisir,
  les coussins soutenant leur poignet et leur coude ?
Lorsque deux cœurs se trouvent accordés l'un à l'autre,
  autour d'eux on ne fait que battre un fer froid.
On peut toujours blâmer l'amour de ceux qui s'aiment :
  on ne raisonne pas un cœur qui s'est perdu.
Voyez-vous en ce monde un cœur, un seul, qui soit tout à
  vous ?
  il vous attendait. C'est avec lui, lui seul, qu'il vous faut
  vivre.

L'aube les trouva ainsi enlacés, et toujours plus amoureux l'un de l'autre. Après quoi, Zumurrud prit la tenture, la broda de soies multicolores, la brocha d'or et d'argent et releva le tout d'un pourtour où elle figura des oiseaux et, sur le pourtour, des bêtes sauvages, n'en oubliant aucune de celles qui peuplent ce monde. Le travail l'occupa huit jours. Quand il fut achevé, elle en coupa les franges, le repassa et le donna à son seigneur et maître :

— Emporte ceci au souk, lui dit-elle, et vends-le au marchand. Mais prends garde de le céder au premier passant venu, sous peine de causer notre séparation : nous avons des ennemis qui ont l'œil sur nous.

'Alî Shâr obéit, gagna le souk et vendit la tenture au marchand selon les instructions reçues. Puis il se procura, comme il l'avait déjà fait, pièce d'étoffe et soie, simple ou brochée, sans parler des vivres nécessaires. Il rapporta à Zumurrud l'argent reçu, ainsi que les dirhams qui restaient. Ainsi, tous les huit jours et pendant une année entière, elle remit à 'Alî Shâr une tenture, qu'il vendait cinquante dinars.

Et puis, un jour qu'il s'en allait au souk comme à l'accoutumée et qu'il avait remis la tenture au courtier, survint un chrétien qui proposa soixante dinars. Comme le crieur se récusait, il augmenta encore, jusqu'à cent dinars, plus une commission de dix dinars. Le courtier s'en fut informer 'Alî Shâr du prix proposé, avec toutes sortes de bonnes raisons pour l'engager à céder la tenture à ces conditions : il n'y avait rien à craindre, selon lui, du chrétien, ni aucun mauvais tour à attendre. Comme les marchands le pressaient de conclure, 'Alî, malgré la crainte qui lui tenait le cœur, céda la tenture, empocha l'argent et partit pour rentrer chez lui. Il s'aperçut alors que le chrétien le suivait et lui en demanda la raison. L'autre répondit qu'il avait à faire à l'entrée de la rue, en priant Dieu de combler 'Alî de toutes les faveurs. Mais il continua son manège, collant aux talons de 'Alî jusqu'à la maison de celui-ci.

— Maudit homme, s'écria 'Alî, qu'as-tu donc à me suivre ainsi où que j'aille ?

— Seigneur, répondit le chrétien, j'ai grand soif. Donne-moi un peu d'eau à boire, Dieu t'en saura gré !

« C'est, pensa 'Alî, un homme protégé de l'islam qui me demande à boire. Par Dieu, je ne le décevrai pas ! »

Et l'aube chassant la nuit, Shahrâzâd dut interrompre son récit.

Quand ce fut la trois cent treizième nuit, elle dit :

On raconte encore, Sire, ô roi bienheureux, que 'Alî Shâr, après s'être dit qu'il ne pouvait refuser un peu d'eau à un homme protégé de l'islam, entra chez lui pour y prendre un cruchon. L'apercevant, sa servante Zumurrud lui demanda s'il avait vendu la tenture. Et comme il disait oui :

— À un marchand ou à un passant ? demanda-t-elle, car mon cœur me dit que nous allons être séparés.

'Alî assura qu'il n'aurait pu la céder qu'à un marchand.

— Dis-moi la vérité, reprit Zumurrud, que je puisse parer à la situation. Pourquoi donc prenais-tu ce cruchon d'eau ?

— Pour donner à boire au courtier.

— Il n'y a de force et de puissance qu'en Dieu, l'Auguste, le Sublime !

Et Zumurrud chanta ces vers :

Ne sois pas si pressé d'aspirer à me fuir,
*   ne te laisse pas prendre au charme d'une étreinte !*
Pas de hâte ! Le temps par nature est trompeur
*   et tout attachement se dénoue en rupture.*

'Alî Shâr, prenant le cruchon, se disposait à sortir, lorsqu'il vit le chrétien entrant dans le vestibule.

— Comment ! s'exclama-t-il, te voilà, chien, arrivé jusqu'ici ! Tu entres chez moi sans y être invité ?

— Seigneur, répondit l'autre, le vestibule ou la porte, c'est la même chose, et je ne bougerai plus d'ici que pour en sortir. À toi les mérites, les beaux gestes, la générosité et tout acte digne de reconnaissance !

Sur ce, il se saisit du cruchon, but son eau et le rendit à 'Alî Shâr. Celui-ci attendit, cruchon en main, mais le chrétien ne bougea pas.

— Pourquoi restes-tu là, sans aller ton chemin ?

— Maître, répondit le chrétien, ne te range pas au nombre de tous ceux-là qui font le bien, qui se montrent généreux, mais à la manière du poète !

Et de réciter ces vers :

> *Foin de cet homme qui, te trouvant à sa porte,*
> *se montrera pour toi généreux à foison,*
> *Puis, te voyant plus tard devant une autre porte,*
> *viendra te reprocher l'eau qu'il t'avait donnée.*

— Maître, poursuivit le chrétien, maintenant que j'ai bu, j'aimerais bien que tu me donnes quelque chose à manger, n'importe quoi, ce que tu auras, un morceau de pain, un quignon, un oignon, ça m'est égal.

— Je n'ai rien chez moi, répliqua 'Alî, file sans faire d'histoires.

— Maître, si tu n'as rien ici, prends ces cent dinars et rapporte-nous quelque chose du marché, ne serait-ce qu'un pain, pour qu'il y ait le pain et le sel entre nous.

— Ce chrétien est fou, se dit secrètement 'Alî Shâr, je m'en vais te lui prendre ses cent dinars et lui rapporter pour deux dirhams de provisions ! Quelle bonne blague !

— Seigneur, insista le chrétien, je ne veux pas autre chose que calmer ma faim, et me contenterais d'un pain sec et d'un oignon. Car le meilleur des vivres n'est pas un repas mirifique, mais ce qui efface la faim. Le poète l'a fort bien dit :

> *Il suffit d'un pain sec pour éloigner la faim :*
> *pourquoi tant de soupirs et tant d'envies malsaines ?*
> *La mort nous est plus juste quand elle traite également*
> *le calife et le pauvre accablé de misères.*

— Attends ici, dit 'Alî Shâr, je vais fermer la grande salle et t'apporter quelque chose du marché.

— Comme tu voudras.

Après avoir fermé la salle, puis cadenassé la porte

dont il garda la clé avec lui, 'Alî Shâr se rendit au marché, où il acheta du fromage cuit, du miel blanc, des bananes et du pain. Il rapporta le tout au chrétien, qui s'exclama à cette vue :

— C'est bien trop, maître. On pourrait nourrir avec cela dix hommes, et il n'y a que moi ! Mais peut-être voudras-tu m'accompagner ?

— Mange tout seul, répondit 'Alî, je n'ai pas faim.

— Maître, les sages ont dit que celui qui ne partageait pas sa nourriture avec son hôte était un bâtard !

En entendant ces mots, 'Alî s'assit et mangea un peu en compagnie du chrétien. Puis, il voulut en rester là...

Et l'aube chassant la nuit, Shahrâzâd dut interrompre son récit.

Quand ce fut la trois cent quatorzième nuit, elle dit :

On raconte encore, Sire, ô roi bienheureux, que lorsque 'Alî Shâr voulut s'arrêter de manger, le chrétien prit une banane, l'éplucha et la coupa en deux. Il déposa, dans l'une des deux moitiés, un soporifique très pur doublé d'opium, dont un dirham à peine eût suffi à terrasser un éléphant. Il trempa ensuite cette moitié de banane dans le miel :

— Par la vérité de ta religion, dit-il, tu ne peux pas me refuser ceci.

Une pareille invocation devait être respectée, elle était inviolable : 'Alî prit la banane et l'avala. Mais à peine était-elle installée dans son ventre qu'il devint comme assoupi, la tête repliée vers ses jambes, abattu. Voyant cela, le chrétien se remit debout, tel un loup au poil pelé, ou l'image d'une mort sans appel. Laissant 'Alî Shâr ainsi étendu sur le sol, il emporta la clé de la grande salle et s'en alla mettre son frère au courant des événements.

Pour s'expliquer tout cela, il faut savoir que le

chrétien avait pour frère le vieillard décrépit qui avait voulu donner mille dinars pour Zumurrud, et qu'elle avait refusé en l'accablant de vers sarcastiques. Il s'appelait Rashîd ad-Dîn et, musulman d'apparence, était secrètement impie. Déçu et raillé, il s'en fut trouver le chrétien son frère, nommé Barsûm, lequel entreprit d'arracher par une ruse la jeune femme à son maître 'Alî Shâr.

— Que cette affaire, dit-il, ne t'attriste pas. Je m'en vais te prendre cette femme par quelque tour qui ne te coûtera ni un dinar ni un dirham.

Notre homme était un prêtre retors, fourbe et roué. Il s'appliqua à chercher quelque ruse très habile : nous savons maintenant laquelle.

Il s'empara donc de la clé et s'en fut mettre son frère au courant. Celui-ci, enfourchant sa mule, se dirigea, avec ses serviteurs et son frère, vers la maison de 'Alî Shâr. Il s'était muni d'un sac plein de mille dinars, pour acheter la complaisance du gouverneur au cas où il aurait croisé sa route. Il ouvrit la grande salle, ses hommes se précipitèrent sur Zumurrud et l'emmenèrent de force, la menaçant de mort si elle ouvrait la bouche. Laissant la maison comme elle était, sans rien y prendre, et 'Alî Shâr étendu dans le vestibule, ils refermèrent la porte sur lui en abandonnant la clé à son côté.

Le chrétien emmena Zumurrud en son château, où elle prit place au nombre de ses servantes et concubines.

— Espèce de traînée, lui dit-il, je suis ce vieil homme que tu as refusé en l'accablant de sarcasmes. Et maintenant, tu es à moi, sans qu'il m'en ait coûté un dinar ni même un dirham.

Les yeux gonflés de larmes, Zumurrud répondit :

— Dieu te le fera payer, vieillard de malheur qui m'as séparée de mon maître !

Mais lui :

— Fille de rien, roulure, tu vas voir un peu les tourments qui t'attendent. Par la vérité du Messie et de la Vierge, si tu refuses de m'obéir et de te convertir à ma religion, je t'infligerai mille supplices.

— Par Dieu, répliqua Zumurrud, tu peux bien me couper la chair en morceaux, je n'abandonnerai pas la foi de l'islam, et peut-être le Très Haut, qui peut faire ce qui Lui plaît, m'apportera-t-Il une proche délivrance. Les sages ne disent-ils pas que l'on peut frapper les corps, mais non la foi ?

Le chrétien alors appela à grands cris ses serviteurs et ses femmes. Sur son ordre, on jeta Zumurrud à terre où on la battit furieusement. Elle appelait au secours, mais en vain. Puis elle cessa, se contentant de dire : « Dieu est tout pour moi. » Peu à peu, son âme défaillit, ses gémissements se turent. Sa vengeance pour un temps assouvie, le chrétien la fit tirer par les pieds et la jeter dans la cuisine, mais sans rien lui donner à manger. La nuit passa. Au matin suivant, ce maudit la réclama, la fit battre de nouveau et remettre à la même place. Quand l'effet des coups se fut un peu calmé, elle dit :

— Il n'y a de divinité que Dieu, et Muḥammad est l'envoyé de Dieu ! Dieu est tout pour moi, pas de meilleur garant !

Puis elle invoqua le secours de notre Seigneur Muḥammad — sur lui les bénédictions et le salut !

Et l'aube chassant la nuit, Shahrâzâd dut interrompre son récit.

Quand ce fut la trois cent quinzième nuit, elle dit :
On raconte encore, Sire, ô roi bienheureux, que Zumurrud invoqua le secours du Prophète — sur lui les bénédictions et le salut ! Et voilà ce qu'il en était d'elle.

Revenons maintenant à 'Alî Shâr. Il resta là, étendu,

jusqu'au jour suivant. Quand le narcotique eut libéré sa tête, il ouvrit les yeux et appela à grands cris Zumurrud. Pas de réponse. Il entra dans la grande salle. Silence partout, et plus trace de l'homme dont il avait accepté la visite. Il sut alors que le chrétien et lui seul était derrière tout cela. Il gémit, pleura, se lamenta et se plaignit, répandit force larmes et récita ces vers :

Ô peine impitoyable et qui ne cesse pas !
mon âme est prise entre la souffrance et l'angoisse.
Hommes, soyez cléments envers votre semblable,
humilié dans son amour, hier le plus riche et mainte-
nant si pauvre !
Que peut faire l'archer quand l'ennemi est là
et que, voulant tirer, il sent casser la corde ?
Au jour où les chagrins s'accumulent sur vous
et se pressent, comment fuirez-vous le destin ?
J'ai tout fait, je voulais nous garder l'un à l'autre,
mais notre œil est aveugle à l'arrêt du destin.

'Alî Shâr avait à peine achevé ces vers que de nouveaux soupirs montèrent en lui, et il continua :

Sur la plaine où elle campait, plus une tente ;
ah ! tristesse, regret de ces lieux si pleins d'elle !
Elle a tourné vers eux un regard fou d'amour,
mais les traces déjà s'en perdaient, effacées.
Elle s'est arrêtée, mais à sa question ils répondent
comme fait l'âme enfuie : « Plus jamais de rencon-
tre... »
L'amour ? Rien qu'un éclair qui brilla sur le camp,
puis est passé, sans plus jamais te montrer sa lueur.

'Alî Shâr, tenaillé par un remords bien inutile, pleura, déchira ses vêtements, prit deux pierres et s'en frappa la poitrine en parcourant la ville et criant le nom de Zumurrud. Les enfants, autour de lui, disaient : « Il est fou, il est fou », les gens qui le connaissaient s'apitoyaient et se demandaient ce qui avait bien pu lui arriver. Il passa ainsi la journée entière et, la nuit venue, dormit dans une ruelle. Au matin, il recommença, avec ses pierres, à faire le tour de la ville jusqu'à la fin du jour. Il revint ensuite chez lui pour passer la nuit dans la grande salle. Sa voisine, une fort vieille et bonne femme, l'aperçut, le salua et lui demanda quand cette folie l'avait pris. Il lui répondit par ces vers :

On me dit : « Ton amour te rend fou. » Je réponds :
*   « le plaisir de la vie n'est connu que des fous.*
Laissez donc ma folie et rendez-moi qui m'a fait fou :
*   ma folie guérira, plus ne serai blâmé. »*

La vieille voisine sut alors qu'elle était en présence d'un amant esseulé :

— Mon enfant, lui dit-elle, il n'y a de force et de puissance qu'en Dieu, l'Auguste, le Sublime ! J'aimerais bien que tu me racontes comment ce malheur t'est venu. Dieu permettra peut-être que je t'aide, avec Sa volonté, dans ce malheur.

'Alî Shâr lui expliqua donc tout ce qui lui était arrivé du fait de Barsûm, le chrétien, frère du prêtre qui se nommait Rashîd ad-Dîn.

— Qui ne te comprendrait, mon pauvre enfant ? dit la vieille femme en entendant ce récit.

Et de dire ces vers en pleurant de grosses larmes :

Il suffit aux amants de souffrir en ce monde :
*   ô Dieu, épargne-leur les tourments de l'enfer !*

Ils ont péri d'amour, mais l'ont tenu secret,
et de cette pudeur la légende a fait foi.

Après quoi, la vieille femme dit à 'Alî Shâr :

— Maintenant, mon enfant, va m'acheter un de ces coffrets comme en ont les bijoutiers. Procure-toi, sans lésiner, des bracelets, des bagues, des anneaux, des bijoux, bref tout ce qu'il faut aux femmes. Mets-les dans le coffret et apporte-le moi. Je le poserai sur ma tête, comme une marchande à la criée, et j'irai dans les maisons à la recherche de ton amie : je finirai bien par savoir quelque chose, si Dieu le veut.

'Alî, ravi de l'entendre, baisa les mains de la vieille femme et partit acheter tout ce qu'elle lui avait demandé. Quand elle eut le tout, elle s'habilla de quelques hardes, s'entoura la tête d'un voile couleur de miel, prit un bâton et s'en fut portant le coffret. On la vit aller et venir, par les ruelles, dans les maisons, tournant sans arrêt d'un endroit à l'autre, de quartier à quartier, de rue à rue, tant et si bien que le Très Haut l'amena au château du maudit chrétien, Rashîd ad-Dîn. Elle entendit, venant de l'intérieur, un gémissement, et elle frappa à la porte...

Et l'aube chassant la nuit, Shahrâzâd dut interrompre son récit.

Quand ce fut la trois cent seizième nuit, elle dit :

On raconte encore, Sire, ô roi bienheureux, que la vieille femme frappa à la porte derrière laquelle elle avait entendu gémir. Une servante vint lui ouvrir. La vieille, après l'avoir saluée, lui dit qu'elle avait quelques babioles à vendre : quelqu'un souhaitait-il en acheter ? La servante dit oui, fit entrer la vieille et la pria de s'asseoir. Les autres servantes vinrent s'installer autour d'elle, et chacune lui fit un achat. La vieille, elle, les traitait gentiment, faisait des facilités sur les prix, pour le grand plaisir des servantes, émues par sa générosité et ses belles paroles. Elle, cependant, promenait son regard de tous côtés pour découvrir enfin celle qui gémissait et semblait alors lui adresser un signe. Tout en continuant ses largesses et ses complaisances, elle reconnut ainsi Zumurrud étendue sur le sol.

— Mes enfants, dit-elle tout en larmes, pourquoi traiter ainsi cette jeune personne ?

Les servantes lui racontèrent toute l'histoire, en l'assurant qu'elles n'y étaient pour rien : leur maître, pour l'heure en voyage, avait donné des ordres en conséquence.

— Mes enfants, reprit la vieille, laissez-moi vous demander quelque chose. Délivrez cette malheureuse de ses liens, jusqu'au moment où vous saurez que votre maître est de retour. Alors, vous la lierez comme elle était. Vous y gagnerez récompense auprès du Seigneur des Mondes.

— C'est entendu, répondirent les servantes, et elles délivrèrent Zumurrud, puis lui donnèrent à manger et à boire.

La vieille alors s'écria :

— Si seulement je m'étais cassé la jambe, pour n'avoir pas eu à entrer dans une maison pareille !

Puis elle s'installa auprès de Zumurrud et lui dit, après l'avoir saluée :

— Dieu te délivrera bientôt, ma fille.

Elle ajouta qu'elle venait de la part de son maître 'Alî Shâr, lui promit qu'elle serait là la nuit suivante pour prêter l'oreille aux bruits, pendant que 'Alî Shâr se tiendrait sur le banc de pierre au pied du château. Il sifflerait et Zumurrud, après lui avoir répondu de la même façon, laisserait descendre, depuis la fenêtre,

une corde. 'Alî Shâr n'aurait plus qu'à la recueillir et
emmener.

Zumurrud remercia la vieille, qui s'en alla mettre
'Alî Shâr au courant.

— La nuit prochaine, lui dit-elle, rends-toi dans tel
quartier, à la minuit. C'est là que se trouve la maison
de ce maudit. Tu la reconnaîtras à tel et tel détails.
Place-toi sous le mur du château, siffle. Ton amie
descendra par là. Prends-la et emmène-la où bon te
semble.

'Alî, reconnaissant et les yeux pleins de larmes,
récita ces vers :

Les reproches, les racontars, tout capitule
    devant mon cœur peiné, mon corps maigre et usé.
Les larmes sans arrêt savent dire le vrai,
    ce mal insurmontable et cette longue plainte.
Vous que n'occupent pas mes soucis, mon chagrin,
    ne prenez pas de peine à me demander où j'en suis.
Elle a la lèvre douce, la taille harmonieuse et tendre,
    mon cœur s'est pris au miel le plus suave.
Tu es partie, ce cœur va et vient, et mon œil
    ne dort plus, ma patience n'a rien à espérer.
Tu m'as laissé otage du désir, accablé,
    jouet que se disputent et le blâme et l'envie.
La paix est une chose que je ne connais plus,
    et personne que toi n'occupe ma pensée.

Et redoublant de larmes, 'Alî récita ces vers encore :

Ah ! Le bon messager qui me dit que tu viens !
    le voici devant moi : quels doux sons que les siens !
S'il se fût contenté d'un vieil habit en pièces, je lui aurais
    fait don,
    au moment de l'adieu, de mon cœur déchiré.

'Alî patienta jusqu'à la nuit tombée, puis se rendit,
au moment convenu, dans le quartier que lui avait
décrit sa voisine. Il put ainsi, quand il le vit, reconnaître le château, au pied duquel il s'assit, sur un banc de
pierre. Et puis, le sommeil le prit (Gloire à Celui qui ne
dort jamais!), car il n'avait pas fermé l'œil depuis
longtemps, dans le trouble où il était et qui l'avait fait
comme ivre. Or, pendant son sommeil...

Et l'aube chassant la nuit, Shahrâzâd dut interrompre son récit.

Quand ce fut la trois cent dix-septième nuit, elle dit :
On raconte encore, Sire, ô roi bienheureux, que,
tandis que 'Alî Shâr dormait, survint un brigand qui
rôdait cette nuit-là par la ville en quête de quelque
chose à voler. Le destin l'amena au pied du château du
chrétien, dont il fit le tour sans trouver le moyen de
grimper. Il finit par arriver au banc, sur lequel il
trouva 'Alî Shâr endormi. Il venait de lui prendre son
turban lorsque, à ce moment précis, il aperçut Zumurrud penchée au-dehors. En le voyant, debout dans
l'ombre, elle le prit pour son maître et siffla. Le
vaurien répondit en sifflant lui aussi. Elle fit alors
descendre la corde, elle-même tenant une sacoche
pleine d'or. À la vue de celle-ci, le brigand se dit :
« Merveille, si je ne me trompe, et qui doit avoir
quelque étrange cause! » Il prit la sacoche et Zumurrud sur ses épaules, les emportant toutes deux, aussi
vif que l'éclair.

— La vieille, dit alors Zumurrud, m'avait dit que tu
étais tout faible à cause de moi. Te voilà pourtant
fringant comme un cheval !

Comme il ne répondait pas, elle tâta son visage, y
trouvant une barbe aussi dure que l'un de ces balais

dont on nettoie les bains ; ou bien, pensait-elle encore,
il ressemble à un sanglier qui aurait avalé un oiseau et
en aurait régurgité les plumes ! Épouvantée, elle cria :

— Mais qui c'est, ça ?

— Moi, putain, répondit l'homme, je suis l'affranchi
Jawân le Kurde, de la bande d'Aḥmad ad-Danaf. Nous
sommes quarante comme moi et, cette nuit même,
jusqu'au matin, chacun de nous va te baratter le
conduit !

À ces mots, Zumurrud pleura, se frappa le visage,
certaine que le sort était plus fort qu'elle et que la seule
chose à faire était de s'en remettre au Très Haut et à sa
décision, en prenant son mal en patience. « Il n'y a de
divinité que Dieu, se dit-elle, et chaque fois que nous
échappons à un malheur, c'est pour tomber dans un
plus grand ! »

Si Jawân se trouvait par là cette nuit, c'était parce
qu'il avait dit à Aḥmad ad-Danaf :

— Dis donc, affranchi, je suis en cette ville depuis
quelque temps déjà et je connais, au-dehors, une
caverne assez grande pour abriter quarante personnes.
J'ai envie de vous y précéder et d'y installer ma mère,
puis de revenir en ville pour y voler ce que le sort
voudra bien. Je garderai le tout en votre nom jusqu'à
ce que vous soyez là. Ce jour-là, vous y serez mes hôtes.

— Fais comme tu veux, répondit Aḥmad ad-Danaf.

Jawân se rendit donc, avant les autres, à cet endroit.
Après y avoir installé sa mère, il tomba, en sortant, sur
un soldat endormi, son cheval entravé, tout près de là.
Il égorgea l'homme, prit ses vêtements, son cheval et
ses armes, qu'il cacha dans la caverne aux soins de sa
mère, entrava le cheval et revint en ville, où son
chemin l'amena jusqu'au château du chrétien, pour y
faire ce que nous savons. Ayant pris le turban de 'Alî
Shâr et Zumurrud sa servante, il emporta celle-ci et la

déposa auprès de sa mère en la priant d'avoir l'œil sur elle jusqu'à son retour, lorsque le jour se lèverait. Sur ce, il repartit.

Et l'aube chassant la nuit, Shahrâzâd dut interrompre son récit.

Quand ce fut la trois cent dix-huitième nuit, elle dit :
On raconte encore, Sire, ô roi bienheureux, que Jawân s'en alla après avoir recommandé à sa mère de surveiller Zumurrud jusqu'à son retour, lorsque le jour se lèverait. « Comment négliger, se dit Zumurrud, une pareille occasion de me délivrer ? Il faut trouver quelque chose ! Je ne peux pas attendre l'arrivée de ces quarante hommes, qui vont se relayer sur moi et jouer avec moi comme un bateau qui s'engloutit en mer ! » Elle se tourna donc vers la vieille femme, mère de Jawân le Kurde, et lui dit :

— Ma bonne, ne nous emmènerais-tu pas au-dehors ? Là, au soleil, je pourrais tuer tes poux.

— Certes, oui, ma fille, répondit la vieille, cela fait bien longtemps, ma foi, que je n'ai pas vu un bain de près, avec ces porcs qui n'arrêtent pas de me trimbaler d'un endroit à un autre.

Toutes deux sortirent et Zumurrud se mit à épouiller la vieille, débarrassant sa tête de la vermine. L'autre y prit tant de plaisir qu'elle s'endormit. Zumurrud alors revêtit les habits du soldat tué par Jawân le Kurde, ceignit son sabre, se coiffa de son turban et prit ainsi l'apparence d'un homme. Elle prit la sacoche d'or et enfourcha le cheval.

— Ô Toi le plus beau des voiles, dit-elle, cache-moi, pour l'honneur de Muḥammad — sur lui les bénédictions et le salut !

Sur ce, elle réfléchit que, si elle retournait en ville, elle pourrait être vue d'un parent du soldat et que les choses risqueraient de mal tourner. Elle renonça donc à ce premier projet et s'enfonça dans les solitudes absolues, allant sans arrêt avec son cheval et sa sacoche, mangeant des plantes dont elle nourrissait aussi le cheval et buvant comme lui aux ruisseaux. Dix jours passèrent. Le suivant, elle arriva en vue de la ville de Thèbes, riche, sûre d'elle et puissante, que fuient les froideurs de l'hiver et visitent le printemps, ses fleurs et ses roses. Les fleurs, c'est vrai, y sont superbes, les ruisseaux gonflés d'eau, et les oiseaux y chantent sans fin.

Comme elle approchait de la ville, Zumurrud aperçut les troupes, les émirs et tous les hauts personnages de la ville. Fort étonnée de la situation, elle pensa qu'il ne pouvait pas ne pas y avoir une raison pour que toute la population de la ville fût ainsi rassemblée à sa porte. Elle s'avança plus près encore, mais les soldats, se pressant à sa rencontre, mirent pied à terre et baisèrent le sol devant elle, en disant :

— Dieu t'assiste, ô notre maître, ô souverain !

Les hauts dignitaires se rangèrent sous ses yeux, pendant que les soldats disposaient en ordre la foule, en répétant :

— Dieu t'assiste ! Que ta venue soit, par Sa grâce, une bénédiction pour les musulmans, ô souverain des mondes ! Qu'Il assure ton pouvoir, ô roi du temps, ô l'unique de ce siècle et des siècles !

Zumurrud demanda aux gens de la ville la raison de tout cela, et le chambellan répondit :

— Celui qui ne lésine jamais dans ses dons vient de t'en faire un, il t'installe souverain de cette ville, juge devant qui s'inclinent les têtes de ses habitants. Sache que la coutume ici est que, lorsqu'un roi meurt sans enfant, l'armée sort de la ville et reste là trois jours. Alors, le premier qui arrive de la direction d'où tu es

venu est proclamé souverain. Gloire à Celui qui nous a
amené un homme du peuple turc et de si belle allure !
Car si nous avions vu se présenter quelqu'un qui ne te
valût pas, nous aurions dû le couronner quand même.

Zumurrud, qui était réfléchie en tout ce qu'elle
faisait, dit :

— N'allez pas croire que je suis du peuple turc.
J'appartiens à une grande famille qu'il m'a fallu fuir à
la suite d'une querelle. Regardez cette sacoche d'or que
j'ai là, pendue à ma selle ! Je vais, tout au long de mon
chemin, en distribuer l'aumône aux pauvres et aux
malheureux !

Alors, on pria Dieu pour Zumurrud dans la liesse
générale, et Zumurrud, heureuse elle aussi, songeait
que, puisqu'elle en était arrivée là...

Et l'aube chassant la nuit, Shahrâzâd dut interrompre son récit.

Quand ce fut la trois cent dix-neuvième nuit, elle
dit :

On raconte encore, Sire, ô roi bienheureux, que
Zumurrud se dit que, puisqu'elle en était arrivée là,
Dieu peut-être la réunirait en ces lieux avec son maître.
Ne pouvait-Il pas tout ce qu'Il voulait ? Les troupes
accompagnèrent Zumurrud dans sa marche jusqu'à
l'entrée dans la ville. Alors, on mit pied à terre devant
elle, on la mena dans le palais et là, quand elle fut
descendue de cheval, les émirs et les dignitaires la
prirent par les aisselles jusqu'au trône où ils l'installèrent. Une fois assise, et après qu'on eut baisé le sol en
sa présence, elle fit ouvrir le trésor et dispensa des
largesses à toute la troupe, laquelle lui souhaita un
long règne. Ayant reçu l'obéissance de tous ses sujets
qui peuplaient la ville, elle régna ainsi un bon bout de
temps, ordonnant, interdisant et s'assurant le cœur de

son peuple qui la révérait grandement pour sa générosité et sa conduite irréprochable. Elle abolit les taxes, libéra les prisonniers, reçut les plaintes en appel, bref se fit aimer de tous. Mais dès qu'elle pensait à son maître, elle pleurait et priait Dieu de le retrouver. Une nuit qu'elle se souvenait ainsi des jours passés ensemble, elle pleura et récita ces vers :

> *L'amour où tu me tiens avec le temps se renouvelle,*
>   *mon œil, jour après jour, brûle de plus de pleurs,*
> *Ces larmes chaque fois disent mon deuil, ma peine ;*
>   *ah ! séparation trop cruelle aux amants !*

Après quoi, elle essuya ses larmes, vint au palais où elle entra dans ses appartements réservés et affecta, aux servantes et concubines, des pièces séparées, leur fixa des appointements et des gages, en expliquant qu'elle avait pris la résolution de rester, sans aucune compagnie, en un lieu où elle pourrait se livrer à ses dévotions. Dès lors, elle jeûna et pria tant que les émirs dirent partout : « Nous avons là un souverain d'une extrême piété. » Zumurrud, qui n'avait gardé, pour son service personnel, que deux jeunes eunuques, sans faire appel à personne d'autre, siégea ainsi, sous le dais royal, des années durant, sans qu'aucune nouvelle lui parvînt de son maître et sans jamais retrouver trace de lui.

Son inquiétude devenant trop forte, elle convoqua ses ministres et chambellans pour les prier de lui présenter les géomètres et les architectes. Ceux-ci devaient aménager, sous les murs du palais, une esplanade d'un parasange dans les deux sens. On obéit à ce vœu aussi rapidement qu'il se pouvait et l'esplanade répondit en tout point aux vœux de Zumurrud. Celle-ci y fit alors dresser une immense tente à toit rond, disposer, sur l'esplanade, des rangées de sièges pour les émirs, ainsi qu'une nappe où étaient offertes toutes sortes de mets prestigieux. Quand tout fut en place, Zumurrud pria les grands dignitaires de manger. Après quoi, elle dit aux émirs :

— Je veux que vous fassiez de même au début du mois prochain et que vous annonciez par la ville que chacun garde sa boutique fermée et vienne manger ici à la table du roi, faute de quoi on le pendra à la porte de sa maison.

Le mois suivant étant arrivé, on fit comme Zumurrud l'avait ordonné, et la coutume se poursuivit jusqu'au premier mois de l'année suivante. Zumurrud alors descendit de l'esplanade, tandis que l'on entendait la voix du crieur :

— Peuple, gens tous autant que vous êtes, fermez vos boutiques, vos magasins, vos demeures, sinon on vous pendra à leur porte même ! Vous devez tous venir manger à la table du roi !

La proclamation faite et le repas disposé, la population arriva en foule. On l'invita à s'asseoir près de la nappe et à manger de tout à satiété. Les gens s'exécutèrent, cependant que Zumurrud, assise sur le trône, promenait son regard sur l'assistance. Tout un chacun, assis près de la nappe, se disait : « C'est sur moi et moi seul que le roi a l'œil fixé ! » Et l'on mangea, et les émirs répétaient :

— Mangez, mangez sans honte, vous ferez plaisir au roi !

Et l'on mangea encore, jusqu'à satiété, puis l'on s'en alla en bénissant le roi. « De toute notre vie, se disait-on, nous n'avons pas vu de souverain qui aime les humbles comme celui-là », et on lui souhaitait longue vie. Zumurrud, elle, regagna son château.

Et l'aube chassant la nuit, Shahrâzâd dut interrompre son récit.

Quand ce fut la trois cent vingtième nuit, elle dit :

On raconte encore, Sire, ô roi bienheureux, que la reine Zumurrud regagna son palais, tout heureuse des dispositions qu'elle avait prises. Ainsi, pensait-elle, si Dieu le voulait bien, pourrait-elle avoir un jour quelque nouvelle de son maître 'Ali Shâr. Quand on fut au mois suivant, on reprit la coutume et, la nappe déployée, Zumurrud descendit de son château, s'installa sur son trône et invita le peuple à manger. Or, pendant qu'elle siégeait ainsi, présidant au repas, et les gens assis, une foule relayant l'autre et chaque place vide immédiatement occupée, son œil tomba sur Barsûm le chrétien, celui qui avait acheté la tenture de 'Alî Shâr. « Voici, se dit-elle en le reconnaissant, le début de la délivrance et du chemin qui mène à mon désir. » Barsûm, lui, s'avançait pour prendre place avec les gens. Il avait repéré une douceur, un plat de riz saupoudré de sucre. Celui-ci n'était pas tout à fait à sa portée, mais il tendit la main et l'emporta de haute lutte. Il venait de le placer devant lui, lorsque quelqu'un lui dit :

— Pourquoi ne manges-tu pas ce qui est devant toi ? En voilà des façons, d'aller prendre ce qui est loin ! Tu n'as pas honte ?

— C'est ça que je veux manger, répliqua Barsûm, et rien d'autre.

— Mange donc, et que ça t'étouffe.

— Laisse-le donc manger, intervint alors un fumeur de hashîsh, que j'en profite aussi avec lui.

— Ce n'est pas un plat pour un fumeur de hashîsh, et pour le plus sinistre d'entre eux, dit l'homme, c'est un mets réservé aux princes, à qui il faut le laisser manger.

Barsûm dit qu'il n'était pas d'accord. Il prit une bouchée, la porta à sa bouche, et il s'apprêtait à la faire suivre d'une autre, lorsque Zumurrud, qui l'observait, cria à un groupe de soldats :

— Amenez-moi cet homme, là, devant un plat de riz sucré, et ne le laissez pas manger la bouchée qu'il a en sa main : enlevez-la-lui !

Quatre soldats vinrent sur-le-champ exécuter l'ordre. Quand Barsûm fut devant Zumurrud, tout le monde cessa de manger.

— Par Dieu, se disait-on, il a eu tort de vouloir quelque chose qui n'était pas pour quelqu'un comme lui.

— Je me suis contenté, ajouta un homme, de cette galette qui était devant moi.

— Et moi, ajouta le fumeur de hashîsh, je bénis le ciel de m'avoir empêché de goûter si peu que ce soit à ce plat de riz sucré. Heureusement qu'avant de manger avec lui, j'ai attendu de voir s'il se trouvait bien de ce plat qu'il avait installé devant lui ! Et vous voyez ce qui est arrivé !

— Prenons patience, se disait-on, nous verrons bien la suite.

La reine Zumurrud dit à celui qu'on lui avait amené :

— Malheur à toi, homme aux yeux bleus ! Comment t'appelles-tu, et qu'est-ce qui t'a fait venir en notre pays ?

Le maudit, qui s'était coiffé d'un turban blanc, cacha son nom :

— Ô roi, je m'appelle 'Alî, et suis passementier. C'est mon commerce qui m'a conduit ici.

— Que l'on me donne une tablette de géomancien, dit Zumurrud, ainsi qu'une plume de cuivre !

Quand on les lui eut apportées, tout de suite, elle s'en saisit et traça de la plume, dans le sable de la tablette, une figure qui rappelait celle d'un singe. Après quoi elle releva la tête, dévisagea Barsûm un long moment et dit :

— Chien, c'est ainsi que l'on ment aux rois ? Tu es chrétien, n'est-ce pas, tu t'appelles Barsûm, et tu es venu ici pour chercher quelque chose ! Dis-moi la vérité ou sinon, par la Grandeur souveraine, je te ferai couper la tête !

Barsûm bredouilla, cherchant une réponse, tandis que les émirs et toute l'assistance pensaient : « Notre roi que voilà connaît la géomancie. Gloire à Celui qui lui a donné cette science ! » Zumurrud alors cria de nouveau :

— Dis-moi la vérité, ou je te fais mettre à mort !

— Pardon, ô roi de ce temps, répondit Barsûm, le sable a dit vrai, je ne suis qu'un pauvre chrétien.

Et l'aube chassant la nuit, Shahrâzâd dut interrompre son récit.

Quand ce fut la trois cent vingt et unième nuit, elle dit :

On raconte encore, Sire, ô roi bienheureux, que Barsûm demanda pardon et, reconnaissant que le sable avait dit vrai, s'avoua pour un pauvre chrétien. L'assistance, émirs et autres, admira fort l'art de ce roi géomancien et s'écria :

— Il n'a pas son pareil au monde pour connaître les astres !

La reine fit alors connaître ses ordres : écorcher le chrétien, bourrer sa peau de paille et pendre la dépouille à la porte de la ville, tandis que la chair et les os seraient jetés dans une fosse creusée hors les murs, que l'on recouvrirait d'immondices et d'ordures. Tout fut exécuté selon la volonté royale et la population, voyant le sort du chrétien, dit :

— Ce qui lui arrive est bien fait pour lui ! Il n'y avait rien de pire pour lui que cette bouchée-là !

— Que je répudie ma femme, ajouta quelqu'un, plutôt que de manger du riz sucré !

— Loué soit Dieu, dit à son tour le fumeur de hashîsh, qui m'a épargné le sort de cet homme ! Il m'a retenu de toucher à ce riz !

Et tous les gens s'en allèrent en se récriant à l'idée de s'asseoir pour manger de ce riz sucré, là où s'était trouvé le chrétien.

Au mois qui suivit, on déploya la nappe comme à l'accoutumée et l'on emplit les plats. La reine Zumurrud prit place sur son trône et l'armée, qui tremblait devant son pouvoir, prit de nouveau sa faction devant elle. Quant à la population, elle vint, comme auparavant, tourner autour de la nappe, mais en regardant l'endroit où était posé le fameux plat. On entendit échanger ces paroles :

— Eh ! Ḥâjj Khalaf !

— Me voici, Ḥâjj Khâlid !

— Évite le plat de riz sucré et prends bien garde à n'en pas manger, ou tu te retrouveras pendu !

Les gens prirent place autour de la nappe et commencèrent à se restaurer.

La reine Zumurrud, sur le trône où elle était assise, se tourna pour regarder un homme qui entrait par la porte de la ville, en allant bon train. En fixant son attention, elle reconnut le bandit, Jawân le Kurde, celui qui avait tué le soldat. Son arrivée en ces lieux s'expliquait ainsi : après avoir quitté sa mère, il était allé retrouver ses compagnons pour leur dire :

— Hier, j'ai bien gagné ma journée, j'ai tué un soldat, je lui ai pris son cheval, et il m'est tombé du ciel une sacoche d'or et une fille qui vaut plus que tout cet or-là. Je suis allé déposer tout ça à la caverne que je vous ai dite, sous la garde de ma mère.

Tout heureux de cette aubaine, ils gagnèrent, vers la fin du jour, la caverne où ils pénétrèrent, Jawân en tête et eux derrière. Il voulut leur montrer tout ce qu'il leur avait dit, mais trouva les lieux vides, à l'exception de sa mère à qui il demanda de lui expliquer ce qu'il en était. En apprenant ce qui s'était passé, il se mordit les mains de dépit et cria :

— Par Dieu, je m'en vais rechercher partout cette traînée, la débusquer, où qu'elle soit, dût-elle se cacher dans une enveloppe de pistache, et éteindre la fureur où elle m'a mis !

Il partit donc à la recherche de Zumurrud, courant le monde sans relâche, jusqu'au jour où il arriva à la ville de la reine. Il la trouva déserte et dut interroger des femmes qui regardaient par les fenêtres. Elles lui apprirent que, chaque mois, le souverain faisait installer une nappe et que les gens s'en allaient manger là-bas. Et de lui indiquer l'esplanade où ce repas était présenté.

Jawân se dirigea par là à bonne allure, mais, ne trouvant pas d'autre place libre que celle qui avoisinait le fameux plat, il s'y assit. Le plat était devant lui, il tendit la main, mais ce ne fut qu'un cri :

— Que vas-tu faire, l'ami !

— Moi ? Manger de ce plat, jusqu'à satiété !

— Manges-en, lui dit quelqu'un, et tu te retrouveras pendu !

— Tais-toi donc, et cesse de parler comme ça !

Jawân tendit la main vers le plat et le tira à lui. Le fumeur de hashîsh, que nous connaissons déjà, était assis tout à côté. Quand il le vit tirer le plat, il déguerpit, sa tête libérée soudain des effets de l'herbe, et alla s'installer loin de là en disant qu'il ne voulait avoir rien à faire avec ce plat. Jawân, donc, tendit vers le plat une main pas plus large que la patte d'un corbeau, la plongea dans le plat et la retira aussi grosse qu'un sabot de chameau.

Et l'aube chassant la nuit, Shahrâzâd dut interrompre son récit.

Quand ce fut la trois cent vingt-deuxième nuit, elle dit :

On raconte encore, Sire, ô roi bienheureux, que Jawân le Kurde retira du plat une main aussi grosse que le sabot du chameau : car la boulette qu'il avait tournée était en réalité de la taille d'une bonne orange. La porter à sa bouche, la faire descendre en sa gorge, ce fut tout un, avec un pet puissant comme le tonnerre. Là où la portion avait été prise, le fond du plat apparaissait.

— Loué soit Dieu, dit le voisin de Jawân, qui ne m'avait pas destiné à me nourrir de ce qui est devant toi : en une seule bouchée, tu as fait s'effondrer le plat !

— Laissez-le manger, dit le fumeur de hashîsh, car je l'imagine assez bien en pendu maintenant. Va, mange, poursuivit-il à l'adresse de Jawân, et que ça t'étouffe !

Jawân tendait donc la main vers ce qui devait devenir une seconde bouchée, aussi ronde que la précédente, quand la reine cria à ses soldats :

— Amenez-moi cet homme, vite, avant qu'il mange la boulette qu'il est en train de se préparer !

Les soldats se ruèrent sur Jawân alors qu'il était penché sur le plat et, se saisissant de lui, l'amenèrent devant Zumurrud. Tout contents de ce qui lui arrivait, les gens se disaient les uns aux autres :

— C'est bien fait pour lui ! On l'avait prévenu, mais

il n'a rien écouté! Décidément, cette place, c'est la mort pour qui s'y assied, et ce riz la malédiction pour qui y goûte!

— Quel est ton nom, demanda Zumurrud, ton métier, et pourquoi es-tu venu dans notre ville?

— Souverain seigneur, répondit Jawân, je m'appelle 'Uthmân, et je m'occupe à surveiller les jardins. Je suis venu ici à la recherche de quelque chose que j'ai perdu.

Zumurrud se fit apporter la tablette de géomancien. Elle prit alors la plume, traça des signes dans le sable, les considéra un long moment, puis relevant la tête, dit:

— Malheur à toi, scélérat! Tu oses mentir aux rois? Ce sable m'apprend que tu es Jawân le Kurde, que tu es bandit de profession, que tu voles le bien d'autrui au mépris du droit, que tu assassines, bravant Dieu qui ne permet de tuer que lorsque la loi l'exige.

Puis, élevant la voix:

— Espèce de porc, dis-moi la vérité, ou je te fais couper la tête!

Jawân pâlit à ces mots et un rictus lui découvrit les dents; il s'imagina que dire la vérité le sauverait.

— Tu as dit vrai, ô roi, répondit-il, mais je me repens, dès cet instant et devant toi, je reviens à Dieu, le Très Haut.

— Il ne m'est pas permis, répliqua Zumurrud, de laisser traîner, sur le chemin des musulmans, une catastrophe comme toi.

Et elle donna l'ordre à un groupe de ses gardes de le pendre et de l'écorcher.

Jawân subit la sentence, tout comme son pareil, le mois précédent. Quand les soldats se saisirent de Jawân, le fumeur de hashîsh tourna ostensiblement le dos au plat de riz en disant:

— Je m'interdis désormais de te voir face à face!

Lorsque, le repas achevé, on se fut séparé pour
rentrer chez soi, la reine Zumurrud regagna son
château et donna permission de se retirer à ses
esclaves. Le mois suivant, on s'en vint de nouveau à
l'esplanade, comme à l'accoutumée. Le repas disposé,
les gens s'installèrent en attendant le bon vouloir de
Zumurrud. Elle parut enfin, s'assit sur son trône et
regarda : il y avait, devant le plat de riz, assez de
vide pour quatre personnes, ce qui l'étonna beaucoup. Or, pendant qu'elle promenait ses yeux ici et
là, elle aperçut, en se tournant, un homme qui arrivait, en se hâtant, par la porte de la ville. Toujours à
grands pas, il parvint jusqu'à la nappe et ne trouva
de place libre que devant le fameux plat. Il s'assit
donc, cependant que Zumurrud, le dévisageant,
découvrit en lui le maudit chrétien qui s'appelait
Rashîd ad-Dîn. « Ce repas, se dit-elle, est une bénédiction : il vient me prendre cet impie dans ses
pièges ! »

La venue de celui-ci dans la ville s'expliquait
d'étonnante façon : quand il revint de voyage...

Et l'aube chassant la nuit, Shahrâzâd dut interrompre son récit.

Quand ce fut la trois cent vingt-troisième nuit, elle
dit :

On raconte encore, Sire, ô roi bienheureux, que
lorsque ce maudit, le nommé Rashîd ad-Dîn, rentra
de voyage, les gens de sa maison lui apprirent que
Zumurrud était perdue, et avec elle une sacoche
d'argent. À ces mots, il mit en pièces ses vêtements,
se frappa le visage, s'arracha la barbe et envoya son
frère Barsûm rechercher Zumurrud dans tous les
pays. Comme les nouvelles se faisaient attendre, il
partit lui-même en quête de son frère et de la jeune

femme. Et c'est ainsi que le destin le jeta dans la ville de Zumurrud.

Il y arriva le premier jour du mois. Les rues où il marchait étaient désertes, les boutiques fermées ; aux fenêtres voûtées, il aperçut des femmes, à qui il demanda des explications.

— Le roi, répondirent-elles, offre un repas à la population, le premier jour de chaque mois. Tout un chacun va manger, sans pouvoir rester chez lui, ni dans sa boutique. Elles lui indiquèrent l'esplanade. Quand notre homme y parvint, il y trouva un grand rassemblement de peuple occupé à se restaurer, mais pas une place libre, sauf devant le plat que nous connaissons bien. Il s'installa et tendit la main pour y goûter, mais la reine cria à un groupe de soldats de lui amener l'homme qui était assis devant le plat de riz. Ils savaient où aller : c'était devenu une habitude.

Ils se saisirent de lui et l'amenèrent devant Zumurrud :

— Malheur à toi, dit-elle. Quel est ton nom, Ton métier ? Et qu'est-ce qui t'a fait venir en notre ville ?

— Ô roi du temps, répondit l'homme, je m'appelle Rustam, et je n'ai pas de métier, car je suis un pauvre derviche.

Zumurrud ordonna à ses gens de lui apporter la tablette de géomancien et la plume de cuivre. Quand on eut exécuté cet ordre habituel, elle prit la plume, traça des signes dans le sable, les considéra un long moment, puis releva la tête et dit :

— Chien, c'est ainsi que l'on ment aux rois ? Tu t'appelles Rashîd ad-Dîn, tu es chrétien, et tout ton métier consiste à tramer des ruses contre les filles des musulmans que tu veux ravir ! Tu te dis musulman, mais tu es secrètement chrétien. Allons, la vérité ! ou je te fais couper la tête.

L'homme bredouilla quelques mots, puis :

— Tu as dit vrai, ô roi de ce temps !

Sur l'ordre de Zumurrud, on l'étendit à terre, on le frappa de cent coups de fouet à chaque jambe et de mille sur le corps. Après quoi, on l'écorcha, on bourra sa dépouille d'étoupe, on brûla les restes dans une fosse creusée hors les murs, sur laquelle on jeta les immondices et les ordures. Quand ce fut fait, les gens reçurent permission de manger. Le repas achevé et chacun reparti là où il devait, Zumurrud regagna son château. « Louange à Dieu, se dit-elle, qui a délivré mon cœur de ceux qui m'avaient fait du mal ! »

Et remerciant Celui qui créa les cieux et la terre, elle chanta ces vers :

Longtemps, ils se complurent dans leur pouvoir absolu,
    et puis vint le jour où ce pouvoir parut n'avoir
    jamais été.
S'ils s'étaient montrés justes, fort bien. Mais, tyrans, ils
    subirent
    la loi du sort, qui les accabla de misères.
Ils ne sont plus, et la voix des hommes répète :
    « Tout se paie, il ne faut pas blâmer le cours des
    choses ! »

En achevant ces vers, Zumurrud pensa à son maître 'Alî Shâr et pleura à grosses larmes. Mais la raison lui revint, elle se dit que Dieu, qui lui avait donné le dessus sur ses ennemis, lui ferait peut-être la grâce de revoir tous ceux qu'elle aimait. Elle se recommanda à Lui — qu'Il soit glorifié et exalté !

Et l'aube chassant la nuit, Shahrâzâd dut interrompre son récit.

Quand ce fut la trois cent vingt-quatrième nuit, elle dit :

On raconte encore, Sire, ô roi bienheureux, que la reine Zumurrud se recommanda à Dieu — qu'Il soit glorifié et exalté ! — en espérant qu'Il lui permettrait de retrouver son maître 'Alî Shâr : ne pouvait-Il pas tout ce qu'Il voulait ? N'était-Il pas tendre envers Ses serviteurs, dont Il connaissait tout ? Zumurrud Le loua, se recommanda de nouveau à Lui, se remit aux décisions du sort et chanta ces vers :

> *Prends les choses comme elles viennent ; aussi bien*
> *leur arrêt est-il dans la main de Dieu.*
> *Ce qui n'est pas prévu ne t'arrivera point,*
> *mais ce qui est prescrit ne saura se dédire.*

Et ces autres encore :

> *Laisse les jours aller leur course régulière ;*
> *si le chagrin se montre, évite sa demeure.*
> *Tel à qui son espoir semblait inaccessible*
> *voit l'heure du bonheur bientôt le rapprocher.*

Et puis ceux-ci :

> *Garde raison si la colère du sort t'accable,*
> *sois ferme quand l'épreuve tombe sur toi,*
> *Car les nuits sont grosses du temps,*
> *gravides, et bientôt mères d'enfants tous surprenants.*

Et ceux-ci enfin :

> *Sois ferme, c'est le meilleur parti. Si tu le suivais,*
> *tu aurais l'âme en paix, sans que la douleur pût y*
> *mordre.*

Tiens bon! C'est l'honneur qui l'exige, ou alors,
  c'est contraint et forcé que tu subiras
L'arrêt signé de la plume du sort.

Zumurrud demeura ensuite, un mois durant, à
juger, ordonner et défendre pendant le jour et à
pleurer la nuit, à sangloter sur 'Alî Shâr, son maître perdu. Quand on fut au début du mois suivant,
elle fit, comme d'habitude, étendre la nappe sur
l'esplanade et vint siéger, dominant la foule qui
attendait permission de manger. Le plat de riz restait marqué par une place vide. Elle, au bout de la
nappe, laissa aller son regard vers la porte de la
ville, pour voir tous ceux qui entreraient par là.

— Toi qui as rendu Joseph à Jacob, disait-elle,
Toi qui as fait cesser les misères de Job, sois bon,
rends-moi mon maître 'Alî Shâr, au nom de Ta
puissance et de Ta grandeur! N'as-Tu pas pouvoir
sur tout, ô Seigneur des mondes, Toi qui remets
dans le droit chemin ceux qui s'égarent, Toi qui
écoutes les prières? Toi qui réponds à qui Te supplie, réponds-moi, Seigneur des mondes!

Elle venait à peine de prier ainsi, qu'elle aperçut,
entrant par la porte de la ville, une personne dont
la taille évoquait un rameau de saule. Bien que
fort maigre et le teint pâle, c'était le plus beau
jeune homme que l'on pût voir, et l'on devinait en
lui une intelligence et des manières parfaites. En
approchant, et ne voyant d'autre place libre qu'auprès du plat de riz, il s'y assit. Zumurrud, dès
qu'elle le vit mieux, sentit battre son cœur. Le
regardant plus intensément encore, elle le reconnut
clairement pour son maître 'Alî Shâr. Elle faillit
crier sous l'effet de la joie, mais se retint par peur
du scandale, sans pouvoir pour autant arrêter le

tremblement de ses entrailles ni le trouble de son cœur. Elle se tut donc.

Voici comment s'expliquait la venue de 'Alî Shâr. Après avoir dormi sur son banc pendant que Zumurrud descendait pour se faire prendre par Jawân le Kurde, il s'éveilla et, se trouvant tête nue, en conclut qu'un agresseur l'avait dépouillé de son turban en profitant de son sommeil. Il dit alors ces mots qui ne tournent jamais à la honte de qui les prononce :

— Nous sommes à Dieu, à Dieu nous retournerons !

Il alla ensuite rejoindre la vieille femme qui lui avait révélé où se trouvait Zumurrud, frappa à sa porte et, quand elle se montra, pleura tant qu'il s'évanouit. Quand il revint à lui, la vieille le mit au courant, le blâma, lui reprocha durement ce qui était arrivé par sa faute :

— Ce malheur, cette catastrophe, c'est toi et toi seul qui les as voulus.

Et de vitupérer si fort que le sang lui jaillissait des narines. 'Alî s'évanouit derechef. Quand il reprit ses sens...

Et l'aube chassant la nuit, Shahrâzâd dut interrompre son récit.

Quand ce fut la trois cent vingt-cinquième nuit, elle dit :

On raconte encore, Sire, ô roi bienheureux, que 'Alî Shâr, en reprenant ses sens, vit la vieille femme qui pleurait sur lui à chaudes larmes. Alors, dans sa mélancolie, il chanta ces vers :

Que la séparation est amère aux amants,
*   que la rencontre est douce à ceux qui s'aiment !*
Puisse Dieu réunir tous les amants du monde,
*   puisse-t-Il me garder ! Je suis près de mourir !*

La vieille femme, qui s'affligeait pour lui, lui dit de rester là pendant qu'elle allait aux nouvelles : elle reviendrait très vite. Il accepta et, le laissant chez elle, partit. Elle fut absente jusqu'à la mi-journée. À son retour, elle dit :

— J'ai bien peur, 'Alî, que tu ne meures de chagrin ; tu ne reverras plus ton amie qu'à la porte de l'au-delà. Les gens du château, au matin, ont trouvé la fenêtre qui donne sur la rue descellée, et Zumurrud disparue avec une sacoche d'or appartenant au chrétien. Quand je suis arrivée là-bas, j'ai vu le gouverneur et toute sa troupe devant la porte. Il n'y a de force et de puissance qu'en Dieu, l'Auguste, le Sublime !

À ces mots, la lumière parut ténèbres aux yeux de 'Alî Shâr, il désespéra de la vie et pensa bien mourir. Il pleura et pleura tant qu'il s'évanouit. Quand il revint à lui, ce fut pour retrouver les souffrances de l'amour désuni. Il tomba violemment malade et ne sortit plus de chez lui, où la vieille amenait les médecins, le faisait boire et lui préparait du bouillon. Un an passa, la vie lui revint. Alors, se ressouvenant du passé, il chanta ces vers :

Les chagrins réunis, les amants désunis,
  un pleur qui chasse l'autre, et l'incendie au cœur !
Ah ! C'en est trop d'amour ! Je suis sans forces devant lui,
  la passion m'affaiblit, et le désir, et l'inquiétude.
Ô Seigneur, si quelque chose au monde peut me donner la
  paix
  accorde-m'en la grâce, pour le peu qui me reste à vivre !

Au bout d'un an, donc, la vieille femme dit à 'Alî Shâr :

— Mon enfant, ce n'est pas en restant là, triste et

accablé, que tu retrouveras celle que tu aimes. Allez, debout! Fais travailler tes méninges et va chercher Zumurrud, n'importe où! Peut-être, si Dieu veut, apprendras-tu quelque chose.

Elle le fustigea sans arrêt, lui rendit forces et énergie, l'emmena au bain, lui donna à boire, lui fit manger force poulets, inlassablement, tant et si bien qu'après un mois, ragaillardi, il prit le chemin qui devait le mener, après un long voyage, à la ville de Zumurrud.

Arrivé là, il s'assit et tendit la main pour goûter aux mets qui étaient devant lui. Ses voisins, pris de pitié, lui dirent :

— Jeune homme, ne touche pas à ce plat : il porte malheur à tous ceux qui en mangent.

— Laissez-moi manger, répliqua 'Alî Shâr, et que l'on me fasse ce que l'on voudra. Après tout, peut-être serai-je débarrassé de cette vie qui me pèse.

Et d'avaler une première bouchée. Zumurrud pensa alors à le faire comparaître tout de suite devant elle, puis elle se dit qu'il avait faim et qu'il valait mieux le laisser se restaurer d'abord, jusqu'à satiété.

'Alî mangea donc, devant les gens ébahis, qui attendaient la suite des événements. Quand il fut rassasié, Zumurrud ordonna aux eunuques d'aller chercher, sans lui faire de mal, le jeune homme qui avait mangé du riz.

— Recommandez-lui, ajouta-t-elle, quand il répondra aux questions du roi, d'y mettre autant de bonne grâce que lui.

Les eunuques, obéissant à l'ordre reçu, vinrent devant 'Alî, et lui dirent :

— Monsieur, s'il vous plaît, allez parler au roi, et que votre cœur ne se trouble pas.

— Je suis aux ordres du roi, répondit 'Ali, et il suivit les eunuques.

Et l'aube chassant la nuit, Shahrâzâd dut interrompre son récit.

Quand ce fut la trois cent vingt-sixième nuit, elle dit :
On raconte encore, Sire, ô roi bienheureux, que 'Alî Shâr obéit et suivit les eunuques, pendant que les gens échangeaient ces propos :

— Il n'y a de puissance et de force qu'en Dieu, l'Auguste, le Sublime ! On peut se demander ce que le roi va faire à ce jeune homme.

— Rien que du bien ! S'il avait voulu le contraire, il ne l'aurait pas laissé manger tout son soûl.

'Alî, en arrivant devant Zumurrud, la salua et baisa le sol. Elle lui rendit son salut, l'accueillit avec honneur et lui dit :

— Quel est ton nom, que fais-tu et comment te trouves-tu dans notre ville ?

— Ô roi, répondit-il, je m'appelle 'Alî Shâr, je suis fils de commerçant et natif du Khurâsân. Je suis venu ici à la recherche d'une servante que j'ai perdue et qui m'était plus précieuse que mes yeux et mes oreilles mêmes. Mon cœur n'a pas cessé de lui appartenir depuis ce jour où elle a disparu.

Sur ce, 'Alî pleura tant qu'il tomba évanoui.

Zumurrud lui fit asperger le visage d'eau de rose. Quand il eut repris ses sens, elle se fit apporter la tablette de géomancien et la plume de cuivre. Elle prit celle-ci, traça les lignes dans le sable, les considéra un long moment, puis conclut :

— Tu as dit vrai. Dieu vous réunira bientôt, elle et toi. Sois en paix !

Le chambellan reçut ses ordres : emmener 'Alî au bain, l'habiller d'une robe superbe, comme en portent les rois, lui donner l'un des plus beaux chevaux de l'écurie royale et, à la fin du jour, le présenter au château. Pendant que le chambellan, exécutant les ordres, quittait la reine avec 'Alî Shâr, certaines gens disaient :

— Qu'est-ce qui a pris au roi, de traiter le jeune homme avec tant de prévenances ?

— On vous l'avait bien dit, répondaient d'autres, que le roi ne lui ferait pas de mal ! Il a trop bonne allure, et du moment que le roi a eu la patience d'attendre qu'il soit rassasié, tout était clair !

Les conversations continuèrent d'aller bon train pendant que les gens se séparaient pour aller là où ils devaient. Zumurrud, elle, aspirait à voir arriver cette nuit qui lui permettrait d'être seule avec le bien-aimé de son cœur. Quand le soir tomba enfin, elle se retira aux lieux où elle dormait, en laissant croire que le sommeil la gagnait, et ne gardant avec elle, pour son service, que les deux jeunes domestiques attitrés qui passaient la nuit dans la même pièce. Là, entre ces murs, elle envoya chercher son bien-aimé 'Alî Shâr. En l'attendant, elle prit place sur le lit, les chandelles allumées au-dessus de sa tête et, à ses pieds, les lustres d'or resplendissant un peu partout. Les gens du palais, apprenant l'ordre de Zumurrud, s'étonnèrent fort, on jasa, on pensa bien des choses, la moindre étant que le roi s'était entiché du jeune homme et allait en faire un commandant de son armée.

Quand les deux serviteurs eurent amené 'Alî Shâr, il baisa le sol devant elle et pria Dieu en sa faveur. Zumurrud, quant à elle, se dit qu'elle allait s'amuser un peu avec lui, en lui cachant qui elle était.

— 'Alî, demanda-t-elle, es-tu allé au bain ?

— Oui, seigneur.

— Mange donc de ce poulet, et de la viande, bois

de ce sirop, et du vin, car tu es fatigué. Et puis, tu viendras ici.

— Je t'écoute et t'obéis.

Quand il eut fini de manger et de boire :

— Monte près de moi, sur ce lit, et masse-moi.

'Alî se mit à lui masser pieds et jambes, qu'il trouva plus douces que la soie.

— Masse un peu plus haut, dit Zumurrud.

— Seigneur, pardonne-moi, répondit 'Alî, je ne peux pas dépasser le genou.

— Tu oses me tenir tête ? La nuit risque d'être mauvaise pour toi !

Et l'aube chassant la nuit, Shahrâzâd dut interrompre son récit.

Quand ce fut la trois cent vingt-septième nuit, elle dit :

On raconte encore, Sire, ô roi bienheureux, que Zumurrud dit à son maître :

— Tu oses me tenir tête ? La nuit risque d'être mauvaise pour toi ! Il faut que tu m'obéisses ! Je ferai de toi mon favori, et l'un de mes émirs.

— Roi de ce temps, répondit 'Alî, que dois-je faire pour t'obéir ?

— Déshabille-toi, et viens te coucher tout de suite.

— Par ma vie, ce m'est chose tout à fait impossible. Si tu m'y contrains, je te provoquerai au tribunal de Dieu, le jour de la Résurrection ! Reprends tout ce que tu m'as donné et laisse-moi quitter cette ville !

'Alî pleura, sanglota, mais Zumurrud reprit :

— Déshabille-toi, et viens te coucher tout de suite, ou je te fais couper la tête !

Il obéit et Zumurrud l'enfourcha par-derrière. Lui cependant sentait quelque chose de plus doux que la soie, de plus moelleux que la crème. « Ce roi-là, se

dit-il, surpasse toutes les femmes du monde ! »
Zumurrud garda quelque temps sa posture, puis se
renversa sur le dos. « Loué soit Dieu, pensa 'Alî, il ne
bande pas ! »

— 'Alî, dit alors Zumurrud, je suis ainsi fait : je ne
bande que si on me frotte. Allons, frotte-moi ce membre de ta main, pour qu'il bande, ou je te fais mettre à
mort.

Et ainsi, couchée sur le dos, elle prit la main de 'Alî
et la posa entre ses cuisses : l'endroit était lisse comme
la soie, blanc, très blanc, il s'étalait, il brûlait de la
même chaleur qu'un bain ou un cœur travaillé par
l'amour. « Étrange, étrange, se disait 'Alî, voilà un roi
fabriqué comme une femme ! » Alors, le désir le prit,
son membre devint dur, dur...

À ce spectacle, Zumurrud éclata de rire :

— Mais qu'est-ce qu'il te faut donc pour me reconnaître ?

— Et qui es-tu donc, ô roi ? demanda 'Alî.

— Ta servante Zumurrud.

'Alî, comprenant tout, l'embrassa, l'étreignit, se rua
sur elle comme le lion sur la brebis et la reconnut, sans
doute aucun, pour sa servante. Il plongea sa verge dans
la besace tout ouverte, il fut, sans défaillir, le portier de
cette porte, l'imam de ce mihrâb, et elle le suivit, corps
ployés, prosternés, debout, assis, sauf que toutes ces
adorations s'accompagnaient chez elle de mille pâmoi-
sons entrecoupées de soubresauts. Tant et si bien que
les eunuques, attirés par le bruit, arrivèrent pour
regarder, derrière les tentures. Ce qu'ils virent ? Leur
roi étendu et 'Alî Shâr sur lui, qui poinçonnait, qui
limait, tandis que l'autre feulait et se pâmait. « Ces
cris-là, se dirent les eunuques, ne sont pas d'un
homme. Et si notre roi était une femme ? »

Ils gardèrent le secret et ne le dirent à personne. Le

matın venu, Zumurrud fit convoquer l'ensemble de
l'armée et les dignitaires de l'état.

— Je veux, expliqua-t-elle, aller voir le pays de cet
homme. Choisissez un régent qui gouvernera jusqu'à
mon retour !

Sûre de leur obéissance, elle fit ses préparatifs de
voyage : vivres et autres provisions, argent, objets
précieux, chameaux et mules. Quıttant la ville, elle alla
bon train et finit par arriver au pays de 'Alî Shâr. Elle
s'installa dans la maison de celui-ci. Il prodigua
aumônes, dons, largesses, et eut d'elle des enfants.
Tous deux vécurent dans un parfait bonheur, jusqu'à
ce que survienne celle qui détruit tout plaisir et
disperse ce qui était uni. Gloire à Celui qui demeure à
jamais ! Gloire à Dieu toujours et partout !

Conte d'Uns al-Wujûd
et de Ward fî l-Akmâm

Nuits 371 à 381

Le conte d'Uns al-Wujûd est exemplaire à deux titres. Il s'agit d'une histoire d'amour classique : coup de foudre, séparation, retrouvailles, mais où la passion ne connaît d'autres tumultes que ceux qui viennent de l'extérieur ; les amants, eux, restent, toujours et sans faille, irréprochables l'un pour l'autre. Les malheurs qui leur sont infligés et dont ils triomphent pour se retrouver plus épris encore peuvent être considérés comme une mise en forme, propre au conte, de l'épreuve imposée par l'amour courtois : le conte s'inscrirait ainsi, à sa manière et avec ses moyens propres, dans une tradition bien connue des lettres arabes.

L'autre trait significatif de l'histoire réside dans la poésie. Celle-ci, qui ne traite, de façon exclusive ou presque, que d'amour, ne revêt pas ici la fonction d'accompagnement de temps forts qui est d'ordinaire la sienne. Elle est, d'un bout à l'autre du conte, la voix de l'amour même et, par là, l'indication d'une volonté délibérée de la part du conteur : donner à l'histoire ses lettres de noblesse, en faire un vrai poème, la prose ne servant que de trame et l'essentiel étant ailleurs, dans le vers, ses rythmes et ses sonorités.

A. Miquel

CONTE D'UNS AL-WUJÛD
ET DE WARD FÎ L-AKMÂM

On raconte encore, Sire, ô roi bienheureux, qu'il y
avait jadis, loin, très loin dans le temps, un roi très
puissant et très glorieux. Son vizir, nommé Ibrâhîm,
avait une fille extraordinairement belle et gracieuse,
dans l'éclat de toute perfection, profondément intelli-
gente et merveilleusement cultivée. Simplement, elle
aimait un peu trop les joies de la table, du vin, des
visages charmants, des poésies fines et des histoires
sortant du commun. La qualité de sa conversation
faisait tourner toutes les têtes ; elle rappelait, pour tout
dire, les vers d'un poète :

J'aime une fille qui rend fou Turcs et Arabes.
  belles-lettres, grammaire, droit : en tout, elle me tient
  tête.
Elle me dit : « Me voici complément et je suis ton objet !
  pourquoi donc celui-ci ou tel autre est-il sujet, sans que
  je sois, moi aussi, marquée de ce signe ? »
Et moi je lui réponds : « Dispose de ma vie, dispose de
  mon âme !
  ne connais-tu donc pas les caprices du temps ?
Si tu voulais, un jour, refuser de les voir,
  considère qu'en tout, le principe est lié à la fin. »

Cette jeune fille s'appelait Ward fî l-Akmâm, « Rose dans la manche », en raison de son extrême délicatesse et de sa parfaite beauté, le vizir son père n'étant pas le moins passionné par sa conversation et son infinie culture. Il avait pour habitude de réunir chaque jour les nobles de son royaume pour jouer avec eux à la balle. Or, il arriva, pour une de ces réunions, que la fille du vizir s'assit à sa fenêtre pour regarder le jeu. À un moment donné, un mouvement de sa tête lui fit voir, parmi les gens de l'armée, un jeune homme d'une exceptionnelle beauté : un maintien superbe, un visage éclatant, un franc sourire, de longs bras, de larges épaules. Ward le regarda à plusieurs reprises, sans se rassasier, et puis dit à sa nourrice :

— Comment s'appelle ce jeune homme de si bonne mine, là, parmi les soldats ?

— Ils sont tous beaux, ma fille. De qui veux-tu parler ?

— Attends ! Je vais te le montrer !

Ward prit une pomme et la lança vers le jeune homme. Il leva la tête et aperçut, à sa fenêtre, la fille du vizir, comme la lune sur le fond noir de la nuit. La voir, c'était trop. Il l'aima aussitôt, eut l'esprit tout plein d'elle et chanta ces vers :

Est-ce l'archer qui m'a visé, ou bien tes yeux ?
  ta vue a pris mon jeune cœur par surprise.
Cette flèche encochée que je porte, l'ai-je reçue jadis,
  au combat, ou m'est-elle venue depuis une fenêtre ?

Le jeu fini, Ward demanda à sa nourrice qui était ce jeune homme qu'elle lui avait montré :

— C'est Uns al-Wujûd, « Ami dans l'existence », dit la nourrice.

Ward hocha la tête, se coucha sur son haut lit à coussins, tournant et retournant mille pensées. Et puis les soupirs montèrent et elle chanta ces vers :

Ah ! le bien inspiré qui te nomma Uns al-Wujûd,
*   car tu es tout cela : aménité, noblesse.*
Tu parais, lune en son plein, dont le visage
*   éclaire l'univers pour toute créature.*
Tu es, sans contredit, unique entre les hommes,
*   prince de la beauté : tout en moi me l'assure !*
Ton sourcil est un nûn tout fraîchement tracé,
*   ton œil un ṣâd né sous la main d'amour,*
Ton corps le rameau tendre
*   qui à la moindre invite se plie de bonne grâce.*
Tous ces jeunes héros, tu les surpasses, tu les bats,
*   oui, tu les bats en grâce, en beauté, en noblesse.*

Ces vers une fois récités, Ward les inscrivit sur un feuillet qu'elle roula dans une pièce de soie rehaussée d'or, le tout déposé ensuite sous son oreiller. L'une de ses nourrices, qui l'avait observée, vint lui tenir de doux propos jusqu'à ce qu'elle s'endormît. Elle déroba le feuillet, le lut et apprit ainsi l'amour de Ward pour Uns al-Wujûd. Le feuillet remis en place et Ward, sa maîtresse, réveillée, elle lui dit :

— Maîtresse, à toi mes conseils, à toi ma pitié. L'amour, sache-le, est violent, le taire ferait fondre le fer, rendre malade, infirme. Je ne suis pas de ceux qui trouvent coupable l'aveu d'un amour.

— Et comment guérir de l'amour, nourrice ? demanda Ward.

— On le soigne en se rencontrant.

— Et comment se rencontrer ?

— En s'écrivant des billets doux, en multipliant les saluts et les bonjours. Voilà comment réunir ceux qui s'aiment et aplanir les difficultés. Si tu as quelque affaire de cœur, maîtresse, je suis, plus que tout autre, capable de garder ton secret, de faire ce que tu veux, de porter tes billets.

À ces mots, Ward ne se tint plus de joie. Malgré tout, elle s'imposa de ne rien dire et de voir d'abord comment iraient les choses. « Ce qui m'arrive, pensa-t-elle, personne n'en sait rien, de mon fait au moins, et je ne le confierai à cette femme que lorsque je serai sûre d'elle. »

— Maîtresse, reprit alors la nourrice, j'ai vu en songe quelqu'un, un homme peut-être, qui venait me dire que Uns al-Wujûd et toi vous vous aimiez. Je devais, selon lui, voir ce qu'il en était, porter vos billets, me mettre à votre service, taire votre amour et votre secret. Moyennant quoi, je m'en trouverais fort bien. Maintenant que je t'ai raconté ce que j'ai vu, à toi de décider.

Ward dit alors à sa nourrice, après avoir entendu le récit de son rêve...

Et l'aube chassant la nuit, Shahrâzâd dut interrompre son récit.

Quand ce fut la trois cent soixantième-douzième nuit, elle dit :

On raconte encore, Sire, ô roi bienheureux, que Ward, après avoir entendu de la nourrice le récit de son rêve, lui dit :

— Es-tu sûre de pouvoir garder un secret ?

— Si je n'en étais pas capable, répondit la nourrice, je ne me tiendrais pas pour ce que je suis : un cœur noble, s'il en est un.

Ward lui montra alors le feuillet sur lequel elle avait écrit son poème :

— Va, dit-elle, porte ce billet à Uns al-Wujûd, et reviens avec sa réponse.

La nourrice obéit, se présenta au jeune homme, lui baisa la main et, avec les plus aimables paroles, lui remit le billet. Uns al-Wujûd le lut, comprit et écrivit, au dos, ces vers

Je berce mon cœur d'amour, et me tais,
    mais je n'ai qu'à paraître, et ma passion se lit ouverte
    ment.
Si mes pleurs viennent à couler, je dis que c'est mon œil
    malade,
    de peur qu'un malveillant, en voyant mon état, ne
    comprenne.
J'étais libre, sans rien connaître de l'amour,
    et puis me voilà pris, et le cœur éperdu.
L'histoire que je dis est celle d'une plainte
    d'amour et de passion, pour que tu sois douce et
    pitoyable.
Les lignes en sont tracées de mes larmes : peut-être
    y liras-tu ce qui m'est arrivé par ta faute.
Dieu protège un visage éclatant de beauté,
    dont la lune est esclave, les étoiles servantes !
Ô grâces jamais vues, à nulle autre pareilles,
    ô corps qui ploie si bien que tout rameau y cherche son
    image !
Je t'en prie, viens à moi sans qu'il t'en coûte trop :
    quoi de plus beau qu'une rencontre ?
Je t'ai donné mon âme : la voudras-tu, dis-moi ?
    je vis pour toujours si je te retrouve, et connais l'enfer
    de ne pas te voir.

Le jeune homme plia la lettre, la baisa et la remit en disant :

— Nourrice, supplie pour moi le cœur de ta maîtresse !

Elle promit, revint avec la lettre auprès de Ward et la lui donna. Ward la baisa, la plaça sur sa tête, l'ouvrit, lut, comprit et ajouta, tout en bas, ces vers :

Ô toi dont ma beauté a captivé le cœur,
  patiente et, je crois bien, je récompenserai ton amour,
Puisque je sais qu'il est sincère,
  que ton cœur est touché aussi bien que mon cœur.
Nous voici réunis mieux qu'en une rencontre,
  et tant pis pour tous ceux qui nous empêchent de nous
  voir !
Quand, de trop de passion, la nuit nous envahit,
  voici, dedans nos cœurs, mille feux qui s'allument.
Toujours mon lit est rebelle au sommeil
  et le tourment sans trêve accable tout mon être.
L'amour a une loi, c'est de taire l'amour :
  gardons-le bien voilé, à l'abri du scandale !
Je l'aime trop, ce jeune faon ! Mon cœur déborde !
  pourvu que le Seigneur le garde auprès de moi !

Après avoir écrit ces vers, Ward plia le billet et le remit à la nourrice. Celle-ci, en quittant la fille du vizir, rencontra le chambellan, qui lui demanda où elle allait. Troublée, elle répondit : « Au bain », mais, dans l'émoi qui l'avait saisie, elle laissa tomber la lettre au moment où elle passait la porte.

Que devint alors ce fameux billet ? Un serviteur le vit, sur le sol de l'allée, et s'en saisit. Plus tard, quand le vizir quitta ses appartements réservés et s'installa pour siéger, le même serviteur s'approcha et, la lettre à la main, dit :

— Seigneur, j'ai trouvé ce papier, par terre, dans la maison.

Le vizir prit le billet, le déplia, y lut les vers dont nous avons parlé, en comprit tout le sens et puis, en regardant mieux, reconnut l'écriture de sa fille. Il alla trouver son épouse, pleurant si fort qu'il en avait la barbe toute trempée. Comme elle lui demandait la raison de ces larmes :

— Prends cette lettre, dit-il, et vois ce qu'il y a dedans.

Ce qu'elle fit. La lecture du billet lui révéla qu'il s'agissait d'une correspondance échangée entre sa fille, Ward, et Uns al-Wujûd. Les larmes la gagnèrent, mais elle se reprit. Séchant ses pleurs, elle dit :

— Seigneur, s'affliger ne sert à rien. La raison commande de chercher comment préserver ton honneur et garder le secret de ta fille.

Elle voulut le consoler et alléger ses peines, mais lui :

— Je crains beaucoup, pour ma fille, de cet amour-là. Tu sais bien que le sultan est fort entiché d'Uns al-Wujûd, et c'est pour cela que j'ai deux bonnes raisons d'avoir peur. La première, qui me concerne, est qu'il s'agit de ma fille. La seconde, qui regarde le sultan, c'est Uns al-Wujûd, sa coqueluche. Qui peut nous dire si nous n'allons pas vers de graves ennuis ? Mais toi, qu'en penses-tu ?

Et l'aube chassant la nuit, Shahrâzâd dut interrompre son récit.

Quand ce fut la trois cent soixante-treizième nuit, elle dit :

On raconte encore, Sire, ô roi bienheureux, que le vizir, après avoir mis son épouse au courant de la situation, lui demanda ce qu'elle en pensait.

— Repose-toi sur moi, répondit-elle, le temps que j'accomplisse la prière de l'inspiration.

Elle s'inclina donc deux fois, comme il est prescrit en cette occasion, puis, quand elle eut fini de prier, dit :

— Il est, au milieu de la mer des Trésors, une

montagne dite de la Mère affligée (nous saurons tout à
l'heure la raison de ce nom), inaccessible ou presque.
Trouve là-bas quelque endroit pour y éloigner ta
fille.

Se rangeant à l'avis de sa femme, le vizir prit donc la
décision de bâtir dans l'île un château bien défendu, où
Ward, entourée de compagnes et de servantes, recevrait chaque année de quoi pourvoir à sa subsistance.
Il rassembla menuisiers, maçons et architectes, qu'il
expédia sur la montagne. Quand on y eut élevé un
château imprenable, tel que l'on n'en avait jamais vu
de pareil, le vizir fit préparer les provisions et charger
les chameaux. Après quoi, il entra chez sa fille. En
recevant l'ordre de son départ, elle sut, en son cœur,
qu'elle allait quitter celui qu'elle aimait, et la vue des
préparatifs lui arracha des torrents de larmes. Sur la
porte, pour apprendre à Uns al-Wujûd toute sa
détresse, elle écrivit des vers à vous faire frissonner, à
fondre la pierre la plus dure, à vous tirer les larmes. Ils
disaient ceci :

Par Dieu, ô ma maison, si au matin le bien-aimé passe
   par là
   pour échanger les signes et le salut des amants,
Donne-lui de ma part ce salut embaumé et sans tache ;
   il ne sait pas où je serai le soir,
Et moi, je ne sais pas où l'on m'emporte
   ainsi, en toute hâte, comme un bien sans valeur,
Au plein cœur de la nuit, à l'heure où les oiseaux, dans
   leur retraite
   sous les branches, n'ont pu pleurer avec moi et sur moi.
Les mauvaises langues ont parlé,
   et la séparation a ruiné les amants.
Quand j'ai vu se remplir la coupe de l'exil
   et le sort capricieux m'abreuver de violence.

J'ai voulu tempérer ce breuvage de la plus belle
patience. En vain,
car la patience, hélas! ne me console pas de t'avoir
perdu.

Quand elle eut fini d'écrire ces vers, Ward se mit
en route. On l'emmena, par les solitudes, les déserts,
les plaines et les rocailles, et l'on parvint enfin à la
mer des Trésors. On installa le campement sur le
rivage, on équipa pour Ward un immense navire où
on les fit monter, elle et sa suite. Le roi avait donné
ses ordres : une fois la montagne atteinte et Ward
amenée au château avec sa suite, on devait s'en
revenir, abandonner le navire et le mettre en pièces.
L'expédition ainsi réglée et les ordres accomplis, on
s'en retourna en pleurant sur le sort de Ward.

Quant à Uns al-Wujûd, il s'était réveillé, avait fait
sa prière de l'aube et pris son cheval pour se présenter au service du souverain. Son chemin le mena à la
porte du vizir, pour y chercher, comme d'habitude,
quelqu'un de sa suite. En regardant la porte, il y vit
les vers que nous savons. Leur lecture lui retira la
vie, le feu brûla en ses entrailles. Revenu chez lui, il
ne trouva aucun apaisement, toute patience le fuyait.
L'inquiétude, l'angoisse le tinrent jusqu'au soir. Gardant son secret pour lui, il se déguisa et, au beau
milieu de la nuit, partit, l'esprit égaré, errant à l'aventure. Il marcha ainsi toute la nuit; le jour qui suivit,
quand le soleil se fit brûlant et que les montagnes
s'embrasèrent, mourant de soif, il aperçut un arbre,
en bordure d'un ruisseau d'eau vive. Il se dirigea par
là, s'assit à l'ombre de l'arbre, sur la rive du ruisseau, et entreprit de boire. Mais il ne trouva aucune
saveur à cette eau. Son teint était altéré, son visage
pâli, ses pieds couverts de plaies à force de marche et

de fatigue. Pleurant, versant des torrents de larmes, il
récita ces vers :

L'amant est ivre de l'amour de l'aimée,
  et son bonheur s'accroît s'il redouble d'amour.
Errance de l'amour ! Passionné égaré,
  rien ne lui est refuge, aucun mets ne lui est bon.
La vie est un supplice à l'amant
  séparé de l'aimée. Ô l'étrange misère !
Tout mon être se fond quand mon amour s'exalte,
  mes larmes en ruisseaux dévalent sur mes joues.
La reverrai-je, verrai-je au moins quelqu'un de son camp
  dont la vue guérira ce cœur plein d'affliction ?

En achevant ces vers, Uns al-Wujûd pleura tant que
le sol en fut trempé. Mais aussitôt il se leva et quitta les
lieux. Or, pendant qu'il marchait dans les solitudes du
désert, surgit une bête fauve dont le cou disparaissait
sous les poils, avec une tête aussi grosse qu'une tente
ronde, une gueule plus large que la large porte, des
crocs pareils aux défenses de l'éléphant. À cette vue,
Uns al-Wujûd, sûr de mourir, fit face à la Qibla, récita
sa profession de foi et se prépara à son sort. Il avait
toutefois retenu, de la lecture de certains livres, que si
l'on voulait amadouer un fauve, il fallait faire comme
si l'on était amadoué par lui, l'autre se berçant de
bonnes paroles, tout content d'être louangé. Uns al-
Wujûd se mit alors à lui dire :

— Lion de la forêt, seigneur des vastes terres, brave
entre les braves, maître des héros, souverain de la vie
sauvage, tu as devant toi un malheureux éperdu
d'amour, ruiné par le désir et par la solitude, sa raison
égarée depuis qu'il a perdu celle qu'il aimait. Écoute-
moi, prends en pitié mon mal et mon amour !

À ce discours, le lion suspendit sa marche, s'accroupit et, dressant la tête, fit des grâces en jouant de la queue et des pattes. En le voyant agir ainsi, Uns al-Wujûd chanta :

Vas-tu me mettre à mort, ô lion du désert,
  avant que j'aie revu celle qui m'a perdu d'amour ?
Mais quelle proie ferais-je ? Tout en moi est maigreur,
  la perte de l'aimée m'a ravi toute force,
Son départ a laissé mon être chancelant,
  je ne ressemble à rien qu'une ombre en son linceul.
Maître des champs, lion du tumulte guerrier,
  n'ajoute pas à la joie que les méchantes langues tirent
  de ma détresse !
Je me noie, fou d'amour, dans les larmes,
  le départ de l'aimée m'abandonne à l'angoisse,
Et mon cœur tout plein d'elle en cette épaisse nuit,
  va quitter l'existence pour avoir trop aimé.

Quand Uns al-Wujûd eut achevé ces vers, le lion se dressa et marcha vers lui.

Et l'aube chassant la nuit, Shahrâzâd dut interrompre son récit.

Quand ce fut la trois cent soixante-quatorzième nuit, elle dit :

On raconte encore, Sire, ô roi bienheureux, que le lion se dressa et s'avança vers Uns al-Wujûd qui venait de réciter ces vers. Sa démarche était débonnaire et ses yeux pleins de larmes. Il lécha Uns al-Wujûd, puis partit : l'homme le suivit, comme le lion semblait l'y inviter, et tous deux allèrent ainsi longtemps, l'un derrière l'autre. Ils gravirent une montagne et redescendirent de l'autre côté. Uns al-Wujûd aperçut alors des traces de pas dans le désert et devina qu'elles étaient celles de la troupe qui emmenait sa bien-aimée.

Il les suivit, sans jamais s'en écarter. Quand le lion le vit ainsi faire et sut qu'il avait reconnu les traces, il s'en retourna là d'où il venait. Uns al-Wujûd, lui, continua de suivre les traces pendant des jours et des nuits, si bien qu'il arriva à une mer dont les vagues s'entrechoquaient à grand bruit. Les traces s'arrêtaient là. Il sut alors que la troupe s'était embarquée et que tout espoir de la rejoindre s'enfuyait. Tout en pleurant, il récita ces vers :

Je ne la verrai plus ! Enfuie ! Partie ! Ah ! C'en est trop !
    comment aller vers elle sur l'abîme des mers ?
Comment garder patience, avec ce cœur ruiné
    de trop aimer ? J'ai laissé le sommeil pour la veille
Quand mon amour a pris le chemin de l'exil ;
    mon âme est en feu, ô de quel incendie !
Sayhûn, Jayhûn, voilà mes larmes, ou bien Euphrate
    coulant plus fort, plus haut que toute pluie, que le déluge !
Les pleurs ont raviné mes paupières sanglantes
    et embrasé mon cœur sous des gerbes de feu.
Je subis l'assaut d'une armée de désirs, de détresses,
    tandis que la patience n'est plus qu'armée défaite, et
    qui s'enfuit.
J'ai livré à l'amour, sans réserve, ma vie,
    ma vie que j'estimais, à ce prix, peu de chose.
Dieu épargne cet œil enfiévré qui a vu
    tant de beauté plus éclatante que la lune !
Me voici terrassé par de grands yeux :
    point ne fut besoin d'arc pour porter leurs flèches à
    mon cœur.
Ô regards désolés ! Leur douceur m'a séduit,
    cette même douceur que l'on voit aux rameaux des
    saules.
J'ai pris goût à la voir et puise là mes forces
    contre le mal d'aimer, l'angoisse et le chagrin.

Mais le jour et le soir me voient désespéré ;
  tout mon malheur me vient d'un regard qui m'a rendu
  fou.

En achevant ces vers, Uns al-Wujûd pleura jusqu'à
s'évanouir. Longtemps après, revenant à lui, il regarda
de droite et de gauche. Le désert était vide. Craignant
quelque bête sauvage, il gravit une haute montagne.
Tout en marchant, il entendit une voix d'homme qui
sortait d'une caverne. Il se dirigea de ce côté et devina
qu'il s'agissait d'un ermite qui avait quitté le monde
pour s'adonner à la prière. La caverne était close d'une
porte, à laquelle Uns al-Wujûd frappa par trois fois.
L'ermite ne répondit ni ne se montra. Alors, en soupirant, Uns al-Wujûd récita ces vers :

Où trouverais-je enfin le bout de mon chemin,
  libre de mes soucis, angoisses et fatigues ?
Tant et tant de frayeurs ont blanchi mes cheveux
  et mon cœur et ma tête, au temps de ma jeunesse !
Dans l'amour qui me tient, me voici sans secours,
  sans ami qui allège mon mal et ma détresse.
Ô désirs, que de tristesses vous devrai-je !
  je crois bien que le sort ne sait plus que me nuire.
Pitié, Seigneur, pour un amant qui désire et s'inquiète,
  qui boit la coupe de la séparation et de l'exil !
Toute ardeur s'est éteinte en mon cœur,
  le feu brûle mes entrailles, loin d'elle, ma raison
  déchirée m'est ravie ;
Ô jour d'entre les jours que celui, devant sa maison,
  où je lus ces mots écrits sur la porte !
J'ai tant pleuré que j'ai fait boire ma tristesse à la terre,
  mais j'ai tu mon secret aux étrangers comme à mes
  proches ;
Maudit ermite qui fait le sourd dans sa caverne,

dépouillé, à l'en croire, de tout et du goût de l'amour !
Si je passe ce cap, un autre et tous les autres,
  si j'atteins à mon but, envolé le chagrin, envolée la
  fatigue !

Comme Uns al-Wujûd achevait ce poème, la porte
de la caverne s'ouvrit sur une voix qui lui disait
miséricorde. En entrant, il salua l'ermite, qui lui
rendit son salut et lui demanda son nom et la raison
de sa présence en ces lieux.

— Uns al-Wujûd, répondit-il, et il raconta son histoire et tout ce qui lui était arrivé, du début à la fin.

— Uns al-Wujûd, dit l'ermite en pleurant, je suis ici
depuis vingt ans et n'y ai jamais vu personne, sauf
hier. J'ai entendu des lamentations et un grand bruit.
J'ai regardé de ce côté : il y avait là beaucoup de
monde, avec des tentes dressées au bord de la mer. Un
navire fut bientôt prêt, où montèrent une partie de ces
gens. Ils prirent la mer, puis le bateau revint avec
certains d'entre eux. Alors, on le brisa et l'on s'en
retourna d'où l'on était venu. Je pense que ceux qui
ont pris la mer sans revenir sont ceux que tu
recherches, Uns al-Wujûd. Te voilà maintenant dans
un immense désarroi, tu ne peux rien faire, mais il
n'est pas un amant au monde qui n'ait enduré ce
genre de peines.

Et l'ermite de chanter ces vers :

Uns al-Wujûd, tu me juges sans trop savoir :
  le désir, la passion m'enveloppent et me déchirent.
J'ai connu, tout petit, l'amour et son ardeur
  quand je n'étais encore qu'enfant à la mamelle.
Pour l'avoir pratiqué, j'en devins si célèbre
  que, si l'on me cherchait, l'amour me désignait.
J'ai bu à cette coupe et j'en ai tant souffert

que mon corps languissant fut près de disparaître à
force de maigreur.
J'étais pourtant robuste, mais mes forces cédèrent,
l'armée de ma patience fondit sous des regards trop
affûtés.
N'attends pas de l'amour rencontres sans nuages :
chaque chose en tout temps marche avec son contraire.
À tout amant l'amour impose même règle :
il est fauteur de désordres et ne permet pas que l'on se
console.

Quand il eut fini de chanter, l'ermite s'avança vers
Uns al-Wujûd et le prit dans ses bras.

Et l'aube chassant la nuit, Shahrâzâd dut interrompre son récit.

Quand ce fut la trois cent soixante-quinzième nuit,
elle dit :

On raconte encore, Sire, ô roi bienheureux, que
l'ermite, après avoir récité ces vers, s'avança vers Uns
al-Wujûd et le prit dans ses bras. Les larmes qu'ils
versèrent firent frémir les montagnes et durèrent tant
qu'ils s'évanouirent tous deux. Revenus à eux, ils se
jurèrent amitié au nom du Très Haut. Après quoi,
l'ermite dit qu'il allait, pendant la nuit, prier en
espérant que Dieu l'inspirerait sur ce qu'Uns al-Wujûd
devait faire. Celui-ci applaudit à cette idée.

De son côté, Ward, que l'on avait emmenée jusqu'à
la montagne et introduite au château, pleura lorsqu'elle en découvrit la belle ordonnance :

— Par Dieu, dit-elle, tu es tout à fait charmant, mais
il manque à tes murs la présence de mon bien-aimé.

Voyant dans cette île une foule d'oiseaux, elle voulut
en attraper et fit tendre des pièges par quelqu'un de sa
suite. Tous les oiseaux pris furent mis dans des cages à

l'intérieur du château. Ward s'assit alors à l'une des
fenêtres et, au souvenir de ce qu'elle avait connu, se
sentit redoubler d'amour, de passion, de folie. Tout en
pleurant, elle chanta ces vers ·

Oh ! Plaignez cet amour qui est en moi,
*   ma peine, cet exil loin de mon bien-aimé*
Et ce feu que je porte au cœur !
*   mais non, il faut les taire : j'ai peur, on me surveille.*
Je suis devenue mince autant que le bois de l'épine
*   à force d'être loin, de brûler, de pleurer.*
Où est l'œil de l'aimé, qu'il me voie,
*   pareille à l'arbre dépouillé ?*
Ah ! L'on m'a fait violence en me cachant ainsi
*   dans un lieu où l'aimé ne pourra pas atteindre !*
Soleil, je t'en supplie, porte-lui mon salut
*   mille fois, à l'heure où tu parais, à l'heure où tu*
*   déclines !*
La beauté de l'aimé fait honte à la lune
*   quand il paraît, plus mince encore que rameau.*
Si la rose prétend à imiter sa joue, je dis :
*   tu ne peux l'imiter si tu m'es étrangère ;*
La salive en sa bouche est comme une fontaine
*   qui porte la fraîcheur au feu le plus ardent.*
L'oublier ? Il est mon cœur, mon âme,
*   ma langueur et mon mal, bien-aimé, médecin...*

La nuit venue et son amour redoublant, Ward pensa
encore à tout ce qui s'était passé et chanta :

La nuit vient, trouble et passion ruinent mon corps,
*   et le désir ravive en moi toute souffrance.*
Ô séparation, plaie qui loge en mon cœur,
*   ô pensée qui me fixe où je suis : le néant !*
L'amour m'affole et le désir me brûle,

les pleurs trahissent mon secret, et quel secret !
Ah ! Ce que j'aurai connu, avant tout, de l'amour,
  c'est ce luth prisonnier, et cette faiblesse, et cette
  douleur !
L'enfer au cœur, tout en flammes, je brûle,
  contre ce feu ardent mon être crie justice !
Je n'en peux plus de n'avoir pu lui dire adieu,
  ce jour où je partis, ô contrainte, ô regret !
Au moins, si l'un de vous lui fait savoir mon sort,
  je supporterai mieux les décrets du destin.
Par Dieu, à cet amour je n'ai jamais manqué,
  de l'amour j'ai tenu le serment et la loi, sans faiblir.
Parle de moi, ô nuit, au bien-aimé, porte-lui mon salut
  et dis-lui, toi qui le sais, toi qui me vois : je ne dors
  plus.

Laissons Ward maintenant pour savoir ce qu'il en
advenait d'Uns al-Wujûd. L'ermite lui demanda de
descendre dans la vallée et de lui rapporter des fibres
de palmier. Quand ce fut fait, il les tressa en forme
d'une grande couffe, comme celles que l'on fabrique
avec de la paille. Après quoi :

— Uns al-Wujûd, dit-il, il y a tout en bas, dans la
vallée, un rejeton de palmier qui, en poussant, s'est
desséché à sa base. Va là-bas, emplis la couffe et utilise
ça pour la faire tenir. Ensuite, tu la jetteras à la mer,
toi dessus, et tu piqueras droit vers le large. Peut-être
parviendras-tu à ton but : qui ne risque rien n'a rien.

Uns al-Wujûd se rangea à cet avis et descendit au
creux de la vallée pour faire ce qu'on lui avait
conseillé. Après quoi, il dit adieu à l'ermite, qui pria
pour lui. Lorsqu'il eut, sur la couffe, atteint le large, un
vent se leva et l'emporta hors de vue de l'ermite. Ce fut
alors une longue navigation sur l'immensité des flots,
Uns al-Wujûd soulevé ou précipité au gré des vagues,

dans le spectacle merveilleux et terrible des choses de
la mer. Le destin le porta enfin, au bout de trois jours, à
la montagne de la Mère affligée, où il aborda comme
un poussin tout étourdi, brisé de faim et de soif. Mais
les lieux lui offraient des ruisseaux d'eau vive, des
oiseaux qui chantaient dans la ramure, des arbres,
isolés ou en bosquets, chargés de fruits. Il en mangea,
but aux ruisseaux et reprit son chemin en se dirigeant
vers une blancheur qu'il apercevait à l'horizon. Arrivé
là, il découvrit un château fortifié, inaccessible, dont la
porte était fermée. Trois jours durant, il resta assis
devant le château et puis, la porte s'ouvrit. Un serviteur en sortit. Voyant Uns al-Wujûd assis là, il lui
demanda son nom et la raison de sa présence en cet
endroit.

— Je suis d'Ispahan, répondit Uns al-Wujûd, j'ai
pris la mer pour mon commerce, mais mon bateau
s'est brisé et les vagues m'ont jeté sur cette île.

Le serviteur pleura et prit Uns al-Wujûd dans ses
bras en disant :

— Dieu te donne longue vie, très cher ami ! Moi
aussi, je suis d'Ispahan. J'avais là-bas une cousine que
j'aimais, tout jeune déjà. J'étais fou d'elle. Mais nous
avons été attaqués par plus fort que nous. On m'a pris,
jeune enfant, avec le reste du butin, on m'a châtré et
vendu comme esclave. Voilà où j'en suis.

Et l'aube chassant la nuit, Shahrâzâd dut interrompre son récit.

Quand ce fut la trois cent soixante-seizième nuit, elle
dit :

On raconte encore, Sire, ô roi bienheureux, que le
serviteur sorti du château de Ward apprit à Uns al-
Wujûd tout ce qui lui était arrivé et comment on l'avait
enlevé, châtré, puis vendu, le réduisant à sa condition

présente. Après avoir accueilli et salué Uns al-Wujûd,
le serviteur le fit entrer dans la cour du château. Il y vit
une immense pièce d'eau entourée d'arbres et de
frondaisons, avec, suspendues çà et là, des cages
d'argent aux portes d'or, où des oiseaux chantaient à
l'envi la gloire du Dieu juste. Uns al-Wujûd s'approcha
de la première cage, regarda : c'était une tourterelle
qui, à sa vue, enfla la voix et dit :

— Ô Dieu généreux !

Uns al-Wujûd tomba évanoui. Revenu à lui, il poussa
de longs soupirs et chanta ces vers :

Tourterelle, dis-moi, aimes-tu comme j'aime ?
appelle le Seigneur et chante : « O Dieu généreux ! »
Cette douce chanson que j'entends, dit-elle la joie
ou un amour qui habite ton cœur ?
Pleures-tu le regret de ton amour enfui
ou bien ton abandon, langoureuse et souffrante ?
As-tu perdu, comme moi, celle que tu aimais
et dont l'absence ravive ta passion de toujours ?
Dieu protège les amants sincères !
moi, je n'oublierai pas, même réduit à des os des-
séchés !

Ayant chanté ces vers, Uns al-Wujûd pleura et tomba
évanoui. Quand il eut repris ses sens, il marcha jusqu'à
une autre cage, où il vit une colombe à collier. En
l'apercevant, elle chanta :

— Ô Dieu éternel, je te rends grâces !

Au milieu des soupirs, Uns al-Wujûd alors chanta ces
vers :

Dans mon malheur, j'entends une colombe
dire doucement : « Éternel, merci ! »
Dois-je espérer que Dieu, en sa bonté,

voudra mener mes pas jusqu'à celle que j'aime ?
Souvent, lèvre de miel, très rouge, me visite
et me fait redoubler d'amour et de désir.
Je dis, le feu au cœur,
brûlant si fort qu'il consume mon être,
Et mes larmes coulant pareilles à du sang,
en un flot incessant qui inonde mes joues :
« Il n'est pas d'homme qui vive sans épreuves,
mais mon épreuve à moi, je saurai l'affronter.
Et quand Dieu Tout-Puissant m'aura réuni,
aux jours de bonheur, avec ma bien-aimée,
Je ferai aux amants le don de tous mes biens
car ils sont gens fidèles à ma loi,
Je libérerai tous les oiseaux de leur prison
et je laisserai là, heureux, toutes mes peines. »

Après avoir dit ces vers, Uns al-Wujûd se dirigea vers
une troisième cage où un rossignol, en le voyant, se mit
à chanter. Et Uns al-Wujûd lui répondit par ces vers :

Le rossignol chante si bien, il m'émerveille,
il a la voix d'un amant exténué d'amour.
Pitié pour les amants et pour leurs nuits
d'angoisse, de désir passionné, de tourments !
On les dirait créés du désir le plus fort,
sans matin, sans sommeil à force de souffrances !
Je suis devenu fou de celle que j'adore,
dans l'amour elle m'a enchaîné, et ne m'a rien donné
encore.
Mes larmes sans arrêt coulent et je leur dis :
« assez de ces ruisseaux ! » mais les larmes m'inondent.
Mon désir est trop fort, longue la solitude : voici réduits à
rien
mes trésors de patience, et moi ruiné de cet excès
d'amour.

S'il existe au monde une justice pour me réunir
  à celle que j'aime, et le voile de Dieu pour me prendre en
  ses plis,
J'arracherai mes vêtements pour montrer mon corps à la
  bien-aimée,
  ce corps épuisé d'exil, de séparation et de solitude !

Ayant dit ces vers, Uns al-Wujûd alla vers une quatrième cage, où il vit un boulboul, lequel, à sa vue, fit entendre un chant mélancolique. Alors, Uns al-Wujûd pleura et récita ces vers :

Le boulboul qui chante à l'aube
  fait oublier à l'amant le bonheur des autres chansons.
Uns al-Wujûd, qui souffre tant d'aimer,
  voit l'amour effacer toute trace de lui.
Que de fois ai-je entendu des chansons
  venir joyeusement à bout des froideurs de fer et de
  pierre !
La brise du matin me portait la fraîcheur
  des jardins aux fleurs toutes neuves.
J'étais heureux de ces chansons, du parfum de musc
  de la brise, et des oiseaux dans le matin.
Je pensais à la bien-aimée, lointaine,
  et les larmes coulaient, comme ruisseaux ou pluie,
Le feu embrasait mes entrailles,
  brûlant comme braises ardentes ;
Dieu donne à l'amant éperdu
  de retrouver, revoir celle qu'il aime !
Il faut, sans restriction, comprendre les amants,
  mais ne les comprend pas qui n'a pas su les voir.

En achevant ces vers, Uns al-Wujûd continua sa promenade et vit bientôt une superbe cage, la plus belle de toutes. Il y découvrit, en s'approchant, un ramier, pigeon fameux entre tous les oiseaux. Il chantait une douce plainte d'amour et portait au cou une parure merveilleusement ouvragée. Uns al-Wujûd, en l'examinant, lui trouva un air égaré, comme perdu dans sa cage. Le spectacle lui tira d'abondantes larmes et ces vers :

> *Ramier de la forêt, je te dis mon salut,*
> *   à toi, l'amoureux, le frère des amants !*
> *J'aime une gazelle aux flancs minces,*
> *   dont le regard parle mieux que le sabre tranchant.*
> *Son amour m'a brûlé le cœur et les entrailles,*
> *   mon corps n'est plus que maigreur et langueur.*
> *Me voici privé du bonheur de la table,*
> *   et je ne goûte plus aux plaisirs du sommeil.*
> *Patience et consolation m'ont quitté,*
> *   chez moi ont fait halte passion et trouble.*
> *Quelle joie à vivre, puisqu'elle est partie,*
> *   elle, mon âme, mon espoir, mon désir ?*

Quand Uns al-Wujûd eut achevé ces vers...

Et l'aube chassant la nuit, Shahrâzâd dut interrompre son récit.

Quand ce fut la trois cent soixante-dix-septième nuit, elle dit :

On raconte encore, Sire, ô roi bienheureux, qu'en achevant ces vers, Uns al-Wujûd trouva le ramier sorti de son hébétude : il avait écouté et maintenant, il chantait, se lamentait, enflant de plus belle sa voix plaintive. On eût dit qu'il parlait, en une douce mélopée qui faisait penser à ces vers :

> *Eh ! toi, l'amoureux, tu me rappelles*
> *   le temps de ma jeunesse enfuie*

Et celle dont j'aimais le maintien,
si beau, plus beau que tout, trop beau.
Ta voix, si pure depuis les hautes branches,
me met en transe : j'en oublie les sons de la flûte.
Le chasseur a tendu son piège et l'oiseau pris
s'écrie : « Ah ! Pourquoi ne me laisse-t-il pas au libre
ciel ?
J'espérais en lui un cœur compatissant,
ou qu'il me fît grâce, en sachant que j'aimais.
Mais Dieu m'avait déjà touché
quand il me sépara de celle que j'aimais.
Mon amour pour elle est allé grandissant
et m'a brûlé au feu de la séparation.
Dieu garde l'amant éperdu,
qui a connu l'amour et enduré ma peine,
Et me voyant ainsi rivé à cette cage,
qu'il me libère au moins par pitié pour ma bien-
aimée ! »

Uns al-Wujûd alors, revenant à son ami d'Ispahan, l'interrogea sur le château : qu'y avait-il dedans, et qui l'avait bâti ? L'esclave répondit :

— C'est le vizir d'un roi qui l'a construit à l'intention de sa fille : il craignait pour elle les vicissitudes du sort et les incertitudes de la fortune. Il l'a donc installée ici avec sa suite. Nous n'ouvrons le château qu'une fois l'an, quand on y apporte tout le nécessaire.

« Me voici enfin au but, pensa Uns al-Wujûd, mais c'est égal : le chemin a été bien long. »

Si nous revenons maintenant à Ward, nous la retrouverons impatiente, sans sommeil, acceptant mal de manger et de boire. L'amour, la passion, le désir redoublaient en elle, elle allait de-ci de-là dans le château sans pouvoir se détourner de ses pensées. En pleurant, elle chanta ces vers :

Ils m'ont enlevée de force à mon bien-aimé,
  prisonnière, ils ne m'ont fait goûter que le malheur.
Par leur faute, un feu d'amour m'embrase,
  depuis qu'ils m'ont ravie à la vue de l'aimé.
Me voici enfermée dans un château bâti
  au milieu de montagnes créées sur les abîmes.
Quand bien même on voudrait m'apporter réconfort,
  l'épreuve en serait moindre, mais l'amour aussi fort.
Ah! Comment oublier, quand tout ce qui est en moi
  est né d'un regard porté sur le visage aimé?
Tout le jour se passe en regret
  et la nuit en pensant à lui.
Son souvenir est le compagnon de ma solitude,
  quand, au lieu de le voir, c'est elle que je vois.
Après tant d'épreuves, le sort voudra-t-il
  consentir à mon cœur, enfin, ce dont il rêve?

Après avoir chanté ces vers, Ward monta sur la terrasse du château. En attachant l'un à l'autre des tissus de Balbek, elle se laissa glisser jusqu'au sol. Elle avait revêtu ses plus beaux habits et portait un collier de pierres précieuses. Marchant dans les déserts et les solitudes, elle arriva jusqu'au bord de la mer. Elle aperçut alors un pêcheur qui allait çà et là sur les flots, dans une barque. Le vent le poussa jusqu'à l'île. Il aperçut Ward, mais alors, effrayé, il s'enfuit. Elle l'appela, multiplia les signes à son adresse et dit ces vers :

Eh là! Pêcheur, ne crains pas quelque mésaventure,
  femme je suis, de l'espèce humaine.
Je veux que tu répondes à ma prière,
  que tu m'écoutes te dire fidèlement mon histoire.
Pitié! Ah! Dieu t'épargne de brûler d'amour comme moi,

si un jour tes yeux voient ta bien-aimée s'enfuir !
J'aime, moi, le plus beau des hommes : son visage
  surpasse le soleil et la lune en lumière.
Touchée par ses regards, la gazelle a dit :
  « je suis son esclave » et puis a disparu.
La beauté sur ses joues a écrit
  en des lignes concises, parlantes, merveilleuses.
Qui de l'amour a vu la lumière va droit,
  qui s'en égare est criminel, impie.
S'il veut me torturer de son amour, tant mieux :
  mes souffrances en sont le prix, et tout cela me sera
  compté.
Pensant à lui, je vois des joyaux, des hyacinthes,
  des perles tant et plus, et des plus délicates.
Le sort peut-être fera périr mon bien-aimé :
  qu'en sera-t-il alors de ce cœur crevassé qui se fond de
  désir ?

À ces mots, le pêcheur pleura, gémit et, dans ses
plaintes, se souvint des jours de sa jeunesse, quand
l'amour tout-puissant soulevait en lui le désir, redou-
blait sa brûlante passion et le faisait brûler au feu de
son ardeur. Il récita alors ces vers :

Pouvais-je à mon amour trouver de vraies excuses ?
  mon corps était malade et mes larmes coulaient,
Mes yeux restaient éveillés dans la nuit,
  mon cœur était le feu qui jaillit de la pierre ;
Je n'ai grandi que pour connaître l'amour,
  j'ai mesuré, en plus, en moins, ce qu'il pesait.
L'amour m'a fait vendre mon âme,
  pour retrouver ma bien-aimée lointaine.
J'ai risqué ma vie, dans l'espoir
  que me vendre à ce prix serait fort bonne affaire.
Ainsi le veut l'amour : qui achète
  la vue de qui il aime gagne tout, et bien plus.

Quand il eut dit ces vers, le pêcheur amarra sa
barque au rivage et pria Ward d'y monter, afin de
l'emmener où elle voudrait. Il prit la mer avec elle,
mais ils avaient depuis peu quitté la terre lorsqu'un
vent s'éleva par l'arrière, poussant rapidement la
barque hors de vue du rivage, sans que le pêcheur sût
vers où ils allaient. Le vent resta fort pendant trois
jours, puis se calma avec la permission du Très Haut.
La barque continua sa route et parvint à une ville sur
le bord de la mer.

Et l'aube chassant la nuit, Shahrâzâd dut interrompre son récit.

Quand ce fut la trois cent soixante-dix-huitième nuit,
elle dit :

On raconte encore, Sire, ô roi bienheureux, que
lorsque la barque eut amené le pêcheur et Ward à la
ville sur le bord de la mer, il entreprit de l'amarrer
près de la ville. Or, celle-ci était aux mains d'un roi
très puissant, nommé Dirbâs. Au moment de notre
histoire, il était assis, en compagnie de son fils, dans
son royal palais. Tous deux regardaient par la fenêtre. En tournant leurs yeux du côté de la mer, ils
aperçurent la barque. Un examen plus attentif leur y
fit découvrir une jeune femme pareille à la lune sur
l'horizon. Elle avait aux oreilles des anneaux de
rubis très précieux et au cou une parure faite des
joyaux les plus rares. Aucun doute : c'était la fille
d'un puissant personnage, monarque peut-être. Le
roi, quittant son palais, sortit par la porte qui donnait sur la mer et vit la barque amarrée au rivage.
La fille y dormait, pendant que le pêcheur s'affairait
à assurer l'amarre. Réveillée par le roi, Ward se mit
à pleurer.

— Qui es-tu, demanda-t-il, fille de qui, et qu'est-ce qui t'a amenée ici ?

— Je suis, répondit Ward, la fille d'Ibrâhîm, vizir du roi Shâmikh. C'est par un événement tout à fait insolite et des circonstances extraordinaires que je me trouve ici.

Et Ward raconta, sans la moindre crainte, toute son histoire, du début à la fin. Puis, gagnée par les soupirs, elle chanta ces vers :

Les pleurs ont blessé mes paupières, ma triste condition
*   exige trop de moi, d'où ces torrents de larmes.*
Celui que j'aime en est la cause : il habite mon cœur à
*   jamais ;*
*   hélas ! mon rêve a fui : revoir le bien-aimé !*
Son visage est si beau, si clair, si lumineux !
*   il surpasse en éclat les Turcs et les Arabes.*
La lune et le soleil s'inclinent à sa vue
*   en un acte d'amour qui garde révérence.*
Son regard est paré d'un enchantement extrême,
*   c'est un arc prêt, tendu pour vous lancer ses flèches.*
Voilà mon triste état expliqué, excusé ;
*   prends pitié d'une amante qu'on a joué à séparer de son*
*   amour !*
La passion m'a jetée au milieu de ta cour,
*   l'esprit brisé, mais confiante en ta bonté.*
Quand un cœur généreux voit quelqu'un en sa cour
*   lui demander le nécessaire, il secourt et donne alors*
*   plus que le compte.*
Ô mon espoir, fais taire le scandale où l'on tient les
*   amants*
*   et sois, seigneur, Celui par qui ils se retrouveront.*

Les yeux noyés de larmes après avoir récité ces vers, Ward continua ainsi :

J'ai assez vécu pour voir l'amour, mois après mois,
*   bouleverser l'ordre des choses, alors qu'il nous est dit de*
*   vivre calmement.*
N'est-il pas étrange qu'en ce matin de mon départ,
*   l'eau de mes larmes ait allumé un feu en tout mon être,*
Que soit tombée de mes paupières une pluie d'argent,
*   qu'un or rouge ait fleuri sur tout l'espace de ma joue,*
Pourpre jaillie d'elle et semblable
*   à la tunique de Joseph recouverte d'un sang menteur ?*

Le roi connut, à ces mots, la vérité du trouble et de
l'amour de Ward. Pris de pitié, il lui dit :

— N'aie pas peur, rassure-toi : tu touches au but
tant désiré. Je me dois de te faire obtenir ce que tu
veux, de t'amener là où tu souhaites. Écoute de moi ces
paroles.

Et le roi chanta :

Fille de grand honneur, tu atteins à ton but, à ton rêve,
*   tout l'annonce. Ne crains aucun malheur.*
Dès ce jour, je réunis des présents que j'envoie
*   à Shâmikh, avec de nobles chevaliers.*
J'envoie du musc odorant et du brocart,
*   j'envoie du pur argent, de l'or,*
Oui, et je lui ferai parvenir une lettre
*   où je lui propose une alliance en bonne et due forme.*
Oui, dès ce jour, je vais tout faire pour t'aider,
*   jusqu'à ce que ton bien-aimé soit près de toi.*
J'ai longtemps, moi aussi, goûté à l'amour
*   et peux comprendre aujourd'hui ceux qui en ont bu la*
*   coupe.*

Quand il eut achevé ces vers, le roi alla vers son
armée et convoqua son vizir. Il fit emballer, à son

intention, d'innombrables présents qu'il lui ordonna
de porter au roi Shâmikh, ajoutant :

— Tu dois impérativement me ramener une personne très en faveur auprès de lui, un nommé Uns al-
Wujûd ; tu expliqueras au roi que je souhaite m'allier à
lui en mariant ma fille à Uns al-Wujûd, son homme
lige, et qu'il faut absolument que tu le ramènes, pour
que nous établissions le contrat ici, au royaume du
père de la mariée.

Le roi Dirbâs écrivit au roi Shâmikh une lettre en ce
sens, la remit au vizir et insista encore sur la nécessité
de ramener Uns al-Wujûd, ajoutant :

— Si tu ne reviens pas avec lui, je te dépouille de
toutes tes charges.

Le vizir promit d'obéir et gagna, avec les cadeaux, le
pays du roi Shâmikh. Il transmit à celui-ci le salut du
roi Dirbâs et lui remit les présents et la lettre. En la
lisant, en y voyant écrit le nom d'Uns al-Wujûd,
Shâmikh pleura très fort et dit au vizir qu'on lui
envoyait :

— Mais où est Uns al-Wujûd ? Il est parti, nous ne
savons pas où. Ramène-le-moi, et je te donnerai le
double de ce que tu m'apportes.

Le roi se plaignit, gémit, pleura encore à chaudes
larmes et récita ces vers :

> *Rendez-moi celui que j'aime !*
> *l'argent ? Je n'en ai nul besoin.*
> *Je ne veux pas de ces cadeaux*
> *de pierres précieuses, de perles.*
> *Je le voyais aussi beau que la lune,*
> *très haut sur un horizon de splendeur,*
> *Plus que tous plein d'esprit et sensible,*
> *et surpassant en grâce la gazelle.*
> *Sa taille ? Un rameau de saule*

dont les fruits seraient les douceurs de l'amour,
Et encore ! Le saule n'a rien en lui
pour captiver ainsi l'esprit des hommes.
Je l'ai élevé, dès sa tendre enfance,
sur un lit de douceur et d'amour.
Me voilà maintenant accablé : il me manque
et je ne peux penser à rien d'autre qu'à lui.

Se tournant vers le vizir porteur des cadeaux et du message, le roi Shâmikh lui dit :

— Retourne auprès de ton maître et dis-lui qu'Uns al-Wujûd n'est plus parmi nous, qu'il est parti depuis un an déjà, je ne sais où, et que je suis sans nouvelles de lui.

— Seigneur, répondit le vizir, mon maître m'a prévenu que, si je revenais sans Uns al-Wujûd, je ne serais plus vizir, que je ne pourrais même pas entrer dans sa ville. Comment aller le trouver, sans Uns al-Wujûd ?

— Va avec lui, dit alors Shâmikh à son vizir Ibrâhîm, en compagnie de quelques hommes, et recherchez partout Uns al-Wujûd.

Le vizir, exécutant les ordres, rassembla une troupe de sa suite et accompagna le vizir du roi Dirbâs. Tous partirent en quête d'Uns al-Wujûd.

Et l'aube chassant la nuit, Shahrâzâd dut interrompre son récit.

Quand ce fut la trois cent soixante-dix-neuvième nuit, elle dit :

On raconte encore, Sire, ô roi bienheureux, que le vizir du roi Shâmikh, Ibrâhîm, rassembla une troupe de sa suite et, accompagnant le vizir du roi Dirbâs, partit avec lui à la recherche d'Uns al-Wujûd. Chaque fois qu'ils rencontraient en chemin des Arabes ou d'autres peuples, ils se renseignaient, mais personne ne savait. Ils continuèrent d'interroger villes et villages, de fouiller plaines, montagnes, déserts et solitudes, et finirent par arriver au bord de la mer. Ils demandèrent un bateau, y montèrent. Leur voyage les mena jusqu'à la montagne de la Mère affligée.

Le vizir du roi Dirbâs demanda alors au vizir Ibrâhîm la raison de l'appellation de cette montagne.

— Voici pourquoi, répondit Ibrâhîm, elle est ainsi nommée. En des temps très anciens, elle vit arriver un génie, une femme de Chine. Tombée amoureuse d'un homme qui lui rendait son amour, craignant pour elle-même les réactions de son peuple et n'en pouvant plus d'aimer, elle chercha, par toute la terre, un endroit où cacher son amour, à l'abri des siens. Elle trouva cette montagne, loin des hommes et des génies, dont aucun ne poussait son chemin jusqu'en ces parages. Elle enleva donc son bien-aimé et le déposa ici, se partageant entre les siens, qu'elle allait voir, et son amant qu'elle visitait en cachette. Bien du temps passa et elle lui donna de nombreux enfants. Tous les marchands qui naviguent dans ces eaux entendent des pleurs, pareils à ceux d'une mère qui aurait perdu ses enfants. Et ils se demandent alors s'il y a vraiment par ici une mère affligée.

Le vizir du roi Dirbâs, tout étonné de ce récit, marcha, avec ses compagnons, jusqu'au château, où ils frappèrent à la porte. Celle-ci s'ouvrit pour livrer passage à un serviteur qui, reconnaissant Ibrâhîm, le vizir du roi Shâmikh, lui baisa les mains. Ibrâhîm entra dans la cour du château, où il aperçut, parmi les serviteurs, un pauvre qui n'était autre qu'Uns al-Wujûd. Il demanda d'où il venait, et on lui dit que c'était un marchand : ses biens engloutis dans la mer, il avait pu se sauver et restait ainsi, hébété. Ibrâhîm, le laissant là, entra dans le château pour y retrouver sa fille. Aucune trace d'elle. Les servantes, interrogées, avouèrent qu'elles ignoraient où elle était partie : elles ne l'avaient plus vue depuis quelque temps. Alors, tout en pleurant, le vizir récita ces vers :

> *Ô maison dont les oiseaux*
> *chantaient sous les gracieux portiques !*
> *Mais l'amour est venu y pleurer sa misère*
> *et la maison alors a vu s'ouvrir ses portes.*
> *Ah ! Savoir seulement où repose mon cœur*
> *en ces lieux désertés par leur souveraine !*
> *On y voyait toute chose précieuse,*
> *l'air embaumait, et noble était la garde,*
> *Tout y était tendu des plus fines étoffes ;*
> *hélas ! où s'est enfuie celle qui y régnait ?*

En achevant ces vers, Ibrâhîm pleura, gémit et dit tristement :

— On ne tourne pas les arrêts de Dieu, on n'échappe pas à ce que décide sa puissance.

Montant sur la terrasse du château, il découvrit, attachés aux créneaux, les tissus de Balbek qui allaient jusqu'au sol. Il devina que Ward était descendue par là, en amoureuse éperdue qu'elle était. Prenant garde alors à deux oiseaux qui se trouvaient tout près, un corbeau et un hibou, il en tira mauvais présage et, soupirant, chanta ces vers :

> *J'ai revu la maison de celle que j'aimais, dans l'espoir*
> *que ces lieux éteindraient mon ardente souffrance.*
> *Mais je n'ai pas trouvé celle que j'aime, sinon*
> *qu'un signe d'elle, et funeste : un corbeau, un hibou.*
> *Autour de moi, on dit que je fus fort injuste*
> *en séparant deux êtres qui s'aimaient.*

À moi donc de goûter, comme eux, à la douleur d'aimer,
de vivre tristement, entre larmes et feu.

Tout en pleurant, le vizir Ibrâhîm descendit du haut
du château. Il ordonna à ses serviteurs de s'en aller sur
la montagne pour y rechercheur leur maîtresse. Ce
qu'ils firent, mais sans la trouver.

Uns al-Wujûd, lui, dans la certitude où il était
maintenant du départ de Ward, poussa un cri terrible
et tomba évanoui, si longtemps que l'on crut que la
miséricorde du Seigneur l'avait rappelé à elle et qu'il
appartenait désormais aux solennelles beautés du Dieu
rétributeur. Comme on désespérait ainsi de lui, et que
le vizir Ibrâhîm avait le cœur trop occupé de la perte
de sa fille, le vizir du roi Dirbâs prit la résolution de
revenir en son pays, fût-ce les mains vides. Il se mit
donc à faire ses adieux au père de Ward et lui dit à
cette occasion :

— J'ai bien envie d'emmener ce pauvre avec moi.
Qui sait ? Le Très Haut fléchira peut-être en ma faveur
le cœur de mon roi, si j'ai pour moi la bénédiction de
cet égaré. Je l'enverrai ensuite au pays d'Ispahan, qui
n'est pas si loin du nôtre.

— Fais comme bon te semble, répondit Ibrâhîm.

Et chacun d'eux repartit chez lui, le vizir du roi
Dirbâs emmenant Uns al-Wujûd.

Et l'aube chassant la nuit, Shahrâzâd dut interrompre son récit.

Quand ce fut la trois cent quatre-vingtième nuit, elle
dit :

On raconte encore, Sire, ô roi bienheureux, que le
vizir du roi Dirbâs emmena avec lui Uns al-Wujûd,
toujours évanoui et qui, durant trois jours de voyage,
porté par un mulet et sans connaissance, ne se douta

pas où on l'emmenait. Mais quand il eut repris ses
sens, il demanda où l'on allait ainsi. On lui répondit
qu'il était en compagnie du vizir du roi Dirbâs, puis on
alla prévenir celui-ci, qui lui fit porter eau de rose et
boissons sucrées. On donna à boire à Uns al-Wujûd, on
lui fit reprendre des forces, cependant que la troupe,
voyageant toujours, arrivait enfin en vue de la ville du
roi Dirbâs. Celui-ci envoya à son vizir un émissaire
avec ce message :

— Si Uns al-Wujûd n'est pas avec toi, inutile de te
montrer, et pour toujours !

La lecture du message royal laissa le vizir en grand
embarras. Il ne savait ni la présence de Ward auprès
du roi, ni pourquoi il souhaitait en faire son gendre.
Uns al-Wujûd, de son côté, ignorait où on l'emmenait,
et que le vizir avait pour mission de le rechercher. Et le
vizir enfin ne savait pas que l'homme qui l'accompagnait était Uns al-Wujûd. Quand il le vit revenu à lui, il
lui dit :

— Le roi m'a dépêché pour une mission dont je
reviens bredouille. Apprenant mon retour, il m'envoie
une lettre où il me dit que, si j'ai échoué, je ne peux
entrer dans la ville.

Comme Uns al-Wujûd lui demandait quelle était
cette mission, il lui raconta toute l'affaire.

— Ne crains rien, répondit Uns al-Wujûd, et va
plutôt te présenter au roi. Je t'accompagnerai, et je
t'assure bien que tu verras tantôt arriver Uns al-
Wujûd.

Le vizir, tout heureux, demanda pourtant à Uns al-
Wujûd s'il était vraiment sûr de ce qu'il disait. Et
comme l'autre disait oui, ils montèrent à cheval pour
se présenter au roi. Quand ils furent en sa présence, il
voulut savoir où était Uns al-Wujûd.

— Sire, répondit celui-ci, je sais où il se trouve.

Le roi le fit approcher :

— Et où donc ? demanda-t-il ?

— Tout près d'ici, dit Uns al-Wujûd, mais apprends-moi d'abord ce que tu lui veux, et je l'amènerai devant toi.

— Je ne veux que l'aimer et l'honorer, mais l'affaire demande que nous soyons seuls.

Sur ces mots, le roi pria l'assistance de s'éloigner un peu. Passant avec Uns al-Wujûd dans un coin à l'écart, il lui expliqua toute l'histoire, du début à la fin.

— Donne-moi, dit alors Uns al-Wujûd, de beaux vêtements. Quand je les aurai mis, je t'amènerai Uns al-Wujûd bien vite.

Le roi lui fit remettre une robe somptueuse. Uns al-Wujûd la passa et dit :

— Voici Uns al-Wujûd, qui fait pâlir les envieux.

Et captivant tous les cœurs de ses regards, il chanta ces vers :

Séparé de celle que j'aime, il me reste une compagnie : son
    souvenir ;
    quand je suis loin d'elle, il chasse ma solitude.
Je n'ai d'yeux que pour pleurer
    les larmes seules allègent mes soupirs.
Mon désir est violent, à nul autre pareil :
    l'amour vit-il jamais un sort aussi étrange ?
Je passe mes nuits les yeux grands ouverts, sans sommeil,
    et le désir me tient entre le paradis et le feu.
J'avais jadis fort belle prestance : elle m'a fui,
    et seuls croissent en moi l'amour et la douleur.
À souffrir ainsi de l'aimée disparue, mon corps n'est plus
    que l'ombre de lui-même,
    le désir a brouillé mon aspect, mon image,
Et mes yeux sont blessés par un excès de larmes
    que je n'ai même plus la force de retenir.

Je ne sais plus que faire, mon courage m'abandonne,
  je ne rencontre plus que douleur sur douleur.
Mon cœur a dû blanchir à l'égal de ma tête,
  à la pensée d'une beauté qui passe toutes les beautés.
Contre sa volonté, on nous a séparés,
  mais elle n'a qu'un souhait : me retrouver, me voir.
Séparation, exil, voudrez-vous laisser place
  à un sort plus heureux ? Oh ! que je la revoie,
Que le livre d'exil, aujourd'hui ouvert, se referme,
  que la joie de la rencontre efface ma misère,
Que la bien-aimée reste en sa maison et me parle,
  et que le chagrin fasse place aux plus doux des secrets !

Quand il eut entendu ces vers, le roi s'écria :

— Voilà, par Dieu, deux amants sincères, et deux étoiles éclatantes au firmament du beau ! Extraordinaire histoire, exemplaire aventure que les vôtres !

Et de révéler à Uns al-Wujûd ce qui était arrivé à Ward, du début à la fin.

— Où donc est-elle, ô roi du temps ? demanda Uns al-Wujûd.

— Près de moi maintenant, dit le roi, qui convoqua le cadi et les témoins.

On maria les deux jeunes gens et le roi combla Uns al-Wujûd d'honneurs et de bienfaits. Après quoi, Dirbâs dépêcha un message au roi Shâmikh pour l'informer de ce qu'il s'était trouvé faire pour Uns al-Wujûd et Ward. Shâmikh, tout heureux, envoya à Dirbâs une lettre où il était dit ceci :

— Puisque le contrat a été signé chez toi, il est juste que les noces et la consommation du mariage se fassent en mon pays.

Shâmikh équipa des hommes, des chameaux, des chevaux et fit chercher les deux jeunes gens. À l'arrivée de la troupe et du message chez Dirbâs, celui-ci combla

de présents Ward et Uns al-Wujûd et les fit partir avec
un détachement de soldats. En compagnie de cette
troupe, ils entrèrent dans leur ville à tous deux. Ce fut
une journée grandiose, qui dépassait tout ce que l'on
avait vu jusque-là. Le roi Shâmikh y fit donner toutes
les musiques que l'on put rassembler et dresser une
série de festins. Les réjouissances s'étalèrent sur toute
une semaine, et Shâmikh, chaque jour, distribuait des
habits précieux, répandait ses faveurs. Le moment vint
où Uns al-Wujûd se présenta chez Ward, la prit dans
ses bras et la fit asseoir avec lui. Tous deux pleuraient
dans l'excès de leur joie et Ward chanta ces vers :

Le bonheur est venu mettre en fuite soucis et tristesses :
  nous voici réunis pour la confusion des envieux.
La brise de la rencontre a soufflé ses parfums,
  redonné vie aux cœurs, aux corps, à tout notre être.
La joie des retrouvailles embaume et rayonne,
  nos cœurs palpitent et sonnent l'heure du bonheur.
Ne croyez pas que nous pleurions de tristesse :
  c'est l'extase, elle seule, qui noie ainsi nos yeux.
Que de terreurs passées, aujourd'hui disparues !
  que de patience contre le trouble et le chagrin !
En ce moment qui nous voit réunis, j'oublie
  tant d'horribles frayeurs et tant de cheveux blancs !

Quand Ward eut dit ces vers, les deux amants
s'étreignirent, si fort, si longtemps, qu'ils en tombèrent
évanouis.

Et l'aube chassant la nuit, Shahrâzâd dut interrompre son récit.

Quand ce fut la trois cent quatre-vingt et unième
nuit, elle dit :
On raconte encore, Sire, ô roi bienheureux, qu'en se

retrouvant, Uns al-Wujûd et Ward s'étreignirent si
fort, si longtemps, qu'ils en tombèrent évanouis : trop
doux leur était le plaisir de ces retrouvailles. Quand ils
eurent repris leurs sens, Uns al-Wujûd chanta ces vers :

> *Gentille nuit, ô douce nuit des cœurs fidèles,*
> *ô juste soir qui me ramène la bien-aimée !*
> *Nous avons trop longtemps été loin l'un de l'autre :*
> *que nous fuient maintenant l'abandon et l'exil !*
> *Le sort vient à nous et se fait accueillant*
> *après avoir montré longtemps mauvais visage.*
> *Le bonheur a planté pour nous ses étendards,*
> *nous buvons à sa coupe le plus pur des breuvages.*
> *Ensemble, nous pleurons les tristesses d'hier*
> *et ces affreuses nuits passées, chacun au loin.*
> *Nous oublierons, ô bien-aimée, tout ce qui fut,*
> *la pitié du Seigneur le bannira de nos mémoires.*
> *Ah ! Combien douce et charmante est la vie !*
> *je t'aime, je te vois, je redouble d'amour !*

Quand Uns al-Wujûd eut récité ces vers, les deux
amants enlacés se couchèrent, loin du monde. Ils
parlèrent, se dirent des poèmes, de jolies histoires, des
contes, et puis ils sombrèrent dans un océan d'amour.
Sept jours durant, ils ne surent plus si c'était nuit ou
jour, emportés qu'ils étaient au plus haut du plaisir, du
bonheur, de la joie, de l'extase. Ces sept jours-là n'en
parurent qu'un, éternel, et ils n'apprirent la fin de la
semaine qu'avec l'arrivée des musiciens. On s'émerveilla grandement de Ward, qui se mit à chanter ces
vers :

> *À la colère des envieux et des gêneurs,*
> *j'ai enfin obtenu ce bien-aimé tant désiré !*
> *La rencontre a reçu son juste prix d'étreintes*

sur les brocarts et les soies lumineuses,
Sur un lit de cuir où l'on s'enfonçait
dans les plumes d'oiseaux les plus rares.
Nous avons bu à satiété un très vieux vin
mêlé à la salive de l'aimé, incomparable !
Être enfin réunis nous fut un tel bonheur
que nous ne savions plus ce qui nous était proche ou
lointain dans le temps.
Sept nuits ainsi ont passé sur nous
sans que nous les comptions, noyés dans notre extase.
Faites-nous compliment de cette semaine, et dites-nous :
« que Dieu vous garde ainsi très longtemps l'un à
l'autre ! »

Quand Ward eut récité ces vers, Uns al-Wujûd la couvrit de centaines et de centaines de baisers, puis chanta à son tour :

Ô jour de bonheur, d'allégresse !
la bien-aimée est là, et je n'ai plus à craindre d'être seul.
Elle m'a retrouvé, pour la plus douce des rencontres,
m'a tenu les plus tendres propos,
M'a fait boire le vin des amants réunis,
si capiteux que j'en ai cru mourir.
Tantôt au lit de nos joies radieuses,
tantôt voguant entre le vin et les chansons,
Nous étions en extase et nous ne savions plus
en quel jour nous vivions, et lequel suivait l'autre.
Sois heureuse, ô ma bien-aimée, que ces retrouvailles te
soient douces,
que la joie nous accompagne à jamais tous les deux,
Qu'elle nous épargne l'amertume de la séparation
et que le Seigneur nous comble, toi et moi, de ses
bienfaits !

Quand Uns al-Wujûd eut dit ces vers, tous deux sortirent pour donner, çà et là, sans compter, de l'argent et des vêtements de grand prix. Après quoi, Ward souhaita qu'on leur réservât le bain.

— Bonheur de mes yeux, dit-elle à Uns al-Wujûd, j'aimerais te voir, là-bas. Ah, oui, que nous y soyons seuls, sans personne d'autre !

Dans la joie qui l'inondait, elle chanta ces vers :

Je suis à toi depuis longtemps déjà,
  de toi je parle depuis toujours,
Toi, l'unique amour de mon cœur,
  toi, le seul compagnon que je veux !
Lumière de mes yeux, viens au bain,
  nous y vivrons le paradis au beau milieu de la
  fournaise,
Puis nous ferons brûler l'encens
  dont le parfum partout embaumera les lieux.
Les mauvais coups du sort, nous les effacerons,
  nous rendrons grâces à la miséricorde du Seigneur,
Je chanterai, lorsque je te verrai là-bas,
  ô mon amour, et je te souhaiterai mille bonheurs !

Ces vers une fois dits, tous deux s'en allèrent au bain, où leur joie fut grande, puis regagnèrent leur palais ; ils y vécurent dans le plaisir et le bonheur, jusqu'au jour où les prit celle qui met un terme à toute joie et sépare ceux qui étaient réunis. Louange à Celui qui reste éternel et ne change, Celui à qui tout ici-bas revient !

Conte
de Hâsib Karîm ad-Dîn

Nuits 482 à 536

Ce conte juxtapose trois récits : celui du héros Ḥâsib Karîm ad-Dîn, fils du sage grec Daniel[1], vers le royaume de la Reine des serpents ; celui de Bulûqiyyâ, fils du roi des Hébreux du Caire, parti à la recherche du prophète Muhammad ; celui de Jânshâh, fils du roi de Kâbul[2], qui franchit les limites de la terre à la recherche de la femme génie dont il est tombé éperdument amoureux. L'aventure de Ḥâsib est initiatique, celle de Bulûqiyyâ apocalyptique, celle de Jânshâh onirique. Qu'ils nous entraînent au cœur de la terre dans le royaume de la féminité, au ciel ou dans l'au-delà, ils font tous trois référence à des mythes pour la plupart d'essence religieuse et sacrée. Ici se déroule une cérémonie d'initiation du plus pur style chamanique. Là s'entreprend un périple qui nous fait visiter la tombe de Salomon, rencontrer les quatre archanges, apprendre que la montagne Qâf repose entre les cornes d'un taureau. Enfin se déploie une quête d'amour qui vient illustrer la fatalité du désir. L'imagi-

1. Ce sage grec deviendra à la fin du conte (p. 438) le prophète biblique, ce qui n'étonnera pas si l'on admet que tout sage antique est grec, et tout prophète hébreu.
2. Le royaume de Kâbul pourrait — mais sans certitude — désigner l'Afghanistan ; à la p. 407, on voit Jânshâh quitter le royaume de Kâbul pour rejoindre l'Inde, le Khurâsân et le Khwârizm.

naire pénètre le réel et c'est la fonction du conte de maintenir possible la communication entre ces deux mondes[1]. _Mais la mort vient rappeler ce qu'il en coûte de passer de l'un à l'autre. En cet espace mythique où les distances et les lieux n'ont de valeur que dans l'imaginaire, la Reine des serpents, Ḥâsib, Bulûqiyyâ, Jânshâh et Shamsa symbolisent les trois aspects du même désir d'être à l'existence, celui de la connaissance, celui de la foi et celui de l'amour._

J. E. BENCHEIKH

---

1. Ce texte a été analysé par J. E. Bencheikh, _Les Mille et Une Nuits ou la parole prisonnière_, 1988, p. 146-230.

CONTE DE ḤÂSIB KARÎM AD-DÎN

On raconte qu'il y avait au temps jadis, il y a bien, bien longtemps, un sage grec nommé Daniel qui avait de nombreux disciples. Tous les sages de la Grèce s'inclinaient devant son autorité et rendaient hommage à son savoir. Mais cette haute fortune n'avait pu faire qu'il eût une descendance mâle.

Il était là une nuit, pensif, à se lamenter sur l'absence d'un fils qui hériterait de ses connaissances. Il lui vint à l'esprit que Dieu — gloire à Lui le Très Haut — répondrait à l'appel de quiconque s'en remettrait à Lui. Car Il ne poste pas de sentinelle à la porte de Sa grâce et donne à qui Il veut sans compter. Il ne renvoie jamais qui vient Le supplier, mais lui donne largement et le comble de Ses biens.

Daniel demanda donc à Dieu, le Très Haut, le Généreux, de lui accorder un enfant qui lui succéderait et envers qui Dieu se montrerait large. Cette prière faite, il revint chez lui, s'unit à son épouse qui conçut sur-le-champ.

Et l'aube chassant la nuit, Shahrâzâd dut interrompre son récit.

Lorsque ce fut la quatre cent quatre-vingt-troisième nuit, elle dit :

On raconte encore, Sire, ô roi bienheureux, que le sage grec revint chez lui et s'unit à son épouse qui en conçut un enfant la nuit même. Quelques jours après, il entreprit un voyage par mer. En cours de route, son bateau fit naufrage et tous ses livres dont il se ne séparait jamais, se perdirent. Agrippé à une planche, il ne réussit à en sauver que cinq feuillets.

Lorsqu'il revint chez lui, il plaça ces feuillets dans un coffret qu'il ferma à clé. La grossesse de son épouse était alors bien visible. Il lui adressa ces mots :

— Sache que ma mort est proche et qu'approche mon départ de la maison éphémère vers celle de l'éternité. Tu es enceinte, peut-être enfanteras-tu après ma mort d'un garçon. Lorsque tu auras accouché, donne-lui le nom de Ḥâsib Karîm ad-Dîn. Fais-lui donner la meilleure éducation qui soit. Lorsqu'il aura grandi, il te demandera ce que son père lui a laissé en héritage. Remets-lui ces cinq feuillets. Lorsqu'il les aura lus et compris, il sera devenu l'homme le plus savant de son temps.

Après avoir dit ces mots, il fit ses adieux à son épouse, eut un râle et quitta la vie. Que soit sur lui la miséricorde divine. Sa famille et ses amis le pleurèrent. On procéda à la toilette funèbre et on le conduisit à sa tombe dans un cortège considérable. Très peu de jours après sa mort, sa femme accoucha d'un beau garçon qu'elle appela Ḥâsib Karîm ad-Dîn comme le lui avait recommandé son époux. Après la naissance, elle fit venir les astrologues qui déterminèrent par des calculs le signe astral de l'enfant et établirent son horoscope. Ils dirent alors à la mère :

— Ce garçon vivra longtemps. Mais il encourra un danger au début de sa vie. S'il parvient à y échapper, il atteindra le secret de la sagesse.

La mère allaita son enfant durant deux ans puis le

sevra. Lorsqu'il eut cinq ans, elle le fit entrer à l'école
où il n'apprit rien. Elle le mit en apprentissage, mais il
n'apprenait pas plus et ne savait rien faire de ses dix
doigts, ce qui faisait verser bien des larmes à sa mère.
C'est alors que les gens lui dirent :

— Marie-le donc. Il devra s'occuper de son épouse et
se choisira un métier.

Sa mère alla aussitôt demander une jeune fille en
mariage et fit célébrer les noces. Mais Ḥâsib ne se
décida pas pour autant à prendre un métier et continua de vivre comme il avait vécu.

Des voisins bûcherons vinrent alors voir sa mère.

— Achète donc à ton fils, lui dirent-ils, un âne, une
corde et une hache. Il viendra avec nous à la montagne.
Nous bûcheronnerons ensemble et partagerons les
gains. Il pourra ainsi vous entretenir convenable-
ment.

La mère éprouva une grande joie et fit l'emplette
d'un âne, d'une corde et d'une hache. Elle conduisit
ensuite son fils chez les bûcherons auxquels elle le
recommanda.

— Ne t'inquiète pas pour ce garçon, Dieu pour-
voiera à sa vie. Et puis c'est le fils de notre Maître.

Ils l'emmenèrent donc bûcheronner dans la montagne. Lorsqu'ils eurent terminé, ils chargèrent leurs
ânes, revinrent à la ville, vendirent leur bois et allèrent
acheter ce dont leur famille avait besoin. Ils firent de
même les jours suivants et ce pendant un certain
temps. Un jour qu'ils étaient à travailler dans la forêt,
une pluie violente les surprit qui les contraignit à se
réfugier dans une vaste grotte. Ḥâsib s'isola pour
s'asseoir seul un peu plus loin. Il se mit à frapper la
terre de sa hache et s'aperçut que la terre sonnait creux
à cet endroit-là. Il continua à creuser pendant un
moment jusqu'à ce qu'il découvrît une dalle arrondie

munie d'un anneau. Il en fut tout joyeux et appela les autres bûcherons.

Et l'aube chassant la nuit, Shahrâzâd dut interrompre son récit.

Lorsque ce fut la quatre cent quatre-vingt-quatrième nuit, elle dit :

On raconte encore, Sire, ô roi bienheureux, que Ḥâsib Karîm ad-Dîn découvrit une dalle munie d'un anneau, en fut tout joyeux et appela les bûcherons. Ils vinrent et s'empressèrent de soulever la dalle. Ils trouvèrent dessous une trappe qui cachait l'entrée d'une fosse pleine de miel d'abeilles. Ils s'écrièrent :

— C'est une fosse pleine de miel ! Retournons à la ville nous munir de récipients pour transporter ce miel, le vendre et nous partager les gains. Il faut que l'un d'entre nous reste ici pour garder la fosse.

— Je veux bien rester, dit le jeune homme, et monter la garde jusqu'à votre retour.

Ils laissèrent donc Ḥâsib, allèrent à la ville et revinrent munis de récipients qu'ils remplirent. Ils chargèrent leurs ânes et s'en furent vendre leur miel. Ils ne cessèrent de se rendre de la grotte à la ville et de la ville à la grotte pendant que Ḥâsib gardait la trappe. Un beau jour, les bûcherons se dirent :

— C'est Ḥâsib qui a trouvé le miel. Demain il reviendra en ville, fera valoir que c'est lui qui a trouvé le miel et réclamera tout l'argent de la vente. Nous n'avons qu'une solution : le faire descendre dans la fosse en lui demandant de recueillir le dernier miel qui y reste et de l'y laisser mourir. Personne ne s'apercevra de sa disparition.

Ils tombèrent tous d'accord, revinrent à la grotte et demandèrent à Ḥâsib de descendre dans la fosse pour remplir les récipients du dernier miel qui s'y trouvait. Le jeune homme s'exécuta puis lança à haute voix :

— Remontez-moi, il ne reste plus rien.

Mais personne ne lui répondit. Les bûcherons avaient chargé leurs ânes et s'en étaient allés, laissant Ḥâsib seul dans la fosse. Il se mit à crier au secours, à pleurer et à dire :

— Il n'y a de puissance et de force qu'en Dieu, le Haut Très-Puissant, je suis condamné à périr !

Pendant ce temps, ses mauvais compagnons étaient arrivés à la ville. Ils vendirent leur miel et se rendirent en pleurant chez la mère de Ḥâsib pour lui dire :

— Puisses-tu garder longtemps le souvenir de Ḥâsib !

Comprenant que son fils était mort, elle leur demanda les circonstances dans lesquelles il avait perdu la vie.

— Nous étions dans la montagne, lui expliquèrent-ils, lorsqu'une violente pluie s'abattit. Nous nous réfugiâmes dans une grotte. À ce moment, l'âne réussit à s'échapper et à descendre dans le vallon. Ton fils sortit pour le rattraper, mais il rencontra un loup énorme qui le mit en pièces puis se jeta sur l'âne qu'il dévora.

À ce récit, la mère se frappa le visage, répandit de la terre sur sa tête et reçut les visites de condoléances. Les bûcherons lui apportaient chaque jour à boire et à manger. Ils avaient acquis des échoppes et se livraient au commerce tout en menant joyeuse vie.

Pendant tout ce temps, Ḥâsib pleurait et sanglotait. Il était assis là dans un triste état, lorsqu'il vit un gros scorpion. Il se leva et le tua. Puis il se mit à réfléchir et se dit : « Cette fosse était remplie de miel. D'où venait donc ce scorpion ? » Cherchant d'où avait pu venir la bête, il examina les parois de tous côtés et finit par apercevoir une ouverture minuscule par où filtrait de la lumière. À coup sûr, c'est de là que venait le scorpion. Il se saisit de son couteau et se prit à élargir l'ouverture jusqu'aux dimensions d'une fenêtre. Il sortit ainsi de la fosse et marcha un moment dans un souterrain de grande dimension. Il arriva à une porte colossale forgée dans un fer de couleur noire. Elle était munie d'une serrure d'argent et d'une clé d'or. Le jeune homme s'avança et regarda par le trou de la serrure. Une lumière très vive lui semblait provenir de derrière cette porte qu'il ouvrit à l'aide de la clé. Il franchit le seuil et marcha un long moment jusqu'à un immense lac. Quelque chose sur ce lac miroitait comme peuvent miroiter des eaux. Il ne cessa d'avancer jusqu'à ce qu'il arrive à la source du miroitement. Il s'agissait d'un tertre de topaze verte, surmonté d'un lit d'apparat d'or incrusté de pierreries.

Et l'aube chassant la nuit, Shahrâzâd dut interrompre son récit.

Lorsque ce fut la quatre cent quatre-vingt-cinquième nuit, elle dit :

On raconte encore, Sire, ô roi bienheureux, qu'en arrivant au tertre, Ḥâsib Karîm ad-Dîn constata qu'il était de topaze verte. Un lit d'apparat d'or incrusté de pierreries y était dressé. Tout autour de ce lit étaient disposés des sièges, certains faits d'or, d'autres d'argent et d'autres enfin d'émeraude. Ḥâsib les regarda et poussa un soupir. Il les compta et vit qu'ils étaient au nombre de douze mille. Il monta sur le lit d'apparat, s'y assit et contempla avec étonnement le lac et les rangs de sièges. Il fut bientôt pris par le sommeil et s'endormit pendant un moment. Réveillé par des soufflements, des sifflements et un énorme tumulte, il ouvrit les yeux et se redressa sur son séant pour s'apercevoir que les sièges étaient occupés par des serpents d'une taille monstrueuse. Chacun ne mesurait pas moins de cent coudées.

Ḥâsib fut saisi d'une terrible frayeur. Sa bouche se dessécha de peur et il désespéra de la vie. L'œil de chaque serpent brûlait comme une braise. Le jeune homme tourna ses regards vers les eaux du lac et les vit recouvertes de petits serpents dont seul Dieu le Très Haut connaissait le nombre. À ce moment-là, un serpent de la taille d'un mulet se dirigea vers lui. Il portait sur le dos un plateau d'or au centre duquel se tenait un serpent aussi resplendissant qu'un cristal. Il avait un visage humain et parlait une langue arabe des plus pures. Lorsqu'il fut arrivé à proximité, il salua Ḥâsib qui lui rendit son salut. L'un des serpents assis sur les sièges se leva alors, alla jusqu'au plateau d'or, prit la créature qui s'y tenait et l'installa sur un siège. Sur un ordre de celle qui semblait être leur souveraine, les serpents se jetèrent à terre pour lui donner les marques de leur obéissance et prier pour elle. Elle leur permit de se relever puis adressa ces mots à Ḥâsib :

— N'aie point peur de nous, jeune homme. Je suis la Reine des serpents et leur princesse.

En entendant ces paroles, Ḥâsib se sentit rassuré. La reine fit signe que l'on servît une collation. On apporta des pommes, du raisin, des grenades, des pistaches, des noisettes, des noix, des amandes, des bananes, et l'on disposa tout cela devant Ḥâsib.

— Sois le bienvenu, dit la reine. Quel est ton nom ?

— Ḥâsib Karîm ad-Dîn.

— Mange donc de ces fruits. Nous n'avons pas d'autre nourriture ici et tu ne dois rien craindre de nous.

Ḥâsib mangea à sa suffisance et loua le Dieu Très Haut. On desservit alors la table et la Reine des

serpents pria son hôte de lui dire de quel pays il était,
comment il était parvenu en ces lieux, et ce qui lui était
arrivé.

Ḥâsib narra l'histoire de son père et de sa propre
aventure. Il raconta comment il était né, comment il
avait été envoyé à l'école à l'âge de cinq ans sans rien y
apprendre, comment il avait été ensuite placé en
apprentissage sans plus de succès, comment sa mère
lui avait alors acheté un âne pour être bûcheron,
comment il avait trouvé un puits de miel, comment ses
compagnons l'avaient abandonné dans le puits et s'en
étaient allés, comment un scorpion était apparu près
de lui, comment il l'avait tué puis avait élargi l'ouverture par laquelle était descendue cette bête, comment
il s'y était glissé, avait trouvé le portail de fer, l'avait
ouvert pour arriver en ce lieu où il parlait à la Reine
des serpents.

— Telle est mon histoire, dit-il, du début jusqu'à la
fin. Dieu est seul à savoir ce qui va m'advenir maintenant.

Lorsque la reine eut entendu son récit, elle répondit :
— Il ne peut t'advenir désormais que du bien.

Et l'aube chassant la nuit, Shahrâzâd dut interrompre son récit.

Lorsque ce fut la quatre cent quatre-vingt-sixième
nuit, elle dit :

On raconte encore, Sire, ô roi bienheureux, que la
Reine des serpents écouta tout le récit de Ḥâsib Karîm
ad-Dîn et lui dit qu'il ne pouvait lui advenir désormais
que du bien.

— Je voudrais, ajouta-t-elle, que tu séjournes assez
longtemps ici pour que je puisse te raconter à mon tour
mon histoire et tous les événements merveilleux que
j'ai vécus.

— J'obéirai à tout ce que tu voudras m'ordonner, lui répondit le jeune homme.

— Sache donc qu'il y avait au Caire un roi des Banû Isrâ'îl qui avait un fils nommé Bulûqiyyâ. Ce roi était un savant et un adorateur de Dieu. Il passait son temps à lire des ouvrages de science. Lorsqu'il perdit ses forces et qu'il fut sur le point de mourir, les Grands de son état vinrent pour le saluer. Lorsqu'ils se furent assis autour de lui, il leur adressa ces paroles :

— Sachez, bonnes gens, que l'heure de mon départ pour l'au-delà a sonné. Je n'ai rien d'autre à vous recommander que mon fils Bulûqiyyâ. Prenez bien soin de lui. J'atteste qu'il n'y a de Dieu que Dieu.

Il poussa un dernier soupir et quitta ce bas monde, que la miséricorde de Dieu soit sur lui. On lava son corps, on l'apprêta et on lui fit des funérailles imposantes. On désigna son fils Bulûqiyyâ comme successeur. Il se montra plein d'équité à l'égard de ses sujets et durant son règne le peuple mena une existence paisible.

Il arriva qu'un jour, Bulûqiyyâ parcourut les réserves où s'entassaient les trésors amassés par son père. Il ouvrit l'une des salles et constata qu'elle donnait sur un petit oratoire. En son milieu s'élevait une colonne de marbre blanc sur laquelle était déposé un coffre d'ébène. Bulûqiyyâ l'ouvrit et trouva à l'intérieur un coffret d'or qui contenait lui-même un parchemin où se pouvait lire une fois déroulé l'annonce de la prophétie de Muḥammad, que les prières et le salut de Dieu soient sur lui. Y était décrite sa résurrection lors de la fin des temps et l'affirmation qu'il était le Seigneur des premiers hommes comme des derniers.

À la lecture de ce parchemin, Bulûqiyyâ ressentit un amour profond pour le Prophète dont il venait d'avoir la révélation. Il réunit en toute hâte les Grands des Banû Isrâ'îl, rabbins et autres docteurs de la loi, devins et ascètes. Il les informa de l'existence de ce document qu'il leur lut avant d'ajouter :

— Il faut que j'exhume mon père et que je le brûle.

— Et pourquoi le brûlerais-tu, lui demanda-t-on ?

— Parce qu'il m'a caché l'existence de ce parchemin. Il l'a retiré de la Thora et des rouleaux d'Abraham, puis il l'a déposé dans une salle de ses réserves sans mentionner son existence à personne.

— Ô roi, ton père est mort. Il est en terre et son sort entre les mains de Dieu. À quoi bon l'arracher à sa tombe ?

Lorsque Bulûqiyyâ entendit les Grands du royaume parler de la sorte, il comprit qu'ils ne le laisseraient pas agir comme il le voulait. Il les quitta et se rendit chez sa mère.

— Mère, lui dit-il, j'ai vu dans les réserves de mon père un parchemin où est décrit Muḥammad, que la prière et le salut de Dieu soient sur lui. C'est un Prophète qui recevra sa mission et sera ressuscité à la fin des temps. Je suis épris d'amour pour lui et veux aller parcourir la terre pour le rencontrer. Si je n'y arrive pas, je mourrai de la passion que j'éprouve pour lui.

Il enleva ses vêtements de roi, s'habilla d'un manteau de voyage et de chaussures de route.

— N'oublie pas de prier pour moi, dit-il à sa mère.

Celle-ci pleura et lui demanda comment ils allaient faire sans lui.

— Je n'ai plus de patience, répondit Bulûqiyyâ, je remets mon sort et le tien au Très Haut.

Il sortit de la ville et se dirigea vers la Syrie sans que personne de son peuple soupçonnât son départ. Il marcha jusqu'à la côte. Il y trouva un navire sur lequel il embarqua avec d'autres voyageurs. Le bateau prit la mer et navigua jusqu'à une île où il accosta. Les passagers descendirent. Une fois sur l'île, Bulûqiyyâ s'isola et alla s'asseoir sous un arbre. Au bout d'un moment, le sommeil le surprit et il s'endormit. Lorsqu'il se réveilla et qu'il revint à l'endroit où le navire avait accosté, il constata que celui-ci avait repris la mer sans lui.

Sur cette île, des serpents de la corpulence d'un chameau et de la taille d'un palmier invoquaient Dieu, qu'Il est Puissant et Grand, et priaient pour Muḥammad, que la prière et le salut de Dieu soient sur lui. Ils faisaient leurs invocations et leurs louanges à haute voix. Bulûqiyyâ fut émerveillé par ce spectacle.

Et l'aube chassant la nuit, Shahrâzâd dut interrompre son récit.

Lorsque ce fut la quatre cent quatre-vingt-septième nuit, elle dit :

On raconte encore, Sire, ô roi bienheureux, que Bulûqiyyâ fut extrêmement étonné d'entendre les serpents glorifier Dieu et chanter Ses louanges. De leur côté, les serpents aperçurent le jeune homme et s'assemblèrent autour de lui. L'un d'eux lui demanda qui il était, d'où il venait, où il allait et quel était son nom.

— Je me nomme Bulûqiyyâ, répondit-il, et j'appartiens aux Banû Isrâ'îl. J'ai quitté mon pays par amour pour Muḥammad, que la prière et le salut soient sur lui. Et me voici à sa recherche. Mais dites-moi à votre tour qui vous êtes, nobles créatures.

— Nous habitons l'enfer. Dieu le Très Haut nous a créés pour châtier les impies.

— Et qui vous a amenés en ce lieu ?

— Sache que l'enfer bouillonne à ce point qu'il lui faut respirer deux fois par an, une fois l'hiver et une fois l'été. Toute la chaleur du monde vient de ces exhalaisons. Lorsque l'enfer souffle, nous sommes rejetées de son ventre et lorsqu'il inspire, nous y revenons.

— Existe-t-il en enfer des créatures plus grandes que vous ?

— Nous n'en sortons avec son souffle que parce que nous sommes de petite taille. Il s'y trouve des serpents si grands qu'ils ne s'apercevraient pas de la présence du plus grand d'entre nous dans ses narines.

— Je vous entends invoquer Dieu et prier sur Muḥammad. D'où connaissez-vous ce dernier ?

— Son nom est gravé sur la porte de l'enfer. Sans lui, Dieu n'aurait créé ni les créatures, ni le paradis et les enfers, ni les cieux et la terre, car Dieu n'a créé tout ce qui existe que pour Muḥammad, joignant ainsi en tout lieu Son nom à celui du Prophète. Aussi aimons-nous Muḥammad.

À ces mots, Bulûqiyyâ sentit augmenter encore sa passion pour le Prophète et devenir ardent son désir de le trouver. Il fit ses adieux aux serpents et marcha jusqu'à la côte. Il y trouva un navire accosté et s'y embarqua. Le bateau reprit la mer et naviguait jusqu'à une autre île. Bulûqiyyâ y descendit et marcha un moment. Il aperçut des serpents grands et petits dont seul le Très Haut pouvait connaître le nombre. L'un d'eux, aussi resplendissant que le cristal, se tenait sur un plateau en or porté par un autre serpent aussi grand qu'un éléphant. C'était la Reine des serpents et ce n'était autre que moi, ô Ḥâsib Karîm ad-Dîn.

Ḥâsib demanda à la Reine des serpents de poursuivre son récit :

— Lorsque je vis Bulûqiyyâ, reprit-elle, je le saluai et lui demandai qui il était, ce qu'il faisait, d'où il venait, où il allait et quel était son nom. Il me rendit mon salut et me dit :

— Je suis des Banû Isrâ'îl, je me nomme Bulûqiyyâ et je voyage pour l'amour de Muḥammad afin de le trouver, car j'ai lu l'annonce de sa prophétie dans les Livres révélés.

Bulûqiyyâ me demanda alors qui j'étais, ce que je faisais et qui étaient les animaux qui m'entouraient :

— Je suis la Reine des serpents et si tu rencontres Muḥammad, transmets-lui mon salut.

Après cela, Bulûqiyyâ me fit ses adieux, reprit sa place à bord et navigua jusqu'à Jérusalem. Il y avait en cette ville un homme qui possédait tous les savoirs, maître en géométrie, en astronomie, en mathématiques, en physiognomonie et en magie noire. Il lisait la Thora, les Évangiles, les Psaumes et les rouleaux d'Abraham. Il se nommait 'Uffân. Il avait trouvé dans un de ses livres que quiconque porterait l'anneau de Salomon se verrait obéi par les hommes, les Génies, les oiseaux, les bêtes sauvages et toute créature vivante. Il avait aussi lu qu'après sa mort on avait mis Salomon dans un cercueil et qu'on avait traversé sept mers avant de le déposer là où il reposait. L'anneau était toujours à son doigt et nul, homme ou Génie, ne pouvait le prendre. Aucun bateau non plus ne pouvait parvenir à l'endroit où il se trouvait.

Et l'aube chassant la nuit, Shahrâzâd dut interrompre son récit.

Lorsque ce fut la quatre cent quatre-vingt-huitième nuit, elle dit :

On raconte encore, Sire, ô roi bienheureux, que 'Uffân avait appris dans un livre que nul, homme ou démon, ne pouvait s'emparer de l'anneau que notre seigneur Salomon portait au doigt. Il avait appris aussi qu'aucun bateau ne pouvait franchir les sept mers qui entouraient son lit de mort. Mais il avait découvert dans un autre livre qu'il existait une herbe dont il fallait extraire le suc pour en oindre ses pieds et marcher sur les flots créés par Dieu Tout-Puissant sans même se mouiller. Mais nul ne pouvait cueillir cette herbe s'il n'était accompagné par la Reine des serpents.

Lorsque Bulûqiyyâ entra à Jérusalem, il choisit un endroit pour faire ses prières. C'est alors que 'Uffân vint à passer près de lui et lui adressa un salut auquel Bulûqiyyâ répondit. 'Uffân le considéra attentivement et s'aperçut que ce jeune homme assis était en train de lire la Thora. Il s'approcha de lui et dit :

— Jeune homme, quel est ton nom ? D'où viens-tu et où vas-tu ?

— Je me nomme Bulûqiyyâ, je suis de la ville de Miṣr et j'ai pris la route pour essayer de rencontrer Muḥammad, que les prières et le salut soient sur lui.

— Accompagne-moi donc, je voudrais te recevoir chez moi.

— Bien volontiers.

'Uffân le prit par la main, l'emmena chez lui et le traita avec une très grande générosité, après quoi il lui demanda :

— Frère, dis-moi maintenant comment tu as eu connaissance de Muḥammad, les prières et le salut soient sur lui, au point d'éprouver pour lui un pareil amour et de partir à sa quête ? Qui donc t'a indiqué la route que tu as suivie jusqu'ici ?

Bulûqiyyâ lui raconta toute son histoire qui émerveilla 'Uffân et faillit lui faire perdre la raison d'espérance :

— Si tu me conduis à la Reine des serpents, je te conduirai moi à Muḥammad. La mission du Prophète est encore lointaine. Si nous nous emparons de la Reine des serpents, nous l'enfermerons dans une cage, puis nous nous transporterons dans les montagnes où poussent certaines herbes. Comme la reine sera avec nous, chaque herbe près de laquelle nous passerons se mettra à parler. Chacune, grâce à Dieu Tout-Puissant, décrira ses vertus. J'ai appris dans mes livres l'existence d'une herbe particulière. Quiconque la cueille, la hache menu, en extrait un suc dont il enduit ses pieds, peut marcher sur toute mer créée par le Seigneur Tout-Puissant sans même mouiller ses talons. Si nous nous emparons de la Reine des serpents, elle nous indiquera le lieu où pousse cette herbe. Dès que nous en trouverons, nous la cueillerons, nous la hacherons menu pour en extraire le suc. Après avoir libéré la reine, nous enduirons nos pieds, franchirons les sept mers et arriverons au lieu où repose notre seigneur Salomon. Nous retirerons l'anneau de son doigt et mettrons son pouvoir au service de nos desseins. Après cela, nous traverserons la mer des Ténèbres et parviendrons à l'eau de jouvence. Ainsi Dieu nous fera vivre jusqu'à la fin des temps et nous pourrons rencontrer Muḥammad.

Bulûqiyyâ accepta alors de le conduire là où vivait la Reine des serpents. 'Uffân se leva et se mit en devoir de construire une cage en fer. Il prit avec lui deux coupes. Il emplit l'une de vin et l'autre de lait. Cela fait, les deux hommes s'en furent et voyagèrent des jours et des nuits. Ils parvinrent ainsi à l'île sur laquelle vivait la Reine des serpents. Ils débarquèrent et s'avancèrent vers l'intérieur des terres. 'Uffân déposa la cage, y dissimula un piège et y disposa les deux coupes pleines de vin et de lait. Les deux hommes s'éloignèrent et se tinrent cachés. La reine apparut, portée par le serpent qui lui servait de monture. Elle s'approcha de la cage et des deux coupes qu'elle considéra un long moment. Lorsque l'odeur du lait parvint à ses narines, elle descendit de son plateau, pénétra dans la cage, s'en fut à la coupe de vin et se mit à boire. Mais à peine avait-elle goûté au breuvage qu'elle fut saisie de vertige et s'endormit. 'Uffân se précipita et referma la cage à clé. Bulûqiyyâ et lui la soulevèrent et se remirent en marche.

Lorsque la Reine des serpents se réveilla, elle se retrouva enfermée dans une cage de fer portée sur la tête d'un homme auprès duquel marchait Bulûqiyyâ.

— Voilà la récompense, dit-elle, de quiconque épargne les hommes.

— N'aie point peur, reine, lui répondit Bulûqiyyâ, nous ne voulons pas te nuire. Nous voudrions simplement que tu nous conduises à l'endroit où pousse une herbe particulière. Celui qui la cueille, la hache menu, en extrait un suc dont il enduit ses pieds, est capable de marcher sur n'importe quelle mer créée par Dieu Tout-Puissant sans même se mouiller les talons. Lorsque nous aurons trouvé cette herbe, nous en cueillerons et nous te ramènerons ici pour te libérer.

'Uffân et Bulûqiyyâ se dirigèrent donc vers les montagnes aux herbes qu'ils se mirent à parcourir. Chaque herbe près de laquelle ils passaient prenait la parole et, par le pouvoir de Dieu, décrivait ses vertus. Ils marchaient donc pendant qu'à leur droite et à leur gauche les herbes se mettaient à parler. Et l'une d'entre elles vint à dire :

— Si quelqu'un me cueille, me hache menu, extrait mon suc pour s'enduire les pieds, il pourra franchir toutes les mers que le Dieu Tout-Puissant a créées sans même se mouiller les talons.

Lorsque 'Uffân entendit ces mots, il déposa la cage à terre et cueillit autant de cette herbe qu'il lui était nécessaire. Il la hacha menu, la pressa, en recueillit le suc dont il remplit deux bouteilles. Avec ce qu'il en restait, il enduisit ses pieds et ceux de Bulûqiyyâ. Les deux hommes reprirent alors leur route durant des nuits et des jours jusqu'à ce qu'ils arrivent à l'île de la Reine des serpents. Là, 'Uffân ouvrit la porte de la cage. La reine en sortit et leur demanda :

— Que comptez-vous donc faire avec ce suc ?

— Nous voulons, répondirent-ils d'une seule voix, nous enduire les pieds pour franchir les sept mers, atteindre le lieu où repose notre seigneur Salomon et lui prendre son anneau.

— Vous n'y arriverez jamais, dit-elle.

Et comme ils lui en demandaient la raison, elle leur répondit :

— C'est Dieu qui a eu la bienveillance de donner cet anneau à Salomon et Il n'a accordé pareil bienfait qu'à lui. Car Salomon s'était écrié : *Seigneur, accorde-moi un pouvoir que personne ne détiendra après moi, Tu es Celui qui accorde toute chose* (Coran XXXVIII/35). Comment sauriez-vous l'un et l'autre détenir cet anneau ? Vous auriez mieux fait de cueillir l'herbe qui maintient celui qui en mange vivant jusqu'au premier coup de trompette du Jugement dernier. C'est de toutes les herbes, celle qui vous aurait été la plus profitable. Quant à celle que vous avez choisie, vous n'arriverez à rien grâce à elle.

Lorsqu'ils entendirent ces mots, les deux hommes en éprouvèrent bien du regret mais pousuivirent leur chemin.

Et l'aube chassant la nuit, Shahrâzâd dut interrompre son récit.

Lorsque ce fut la quatre cent quatre-vingt-neuvième nuit, elle dit :

On raconte encore, Sire, ô roi bienheureux, que Bulûqiyyâ, et 'Uffân éprouvèrent bien des regrets en

entendant la Reine des serpents prononcer ces mots,
mais poursuivirent leur chemin. Quant à la reine, elle
retrouva sa troupe de serpents dans un bien triste état,
les plus faibles d'entre eux n'ayant pas survécu et les
plus forts étant réduits à peu. À la vue de leur
souveraine, ils se réjouirent, se pressèrent autour d'elle
et lui demandèrent où elle avait disparu. Elle leur
raconta tout ce qu'il lui était advenu avec 'Uffân et
Bulûqiyyâ. Elle réunit ensuite son armée et se dirigea
vers la montagne Qâf où elle avait coutume d'hiverner,
alors qu'elle passait l'été là où Ḥâsib Karîm ad-Dîn
l'avait trouvée.

— Voilà, dit-elle à ce dernier, toute mon histoire.

Ḥâsib, émerveillé, dit à la reine :

— Je voudrais, s'il te plaît, que tu ordonnes à l'un de
tes serviteurs de me ramener à la surface de la terre
afin que je puisse revenir chez moi.

— Il n'est point question, Ḥâsib, répondit la reine,
que tu nous quittes avant l'hiver. Tu vas nous accompagner au mont Qâf. Tu admireras le spectacle de ses
sommets, de ses sables, de ses arbres, et de ses oiseaux
qui chantent les louanges de Dieu Unique et Tout-
Puissant. Tu pourras y contempler des démons
révoltés, des diables et des djinns dont seul Dieu
connaît le nombre.

À ces mots, Ḥâsib ressentit une grande tristesse.

— Dis-moi donc, alors, ce que devinrent 'Uffân et
Bulûqiyyâ après t'avoir quittée. Ont-ils franchi les sept
mers ? Sont-ils parvenus là où repose notre seigneur
Salomon ou non ? S'ils y sont parvenus, se sont-ils
emparés de son anneau ou non ?

— Sache, répondit la reine, que 'Uffân et Bulûqiyyâ,
après m'avoir quittée, enduisirent leurs pieds du suc
de cette herbe. Ils marchèrent sur les flots dont ils
admirèrent les merveilles. Ils allèrent de mer en mer

jusqu'à ce qu'ils en eussent franchi sept. Ils parvinrent à une immense montagne haut dressée dans le ciel. Elle était faite d'émeraude, une source y jaillissait et sa terre était de musc. Là ils laissèrent éclater leur joie en se disant qu'ils étaient parvenus à leur but. Ils s'avancèrent encore dans la montagne et virent de loin l'entrée d'une caverne. Cette entrée était surmontée d'une immense coupole rayonnant de lumière. Ils s'en approchèrent et y pénétrèrent. Un lit d'apparat était dressé, fait d'or incrusté de pierreries. Tout autour étaient disposés des sièges dont seul Dieu pouvait connaître le nombre. Ils virent le seigneur Salomon étendu sur cette couche. Il était revêtu d'une robe de soie verte brodée d'or et brochée de gemmes les plus précieuses. Sa main droite reposait sur sa poitrine. Il portait au doigt son anneau dont l'éclat l'emportait sur celui des pierreries qui parsemaient ce lieu.

'Uffân apprit à Bulûqiyyâ des incantations et des formules conjuratoires en lui disant de les réciter sans s'arrêter un seul instant jusqu'à ce qu'il prenne l'anneau. Puis il approcha du lit d'apparat. Mais à ce moment surgit de dessous la couche royale un immense dragon qui poussa un rugissement effrayant. Les lieux en furent ébranlés. Des étincelles jaillissaient de la gueule du monstre qui dit à 'Uffân :

— Fuis ou tu périras !

Sans être troublé le moins du monde, 'Uffân poursuivit ses incantations. Le dragon souffla un jet de feu qui faillit enflammer les lieux et dit pour la seconde fois :

— Malheur à toi, fuis ou tu périras !

En entendant ces mots, Bulûqiyyâ s'enfuit. Mais 'Uffân ne se troublait toujours pas. Il s'avança vers le seigneur Salomon, tendit la main, toucha l'anneau et essaya de le retirer du doigt. À ce moment, le dragon souffla et réduisit 'Uffân en cendres. Quant à Bulûqiyyâ, il était tombé évanoui.

Et l'aube chassant la nuit, Shahrâzâd dut interrompre son récit.

Lorsque ce fut la quatre cent quatre-vingt-dixième nuit, elle dit :

On raconte encore, Sire, ô roi bienheureux, que Bulûqiyyâ, voyant 'Uffân dévoré par les flammes et réduit à un tas de cendres, s'évanouit. Dieu — que soit exaltée Sa majesté — ordonna à Gabriel de descendre sur terre avant que le dragon souffle sur Bulûqiyyâ. L'archange exécuta l'ordre rapidement. Il trouva 'Uffân brûlé par le souffle du dragon et Bulûqiyyâ inanimé. Il alla au jeune homme, le tira de son évanouissement, le salua et lui demanda les raisons de sa présence en ce lieu. Bulûqiyyâ raconta toute son histoire du début jusqu'à la fin et ajouta :

— Sache que je ne suis venu ici que pour Muḥammad, la prière et le salut de Dieu soient sur lui. 'Uffân m'avait informé que le Prophète ne recevrait sa mission qu'à la fin des temps et que seuls vivraient jusqu'à cette époque ceux qui auraient bu l'eau de jouvence. On ne pouvait obtenir celle-ci que grâce à l'anneau de Salomon, que le salut soit sur lui. Je l'ai donc accompagné ici et il est advenu ce qu'il est advenu. Le voilà maintenant réduit en cendres tandis que je suis vivant. Je voudrais que tu me dises où se trouve Muḥammad.

— Il faut t'en retourner, le temps de Muḥammad est encore lointain.

Ayant dit ces mots, Gabriel s'éleva vers les cieux. Bulûqiyyâ versa des larmes amères et eut bien des regrets de ce qu'il avait fait. Il se souvint des paroles de la Reine des serpents leur disant qu'il était impossible

que quelqu'un pût prendre l'anneau. Il était perplexe.
Il pleura encore puis descendit de la montagne et
marcha jusqu'au rivage. Là, il s'assit un moment,
s'émerveillant du spectacle que composaient les sommets, les flots et les îles. Il passa la nuit en cet endroit.
Au matin, il enduisit ses pieds du suc magique et se mit
à marcher sur la mer pendant des jours et des nuits. Il
s'extasiait devant tout ce qu'il voyait en mer d'effrayant, de merveilleux, d'étrange et ne cessa d'avancer ainsi jusqu'à ce qu'il arrive à une île si belle qu'elle
en paraissait le paradis. Il y aborda et fut charmé par
tant de beauté. Il s'y promena et constata qu'elle était
immense. Sa terre était de safran, ses pierres d'hyacinthe et de métaux précieux, ses haies de jasmin. Elle
était plantée des arbres les plus beaux, s'égayait de
plantes aux mille parfums les plus suaves, murmurait
de sources bondissantes. L'encens qu'on y ramassait
était de bois d'aloès et de cardamome. Des tiges de
canne à sucre s'élançaient au milieu de parterres de
roses, de narcisses, de jasmins, d'œillets, d'anémones,
de lys et de violettes. Il poussait là des fleurs de toutes
formes et de toutes couleurs. Le ramage des oiseaux s'élevait des branches. Cette île offrait des paysages superbes,
de vastes panoramas, d'innombrables richesses. Elle
présentait tous les aspects de la beauté. Le chant de ses
oiseaux était plus doux que le gémissement de la
deuxième corde du luth. Ses arbres balançaient haut
leurs cimes, ses oiseaux gazouillaient, ses rivières
murmuraient, ses sources délicieuses jaillissaient. On
voyait des gazelles s'ébattre, les jeunes veaux sauvages
folâtrer et les oiseaux dans les feuillages lancer des
chants capables de consoler et l'amoureux et l'affligé.

Bulûqiyyâ restait en extase. Il comprit qu'il s'était
trompé de route puisqu'il ne revenait pas par le
chemin qu'il avait pris à l'aller en compagnie de

'Uffân. Il se promena et flâna à loisir jusqu'au soir. À la tombée de la nuit, il grimpa à un arbre très élevé pour y dormir. Il ne cessait de songer à toutes les beautés de cette île. Il était ainsi plongé dans ses pensées lorsque la mer s'agita violemment. Un immense animal en sortit, qui poussa un formidable rugissement effrayant tous les animaux de l'île. Bulûqiyyâ, juché sur son arbre, regarda le monstre et fut stupéfait par sa taille. À peine un instant s'était-il écoulé, que des bêtes sauvages de différentes couleurs surgirent des flots. Chacune d'entre elles tenait une pierre précieuse qui avait l'éclat d'un flambeau. Toute l'île en fut éclairée comme d'un plein jour. Un moment passa lorsque arrivèrent, venant cette fois de l'intérieur de l'île, des fauves dont seul Dieu Tout-Puissant pouvait savoir le nombre.

Bulûqiyyâ les examina et s'aperçut qu'il s'agissait de lions, de tigres, de guépards et autres fauves des solitudes terrestres. Ils avancèrent jusqu'à se réunir avec les monstres marins sur le rivage où ils ne cessèrent de se parler jusqu'à l'aube. Puis ils se séparèrent et chacun d'entre ces animaux s'en retourna d'où il était venu. À ce spectacle, Bulûqiyyâ avait éprouvé une grande frayeur. Dès que les animaux eurent disparu, il descendit de son arbre, courut au rivage, s'enduisit les pieds de suc magique et entreprit de traverser la seconde mer.

Il marcha des jours et des nuits jusqu'à ce qu'il arrive à de très grandes montagnes au milieu desquelles s'ouvrait une vallée qui semblait ne pas avoir de fin. Ses pierres étaient d'aimant ; des lions, des lièvres et des tigres la peuplaient. Bulûqiyyâ aborda, se promena dans l'île jusqu'à la tombée du soir, puis s'assit sous un des sommets de la montagne, à proximité de la mer. Il mangea du poisson que la mer rejetait sur le rivage et qui s'y était desséché. C'est alors qu'un tigre énorme s'avança vers lui pour le déchirer. Bulûqiyyâ l'aperçut et comprit qu'il venait le dévorer. Il enduisit ses pieds de suc magique et s'enfuit vers la troisième mer.

Il marcha sur les flots au milieu des ténèbres. La nuit était d'un noir d'encre. Un vent violent soufflait. Il finit par atteindre une île où il aborda. Il y trouva des arbres dont les uns étaient pleins de sève et les autres desséchés. Bulûqiyyâ se nourrit des fruits qu'il cueillit sur les premiers et rendit grâces au Seigneur. Puis il flâna sur l'île jusqu'au soir.

Et l'aube chassant la nuit, Shahrâzâd dut interrompre son récit.

Lorsque ce fut la quatre cent quatre-vingt-onzième nuit, elle dit :

On raconte encore, Sire, ô roi bienheureux, que Bulûqiyyâ flâna dans l'île jusqu'au soir. Il y passa la nuit et continua au matin à s'y promener un peu partout. Il resta ainsi dix jours à la visiter puis se dirigea vers le rivage, enduisit ses pieds de suc magique et s'engagea vers la quatrième mer.

Il chemina jour et nuit jusqu'à ce qu'il arrive à une île tout entière faite d'un tendre sable blanc. Aucun arbre, aucune plante n'y poussaient. Il aborda et s'y promena un moment. Il constata qu'elle était peuplée de faucons qui nichaient dans le sable. Il enduisit ses pieds de suc magique et entreprit de traverser la cinquième mer.

Il avança jour et nuit jusqu'à ce qu'il parvînt à une petite île dont la terre et les montagnes étaient faites de cristal. Là se trouvaient les filons dont on extrait l'or. Elle était couverte d'arbres étranges dont il n'avait jamais vu de pareils au cours de ses voyages.

Leurs fleurs étaient couleur d'or. Bulûqiyyâ s'y promena jusqu'au soir. Lorsque se fit l'obscurité, ces fleurs se mirent à scintiller comme des étoiles. Émerveillé par ce spectacle, il se dit : « Voici donc ces fleurs d'or que le soleil dessèche, qui tombent sur la terre et que les vents emportent. Elles se rassemblent sous les rochers où elles finissent par former des pierres d'or. C'est là qu'on vient les rechercher pour en extraire le métal. »

Bulûqiyyâ dormit sur l'île jusqu'au l'aube. Au lever du soleil, il s'enduisit les pieds de suc magique et s'élança sur la sixième mer. Il marcha des nuits et des jours jusqu'à une île où il aborda. Il s'y promena un moment et aboutit à proximité de deux montagnes recouvertes d'une abondante forêt. Les arbres en portaient des fruits étranges qui ressemblaient à des têtes humaines suspendues par les cheveux. Certaines de ces têtes pleuraient, d'autres riaient. D'autres arbres avaient pour fruits des oiseaux verts suspendus par leurs pattes. Une dernière espèce flambait comme un feu et portait des fruits qui ressemblaient à de la myrrhe. Ces fruits laissaient perler des gouttes qui vous auraient brûlés comme du plomb fondu. Sur cette île les merveilles succédaient aux merveilles. Bulûqiyyâ revint au rivage où il trouva un arbre immense à l'ombre duquel il s'assit jusqu'au soir. Lorsque l'obscurité tomba, il y grimpa et se mit à réfléchir aux créations du Dieu Tout-Puissant. Sur ces entrefaites, les flots s'agitèrent et il en surgit une troupe de Filles de la mer. Chacune tenait à la main une pierre précieuse qui éclairait autant qu'un flambeau. Elles s'avancèrent, s'assirent sous l'arbre où se tenait Bulûqiyyâ et se mirent à jouer, à danser et à se réjouir sous les regards du jeune homme. Elles ne cessèrent leurs jeux qu'au matin et retournèrent dans leurs demeures marines.

Bulûqiyyâ contempla ce spectacle les yeux plein de rêves. Puis il descendit de son arbre, enduisit ses pieds de suc magique et se mit à traverser la septième mer. Il se hâta durant deux mois. Pendant tout ce temps, il n'aperçut ni une montagne, ni une île, ni une terre, ni une vallée, ni un rivage. Il éprouva une faim telle qu'il fut obligé de saisir au vol des poissons et de les manger crus. Il finit tout de même par arriver à une île aux arbres nombreux et aux rivières abondantes. Il aborda et se mit à s'y promener, marchant de-ci de-là. Le soleil était déjà haut à l'horizon lorsqu'il arriva à un pommier. Il tendit la main pour cueillir un fruit, lorsqu'une voix retentissante lui lança :

— Si tu t'approches de cet arbre et que tu en manges un fruit, je te couperai en deux.

Bulûqiyyâ considéra la créature qui lui faisait face et vit qu'elle mesurait quarante coudées de l'époque. Il en éprouva une grande frayeur et ne chercha plus à cueillir de fruits. Il demanda cependant :

— Et pourquoi m'interdis-tu de me nourrir ?

— Parce que tu es un descendant d'Adam et que celui-ci oublia le serment fait à Dieu et désobéit. Il a mangé des fruits de cet arbre.

— Mais qui es-tu, toi ? À qui appartiennent cette île et ces arbres ? Quel est ton nom ?

— Je m'appelle Sharâhiyyâ. Ces arbres et cette île appartiennent au roi Şakhr dont je suis l'un des serviteurs. C'est lui qui m'a chargé de cette île. Mais dis-moi à ton tour qui tu es et d'où tu viens.

Bulûqiyyâ raconta son histoire du début jusqu'à la fin. Sharâhiyyâ lui dit de ne pas avoir peur et alla lui chercher de quoi se nourrir. Bulûqiyyâ mangea à satiété et reprit sa route vers l'intérieur de l'île durant dix jours. Il était en train de cheminer dans une région de montagnes et de sable lorsqu'il vit une poussière qui s'élevait au loin. Il se dirigea vers elle et entendit des cris, des coups et un grand tumulte. Comme il continuait d'avancer, il arriva à une vallée qui ne mesurait pas moins de deux mois de marche. Il regarda plus attentivement les lieux d'où s'élevaient les clameurs. Il aperçut deux troupes de cavaliers qui s'affrontaient. Le sang coulait à flot. Les voix grondaient comme le tonnerre. Les combattants étaient armés de lances, d'épées, de masses, d'arcs et de flèches. Le combat était furieux. Bulûqiyyâ fut saisi de frayeur.

Et l'aube chassant la nuit, Shahrâzâd dut interrompre son récit.

Lorsque ce fut la quatre cent quatre-vingt-douzième nuit, elle dit :

On raconte encore, Sire, ô roi bienheureux, que Bulûqiyyâ fut saisi de frayeur à la vue de ces gens armés qui se combattaient furieusement. Il ne savait que faire. Mais les cavaliers s'aperçurent de sa présence et cessèrent leurs assauts. Un groupe d'entre eux s'approcha de lui. Ils paraissaient très étonnés par sa conformation. Un cavalier se détacha vers lui et lui demanda :

— Qui es-tu, d'où viens-tu, où vas-tu et qui t'a indiqué le chemin qui t'a permis de parvenir à notre pays ?

— Je suis un être humain en quête et j'erre par amour pour Muḥammad, que la prière et le salut soient sur lui. Mais je me suis égaré en chemin.

— Nous n'avons jamais vu d'êtres humains auparavant et aucun d'eux n'était arrivé jusqu'ici.

Les cavaliers ne cessaient de le regarder et de l'écouter avec étonnement. Bulûqiyyâ leur demanda à son tour qui ils étaient. Le même cavalier lui répondit qu'ils étaient des djinns.

— Quelle est la raison du combat qui vous opposait ? Où habitez-vous et quelle est le nom de cette vallée et de cette terre ? leur demanda Bulûqiyyâ.

— Nous habitons la Terre blanche. Chaque année, Dieu Tout-Puissant nous ordonne de venir ici pour combattre les démons impies.

— Où se trouve la Terre blanche ?

— Derrière la montagne Qâf, à une distance de soixante-quinze années de marche. Quant à ce pays, c'est celui de Shaddâd b. 'Âd et nous y venons en expédition. Nous n'avons rien d'autre à faire qu'à glorifier Dieu et à louer Sa sainteté. Un roi règne sur nous, qui porte le nom de Ṣakhr. Tu es dans l'obligation de nous accompagner pour qu'il te voie et satisfasse sa curiosité.

Bulûqiyyâ les suivit donc. Ils arrivèrent à d'immenses pavillons de soie verte dont seul Dieu Tout-Puissant pouvait connaître le nombre. En leur milieu était dressé un pavillon de soie rouge dont la longueur ne comptait pas moins de mille coudées. Les cordes qui le tendaient étaient de soie bleue, ses pieux d'or et d'argent. C'était la tente du roi Ṣakhr. Bulûqiyyâ, émerveillé par tout ce qu'il voyait, y fut conduit. Il entra et se trouva devant le souverain. Celui-ci était assis sur un lit d'apparat fait d'or rouge incrusté de perles et de joyaux. À sa droite se tenaient les maîtres des djinns ; à sa gauche les savants, les émirs et les Grands du royaume. Lorsque le roi Ṣakhr aperçut le jeune homme, il ordonna qu'on le fasse approcher. Bulûqiyyâ s'avança, salua et baisa le sol à ses pieds. Le roi lui rendit son salut et le pria d'avancer encore jusqu'à ce qu'il fût tout près de lui. Puis il demanda que

l'on place un siège à ses côtés sur lequel s'assit
Bulûqiyyâ. Il s'enquit alors :

— Qui es-tu ?

— Je suis un homme des Banû Isrâ'îl.

— Raconte-moi ton histoire, dis-moi ce qui t'est
arrivé et comment tu as pu parvenir à cette terre.

Bulûqiyyâ narra tout ce qui lui était advenu au cours
de son voyage du début jusqu'à la fin. Le roi fut
émerveillé par son récit.

Et l'aube chassant la nuit, Shahrâzâd dut interrompre son récit.

Lorsque ce fut la quatre cent quatre-vingt-treizième
nuit, elle dit :

On raconte encore, Sire, ô roi bienheureux, que
Bulûqiyyâ fit le récit complet de ce qui lui était arrivé
au roi Ṣakhr. Émerveillé, celui-ci ordonna aux cham-
briers d'étendre les nappes et de dresser les tables. Ce
qui fut fait. Puis ils apportèrent des plateaux faits d'or
rouge, d'argent ou de cuivre. Certains d'entre eux
contenaient cinquante chameaux bouillis, d'autres
vingt seulement, d'autres cinquante têtes de mouton. Il
y avait comme cela mille cinq cents plateaux. Bulûqiyyâ fut stupéfait par ce spectacle. Voyant les autres
se mettre à manger, il se joignit à eux et dévora jusqu'à
satiété ce dont il loua le Seigneur Tout-Puissant. Après
quoi, les plateaux furent enlevés et les fruits servis.
Une fois le repas achevé, on chanta la gloire de Dieu et
on fit des prières sur son prophète Muḥammad, que la
bénédiction et le salut de Dieu soient sur lui. Lorsque
Bulûqiyyâ entendit citer le nom de Muḥammad, il s'en
étonna et dit à Ṣakhr :

— Je voudrais te poser certaines questions.

Encouragé par le roi, il poursuivit :

— Sire, pourriez-vous me dire qui vous êtes, quelle

est votre origine et comment il se fait que vous connaissiez Muḥammad, que vous priiez sur lui et que vous l'aimiez ?

— Sache, répondit Ṣakhr, que Dieu Tout-Puissant a créé le feu en sept étages superposés, séparés l'un de l'autre par une distance de mille ans de marche. Le premier enfer a pour nom la Géhenne. Il est destiné aux croyants qui ont désobéi à Dieu et sont morts sans se repentir. Le deuxième a pour nom Laẓâ et c'est celui des impies. Le troisième se prénomme al-Jaḥîm où doivent aller Gog et Magog. Le quatrième a pour nom as-Saʿîr préparé pour les gens d'Iblîs. Le cinquième, Saqar, accueillera ceux qui délaissent la prière. Le sixième, al-Ḥuṭama, a été prévu pour les juifs et les chrétiens. Enfin, les hypocrites iront à al-Hâwiya le septième. Ainsi sont les sept degrés de l'enfer.

— Alors peut-être, dit Bulûqiyyâ, la Géhenne est-il l'enfer qui fait le moins souffrir car il est l'étage supérieur ?

— C'est exact. C'est le moins terrible de tous, et pourtant il contient mille montagnes de feu. Chaque montagne s'ouvre à soixante-dix mille vallées de feu. Chaque vallée compte soixante-dix mille villes de feu. Chaque ville soixante-dix mille forteresses de feu. Chaque forteresse soixante-dix mille pièces de feu. Chaque pièce soixante-dix mille coffres de feu. Dans chaque coffre, soixante-dix mille sortes de supplices. Il n'est pas un autre étage de feu dont les supplices soient moins terribles que les siens car il est le premier enfer. Quant aux autres, seul Dieu Tout-Puissant peut connaître le nombre des supplices qu'ils contiennent.

À ces mots, Bulûqiyyâ tomba évanoui. Lorsqu'il se réveilla, il pleura et dit :

— Comment allons-nous faire ?

— Ne t'inquiète pas, lui répondit Ṣakhr. Quiconque

aime Muḥammad ne sera pas brûlé, mais prospérera
grâce au Prophète, que la bénédiction et le salut de
Dieu soient sur lui. Quiconque aura adhéré à sa
croyance se verra contourné par les flammes. Quant à
nous, Dieu nous a créés à partir du feu. Les premières
créatures qu'Il a fait naître dans la Géhenne furent
deux démons de ses armées. Le premier s'appelait
Khalît et le second Malît. Khalît avait la forme d'un
lion, Malît celle d'un loup. Malît qui était toute
bigarrée avait des organes femelles tandis que Khalît
avait des organes mâles. Le membre de Khalît ressemblait à un serpent et avait une longueur de vingt
années de marche. Les organes de Malît avaient la
forme d'une tortue. Dieu leur ordonna de s'unir. Ils
enfantèrent des serpents et des scorpions qui habitè-
rent les enfers afin d'y torturer ceux qui y seraient
envoyés. Ces serpents et ces scorpions proliférèrent.

Dieu ordonna ensuite à Khalît et Malît de s'accou-
pler pour la deuxième fois et Malît fut pleine. Elle
donna le jour à sept mâles et à sept femelles qui furent
élevés et grandirent ensemble. Parvenus à l'âge adulte,
femelles et mâles s'unirent et vécurent dans l'obéissance de leur père, à l'exception de l'un d'entre eux qui
lui désobéit et devint un ver. Et ce ver n'est autre
qu'Iblîs, que la malédiction de Dieu soit sur lui. Il
compta parmi les proches de Dieu, car il adora le
Seigneur, fut élevé au ciel, s'approcha du Miséricordieux et devint le chef des proches de Dieu.

Et l'aube chassant la nuit, Shahrâzâd dut interrompre son récit.

Lorsque ce fut la quatre cent quatre-vingt-quatorzième nuit, elle dit :

On raconte encore, Sire, ô roi bienheureux, que
Ṣakhr dit à Bulûqiyyâ :

— Iblîs adora Dieu le Très Haut et devint le chef des proches du Seigneur. Lorsque Celui-ci créa Adam — que le salut soit sur lui — Dieu ordonna à Iblîs de se prosterner devant lui, mais Iblîs refusa. Dieu le chassa et le maudit. Lorsqu'il se reproduisit, il engendra les démons. Quant aux six autres mâles frères d'Iblîs, ce sont les génies croyants et nous sommes de leur descendance. Tu connais maintenant notre origine.

Bulûqiyyâ fut émerveillé par ce récit et pria le souverain de bien vouloir ordonner à l'un de ses serviteurs de le reconduire chez lui. Le roi Ṣakhr lui répondit :

— Nous ne pouvons rien faire que Dieu Tout-Puissant n'ait ordonné. Mais si tu veux t'en aller de chez nous, je peux mettre à ta disposition l'une de nos juments et lui ordonner de te transporter jusqu'aux limites de mon royaume. Là tu trouveras une troupe appartenant au roi Barâkhiyyâ. Ils reconnaîtront la jument, t'aideront à descendre et nous la renverront. C'est tout ce que nous pouvons faire pour toi.

Lorsqu'il entendit ces mots, Bulûqiyyâ se mit à pleurer et dit à son hôte de faire ce qu'il voulait. Le roi ordonna que l'on amène la jument sur laquelle on hissa Bulûqiyyâ en lui recommandant bien de ne pas en descendre, de ne pas la frapper ni de s'adresser à elle en criant, sous peine de mort.

— Reste tranquillement sur elle, lui dit-on, jusqu'à ce qu'elle s'arrête d'elle-même. À ce moment-là, mets pied à terre et poursuis ton chemin.

— J'entends et j'obéis, dit Bulûqiyyâ qui monta la jument et chemina parmi les tentes durant un long moment.

Il passa devant les cuisines du roi Ṣakhr et vit des chaudrons suspendus. Dans chacun d'entre eux que les flammes léchaient, cuisaient cinquante chameaux.

Bulûqiyyâ les considéra tout pensif et fut plongé dans la stupéfaction tellement leur énormité l'étonnait. Le roi Ṣakhr le regarda alors qu'il contemplait les cuisines et pensa qu'il avait faim. Il ordonna que l'on apporte deux chameaux rôtis et qu'on les lui attache en croupe. Bulûqiyyâ fit ses adieux et voyagea jusqu'aux confins du royaume où la jument s'arrêta d'elle-même. Il descendit et secoua la poussière du voyage qui s'était amassée sur ses vêtements. À ce moment-là, des hommes s'approchèrent de lui, regardèrent la jument et la reconnurent.

En compagnie de Bulûqiyyâ, ils la conduisirent jusqu'auprès du roi Barâkhiyyâ. Le jeune homme fut introduit auprès de lui et le salua. Le roi lui rendit son salut. Il était assis dans une immense salle de réception, entouré par ses plus valeureux guerriers et ses gardes, des génies-souverains à sa droite et à sa gauche. Il ordonna à Bulûqiyyâ de s'approcher, le fit asseoir à ses côtés et commanda de servir à manger. Bulûqiyyâ le considéra et lui trouva une grande ressemblance avec le roi Ṣakhr. Lorsque les plats furent présentés, on mangea jusqu'à satiété. On offrit ensuite des fruits et Bulûqiyyâ termina le repas par des louanges à Dieu Tout-Puissant. Le roi Barâkhiyyâ lui demanda alors :

— Quand donc as-tu quitté le roi Ṣakhr ?

— Depuis deux jours.

— Et quelle distance crois-tu avoir parcouru durant ces deux jours ?

— Je l'ignore.

— La distance de soixante-dix mois de marche.

Et l'aube chassant la nuit, Shahrâzâd dut interrompre son récit.

Lorsque ce fut la quatre cent quatre-vingt-quinzième nuit, elle dit :

On raconte encore, Sire, ô roi bienheureux, que le roi Barâkhiyyâ dit :

— Tu as franchi en deux jours la distance équivalant à soixante-dix mois de marche. Lorsque tu as monté cette jument, elle a eu peur de toi car elle a bien vu que tu étais un être humain. Elle a essayé de te jeter à terre et ils l'ont alourdi avec ces deux chameaux.

Lorsqu'il entendit ces mots, Bulûqiyyâ fut plongé dans l'étonnement et loua le Seigneur Tout-Puissant de l'avoir épargné. Le roi lui demanda ensuite de lui raconter ce qu'il lui était arrivé et de lui expliquer comment il était parvenu jusqu'à cette contrée. Bulûqiyyâ lui releta son aventure et comment il avait voyagé jusque-là. Le roi fut enchanté par son récit et le garda avec lui pendant deux mois.

Ayant entendu ce que venait de narrer la Reine des serpents, Ḥâsib Karîm ad-Dîn fut plongé dans l'étonnement le plus grand. Il pria instamment la reine de bien vouloir ordonner à l'un de ses serviteurs de le reconduire à la surface de la terre pour qu'il rentre chez lui.

— Si tu venais à sortir d'ici, lui répondit la reine, à regagner la surface de la terre et à revenir chez toi, tu irais au hammam pour t'y laver. À peine auras-tu fini de le faire que je mourrai, car ce bain doit être la cause de ma mort.

— Je te fais le serment, répondit Ḥâsib, que je ne rentrerai plus au hammam pour tout le temps qui me reste à vivre. Lorsqu'il faudra que je me lave, je le ferai chez moi.

— Même si tu me faisais cent serments, dit la Reine des serpents, je ne te croirais pas car il ne saurait en

être ainsi. Tu es un être humain et n'as point de
parole. Ton ancêtre Adam a fait une promesse à Dieu
et n'a pas rempli son engagement. Dieu avait pourtant laissé lever son argile pendant quarante jours et
avait fait se prosterner les anges devant lui. Malgré
cela il a rompu le pacte, enfreint son engagement,
oublié sa promesse et n'a pas obéi aux ordres du
Seigneur.

Ḥâsib se tut et ne cessa de pleurer durant dix jours.
Puis il demanda à la reine de lui dire ce qu'il était
advenu de Bulûqiyyâ. La reine reprit donc son récit.

Après deux mois passés chez le roi, Bulûqiyyâ fit ses
adieux et voyagea jour et nuit à travers des solitudes
désertes. Il arriva à une montagne élevée qu'il gravit.
Un ange immense s'y tenait assis qui invoquait Dieu
et priait pour Muḥammad. Il tenait une tablette qui
portait des inscriptions en blanc et d'autres en noir.
L'ange regardait attentivement la tablette. L'une de
ses ailes atteignait l'Orient et l'autre l'Occident. Bulûqiyyâ alla jusqu'à lui et le salua. L'ange lui rendit son
salut et lui demanda qui il était, d'où il venait, où il
allait et comment il se nommait.

— Je suis un homme des Banû Isrâ'îl et je voyage
pour l'amour de Muḥammad, que les prières de
Dieu et son salut soient sur lui. Je m'appelle Bulûqiyyâ.

Comme l'ange lui demandait ce qu'il lui était
advenu au cours de son voyage jusqu'à cette montagne, il raconta tout ce qu'il avait fait et tout ce qu'il
avait vu. L'ange s'émerveilla de son récit. Bulûqiyyâ
lui demanda :

— Dis-moi à ton tour ce qu'est cette tablette ?
Qu'est-ce qui est écrit dessus ? À quoi es-tu occupé et
quel est ton nom ?

— Je m'appelle Mîkhâ'îl et je suis chargé de l'alter-
nance du jour et de la nuit. Et ce jusqu'au jour de la
résurrection.

Bulûqiyyâ fut fasciné par ce discours comme il
l'avait été par l'ange, tant était grand le respect qu'il
inspirait et imposante sa majesté. Il lui fit ses adieux et
marcha jour et nuit jusqu'à ce qu'il arrive à une
immense prairie où il aperçut sept rivières et des
arbres nombreux. Ce fut pour lui un enchantement et il
se promena çà et là jusqu'à ce qu'il parvienne à un
arbre gigantesque sous lequel se tenaient quatre anges.

Il s'approcha et vit que le premier avait forme
humaine, le second celle d'un animal sauvage, le
troisième celle d'un oiseau et le quatrième celle d'un
bœuf. Ils étaient tous occupés à invoquer le Dieu Tout-
Puissant. Chacun d'entre eux disait :

— Mon Dieu, mon Seigneur, mon Maître, en Ton
nom et pour la gloire de Ton prophète Muḥammad,
que soient sur lui Tes prières et Ton salut. Pardonne à
toute créature que Tu as créée à Ton image et sois
indulgent avec elle, Toi qui peux toute chose.

Bulûqiyyâ fut émerveillé par les paroles qu'il entendit. Il poursuivit son chemin et marcha jour et nuit
jusqu'au mont Qâf. Il gravit son sommet et y trouva
assis un ange gigantesque qui chantait les louanges du
Seigneur Tout-Puissant, priait pour que Son nom soit
sanctifié et invoquait Muḥammad, que les prières et le
salut soient sur lui. Il vit que cet ange était occupé à
saisir puis à relâcher, à ouvrir sa main puis à la fermer.
Bulûqiyyâ s'avança vers lui et le salua. L'ange lui
rendit son salut et dit :

— Qui es-tu, d'où viens-tu, où vas-tu et quel est ton
nom ?

— Je suis un être humain des Banû Isrâ'îl. Je me
nomme Bulûqiyyâ et je voyage par amour de Muḥam-

mad, que les prières et le salut de Dieu soient sur lui. Je
me suis égaré en cours de route.

Lorsqu'il eut terminé de faire son récit à l'ange, il
demanda à son tour :

— Qui es-tu, qu'est-ce que cette montagne, qu'es-tu
occupé à faire ?

— Cette montagne est le mont Qâf qui entoure la
terre. Je tiens dans ma main toute contrée que Dieu a
créée. Si notre Seigneur désire qu'elle soit ébranlée par
un tremblement de terre ou qu'elle soit affligée de
sécheresse ou au contraire rendue fertile, qu'elle soit
dévastée par la guerre ou qu'elle connaisse la paix, Il
m'en donne l'ordre et je l'exécute d'ici. Je tiens dans
ma main les veines de la terre.

Et l'aube chassant la nuit, Shahrâzâd dut interrompre son récit.

Lorsque ce fut la quatre cent quatre-vingt-seizième
nuit, elle dit :

On raconte encore, Sire, ô roi bienheureux, que
l'ange dit à Bulûqiyyâ :

— Je tiens dans ma main les veines de la terre.

— Est-ce que Dieu, demanda Bulûqiyyâ, a créé dans
le mont Qâf une terre autre que celle où tu te tiens ?

— Oui, c'est une terre blanche comme de l'argent
dont seul Dieu Tout-Puissant connaît l'étendue. Il l'a
peuplée d'anges qui ne font rien d'autre que de chanter
le Seigneur, faire louange de Sa sainteté et prier pour
Muḥammad, que les prières et le salut de Dieu soient
sur lui.

Chaque veille du vendredi, ils se rassemblent sur
cette montagne et invoquent le Seigneur le Très Haut
jusqu'au matin. Ils offrent la récompense de leurs
chants, de leurs louanges et de leur dévotion aux
pécheurs du peuple du Prophète, que les prières et le

salut de Dieu soient sur lui, et à tous ceux qui purifient leur corps le vendredi. Ils ne feront que cela jusqu'au jour de la résurrection.

— Est-ce que Dieu a créé d'autres montagnes derrière le mont Qâf ?

— Oui, au-delà du mont Qâf se trouve une montagne dont la longueur est de cinq cents années de marche. Elle est faite de neige et de glace. Elle préserve de la chaleur des enfers la terre qui, sans cela, en serait toute incendiée. Au-delà encore se trouvent quarante terres. Chacune d'elles est quarante fois plus grande que la nôtre. Certaines sont d'or, d'autres d'argent, d'autres d'hyacinthe et chacune est colorée différemment. Dieu y fait résider des anges qui n'ont d'autre occupation que de glorifier Son nom et Sa sainteté, de proclamer Son unicité et Sa grandeur et d'exalter Sa magnificence. Ils implorent le Seigneur pour la nation de Muḥammad, que les prières et le salut de Dieu soient sur lui. Ils n'ont entendu parler ni d'Ève ni d'Adam, ne connaissent ni la nuit ni le jour.

Sache que toutes les terres se répartissent en sept marches superposées. Dieu a créé un ange — et Lui seul connaît son apparence et sa puissance — qui porte les sept terres sur sa nuque. L'ange se tient sur un rocher, le rocher est posé sur un taureau, le taureau sur un poisson, le poisson est dans une mer immense. Tout cela créé par Dieu Tout-Puissant qui a donné connaissance à Jésus — le salut soit sur lui — de l'existence de ce poisson.

— Seigneur, dit Jésus, fais apparaître ce poisson que je puisse le voir.

Dieu ordonna à un ange de transporter Jésus jusqu'au poisson pour qu'il le regarde. L'ange prit Jésus, le salut soit sur lui, le conduisit jusqu'à la mer et lui dit de regarder. Jésus regarda mais ne vit rien. Soudain, le

poisson passa devant lui comme un éclair et le Messie
s'évanouit. Lorsqu'il reprit connaissance, Dieu lui
demanda :

— As-tu vu le poisson et sais-tu quelle est sa longueur et sa largeur ?

— Par Ta gloire et Ta majesté, répondit Jésus, je n'ai
pu m'en rendre compte. J'ai vu simplement passer un
taureau gigantesque qui mesurait trois jours de
marche et je ne sais pas du tout qui il était.

— Ce qui est passé devant toi et qui mesurait trois
jours de marche n'est que la tête du taureau. Sache
aussi que chaque jour, je crée quarante poissons
semblables à celui-ci.

Et Jésus s'émerveilla de la puissance du Très Haut.

À ce moment, Bulûqiyyâ demanda à l'ange de lui
dire ce qu'il y avait sous la mer dans laquelle était le
poisson :

— Sous la mer, Dieu a créé un espace d'air infini
sous lequel est un feu, sous lequel est un serpent géant
appelé Falaq. Et n'eût été la peur qu'il a de son
Seigneur, ce serpent avalerait tout ce qui est au-dessus
de lui : feu, air, mer, poisson, taureau, rocher, ange et
tout ce qu'il porte, sans même s'en apercevoir.

Et l'aube chassant la nuit, Shahrâzâd dut interrompre son récit.

Lorsque ce fut la quatre cent quatre-vingt-dix-septième nuit, elle dit :

On raconte encore, Sire, ô roi bienheureux, que
l'ange dit à Bulûqiyyâ :

— N'eût été la crainte qu'il a du Très Haut, ce
serpent avalerait tout ce qu'il a au-dessus de lui : air,
feu, mer, poisson, taureau, rocher, ange et tout ce qu'il
porte sur son cou, sans même s'en apercevoir. Dieu
créa ce serpent et dit :

— Je veux te confier quelque chose que tu garderas.

— Fais ce que Tu veux, répondit le serpent.

— Ouvre la bouche.

Il ouvrit la bouche. Alors Dieu déposa l'enfer dans son ventre et lui dit :

— Garde-le jusqu'au jour de la résurrection. Ce jour-là, le Seigneur ordonnera à ses anges de se munir de chaînes et de conduire l'enfer au lieu du rassemblement pour qu'il ouvre ses portes. Il les ouvrira et il en jaillira des étincelles grandes comme des montagnes.

À ces mots, Bulûqiyyâ se mit à verser d'abondantes larmes. Il fit ses adieux à l'ange et se dirigea vers l'ouest jusqu'à ce qu'il arrive auprès de deux créatures assises devant une porte monumentale qui était fermée. Bulûqiyyâ s'approcha et vit que l'une avait la forme d'un lion et l'autre d'un taureau. Il les salua. Elles lui rendirent son salut et lui demandèrent qui il était, d'où il venait et où il allait ?

— Je suis un être humain, répondit Bulûqiyyâ, et je voyage pour l'amour de Muḥammad, les prières de Dieu et le salut soient sur lui. Mais je suis égaré. À votre tour, dites-moi qui vous êtes et ce qu'est cette porte.

— Nous sommes chargés de la garder et n'avons d'autre occupation que de glorifier le nom de Dieu et Sa sainteté et de prier pour Muḥammad, que les prières de Dieu et son salut soient sur lui.

À ce récit, Bulûqiyyâ fut dévoré par la curiosité et demanda aux deux créatures ce qu'il y avait au-delà de cette porte :

— Nous l'ignorons.

— Au nom de notre Seigneur tout de majesté, ouvrez-moi cette porte que je regarde.

— Nous en sommes bien incapables et aucune créature ne le pourrait sauf Gabriel le fidèle.

Alors Bulûqiyyâ implora humblement Dieu le Très Haut en le suppliant de lui envoyer Gabriel le fidèle afin qu'il lui ouvre la porte et lui permette de regarder. Dieu répondit à sa prière et ordonna à Gabriel de descendre sur terre et d'ouvrir cette porte qui donnait sur le confluent des deux mers. Gabriel descendit sur terre, salua et ouvrit la porte puis dit à Bulûqiyyâ :

— Rentre maintenant, car Dieu m'a ordonné de te le permettre.

Après quoi l'archange referma la porte et remonta au ciel. Bulûqiyyâ vit alors une mer immense. La moitié en était d'eau salée et la moitié d'eau douce. Deux montagnes de rubis entouraient les flots. Bulûqiyyâ s'avança et y vit des anges occupés à glorifier le nom du Seigneur et Sa sainteté. Il les salua. Ils lui rendirent son salut. Il leur demanda ce qu'il en était de cette mer et de ces montagnes.

— Tout cela se trouve sous le Trône, cette mer alimente toutes les mers du globe. C'est nous qui sommes chargés du partage des eaux aussi bien salées que douces et de leur conduite jusqu'à la terre. Ces deux montagnes servent à contenir toutes ces eaux qui nourrissent les flots terrestres. Voilà notre tâche jusqu'au jour du Jugement dernier. À ton tour de nous dire comment tu es parvenu jusqu'ici et vers où tu te diriges.

Bulûqiyyâ leur raconta son histoire du début jusqu'à la fin, puis leur demanda de lui indiquer sa route. Ils lui conseillèrent de retourner à la mer pour la traverser. Il prit du suc magique qu'il avait avec lui, enduisit ses pieds, fit ses adieux et marcha sur les flots nuit et jour. Il cheminait ainsi lorsqu'il vit un beau jeune homme qui se déplaçait aussi sur les eaux. Il s'avança pour échanger avec lui son salut.

Bulûqiyyâ poursuivit sa route et rencontra ensuite

quatre anges qui se mouvaient sur les eaux aussi vite que l'éclair. Bulûqiyyâ se mit en travers de leur route. Lorsqu'ils arrivèrent à lui, il les salua et leur demanda au nom du très Glorieux plein de majesté de lui dire comment ils se nommaient, d'où ils venaient et où ils allaient.

— Je m'appelle Jibrîl (Gabriel) dit le premier, Isrâfîl dit le second, Mîkhâ'îl (Michel) dit le troisième, 'Azrâ'îl (Asraël) dit le quatrième. Il est apparu à l'Occident un serpent énorme qui a détruit mille villes et mangé leurs habitants. Dieu Très Haut nous ordonne de le rejoindre, de nous saisir de lui et de le jeter aux enfers.

Bulûqiyyâ fut émerveillé par leur taille gigantesque. Il reprit sa route comme à l'accoutumée et fit route nuit et jour jusqu'à ce qu'il arrive à une île qu'il aborda et où il se promena quelque temps.

Et l'aube chassant la nuit, Shahrâzâd dut interrompre son récit.

Lorsque ce fut la quatre cent quatre-vingt-dix-huitième nuit, elle dit :

On raconte encore, Sire, ô roi bienheureux, que Bulûqiyyâ aborda et se promena dans l'île un moment. Il aperçut alors un beau jeune homme au visage resplendissant qui était assis entre deux tombes. Il pleurait et sanglotait. Bulûqiyyâ s'approcha, le salua et lui demanda ce qu'il faisait là, quel était son nom et qui était enterré dans ces tombes auprès desquelles il était assis et enfin pourquoi il pleurait tellement. Le jeune homme se tourna vers lui et rendit son salut tout en versant des torrents de larmes. Puis il dit :

— Mon histoire est étrange et mon aventure extraordinaire. Mais je voudrais d'abord que tu t'asseyes près de moi pour me raconter ce que tu as vu dans ton existence et me dire la raison de ta venue en ces lieux.

Quel est ton nom et d'où viens-tu ? Lorsque tu m'auras relaté tout cela, je te ferai à mon tour le récit de
ce que j'ai vécu.

Bulûqiyyâ s'assit près du jeune homme et lui
raconta tout ce qu'il avait fait du début jusqu'à la
fin. Comment son père était mort, comment il avait
hérité de lui, avait ouvert le cabinet, y avait trouvé
un coffret qui contenait un écrit où était faite l'annonce de l'arrivée de Muḥammad — que les prières
de Dieu et le salut soient sur lui — comment il s'était
pris d'amour pour le Prophète et errait à sa
recherche jusqu'à ce qu'il arrive en ces lieux.

— Voilà mon histoire dit Bulûqiyyâ. Dieu est le
plus savant et j'ignore ce qu'il doit advenir par la
suite.

En écoutant ce récit, le jeune homme poussa un
soupir et répondit :

— Mon pauvre ami, mais qu'as-tu donc connu
dans ton existence ! Sache que j'ai vu, moi, le seigneur Salomon vivant. Il n'y a pas de mot pour dire
tout ce que j'ai vécu. Mon histoire est étrange, extraordinaire est mon aventure. Je voudrais que tu
demeures en ma compagnie pour que je t'en parle et
que je t'explique pourquoi je suis assis ici.

Pendant tout le temps que Ḥâsib Karîm ad-Dîn
entendait le récit que lui faisait la Reine des serpents, il ne cessa de s'émerveiller. Puis il dit :

— Libère-moi, ô Reine des serpents, je t'en
conjure, et ordonne à l'un de tes serviteurs de me
ramener à la surface de la terre. Je te fais le serment
que je ne rentrerai plus au hammam durant toute
ma vie.

— Cela ne sera pas, lui répondit la Reine des
serpents, car je ne crois pas à ton serment.

Ḥâsib se mit à pleurer et avec lui tous les serpents qui essayèrent d'intercéder en sa faveur auprès de leur reine et se mirent à lui dire :

— Ordonne à l'un d'entre nous de le ramener à la surface de la terre. Nous le voulons. Il te fera le serment de ne jamais prendre de bain.

La reine s'appelait Yamlîkhâ. Lorsqu'elle eut entendu la demande des serpents, elle se tourna vers Ḥâsib et lui fit prêter serment. Il s'exécuta et la reine intima l'ordre à l'un de ses sujets de le ramener à la surface de la terre. Mais lorsque ce serpent s'apprêta à exécuter son ordre, Ḥâsib dit à la reine :

— Je voudrais bien que tu me racontes l'histoire de ce jeune homme qui était assis entre deux tombes et auprès duquel séjourna Bulûqiyyâ.

La reine accepta :

— Sache, dit-elle, que Bulûqiyyâ s'assit donc auprès du jeune homme et lui narra son histoire sans rien omettre afin que l'autre à son tour lui raconte la sienne, lui dise ce qu'il avait vu dans son existence et lui apprenne les raisons de son séjour entre les deux tombes.

Et l'aube chassant la nuit, Shahrâzâd dut interrompre son récit.

Lorsque ce fut la quatre cent quatre-vingt-dix-neuvième nuit, elle dit :

On raconte encore, Sire, ô roi bienheureux, que Bulûqiyyâ narra son histoire au jeune homme. Celui-ci lui répondit :

— Sont-ce là les merveilles que tu as vues, mon pauvre ami ? J'ai vu, moi, le seigneur Salomon vivant. Il n'y a pas de mot pour décrire les merveilles que j'ai contemplées. Mon père était un roi répondant au nom de Tîghmûs. Il régnait sur le royaume de Kâbul et sur

les Banû Shahlân qui comptaient dix mille toparques.
Chaque toparque avait sous sa responsabilité cent cités
et cent forteresses et leurs murailles. Mon père avait
sous sa suzeraineté sept sultans et on lui apportait les
richesses de l'Orient à l'Occident. C'était un souverain
juste. Dieu le Très Haut lui avait généreusement donné
ce royaume considérable et toute cette opulence. Mais
il n'avait pas d'enfant mâle et le plus grand désir de sa
vie était d'en avoir un pour assurer sa succession après
sa mort. Il réunit un jour les maîtres de tous les savoirs
et les sages, spécialement les astronomes, astrologues
et mathématiciens et leur dit :

— Examinez attentivement mon horoscope et dites-
moi si Dieu doit m'accorder un enfant mâle qui me
succédera sur le trône.

Les astrologues ouvrirent leurs livres, examinèrent
la conjonction astrale sous laquelle il était né et lui
dirent :

— Sache, ô souverain, que Dieu t'accordera un fils.
Mais tu ne pourras l'avoir que de la fille du roi du
Khurâsân.

En entendant ces mots, le roi Tîghmûs éprouva une
très grande joie. Il distribua aux astrologues et aux
savants des richesses considérables et des biens innombrables, et ils s'en furent leur chemin.

Le roi avait pour grand vizir un très éminent
toparque dont la garde ne comptait pas moins de mille
cavaliers. Il s'appelait 'Ayn Zâr.

— Je voudrais, lui dit le souverain, que tu te pré-
pares pour aller au Khurâsân. Là-bas, tu me demanderas la main de la fille du roi Bahrawân.

Tîghmûs raconta à 'Ayn Zâr ce que lui avaient
annoncé les astrologues. Celui-ci s'en retourna immédiatement chez lui pour se préparer au voyage. Quelque temps après, il sortait de la ville, entouré de

soldats en armes et de vaillants guerriers. Tîghmûs, de son côté, prépara mille cinq cents charges de soie, de joyaux, de perles, d'hyacinthes, d'or, d'argent et autres métaux. Il fit charger chameaux et mulets d'une grande quantité d'objets devant servir au mariage. Il confia le convoi à son grand vizir en même temps qu'il lui remettait la lettre suivante :

« Que le salut soit sur le roi Bahrawân. Sache que nous avons réuni nos astrologues, nos astronomes ainsi que nos maîtres mathématiciens. Ils nous ont appris que nous ne pourrions avoir de fils que de ta fille. Je t'envoie mon vizir 'Ayn Zâr chargé d'un nombre considérable d'objets devant servir au mariage. Je lui délègue toute autorité pour agir en mon nom et lui donne pouvoir d'accepter les clauses du contrat de mariage. Je souhaite qu'il te plaise de répondre favorablement aux demandes de mon vizir car ce sont les miennes. Ne fais donc pas preuve de négligence. Tout ce que tu feras de bien en faveur de ce projet sera apprécié. Mais prends garde de t'y opposer. Sache, ô roi Bahrawân que Dieu a eu la générosité de me confier le royaume de Kâbul et de m'accorder de commander aux Banû Shahlân. Il m'a conféré un pouvoir considérable. Si j'épouse ta fille, nous partagerons le pouvoir en toute égalité ; je t'enverrai chaque année des richesses qui te combleront. Ce sont là mes volontés à ton égard. »

Tîghmûs scella sa lettre, la remit au vizir 'Ayn Zâr et lui ordonna de partir pour le Khurâsân. Le vizir n'interrompit sa route que lorsqu'il arriva à la capitale du roi Bahrawân. Celui-ci fut informé de sa présence. Dès qu'il apprit cette nouvelle, il envoya les Grands de son royaume à sa rencontre. Il les fit accompagner d'une caravane de vivres et d'une autre de fourrage pour les chevaux. Lorsque les deux cortèges furent en

présence, on mit pied à terre et l'on se salua. Les bêtes
furent déchargées. On resta ainsi dix jours durant à
festoyer avant que tout le monde, hôtes et visiteurs,
reprenne le chemin de la ville.

Le roi Bahrawân sortit de ses murailles pour accueillir le vizir du roi Tîghmûs. Il lui donna l'accolade, lui
présenta ses salutations et se dirigea en sa compagnie
vers la citadelle. Là, le vizir offrit tous les présents et
tous les trésors dont il s'était chargé et remit au roi la
lettre de Tîghmûs. Bahrawân la lut et fut saisi d'une très
grande joie. Il souhaita la bienvenue au vizir et dit :

— Réjouis-toi ! Même si Tîghmûs m'avait demandé
mon âme, je la lui aurais donnée.

Le roi se rendit sur-le-champ dans ses appartements
où il informa sa fille, la mère de celle-ci et ses proches de
ce qui arrivait et leur demanda conseil. Elles lui
répondirent :

— Fais ce qui te semble bon.

Et l'aube chassant la nuit, Shahrâzâd dut interrompre son récit.

Lorsque ce fut la cinq centième nuit, elle dit :

On raconte encore, Sire, ô roi bienheureux, que le roi
Bahrawân prit conseil de sa fille, de la mère de celle-ci
et de ses proches. Tous lui répondirent :

— Fais ce qui te semble bon.

Bahrawân revint auprès du vizir 'Ayn Zâr et lui apprit
que l'affaire était conclue. Le vizir séjourna auprès du
roi pendant deux mois puis sollicita la permission de
remplir la mission pour laquelle il était venu.

— Car, poursuivit-il, il est temps que nous retour-
nions en notre pays.

— Il en sera comme tu le désires, dit le roi qui donna
l'ordre de procéder à tous les préparatifs du mariage.

Il convoqua ensuite ses vizirs, les plus grands digni-

taires de son royaume ainsi que les moines et les
prêtres qui célébrèrent le mariage de sa fille et du roi
Tîghmûs. Bahrawân commanda que l'on se prépare au
voyage. Il fit présent à sa fille de cadeaux, d'objets
rares et précieux, de parures d'or et d'argent d'une
beauté telle qu'elle décourageait la description. Il fit
dérouler les tapis dans les rues de la ville qui fut
somptueusement décorée. Le vizir 'Ayn Zâr prit ainsi
le chemin du retour en compagnie de la fille du roi
Bahrawân.

Lorsque la nouvelle de leur arrivée parvint à Tîghmûs, il ordonna de prévoir les fêtes et d'embellir la
ville. Puis il fit son entrée auprès de son épouse et lui
ôta sa virginité. Peu de jours après, elle conçut un
enfant. Au terme de sa grossesse, elle donna le jour à un
garçon beau comme une lune pleine. Le roi en éprouva
une vive joie. Il fit venir les savants, les astrologues, les
experts en horoscope et leur dit :

— Je veux que vous examiniez les astres et que vous
déterminiez la conjonction sous laquelle est né cet
enfant. Dites-moi quel doit être son destin.

Les savants et les astrologues déterminèrent sa
conjonction astrale et établirent que l'enfant devait
être heureux mais qu'il connaîtrait une peine lorsqu'il
atteindrait l'âge de quinze ans. S'il arrivait à lui
survivre, il vivrait un grand bonheur, deviendrait un
souverain plus puissant que le roi son père : ses ennemis
périraient et lui vivrait une vie tranquille. Mais que s'il
venait à mourir, rien de cela, bien entendu, ne se
réaliserait. Dieu a le savoir de toute chose.

Le roi fut tout réjoui par cette annonce. Il nomma
son fils Jânshâh. Il le confia aux femmes et aux
nourrices et lui fit donner la meilleure éducation.
Lorsqu'il eut cinq ans, son père lui apprit à lire et il put
ainsi prendre connaissance des Évangiles. Il lui apprit

les arts martiaux à moins de sept ans. Le jeune prince faisait de longues chevauchées de chasse et devint un toparque considérable et un maître dans tous les arts de la cavalerie. Lorsque parvenaient à son père des nouvelles de sa bravoure dans tous les exercices de la guerre, il en éprouvait une grande joie.

Il advint que le roi Tîghmûs ordonna un jour à son armée de se préparer à une chevauchée de chasse. Les troupes se mirent en ordre de marche et le roi Tîghmûs monta son cheval et partit en avant aux côtés de son fils Jânshâh. Ils s'enfoncèrent dans un pays sauvage et désert et chassèrent sans interruption jusqu'à l'après-midi du troisième jour. Une gazelle à la robe d'une étrange couleur fut débusquée à la droite de Jânshâh et prit la fuite devant lui. Le jeune homme l'aperçut et s'élança à sa poursuite de toute la vitesse de son cheval. Sept serviteurs du roi se détachèrent de la troupe pour le suivre. Ils le virent forcer l'allure derrière la gazelle et lâchèrent la bride à leurs montures. Ils avaient des chevaux de sang et ne cessèrent de galoper jusqu'à ce qu'ils arrivent à un fleuve. Ils se précipitèrent tous sur la gazelle pour la servir mais elle s'échappa et se jeta dans le courant.

Et l'aube chassant la nuit, Shahrâzâd dut interrompre son récit.

Lorsque ce fut la cinq cent unième nuit, elle dit :

On raconte encore, Sire, ô roi bienheureux, que la gazelle, tout près d'être capturée par Jânshâh et ses serviteurs, s'échappa et se jeta dans le fleuve. Or, il se trouvait qu'une barque de pêcheur était amarrée à la rive. La gazelle y tomba. Jânshâh et ses serviteurs mirent pied à terre, sautèrent dans la barque et se saisirent de l'animal. Ils allaient regagner la berge lorsque le prince aperçut une très grande île et dit à sa garde qu'il désirait s'y rendre. Les soldats lui obéirent et ramèrent jusqu'à l'île où ils abordèrent pour une longue promenade. Ils revinrent à la barque où se trouvait toujours la gazelle. Ils embarquèrent pour regagner la rive d'où ils venaient. Mais le soir tomba et ils se perdirent. Le vent se leva et poussa l'embarcation au milieu du fleuve. Ils n'eurent rien d'autre à faire que de dormir jusqu'au matin. Lorsqu'ils se réveillèrent, ils ne savaient plus où ils étaient et se laissèrent porter par les eaux. Voilà ce qu'il en était de Jânshâh.

Quant à son père Tîghmûs, il s'aperçut de la disparition de son fils et enjoint à ses soldats d'aller à sa recherche dans toutes les directions. Ils s'élancèrent et certains d'entre eux parvinrent au fleuve. Ils trouvèrent sur la berge le soldat qui était resté garder les chevaux de Jânshâh. Ils lui demandèrent ce qui était advenu de son maître et des six autres serviteurs. Il leur raconta ce qu'il avait vu et revint avec eux auprès du souverain. Lorsque celui-ci eut entendu leur récit, il versa des larmes amères, jeta sa couronne et mordit ses poings d'avoir laissé partir son fils. Puis il se leva et fit écrire des missives à destination de toutes les îles du fleuve. Il fit charger cent embarcations de soldats auxquels il prescrivit de patrouiller à la recherche de son fils. Après cela, il rassembla le reste de sa troupe et de ses soldats et revint dans sa ville le cœur plein d'une peine immense. À la nouvelle de la disparition de Jânshâh, sa mère se frappa le visage et prit le deuil. Voilà pour ce qui était du souverain et de sa femme.

Quant à Jânshâh et aux serviteurs, ils ne cessaient d'errer sur les eaux du fleuve. Les éclaireurs, de leur côté, poursuivirent leur recherche dix jours durant mais en vain. Ils revinrent chez le roi et l'informèrent de leur échec. Pendant ce temps, une tempête s'abattait sur Jânshâh et ses six compagnons. Le vent les poussa sur le rivage d'une île ; ils descendirent de la barque et marchèrent jusqu'à une source située au milieu de l'île où ils trouvèrent un homme assis qu'ils saluèrent. Il leur rendit leur salut et parla dans une langue qui ressemblait au sifflement d'un oiseau. Jânshâh en fut étonné. L'homme se mit alors à se tourner vers sa droite puis vers sa gauche et se partagea soudain en deux moitiés dont chacune partit de son côté. À ce moment survint un très grand nombre d'hommes de toutes sortes qui descendaient des flancs d'une montagne. Arrivés à la source, ils se divisaient en deux à leur tour. S'étant ainsi multipliés, ils se précipitèrent sur Jânshâh et ses serviteurs pour les dévorer. Ceux-ci s'enfuirent à toutes jambes, poursuivis par les monstres qui réussirent à capturer trois d'entre eux. Le prince et les trois autres se jetèrent vers le rivage et poussèrent leur embarcation sur les eaux. Ils voguèrent nuit et jour sans savoir où les portait le courant. Ils égorgèrent la gazelle pour se restaurer.

Le vent les poussa sur la côte d'une seconde île couverte d'arbres chargés de fruits et parcourue par de nombreuses rivières. On y voyait des jardins plantés d'arbres fruitiers divers qui poussaient au bord des ruisseaux. On aurait dit le paradis. À ce spectacle Jânshâh fut enchanté. L'un des serviteurs se proposa d'aller à la découverte, mais le prince ne trouva pas l'idée bonne et préféra que les trois hommes aillent ensemble voir de quoi il retournait pendant que lui les attendrait dans la barque. Les trois serviteurs s'exécutèrent.

Et l'aube chassant la nuit, Shahrâzâd dut interrompre son récit.

Lorsque ce fut la cinq cent deuxième nuit, elle dit :
On raconte encore, Sire, ô roi bienheureux, que les

serviteurs abordèrent sur l'île et la parcoururent d'est en ouest sans y rencontrer âme qui vive. Ils poussèrent plus loin vers l'intérieur et virent au loin une citadelle aux murailles de marbre blanc qui protégeaient un palais de pur cristal. À l'intérieur de cette citadelle se trouvait un jardin comportant toutes les espèces imaginables de fruits et de fleurs. On y voyait des arbres sur lesquels gazouillaient des oiseaux, un lac immense et sur la rive de ce lac un magnifique pavillon à colonnades. Des sièges y étaient disposés autour d'un lit d'apparat fait d'or rouge incrusté de gemmes. Éblouis par tant de beauté, les serviteurs de Jânshâh parcoururent la citadelle et le jardin sans y trouver personne.

Ils s'en revinrent auprès de Jânshâh et lui racontèrent ce qu'ils avaient vu. Le prince décida de se rendre lui-même sur les lieux. Il descendit de la barque et, accompagné des serviteurs, prit le chemin de la citadelle. Il fut lui aussi émerveillé par ce qu'il vit. Les compagnons se promenèrent dans le jardin et mangèrent des fruits jusqu'à la tombée de la nuit. À ce moment-là, ils se dirigèrent vers le pavillon. Jânshâh prit place sur le lit d'apparat au milieu des sièges disposés tout autour de lui. Il devint alors pensif et se mit à pleurer en songeant au trône de son père, à son pays, à sa famille et à ses proches. Les trois serviteurs versèrent à leur tour des larmes abondantes. À ce moment retentit un cri immense qui venait du côté des eaux. Ils se tournèrent de ce côté et aperçurent des singes aussi nombreux que des sauterelles en vol déployé.

Il se trouvait que la citadelle et l'île appartenaient à ces singes. Ils avaient trouvé l'embarcation dans laquelle Jânshâh était arrivé, l'avaient fracassée sur le rivage et avaient fini par rejoindre le prince assis sous le pavillon.

— Tout cela, dit la Reine des serpents à Ḥâsib, était raconté à Bulûqiyyâ par le jeune homme assis entre les deux tombes.

À la demande de Ḥâsib, elle reprit son récit :

Jânshâh était assis sur le lit d'apparat, entouré par ses serviteurs, lorsque survinrent les singes qui leur inspirèrent une grande frayeur. À ce moment-là plusieurs singes s'avancèrent près du lit sur lequel était assis Jânshâh, se prosternèrent, baisèrent la terre devant lui, se relevèrent, mirent leurs mains sur leur poitrine et se tinrent debout. Après cela un second groupe s'avança qui conduisait des gazelles. Les singes les égorgèrent, les écorchèrent, découpèrent leur viande et la firent griller jusqu'à ce qu'elle fût bonne à manger. Ils en disposèrent les morceaux dans des plateaux d'or et d'argent, tendirent la nappe et firent signe à Jânshâh et à ses compagnons de s'avancer. Jânshâh descendit de sa couche et mangea avec les singes et ses serviteurs jusqu'à ce que tous fussent rassasiés. Les singes desservirent et offrirent des fruits qu'ils dégustèrent en faisant la louange du Seigneur Tout-Puissant. Puis Jânshâh fit signe aux singes du rang le plus élevé et leur demanda à qui appartenaient ces lieux. Toujours par signes, ils lui apprirent que cette demeure avait appartenu au seigneur Salomon, fils de David, qui y venait une fois par an pour s'y distraire.

Et l'aube chassant la nuit, Shahrâzâd dut interrompre son récit.

Lorsque ce fut la cinq cent troisième nuit, elle dit :
On raconte encore, Sire, ô roi bienheureux, que les singes apprirent à Jânshâh que ces lieux avaient

appartenu à Salomon, fils de David, qui venait s'y
distraire une fois par an. Ils ajoutèrent :

— Prince, tu es devenu notre souverain et nous
sommes à ton service. Mange, bois, nous ferons tout ce
que tu nous demanderas de faire.

Ils se levèrent, baisèrent le sol devant lui et s'en
allèrent. Jânshâh passa la nuit sur le lit d'apparat
tandis que ses serviteurs dormaient autour de lui sur
des sièges.

Au matin s'avancèrent les quatre ministres qui
commandaient aux singes, entourés de leurs gardes. Le
pavillon fut bientôt rempli de singes qui se disposèrent
en rang autour du trône. Les ministres prièrent Jânshâh de bien vouloir juger les affaires présentes en
toute équité. Puis le peuple des singes s'éloigna et il ne
resta que ceux qui étaient au service du prince leur roi.
D'autres arrivèrent bientôt, accompagnés de chiens
qui étaient de la taille d'un cheval et portaient une
chaîne à leur cou. Jânshâh resta stupéfait devant
l'énormité de ces bêtes. Les singes ministres lui firent
alors signe de monter l'une d'entre elles. Il le fit imité
par ses trois serviteurs. Alors l'armée des singes
s'élança pareille en nombre à un vol déployé de
sauterelles. Certains étaient montés, d'autres allaient à
pied et ils ne cessèrent de longer la côte jusqu'à ce que
Jânshâh aperçoive l'embarcation sur laquelle il était
arrivé et qui était maintenant hors d'usage. Il se tourna
vers les ministres et leur demanda les raisons pour
lesquelles elle avait été coulée.

— Sire, répondirent-ils, nous savions dès votre arrivée sur notre île que vous seriez notre souverain. Nous
avons eu peur que vous vous enfuyiez à notre approche
et que vous repreniez la mer. Aussi avons-nous coulé
votre bateau.

À ces mots, Jânshâh dit à ses serviteurs :

— Nous n'avons plus aucun moyen d'échapper à ces animaux. Supportons avec patience les décrets de Dieu.

Ils poursuivirent leur marche jusqu'à ce qu'ils arrivent au bord d'un fleuve qui coulait au pied d'une haute montagne. Jânshâh regarda et s'aperçut que les hauteurs en étaient peuplées d'ogres. Il interrogea les singes sur ce qu'il en était :

— Sire, répondirent-ils, ces ogres sont nos ennemis et nous sommes venus pour les combattre.

Jânshâh regardait ces créatures avec épouvante tellement elles paraissaient énormes. Elles étaient montées sur des chevaux, certains à tête de vaches, d'autres à tête de chameaux. L'armée des singes, disposée sur les bords du fleuve, engagea le combat en projetant des rochers taillés comme des fûts de colonnes. La mêlée devint farouche. Jânshâh s'aperçut que les ogres prenaient l'avantage. Il hurla à ses serviteurs d'armer leurs arcs et de lancer leurs flèches contre eux afin de les faire reculer. Les serviteurs s'exécutèrent et causèrent des ravages parmi les rangs des ogres dont un grand nombre fut tué. Le reste prit la fuite. Les singes, Jânshâh à leur tête, purent s'élancer dans la rivière, aborder sur l'autre rive et se lancèrent à la poursuite des ogres qui furent complètement défaits. Jânshâh et les singes purent aller ainsi jusqu'à la montagne. Le prince y trouva une plaque de marbre sur laquelle ces mots étaient écrits :

« ... Ô toi qui entres en ce pays, sache que tu deviendras le souverain des singes. Tu ne pourras leur échapper qu'en allant vers l'est, vers la montagne. Celle-ci est longue de trois mois de marche et tu y seras accompagné par les fauves, les ogres, les génies rebelles et les démons. Tu arriveras ensuite à l'océan qui entoure la terre. Si tu te dirigeais au contraire vers

l'ouest, sache que tu marcherais quatre mois avant
d'arriver à la vallée des fourmis. Si tu y pénètres,
prends bien garde à ces bêtes. Cette vallée te conduira
à une haute montagne qui brûle comme un feu et qui
est longue de dix jours de marche. »

Et l'aube chassant la nuit, Shahrâzâd dut interrompre son récit.

Lorsque ce fut la cinq cent quatrième nuit, elle dit :
On raconte encore, Sire, ô roi bienheureux, que
Jânshâh finit de lire la plaque de marbre qu'il avait
découverte. Elle s'achevait sur ces mots : « Tu arriveras ensuite à un immense fleuve dont les eaux coulent
si vite qu'elles en donnent le vertige. Ce fleuve s'as-
sèche tous les samedis. Sur son autre rive est construite une cité exclusivement peuplée de juifs qui nient
la religion de Muḥammad. Il n'y a point d'autre cité
qu'elle dans toute cette région. Tant que tu resteras
avec les singes, ils triompheront des ogres. Sache enfin
que cette plaque a été gravée par le seigneur Salomon,
fils de David, que le salut soit sur eux deux. »

Lorsqu'il eut terminé sa lecture, Jânshâh versa
d'abondantes larmes, se tourna vers ses serviteurs et
les informa de ce qu'il venait de lire. Puis il reprit sa
monture, imité par toute l'armée des singes. Heureux
d'avoir emporté la victoire sur leurs ennemis, ils s'en
retournèrent vers leur cité-citadelle.

Jânshâh resta donc au gouvernement de la cité des
singes pendant une année et demie. Il ordonna un jour
à toute l'armée de se préparer pour une grande chasse.
Accompagné par ses serviteurs, il prit la tête de la
troupe qui s'enfonça dans les solitudes désertes. Ils ne
cessèrent d'avancer ainsi et de se transporter de lieu en
lieu jusqu'à ce que le prince reconnût la vallée des
fourmis telle qu'elle était décrite sur la plaque de

marbre gravée par Salomon. Il ordonna alors qu'on
mît pied à terre. Les singes s'exécutèrent et restèrent là
durant dix jours à manger et à boire. Une nuit, Jânshâh
réussit à s'isoler avec ses serviteurs et leur dit :

— J'ai décidé de m'enfuir et de voyager dans la
vallée des fourmis jusqu'à ce que j'arrive à la ville des
juifs. Peut-être Dieu nous aidera-t-il à nous délivrer de
ces singes et à revenir en notre pays.

— Nous t'obéirons, répondirent les serviteurs.

Jânshâh laissa passer une petite partie de la nuit
puis se leva. Lui et ses compagnons prirent leurs
armes, ceignèrent épées et poignards et s'en furent
pour marcher jusqu'au matin. Lorsque les singes se
réveillèrent et ne virent plus les quatre hommes, ils
comprirent qu'ils s'étaient échappés. Un groupe
d'entre eux se précipita sur des montures et partit dans
la direction de l'est. Une autre troupe s'élança, elle,
vers la vallée des fourmis, et, après quelque temps de
poursuite, aperçut bientôt les fugitifs. Les poursui-
vants accélérèrent l'allure, Jânshâh et ses serviteurs
s'enfoncèrent dans la vallée des fourmis. Mais les
singes les rejoignirent, les attaquèrent et se mirent en
devoir de les tuer. À ce moment-là, des fourmis,
chacune de la taille d'un chien, sortirent de terre aussi
nombreuses que des sauterelles. Elles s'élancèrent sur
les singes et leur livrèrent un combat acharné. Les
pertes furent grandes des deux côtés, mais la victoire
resta aux fourmis. La fourmi qui se saisissait d'un
singe lui tranchait le corps par le milieu tandis qu'il
fallait dix singes pour se saisir d'une fourmi et lui
couper le corps en deux. Le combat dura jusqu'au soir.
Profitant de la nuit, Jânshâh et ses serviteurs s'enfoncèrent au plus profond de la vallée.

Et l'aube chassant la nuit, Shahrâzâd dut interrompre son récit.

Lorsque ce fut la cinq cent cinquième nuit, elle dit :
On raconte encore, Sire, ô roi bienheureux, que
lorsque arriva le soir, Jânshâh et ses serviteurs s'élancèrent au plus profond de la vallée et ne cessèrent de
courir jusqu'au matin. Un dernier groupe de singes qui
les avait suivis fondit sur eux. Jânshâh cria à ses
compagnons de dégainer et de se préparer à combattre. Les quatre hommes se mirent à frapper d'estoc et
de taille. Mais un singe géant aux incisives aussi
grandes que des défenses d'éléphant parvint jusqu'à
l'un des serviteurs et d'un seul coup le trancha par le
milieu. Les singes triomphaient en nombre. Pressé de
toute part, Jânshâh courut vers le fond de la vallée. Il y
vit un très grand fleuve sur la rive duquel se tenaient
des fourmis géantes qui se portèrent vers le prince et
l'entourèrent. L'un des serviteurs coupa en deux une
fourmi d'un seul coup d'épée. Mais les assaillantes
étaient trop nombreuses. Elles s'emparèrent du pauvre
homme et le firent périr. À ce moment-là les singes qui
étaient eux aussi descendus du flanc de la vallée, se
jetèrent une fois encore sur Jânshâh. Celui-ci, se voyant
perdu, enleva ses vêtements et plongea dans les eaux
du fleuve en compagnie du dernier serviteur qui lui
restait. Ils nagèrent jusqu'au milieu du courant et
aperçurent sur l'autre rive un arbre immense dont les
branches se déployaient au-dessus des eaux. Jânshâh
nagea dans cette direction, se saisit d'une branche et,
grâce à elle, put regagner le rivage. Son serviteur,
vaincu par la force des eaux, fut emporté par un
tourbillon et disparut.
Jânshâh, resté seul, tordit ses vêtements et les fit
sécher au soleil. Pendant ce temps un combat terrible
se poursuivait sur l'autre rive entre fourmis et singes.
Ces derniers finirent par se retirer pour s'en retourner

dans leur pays. Quant à Jânshâh il pleura jusqu'au soir
puis se réfugia dans une grotte. Les lieux lui inspi-
raient une très grande peur et il ressentait durement la
solitude où il se trouvait après la disparition de ses
compagnons. Il réussit cependant à s'endormir. Au
matin, il se mit en route et marcha des nuits et des
jours. Il ne mangea pendant tout ce temps que des
herbes. Il parvint ainsi à la montagne qui semblait
brûler comme un feu. Il poursuivit sa route et arriva au
fleuve qui s'asséchait tous les samedis. Il s'approcha et
constata que c'était un fleuve immense sur la rive
duquel s'élevait une grande ville. Il s'agissait de la ville
des juifs telle qu'elle était décrite sur la plaque de
marbre gravée par Salomon. Il attendit là jusqu'au
samedi. Les eaux s'arrêtèrent de couler et il put ainsi
traverser le fleuve et arriver à la cité.

Il ne vit pas âme qui vive dans les rues. Il marcha
jusqu'à la porte d'une maison qu'il ouvrit pour entrer.
Il trouva à l'intérieur des personnes absolument silen-
cieuses et qui ne prononçaient jamais un mot.

— Je suis un étranger et j'ai faim, leur dit-il.

On l'invita par signes à manger et à boire en silence.
Il s'assit alors, mangea, but et dormit toute la nuit. Au
matin, le maître de la maison le salua, lui souhaita la
bienvenue et lui demanda d'où il venait et où il allait. À
ces paroles, Jânshâh versa des larmes amères, raconta
toute son histoire et dit qu'il venait de la ville de
Kâbul. L'hôte juif écouta ce discours avec étonnement :

— Nous n'avons jamais entendu parler de cette
ville, dit-il. La seule chose dont nous ont parlé des
marchands venus en caravanes est qu'il existe un pays
appelé le Yémen.

Jânshâh demanda à quelle distance se trouvait ce
pays :

— Les commerçants de ces caravanes, lui fut-il répondu, disent que leur pays se trouve à deux ans et trois mois d'ici.

— Quand doit arriver la prochaine caravane ?

— L'an prochain.

Et l'aube chassant la nuit, Shahrâzâd dut interrompre son récit.

Lorsque ce fut la cinq cent sixième nuit, elle dit :

On raconte encore, Sire, ô roi bienheureux, que Jânshâh, apprenant que la caravane ne devait arriver que l'année suivante, versa des larmes amères et s'affligea sur son sort et celui de ses serviteurs. Il s'attrista d'être séparé de sa mère et de son père ainsi que d'avoir subi tout ce qu'il avait subi depuis son départ. En voyant son chagrin, l'hôte lui dit :

— Ne pleure donc pas, jeune homme, et reste avec nous jusqu'à l'arrivée de la caravane. Tu t'en retourneras avec elle.

Jânshâh demeura donc chez lui. Il sortait chaque jour se promener dans les rues de la ville et y flâner. Il était là depuis deux mois, lorsqu'il sortit comme il le faisait d'habitude. Il déambulait quand il entendit un homme proclamer :

— Qui veut gagner mille dinars et une servante pleine de grâce et de beauté contre un travail qui ne durera que de l'aube jusqu'à midi ?

Personne ne répondit à cette offre. Jânshâh se disait en lui-même : « Si ce travail ne présentait pas quelque danger, celui qui le propose n'offrirait pas mille dinars et une belle servante pour travailler simplement de l'aube jusqu'à midi. » Il s'avança pourtant et dit :

— Je veux bien faire ce travail.

Accompagné du prince, l'homme gagna une maison haute où il entra. C'était une vaste demeure où se trouvait un marchand juif assis sur un siège d'ébène. L'homme s'arrêta devant lui et dit :

— Je proclame ton offre dans la ville depuis trois mois. Personne n'y a répondu jusqu'à ce jour où vient de se présenter ce jeune homme.

Le marchand souhaita la bienvenue à Jânshâh et le fit entrer dans une pièce très richement meublée. Il ordonna à ses esclaves de servir le repas. Ils mirent la nappe et servirent toutes sortes de mets. Les deux hommes mangèrent puis se lavèrent les mains. On présenta alors les boissons. Puis le marchand se leva, s'absenta un moment et revint muni d'une bourse qui contenait mille dinars et accompagné d'une servante à l'exceptionnelle beauté. Il dit au prince :

— Je t'offre cette servante et cet argent pour le travail que je te demanderai de me faire.

Jânshâh fit asseoir la jeune fille à ses côtés et prit la bourse. Le marchand s'en alla après avoir donné rendez-vous pour le lendemain. Jânshâh et la servante passèrent la nuit dans cette pièce. Au matin, le prince s'en fut au hammam. Le marchand ordonna à ses esclaves de lui préparer des vêtements de soie qu'il revêtit à sa sortie de bain. Il fut reconduit dans la demeure de son hôte qui fit apporter une harpe persane et un luth, et servir les boissons. Les deux hommes burent, se divertirent et rirent jusqu'à la minuit.

À ce moment, le marchand se retira dans son gynécée et Jânshâh dormit jusqu'à l'aube avec la servante. Le prince se rendit au hammam et revint chez le marchand qui lui dit :

— Le temps est venu de travailler.

Le prince acquiesça et le commerçant fit seller deux mules par ses esclaves. Les deux hommes montèrent et ne s'arrêtèrent de cheminer qu'à midi lorsqu'ils arrivèrent à une montagne dont les cimes se perdaient à l'infini. Ils mirent pied à terre. Le marchand donna à Jânshâh un couteau et une corde en lui disant :

— Égorge cette mule.

Jânshâh retroussa ses habits, prit le couteau, lia les pattes de la bête, la jeta à terre, l'égorgea, l'écorcha et lui coupa les quatre pattes et la tête. Le marchand lui dit alors :

— Je t'ordonne de lui ouvrir le ventre et de t'y introduire. Une fois que tu seras à l'intérieur, je recoudrai les chairs. Ne bouge pas de là et tiens-moi informé de tout ce qui pourrait survenir.

Jânshâh s'étant exécuté, le marchand cousut les chairs et s'éloigna.

Et l'aube chassant la nuit, Shahrâzad dut interrompre son récit.

Lorsque ce fut la cinq cent septième nuit, elle dit :
On raconte encore, Sire, ô roi bienheureux, que le marchand, après avoir recousu le ventre de la mule où s'était placé Jânshâh, s'éloigna et se dissimula au pied de la montagne. Au bout d'un moment, un oiseau gigantesque s'abattit sur la mule, la saisit dans ses serres puis reprit son vol et alla se poser au sommet de la montagne où il se mit en devoir de dévorer sa proie. Jânshâh qui s'était rendu compte de ce qui se passait, fendit le ventre de la mule et s'en dégagea. L'oiseau, effrayé en apercevant le prince, s'envola et disparut. Jânshâh se mit debout et regarda autour de lui. Il ne vit rien d'autre que des cadavres desséchés par le soleil :

— *Il n'y a de force et de puissance que Dieu le Très Haut, le Très Grand*, dit le prince.

Il jeta les yeux vers le bas de la montagne et aperçut le marchand qui lui cria :

— Jette-moi quelques-unes des pierres qui sont près de toi, je t'indiquerai ensuite le chemin par lequel tu pourras descendre.

Jânshâh jeta environ deux cents de ces pierres qui étaient d'hyacinthe, de topaze et autres joyaux précieux. Puis il dit au marchand :

— Indique-moi le chemin avant que je t'en lance d'autres.

Mais le marchand ramassa les gemmes, les chargea sur sa mule et s'en alla sans dire une parole.

Ainsi abandonné, Jânshâh appela au secours et pleura en vain. Il resta dans cet état durant trois jours. Puis il commença à marcher le long du versant de la montagne. Il avança ainsi pendant deux mois ne se nourrissant que des herbes qu'il cueillait. Il parvint à l'extrémité de la montagne et aperçut tout au bas, à une grande distance, une vallée pleine d'arbres et d'oiseaux qui glorifiaient le nom du Seigneur, l'Unique, le Tout-Puissant. À cette vue, Jânshâh éprouva une profonde joie. Il continua d'avancer jusqu'à ce qu'il trouve une faille par où s'écoulaient les eaux d'un torrent. Il suivit cette brèche et finit par déboucher dans la vallée qu'il avait vue de là-haut. Il s'y promena ici et là, et ne cessa de flâner et de se divertir jusqu'à ce qu'il arrive devant un majestueux château qui s'élevait jusques aux cieux. Il s'avança.

Un beau vieillard dont le visage resplendissait, se tenait debout devant la porte. Il tenait à la main un bâton fait d'hyacinthe. Jânshâh le salua. Le vieillard lui rendit son salut, lui souhaita la bienvenue et le pria de s'asseoir. Une fois assis sur le seuil de la demeure, le vieillard lui demanda d'où il venait, comment il était arrivé en ce pays auquel nul être humain n'était parvenu et où il allait. Jânshâh versa d'abondantes larmes au souvenir de ce qu'il avait enduré et ne put

prononcer un seul mot tant il sanglotait. Le vieillard
lui dit :

— Cesse de pleurer, mon enfant, car tu me fends le
cœur.

Puis il se leva et alla chercher un peu de nourriture
qu'il posa devant le prince en l'invitant à se restaurer.
Lorsqu'il eut mangé à satiété, le vieillard lui demanda
de lui raconter son histoire et tout ce qui lui était
arrivé. Jânshâh lui narra donc tous les événements
qu'il avait vécus depuis le début de son séjour dans
ces lieux. Lorsqu'il eut écouté ce récit, le vieillard en
fut tout émerveillé. Le prince lui dit alors :

— Je voudrais bien savoir à qui appartient cette
vallée et ce majestueux château.

— Sache, répondit le vieillard, que cette vallée, ce
château et tout ce qu'il contient, appartiennent à
notre seigneur Salomon fils de David, que le salut soit
sur eux deux. Je m'appelle moi-même le Cheikh Naṣr,
maître des oiseaux, intendant de Salomon pour ce
château.

Et l'aube chassant la nuit, Shahrâzâd dut interrompre son récit.

Lorsque ce fut la cinq cent huitième nuit, elle dit :
On raconte encore, Sire, ô roi bienheureux, que le
Cheikh Naṣr dit à Jânshâh :

— Je suis le maître des oiseaux. Le Seigneur Salomon m'a confié la garde de ce château. Il m'a donné le
pouvoir sur tous les oiseaux de ce monde et m'a
appris leur langage. Chaque année, ils se réunissent
ici pour que je les voie, puis ils s'en retournent. C'est
ce qui explique pourquoi tu m'as trouvé assis à cette
place.

En écoutant ces paroles, Jânshâh versa d'abondantes larmes et dit :

— Mon père, comment pourrai-je donc revenir chez moi ?

— Sache, mon fils, répondit le vieillard, que nous nous trouvons à proximité du mont Qâf. Tu ne pourras partir d'ici que lorsque les oiseaux reviendront. Je te recommanderai à l'un d'entre eux qui te ramènera dans ton pays. En attendant, reste chez moi, en ce palais. Mange, bois et promène-toi.

Jânshâh ne put que suivre ces conseils. Il se promenait dans la vallée, mangeait des fruits de ses arbres, flânait et se divertissait. Il passa ainsi le plus agréable temps qui soit jusqu'à ce qu'arrive l'époque du retour des oiseaux rendant visite au Cheikh Naṣr. Lorsque celui-ci apprit leur présence, il dit à Jânshâh :

— Prends ces clés, elles ouvrent toutes les serrures de toutes les salles et chambres de ce château. Ouvre toutes les portes et parcours le palais à ta guise, à l'exception de la chambre dont voici la clé. Prends bien garde d'y pénétrer. Si tu me désobéis et que tu passes cette porte, malheur à toi.

Après avoir fait ces recommandations à Jânshâh et avoir insisté pour qu'il les respecte, le Cheikh Naṣr s'en alla recevoir les oiseaux. Ceux-ci se pressèrent autour de lui et, espèces après espèces, vinrent lui baiser les mains.

Jânshâh, quant à lui, se leva et se mit à flâner de-ci de-là dans le palais. Il parvint ainsi à la chambre que le vieillard lui avait vivement recommandé de ne pas ouvrir. Il se prit à regarder sa porte qui était fort belle et dont la serrure était d'or. Il se dit en lui-même : « Cette chambre me paraît la plus belle de toutes celles du palais. Que peut-elle donc bien contenir que le Cheikh Naṣr m'ait interdit d'y pénétrer ? Il faut absolument que j'y entre et advienne que pourra. »

Il ouvrit donc la porte et entra. Il aperçut un

immense lac sur la rive duquel se dressait un petit palais construit d'or, d'argent et de cristal. Ses fenêtres étaient d'hyacinthe et son sol de chrysolite verte, de *balkhash*, d'émeraude. Le tout incrusté de pierres précieuses qui faisaient comme des veines au marbre. Au milieu de ce palais, une vasque d'or était emplie d'eau. Tout autour se tenaient des animaux sauvages et des oiseaux d'or et d'argent massif. Des jets d'eau sortaient de leur gueule et de leur bec. Lorsque la brise soufflait, elle pénétrait en eux par les oreilles et les bêtes faisaient chacune entendre qui son chant qui son cri. Une vaste salle à colonnades donnait sur la vasque. Il s'y trouvait un lit d'apparat au bois incrusté d'hyacinthes, de perles et de gemmes, surmonté d'un dais de soie verte brochée de pierreries et brodée de fils d'or et d'argent. Ce lit avait cinquante coudées de large. Sous le dais était déployé le tapis qui avait appartenu à Salomon, que le salut soit sur lui.

Tout autour du palais s'étendait un jardin planté d'arbres fruitiers entre lesquels serpentaient des ruisseaux. Çà et là s'offraient à la vue des parterres fleuris de roses, de roses blanches musquées, de basilic et de bouquets de fleurs de toute espèce. Lorsque le vent soufflait sur ces arbres, leurs branches se balançaient. Jamais Jânshâh n'avait vu des essences aussi diverses et toutes ces choses admirables se trouvaient dans la chambre qu'il venait d'ouvrir. Il en restait muet d'étonnement. Il se mit à flâner dans le jardin et dans son palais, à contempler les merveilles qu'il contenait. Il s'approcha du lac et vit que le fond en était tapissé de pierres précieuses, de joyaux de prix, d'or et d'argent. Il ne cessait de faire mille découvertes.

Et l'aube chassant la nuit, Shahrâzâd dut interrompre son récit.

Lorsque ce fut la cinq cent neuvième nuit, elle dit :

On raconte encore, Sire, ô roi bienheureux, que Jânshâh fit encore mille découvertes dont il s'émerveilla. Il alla jusqu'au palais, y entra et s'installa sur le lit d'apparat dressé dans la salle qui s'ouvrait sur la vasque. Une fois étendu sous le dais, il s'endormit. Quelque temps après il se réveilla, se leva et alla s'asseoir sur un siège qui était à la porte du palais. Il ne cessait de s'extasier devant la beauté de ces lieux. C'est à ce moment que trois colombes descendirent du ciel et se posèrent sur les rives du lac où elles jouèrent un temps. Puis elles abandonnèrent leur revêtement de plumes et apparurent sous la forme de trois jeunes filles belles comme des astres et qui n'avaient pas au monde de pareilles. Elles plongèrent dans le lac où elles nagèrent en jouant et riant aux éclats. Lorsque Jânshâh les vit, il fut stupéfait par leur beauté, leur grâce et la perfection de leur taille. Elles revinrent à la rive et se promenèrent dans le jardin. À leur vue, Jânshâh faillit perdre la raison. Il se leva de son siège, alla jusqu'à elles et les salua. Elles lui rendirent son salut. Il demanda :

— Dites-moi qui vous êtes, belles dames et d'où vous venez ?

— Nous venons du royaume de Dieu, répondit la plus jeune, pour nous distraire en ce lieu.

— Aie pitié de moi, dit alors Jânshâh, sois bienveillante à mon égard et compatis à mon état et à ce qui m'est advenu.

— Cesse donc de parler ainsi et poursuis ton chemin.

À ces mots, Jânshâh se mit à verser des larmes amères, à pousser de profonds soupirs et récita ces vers :

Elle a paru dans le jardin en ses atours émeraude,
  corsage ouvert, cheveux dénoués.
« Quel est ton nom », dis-je ? « Je suis celle qui
  embrase le cœur de l'amant. »
À moi qui me plaignais de l'amour où je sombre, elle
  dit :
  « tu geins devant un roc et tu ne le sais point ! »
« Ton cœur est peut-être de pierre mais
  Dieu sait faire jaillir l'eau douce d'un rocher. »

Lorsque les jeunes filles entendirent ces vers, elles éclatèrent de rire et se mirent à jouer, chanter et se réjouir. Jânshâh leur apporta des fruits qu'elles mangèrent. On prit ensuite des rafraîchissements puis on s'endormit jusqu'au matin. Au réveil, les jeunes filles revêtirent leurs habits de plume, reprirent leur forme de colombe et disparurent aussi vite qu'elles étaient venues. Lorsqu'il les vit s'envoler, Jânshâh faillit perdre la raison. Il poussa un immense cri et s'évanouit pour rester inanimé tout le jour. Alors qu'il était ainsi étendu à terre, le Cheikh Naṣr s'en revint de la réunion des oiseaux. Il cherchait le prince pour le renvoyer comme il le lui avait promis. Ne le trouvant pas, le vieillard comprit que Jânshâh avait ouvert la porte interdite. Or, il avait dit aux oiseaux qu'il avait recueilli un jeune homme venu d'une lointaine contrée de la terre et amené là par le destin. Il désirait, leur avait-il expliqué, le renvoyer dans son pays, grâce à l'un d'entre eux qui le transporterait sur ses ailes. Les oiseaux avaient acquiescé à sa demande. Le Cheikh Naṣr avait donc cherché le jeune homme jusqu'à ce qu'il arrive à la porte interdite. Elle était ouverte. Dans le jardin, sous un arbre, était étendu Jânshâh sans connaissance. Le vieillard lui aspergea le visage avec un peu d'eau parfumée et le prince se réveilla.

Et l'aube chassant la nuit, Shahrâzâd dut interrompre son récit.

Lorsque ce fut la cinq cent dixième nuit, elle dit :

On raconte encore, Sire, ô roi bienheureux, que le Cheikh Naṣr vit Jânshâh inanimé sous un arbre. Il lui aspergea le visage avec de l'eau parfumée. Le prince se réveilla de son évanouissement, regarda à droite et à gauche, mais ne vit personne d'autre que le vieillard. Il poussa alors un profond soupir et récita ces vers :

> *Elle parut telle une pleine lune en nuit de bon augure,*
> *les extrémités délicates et la taille mince.*
> *Son regard est magique et ravit la raison*
> *et ses dents des hyacinthes en un berceau de roses.*
> *Sa chevelure noire ondule sur sa croupe,*
> *ah! garde, garde-toi d'idolâtrer ses boucles!*
> *Les âmes s'attendrissent pour elle mais son cœur*
> *pour aimer est plus ferme qu'un roc.*
> *Sous l'arc du sourcil, la flèche du regard part*
> *et touche sans manquer même la cible lointaine.*
> *Ah! beauté qui surpasse toute beauté.*
> *et qui n'a parmi les créatures d'égale.*

Alors le Cheikh Naṣr lui dit :

— Ne t'avais-je pas interdit d'ouvrir cette porte et de pénétrer en ces lieux ? Raconte-moi ce qui s'est passé et dis-moi ce que tu as vu ici.

Jânshâh lui relata sa rencontre avec les trois jeunes filles et le vieillard lui répondit :

— Sache que ce sont des Génies. Elles viennent une fois par an en ces lieux jouer, se divertir tout un après-midi avant de s'en retourner dans leur pays.

— Et où se trouve leur pays, dit le prince ?

— Par Dieu, mon fils, je l'ignore. Lève-toi maintenant et montre-toi vaillant jusqu'à ce que je te renvoie chez toi avec les oiseaux. Crois-moi, ne pense plus à cet amour.

À ces mots, Jânshâh poussa un cri et perdit à nouveau connaissance. Lorsqu'il se réveilla, il lui dit :

— Mon père, je ne veux plus revenir chez moi. Je veux retrouver ces jeunes filles. Sache que je ne parlerai plus de ma famille même si je dois mourir ici. J'accepte de ne voir le visage de celle que j'aime qu'une fois par an.

Tout en versant d'abondants pleurs, il récita ces vers :

> *Pourquoi dans la mémoire surgit l'image des amis*
> *et pourquoi la passion aux hommes fut donnée ?*
> *Si mon cœur enfiévré ne vous imaginait,*
> *mes larmes sur ma joue ne se déverseraient.*
> *Nuit et jour à mon cœur je prêche la patience,*
> *mais du feu d'adorer mon âme se consume.*

Puis il se jeta aux pieds du vieillard, les baisa en pleurant et supplia son hôte d'avoir pitié de lui et de l'aider à surmonter son épreuve.

— Je te jure par Dieu, répondit le Cheikh Naṣr, que je ne connais pas ces jeunes filles et que j'ignore où se trouve leur pays. Mais puisque tu t'es passionné pour l'une d'entre elles, reste donc avec moi toute une année puisqu'elles doivent revenir ici dans un an jour pour jour. Lorsque leur retour sera proche, tu te dissimuleras dans le jardin, sous un arbre près du lac où elles viennent nager et jouer. Leurs vêtements de plumes resteront sur le rivage. Tu pourras t'emparer de celui qui appartient à la jeune fille que tu aimes. Lors-

qu'elles te verront, elles reviendront à la rive pour se
rhabiller. Celle dont tu auras pris le vêtement te dira
doucement avec un beau sourire : « Rends-moi mon
habit, ô mon frère, pour que je cache ma nudité. » Si tu
acceptes sa demande et que tu le lui rendes, tu n'auras
plus aucune chance de parvenir à tes fins. Elle se
revêtira de ses plumes, s'envolera et ne reviendra
jamais plus. Aussi, dès que tu te seras emparé de son
vêtement, garde-le, serre-le sous ton bras et attends
que je sois revenu de la réunion des oiseaux. Je
m'efforcerai d'arranger les choses selon ton désir, puis
je te renverrai dans ton pays avec elle. Voilà, mon fils,
ce que je suis en mesure de faire pour toi et je ne peux
rien d'autre.

Et l'aube chassant la nuit, Shahrâzâd dut interrompre son récit.

Lorsque ce fut la cinq cent onzième nuit, elle dit :
On raconte encore, Sire, ô roi bienheureux, que le
Cheikh Naṣr dit à Jânshâh :

— Garde son vêtement, refuse de le lui rendre et
attends que je revienne de l'assemblée des oiseaux.
J'essaierai de vous accorder et de te faire revenir chez
toi en sa compagnie. Voilà, mon fils, ce que je suis en
mesure de faire pour toi et je ne peux rien d'autre.

Ces paroles tranquillisèrent le prince qui passa donc
dans le château une deuxième année. Lorsque ce temps
fut écoulé et qu'arriva la date du rendez-vous des
oiseaux, le vieillard rappela à Jânshâh les conseils qu'il
lui avait donnés :

— Je me rends à l'assemblée des oiseaux, dit-il.
N'oublie surtout pas ce que je t'ai dit au sujet du
vêtement des jeunes filles.

Le Cheikh Naṣr s'en fut. Le prince se rendit dans le
jardin et se cacha sous un arbre de telle sorte que

personne ne pût le voir. Il attendit ainsi pendant trois jours sans que nulle créature n'apparaisse. Une grande inquiétude le saisit et son âme accablée lui fit verser des larmes amères. Il pleura à en perdre connaissance. Au bout d'un moment, il reprit ses esprits et se mit à regarder tantôt vers le ciel, tantôt vers la terre et tantôt vers le lac. Son cœur passionné battait à tout rompre et c'est alors que descendirent du ciel trois colombes dont chacune était de la taille d'un aigle. Elles se posèrent sur la rive du lac, examinèrent attentivement les lieux et vérifièrent qu'il n'y avait là aucune créature vivante, homme ou démon. Elles retirèrent alors leurs vêtements de plumes et, devenues trois jeunes filles, s'élancèrent dans les eaux du lac où elles se mirent à s'ébattre, jouer et se divertir. Elles avaient dans leur nudité tout l'éclat d'un lingot d'argent. L'aînée dit alors :

— J'ai bien peur mes sœurs qu'il y ait quelqu'un caché dans ce palais pour nous voir.

— Allons donc ! dit la cadette, ce palais a été construit du temps du roi Salomon et personne, homme ou génie, n'y est entré depuis.

— S'il y a quelqu'un caché ici, dit la plus jeune en riant aux éclats, il ne pourra prendre que moi.

Et elles se remirent à jouer et à rire. Le cœur de Jânshâh battait à tout rompre tellement il se sentait amoureux, alors que, caché sous son arbre, il les regardait sans être vu. Les trois jeunes filles se mirent à nager et arrivèrent au milieu du lac. Les voyant si loin de leurs vêtements, Jânshâh se dressa d'un bond, s'élança comme l'éclair et s'empara du vêtement de la plus jeune d'entre elles, celle qui avait ravi son cœur et qui s'appelait Shamsa.

Lorsque les trois belles se retournèrent, elles aperçurent Jânshâh et leur cœur fut saisi d'effroi. Tout en

restant dissimulées dans l'eau, elles se rapprochèrent
du rivage. Elles pouvaient voir maintenant que Jânshâh était aussi beau qu'une lune en plein éclat. Elles
lui dirent :

— Qui es-tu ? Comment es-tu parvenu jusqu'ici et
pourquoi as-tu pris le vêtement de Shamsa ?

— Venez donc auprès de moi, dit le prince, que je
vous raconte ce qui m'est arrivé.

— Que veux-tu donc, dit Shamsa, pourquoi est-ce
mon vêtement que tu as choisi et non point celui de
mes sœurs ?

— Lumière de mes yeux, sors donc de l'eau pour que
je te narre mon histoire, te dise ce qui m'est arrivé et
t'explique comment il se fait que je te connais et que
j'ai choisi ton vêtement.

— Seigneur, prunelle de mes yeux et fruit de mon
cœur, donne-moi mon habit, que je me couvre ; je te
rejoindrai ensuite.

— Ô la plus belle des plus belles, je ne peux te
rendre ton vêtement car je mourrai d'amour. Je ne le
ferai que lorsque reviendra le Cheikh Naṣr, le maître
des oiseaux.

— Si tu ne veux me le rendre, dit Shamsa, recule-toi
un peu pour que mes sœurs reviennent sur la rive,
s'habillent et trouvent quelque chose pour cacher ma
nudité.

— C'est entendu, répondit Jânshâh.

Il s'éloigna jusqu'au palais où il entra. Les trois
jeunes filles sortirent alors de l'eau. Les deux aînées
passèrent leur tunique et donnèrent à Shamsa une
chemise qui ne pouvait servir à voler. Shamsa se leva
tel un astre montant, semblable à la gazelle qui paît
librement, et rejoignit Jânshâh. Il était assis sur le lit
d'apparat. Elle le salua et prit place à ses côtés.

— Mon beau visage, tu es la cause de ma mort et de

ta perte. Mais raconte-moi ce qui t'est arrivé pour que
je sache tout de toi.

À ces mots, Jânshâh se mit à pleurer abondamment.
Lorsqu'elle vit qu'il était réellement amoureux d'elle,
Shamsa se leva, le prit par la main, le rapprocha d'elle
et essuya ses larmes avec la manche de sa chemise :

— Mon beau visage, cesse de pleurer et raconte-moi
ton histoire.

Jânshâh lui relata toutes ses aventures.

Et l'aube chassant la nuit, Shahrâzâd dut interrompre son récit.

Lorsque ce fut la cinq cent douzième nuit, elle dit :
On raconte encore, Sire, ô roi bienheureux, que
Shamsa écouta le récit qu'elle avait demandé à Jânshâh de lui faire. Lorsqu'il eut achevé, elle soupira et
dit :

— Seigneur, si tu m'aimes, rends-moi mon habit
afin que je puisse m'en retourner chez moi avec mes
sœurs. Là-bas, je raconterai ce qui t'est advenu et ce
que tu as enduré pour l'amour de moi. Je reviendrai
ensuite et te transporterai dans ton pays.

— Dieu permettra-t-il que tu me tues injustement ?
répondit le prince qui versait d'abondantes larmes.

— Et comment pourrai-je te tuer injustement ?

— Dès que tu revêtiras ton habit, tu t'enfuiras et je
mourrai sur l'heure.

À ces mots, Shamsa et ses sœurs éclatèrent de rire et
la jeune fille lui dit :

— Tranquillise-toi et réjouis-toi car il faut absolument que je t'épouse.

Alors elle se pencha vers lui, l'enlaça, le serra contre
sa poitrine et le baisa entre les yeux et sur la joue. Ils
restèrent longtemps enlacés ainsi puis se séparèrent et
s'assirent sur le lit d'apparat. La sœur aînée sortit du

palais et alla dans le jardin cueillir des fruits et un
bouquet de fleurs qu'elle leur offrit. Ils mangèrent,
burent, savourèrent le moment, chantèrent, rirent et
folâtrèrent. Jânshâh était d'une beauté étonnante. Il
avait la taille élégante et bien prise, et Shamsa lui dit :

— Par Dieu, ami, je t'aime d'un grand amour et je ne
te quitterai plus jamais.

À ces mots, Jânshâh sentit sa poitrine se dilater de
joie. Les deux jeunes gens reprirent leurs jeux et leurs
rires. Ils étaient ainsi tout à leur joie, lorsque le Cheikh
Naṣr revint de l'assemblée des oiseaux. Tout le monde
se leva pour le saluer et lui baiser les mains. Il leur
souhaita la bienvenue et leur demanda de s'asseoir.
Puis il s'adressa à Shamsa en ces termes :

— Ce jeune homme éprouve pour toi un immense
amour, je te supplie au nom de Dieu d'être bienveillante avec lui. Il est grand personnage et fils de roi. Son
père règne sur Kâbul et son royaume est considérable.

— Je suis toute à ton obéissance, répondit la jeune
fille qui baisa les mains du Cheikh Naṣr et se tint
debout devant lui.

— Si tu es sincère, répondit le vieillard, jure par
Dieu que tu ne le trahiras pas tant que tu seras en vie.

Elle fit le serment solennel de ne le tromper jamais,
de l'épouser et de ne pas le quitter. Le Cheikh Naṣr prit
acte de son serment et dit à Jânshâh de louer le
Seigneur qui avait permis cette union. Le jeune
homme fut au comble de la joie et vécut dans le
château du Cheikh Naṣr avec Shamsa pendant trois
mois à manger, boire, folâtrer et rire.

Et l'aube chassant la nuit, Shahrâzâd dut interrompre son récit.

Lorsque ce fut la cinq cent treizième nuit, elle dit :
On raconte encore, Sire, ô roi bienheureux, que

Jânshâh et Shamsa séjournèrent durant trois mois chez le Cheikh Naṣr dans un très grand bonheur. La jeune fille dit alors au prince :

— Je voudrais que nous allions chez toi pour y habiter et nous épouser.

— Je ne souhaite pas autre chose, dit Jânshâh qui alla consulter le Cheikh Naṣr à ce sujet.

Le vieillard approuva leur décision et recommanda au jeune homme de bien prendre soin de Shamsa. Celle-ci dit au Cheikh Naṣr :

— Ordonne-lui de me rendre mon habit afin que je puisse m'en revêtir.

Sur l'ordre du vieillard, Jânshâh se rendit au palais et rapporta l'habit dont Shamsa se revêtit. Elle dit au prince de prendre place sur son dos et de fermer les yeux afin de ne pas entendre le tumulte des astres tournoyants :

— Agrippe-toi à mon habit de plumes tant que je te porterai et prends bien garde de ne point tomber.

Avant qu'elle ne s'envole, le Cheikh Naṣr fit à la jeune fille une description précise du pays de Kâbul afin qu'elle ne s'égarât pas. Il lui recommanda de bien prendre soin du prince et fit ses adieux. Shamsa fit les siens à ses sœurs :

— Retournez chez nous, leur dit-elle, et racontez à notre famille ce qui m'est advenu avec Jânshâh.

Une fois ses sœurs parties, elle installa le prince sur son dos, s'envola et traversa le ciel comme sur un souffle de brise et aussi vite que l'éclair. Elle n'avait cessé de voler du matin jusqu'au soir, quand elle aperçut une vallée plantée d'arbres et parcourue de ruisseaux.

— Je voudrais que nous descendions dans cette vallée pour y passer la nuit, dit-elle à Jânshâh qui accepta.

Elle se posa donc. Le jeune homme descendit et la baisa entre les yeux. Ils prirent quelques instants de repos au bord d'une rivière puis se promenèrent dans la vallée à flâner, manger des fruits et se distraire jusqu'à la tombée de la nuit. Ils s'étendirent alors sous un arbre et s'endormirent. Au matin, Jânshâh reprit sa place et Shamsa s'envola de nouveau. Ils aperçurent vers midi les paysages de Kâbul tels que les leur avait décrits le Cheikh Naṣr. Shamsa se posa sur une vaste prairie bordée de champs cultivés. Des gazelles y paissaient, des sources jaillissantes s'y répandaient en ruisseaux. Aux arbres, des fruits commençaient à mûrir. Le prince descendit et baisa la jeune fille entre les yeux.

— Ami et prunelle de mes yeux, lui demanda-t-elle, sais-tu la distance que nous venons de parcourir?

— Non.

— Eh bien, elle équivaut à trente mois de marche.

Jânshâh remercia Dieu de les avoir conduits à bon port. Ils s'assirent tous les deux et se restaurèrent. Puis se reprirent à folâtrer et à rire. C'est alors que survinrent deux serviteurs du palais dont l'un était justement resté à la garde des chevaux au moment où Jânshâh se jetait dans l'embarcation à la poursuite de la gazelle et dont l'autre avait coutume d'accompagner le prince à la chasse. Lorsqu'ils le reconnurent, ils le saluèrent et demandèrent la permission d'aller annoncer au roi son père la bonne nouvelle de son retour. Le prince acquiesca et les chargea de faire venir des pavillons pour que lui et sa compagne s'y reposent durant sept jours jusqu'à l'arrivée du cortège qui devait les conduire en grande pompe dans la capitale du royaume.

Et l'aube chassant la nuit, Shahrâzâd dut interrompre son récit.

Lorsque ce fut la cinq cent quatorzième nuit, elle dit :

On raconte encore, Sire, ô roi bienheureux, que Jânshâh donna ses ordres aux serviteurs pour préparer son entrée dans la capitale du royaume. Les deux hommes montèrent à cheval et allèrent dire au souverain Tîghmûs qu'ils avaient une bonne nouvelle à lui annoncer.

— Et que voulez-vous donc m'annoncer, répondit le roi ? Mon fils Jânshâh serait-il par hasard de retour ?

— C'est exactement cela, Sire. Le prince est revenu de sa longue absence. Il est tout près d'ici dans la prairie d'al-Karrânî.

À cette nouvelle, le roi fut saisi d'une émotion telle qu'il s'évanouit. Lorsqu'il reprit connaissance, il ordonna à son vizir d'offrir aux deux serviteurs une robe d'honneur et une somme d'argent.

— À tes ordres, répondit le vizir qui se leva immédiatement, remit les cadeaux royaux aux deux serviteurs et leur dit :

— Prenez cela pour la bonne nouvelle que vous avez apportée, qu'elle soit vraie ou qu'elle soit fausse.

— Nous ne mentons point, dirent-ils. Nous étions avec lui voici peu. Nous l'avons salué, avons baisé ses mains et nous sommes assis avec lui. Il nous a chargé de faire transporter des pavillons, car il compte se reposer dans la prairie d'al-Karrânî durant sept jours et d'y accueillir les émirs, les ministres et les grands personnages de l'état.

Le roi Tîghmûs leur demanda alors comment se portait son fils.

— Il est avec une Houri et semble être sorti avec elle du paradis.

Le souverain fit battre les tambours et sonner les

trompettes pour annoncer la bonne nouvelle. Des
crieurs publics se répandirent dans toute la ville pour
proclamer l'heureux retour à la mère du prince, aux
épouses des émirs, des ministres et des grands personnages de l'état ainsi qu'à toute la population. Tîghmûs, à la tête de sa garde et de son armée, se dirigea
vers la prairie d'al-Karrânî. Jânshâh y était assis aux
côtés de Shamsa lorsqu'il vit s'avancer le cortège. Le
prince se leva et marcha jusqu'au front des troupes.
Les soldats des premiers rangs le reconnurent, mirent
pied à terre, allèrent à lui, le saluèrent et lui baisèrent
les mains. Jânshâh ne cessa de franchir les lignes de
cavaliers jusqu'à ce qu'il soit devant son père. Lorsque Tîghmûs aperçut son héritier, il sauta de son
cheval, prit son fils dans ses bras et se mit à pleurer.
Tous deux reprirent leur monture. Entourés par la
garde royale et la cavalerie, ils se rendirent sur les
bords du fleuve où l'on dressa les pavillons avant de
déployer bannières et étendards. Et tambours et tambourins de battre, fifres de siffler et trompettes de
sonner. Tîghmûs ordonna aux valets de dresser une
tente de soie rouge à l'intention de Shamsa, ce qu'ils
firent sur-le-champ. Shamsa retira son habit de
plumes et regagna la tente où elle prit place. C'est
alors que le souverain, accompagné du prince, se
présenta à l'entrée du pavillon. Lorsqu'elle le vit,
Shamsa baisa la terre devant lui. Tîghmûs la fit se
relever et s'assit entre elle à sa gauche et Jânshâh à sa
droite. Il souhaita la bienvenue à la jeune fille et
demanda à son fils de lui raconter ce qui lui était
advenu pendant son absence. Le prince lui fit un récit
complet qui jeta le roi dans l'étonnement le plus vif. Il
se tourna vers Shamsa et dit :

— Que Dieu soit loué de t'avoir permis de nous
réunir ! C'est là une grâce extrême.

Et l'aube chassant la nuit, Shahrâzâd dut interrompre son récit.

Lorsque ce fut la cinq cent quinzième nuit, elle dit :
On raconte encore, Sire, ô roi bienheureux, qu'après avoir dit ces mots, le roi Tîghmûs ajouta :

— Je souhaiterais exaucer tous tes désirs pour t'honorer comme il convient.

— J'aimerais, répondit-elle, que tu me fasses construire un palais au milieu d'un parc parcouru par une rivière.

— Il en sera comme tu le demandes, lui répondit Tîghmûs.

À ce moment, la mère de Jânshâh survint, accompagnée des épouses des émirs, des ministres et des Grands du royaume. Jânshâh sortit de la tente et se précipita vers elle. Ils restèrent un long moment dans les bras l'un de l'autre. Sa mère, à laquelle la joie tirait des larmes, récita ces vers :

Tant m'envahit la joie que l'extrême
bonheur me fait verser des pleurs.
Et la larme à mes yeux devient si naturelle
qu'elle souligne aussi bien la joie que la douleur.

Ils se dirent combien ils avaient souffert d'être séparés et combien ils s'étaient languis l'un de l'autre. Le roi, père de Jânshâh, s'en retourna à son pavillon pendant que le prince regagnait le sien accompagné de sa mère. Celle-ci devisait ainsi avec son fils lorsqu'on vint annoncer l'arrivée de Shamsa. Les hommes qui portaient la nouvelle dirent à la mère du prince :

— Shamsa arrive à pied pour te saluer.

À ces mots, la reine se leva pour l'accueillir et la saluer. Les deux femmes s'assirent un moment sous le pavillon, puis la reine, entourée par les épouses des émirs et des Grands du royaume, reconduisit Shamsa à sa tente où toutes les femmes prirent place. Pendant ce temps, le roi Tîghmûs distribuait d'abondants cadeaux, se montrant généreux et munificent envers ses sujets. Il éprouvait une joie immense à ces retrouvailles.

Et c'est ainsi que dix jours passèrent à manger, boire et mener plaisante vie. Puis le souverain donna ordre à ses troupes de faire mouvement vers la ville. Le roi à cheval, entouré par ses ministres et ses chambellans, prit la tête de ses cavaliers et de ses fantassins jusqu'à sa ville. La reine et Shamsa regagnèrent leurs appartements. Trompettes et tambours annoncèrent la bonne nouvelle. La ville fut magnifiquement décorée et parée d'ornements de prix. Les murs furent tendus d'étoffes de soie, le pavé recouvert de précieux tapis que foulerait le sabot des chevaux. Les Grands du royaume se réjouirent et firent des dons à profusion, nourrirent les pauvres et les miséreux et organisèrent de magnifiques réjouissances durant dix jours. On était ébloui par le spectacle de ces fêtes.

Shamsa était toute à sa joie. Le roi Tîghmûs manda les architectes, les maçons et les maîtres-artisans. Il leur commanda de construire un château dans un grand jardin de la ville. Ils répondirent immédiatement à ses désirs et se mirent en devoir de les exaucer. Lorsque Jânshâh apprit cela, il pria des maîtres marbriers de choisir un bloc de marbre blanc, de l'évider et de lui donner la forme d'un coffret. Lorsqu'ils se furent exécutés, le prince prit l'habit de plumes qui permettait à Shamsa de voler, le plaça dans le coffre de marbre qu'il fit sceller dans les fondations. Puis il ordonna aux maçons de construire par-dessus les arcs-boutants du palais.

Lorsque celui-ci fut achevé, on le meubla. Il était vraiment magnifique dans ce jardin parcouru par des ruisseaux. Après quoi, le souverain Tîghmûs fit célébrer le mariage dans une liesse qui n'eut jamais d'égale. Shamsa fut conduite au palais et chacun des invités s'en retourna chez soi. Lorsqu'elle pénétra dans ses appartements, la jeune femme perçut l'odeur de son habit de plumes.

Et l'aube chassant la nuit, Shahrâzâd dut interrompre son récit.

Lorsque ce fut la cinq cent seizième nuit, elle dit :

On raconte encore, Sire, ô roi bienheureux, que Shamsa entra dans le palais et perçut l'odeur de l'habit de plumes qui lui servait à voler. Elle devina immédiatement où il se trouvait et n'eut plus que le désir de le reprendre. Elle attendit le milieu de la nuit, lorsque Jânshâh eut sombré dans un profond sommeil. Elle se leva et alla au bloc de marbre qui supportait les arcs-boutants. Elle creusa jusqu'au coffre qui contenait l'habit, brisa le plomb qui avait été fondu sur lui, s'empara de l'habit, le revêtit et s'envola au plus haut du palais. De là, elle se mit à crier aux gardes :

— Allez chercher Jânshâh pour que je lui fasse mes adieux.

Les gardes réveillèrent le prince qui accourut pour voir son épouse debout sur les terrasses, revêtue de son habit de plumes.

— Comment as-tu pu faire cela, s'écria-t-il ?

— Ami, répondit-elle, prunelle de mes yeux et fruit de mon cœur, je t'aime d'un immense amour et j'ai éprouvé une bien grande joie à te ramener dans ton pays, à voir ta mère et ton père. Si tu m'aimes autant que je t'aime, rejoins-moi à la forteresse dite de Jawhar.

Immédiatement après avoir dit ces mots, elle s'envola et disparut. Lorsque Jânshâh eut entendu ce que venait de dire Shamsa du haut des terrasses, il fut sur le point de mourir d'affliction et tomba évanoui. Les serviteurs se précipitèrent pour avertir son père qui sauta à cheval, se rendit au palais pour trouver son fils étendu sur le sol. Tîghmûs pleura et sut que son fils était passionnément épris de sa femme. Il lui aspergea le visage avec de l'eau de rose. Jânshâh se réveilla, vit son père près de lui et se remit à pleurer en songeant que son épouse l'avait quitté.

— Que s'est-il donc passé? demanda le roi.

— Shamsa est fille de djinns et je suis tombé éperdument amoureux d'elle. Sa beauté m'a envoûté. Je tenais l'habit sans lequel elle ne peut voler caché dans un coffre de marbre taillé dans une colonne. J'avais fait fondre du plomb par-dessus et il avait été scellé dans les fondations. Elle a creusé, découvert l'habit, s'en est revêtue et s'est envolée pour se poser sur les terrasses. Elle m'a dit qu'elle m'aimait, qu'elle avait été heureuse de me reconduire dans mon pays, d'y rencontrer mon père et ma mère. Elle ajouta que si je l'aimais autant qu'elle m'aimait, je devais la rejoindre à la forteresse dite de Jawhar. Puis elle s'est envolée et a disparu.

— Ne te fais donc pas tant de souci, répondit Tîghmûs, je vais réunir les grands commerçants et les voyageurs de notre pays. Nous allons leur demander où se trouve cette forteresse. Dès que nous le saurons, nous nous y rendrons auprès de la famille de Shamsa. J'espère que, grâce à Dieu, elle voudra bien consentir à ce que vous soyez époux.

Le souverain sortit aussitôt, convoqua ses quatre ministres et leur enjoignit de faire venir tout ce que la ville comptait de commerçants et de voyageurs.

— Qu'on leur demande, poursuivit-il, où se trouve la forteresse dite de Jawhar. Celui qui la connaîtrait et nous indiquerait où elle se trouve, recevrait de moi cinquante mille dirhams.

Les ministres s'exécutèrent immédiatement et se mirent à interroger commerçants et voyageurs mais sans trouver personne qui pût leur indiquer où se trouvait la forteresse. Ils rendirent compte de leur échec au roi. Celui-ci ordonna alors que l'on présente à son fils les plus belles esclaves, les meilleures chanteuses et les musiciennes les plus expertes, de celles qu'on ne pouvait rencontrer qu'à la cour d'un grand souverain, afin de distraire son fils de l'amour de Shamsa. En même temps, il expédiait des envoyés et des espions vers tous les pays, les îles et les contrées les plus éloignées afin de s'y renseigner sur la forteresse dite de Jawhar. Ils sillonnèrent les terres et les mers durant deux mois sans trouver personne qui pût les instruire et revinrent informer Tîghmûs de leur échec. Le souverain pleura abondamment et se rendit chez son fils. Il le trouva assis parmi les esclaves, les chanteuses et les musiciennes qui jouaient de la harpe persane, du *santûr* et d'autres instruments mais sans que rien puisse le distraire de la pensée de Shamsa.

— Mon fils, dit Tîghmûs, je n'ai trouvé personne qui connaisse cette forteresse et je t'ai fait venir de plus belles femmes que ton épouse.

À ces mots, Jânshâh se mit à verser des torrents de larmes et récita ces vers :

Patience me quitte, mais passion demeure
qui de son excès fait que pauvre corps se meurt.
Quand donc avec Shamsa serai-je réuni
avant que ma brûlure ne consume mes os ?

Entre Tîghmûs et le roi de l'Inde, Kafîd, il y avait en ce temps-là une hostilité profonde. Tîghmûs avait attaqué son voisin, avait massacré ses hommes et pillé ses richesses. Le roi Kafîd avait des armées innombrables de soldats et de grands champions. Son autorité sur le royaume était confiée à mille toparques. Chaque toparque gouvernait mille tribus. Chaque tribu comptait quatre mille cavaliers. Quatre ministres formaient son gouvernement et transmettaient ses ordres aux rois, aux chefs des armées et aux grands dignitaires. Son pouvoir s'étendait sur mille villes dont chacune comptait mille forteresses. C'était un monarque puissant, d'une bravoure considérable et dont les troupes emplissaient la terre. Lorsqu'il apprit que Tîghmûs, tout occupé par les amours de son fils, délaissait le gouvernement et négligeait l'exercice de son autorité, que ses armées se débandaient, que le roi lui-même était plongé dans le souci et l'affliction à cause de ce qui survenait à Jânshâh, il réunit ses vizirs, les chefs de ses armées et les Grands du royaume pour leur tenir ce discours :

— Aucun d'entre vous n'ignore que le roi Tîghmûs a attaqué notre pays, tué mon père et mes frères, pillé nos richesses. Il n'a laissé aucun d'entre vous sans tuer l'un de ses proches, lui ravir ses biens, s'emparer de sa fortune, faire prisonnier sa famille. Or, j'apprends aujourd'hui qu'il est tout occupé aux amours de son fils. Ses troupes sont affaiblies et moins nombreuses. C'est le moment de tirer de lui vengeance. Préparez-vous au départ, équipez-vous en armes afin que nous l'attaquions. Ne négligez rien. Nous irons à lui, le chargerons et le tuerons ainsi que son fils avant de nous emparer de son royaume.

Et l'aube chassant la nuit, Shahrâzâd dut interrompre son récit.

Lorsque ce fut la cinq cent dix-septième nuit, elle
dit :

On raconte encore, Sire, ô roi bienheureux, que
Kafîd, roi de l'Inde, ordonna à ses armées régulières et
aux troupes levées pour la circonstance de se préparer
à envahir le royaume de Tîghmûs, de s'équiper en
engins de guerre et de ne rien négliger afin de marcher
sus à l'ennemi, de le forcer, de le tuer lui et son fils et de
conquérir son royaume.

— À vos ordres, s'écrièrent-ils.

Et chacun de se préparer à la bataille. Il leur fallut
trois mois pour réunir les soldats, les armes et les
équipements. Lorsque armées, troupes et champions
furent sur pied de guerre, on fit battre les tambours,
sonner les trompettes, lever les étendards et brandir
les bannières. Le roi prit la tête de l'expédition qui se
porta aux confins du royaume de Kâbul.

À partir de là, les soldats de Kafîd se mirent à piller,
violer, égorger les adultes et enlever les enfants, tant et
si bien que la nouvelle de l'invasion parvint au roi
Tîghmûs. Il en éprouva une très violente colère et
réunit les Grands de son royaume, ses ministres et ses
chefs d'armées :

— Sachez, leur dit-il, que le roi Kafîd a envahi notre
pays et l'occupe. Il veut nous combattre et seul Dieu
connaît le nombre de ses corps de bataille, de ses
soldats et de ses champions. Veuillez me dire ce que
vous pensez de cela.

— Notre avis, ô roi de ce temps, est que nous nous
portions au-devant de lui pour le combattre et le
chasser de notre royaume.

— Or donc, dit Tîghmûs, préparez-vous au combat.

Il fit venir de ses réserves des cottes de mailles, des
cuirasses, des casques, des épées et toutes sortes

d'engins de guerre qui serviraient à perdre les plus grands champions et à faire périr les meilleurs seigneurs de la guerre. Les soldats se formèrent en cohortes, les champions se préparèrent au combat. On déploya les étendards, on fit battre, sonner, fifrer et tambouriner. Tîghmûs se porta à la rencontre de Kafîd. Lorsqu'il fut arrivé à proximité de son camp, il fit halte dans une vallée appelée vallée du Zaharân qui se situe aux extrémités du royaume de Kâbul. Là, il fit écrire une lettre qu'il envoya par un soldat au roi Kafîd. Son contenu était le suivant :

« Après les salutations d'usage. Je t'informe, roi Kafîd, que tu agis comme un vaurien. Si tu étais un roi, fils de roi, tu ne te conduirais pas ainsi. Tu n'aurais pas envahi mon royaume pour piller ses habitants et te comporter en scélérat à l'égard de mes sujets. Ne vois-tu pas que tout cela relève de l'agression injuste ? Si j'avais su que tu oserais te précipiter sur mon territoire, j'aurais précédé ton action et t'aurais empêché de pénétrer en mon pays. Quoi qu'il en soit, si tu t'en retournes et que tu abandonnes tes méchants desseins à notre égard, tu ne pourras que t'en réjouir. Si tu refuses d'obtempérer, descends dans l'arène pour te mesurer à moi. Viens me rejoindre sur le champ de bataille, au fort de la mêlée, sois ferme au combat. »

Puis il scella la lettre, la remit à l'un de ses soldats qu'il fit suivre d'espions chargés de lui rapporter des renseignements sur l'armée ennemie. L'homme prit la lettre et s'en fut. Lorsqu'il arriva au camp de Kafîd, il remarqua, au milieu des tentes dressées, un pavillon de soie rouge, autour duquel montait la garde une troupe nombreuse. Il avança jusqu'à ce pavillon et demanda qui s'y trouvait. On lui répondit qu'il s'agissait de la tente royale. L'émissaire de Tîghmûs regarda

alors à l'intérieur et vit Kafîd assis sur un trône
incrusté de pierres précieuses. Il était entouré par ses
ministres, ses chefs d'armée et les Grands de son
royaume. L'émissaire brandit alors la lettre dont il
était porteur.

Un groupe de soldats se porta vers lui, se chargea du
message et le remit au souverain. Celui-ci en prit
connaissance et fit la réponse suivante :

« Après les salutations d'usage. Nous informons le
roi Tîghmûs que nous avons à tirer vengeance, à laver
l'affront, à semer la ruine, à pénétrer au cœur de vos
maisons, à tuer les adultes et à capturer les enfants.
Demain, viens au champ de bataille et descends dans
l'arène. Je te montrerai ce qu'est la guerre et t'apprendrai ce qu'est un combat. » Il scella la lettre et la remit
à l'émissaire de Tîghmûs qui la prit et s'en fut.

Et l'aube chassant la nuit, Shahrâzâd dut interrompre son récit.

Lorsque ce fut la cinq cent dix-huitième nuit, elle
dit :

On raconte encore, Sire, ô roi bienheureux, que le roi
Kafîd remit sa réponse à l'émissaire de Tîghmûs.
Celui-ci la prit et s'en revint. Lorsqu'il fut arrivé, il se
prosterna devant le souverain, lui tendit la missive et
l'informa de ce qu'il avait vu :

— Il y avait là, Sire, des champions, des cavaliers et
des soldats en nombre incalculable et dont les lignes
s'étendaient à l'infini.

Tîghmûs lut la lettre et fut pris d'une violente colère.
Il ordonna à son vizir 'Ayn Zâr de prendre la tête de
mille cavaliers, d'attaquer le camp ennemi en pleine
nuit, de l'enfoncer et de le détruire.

— À tes ordres, s'écria le vizir, qui s'élança à la tête
de ses troupes vers le camp de Kafîd. Ce dernier avait

un vizir du nom de Ghaṭarfân auquel il avait ordonné
entre-temps de conduire cinq mille cavaliers contre le
camp de Tîghmûs afin de le détruire. Le vizir s'exécuta
et mena ses troupes vers leur objectif.

À la mi-nuit il avait franchi la moitié de la route
lorsqu'il tomba sur les cavaliers du vizir 'Ayn Zâr. Les
hommes hurlèrent contre les hommes et l'on se mit à
s'entre-tuer férocement. Au jour, l'armée de Kafîd était
vaincue et s'enfuit. Lorsque le roi de l'Inde se rendit
compte de sa défaite, il fut saisi d'un courroux
extrême :

— Malheur à vous, s'écria-t-il, comment avez-vous
pu perdre ainsi tous vos champions ?

— Roi de ce temps, répondirent les fuyards, nous
nous sommes dirigés vers Tîghmûs sous le commandement de Ghaṭarfân. À la mi-nuit, nous avions franchi la
moitié du chemin, lorsque nous a fait face 'Ayn Zâr le
vizir ennemi. Il s'est élancé sur nous à la tête de ses
champions et de ses troupes. La bataille eut lieu sur les
pentes de la vallée du Zaharân. À peine avions-nous eu
le temps de le comprendre que nous étions au milieu
de la mêlée et que, tête contre tête, les hommes
s'affrontaient. De la mi-nuit à l'aube, le combat fut
féroce. Nombreux furent ceux qui périrent. Le vizir
'Ayn Zâr se jetait en hurlant contre nos éléphants.
Ceux-ci, pris de frayeur sous les coups qu'on leur
portait, foulaient aux pieds les cavaliers et
s'enfuyaient. Personne ne pouvait plus voir personne
tant la poussière qui s'élevait était épaisse. Le sang
coulait en ruisseaux. Si nous n'avions pas décidé la
retraite, nous aurions été exterminés jusqu'au dernier.

Lorsqu'il eut entendu ce récit, Kafîd s'écria :

— Que le soleil vous maudisse et fasse éclater sa
fureur contre vous.

Quant au vizir 'Ayn Zâr, il revint au camp de

Tîghmûs et lui relata ce qui s'était passé. Le roi le félicita pour l'heureuse issue du combat qui lui inspira une joie profonde. Il ordonna de faire battre les tambours et sonner les trompettes, puis alla rendre visite à l'armée. Deux cents parmi les cavaliers les plus valeureux et les plus intrépides avaient trouvé la mort.

Le roi Kafîd, pendant ce temps, mettait ses corps en ordre de bataille et gagnait le lieu choisi pour l'affrontement. Il disposa ses troupes qui ne comptaient pas moins de quinze rangs de dix mille cavaliers chacun. Lui-même avait autour de lui trois cents toparques montés sur des éléphants. Il avait désigné les champions et les seigneurs de la guerre, fait déployer les étendards et les bannières, fait battre, sonner et tambouriner. Ses champions sortirent du rang pour demander le combat.

Tîghmûs, de son côté, déployait son armée en dix rangs de dix mille cavaliers. Il disposait de cent toparques qu'il avait placés sur sa droite et sur sa gauche. Lorsque toutes les lignes furent formées, les cavaliers se lancèrent en avant, les armées s'affrontèrent, le sol manqua d'espace sous le sabot des chevaux, les tambourins, les fifres et les tambours retentirent, les trompettes et les clairons sonnèrent, le hennissement des chevaux éclatait, assourdissant. Sous un voile de poussière qui les couvrait entier, les hommes s'élancèrent en jetant des clameurs. La tuerie se prolongea du point du jour aux premières ténèbres. Enfin on cessa le combat et chaque armée regagna ses bases.

Et l'aube chassant la nuit, Shahrâzâd dut interrompre son récit.

Lorsque ce fut la cinq cent dix-neuvième nuit, elle dit :

On raconte encore, Sire, ô roi bienheureux, qu'enfin le combat cessa et que les armées regagnèrent leurs bases. Kafîd rendit visite à ses troupes. Il avait perdu cinq mille hommes, ce qui le mit dans une noire fureur. Tîghmûs, de son côté, constata la perte de trois mille de ses cavaliers, les meilleurs et les plus vaillants, ce qui le jeta dans une grande colère. Chacun d'eux voulait la victoire.

Le lendemain, Kafîd revint sur le champ de bataille pour affronter de nouveau son adversaire. Il harangua ses hommes en ces termes :

— Y a-t-il parmi vous quelqu'un qui veuille sortir des rangs pour préluder à la bataille et nous ouvrir le chemin de la victoire ?

Alors se porta en avant un champion nommé Barkîk monté sur un éléphant. C'était un toparque important. Il s'avança, descendit de sa monture et se prosterna devant le roi Kafîd. Il demanda la permission de combattre, remonta sur son éléphant et gagna le front des troupes d'où il lança son défi :

— Qui veut ici m'affronter, qui veut engager la lutte avec moi, qui veut me combattre ?

Lorsqu'il entendit ces mots, le roi Tîghmûs se tourna vers ses troupes et demanda qui voulait se mesurer à ce champion. Un cavalier sortit des rangs, monté sur un pur-sang d'une taille exceptionnelle. Il se dirigea vers le roi, descendit de son cheval et, après s'être prosterné, demanda l'autorisation de combattre. Puis il enfourcha sa monture et s'élança vers Barkîk qu'il invectiva ainsi :

— Qui donc es-tu pour oser te moquer de moi en venant seul m'affronter et quel est ton nom ? Pour ma part, je me nomme Ghaḍanfâr, fils de Kamkhîl.

— J'ai effectivement entendu parler de toi, lui répondit Barkîk, lorsque j'étais dans mon pays. Mais

garde-toi bien de prendre part au combat des champions !

À ses mots, Ghaḍanfâr tira une masse d'arme de sous
sa cuisse pendant que Barkîk dégainait son épée. Et le
combat s'engagea. Barkîk porta un premier coup, mais
son épée toucha le casque de son adversaire qui n'en
éprouva aucun mal. Ghaḍanfâr répliqua par un coup si
violent de sa masse qu'il écrasa son ennemi sur son
éléphant. Un autre champion sortit des rangs de
l'armée de Kafîd en hurlant :

— Qui es-tu donc toi qui as tué mon frère ?

Et se saisissant d'un arc, il tira sur Ghaḍanfâr. La
flèche perça la cuisse du champion, en y clouant la
cotte de mailles. Ghaḍanfâr dégaina son épée et porta
un coup qui coupa son adversaire en deux. Il mit
ensuite pied à terre. Comme il saignait abondamment,
il s'en revint vers le roi Tîghmûs.

Lorsqu'il vit ses champions défaits, Kafîd donna
l'ordre à ses troupes de marcher au combat et d'attaquer l'ennemi. Tîghmûs s'ébranla à la tête de ses
armées. La mêlée devint générale. Les chevaux hennis-
saient contre les chevaux, les hommes hurlaient contre
les hommes, les épées jaillissaient hors du fourreau.
Tout vaillant guerrier tenait à être au premier rang.
Les cavaleries se donnèrent la charge. Les lâches
fuyaient le champ de bataille. Les tambours battaient,
les buccins sonnaient. On n'entendait plus que le
vacarme des cris, le cliquetis des armes. Périrent les
champions qui devaient périr. On se battit ainsi
jusqu'à ce que le soleil atteigne son zénith. Alors
Tîghmûs se dégagea et revint à ses tentes à la tête de
ses armées. Il parcourut les bivouacs. Il avait perdu
cinq mille cavaliers et quatre étendards s'étaient
brisés. Le courroux royal fut grand.

Le roi Kafîd avait, lui aussi, regagné son campe-

ment. Il rendit visite à ses guerriers et constata que six
cents de ses plus vaillants cavaliers d'élite avaient été
tués et qu'il avait perdu neuf étendards. Trois jours
durant, le combat se poursuivit. Kafîd envoya alors un
messager porteur d'une lettre adressée à un roi que
l'on appelait Fâqûn le chien qui, selon Kafîd, était un
de ses proches par les femmes. Lorsque Fâqûn reçut la
lettre qui l'informait des événements, il réunit ses
troupes et rejoignit Kafîd.

Et l'aube chassant la nuit, Shahrâzâd dut interrompre son récit.

Lorsque ce fut la cinq cent vingtième nuit, elle dit :
On raconte encore, Sire, ô bienheureux, que le roi
Fâqûn réunit ses troupes et rejoignit Kafîd. Pendant ce
temps, Tîghmûs était assis sous son pavillon lorsqu'une sentinelle se présenta à lui et dit :

— Sire, j'ai vu une poussière s'élever au loin jusqu'au ciel.

Le roi ordonna à un groupe d'éclaireurs d'aller
vérifier le fait.

— À vos ordres, s'écrièrent-ils.

Et ils s'exécutèrent. À leur retour, ils firent au
souverain le rapport suivant :

— Sire, nous avons aperçu une poussière que bientôt le vent a dissipée. Alors ont paru les étendards de
sept corps de trois mille cavaliers chacun qui se
dirigeaient vers le campement du roi Kafîd.

Lorsque le roi Fâqûn le chien fut arrivé auprès de
Kafîd, il le salua et s'enquit de ses nouvelles :

— Quelle est donc cette bataille dans laquelle tu es
engagé ?

— Ne sais-tu pas, répondit Kafîd, que Tîghmûs est
mon ennemi et qu'il a combattu mon père et mes
frères ? Je suis venu pour l'attaquer et me venger.

— Que le soleil te bénisse, répondit Fâqûn le chien.

Kafid emmena son ami sous sa tente où ils passèrent une heureuse soirée.

Voilà ce qu'il en était de la bataille des deux rois.

Quant à Jânshâh, il resta deux mois sans voir son père et sans accepter la présence d'aucune des belles esclaves qu'il avait à son service. Il était plongé dans une inquiétude extrême. Il demanda à l'un de ses survivants pourquoi son père ne lui rendait pas visite. On l'informa de la guerre qu'il menait au roi Kafîd. Il ordonna qu'on selle son cheval afin de rejoindre son père. Lorsqu'on lui conduisit son coursier, le prince se dit : « Je serais bien avisé de m'occuper de moi-même. Le mieux serait de prendre mon cheval et d'aller jusqu'à la ville des juifs. Si j'arrive jusque-là, il me sera facile, grâce à Dieu, de retrouver ce marchand qui m'avait pris à son service. Peut-être refera-t-il ce qu'il a fait une première fois. Nul ne peut savoir comment tournent les choses. »

Il enfourcha sa monture et s'avança à la tête de mille cavaliers en un cortège qui fit dire aux gens :

— Voilà Jânshâh qui va combattre aux côtés de son père.

La troupe marcha jusqu'au soir et fit halte dans un très grand pré où l'on décida de passer la nuit. Jânshâh attendit que ses soldats fussent tous endormis. Il se leva subrepticement, attacha sa ceinture et monta à cheval. Il prit la route de Bagdad car il avait entendu dire dans la ville des juifs que tous les deux ans y arrivait une caravane venant de Bagdad. « Une fois dans cette cité, se disait-il, il me suffira de suivre cette caravane pour retrouver la ville des juifs. » Et il s'en fut donc en silence.

Lorsque les soldats se réveillèrent et qu'ils ne virent

ni le prince ni son cheval, ils se mirent à chercher partout mais en vain. Ils se rendirent alors chez son père et l'informèrent de ce qu'avait fait son fils. Tîghmûs entra dans une si violente colère que des étincelles semblaient sortir de sa bouche. Il jeta sa couronne par terre en s'écriant :

— *Il n'y a de puissance et de force qu'en Dieu*, j'ai perdu mon fils et l'ennemi est là.

Les rois et les ministres lui dirent :

— Patience, ô souverain de ce temps, la fortune vient à qui sait attendre.

De son côté, Jânshâh qui avait perdu son épouse et abandonné son père, allait triste et affligé, le cœur blessé, pleurant sa douleur. Il ne dormait ni jour ni nuit. Quant à Tîghmûs, considérant les pertes très lourdes qu'il avait subies et le renfort que venait de recevoir son ennemi, il décida de se replier et de rentrer dans sa capitale. Il en fit fermer les portes et fortifier les murailles, reconnaissant ainsi la victoire à Kafîd. Chaque mois, celui-ci passait une semaine devant la ville à combattre ses défenseurs. Il revenait ensuite à son campement pour que les blessés puissent être soignés. Les hommes de Tîghmûs profitaient du départ de leur assaillant pour réparer leurs armes, fortifier à nouveau les murailles et préparer les mangonneaux. Et c'est ainsi que durant sept ans se poursuivit le siège de la capitale.

Et l'aube chassant la nuit, Shahrâzâd dut interrompre son récit.

Lorsque ce fut la cinq cent vingt et unième nuit, elle dit :

On raconte encore, Sire, ô roi bienheureux, que les rois Tîghmûs et Kafîd se livrèrent bataille durant sept ans. Quant à Jânshâh, il ne cessa de cheminer, traversant les solitudes désertes. Dès qu'il arrivait dans une contrée, il cherchait à se renseigner sur la forteresse dite de Jawhar, mais personne ne put lui fournir d'indication, et tout le monde lui répondait n'avoir jamais entendu prononcer ce nom. Comme il demandait à tout hasard si l'on connaissait la ville des juifs, un commerçant lui répondit qu'elle se situait aux confins des pays d'Orient.

— Accompagne-nous ce mois-ci, ajouta-t-il, à la ville de Mazarqân qui se trouve en Inde. De là, tu rejoindras le Khurâsân, puis tu te rendras dans la ville de Sham'ûn, puis au Khwârizm. Tu seras alors près de la ville des juifs qui en est à un an et trois mois de marche.

Jânshâh patienta jusqu'à ce que la caravane annoncée se mette en route. Arrivé à la ville de Mazarqân, il se mit à interroger les gens sur la forteresse dite de Jawhar sans trouver quelqu'un qui la connaisse. La caravane repartit et il l'accompagna en Inde. Il interrogeait dans chaque ville ses habitants mais en vain. Tous lui répondirent qu'ils n'avaient jamais entendu parler de ce nom. Il endura sur la route de grandes souffrances, affronta de bien redoutables périls, connut la faim et la soif. De l'Inde, il se rendit au Khurâsân puis dans la ville de Sham'ûn. Là, il demanda le chemin de la ville des juifs. On le lui indiqua et on lui décrivit l'itinéraire à suivre. Il voyagea jour et nuit jusqu'à ce qu'il arrive au lieu où il avait réussi à échapper aux singes. Il reprit sa route pour encore bien des jours et bien des nuits jusqu'à ce qu'il atteigne le fleuve entourant la cité des juifs. Il s'assit sur la rive et attendit que vienne le samedi où le pouvoir de Dieu en assécherait les eaux. Il le traversa et alla à la maison du juif qui l'avait accueilli la première fois. Il le salua ainsi que sa famille. On lui souhaita la bienvenue puis on lui servit à boire et à manger. On lui demanda les raisons d'une si longue absence. Il répondit qu'elle était due à la volonté de Dieu Tout-Puissant. Il passa la nuit en cette maison et, le lendemain, alla se promener dans la ville. Il entendit alors un crieur qui faisait cette annonce :

— Bonnes gens, qui veut gagner mille dinars et une belle esclave pour un travail d'une demi-journée ?

Jânshâh s'avança et dit :

— J'accepte de faire le travail.

Le crieur le pria de le suivre et le conduisit à la maison du marchand juif qui l'avait employé déjà une première fois. Il le présenta au maître de maison en disant :

— Ce jeune homme est prêt à travailler pour toi.

On lui souhaita la bienvenue et on le fit entrer dans les appartements privés où on lui servit à manger et à boire.

Après l'avoir laissé se restaurer, son hôte lui remit les dinars promis et une belle esclave avec laquelle il passa la nuit. Au matin, il alla confier au premier juif qui l'avait accueilli la servante et les dinars puis revint chez l'homme au service duquel il était entré. Ils prirent des montures et cheminèrent jusqu'à la montagne qui s'élevait orgueilleusement dans les cieux. Le commerçant sortit de ses fontes une corde et un couteau qu'il tendit à Jânshâh en lui ordonnant de jeter sa jument à terre. Le prince s'exécuta, entrava la bête, l'égorgea, la dépeça en prenant soin de lui couper les membres et la tête. Puis, sur les ordres du marchand, il lui ouvrit le ventre.

— Tu vas t'introduire dans cet animal dont je vais recoudre les chairs, dit l'homme. Tu me tiendras informé de tout ce qui t'arrivera et de tout ce que tu verras. C'est là le travail pour lequel je t'ai engagé.

Une fois le jeune homme dans le ventre de la bête, il recousit les chairs et s'en fut se cacher un peu plus loin.

Quelque temps après, un oiseau d'une taille considérable descendit du ciel, se saisit de la jument et s'enleva vers les hautes cimes où il se posa. Il se mit en devoir alors de manger sa proie. Se sentant parvenu à son but, Jânshâh fendit le ventre de la bête dont il sortit pendant que l'oiseau s'enfuyait. Le jeune homme regarda vers le pied de la montagne et vit que le marchand attendait. Il ne lui paraissait pas plus grand qu'un moineau.

— Que veux-tu donc, lui cria-t-il ?

— Jette-moi quelques-unes des pierres qui sont autour de toi et je t'indiquerai le chemin pour que tu redescendes.

— Voici cinq ans, tu m'as déjà trompé et j'ai connu à cause de toi la faim, la soif, grande fatigue et bien des maux. Tu m'as ramené à ce même endroit et tu voudrais m'y faire périr. Je ne te jetterai pas la moindre pierre.

Après avoir crié ces paroles, Jânshâh prit le chemin qui menait vers le château du Cheikh Naṣr, maître des oiseaux pour Salomon.

Et l'aube chassant la nuit, Shahrâzâd dut interrompre son récit.

Lorsque ce fut la cinq cent vingt-deuxième nuit, elle dit :

On raconte encore, Sire, ô roi bienheureux, que Jânshâh prit le chemin qui conduisit au château du Cheikh Naṣr, roi des oiseaux pour Salomon. Il ne cessa de marcher jour et nuit, les yeux pleins de larmes et le cœur serré. Il mangeait des herbes lorsqu'il avait faim et buvait aux sources de la montagne lorsqu'il avait soif. C'est ainsi qu'il arriva au château de Salomon où il trouva le Cheikh Naṣr assis devant la porte. Il se dirigea vers lui et baisa ses mains. Le vieillard le salua, lui souhaita la bienvenue et lui demanda :

— Comment se fait-il, mon enfant, que tu te retrouves ici, seul, alors que tu étais parti cn compagnie de la princesse Shamsa, réjoui et épanoui ?

Jânshâh se mit à pleurer et raconta comment la princesse s'était envolée et lui avait demandé, s'il l'aimait, de la rejoindre à la forteresse dite de Jawhar.

— Par Dieu, mon enfant, répondit le Cheikh Naṣr tout étonné, je te jure que j'ignore tout de cette forteresse. Et par Salomon, je jure que je n'ai jamais entendu ce nom de toute ma vie.

— Que vais-je donc faire, répondit le prince ? Je suis mortellement épris et j'aime éperdument.

— Attendons la réunion des oiseaux. Je les interrogerai à ce sujet. Peut-être l'un d'eux connaît-il cette forteresse.

Quelque peu rasséréné, Jânshâh entra dans le palais, se rendit immédiatement dans le cabinet qui donnait sur le lac où il avait vu pour la première fois les trois jeunes filles. Et il demeura ainsi chez le vieux Cheikh. Il était assis un jour auprès du vieillard lorsque celui-ci dit :

— Mon enfant, le rendez-vous des oiseaux est proche.

Jânshâh fut empli de joie, car, effectivement, peu de jours après la grande réunion annuelle commençait. Le Cheikh Naṣr lui demanda d'apprendre une liste de noms avant de s'y rendre. Espèces après espèces, les oiseaux appelés se présentaient au maître qui interrogeait chacune d'entre elles sur la forteresse dite de Jawhar. Mais toutes dirent qu'elles n'avaient jamais entendu parler de ce lieu. Le prince versa d'abondantes larmes, soupira et s'évanouit. Le Cheikh Naṣr fit alors

venir un immense volatile à qui il ordonna de ramener Jânshâh à Kâbul. Il lui donna toutes les indica-
tions nécessaires pour qu'il en trouve la route.

— J'écoute et j'obéis, dit l'oiseau qui fit monter
Jânshâh sur son dos et qui lui dit :

— Prends bien garde à toi. Ne te penche surtout
pas de peur de tomber. Bouche-toi les oreilles pour ne
pas entendre le bruit du vent, la course des astres et le
fracas des océans.

Jânshâh se conforma aux ordres du Cheikh Naṣr et
l'oiseau s'enleva dans les cieux où il vola tout un jour
et une nuit. Puis il se posa sur les territoires du Roi
des fauves dont le nom était Shâh Badrî. L'oiseau dit
au jeune homme :

— J'ai perdu la route que m'a indiquée le Cheikh
Naṣr. Il faut reprendre notre vol.

— Poursuis ton chemin si tu le désires, répondit
Jânshâh, mais laisse-moi ici. Je retrouverai mon chemin ou je mourrai.

L'oiseau s'en alla donc et le laissa. Shâh Badrî, le
Roi des fauves, lui demanda alors qui il était, d'où il
venait sur le dos de cet immense oiseau et quelle était
son histoire. Jânshâh lui fit le récit complet de tout ce
qui lui était arrivé, ce qui provoqua l'étonnement du
roi.

— Par notre Seigneur Salomon, lui dit-il, je jure
que je ne connais pas cette forteresse. Je récompenserai grandement quiconque m'informera à son sujet et
je t'y expédierai immédiatement.

Le prince pleura abondamment mais n'attendit que
peu de temps avant que le Roi des fauves vienne et lui
dise :

— Mon enfant, prends ces tablettes et apprends ce
qui s'y trouve écrit. Lorsque les fauves arriveront,
nous les interrogerons sur ta forteresse.

Et l'aube chassant la nuit, Shahrâzâd dut interrompre son récit.

Lorsque ce fut la cinq cent vingt-troisième nuit, elle dit :

On raconte encore, Sire ô roi bienheureux, que Shâh Badrî, Roi des fauves, remit à Jânshâh des tablettes qu'il lui demanda de lire et d'apprendre par cœur. Tout cela en prévision de l'assemblée des fauves qu'il conviendrait d'interroger sur la mystérieuse forteresse. Il se passa peu de temps avant qu'ils n'arrivent et viennent, espèce après espèce, saluer leur souverain. Celui-ci demanda à tous où se trouvait la forteresse dite de Jawhar et tous répondirent non seulement qu'ils ne la connaissaient point mais qu'ils n'en avaient même jamais entendu parler. À ces mots, Jânshâh pleura et regretta beaucoup de n'être pas reparti avec l'oiseau qui l'avait amené de chez le Cheikh Naṣr. Le roi s'adressa à lui en ces termes :

— Mon enfant, ne te désespère pas. J'ai un frère aîné nommé le roi Shammâkh qui règne sur les djinns de ce pays et je t'envoie à lui.

Il le fit monter sur un fauve non sans lui avoir confié une missive où il le recommandait instamment à son frère. L'animal s'élança sans attendre et ne s'arrêta que lorsque après des jours et des nuits de course, il pénétra sur les territoires de Shammâkh. Parvenu à distance du roi, il s'immobilisa de lui-même. Jânshâh descendit de sa monture et avança vers le roi dont il baisa les mains avant de lui remettre la missive de son frère. Après l'avoir lue et comprise, le souverain lui souhaita la bienvenue et dit :

— Mon enfant, je n'ai jamais vu cette forteresse et n'ai même jamais entendu parler d'elle.

Le prince se reprit à gémir et à soupirer. Shammâkh

le pria de conter son histoire, de lui dire qui il était,
d'où il venait et où il allait ; Jânshâh fit une relation
complète et fidèle de ses aventures. Le roi en fut tout
émerveillé et dit :

— Mon enfant, je ne pense pas que même le seigneur
Salomon du temps de son vivant ait vu cette forteresse
ou même ait entendu parler d'elle. Mais je connais un
ermite de la montagne, très avancé en âge, à qui
obéissent tous les oiseaux, les fauves et les djinns tant
il connaît de formules magiques. Si puissantes sont sa
sorcellerie et sa magie que les rois des djinns sont
contraints de lui obéir et que les oiseaux et les fauves se
mettent à son service. Je peux dire, pour ma part,
qu'ayant désobéi à notre seigneur Salomon, il ordonna
que l'on m'emprisonnât. Seul cet ermite put venir à
bout de moi grâce à sa ruse, à ses sortilèges et à sa
magie. Et je suis resté à son service. Sache qu'il a visité
tous les pays et toutes les provinces. Il connaît toutes
les routes et tous les chemins. Il n'est pas un lieu, pas
une forteresse, pas une ville dont il ignore l'existence.
Tu vas aller le voir, peut-être t'indiquera-t-il où se
trouve ta forteresse. Sinon, personne d'autre ne pourra
le faire. Les oiseaux, les fauves et les djinns lui
obéissent et lui rendent visite. Telle est la force de sa
magie qu'il s'est fabriqué un bâton composé de trois
pièces différentes. Il plante ce bâton en terre et récite
une formule magique sur chacune de ses pièces. De la
première, il sort de la viande et du sang ; de la
deuxième, du lait ; de la troisième, du blé et de l'orge.
Après cela, il reprend son bâton et s'en revient dans sa
demeure qui a pour nom l'Ermitage des diamants. Cet
ermite est un devin et peut réaliser de ses propres
mains toutes sortes d'inventions étranges. C'est un
magicien rusé, fourbe et méchant. Il se nomme Yaghmûs et connaît tous les sortilèges et les enchantements.

Il faut absolument que je t'envoie à lui, monté sur un très grand oiseau doté de deux paires d'ailes.

Et l'aube chassant la nuit, Shahrâzâd dut interrompre son récit.

Lorsque ce fut la cinq cent vingt-quatrième nuit, elle dit :

On raconte encore, Sire, ô roi bienheureux, que le roi Shammâkh dit à Jânshâh :

— Il faut absolument que je t'envoie chez l'ermite, monté sur un oiseau géant doté de deux paires d'ailes.

Le jeune homme fut donc emporté par cet oiseau dont chaque aile mesurait trente coudées hachémites. Il avait des pieds semblables et ne volait que deux fois par an. Un des serviteurs du roi Shammâkh, nommé Tamshûn, allait chaque jour en Irak s'emparer de deux chamelles de Bactriane qu'il coupait en morceaux et donnait à manger à cet oiseau. Sur l'ordre de Shammâkh, le volatile plaça Jânshâh sur son dos et fendit les airs durant des nuits et des jours jusqu'à ce qu'il arrive à la montagne des rochers où se trouvait l'Ermitage des diamants. Jânshâh descendit de sa monture et vit l'ermite Yaghmûs à l'intérieur d'une chapelle où il priait. Il s'avança vers lui, se prosterna puis se tint debout. Lorsqu'il le vit, l'ermite lui souhaita la bienvenue et lui adressa ces paroles :

— Comment se fait-il que tu sois ici, mon enfant, toi qui es si éloigné de ta demeure et si seul en ces lieux ?

Jânshâh versa bien des larmes en faisant le récit de tout ce qui lui était arrivé et l'ermite fut jeté dans le plus grand étonnement.

— Je le jure par Dieu, mon enfant, je n'ai jamais entendu parler de cette forteresse et ne connais personne qui en ait jamais ouï parler ou qui l'ait seulement vue. Et pourtant, j'existais déjà du temps de Noé, le prophète de Dieu. C'est depuis lors et jusqu'à l'avènement de notre seigneur Salomon, fils de David, que je régnais sur les fauves, les oiseaux et les djinns. Je ne pense même pas que Salomon en ait lui-même entendu parler. Mais prends patience, mon fils, les oiseaux, les fauves et ceux qui servent les djinns doivent venir ici. Je les interrogerai. Peut-être l'un d'eux pourra-t-il nous fournir quelques renseignements à ce sujet. Tout deviendra alors facile pour toi grâce à l'aide de Dieu.

Jânshâh séjourna un certain temps chez l'ermite. Un jour, les oiseaux, les fauves et les djinns s'assemblèrent. On les interrogea, mais aucun d'eux n'avait vu la forteresse ni n'avait même entendu parler d'elle. Jânshâh se reprit à pleurer, à sangloter et à supplier le Seigneur Dieu Tout-Puissant. C'est alors que s'avança vers lui le dernier des oiseaux arrivés. Il avait une taille considérable et la plume noire. Lorsqu'il se fut posé, il baisa les mains de l'ermite. Celui-ci lui demanda s'il connaissait la forteresse dite de Jawhar.

— Nous habitions, lui répondit l'oiseau, la Montagne de cristal qui se trouve juste en deçà de la montagne Qâf. C'était un pays immense, nous étions alors mes frères et moi de jeunes poussins. Mon père et ma mère allaient chaque jour en quête de notre nourriture. Il leur arriva, une fois, de s'absenter durant sept jours pendant lesquels nous souffrîmes de la faim. Ils revinrent le huitième jour mais étaient tout en larmes. Nous leur demandâmes pourquoi ils étaient restés partis si longtemps.

— Nous avons été surpris par un démon, dirent-ils, qui se saisit de nous et nous emporta à la forteresse dite de Jawhar. Il nous conduisit devant le roi Shahlân qui prit la décision de nous faire périr.

Nos parents le supplièrent de ne pas exécuter son

ordre en disant qu'ils avaient laissé de jeunes poussins
au nid. Et le roi les laissa aller. Si mon père et ma mère
étaient toujours vivants, ils vous auraient indiqué où
se trouve cette forteresse.

Lorsque Jânshâh entendit ces mots, ses larmes
recommencèrent à couler et il supplia l'ermite
d'ordonner à cet oiseau de le porter à la Montagne de
cristal juste en deçà de la montagne Qâf où ses parents
avaient leur nid. L'ermite donna l'ordre à l'oiseau
d'obéir à Jânshâh en tout ce qu'il lui commanderait.

— Je suis à tes ordres, dit l'oiseau qui se chargea du
prince et s'envola.

Il ne cessa de voler durant des jours et durant des
nuits jusqu'à ce qu'il arrive à la Montagne de cristal où
il se posa. Après avoir pris quelque repos, il reprit son
vol pour parvenir deux jours après là où ses parents
avaient eu leur nid.

Et l'aube chassant la nuit, Shahrâzâd dut interrompre son récit.

Lorsque ce fut la cinq cent vingt-cinquième nuit, elle
dit :

On raconte encore, Sire, ô roi bienheureux, que
l'oiseau qui transporta Jânshâh ne cessa de voler
durant trois jours jusqu'à ce qu'il fût rendu à l'endroit
où se trouvait le nid près duquel il se posa.

— Pourrais-tu, demanda le prince à l'oiseau, me
conduire là où ton père et ta mère allaient chercher
votre nourriture ?

— Bien volontiers, répondit l'oiseau qui l'emporta
de nouveau et vola durant sept nuits et huit jours.

Il parvint près d'une montagne élevée et dit à
Jânshâh :

— Nous voici à la limite des terres que je connais.

Le prince eut sommeil et passa la nuit au sommet de

cette montagne. Lorsqu'il se réveilla, il aperçut comme un éclair lointain qui remplissait le ciel de sa lumière. Il ne sut comment expliquer cette lueur. Il ignorait qu'ainsi resplendissait la forteresse qu'il cherchait et qui était à deux mois de distance.

Elle était construite de rubis. Ses chambres étaient d'or. Mille tours faites de métaux précieux extraits de la mer des Ténèbres s'élevaient au-dessus de ses murailles. Ces gemmes et ces métaux précieux avaient valu son nom de Jawhar, « Palais des Joyaux », à cette forteresse immense. Le roi Shahlân y régnait qui était le père des trois jeunes filles rencontrées par Jânshâh.

L'une d'elle était la princesse Shamsa qui s'était enfuie de Kâbul pour retrouver son père, sa mère et sa famille. Elle leur avait raconté ce qui lui était arrivé et leur parla du prince. Elle leur conta qu'il avait traversé bien des pays et vu bien des merveilles. Elle leur apprit combien ils s'aimaient tous deux et ce qu'il leur était advenu. Lorsque ses parents eurent entendu son récit, ils protestèrent qu'il n'était pas permis aux yeux de Dieu de se conduire comme elle l'avait fait. Le roi, son père, convoqua les djinns rebelles et leur déclara :

— Quiconque d'entre vous apercevra un être humain doit me l'amener immédiatement.

La princesse Shamsa qui répétait à sa mère combien Jânshâh était amoureux d'elle, lui affirmait aussi combien elle était sûre qu'il parviendrait à elle.

— Lorsque je me suis envolée du palais de son père, je lui ai dit, s'il m'aimait, qu'il me rejoigne à la forteresse de Jawhar.

Jânshâh, quant à lui, apercevant cet éclat lointain, décida de se diriger vers lui pour en avoir le cœur net. La princesse Shamsa avait envoyé l'un de ses servi-teurs accomplir une besogne près du mont Qarmûs. En cours de route, ce serviteur aperçut, de loin, un homme

vers lequel il se dirigea et qu'il salua. Jânshâh, car
c'était bien lui, rendit le salut tout en éprouvant une
très grande peur. Le serviteur l'ayant interrogé, le
prince donna son nom et raconta son histoire :

— Je me suis emparé d'une djinniya nommée
Shamsa. Elle était d'une très grande beauté et d'une
parfaite élégance et je m'en suis épris. J'éprouvais pour
elle un amour intense mais elle s'est enfuie après avoir
séjourné quelque temps dans le palais que lui fit
construire mon père.

Jânshâh termina son récit en pleurant, ce qui émut
le serviteur qui s'écria :

— Ne pleure donc plus car tu es arrivé à destination.
Sache que Shamsa t'aime autant que tu l'aimes. Elle a
parlé à son père et à sa mère de votre mutuelle passion,
et tous les habitants du palais t'aiment déjà. Que ton
âme se rassure et que ton cœur se réjouisse.

Le djinn le chargea sur ses épaules et revint à
Jawhar. On annonça la bonne nouvelle au roi, à la
reine et à la princesse qui en éprouvèrent une joie
considérable. Shahlân ordonna à tous ses serviteurs de
se porter à la rencontre du jeune homme; lui-même
monta à cheval et, entouré de serviteurs, de démons et
de djinns rebelles, il alla au-devant de Jânshâh.

Et l'aube chassant la nuit, Shahrâzâd dut interrompre son récit.

Lorsque ce fut la cinq cent vingt-sixième nuit, elle
dit :

On raconte encore, Sire, ô roi bienheureux, que
Shahlân monta à cheval et alla au-devant de Jânshâh,
entouré de serviteurs, de démons et de djinns rebelles.
Arrivé près de lui, il lui donna l'accolade. Le prince
baisa les mains du souverain qui ordonna qu'on
l'habille d'une magnifique robe de soie aux couleurs

variées, brodée d'or et brochée de pierreries. Il ceignit
son front d'une couronne telle qu'aucun des rois
humains n'en avait jamais vu de plus belle. Il lui offrit
une superbe cavale des écuries royales. Le prince la
monta. Entourés de serviteurs, lui et le roi s'avancèrent en un cortège somptueux jusqu'à la porte du
palais devant laquelle ils mirent pied à terre.

Ils entrèrent dans cette demeure grandiose dont les
murs étaient de gemmes, d'hyacinthes et de métaux
précieux. Le cristal, la topaze et l'émeraude parsemaient le sol où ils étaient incrustés. Jânshâh était
saisi d'émotion. Le roi et la reine essuyèrent ses larmes
en lui disant qu'il n'avait plus lieu d'être chagrin.

— Sache, lui dirent-ils, que tu es parvenu à ton but.

Au milieu de la grande salle le cortège fut accueilli
par de belles servantes, par des esclaves et de jeunes
serviteurs. On le fit asseoir à la place d'honneur et tous
se mirent à son service. Il restait stupéfié par la beauté
des lieux et la splendeur de ces murs faits de gemmes
rares et de métaux précieux. Le roi Shahlân regagna la
chambre de son conseil. Il ordonna à ses servantes et
aux jeunes gens de faire venir Jânshâh pour qu'il
prenne place à ses côtés. On alla donc le quérir et le roi
se leva pour le recevoir puis il le fit asseoir à ses côtés
sur le lit d'apparat. On tendit alors les nappes et le
repas fut servi. Après quoi on se lava les mains juste
pour recevoir la mère de la princesse Shamsa qui salua
Jânshâh, lui souhaita la bienvenue et dit :

— Te voici parvenu à ton but après de si grandes
fatigues ; tu vas connaître le repos après de si longues
veilles. Que Dieu en soit loué.

Cela dit, elle alla chercher sa fille Shamsa qu'elle fit
entrer dans la salle où se tenait le prince. Elle le salua,
vint jusqu'à lui et baissa la tête dans un mouvement de
réserve à son égard et de pudeur envers sa mère et son

père. Puis apparurent les deux sœurs qui l'accompagnaient au château du Cheikh Naṣr. Elles baisèrent ses mains et le saluèrent. La mère de la princesse s'adressa alors au jeune homme en ces termes :

— Sois le bienvenu, mon fils. Ma fille Shamsa s'est mal conduite à ton égard. Ne lui en veux pas, nous en étions la cause.

Lorsqu'il eut entendu ces mots, Jânshâh poussa un cri et tomba évanoui. Le roi s'en étonna. On aspergea le visage du prince d'eau de rose mêlée de musc et de civette. Il se réveilla, regarda la princesse Shamsa et dit :

— Dieu soit loué qui m'a permis de réaliser mes vœux et a éteint le feu qui consumait mon cœur.

— J'en suis bien aise, répondit-elle, mais raconte-moi donc ce qui t'est arrivé depuis mon départ. Comment es-tu parvenu ici alors que la plupart des djinns ne savent pas où se trouve la forteresse de Jawhar. Nous sommes rebelles à tous les rois et personne ne connaît la route qui conduit en ces lieux ni même n'en soupçonne l'existence.

Jânshâh fit le récit de tout ce qui lui était advenu, expliqua comment il avait trouvé le chemin de la forteresse, ce qu'il avait enduré en route, décrivit ses terreurs ainsi que ses émerveillements. Il parla aussi de la guerre survenue entre son père et le roi Kafîd.

— Et tout cela, dit-il en conclusion, je l'ai fait pour toi, ma princesse.

La reine dit alors :

— Nous te donnons Shamsa comme ton esclave, puis ajouta, à l'immense joie de Jânshâh : Si Dieu le veut, nous célébrerons le mariage et fêterons vos épousailles dans un mois. Tu t'en retourneras ensuite dans ton pays avec elle, accompagné par mille démons rebelles qui te serviront. Que tu ordonnes au moindre

d'entre eux de détruire Kafîd et son armée, et il le fera
en un instant. Chaque année nous t'enverrons une
troupe, il te suffira de commander à l'un de ses soldats
d'anéantir tous tes ennemis pour qu'il les extermine
jusqu'au dernier.

Et l'aube chassant la nuit, Shahrâzâd dut interrompre son récit.

Lorsque ce fut la cinq cent vingt-septième nuit, elle
dit :

On raconte encore, Sire, ô roi bienheureux, que la
reine dit au prince :

— Chaque année nous t'enverrons une troupe et il te
suffira de commander à l'un de ses soldats d'anéantir
tous tes ennemis pour qu'il les extermine tous jusqu'au
dernier.

Le roi Shahlân prit place sur son lit d'apparat et
commanda aux Grands du royaume de décorer la ville
et d'y organiser des réjouissances durant sept jours et
sept nuits. Ils s'en furent immédiatement exécuter ses
ordres. Les préparatifs nécessaires aux grandes fêtes
qui allaient se donner durèrent deux mois. Jamais il
n'y eut de noces plus magnifique que celle de Shamsa
et de Jânshâh où le prince épousa enfin sa princesse.

Deux ans passèrent ainsi dans la plus agréable des
vies et une parfaite félicité. Ce temps passé, Jânshâh
dit à son épouse :

— Ton père s'était engagé à ce que nous passions
alternativement une année dans chacun de nos pays.

— C'est parfaitement exact, répondit la princesse
qui, le soir même, se faisait recevoir par son père et lui
rappelait sa promesse.

— J'en suis tout à fait d'accord, dit le roi. Mais
attendez le début du mois prochain car je dois équiper
le cortège qui vous accompagnera.

Shamsa informa son époux de cette décision. Une
fois le délai écoulé, le roi Shahlân ordonna aux serviteurs qu'il avait désignés d'accompagner le couple
princier et de le conduire jusqu'au royaume de Jânshâh. Il avait fait préparer un lit d'apparat d'or
rouge incrusté de perles et de gemmes. Cette litière
était surmontée d'un dais de soie verte orné de broderies multicolores et broché de pierres précieuses.
La beauté de cet équipage laissait interdit. Jânshâh
et sa princesse s'assirent sous le dais. Quatre serviteurs choisis par eux se placèrent aux quatre coins
du lit d'apparat. La jeune femme fit ses adieux à sa
mère, à son père, à ses sœurs et à toute sa famille.

Le roi, son père, chevauchant sa monture, accompagna jusqu'au midi du jour le cortège qui s'était
ébranlé. Alors les serviteurs reposèrent le lit d'apparat et l'on échangea les derniers adieux. Shahlân fit
ses recommandations à Jânshâh et aux serviteurs,
puis leur ordonna de reprendre la route avant de
revenir lui-même sur ses pas. Il avait mis à la disposition de sa fille trois cents servantes choisies parmi
les esclaves les plus belles, et à celle de Jânshâh trois
cents serviteurs enfants de djinns. Tout le monde
trouva place sur le lit d'apparat. Les quatre porteurs
le chargèrent sur leurs épaules et s'envolèrent. Ils
cheminèrent ainsi entre ciel et terre, franchissant
chaque jour une distance équivalant à trente mois de
marche. Ils volèrent durant dix jours. L'un des djinns
connaissait le pays de Kâbul. Lorsqu'il l'aperçut, il
intima l'ordre à ses compagnons de se diriger vers la
grande cité qui était la capitale du roi Tîghmûs où
ils atterrirent.

Et l'aube chassant la nuit, Shahrâzâd dut interrompre son récit.

Lorsque ce fut la cinq cent vingt-huitième nuit, elle dit :

On raconte encore, Sire, ô roi bienheureux, que les djinns porteurs du lit d'apparat atterrirent dans la capitale du roi Tîghmûs. Celui-ci avait été défait par ses ennemis et s'était réfugié dans la cité où il subissait un très dur siège de la part du roi Kafîd. Il avait demandé, pour éviter le massacre, que lui fût accordée une reddition avec les honneurs sous la protection de son adversaire. Mais Kafîd avait refusé. Tîghmûs avait compris qu'il n'avait plus aucune chance d'échapper à son ennemi. Il avait donc décidé de se pendre pour échapper au malheur et à l'affliction qui l'attendaient. Il prit congé des ministres du royaume ainsi que de ses chefs de guerre, puis regagna ses appartements pour dire adieu à ses épouses. Tout le royaume était en pleurs. On n'entendait partout que cris et sanglots. On ne voyait que deuil.

Et c'est à ce moment-là que les djinns du roi Shahlân survolèrent le palais construit à l'intérieur de la citadelle. Jânshâh ordonna à ses porteurs volants de déposer le lit d'apparat au milieu de la salle du conseil royal. Ce qu'ils firent. Le prince et la princesse Shamsa son épouse en descendirent, suivis de tous leurs serviteurs. Ils se rendirent compte que la ville était étroitement assiégée et que ses habitants connaissaient la plus cruelle des adversités.

Jânshâh s'adressa alors à la princesse Shamsa en ces termes :

— Amie de mon cœur, prunelle de mes yeux, vois dans quel état se trouve mon père !

Ayant considéré la situation, la princesse ordonna à la troupe des djinns d'attaquer les assiégeants, de porter à leur armée les coups les plus durs et d'exterminer leurs soldats jusqu'au dernier.

Jânshâh fit signe à l'un des djinns qui était d'un courage à toute épreuve et qui se nommait Qarâṭish. Il lui enjoignit de ramener le roi Kafîd enchaîné. Les djinns se chargèrent de nouveau du lit d'apparat, s'envolèrent et allèrent le placer à proximité du camp de Kafîd. Ils dressèrent une tente sur la litière et attendirent jusqu'à la mi-nuit avant de se précipiter pour donner l'assaut à l'armée ennemie. On assista alors à un spectacle singulier : on vit des djinns se saisir chacun de huit à dix soldats, les arracher de leurs éléphants, puis, s'étant élevés dans les cieux, les lâcher vers le sol où ils allaient se disloquer. D'autres génies assenaient de terribles coups avec des barres de fer. Quant à Qarâṭish, il se dirigea tout de suite vers le pavillon du roi Kafîd qui était installé sur son lit de camp. Il s'en saisit, le jeta sur le lit d'apparat et s'élança dans les airs pendant que le souverain poussait des cris de frayeur. Le djinn revint au palais où il déposa le captif aux pieds de Jânshâh. Celui-ci ordonna aux quatre porteurs de s'envoler à leur tour et de se maintenir dans les cieux. Kafîd ne fut pas revenu de sa surprise qu'il se retrouva entre ciel et terre. Il se mit à se frapper le visage, complètement stupéfait par ce qui lui arrivait.

Tîghmûs, pour sa part, avait failli mourir de joie en apercevant son fils. Il poussa un grand cri et tomba évanoui. On lui aspergea le visage avec de l'eau de fleur d'oranger. Lorqu'il eut repris ses esprits, il se jeta dans les bras de Janshâh et tous deux pleurèrent abondamment. Tîghmûs ignorait que les djinns étaient en train de combattre l'armée de Kafîd.

Après cela, la princesse Shamsa se leva, se dirigea vers le roi Tîghmûs, baisa ses mains et dit :

— Mon seigneur, monte tout en haut du palais et tu verras l'assaut que donnent les djinns de mon père.

Le roi et la princesse allèrent donc s'asseoir en un lieu d'où ils pouvaient tout à leur aise suivre le combat que livraient les djinns. Ceux-ci étaient en train de tailler l'armée de Kafîd en pièces. On voyait ici un djinn brandir une énorme barre de fer et l'abattre sur un éléphant. La bête et ceux qui la montaient étaient broyés par le coup au point que l'on ne pouvait plus distinguer le corps de l'une de la chair des autres. On remarquait là-bas un autre djinn dressé immensément qui poussait un cri effrayant et faisait tomber raides morts les fuyards. Ailleurs on apercevait encore l'un d'entre eux se saisir d'une vingtaine de cavaliers, s'enlever dans les cieux et les laisser choir sur le sol où ils se déchiquetaient sur des rochers. Et pendant ce temps, Jânshâh, son père et la princesse Shansa regardaient et ne perdaient pas une miette du spectacle.

Et l'aube chassant la nuit, Shahrâzâd dut interrompre son récit.

Lorsque ce fut la cinq cent vingt-neuvième nuit, elle dit :

On raconte encore, Sire, ô roi bienheureux, que Tîghmûs, Jânshâh et la princesse Shamsa regardaient du haut du palais la bataille que livraient les djinns aux troupes de Kafîd. Celui-ci, assis sur le lit d'apparat suspendu dans les airs, versait des larmes amères. Le combat dura deux jours et ne s'acheva qu'avec l'extermination de l'armée ennemie. Jânshâh donna l'ordre aux djinns conducteurs de ramener au sol le lit d'apparat et de le déposer dans la citadelle de son père. Tîghmûs enjoignit à l'un d'eux nommé Samuel de se saisir de Kafîd, de le charger de chaînes, de lui passer les fers et de l'emprisonner dans la tour noire.

Pendant que Samuel s'exécutait, le roi fit battre tambour et porter à la mère du prince l'heureuse

nouvelle du retour de son fils et de l'intervention des
djinns. La reine s'en réjouit grandement et vint se
joindre à eux. Jânshâh la serra contre lui et telle fut sa
joie qu'elle tomba évanouie. On lui aspergea le visage
d'eau de rose et lorsqu'elle eut repris ses esprits, elle
l'enlaça et se mit à verser des larmes que lui tirait
l'excès de son bonheur. Lorsque la princesse fut informée de la présence de la reine, elle vint à elle et la
salua. Elles tombèrent dans les bras l'une de l'autre
pendant un long moment. Puis elles s'assirent toutes
deux et entreprirent une longue conversation.

Tîghmûs fit ouvrir les portes de la ville. Il envoya des
messagers dans toutes les contrées du royaume afin
qu'ils répandent toutes ces bonnes nouvelles. Les
présents et les cadeaux affluaient maintenant au
palais. Les rois, vassaux de Tîghmûs, les chefs de
guerre à la tête de leurs armées se pressaient pour
saluer le roi et le féliciter autant pour sa victoire que
pour le retour inespéré de son fils. Ainsi passèrent les
jours dans un afflux de visiteurs porteurs d'offrandes
plus magnifiques les unes que les autres.

Le souverain fit célébrer une deuxième fois les noces
de son fils et de la princesse Shamsa. Il ordonna de
décorer la ville. Au nom de Jânshâh, il offrit à la
princesse des bijoux et de somptueuses parures. Jânshâh rejoignit son épouse et lui fit présent pour la
servir de cent jeunes filles choisies parmi les plus
belles esclaves.

Quelques jours plus tard, la princesse Shamsa se
rendit chez Tîghmûs pour intercéder en faveur du roi
Kafîd :

— Libère-le, qu'il rentre dans son pays. S'il se
conduit mal de nouveau à ton égard, j'enjoindrai à l'un
de mes djinns de s'en emparer et de te le livrer.

— Qu'il en soit comme tu le désires, répondit le

souverain qui commanda au djinn Samuel d'aller chercher Kafîd.

Celui-ci, chargé de chaînes et de fers, comparut et se prosterna et baisa le sol devant Tîghmûs. Le roi ordonna qu'on le libère. Puis il le fit monter sur une jument boiteuse et dit :

— La reine Shamsa a intercédé en ta faveur. Retourne chez toi. Si par malheur, tu recommences à te mal conduire, elle enverra l'un de ses djinns qui s'emparera immédiatement de toi.

C'est ainsi que Kafîd s'en revint dans son pays le plus misérablement du monde.

Et l'aube chassant la nuit, Shahrâzâd dut interrompre son récit.

Lorsque ce fut la cinq cent trentième nuit, elle dit :
On raconte encore, Sire, ô roi bienheureux, que le roi Kafîd revint en son pays dans le plus misérable appareil qui soit. Jânshâh, entre son père et son épouse, coulait une vie des plus heureuses, faite toute de félicité, de joie profonde et de bonheur accompli.

Tout cela était raconté à Bulûqiyyâ par le jeune homme assis entre les deux tombes qui ajouta :

— Ce Jânshâh n'est autre que moi-même et j'ai vécu tout ce que je viens de te raconter, ô ami, ô Bulûqiyyâ.

Ce dernier fut émerveillé par cette histoire, lui qui errait dans l'amour de Muḥammad, que les prières de Dieu et Son salut soient sur lui. Il dit à Jânshâh :

— Mais que signifient ces deux tombes et pourquoi es-tu assis là en train de pleurer ?

— Sache, lui répondit le prince, que j'écoulais entre mon père et mon épouse la vie la plus heureuse, faite toute de félicité, de joie profonde et de bonheur parfait. Nous passions alternativement une année dans mon pays et une autre à Jawhar. Nous ne voyagions qu'assis sur ce lit d'apparat, portés par nos serviteurs qui volaient entre ciel et terre.

— Dis-moi donc, demanda Bulûqiyyâ, quelle distance il y avait entre vos deux pays ?

— Nous parcourions chaque jour une distance de trente mois de marche et il nous fallait dix jours pour arriver.

Nous vécûmes ainsi pendant des années, poursuivit Jânshâh. Un jour que nous allions à notre habitude, nous sommes arrivés en ce lieu. Le lit d'apparat fut installé ici sur la rive du fleuve et nous apercevions cette île. Nous nous sommes restaurés. La princesse Shamsa eut le désir de se baigner. Elle enleva ses vêtements. Suivie par ses servantes qui s'étaient déshabillées elles aussi, elle se mit à nager. Quant à moi, je longeais la rive en me promenant. Je m'étais un peu éloigné d'elles lorsqu'un énorme reptile la mordit à la jambe. Elle poussa un cri et mourut sur-le-champ. Certaines servantes remontèrent sur la rive et s'enfuirent vers notre tente. D'autres se saisirent de la princesse et la ramenèrent sur le rivage. Lorsque je la vis morte, je tombai sans connaissance. On m'aspergea le visage d'eau. Je me réveillai et, tout en pleurs, j'ordonnai aux serviteurs d'utiliser le lit d'apparat pour se rendre chez les parents de la princesse et leur raconter ce qui était advenu. Ils s'en furent.

Peu de temps après, les parents de Shamsa vinrent me retrouver ici. On fit la toilette de la princesse, on enveloppa son corps dans un linceul avant de l'enterrer ici même. Après les cérémonies, son père m'offrit de le raccompagner.

— Je voudrais, répondis-je, que tu fasses creuser une tombe voisine de celle de Shamsa. Ce sera la mienne lorsque je mourrai. Ainsi reposerai-je à ses côtés.

Le roi Shahlân exauça mon souhait et fit préparer la tombe comme je le demandais. Puis les parents de Shamsa partirent et me laissèrent seuls à mes larmes et à mes sanglots. Voilà mon histoire et voilà pourquoi je suis assis entre ces deux tombes.

Puis Jânshâh récita ces deux vers :

Reine, plus n'est maison sans vous cette maison,
  ô non, et ne m'est plus voisin, le voisin que j'aimais !
Pas plus l'ami fidèle ne m'y tient compagnie
  et pas plus les bouquets n'y ont parfum de fleur.

Bulûqiyyâ fut émerveillé par ce récit.

Et l'aube chassant la nuit, Shahrâzâd dut interrompre son récit.

Lorsque ce fut la cinq cent trente et unième nuit, elle dit :

On raconte encore, Sire, ô roi bienheureux, que Bulûqiyyâ fut émerveillé par le récit de Jânshâh.

— Par Dieu, dit-il au prince, je pensais que j'avais erré sur la terre et parcouru toutes les contrées, mais ce que j'ai entendu de ton histoire m'a fait tout oublier de ce que j'ai vu. Et maintenant, je voudrais que tu aies la bonté et la grâce de me montrer le chemin qui me ramènera sain et sauf.

Jânshâh lui indiqua sa route. Les deux hommes se firent leurs adieux et Bulûqiyyâ poursuivit son chemin.

Toute cette histoire fut racontée par la Reine des serpents à Ḥâsib Karîm ad-Dîn. Celui-ci demanda alors :

— Comment se fait-il que tu connaisses toute cette histoire ?

— Sache, répondit-elle, que depuis vingt-cinq ans j'avais envoyé en Égypte un très gros serpent muni d'une lettre qu'il devait porter à Bulûqiyyâ. Il s'en fut au Caire chez mon envoyée et s'enquit de Bulûqiyyâ. On lui indiqua sa demeure, il s'y rendit, le vit, le salua et lui remit la lettre. Bulûqiyyâ la lut et demanda si elle venait de la Reine des serpents. En ayant reçu l'assurance, il dit :

— Je voudrais partir avec toi pour retrouver la reine car j'ai besoin d'elle.

— Tout à fait d'accord, dit le serpent.

Bulûqiyyâ alla auprès de l'envoyée de la reine au Caire, la salua puis lui fit ses adieux. Elle lui ordonna de fermer les yeux. Les ayant fermés puis réouverts, il se trouva dans la montagne où demeurait habituellement la reine. Le serpent messager qui l'avait accompagné, se rendit chez le serpent qui lui avait remis la lettre, le salua, l'informa de sa mission et lui apprit qu'il avait ramené Bulûqiyyâ avec lui. Ce dernier s'avança, salua le serpent et lui demanda s'il pouvait être reçu par la reine :

— Elle se trouve à la montagne Qâf avec ses armées et ses troupes. Elle ne viendra ici qu'en été. Chaque fois qu'elle s'absente ainsi pour séjourner sur le mont Qâf, elle me désigne pour la remplacer jusqu'à son retour. Si tu as besoin de quelques chose, dis-le.

— Je voudrais un peu de cette herbe qui préserve celui qui en boit le suc de toute faiblesse, de toute vieillesse et de toute mort.

— Je ne ferai rien de ce que tu me demandes tant que tu ne m'auras pas raconté ce que tu fis avec 'Uffân après avoir quitté la Reine des serpents pour vous diriger vers la sépulture du seigneur Salomon.

Bulûqiyyâ lui relata son histoire ainsi que celle de Jânshâh sans rien omettre de ce qui était survenu.

— Et maintenant, dit-il, donne-moi ce que je t'ai demandé afin que je puisse rentrer chez moi.

— Le seigneur Salomon en est témoin, répondit-il, j'ignore où se trouve cette herbe.

Il se tourna alors vers le serpent messager qui avait conduit Bulûqiyyâ au Caire et lui ordonna de le ramener chez lui. De nouveau il ferma les yeux puis les ouvrit · il se retrouva au Muqaṭṭam d'où il alla chez lui.

Et c'est ainsi que, lorsque la Reine des serpents revint du mont Qâf, le serpent qui occupait ses fonctions durant son absence lui rendit compte de tout ce qui s'était passé, lui transmit le salut de Bulûqiyyâ et rapporta dans le détail le récit de ses aventures et de sa rencontre avec Jânshâh.

— Voilà comment, dit la Reine des serpents à Ḥâsib, j'ai appris tout cela.

— Et qu'était-il advenu de Bulûqiyyâ lorsqu'il avait quitté Jânshâh ?

Lorsqu'il eut quitté Jânshâh, il marcha des nuits et des jours et arriva devant une mer immense. Il se frotta les pieds de suc magique et entreprit de traverser les flots. Il parvint à une île couverte d'arbres et de fruits, parcourue par des rivières qui offraient un spectacle de paradis. Il s'y promena et aperçut un très grand arbre dont les feuilles ressemblaient à des voiles de bateau. Il s'en approcha et vit au pied de l'arbre une table sur laquelle étaient servis toutes sortes d'excellents mets. Sur l'arbre était perché un oiseau de très grande taille dont le corps était de perles et d'émeraudes, les pattes d'argent, le bec de rubis, les plumes de métal précieux. Il rendait grâces à Dieu et priait pour Muḥammad, que sur lui soient les prières et le salut de Dieu.

Et l'aube chassant la nuit, Shahrâzâd dut interrompre son récit.

Lorsque ce fut la cinq cent trente-deuxième nuit, elle dit :

On raconte encore, Sire, ô roi bienheureux, que Bulûqiyyâ aborda une île semblable au paradis. Il en parcourut les différentes parties et y vit toutes sortes de merveilles parmi lesquelles un oiseau dont le corps était de perles et d'émeraudes, et les plumes de métal précieux. Cet oiseau rendait grâces au Seigneur Tout-Puissant et priait pour Muḥammad, que sur lui soient les prières et le salut de Dieu.

Lorsque Bulûqiyyâ aperçut cet oiseau de très grande taille, il lui demanda qui il était et ce qu'il faisait là ?

— Je suis un oiseau du paradis. Sache que Dieu Tout-Puissant, lorsqu'Il chassa Adam, lui laissa quatre feuilles pour cacher sa nudité. Ces quatre feuilles tombèrent sur la terre. L'une fut dévorée par les vers et ainsi fut donnée la soie ; la deuxième fut croquée par la civette, ainsi fut donnée le musc ; la troisième fut mangée par les abeilles et ainsi fut donné le miel ; la quatrième tomba en Inde et ainsi fut donné le poivre. Quant à moi, j'ai parcouru toute la terre jusqu'à ce que Dieu me fasse la faveur de ce lieu. J'y demeure et chaque vendredi s'y rassemblent les saints amis de Dieu et les hommes les plus vénérés de chacun des peuples du monde. Ils y viennent, mangent de ces mets offerts par Dieu le Très Haut dont ils sont les hôtes. Ensuite la nappe servie s'élève pour s'en retourner au paradis. Il n'y manque rien, comme si on n'avait pas touché aux plats, et rien n'y est changé.

Bulûqiyyâ se restaura et fit ses louanges au Seigneur. À ce moment-là, al-Khiḍr — que le salut soit

sur lui — apparut. Bulûqiyyâ se leva, salua et voulut se
retirer, mais l'oiseau lui dit :

— Reste donc assis et partage la compagnie d'al-
Khiḍr.

Ce dernier demanda au jeune homme qui il était et
ce qu'il faisait là. Bulûqiyyâ fit le récit de toutes ses
aventures sans rien omettre et expliqua comment il
était arrivé en ces lieux. Puis il voulut savoir à quelle
distance se trouvait Le Caire.

— À quatre-vingt-quinze ans de marche. Stupéfait,
Bulûqiyyâ se mit à pleurer, se précipita sur al-Khiḍr
dont il baisa les mains et le supplia au nom de Dieu de
le sauver de la solitude où il se trouvait.

— Je suis près de périr, ajouta-t-il, et ne sais plus
comment faire.

— Prie Dieu de me permettre de te ramener au Caire
avant que tu ne perdes la vie.

Le jeune homme pleura, supplia Dieu le Très Haut
qui voulut bien accepter sa prière et suggéra à al-Khiḍr
— que le salut soit sur lui — de le ramener chez lui.

— Reprends courage. Dieu a accepté ta prière et m'a
inspiré de te reconduire chez toi. Accroche-toi à moi,
agrippe-toi bien de tes mains et ferme les yeux.

Bulûqiyyâ fit comme il lui était demandé et ferma
les yeux. Al-Khiḍr fit un pas et pria le jeune homme
d'ouvrir les yeux : Bulûqiyyâ se trouvait devant la
porte de sa maison. Il se retourna pour faire ses adieux
à son bienfaiteur, mais il n'y avait plus personne
derrière lui.

Et l'aube chassant la nuit, Shahrâzâd dut interrompre son récit.

Lorsque ce fut la cinq cent trente-troisième nuit, elle
dit :

On raconte encore, Sire, ô roi bienheureux, que

Bulûqiyyâ ouvrit les yeux, se retrouva devant la porte
de chez lui et se retourna pour faire ses adieux à al-
Khiḍr, mais ne trouva plus personne. Il entra alors
chez lui. Sa mère, en le voyant, poussa un grand cri et
perdit connaissance tellement sa joie était forte. Elle
reprit ses esprits lorsqu'on eut aspergé son visage d'un
peu d'eau. Elle enlaça son fils et versa d'abondantes
larmes. Quant à Bulûqiyyâ, tantôt il pleurait et tantôt
il riait. Sa famille, ses proches, ses amis lui rendirent
visite et le félicitèrent d'être revenu sain et sauf. La
nouvelle se répandit et de partout affluèrent les
cadeaux. On fit battre les tambours et siffler les fifres.
L'allégresse était générale. Bulûqiyyâ raconta à tous
son histoire et fit le détail de tout ce qui lui était arrivé.
Il conta aussi comment al-Khiḍr l'avait ramené jusque
devant la porte de sa maison. Personne ne put entendre
ces paroles sans s'émouvoir et s'émerveiller.

Tout ce récit fut fait par la Reine des serpents à
Ḥâsib Karîm ad-Dîn qui en fut ému jusqu'aux larmes
et plongé dans un étonnement sans fin. Après quoi il
insista de nouveau pour être autorisé à s'en retourner
chez lui.

— J'ai peur, lui répondit la reine, qu'une fois de
retour tu ne tiennes pas ta promesse et trahisses le
serment que tu m'as fait de ne jamais entrer au bain.

Ḥâsib jura une nouvelle fois solennellement qu'il ne
rentrerait jamais plus au bain de toute sa vie. Alors la
reine ordonna à l'un de ses serpents de le ramener à la
surface de la terre. Le serpent le prit et le conduisit de
proche en proche jusqu'à un puits abandonné par
lequel il remonta à l'air libre. De là, il regagna la ville
et la maison où il habitait

Le jour était arrivé à sa fin et le soleil au couchant
avait pâli. Il frappa à la porte. Sa mère sortit pour

ouvrir et aperçut son fils devant elle. Elle poussa un grand cri de joie et se jeta sur lui en pleurant. Son épouse entendit ses pleurs et sortit à son tour. Elle salua Ḥâsib et lui baisa les mains. Ils éprouvaient tous une très grande félicité. Ḥâsib entra et s'assit au milieu de sa famille. Lorsqu'ils eurent conversé un long moment, il s'enquit des bûcherons qui l'avaient abandonné dans la nuit.

— Ils sont venus me voir, dit la mère, en disant que tu avais été dévoré par un loup dans la vallée. Ce sont maintenant de gros commerçants qui ont propriétés et boutiques. Ils vivent largement. Chaque jour ils nous apportent à manger et à boire et n'ont jamais cessé de le faire.

— Tu iras leur rendre visite demain pour leur faire savoir que je suis revenu de voyage. Invite-les à venir me saluer.

De bon matin, la mère se rendit chez chacun des bûcherons et leur annonça la nouvelle. Ils blêmirent en apprenant le retour de Ḥâsib mais dirent qu'ils répondraient à l'invitation. Chacun lui remit pour son fils un vêtement de soie brodé d'or. La vieille femme s'en retourna chez elle, donna les vêtements à Ḥâsib et l'avisa de la visite des bûcherons pour le lendemain.

Ceux-ci étaient réunis pendant ce temps-là avec quelques autres commerçants pour décider de ce qu'ils devaient faire à l'égard de Ḥâsib. L'assemblée convint que chacun avait à lui remettre la moitié de ses biens et de ses serviteurs. Le lendemain, ils se rendirent chez lui tous ensemble, le saluèrent, baisèrent ses mains et lui firent don de la moitié de leur fortune :

— Accepte cela, dirent-ils, en récompense de tes bonnes actions. Nous sommes à tes ordres.

Ḥâsib accepta leur geste en disant :

— Ne revenons pas sur le passé ; tout cela était voulu par Dieu et rien ne peut contrarier Sa volonté.

— Allons donc nous promener en ville maintenant, nous irons ensuite au hammam.

— J'ai malheureusement juré de ne plus jamais rentrer au hammam.

— Alors, allons chez l'un d'entre nous dîner et passer la soirée.

— Bien volontiers, leur répondit Ḥâsib qui ne cessa pendant toute une semaine d'être reçu chez les uns et les autres en d'agréables réceptions.

Il était maintenant à la tête de biens, de propriétés et de boutiques. Les marchands de la ville venaient lui tenir compagnie et il leur fit le récit de toutes ses aventures. Il faisait partie maintenant des notables.

Et le temps s'écoula. Un beau jour qu'il se promenait dans les rues de la ville, il vint à passer devant un hammam dont il connaissait le propriétaire. Ils se virent, se saluèrent et se donnèrent l'accolade.

— Fais-moi le plaisir d'entrer, lui dit son ami, je te ferai donner un bon massage et organiserai une petite réception pour toi.

— J'ai juré, répondit Ḥâsib, de ne jamais entrer au bain de toute ma vie.

Mais le propriétaire fit le serment de répudier ses trois femmes par trois fois s'il n'entrait pas se baigner dans son établissement. Ḥâsib était perplexe. L'autre insistait en disant :

— Veux-tu rendre mes enfants orphelins, détruire ma maison et me faire commettre un péché ?

Il se jeta à genoux pour baiser les pieds du jeune homme.

— Je te supplie d'entrer. Je prends sur moi les conséquences de ton parjure.

Les serviteurs du hammam s'étaient assemblés autour de Ḥâsib. Ils l'entraînèrent, le déshabillèrent et le conduisirent dans les salles chaudes. À peine s'était-il assis contre un mur et avait-il versé de l'eau sur sa tête qu'une vingtaine d'hommes se précipitèrent et lui ordonnèrent de se lever sous prétexte qu'il devait de l'argent au sultan. L'un d'entre eux se hâta d'aller annoncer son arrestation au grand vizir. Celui-ci prit sa monture et entouré de soixante gardes se rendit aux bains. Il salua Ḥâsib, lui souhaita la bienvenue et remit cent dinars au patron du hammam. Puis il ordonna qu'on fît avancer son cheval pour Ḥâsib et donna le signal du retour au palais. Le grand vizir, le jeune homme et leur suite descendirent de leur monture et se rendirent dans une salle du palais où leur fut servi un repas. Ils mangèrent, burent puis se lavèrent les mains. Le grand vizir offrit à Ḥâsib deux robes d'honneur donc chacune valait cinq mille dinars et s'adressa à lui en ces termes :

— Dieu nous a fait la grâce de te faire venir en ces lieux et ton arrivée est un signe de Sa miséricorde car le sultan, atteint de la lèpre, est sur le point de mourir. Or les livres nous ont indiqué que sa vie dépendait de toi.

Ḥâsib fut tout stupéfait de ce qu'il venait d'entendre. Il suivit le grand vizir et les plus hauts dignitaires de l'état qui franchissaient les sept portes conduisant aux appartements du roi Karazdân, souverain des 'Ajam, maître de sept Climats *(iqlîm)*, qui avait pour vassaux cent sultans ne siégeant que sur des trônes en or rouge, et dix mille toparques qui avaient chacun sous ses ordres cent vice-toparques, cent bourreaux porteurs de sabres et de haches. Le souverain Karazdân dormait le visage recouvert d'un voile. Telle était sa souffrance qu'il gémissait. Lorsque Ḥâsib vit le souverain et toute

cette pompe qui l'entourait, il fut sur le point d'en
perdre la raison. Il baisa le sol devant lui et fit des
prières pour sa guérison. Le grand vizir qui s'appelait Shamhûr, s'approcha, lui souhaita la bienvenue
et le fit asseoir sur un trône majestueux à la droite
du souverain.

Et l'aube chassant la nuit, Shahrâzâd dut interrompre son récit.

Lorsque ce fut la cinq cent trente-quatrième nuit,
elle dit :

On raconte encore, Sire, ô roi bienheureux, que le
grand vizir Shamhûr s'approcha de Ḥâsib Karîm ad-
Dîn et le fit asseoir à la droite du roi Karazdân. Les
tables furent dressées et un repas servi aux convives
qui mangèrent et burent puis se lavèrent les mains.
Shamhûr se leva enfin et tous les assistants se dressèrent en signe de respect. Il se tourna vers Ḥâsib et
s'adressa à lui en ces termes :

— Nous sommes à ton service et te donnerons tout
ce que tu demanderas, fût-ce la moitié du royaume,
car la guérison de notre souverain est entre tes
mains.

Il prit ensuite le jeune homme par la main et le
conduisit au lit où reposait le roi. Ḥâsib tendit la
main et découvrit le visage du malade. Il le considéra, constata qu'en effet la maladie était très avan-
cée et en fut très frappé. Le grand vizir s'inclina pour
lui baiser la main et lui tint ce discours :

— Nous souhaitons que tu soignes notre roi et te
donnerons pour cela tout ce que tu demanderas.
Voilà ce que nous attendons de toi.

— Je suis, certes, le fils de Daniel, prophète de
Dieu, répondit Ḥâsib. Mais je ne connais rien à la
médecine et n'en ai rien retenu bien qu'on m'ait mis

trente jours à l'apprendre. J'aurais pourtant bien aimé soulager votre roi.

— Inutile de nous tenir de longs discours, dit le grand vizir, tous les médecins d'Orient et du Maghreb réunis ne pourraient le soigner mieux que toi.

— Et comment le pourrais-je si j'ignore tout du mal et de son remède ?

— Tu détiens le remède.

— Si c'était vrai, je le soignerais.

— Tu le connais parfaitement, c'est la Reine des serpents. Tu sais où elle demeure, tu l'as vue et tu as séjourné chez elle.

Lorsque Hâsib eut entendu ces mots, il comprit que la cause de tout cela était son entrée au hammam. Mais à quoi pouvait servir de regretter ce qu'il avait fait ?

— Comment la Reine des serpents pourrait-elle me servir de remède alors que je ne la connais pas et que je n'ai, de toute ma vie, jamais entendu ce nom ?

— Ne nie donc pas, lui répondit le grand vizir. J'ai la preuve que tu la connais et que tu as séjourné chez elle durant deux années.

— Je ne la connais pas, je ne l'ai jamais vue et ignore tout de ce que tu es en train de raconter.

Le grand vizir se fit alors venir un livre, l'ouvrit, le feuilleta un moment avant d'y lire ce passage : « La Reine des serpents rencontrera un homme qui séjournera chez elle deux années. Il s'en retournera et reviendra à la surface de la terre. S'il entre au hammam, son ventre noircira. »

— Veux-tu bien considérer ton ventre, dit-il à Hâsib.

Celui-ci regarda et répondit :

— J'ai toujours eu le ventre noir depuis que ma mère m'a mis au monde.

— J'ai posté trois soldats dans chaque hammam, lui répondit le grand vizir, afin qu'ils examinent le ventre

de tous ceux qui y entreraient. Je leur avais ordonné de
me tenir au courant. Lorsque tu es entré à ton tour, ils
t'ont observé le ventre et ont constaté qu'il avait noirci.
Ils m'en ont immédiatement rendu compte. Nous ne
pensions pas pouvoir te trouver si vite. Nous te
demandons simplement de nous indiquer l'endroit par
lequel tu es revenu à la surface de la terre. Ensuite tu
pourras t'en retourner chez toi. Nous sommes en
mesure de nous emparer de la Reine des serpents car
nous avons qui peut aller nous la chercher.

À ces paroles, Ḥasib se prit à regretter amèrement
d'être entrée au hammam. Mais à quoi pouvait lui
servir ses regrets ? Ministres et chefs de l'armée insistè-
rent auprès de lui pour qu'il leur livre le secret de la
Reine des serpents, mais en pure perte. Il ne cessait de
répéter qu'il n'avait rien vu et rien entendu. Alors le
grand vizir manda le bourreau qui ne tarda pas à se
présenter. Il lui ordonna de dévêtir le jeune homme et
de le fouetter durement. Le bourreau s'exécuta et
Ḥâsib crut voir la mort tellement sa souffrance était
grande.

— Nous avons la preuve, s'écria le grand vizir, que
tu sais où se trouve la Reine des serpents, pourquoi
donc le nies-tu ? Indique-nous le lieu d'où tu es sorti de
terre et tu pourras t'en aller. Nous avons qui s'en
saisira et il n'en résultera rien de mal pour toi.

Le grand vizir le traitait maintenant avec bienveillance et le revêtit d'une robe brodée d'or et ornée de
pierres précieuses. Alors Ḥâsib consentit à révéler
l'entrée du royaume des serpents. Le grand vizir en fut
tout joyeux. Il sauta immédiatement à cheval. Entouré
de tous les chefs de l'armée, il suivit la monture de
Ḥâsib qui ouvrait la marche. Ils arrivèrent ainsi à la
montagne, puis à la grotte. Ḥâsib pleurait et gémissait.
Les chefs et les ministres mirent pied à terre et

suivirent le jeune homme jusqu'à l'orifice du puits par lequel il était remonté au jour. Le grand vizir s'assit, brûla de l'encens, fit des incantations, récita des formules magiques, souffla et marmotta. Car c'était un sorcier rusé et un devin qui savait l'art de la magie et bien d'autres choses. Il prononça une deuxième formule magique puis une troisième. Il mit un nouvel encens sur le feu et s'écria :

— Et maintenant Reine des serpents, apparais !

À cet instant, l'eau du puits décrût et apparut une gigantesque porte. Au même moment s'éleva une clameur aussi puissante que le tonnerre. Tous les gens présents pensèrent que le puits s'était effondré et tombèrent évanouis, certains même rendirent l'âme. Alors surgit du puits un serpent aussi grand qu'un éléphant, dont les yeux et la gueule jetaient des étincelles. Il portait sur le dos un plateau d'or incrusté de perles et de pierres précieuses. Sur ce plateau se tenait un serpent dont l'éclat illuminait les lieux. Il avait visage humain et parlait la plus belle des langues. C'était la Reine des serpents. Elle regarda autour d'elle et ses yeux se fixèrent sur Ḥâsib :

— Qu'as-tu fait de ta promesse ? N'avais-tu pas juré de ne jamais entrer au hammam ? Mais aucune ruse ne déjoue le destin. Et l'on ne saurait fuir ce qui est, sur notre front, écrit. Dieu a mis ma vie dans tes mains. Ainsi en a-t-Il jugé. Sa volonté est que je périsse et que le roi Karazdân guérisse.

Elle versait d'abondantes larmes et Ḥâsib par ses sanglots répondait à ses pleurs. Le grand vizir Shamhûr, le maudit, voyant apparaître la Reine des serpents, tendit la main pour s'en saisir.

— Ne me touche pas, maudit, ou je te réduis d'un souffle en cendres noires.

Elle se tourna vers Ḥâsib et dit :

— Approche, viens me prendre en tes mains et dépose-moi sur ce plateau pour le porter sur ta tête. Ma mort, par tes soins, est décidée de toute éternité. Aucune ruse n'y fera.

Ḥâsib se saisit d'elle, la plaça sur le plateau qu'il prit sur la tête. Le puits se referma et redevint ce qu'il était. Le cortège s'ébranla, Ḥâsib portant toujours son plateau. En cours de route, la Reine des serpents lui dit :

— Et maintenant écoute bien. Si tu as rompu ta promesse, trahi ton serment, agi comme tu l'as fait, sache que cela était décidé de tout temps. Lorsque nous arriverons dans la demeure du grand vizir, il va t'ordonner de m'égorger et de me découper en trois morceaux. Refuse absolument. Dis-lui que tu ne sais pas égorger afin qu'il soit contraint de le faire lui-même et d'exécuter ainsi son projet. Lorsqu'il m'aura égorgée et découpée, un envoyé du roi Karazdân viendra lui commander de se rendre auprès du souverain. Il déposera ma chair dans une marmite de cuivre qu'il placera sur un brasero avant de se rendre à la convocation du roi. Il t'intimera l'ordre d'allumer le feu sous la marmite et de laisser bouillir la viande jusqu'à la première écume, de recueillir cette écume et de la mettre dans une fiole. Il te dira d'attendre que le liquide se refroidisse pour le boire afin que plus aucun mal n'atteigne jamais ton corps. Il te dira d'attendre ensuite l'apparition de la deuxième écume, de la recueillir, de la verser à son tour dans une fiole et de la lui garder afin qu'il la boive pour se guérir d'un mal dont il souffre à la colonne vertébrale. Il te donnera donc deux fioles et s'en ira chez le roi.

Après son départ, allume le feu, recueille la première écume, verse-la dans une fiole et garde-la par-devers toi : surtout n'en bois pas sous peine de mort. Dès que la deuxième écume apparaîtra, verse-la dans une fiole, attends qu'elle refroidisse et bois-la. Lorsque le grand vizir reviendra, il te demandera la fiole de la deuxième écume, donne celle de la première et regarde ce qui lui arrivera.

Et l'aube chassant la nuit, Shahrâzâd dut interrompre son récit.

Lorsque ce fut la cinq cent trente-cinquième nuit, elle dit :

On raconte encore, Sire, ô roi bienheureux, que la Reine des serpents recommanda bien à Ḥâsib Karîm ad-Dîn de ne point boire de la première écume et de se réserver la seconde :

— Lorsque Shamhûr reviendra de chez le roi, ajouta-t-elle, et te demandera la seconde fiole, donne-lui la première et attends de voir ce qui se passera. Ensuite, bois la seconde fiole et ton cœur deviendra pareil à la maison de la Sagesse. Tu recueilleras ma chair et en disposera les morceaux dans un plateau de cuivre. Donnes-en à manger au roi. Lorsqu'il l'aura avalée, couvre son visage d'un châle et attend près de lui jusque vers midi. Son ventre se sera refroidi, tu pourras alors lui donner à boire. Il retrouvera sa santé et guérira de sa maladie grâce à Dieu Tout-Puissant. J'espère que tu as bien écouté mes paroles et que tu suivras en tout point mes recommandations.

Pendant ce temps, le cortège était arrivé devant la demeure de Shamhûr. Celui-ci pria Ḥâsib d'entrer avec lui. Les soldats de l'escorte se dispersèrent. Une fois à l'intérieur, Ḥâsib posa à terre le plateau sur lequel il avait porté jusque-là la Reine des serpents que le grand vizir lui ordonna d'égorger.

— Je ne sais pas égorger, car je ne l'ai jamais fait de ma vie. Si telle est ta volonté, égorge-la toi-même de tes propres mains.

Shamhûr se leva, se saisit de la Reine des serpents et l'égorgea. Comme Ḥâsib se prenait à sangloter amèrement, il lui dit en ricanant :

— Insensé, comment peux-tu pleurer pour la mort d'un serpent !

Cela dit, il découpa la chair en trois morceaux qu'il déposa dans une marmite de cuivre. Il mit la marmite sur le feu et attendit que la cuisson se fasse. Alors qu'il était assis devant le feu, un esclave se présenta de la part du roi et le convoqua sur-le-champ auprès du souverain.

— Je suis à ses ordres, dit le grand vizir, qui se leva et tendit deux fioles à Ḥâsib. Entretiens le feu sous cette marmite jusqu'à ce que se forme une première écume. Recueille-la et verse-la dans l'une de ces fioles. Lorsqu'elle se sera refroidie, bois-la. Ton corps se raffermira, deviendra insensible à la douleur et s'immunisera contre toute maladie. Lorsque apparaîtra la deuxième écume, verse-la dans l'autre fiole et garde-la jusqu'à mon retour. Je dois en boire car je souffre de la colonne vertébrale et j'espère me guérir de cette façon.

Le grand vizir s'en fut chez le roi après avoir répété ses instructions. Ḥâsib entretint le feu sous la marmite jusqu'à ce qu'apparaisse la première écume. Il la recueillit dans l'une des fioles. Il en fit de même pour la seconde. Lorsque la chair fut cuite à point, il ôta la marmite de dessus le feu et attendit. Lorsque Shamhûr fut de retour, il demanda à Ḥâsib s'il avait exécuté ses ordres.

— Tout est fait, répondit-il.

— Et qu'as-tu fait de la première fiole ?

— Je l'ai toute bue.

— Pourtant je ne vois aucun changement dans ton corps ?

— Je sens comme un feu qui me consume de la tête aux pieds.

Le méchant homme qui cherchait à le perdre ne fournit aucune explication au jeune homme et lui demanda de lui donner la deuxième fiole pour la boire et se guérir de ses douleurs à la colonne vertébrale. Ḥâsib lui présenta la première fiole. À peine en avait-il bu quelques gorgées qu'elle lui tomba des mains et qu'il se mit à gonfler d'œdème. Ainsi fut pris qui croyait prendre. En voyant le terrible effet ainsi provoqué, Ḥâsib se mit à craindre de boire la deuxième fiole Puis il se souvint des recommandations de la Reine des serpents et se dit : « Si le contenu devait être nocif, le grand vizir ne l'aurait pas choisi pour lui. » Et se recommandant à Dieu, il but au breuvage.

Alors Dieu fit jaillir en son cœur toutes les sources de la Sagesse. Il lui ouvrit les voies du savoir et emplit son âme de joie et de béatitude. Le fils de Daniel prit la chair qui restait dans la marmite, la déposa sur un plateau de cuivre et sortit de la demeure du grand vizir. Il leva la tête et aperçut les sept cieux jusqu'au jujubier de la limite extrême. Il perçut le secret de la gravitation des astres. Grâce à la volonté de Dieu, il vit les planètes et les étoiles fixes et comprit le principe de la révolution des astres. Il observa la configuration des terres et la répartition des mers. Il découvrit ainsi la géométrie, l'astrologie, l'astronomie, la science des sphères célestes, l'arithmologie et tout ce qui touche à ces savoirs. De la même façon, il fut au fait de ce qui relève des éclipses de la lune et du soleil.

Il regarda ensuite vers la terre et eut connaissance de tous les métaux qu'elle contenait, de tous ses arbres et de toutes les plantes qui y poussaient. Il apprit ainsi ses particularités et tout ce qu'elle présente d'utile pour l'homme. Il se pénétra dès lors des savoirs de la médecine, de la physiognomonie, de l'alchimie, acquérant le secret de la fabrication de l'or et de l'argent.

Il se dirigea, portant la chair de la reine, jusqu'au palais du roi Karazdân. Il entra, baisa le sol devant le souverain et dit :

— Longue vie à toi, si ton grand vizir est mort.

Le roi éprouva une violente colère à l'annonce du décès de Shamhûr. Il pleura abondamment, imité par les ministres, les princes et les Grands du royaume.

— Mais comment se fait-il ? s'écria-t-il. Shamhûr était chez moi il y a un instant à peine et il m'a quitté en parfaite santé pour aller m'apporter la chair de la reine des serpents aussitôt qu'elle serait cuite. Comment se fait-il qu'il soit mort et qu'a-t-il bien pu lui arriver ?

Ḥâsib lui raconta tout ce qui s'était passé, que le grand vizir, ayant bu de l'écume, avait été victime d'un œdème qui lui avait gonflé le ventre, et dont il était mort. Le roi fut tout chagrin de ce qu'il venait d'apprendre et se lamentait de ne savoir que faire sans son ministre.

— Ne te fais point de souci, ô roi de ce temps. Je te guérirai en trois jours et ne laisserai en ton corps nulle trace de maladie.

Le cœur dilaté de joie, le roi dit à Ḥâsib combien il désirait être délivré de son mal même si cela devait prendre plusieurs années. Ḥâsib se leva, prit la marmite et la déposa devant Karazdân. Il lui fit manger un morceau de la chair, puis il le couvrit et déploya un châle sur son visage. Il s'assit auprès de lui et lui demanda de dormir, ce qu'il fit de midi jusqu'au coucher du soleil, de sorte qu'il digéra le morceau qu'il avait avalé. Ḥâsib le réveilla, le fit boire et lui ordonna de se rendormir jusqu'au matin. Lorsque le jour fut levé, on recommença la même opération. Il en fut de même le lendemain. Ainsi le roi avala successivement les trois morceaux de chair de la Reine des serpents. Sa

peau se dessécha et desquama. Il transpira et tout son
corps ruissela de sueur de la tête aux pieds. Et c'est
ainsi qu'il guérit et qu'il ne resta en lui aucune trace de
la maladie.

Après cela, Ḥâsib lui demanda d'aller au hammam
où il se baigna abondamment. Il en ressortit avec une
peau qui avait l'éclat de l'argent, ayant recouvré toute
sa santé et plus vaillant encore qu'il ne le fut jamais. Il
revêtit son plus beau costume d'apparat et prit place
sur le trône auprès duquel il autorisa Ḥâsib à venir
s'asseoir. On servit alors un repas que les deux
hommes prirent ensemble avant de se laver les mains
et de faire honneur aux boissons qu'on leur présentait.
À ce moment, les chefs de l'armée, les ministres, les
généraux, les hauts dignitaires et les Grands du
royaume furent autorisés à entrer. Ils félicitèrent
Karazdân pour sa guérison. On fit battre et bucciner.
La ville tout entière fut pavoisée en l'honneur du
retour à la santé du roi.

Lorsque le gouvernement fut réuni, le souverain
s'adressa à eux tous et dit :

— Voici Ḥâsib Karîm ad-Dîn qui m'a guéri de mon
mal. Sachez que je le nomme mon grand vizir et que je
lui confère un rang plus haut encore que celui où était
placé Shamhûr.

Et l'aube chassant la nuit, Shahrâzâd dut interrompre son récit.

Lorsque ce fut la cinq cent trente-sixième nuit, elle
dit :

On raconte encore, Sire, ô roi bienheureux, que
Karazdân dit aux chefs de l'armée, aux ministres, aux
généraux, aux hauts dignitaires et aux Grands du
royaume :

— Voici celui qui m'a sauvé de mon mal, Ḥâsib

Karîm ad-Dîn. Je le fais mon grand vizir et lui confère un rang plus élevé que ne fut celui de Shamhûr. Celui qui l'aimera, m'aimera. Celui qui l'honorera, m'honorera. Celui qui lui obéira, m'obéira.

Tous s'écrièrent :

— Nous sommes à ses ordres.

Ils se levèrent et, un à un, ils vinrent baiser la main de Ḥâsib, le saluer et le féliciter pour sa nomination. Le roi le revêtit d'une robe d'apparat brodée d'or rouge et brochée de perles et de pierres précieuses. Le moindre de ces joyaux valait cinq mille dinars. Il lui offrit trois cents serviteurs, trois cents concubines à l'éclatante beauté et trois cents esclaves éthiopiennes. Il ajouta cinq cents mules chargées de richesses. Il lui fit don d'un nombre incalculable de troupeaux de moutons, de buffles et de vaches. Il ordonna à tous, ministres, chefs de l'armée, hauts dignitaires de l'état, Grands du royaume, serviteurs, peuple, de lui faire des présents.

Une fois achevées ces cérémonies, Ḥâsib monta à cheval et, suivi d'un cortège comprenant toutes les autorités du royaume et tous les chefs, se rendit à la demeure que le roi avait mise à sa disposition. Il s'assit sur un siège d'apparat et reçut l'hommage des chefs de l'armée et des ministres qui baisèrent sa main, le félicitèrent pour sa nomination et lui firent allégeance.

Tous ces événements remplirent de bonheur la mère de Ḥâsib qui, elle aussi, le complimenta pour sa nouvelle charge. Les siens lui rendirent aussitôt visite et lui témoignèrent leur profonde joie, de même que ses anciens compagnons bûcherons. Après ces réceptions, Ḥâsib se rendit au palais de l'ancien vizir Shamhûr. Il prit procession de tous ses biens, en dressa une liste exacte et les fit transporter chez lui après avoir fait apposer les scellés sur la demeure de son prédécesseur.

Et voilà que Ḥâsib, qui était parfaitement ignorant et ne savait même pas lire, devint maître de tous les savoirs par la grâce de Dieu. L'étendue de ses connaissances et de sa sagesse fut de notoriété dans tous les pays. Il devint célèbre pour posséder parfaitement la médecine, l'astronomie, la géométrie, l'alchimie, la physiognomonie, la magie et autres sciences.

Il dit un jour à sa mère :

— Mon père, Daniel, était un grand savant. Quels sont donc les livres et autres écrits qu'il m'a laissés ?

Lorsque sa mère eut entendu sa demande, elle alla quérir le coffret où son époux avait placé les cinq feuillets sauvés du naufrage où il avait perdu sa bibliothèque.

— Ton père n'a rien laissé d'autre que les feuillets qui sont dans ce coffret.

Ḥâsib ouvrit le coffret, prit les feuillets et dit :

— Mère, il ne s'agit là que de feuillets. Où est le restant des livres de Daniel ?

— Lorsque ton père a pris la mer, il les a emportés avec lui. Son bateau a fait naufrage et de toute sa bibliothèque, il n'a pu sauver que ces feuillets. Lorsqu'il est revenu de son voyage, j'étais enceinte de toi. Il m'a dit : « Peut-être vas-tu avoir un garçon. Prends ces cinq feuillets et garde-les précieusement. Lorsque l'enfant aura grandi, il te demandera ce que je lui ai laissé. Remets-les-lui et dis-lui que je n'ai rien laissé d'autre. » Les voici donc.

Ḥâsib se plongea dans sa lecture et au bout de toute une nuit, il comprit que son père avait résumé toute la science du monde en quelques pages.

Après cela, Ḥâsib Karîm ad-Dîn passa la plus agréable des existences à se délecter des mets les plus fins, à boire des plus suaves boissons et à vivre au sein de l'abondance jusqu'à ce que l'atteigne le décret de Celui qui met un terme aux plaisirs et disperse les assemblées. Voilà, telle qu'elle nous est parvenue, la fin de l'histoire de Ḥâsib, fils de Daniel, que Dieu l'ait en Sa miséricorde.

Conte de 'Ajîb et Gharîb

Nuits 624 à 680

Avec le roman du roi an-Nu'mân, *celui de* 'Ajîb *et* Gharîb *est l'un de ceux qui expriment le mieux, dans les* Nuits, *une méditation sur la destinée historique des Arabes. L'histoire est celle de la conquête du monde, commencée avec l'expansion des Arabes sur les terres des Persans, les deux peuples s'unissant ensuite pour porter, jusqu'aux limites du monde connu, le message d'Abraham. Tout cela se passe* in illo tempore, *le conte donnant ainsi, à ce qui fut effectivement une histoire connue, une valeur extra-temporelle, décrétée depuis toujours et pour tous les temps. Cette épopée, fixée sans doute vers la fin du xe siècle, à une époque où les Arabes sont peu à peu dépossédés de l'initiative historique dans la conduite de l'islam, les invite ainsi, en les renvoyant à un message éternel, à se ressaisir. Elle les force à recontempler leur gloire effective lors des conquêtes de l'islam, tout en exprimant cette gloire en des termes d'éternité et d'infini : l'intervention des pays merveilleux n'est là que pour souligner que, dans l'espace comme* *dans le temps, ce rêve éveillé, ou réveillé, doit être et est sans limites.*

A. MIQUEL

Ce conte a été analysé dans le détail par André Miquel, *Un conte des Mille et Une Nuits, 'Ajîb et Gharîb*, Flammarion, 1977.

PERSONNAGES
par ordre d'entrée en scène

— KANDAMAR, père de Gharîb et de 'Ajîb, roi de Koufa.
— 'AJÎB, fils de Kandamar et demi-frère de Gharîb.
— NAṢRA, mère de Gharîb.
— GHARÎB, fils de Kandamar et de Naṣra, demi-frère de 'Ajîb.
— MIRDÂS, prince des Banû Qaḥṭân.
— SAHÎM (AL-LAYL), fils de Mirdâs et de Naṣra, demi-frère de Gharîb.
— ḤASSÂN, fils de Thâbit, prince arabe, ami de Mirdâs.
— AL-HAMAL, fils de Mâjid, prince des Banû Nabhân, ennemi de Mirdâs.
— MAHDIYYA, fille de Mirdâs.
— Un frère d'al-Hamal.
— Un vieillard, survivant du peuple des 'Âd.
— SA'DÂN, l'Ogre de la montagne.
— FALḤÛN, fils de Sa'dân, et ses quatre frères.
— FAKHR-TÂJ, fille de Sâbûr, roi de Perse.
— SÂBÛR, roi de Perse.
— DÎDÂN, ministre de Sâbûr.
— AS-SAMSÂM, prince des Banû Hattâl.
— TÛMÂN, général de l'armée de Sâbûr.

— KHARD-SHÂH, roi de Shîrâz.
— AD-DÂMIGH, roi d'al-Jazîra et frère de Kanda-mar.
— SAB' AL-QIFÂR, un des hommes d'ad-Dâmigh.
— JAMAK, roi de Babylone.
— SAYYÂR, un des hommes de 'Ajîb.
— AL-JAMRAQÂN, roi d'al-Ahwâz et chef des Banû 'Âmir.
— AL-JALAND, fils de Karkar, roi d'Oman et du Yémen.
— JAWÂMIRD, ministre d'al-Jaland.
— AL-QAWRAJÂN, fils d'al-Jaland.
— MAR'ASH, roi des génies, roi du pays de Japhet.
— ŞÂ'IQ, fils de Mar'ash.
— NAJMA, fille de génies, aimée de Şâ'iq.
— AL-KAYLAJÂN et AL-QAWRAJÂN, génies, sujets de Mar'ash.
— YA'RUB, fils de Qaḥṭân, prince arabe.
— BARQÂN, roi des génies, roi de la ville d'Agate et du château d'Or.
— JANDAL, un des sujets de Barqân.
— AL-AZRAQ, roi de la montagne Qâf.
— KAWKAB AŞ-ŞABÂḤ, fille d'al-Azraq.
— TARKÂN, roi de l'Inde.
— RA'D-SHÂH, fils de Tarkân.
— BAṬṬÂCH AL-AQRÂN, guerrier indien.
— RUSTAM, général de l'armée de Sâbûr.
— WARD-SHÂH, fils de Sâbûr.
— TÛMÂN, guerrier iranien.
— SÎRÂN AS-SÂḤIR, frère de ce dernier, maître de la forteresse des Fruits.
— AL-AḤMAR, roi des génies.
— ZA'ÂZI', génie aux ordres de Sîrân.
— Le roi d'al-Karj.
— ZALZÂL, fils d'al-Muzalzil, génie.

— AL-MUZALZIL, roi des îles du Camphre et du château de Cristal.
— SAYYÂR, un de ses génies.
— JÂN-SHÂH, reine d'un pays lointain.
— MURÂD-SHÂH, fils de Gharîb et de Fakhr-Tâj.
— ŞALŞÂL, fils de Dâl, roi des génies.
Soldats, servantes, génies, nobles, petit peuple...

CONTE DE 'AJÎB ET GHARÎB

On raconte encore qu'il y avait, dans les temps
anciens, un puissant roi nommé Kandamar. C'était un
souverain brave, dominateur et intrépide, mais d'une
extrême vieillesse. Le Très Haut lui donna, en son
grand âge, un enfant mâle qu'il appela 'Ajîb, l' « Étonnant », pour sa beauté et sa grâce. Il le confia aux sages-
femmes, puis aux nourrices, servantes et concubines.
'Ajîb poussa et grandit ; quand il atteignit à l'âge de
sept ans, son père préposa, à son éducation, un prêtre
de leur religion et croyance ; il apprit à 'Ajîb la Loi
impie du pays et tout ce qu'il était utile de connaître ;
en trois années complètes, 'Ajîb vit s'affirmer ses
compétences et son énergie, s'assurer sa pensée ; il
devint un savant éloquent, un philosophe célèbre qui
disputait avec les doctes, siégeait avec les maîtres. Ce
que voyant, son père, qui l'admirait, lui fit apprendre à
monter à cheval, à piquer de la lance, à frapper du
sabre ; 'Ajîb devint un vaillant cavalier. À dix ans, il
surpassait en tout les gens de son temps et connaissait
tout de la guerre.

Alors, on le vit tyrannique et fourvoyé, un Satan
rebelle : lorsqu'il prenait son cheval pour aller chasser
et giboyer avec mille cavaliers montés, il menait ses

courses contre ses proies, coupait les chemins, ravissait les filles des princes et des seigneurs.

Les plaintes s'enflent jusqu'à son père ; à l'appel du roi, cinq de ses esclaves apparaissent, auxquels il ordonne :

— Saisissez-vous de ce chien !

Les serviteurs se précipitent sur 'Ajîb, le ligotent et, sur l'ordre du roi, le battent tant qu'il perd connaissance. Après quoi, on l'emprisonne dans une haute salle où le ciel ne se distingue pas de la terre, ni ce qui est long de ce qui est large.

'Ajîb resta prisonnier deux jours et une nuit. Les princes se présentèrent au roi, baisèrent le sol à ses pieds et intercédèrent pour 'Ajîb. Libéré, celui-ci, dix jours durant, resta patient envers son père, puis, une nuit, entra chez lui comme il dormait, le frappa et lui coupa le cou. Au lever du jour, 'Ajîb monta sur le trône royal, fit dire à ses hommes de se tenir devant lui, vêtus d'acier, sabre tiré, et debout à sa droite et à sa gauche. Quand princes et grands se présentèrent, ils trouvèrent leur roi mort et son fils siégeant sur le trône de son royaume. Et comme leurs esprits restaient stupéfaits, 'Ajîb leur dit :

— Vous, mes gens, vous avez vu ce qui est arrivé à votre roi. Qui m'obéira, je le traiterai généreusement ; qui manifestera son désaccord, je le traiterai comme mon père.

À ce discours, les autres, craignant qu'il ne se saisît d'eux, répondirent :

— Tu es notre roi, fils de notre roi.

Et ils baisèrent le sol devant lui.

'Ajîb les remercia et manifesta son contentement. Il fit sortir des coffres argent et étoffes, revêtit ses gens de somptueuses robes d'honneur, les couvrit d'argent et tous l'aimèrent et lui obéirent. Il fit des cadeaux à ses agents et aux chefs des Arabes, qu'ils fussent consentants ou rebelles. Et ainsi, le pays se soumit, les sujets obéirent, et 'Ajîb gouverna, ordonnant et prohibant cinq mois durant.

C'est alors qu'il eut, dans son sommeil, une vision qui le réveilla, dans une frayeur si épouvantable que le sommeil ne put le reprendre. Quand parut le matin, il s'assit sur le trône, ses soldats avec lui, à droite et à gauche, et convoqua les devins et les astrologues.

— Expliquez-moi ce songe, leur dit-il.

— Et quel songe, ô roi ?

— J'ai cru voir mon père devant moi. Son sexe se découvrait, et il en sortait quelque chose de la taille d'une abeille, qui grossissait et devenait comme une énorme bête fauve, avec des griffes comme des poignards. J'ai eu peur et, comme je restais là, stupéfait, la bête s'est jetée sur moi, m'a frappé de ses griffes et ouvert le ventre. Une frayeur épouvantable m'a réveillé.

Les devins se regardèrent, méditant la réponse à donner puis :

— Ô puissant roi, dirent-ils, ce songe indique que tu auras affaire à un enfant né de ton père ; l'hostilité viendra vous opposer, il te combattra. Prends garde, au nom de ce songe !

À ces mots, 'Ajîb s'écria :

— Mais je n'ai pas de frère à craindre ! Mensonge que vos propos !

— Nous annonçons ce que nous savons, et rien d'autre, répondirent les devins.

'Ajîb se jette sur eux, les bat, puis, se levant, entre au palais de son père. Il fait son enquête parmi les concubines de son père et trouve parmi elles une esclave enceinte de sept mois. Alors, il ordonne à deux de ses esclaves d'emmener la jeune femme jusqu'à la

mer et de l'y noyer. Ils la prennent donc par la main et
la conduisent à la mer en se proposant de la noyer.
Mais en la regardant, ils la trouvent si merveilleuse de
beauté et de grâce qu'ils se disent :

— Pour quelle raison noyer cette fille ? Nous n'avons
qu'à l'emmener jusqu'à la forêt, et nous vivrons là, en
profitant merveilleusement de cette bonne fortune.

Et d'emmener la fille, et d'aller, des jours et des
nuits, tant et tant que, s'éloignant des terres habitées,
ils gagnent une forêt riche d'arbres, de fruits et de
rivières. Ils tombent d'accord pour accomplir là ce
qu'ils voulaient d'elle, mais, chacun d'eux disant :
« Moi d'abord ! », c'est la discorde. Sur ces entrefaites
survient un groupe de Noirs qui, tirant le sabre,
fondent sur les deux hommes ; combat, bataille et coups
de lance font rage, et l'on attaque sans désemparer les
deux esclaves, qui sont tués en moins d'un clin d'œil. La
fille, elle, se met à errer dans la forêt, mangeant de ses
fruits et buvant aux rivières. Elle vécut ainsi jusqu'au
jour où elle accoucha d'un garçon brun, robuste et
charmant, qu'elle nomma Gharîb, le « Solitaire »,
l' « Exceptionnel », en souvenir de son exil. Elle coupa
le cordon ombilical, enveloppa l'enfant dans un de ses
vêtements et commença de l'allaiter, le cœur et les
entrailles affligés du pauvre et difficile sort où elle était.

Et l'aube chassant la nuit, Shahrâzâd dut interrompre son récit.

Lorsque ce fut la six cent vingt-cinquième nuit, elle
dit :

On raconte encore, Sire, ô roi bienheureux, que la
jeune femme demeura dans la forêt, le cœur et les
entrailles affligés, allaitant son enfant malgré la tristesse et la crainte extrêmes que lui créait sa solitude.

Telle était sa condition, lorsqu'un beau jour elle voit

arriver des cavaliers et des hommes à pied, avec des
faucons et des chiens de chasse ; leurs chevaux sont
chargés de cigognes, hérons, grues, plongeons et
oiseaux d'eau, de bêtes, lièvres, gazelles, bœufs sauvages, autruchons, chats-cerviers, loups et autres
fauves. Ces Arabes pénètrent dans la forêt, y trouvent
la jeune fille et son fils au giron, qu'elle allaitait. Ils
s'approchent :

— Es-tu femme ou génie ?

— Femme, ô seigneurs des Arabes.

Ils font connaître leur prince, qui se nommait Mirdâs,
seigneur des Banû Qaḥṭân. Il était allé à la chasse avec
cinq cents princes de son peuple et des fils de son oncle,
et ils avaient tant et tant chassé qu'ils étaient arrivés à
la jeune femme. Ils la regardent, et elle leur apprend, du
début à la fin, son aventure, qui étonne le roi.

Puis il appelle ses hommes et les fils de son oncle,
pour une chasse ininterrompue qui les porte jusque
chez les Banû Qaḥṭân ; Mirdâs amène la jeune femme à
une résidence particulière et commet à son service
cinq filles esclaves. Il l'aime d'un violent amour, la
prend, la possède, et, quoique dans le sang, elle se
trouve grosse. Ses mois accomplis, elle accouche d'un
garçon qu'elle appelle Sahîm al-Layl. On l'élève au
milieu des sages-femmes, en compagnie de son frère ; il
grandit et prend de l'assurance sous l'œil protecteur du
prince Mirdâs. Celui-ci confie les deux garçons à un
docteur de leur Loi, qui la leur enseigne, puis à des
Arabes, des braves qui leur apprennent à piquer de la
lance, à frapper du sabre, à jeter des flèches. À quinze
ans et moins, ils savaient déjà tout ce qui leur était
nécessaire, et surpassaient tout autre brave de la
tribu : Gharîb chargeait à lui tout seul mille cavaliers,
et autant pour Sahîm al-Layl, son frère.

Or, Mirdâs avait de nombreux ennemis, mais ses

gens comptaient parmi les plus braves des Arabes, tous des héros, des cavaliers au feu desquels on se brûlait. Il y avait aussi, dans le voisinage, un émir arabe, du nom de Ḥassân, fils de Thâbit, qui était l'ami de Mirdâs et venait de demander en mariage une fille de son peuple. Il invita tous ses amis, et parmi eux Mirdâs, seigneur des Banû Qaḥṭân, qui répondit à son offre, prenant avec lui trois cents cavaliers de son peuple et en laissant quatre cents autres à la garde de ses femmes. Il alla donc et arriva chez Ḥassân, qui l'accueillit et le fit asseoir à la meilleure place. Les cavaliers arrivèrent pour les noces et Ḥassân, qu'elles rendaient tout heureux, fit banqueter ses hôtes. Puis les Arabes s'en retournèrent chez eux.

Mais quand Mirdâs arrive dans sa tribu, il voit des morts, abandonnés, et les oiseaux qui planent sur eux, de droite et de gauche. Le cœur battant, il fait son entrée dans sa tribu. C'est Gharîb qui l'accueille, bardé de sa cotte de mailles. Et comme il lui fait compliment et salut :

— Que veut dire tout ceci ? demande Mirdâs.

— Nous avons été attaqués par al-Hamal, fils de Mâjîd et les siens : ils étaient cinq cents cavaliers.

La raison de cette attaque était que le prince Mirdâs avait une fille, appelée Mahdiyya, la plus belle qui se pût voir. Ayant entendu parler d'elle, al-Hamal, seigneur des Banû Nabhân, se mit en selle pour aller voir Mirdâs avec cinq cents cavaliers et lui demander Mahdiyya en mariage. Mais, éconduit, repoussé, déçu, al-Hamal alors se mit à épier Mirdâs. Vint le moment où celui-ci s'absenta pour répondre à l'invitation de Ḥassân. Al-Hamal se mit en selle avec ses braves pour aller attaquer les Banû Qaḥṭân. Il tua quantité de cavaliers, les autres guerriers fuyant dans les montagnes. Gharîb et son frère, eux, avaient pris leurs chevaux, avec cent compagnons, pour aller chasser et giboyer ; ils ne revinrent qu'à la mi-journée, et trouvèrent alors al-Hamal et ses gens maîtres de la tribu et de tous ses biens : ils avaient pris les filles, pris Mahdiyya, la fille de Mirdâs, qu'ils avaient emmenée avec les prisonniers. Quand Gharîb vit ce qu'il en était, il en perdit le sens et cria à son frère Sahîm al-Layl :

— Ah ! le maudit ! Ils ont pris notre tribu, nos femmes ! Allons ! Sus à l'ennemi ! Délivrons nos femmes et nos prisonniers !

Sahîm et Gharîb chargèrent alors l'ennemi avec cent cavaliers ; Gharîb, toujours plus gonflé de colère, faucha les têtes, fit boire aux guerriers des coupes de mort et finit par atteindre al-Hamal : il vit Mahdiyya prisonnière, chargea al-Hamal, le frappa de sa lance et, de son coursier, le renversa. L'après-midi ne touchait pas encore à sa fin que la plupart des ennemis étaient morts et le reste défait. Gharîb délivra les prisonniers et revint à ses tentes, la tête d'al-Hamal à sa lance et chantant ces vers :

> *Au jour du combat, c'est moi qu'on célèbre ;*
> *mon image effraie les djinns de la terre.*
> *Voici mon épée qu'agite ma dextre,*
> *courant vers la mort qui vient à senestre,*
> *Et ma lance encor : qui la considère*
> *voit comme un croissant : celui de son fer.*
> *« Gharîb ! » Ainsi mes braves m'appelèrent,*
> *et qu'ils fussent peu ne me troubla guère.*

Tout en disant son poème, Gharîb vit arriver Mirdâs, lequel regarda les morts étendus et les oiseaux planant sur eux, de droite et de gauche. Sa raison vacilla, son cœur tressaillit. Gharîb le consola, lui fit compliment et salut, lui apprit tout ce qui était arrivé à la tribu après son départ, et Mirdâs le remercia de ce qu'il avait fait :

— L'éducation que tu as reçue n'a pas été vaine, Gharîb !

Puis Mirdâs s'installa dans la tente princière, ses hommes debout autour de lui, tandis que les gens de la tribu faisaient l'éloge de Gharîb, disant :

— Ah ! notre prince ! sans Gharîb, personne n'eût réchappé, de toute la tribu !

Et Mirdâs remerciait Gharîb de ce qu'il avait fait.

Et l'aube chassant la nuit, Shahrâzâd dut interrompre son récit.

Lorsque ce fut la six cent vingt-sixième nuit, elle dit :

On raconte encore, Sire, ô roi bienheureux, que Mirdâs, revenu à sa tribu, vit venir à lui ses hommes, qui firent l'éloge de Gharîb. Mirdâs le remercia de ce qu'il avait fait.

Mais Gharîb, depuis qu'il avait vu al-Hamal ravir Mahdiyya, puis délivré celle-ci en tuant son ravisseur, avait été touché : les flèches des regards de Mahdiyya le firent tomber dans les filets de la passion. Son cœur n'oublia plus Mahdiyya, il s'abîma dans l'amour et le désir. La douceur du sommeil l'abandonna, il n'eut plus de goût à boire ou à manger, se mit à galoper sur son coursier, à gravir les montagnes, à chanter des poèmes, revenant à la fin du jour, portant clairement les traces d'un amour éperdu. Il s'ouvrit de son secret à quelques compagnons et la nouvelle, gagnant la tribu entière, arriva jusqu'à Mirdâs qui tempêta, tonitrua, se leva, s'assit, gronda, grogna, injuria le soleil et la lune :

— Tel est le prix payé pour élever des bâtards ! Mais si je ne tue pas Gharîb, l'opprobre sera sur moi !

Mirdâs, alors, demanda conseil à un sage de son peuple pour le meurtre de Gharîb, et lui fit part de son secret.

— Ô prince, répondit l'autre, hier, Gharîb a délivré ta fille de la captivité. S'il te faut absolument le tuer, laisse cela à d'autres mains, que personne n'ait de doute sur toi !

— Trouve-moi quelque chose pour le tuer, c'est toi seul qui peux m'apprendre.

— Observe-le, ô prince : quand il partira chasser et giboyer, prends avec toi cent cavaliers, cachetoi, pour l'épier, dans une caverne, trompe sa vigilance jusqu'à ce qu'il en ait terminé, et alors, chargez-le et mettez-le en pièces : de ce moment, tu seras libre de l'opprobre qu'il te vaut !

— Voilà qui est bien, conclut Mirdâs.

Il choisit, parmi son peuple, cent cinquante géants, robustes cavaliers, qu'il engagea et excita au meurtre de Gharîb. Puis il surveilla celui-ci sans relâche : Gharîb sortit pour chasser, loin par monts et par vaux. Mirdâs partit alors, avec ses cavaliers immondes et tous, cachés, attendirent Gharîb sur le chemin de son retour, pour l'attaquer et le tuer.

Mais tandis que Mirdâs et les siens se cachaient sous les arbres, voilà que cinq cents géants les attaquent, tuent soixante d'entre eux, font prisonniers les quatre-vingt-dix autres et ligotent Mirdâs. La raison de tout cela était qu'après la mort d'al-Hamal et des siens, les survivants, en déroute, finirent par arriver, dans leur fuite, auprès du frère d'al-Hamal, à qui ils apprirent ce qui s'était passé. Bouillant d'indignation, il réunit les géants, choisit parmi eux cinq cents cavaliers hauts de cinquante coudées chacun, et partit chercher vengeance pour son frère. C'est ainsi qu'il tomba sur

Mirdâs et ses guerriers, et qu'il arriva entre eux ce qu'on sait.

Mirdâs et ses hommes faits prisonniers, le frère d'al-Hamal et les siens mirent pied à terre, et il leur ordonna de prendre du repos, ajoutant :

— Hommes, les idoles nous ont facilité la vengeance. Gardez bien Mirdâs et ses gens : je les exterminerai ensuite, et les tuerai de la plus affreuse mort.

Mirdâs, lui, se regardait, attaché, et, plein de remords pour ce qu'il avait fait : « Tel est le prix, se disait-il, payé pour l'injustice. » Les autres, tout heureux de leur victoire, dormaient, mais Mirdâs et ses compagnons, attachés, désespérant de vivre, étaient sûrs de la mort. Voilà ce qu'il en était de Mirdâs.

Quant à Sahîm al-Layl, il s'était rendu chez sa sœur Mahdiyya, blessé. Elle se leva pour l'accueillir, lui baisa les mains et lui dit :

— Tes mains ne sont pas restées inactives et tes ennemis n'ont pas eu à se réjouir. Sans toi, sans Gharîb, jamais nous n'aurions échappé à la captivité chez l'ennemi. Mais sache, mon frère, que ton père est parti avec cent cinquante cavaliers. Il veut tuer Gharîb, et ce serait, je le sais, une scélératesse de tuer Gharîb, celui qui a gardé votre honneur et délivré vos biens.

À ces mots, Sahîm, qui voyait la lumière devenir ombre, revêt ses équipements de guerre, monte son coursier et cherche l'endroit où chassait son frère. Il le trouve avec un nombreux gibier ; s'avançant vers lui et le saluant :

— Mon frère, dit-il, tu t'en vas courir et tu ne préviens pas ?

— Par Dieu, une seule chose m'en a empêché : je t'ai vu blessé, et j'ai voulu te laisser reposer.

— Frère, prends garde à mon père.

Et de raconter ce qui était arrivé : que Mirdâs
était parti avec cent cinquante cavaliers qui voulaient le tuer, lui Gharîb.

— Dieu lui fera rentrer sa ruse dans la gorge, dit
Gharîb, et il reprit, avec Sahîm, le chemin du retour
vers leurs demeures.

Le soir tomba sur eux comme ils allaient, à cheval, et ils atteignaient la vallée où se trouvaient les
autres, quand ils entendirent les chevaux hennir,
dans l'obscurité de la nuit.

— C'est mon père et les siens, cachés dans cette
vallée, dit Sahîm. Éloignons-nous !

Mais Gharîb était déjà descendu de cheval. Lançant les rênes à son frère, il lui dit :

— Reste ici jusqu'à mon retour.

Il s'éloigna jusqu'à ce qu'il pût voir ces gens : ils
n'étaient pas de sa tribu, et Gharîb les entendait
parler de Mirdâs, disant qu'ils ne le tueraient
qu'une fois dans leur pays. Il sut ainsi que son
beau-père Mirdâs était là, avec eux, ligoté, et se dit :
« Par la vie de Mahdiyya, je n'aurai de repos que je
n'aie libéré son père ! Je ne veux pas faire son malheur ! » Et Gharîb chercha Mirdâs, qu'il finit par
trouver, serré dans ses liens. Il s'assit près de lui et
lui dit :

— Te voici délivré, mon oncle, de cette vile captivité.

À sa vue, Mirdâs crut perdre l'esprit :

— Mon enfant, lui dit-il, je suis ton obligé ! Déli-
vre-moi, souviens-toi que je t'ai élevé.

— Si je te délivre, tu me donnes Mahdiyya ?

— Mon enfant, sur ma foi, elle est à toi pour
toujours.

Gharîb délia Mirdâs, lui dit d'aller vers les chevaux, et que son fils Sahîm était là. Mirdâs se glissa

donc jusqu'à son fils, qui, tout heureux, lui fit compliment et salut.

Gharîb, lui, délia, l'un après l'autre, les quatre-vingt-
dix cavaliers. Tous s'éloignèrent et Gharîb leur fit
passer leur équipement et leurs chevaux. Puis il leur
dit :

— Montez à cheval, égaillez-vous tout autour des
ennemis et criez : « Gens de Qahtân ! » Quand les
autres auront repris leurs esprits, éloignez-vous et
égaillez-vous tout autour d'eux !

Gharîb patienta jusqu'au dernier tiers de la nuit,
puis cria : « Gens de Qahtân ! », et les siens, après lui :
« Gens de Qahtân ! », d'un seul cri que les montagnes
reprirent. Les ennemis, s'imaginant qu'on les attaquait, prirent leurs armes, tous ensemble, et se jetèrent
les uns sur les autres.

Et l'aube chassant la nuit, Shahrâzâd dut interrompre son récit.

Lorsque ce fut la six cent vingt-septième nuit, elle
dit :

On raconte encore, Sire, ô roi bienheureux, que ces
gens, émergeant de leur sommeil à la voix de Gharîb et
des siens qui criaient : « Gens de Qahtân ! », s'imagi-
nèrent que les gens de Qahtân attaquaient. Prenant
leurs armes, ils se jetèrent les uns sur les autres et
s'entretuèrent. Gharîb et les siens attendaient, laissant
les ennemis s'entretuer, puis, quand le jour se leva, il
chargea, avec Mirdâs et les quatre-vingt-dix braves, les
ennemis qui restaient. Ils en tuèrent une foule et
mirent les autres en déroute. Les Banû Qahtân
s'emparèrent des chevaux égarés, des équipements
tout apprêtés, et reprirent le chemin de leur tribu,
Mirdâs ne pouvant croire qu'il avait échappé à ses
ennemis. À force de marcher, ils arrivèrent à la tribu,

où ceux qui étaient là les reçurent, tout heureux de leur salut. Ils s'installèrent dans leurs tentes, Gharîb, dans la sienne, voyant se rassembler autour de lui les jeunes gens de la tribu, cependant que jeunes et vieux le saluaient.

À la vue de Gharîb, avec les jeunes gens autour de lui, la haine de Mirdâs augmente encore. Se tournant vers ceux de sa famille :

— Mon cœur, leur dit-il, déteste de plus en plus Gharîb. Ah ! que cette jeunesse réunie autour de lui me tourmente ! Demain, il me demandera Mahdiyya.

— Prince, intervint celui qui conseillait Mirdâs, demande-lui quelque chose d'impossible.

Mirdâs, tout heureux, laissa passer la nuit ; au matin, il vint siéger sur son estrade, les Arabes faisant cercle autour de lui. Gharîb arriva avec ses hommes et les jeunes gens qui l'entouraient. Se présentant à Mirdâs, il baisa la terre devant lui. Mirdâs, heureux, se leva pour l'accueillir et le fit asseoir à ses côtés.

— Mon oncle, lui dit alors Gharîb, tu m'as fait une promesse ; accomplis-la !

— Mon enfant, répondit Mirdâs, Mahdiyya est tienne à jamais, mais tu as peu de bien.

— Demande-moi ce que tu veux, mon oncle, et j'irai guerroyer contre les princes arabes, jusque chez eux, et contre les rois, dans leurs villes ; je reviendrai t'apporter des richesses qui couvriront l'horizon d'est en ouest.

— Mon enfant, j'ai juré sur toutes les idoles que je ne donnerais Mahdiyya qu'à celui qui me vengerait et m'arracherait de l'opprobre où je suis.

— Dis-moi, mon oncle, de quel roi je dois te venger : j'irai lui briser le trône sur la tête.

— J'avais, mon enfant, un fils, brave parmi les braves. Il est allé chasser et giboyer, avec cent guerriers et, de vallée en vallée, il s'est éloigné au milieu des montagnes, atteignant la vallée des Fleurs et le château de Ḥâm, fils de Shît, fils de Shaddâd, fils de Khuld. Ces lieux, mon enfant, sont habités par un homme noir, grand, d'une taille de soixante-dix coudées, qui, pour combattre, déracine un arbre et s'en fait une arme. Quand mon fils est parvenu à ces lieux, le géant l'a attaqué et les a tués, lui et les cent cavaliers, à l'exception de trois, qui en ont réchappé et sont venus nous apprendre ce qui était arrivé. Alors, j'ai rassemblé mes braves et je suis parti combattre le géant, mais nous n'avons rien pu contre lui et je suis resté tout défait en pensant à la vengeance de mon fils. Alors, j'ai juré que je ne marierais ma fille qu'à celui qui le vengerait.

À ces mots, Gharîb s'écria :

— Mon oncle, je vais aller venger ton fils de ce géant, avec l'aide du Très Haut.

— Si tu triomphes de lui, ô Gharîb, répondit Mirdâs, tu feras tiens des trésors et des richesses que le feu ne consumera pas.

— Garantis-moi ce mariage, pour que mon cœur s'affermisse et que je puisse partir chercher ma fortune.

Mirdâs accéda à ce vœu et prit à témoins les chefs de la tribu. Gharîb, alors, part, joyeux de voir réalisées ses espérances, et se présente chez sa mère, à qui il apprend ce qui vient de se décider.

— Mon enfant, répond-elle, sache bien que Mirdâs te déteste et que, s'il t'envoie à cette montagne, ce n'est que pour se débarrasser de toi. Prends-moi avec toi, et quitte le territoire de ce tyran.

— Ma mère, je ne le ferai que lorsque mes espérances se seront réalisées et mon ennemi défait.

Gharîb passa la nuit, attendit le matin. Quand il fut

là, quand sa lumière se montra, Gharîb n'était pas encore sur son coursier que se présentèrent ses jeunes compagnons, deux cents cavaliers vigoureux, armés de pied en cap.

— Emmène-nous, criaient-ils à Gharîb, nous t'aiderons et te tiendrons compagnie sur ta route.

Et Gharîb, heureux de les voir, répondit :

— Je compte sur Dieu pour qu'Il vous récompense ! En avant, mes amis !

Et il va, avec ses compagnons, un jour, puis deux. Au soir, ils font halte au pied d'une très haute montagne et donnent à manger à leurs chevaux. Gharîb, disparaissant, s'en va marcher sur la montagne. Il arrive à une grotte d'où sortait de la lumière. S'avançant jusqu'au cœur de la grotte, il y trouve un vieillard de trois cent quarante années, dont les sourcils recouvrent les yeux et les moustaches la bouche. Sa vue emplit Gharîb de crainte, et il admire cette silhouette, lorsque le vieillard lui dit :

— On te croirait, mon enfant, de ces païens qui adorent les pierres en oubliant le Roi Tout-Puissant, Créateur de la nuit et du jour, de la sphère céleste qui tourne sans arrêt.

À ces mots du vieillard, Gharîb, tout tremblant, de s'écrier :

— Homme vénérable, où est ce Seigneur, que je l'adore et jouisse sans fin de sa vue ?

— Mon enfant, ce très grand Seigneur échappe à tout regard de ce monde ; Il voit et n'est point vu ; Son regard à Lui est plus haut que tout ; les traces de Son œuvre Le rendent partout présent ; Il façonne les existences, régit les temps, crée les hommes et les génies, envoie les prophètes pour guider les créatures vers la voie de la rectitude ; à qui Lui obéit, Il donne accès au paradis, à qui Lui désobéit, accès au feu.

— Mon oncle, repartit Gharîb, que dit-on lorsqu'on veut adorer ce très grand Seigneur, qui a pouvoir sur toute chose ?

— Mon petit, j'appartiens au peuple des 'Âd, qui montrèrent au monde leur démesure et leur impiété. Quand Dieu leur envoya un prophète, nommé Hûd, ils le traitèrent de menteur, et ils périrent sous le vent qui tua toute vie. Pour moi, avec quelques autres de mon peuple, j'étais croyant, ce qui nous protégea du châtiment. Je fus chez le peuple des Thamûd, et vis ce qu'il en fut avec leur prophète Şâliḥ ; après Şâliḥ, le Très Haut envoya un autre prophète, nommé Abraham, l'ami de Dieu, à Nemrod, fils de Kan'ân, et il lui arriva ce qu'on sait. Ceux des miens qui avaient cru moururent, et moi, je suis venu adorer Dieu dans cette grotte ; le Très Haut pourvoit à mes besoins sans que j'aie à calculer.

— Mon oncle, reprit Gharîb, que dois-je dire pour rejoindre la cause de ce très grand Seigneur ?

— Dis : il n'y a de divinité que Dieu, et Abraham est l'ami de Dieu !

Gharîb alors se convertit, par le cœur et la langue, et le vieillard lui dit :

— Voilà ton cœur affermi dans la douceur de la soumission à Dieu et de la foi.

Puis il lui apprit quelques-unes des obligations de la religion et quelques passages des Écritures.

— Mais quel est ton nom ? demanda-t-il.

— Gharîb.

— Et où vas-tu, Gharîb ?

Et Gharîb raconta au vieillard tout ce qui s'était passé, du début à la fin ; il en vint ainsi à parler de l'Ogre de la montagne, dont la recherche l'avait amené jusque-là.

Et l'aube chassant la nuit, Shahrâzâd dut interrompre son récit.

Lorsque ce fut la six cent vingt-huitième nuit, elle dit :

On raconte encore, Sire, ô roi bienheureux, que, lorsque Gharîb se fut converti et eut raconté au vieillard tout ce qui s'était passé, du début à la fin, en parlant, pour finir, de l'Ogre de la montagne, dont la recherche l'avait, lui Gharîb, amené jusque-là, le vieillard lui dit :

— Es-tu donc fou, Gharîb, d'aller trouver seul l'Ogre de la montagne ?

— Maître, j'ai avec moi deux cents cavaliers.

— En aurais-tu dix mille que tu ne pourrais rien : c'est l'Ogre qu'il s'appelle, et il mange les hommes (demandons à Dieu le salut !). Il descend de Ḥâm ; son père était Hindî, qui peupla l'Inde et en prit le nom. Lui succéda son fils, qu'il appela Sa'dân l'Ogre. Celui-ci était tyrannique, rebelle, un vrai Satan indomptable qui ne se nourrissait que d'humains. Son père, avant sa mort, voulut le lui défendre, mais lui, loin de cesser, devint de plus en plus impie, si bien que son père le chassa, lui interdisant les pays de l'Inde, après une guerre et à grands efforts. Il vint donc dans ce pays, s'y fortifia et fixa, coupant les chemins à qui allait et venait, et revenant ensuite à sa demeure, dans cette vallée. Avec les cinq enfants qu'il a eus, gros et forts, dont chacun charge mille braves, il a amassé les troupeaux et les butins : chevaux, chameaux, bœufs et moutons, la vallée en est remplie ! J'ai peur pour toi. Demande au Très Haut de te secourir en proclamant qu'Il est un : lorsque tu chargeras ces impies, dis : Dieu est plus grand que tout ! car ces mots font le désarroi de l'impie.

Après quoi, le vieillard remit à Gharîb un épieu d'acier, pesant cent livres, avec dix anneaux qui, dès

qu'on l'agitait, sonnaient comme tonnerre ; Gharîb
reçut aussi un sabre, rehaussé de foudre, de trois
coudées de long et trois empans de large, qui fendait en
deux le rocher dont on le frappait, une cuirasse, un
bouclier et un exemplaire du livre saint.

— Va chez les tiens, conclut le vieillard, et expose-
leur ce qu'est la soumission à Dieu !

Et, tout joyeux de cette soumission, Gharîb s'en va ; il
vient auprès des siens qui l'accueillent et le saluent.

— Pourquoi es-tu resté si longtemps loin de nous ?

Gharîb leur raconte, du début à la fin, tout ce qui lui
est arrivé. Il leur expose ce qu'est la soumission à Dieu,
et tous se soumettent. Ils passent la nuit, jusqu'au
matin, puis Gharîb, à cheval, revient faire ses adieux au
vieillard, qui lui rend son adieu. Il repart chez les siens,
où il trouve un cavalier qui disparaît sous le fer, dont on
ne voit que les yeux. Il fonce sur Gharîb, lui disant :

— Enlève ce que tu as sur toi, rognure d'Arabe, ou je
te fais périr !

Gharîb se jette sur lui, et c'est entre eux deux une
guerre qui aurait fait blanchir les cheveux d'un enfan-
çon et fondre de terreur les pierres les plus énormes.
Mais le Bédouin retire son voile : c'est Sahîm al-Layl,
fils de Mirdâs et frère de Gharîb par sa mère. Voici
pourquoi il s'en était venu jusqu'à ces lieux : lorsque
Gharîb avait fait route vers l'Ogre de la montagne,
Sahîm était absent. À son retour, ne voyant pas Gharîb,
il était allé chez sa mère, qu'il avait trouvée en larmes ;
et comme il lui avait demandé la raison de ces pleurs,
elle lui avait appris ce qui s'était passé, et le départ de
son frère. Alors, sans s'accorder le moindre repos, il mit
son équipement de guerre et partit à la poursuite de son
frère : il en fut ce que nous savons.

Quand Sahîm découvre son visage, Gharîb, le reconnaissant, le salue et lui dit :

— À quoi dois-je de te voir ainsi ?

— Je voulais que tu connaisses ma force, sur les lieux du combat, et ma valeur pour frapper et piquer.

Ils cheminent, et Gharîb expose à Sahîm ce qu'est la soumission à Dieu. Sahîm se soumet. Enfin, à force de chemin, ils arrivent au-dessus de la vallée.

Quand l'Ogre de la montagne aperçoit la poussière de la troupe en marche, il dit à ses fils de se mettre en selle et de lui rapporter ce butin. Et tous les cinq de se mettre en selle et de marcher vers les arrivants. À la vue des cinq géants qui chargent, Gharîb pique son coursier :

— Qui êtes-vous ? dit-il. De quel lignage ? Et que voulez-vous ?

Alors s'avance Falḥûn, fils aîné de Sa'dân, l'Ogre de la montagne :

— Descendez de vos chevaux et garrottez quelques-uns d'entre vous, que nous vous amenions à notre père : il fera rôtir les uns et cuire les autres. Voilà longtemps qu'il n'a pas mangé d'humains !

À ce discours, Gharîb, fondant sur Falḥûn, agite son épieu pour en faire sonner les anneaux comme tonnerre grondant. Falḥûn interdit reçoit le coup, pourtant léger, de l'épieu entre les épaules et tombe tel le palmier immense. Sahîm et d'autres, mettant pied à terre, se précipitent sur Falḥûn. Ils le garrottent, lui mettent la corde au cou et le tirent, comme une vache. Quand ses frères le voient prisonnier, ils chargent Gharîb, qui fait prisonnier quatre d'entre eux. Le cinquième s'échappe, fuit et se présente chez son père :

— Que viens-tu m'apprendre, et où sont tes frères ?

— Un garçon les a faits prisonniers, qui n'a pas de poil au menton et pas plus de quatre coudées de haut.

À ces mots de son fils, l'Ogre de la montagne s'écrie :

— Le soleil ne vous a guère accordé de bénédictions !

Il descend de la forteresse, déracine un arbre énorme, s'en va chercher Gharîb et les siens, marchant sur ses deux pieds, car aucun cheval ne pourrait porter un corps aussi gigantesque. Son fils le suit, et tous deux viennent surplomber Gharîb. L'Ogre, sans aucun mot, charge la troupe et, frappant de son arbre, réduit en miettes cinq hommes. Puis il fond sur Sahîm, le frappe de l'arbre. Mais Sahîm esquive. Déconfit, irrité, l'Ogre jette son arme, se précipite sur Sahîm, se saisit de lui comme l'épervier le fait d'un moineau. En voyant son frère aux mains de l'Ogre, Gharîb crie :

— Dieu est plus grand que tout, Dieu, la gloire de Son ami Abraham et de Muḥammad, à qui Il donne Ses bénédictions et le salut !

Et l'aube chassant la nuit, Shahrâzâd dut interrompre son récit.

Lorsque ce fut la six cent vingt-neuvième nuit, elle dit :

On raconte encore, Sire, ô roi bienheureux, que, lorsque Gharîb vit son frère prisonnier, aux mains de l'Ogre, il cria :

— Dieu est plus grand que tout, Dieu, la gloire de Son ami Abraham et de Muḥammad, à qui Il donne Ses bénédictions et le salut !

Dirigeant son coursier vers l'Ogre de la montagne, Gharîb agita l'épieu, dont les anneaux sonnèrent. Au cri de « Dieu est plus grand que tout ! », il frappa, de l'épieu, l'Ogre sur toute la série des côtes. L'autre tombe évanoui, et Sahîm échappe à ses mains. Avant même que de reprendre ses esprits, l'Ogre est déjà garrotté, entravé. À la vue de son père prisonnier, le fils

tourne bride et fuit, mais Gharîb, poussant son coursier, lui donne la chasse, il le frappe du gourdin entre
les épaules, le renverse de son coursier, le garrotte et
lui fait rejoindre ses père et frères. On les lie de cordes,
on les traîne, tels des chameaux, et l'on chemine
jusqu'à atteindre la forteresse, que l'on trouve pleine
de biens, de richesses, d'objets rares. On y trouve aussi
mille deux cents Iraniens liés et entravés.

Gharîb s'assied sur le trône de l'Ogre de la montagne, lequel descendait de Şâşâ, fils de Shîth, fils de
Shaddâd, fils de 'Âd. Gharîb place son frère Sahîm à sa
droite, ses compagnons se disposant à sa droite et à sa
gauche. Puis il fait comparaître l'Ogre de la montagne.
Il l'interpelle :

— Que te semble de ta vie, maudit ?

— Seigneur, elle est dans la plus vilaine des situa-
tions, déchue, ruinée. Mes enfants et moi, nous voici
liés, dans les cordes, tels des chameaux.

— Je veux, dit Gharîb, que vous entriez dans ma
religion, celle de la soumission à Dieu, je veux que vous
proclamiez l'unicité du Roi qui sait tout, du Créateur
de la lumière et de l'ombre, du Créateur de toute chose,
du Roi rétributeur qui seul est Dieu, je veux que vous
vous reconnaissiez pour prophète Abraham, l'Ami de
Dieu, que le salut soit sur lui.

Et l'Ogre de la montagne se soumit avec ses enfants.
Leur soumission fut parfaite et, sur l'ordre de Gharîb,
on les délivra de leurs liens. Sa'dân l'Ogre pleura et
voulut, suivi de ses enfants, baiser les pieds de Gharîb,
qui s'y refusa. Ils prirent place, debout, avec les autres.

— Sa'dân ! appela Gharîb.

— Me voici, mon maître !

— Qu'en est-il de ces Iraniens ?

— C'est, mon maître, notre prise en pays d'Iran,
mais il n'y a pas qu'eux.

— Et qui donc est avec eux ?

— Seigneur, avec eux est la fille du roi Sâbûr, du roi des Iraniens ; son nom est Fakhr-Tâj, et cent servantes l'entourent, pareilles à des lunes.

— Et comment as-tu réussi à t'emparer de tout ce monde ? demanda Gharîb, que les propos de Sa'dân plongeaient dans l'émerveillement.

— Prince, je m'en suis allé avec mes fils et cinq de mes esclaves. Sur notre chemin, nous n'avons rien trouvé à chasser. Nous nous sommes égaillés dans les déserts et les solitudes, et finalement, c'est en pays d'Iran que nous nous sommes retrouvés. Nous allions çà et là, en quête de butin à prendre et pour ne pas revenir bredouilles lorsque apparut à nos yeux une poussière. Nous envoyons un de nos esclaves pour savoir ce qu'il en est. Il reste absent une heure et revient en disant : « Mon maître, c'est la reine Fakhr-Tâj, fille du roi Sâbûr, roi des Iraniens, des Turcs et du Daylam ; elle a avec elle deux mille cavaliers en marche. » Et moi de répondre : « Voilà de bonnes nouvelles ! Il n'est pas de butin plus considérable que celui-là ! » Je charge alors les Iraniens avec mes enfants, nous tuons huit cents cavaliers, en capturons douze cents, faisons main basse sur la fille de Sâbûr, ainsi que sur les objets rares et les richesses qu'elle avait avec elle, et amenons tout notre monde à cette forteresse.

À ces mots de Sa'dân, Gharîb demanda :

— As-tu commis quelque péché avec Fakhr-Tâj ?

— Non, par ta vie, par la vérité de cette religion où je suis entré.

— Tu as fort bien fait, Sa'dân. Car son père est le roi de ce monde ; à coup sûr, il enverra les armées après elle et ruinera les terres de ceux qui l'ont ravie ; celui qui ne pense pas aux conséquences, celui-là, le sort ne reste pas longtemps son ami. Mais où est donc cette fille, Sa'dân ?

— Je lui ai réservé un château, pour elle et ses suivantes.

— Montre-moi où elle est.

— Je t'écoute et t'obéis.

Gharîb et Sa'dân l'Ogre s'en allèrent jusqu'au château de la reine Fakhr-Tâj, qu'ils trouvèrent triste et prostrée, pleurant ses grandeurs et ses luxes perdus. À sa vue, Gharîb pense qu'une lune est tout près de lui, il exalte Dieu, qui entend et sait tout. Fakhr-Tâj, elle, regarde Gharîb, le trouve chevalier vaillant, les yeux emplis d'un courage manifeste qui prêche pour lui et non contre. Elle se lève, va vers lui, lui baise les mains, puis quittant les mains, roule à ses pieds, disant :

— Héros de ce temps, me voici parmi tes obligés. Protège-moi de cet ogre, j'ai peur qu'il ne m'ôte ma virginité et ne me mange après cela. Prends-moi, je servirai tes femmes.

Mais Gharîb lui dit :

— Tu as ma protection, jusqu'au jour où tu arriveras chez ton père, aux lieux de ta grandeur.

Fakhr-Tâj alors appela sur lui une longue vie, la puissance et les honneurs. Gharîb fit délivrer les Iraniens et, tourné vers Fakhr-Tâj :

— Dis-moi ce qui t'a fait quitter ton château pour venir à ces déserts, à ces solitudes, te faire prendre par des coupeurs de route ?

— Mon père et les gens de son royaume, ô mon maître, comme ceux des pays turcs et du Daylam, comme les mages, adorent le feu, sans penser au Roi Tout-Puissant. Il y a chez nous, dans notre royaume, un temple dit du Feu. À chaque fois qu'en vient la fête, les filles des mages s'y réunissent avec les adorateurs du

feu ; tous restent là un mois, la durée de la fête,
puis s'en retournent dans leur pays. Et c'est ainsi
que, suivant la coutume, je suis partie, accompagnée
de mes servantes et de deux mille cavaliers détachés
à ma garde par mon père. Cet ogre nous a attaqués,
a tué certains d'entre nous et capturé le reste, nous
emprisonnant dans cette forteresse. Voilà ce qui
s'est passé, ô héros parmi les braves. Que Dieu te
défende des malheurs du temps !

— Ne crains rien, répondit Gharîb, je te ferai
rejoindre ton château et les lieux de ta grandeur.

Fakhr-Tâj fit des vœux pour lui, lui baisa les
mains et les pieds. Gharîb la quitta en ordonnant de
la traiter avec honneur. La nuit passée et le matin
venu, il se leva, fit ses ablutions et pria, s'inclina
deux fois selon la règle de notre père, l'Ami de Dieu,
Abraham — sur lui le salut ! L'Ogre, ses enfants et
toute la troupe de Gharîb firent de même, priant
derrière lui. Après quoi, tourné vers Sa'dân, Gharîb
lui dit :

— Ne nous feras-tu pas le plaisir de nous montrer
la vallée des Fleurs ?

— Mais si, mon maître.

Et tous de s'en aller : Sa'dân et ses enfants,
Gharîb et ses hommes, la reine Fakhr-Tâj et ses
servantes. Sa'dân dit à ses esclaves et à ses servantes d'égorger des bêtes, de cuire le déjeuner et
de le présenter sous les arbres (il avait en effet
cent cinquante servantes et mille esclaves, qui
paissaient ses chameaux, bœufs et moutons). Gharîb et ses gens vinrent donc à la vallée des Fleurs.
Sa vue la lui fit trouver chose extraordinaire : il y
avait là des arbres par bouquets entiers ou
séparés, et des oiseaux qui chantaient leurs mélodies dans la ramure ; le rossignol reprenait l'air

de la mélodie et la voix de la tourterelle posait sur
les lieux la marque de Celui qui est toute miséricorde.

Et l'aube chassant la nuit, Shahrâzâd dut interrompre son récit.

Lorsque ce fut la six cent trentième nuit, elle dit :
On raconte encore, Sire, ô roi bienheureux, que
lorsque Gharîb se fut dirigé, avec l'Ogre et tous leurs
gens, vers la vallée des Fleurs, il y vit, entre une foule
d'oiseaux, la tourterelle dont la voix posait sur les lieux
la marque de Celui qui est toute miséricorde, la
mésange qui chantait de sa plus belle voix, qu'on eût
dite humaine ; Gharîb vit aussi des arbres que la parole
se fatiguerait à décrire, le ramier dont la voix, lorsqu'elle s'élève au matin, fait perdre à l'homme toute
raison, la colombe à collier et le perroquet qui lui
répond de sa voix la plus éloquente. Et les arbres !
Arbres à fruits, et de chaque fruit les deux sortes : les
grenades acides et douces, pendues aux branches, les
abricots à l'amande douce ou camphrée, et les
amandes du Khurâsân, les prunes, dont les arbres
s'entremêlaient aux ramures des saules, les orangers
pareils à des flambeaux ardents, les cédrats faisant
ployer les branches, les limons remède à toute nausée,
les citrons qui guérissent de l'ictère, et les dattes sur
leur hampe, rouges ou jaunes, création de Dieu qui est
toute grandeur. De pareils lieux, le poète a dit, dans
son trouble :

> *Quand les oiseaux près de l'étang chantonnent,*
> *le désir vient, et le trouble, à l'aurore.*
> *C'est un paradis dont le souffle enclot*
> *l'ombre, le fruit et la course de l'eau.*

La vallée enchanta Gharîb, qui y fit dresser le dais de
Fakhr-Tâj, la fille des Chosroès. On le dressa sous les
arbres et on y étendit un tapis somptueux. Gharîb
s'assit. On apporta le repas et ils mangèrent jusqu'à
satiété. Puis Gharîb appela :

— Sa'dân !

— Me voici, mon maître !

— As-tu quelque vin ?

— Oui, j'en ai toute une citerne, pleine de vin vieux.

— Apporte-nous-en !

Sa'dân dépêcha dix esclaves, qui apportèrent force
vin. On mangea, on but, on se régala et, dans l'émotion
qui avait gagné Gharîb avec les autres, il se souvint de
Mahdiyya et chanta ces vers :

Je nous revois tous deux réunis, en ces jours
   près de vous, quand mon cœur tremblait, brûlait
   d'amour.
Dieu le sait : ce départ, je ne l'ai pas voulu.
   le sort en fut la cause : il change, il nous surprend.
Je vous dis longue vie, salut, mille saluts,
   à vous, quand moi je reste abattu et dolent.

Ils restèrent ainsi trois jours à manger, boire et se
réjouir, puis revinrent à la forteresse. Gharîb convoqua
son frère Sahîm et lui dit :

— Prends avec toi cent cavaliers, va voir ton père, ta
mère et ton peuple, les Banû Qahṭân, et ramène-les
tous en ce lieu, où ils vivront le reste de leurs jours.
Pour moi, je ramènerai la reine Fakhr-Tâj à son père,
aux pays d'Iran. Toi, Sa'dân, demeure avec tes enfants
dans cette forteresse jusqu'à notre retour.

— Et pourquoi ne me prends-tu pas avec toi aux
pays d'Iran ?

— Tu as fait prisonnière la fille de Sâbûr, le roi des

Iraniens. Si ses yeux tombent sur toi, il mange ta chair et boit ton sang.

En entendant ces mots, l'Ogre de la montagne rit très fort, comme tonnerre grondant :

— Mon maître, dit-il, par ta vie, si les gens du Daylam et les Iraniens se groupaient contre moi, je les abreuverais de la boisson de la mort.

— Tu es bien comme tu le dis, mais ne bouge pas de ta forteresse jusqu'à mon retour.

— Je t'écoute et t'obéis.

Sahîm partit ; Gharîb, lui, se dirigea vers les pays d'Iran, emmenant ses gens des Banû Qaḥṭân, ainsi que la reine Fakhr-Tâj avec les siens. Ils allaient, ayant pour but les villes de Sâbûr, le roi des Iraniens. Et voilà pour eux.

Quant au roi Sâbûr, qui avait attendu que sa fille s'en revînt du temple du Feu, et qui ne l'avait pas vue retourner au moment prévu, il sentit le feu s'enflammer en son cœur. Il avait quarante ministres, dont le plus grand, le plus instruit et le plus sage se nommait Dîdân.

— Ô ministre, lui dit le roi, ma fille tarde et je n'ai reçu d'elle aucune nouvelle. L'heure est passée, de son retour. Envoie un courrier au temple du Feu, qu'il s'assure de ce qu'il en est.

— Je t'écoute et t'obéis.

Le ministre se retira et convoqua le chef des courriers :

— Va sur l'heure au temple du Feu, lui dit-il.

L'autre partit, fit route et arriva au temple du Feu. Il s'enquit de la fille du roi auprès des moines, qui lui dirent ne l'avoir point vue cette année-là. L'homme revint sur ses pas, arriva à la ville d'Asbânîr, se présenta chez le vizir, qu'il mit au courant de la situation. Le vizir à son tour se présenta chez le roi

Sâbûr et le mit au courant. Celui-ci se dressa, bouleversé, jeta à terre sa couronne, s'arracha la barbe et
tomba évanoui. On le fit revenir à lui en le bassinant
d'eau, mais il resta là, à pleurer, le cœur triste, et
chantant les mots du poète :

> J'appelle, toi partie, la patience et les pleurs ;
>   les pleurs me disent oui, de bon gré, mais patience
> Ne dit mot. Si le sort nous prescrit la distance,
>   c'est coutume et nature, à lui, d'être trompeur.

Le roi fit ensuite appeler dix généraux : il leur
ordonna de se mettre en selle avec dix mille cavaliers,
chaque général se dirigeant vers une province pour y
rechercher la reine Fakhr-Tâj. Ils se mirent donc en
selle, chaque général se dirigeant avec sa troupe vers
une province. Quant à la mère de Fakhr-Tâj, elle
revêtit, ainsi que ses servantes, des habits noirs. Tous
s'aspergèrent de cendre et restèrent là, à se lamenter et
à pleurer sur Fakhr-Tâj. Et voilà pour eux.
Et l'aube chassant la nuit, Shahrâzâd dut interrompre son récit.

Lorsque ce fut la six cent trente et unième nuit, elle
dit :
On raconte encore, Sire, ô roi bienheureux, que le roi
Sâbûr lança son armée à la recherche de sa fille, dont
la mère, avec ses servantes, revêtit des habits noirs.
Pour ce qui est de Gharîb et de ce qui lui arriva
d'extraordinaire en chemin, il alla dix jours durant. Au
onzième se montra devant lui une poussière qui s'élevait jusqu'aux nues. Il appela le prince qui dirigeait les
Iraniens. Quand l'autre fut là :
— Assure-toi pour nous, lui dit-il, de ce qu'est cette
poussière qui vient d'apparaître.

— Je t'écoute et t'obéis.

L'homme poussa son coursier jusqu'à pénétrer dans la nuée. Là, il vit des hommes qu'il interrogea :

— Nous sommes, lui dit l'un d'eux, des Banû Hattâl et notre prince est as-Samsâm, fils d'al-Jarrâh ; nous allons çà et là en quête de quelque chose à piller, et nous sommes cinq mille cavaliers.

L'Iranien revint à toute bride jusqu'à Gharîb, qu'il mit au courant de l'affaire. « Aux armes ! » cria Gharîb aux Banû Qahtân et aux Iraniens. Ce qu'ils firent, allant à la rencontre des Arabes. « Au butin, au butin ! » criaient ceux-ci. Et Gharîb :

— Dieu va vous confondre, chiens des Arabes !

Alors, il charge, les heurte, vaillant, au cri de :

— Dieu est plus grand que tout ! Vive la religion de Son ami Abraham — sur lui le salut !

Et c'est le combat, une lutte intense où virevolte le sabre, et pleut l'invective. Le combat continue jusqu'à ce que, devant le jour enfui, les ténèbres apparaissent. On se sépare et Gharîb se met en quête de retrouver les siens : il constate que cinq hommes des Banû Qahtân sont morts, soixante-treize parmi les Iraniens et, pour ceux d'as-Samsâm, plus de cinq cents cavaliers.

As-Samsâm, lui, descend de cheval, sans goût à manger ni dormir. « Par ma vie, dit-il aux siens, je n'ai jamais vu personne combattre comme ce garçon ; tantôt il se bat au sabre et tantôt à l'épieu. Mais demain je me montrerai à lui au plus fort de la bataille, je l'appellerai au lieu où l'on frappe et pique, et je taillerai en pièces ces Arabes. » Gharîb, de son côté, est revenu avec les siens. La reine Fakhr-Tâj le rencontre, en larmes, tout effrayée des choses terribles qui viennent de se passer. Elle embrasse son pied, à la place de l'éperon.

— Tes mains ne sont pas restées inactives, dit-elle,

et tes ennemis n'ont pas eu à se réjouir, ô chevalier
de ce temps! Louange à Dieu qui t'a gardé en ce
jour! Je craignais pour toi, sache-le, ces Arabes.

En entendant ces mots, Gharîb lui fait un bon
sourire, il lui met du plaisir au cœur et la rassure,
disant :

— Ne crains rien, reine. Même si les ennemis
emplissaient ce désert, je les anéantirais par la force
du Très Haut, du Suprême !

Elle le remercie, lui souhaite de vaincre l'ennemi
et s'éloigne auprès de ses femmes.

Gharîb descend de cheval, lave ses mains et son
corps du sang impie qu'il a sur lui. Tous passent la
nuit en montant la garde jusqu'au matin. Puis les
deux camps se mettent en selle, gagnent le champ de
bataille, là où l'on guerroie et pique. Le premier sur
les lieux est Gharîb : il pousse son coursier jusqu'auprès des impies, criant :

— Y a-t-il un champion qui sorte contre moi, quelqu'un qui ne soit pas fainéant ?

Se montre à lui un des plus vigoureux géants, de la
race du peuple des 'Âd. Il charge Gharîb :

— Rognure d'Arabe, s'écrie-t-il, prends ce qui te
revient ! C'est ta perte que je t'annonce !

Or il avait une massue de fer, pesant vingt livres :
il lève le bras pour frapper Gharîb, mais celui-ci
esquive et la massue se fiche en terre d'une coudée.
Dans le coup, le géant s'est déséquilibré ; Gharîb le
frappe de son épieu pointu, lui fend le front ; l'autre
s'abat et tombe, et Dieu se hâte d'expédier son âme
au feu.

Après quoi, Gharîb tourbillonne, plein d'impatience, demandant qu'on se mesure à lui. Un second
se propose ; il le tue, puis un troisième et ce jusqu'à
dix : tous ceux qui se proposent, il les tue. Voyant

comment Gharîb se bat et frappe, les géants l'évitent, fuient le contact et leur prince, en les voyant, leur dit :

— Dieu ne vous bénit guère ! Je vais, moi, me proposer à cet homme.

Il revêt son équipement de guerre, pousse son coursier, arrive à la hauteur de Gharîb, au plus fort de la bataille.

— Malheur à toi, chien des Arabes ! s'écrie-t-il. Qui te crois-tu pour me défier en bataille et tuer mes hommes ?

— Allons ! bats-toi, réplique Gharîb, et viens prendre la revanche de tes cavaliers morts !

As-Samsâm charge Gharîb, qui le voit venir d'un cœur détendu et avec un merveilleux courage. Tous deux se frappent à l'épieu, et les deux camps, perplexes, les regardent de tous leurs yeux virevoltant sur le champ de bataille. Ils échangent deux coups : Gharîb trompe celui que, dans la bataille et le choc, lui réserve as-Samsâm ; mais as-Samsâm reçoit celui de Gharîb, qui lui enfonce la poitrine et le fait choir à terre, mort. Les siens, comme un seul homme, chargent Gharîb, qui les charge à son tour, au cri de :

— Dieu est plus grand que tout ! Il donne triomphe et victoire. Il déboute ceux qui refusent la religion de Son ami Abraham — sur lui le salut !

Et l'aube chassant la nuit, Shahrâzâd dut interrompre son récit.

Lorsque ce fut la six cent trente-deuxième nuit, elle dit :

On raconte encore, Sire, ô roi bienheureux, que, lorsque les gens d'as-Samsâm chargèrent Gharîb, comme un seul homme, il les chargea à son tour, au cri de :

— Dieu est plus grand que tout ! Il donne triomphe et victoire. Il déboute l'impie !

En entendant évoquer le Roi Tout-Puissant, unique et toujours vainqueur, Celui qui atteint les regards sans être atteint de nul regard, les impies se considèrent entre eux :

— Quel est, disent-ils, ce discours qui fait trembler nos cous, affaiblit nos élans et rapetisse nos vies ? Jamais, de toute notre vie, nous n'avons entendu meilleur discours que celui-ci !

Et de se dire alors :

— Quittons la bataille, et allons nous faire expliquer ce discours !

Quittant la bataille, ils descendent de cheval ; leurs chefs rassemblés se consultent et entreprennent d'aller à Gharîb :

— Dix d'entre nous vont aller jusqu'à lui.

Ils choisissent dix d'entre eux, parmi les meilleurs, qui se dirigent vers le campement de Gharîb.

Gharîb et les siens, quant à eux, étaient descendus en leur campement, surpris que les autres aient rompu le combat. Ils en étaient là, quand dix hommes s'avancent et demandent à être introduits devant Gharîb. Ils baisent le sol, appellent sur Gharîb puissance et longue vie. Mais lui :

— Pourquoi avez-vous quitté la bataille ?

— Tu nous as, ô notre maître, effrayés avec ces paroles, ce cri que tu as lancé contre nous.

— Quelles idoles adorez-vous ?

— Nous adorons Wadd, Suwâ'â et Yaghûth, seigneurs du peuple de Noé.

— Pour nous, nous n'adorons que Dieu, le Très Haut, Créateur de toute chose et pourvoyeur de tout être vivant. C'est Lui qui a créé les cieux et la terre, ancré les montagnes, fait jaillir les sources de la pierre et pousser les plantes, nourri les bêtes sauvages des déserts. Il est Dieu, l'Unique, toujours victorieux.

À ces mots, à cette affirmation du Dieu un, les autres sentent leurs cœurs se dilater :

— Ce Dieu-là, disent-ils, est un Seigneur très grand, compatissant et miséricordieux. Et que devons-nous dire pour devenir musulmans ?

— Dites : il n'y a de dieu que le Dieu d'Abraham, Son ami.

Les dix hommes se soumirent alors, d'une soumission vraie.

— Pour preuve que vos cœurs ont fait cette soumission sans déplaisir, dit alors Gharîb, allez vers les vôtres et présentez-leur l'islam. S'ils se convertissent, c'est bien ; s'ils refusent, nous les brûlerons au feu !

Les dix hommes partirent ; arrivés à leur peuple, ils lui présentèrent la religion de l'islam, lui expliquèrent la voie de la vérité et de la foi. Leurs cœurs et leurs langues se convertirent. Puis ils s'empressèrent d'aller retrouver Gharîb. Ils baisèrent le sol devant lui, appelant sur lui la puissance et les plus hauts honneurs :

— Nous voici maintenant tes esclaves, ô notre maître. Commande-nous ce que tu veux : nous t'écouterons et t'obéirons. Nous ne te laisserons jamais, puisque Dieu nous a guidés par ta main.

Gharîb les récompensa fort bien et leur dit :

— Allez à vos demeures, prenez vos biens et vos enfants et précédez-nous à la vallée des Fleurs et à la forteresse de Ṣâṣâ, fils de Shîth, le temps pour moi de reconduire Fakhr-Tâj, la fille de Sâbûr, roi des Iraniens, et de revenir à vous.

— Nous t'écoutons et t'obéissons, répondirent les autres.

Ils s'en allèrent sur-le-champ et gagnèrent leur tribu, tout joyeux de s'être convertis. Ils présentèrent l'islam à leurs familles et à leurs enfants, qui se convertirent. Puis ils démontèrent leurs campements, prirent

enfants et troupeaux et partirent pour la vallée des
Fleurs.

L'Ogre de la montagne et ses fils sortirent à leur
rencontre. Mais Gharîb leur avait fait ses recommandations :

— Lorsque l'Ogre de la montagne sortira à votre
devant pour s'emparer de vous, invoquez le Dieu Très
Haut, Créateur de toute chose. Quand l'Ogre entendra
cette invocation, il reviendra de son humeur belli-
queuse et vous accueillera cordialement.

Ainsi, quand l'Ogre de la montagne et ses fils
sortirent pour s'emparer de la troupe, les autres
proclamèrent le nom du Dieu Très Haut. L'Ogre les
reçut le mieux du monde et s'enquit d'eux. Ils lui
apprirent ce qui leur était arrivé avec Gharîb. Sa'dân,
tout heureux, les installa et les couvrit de bienfaits. Et
voilà pour eux.

Gharîb, lui, faisait route avec la reine Fakhr-Tâj, se
dirigeant vers la ville d'Asbânîr. Il alla ainsi cinq jours
durant. Au sixième se montra une poussière. Gharîb
envoya un des Persans aux nouvelles. Il s'en fut, puis
revint plus vite que l'oiseau dans son vol :

— Mon maître, dit-il, cette poussière est celle de
mille cavaliers : ce sont les nôtres, que le roi a
dépêchés à la recherche de la reine Fakhr-Tâj.

Ainsi informé, Gharîb fit faire halte et dresser les
tentes. Ils firent donc halte et dressèrent les tentes ; les
arrivants étaient déjà là, reçus par les gens de la reine
Fakhr-Tâj, qui informèrent le chef de la troupe,
Tûmân, de la présence de la reine Fakhr-Tâj. Tûmân,
entendant parler du roi Gharîb, se présenta à lui, baisa
le sol en sa présence et lui demanda comment allait la
reine. Gharîb l'envoya à sa tente et Tûmân, entrant
chez elle, lui baisa les mains et les pieds, et lui apprit
ce qu'il en était de ses père et mère. Elle l'informa à son

tour de tout ce qui lui était arrivé, et comment Gharîb l'avait délivrée de l'Ogre de la montagne.

Et l'aube chassant la nuit, Shahrâzâd dut interrompre son récit.

Lorsque ce fut la six cent trente-troisième nuit, elle dit :

On raconte encore, Sire, ô roi bienheureux, que lorsque la reine Fakhr-Tâj eut raconté à Tûmân tout ce qui lui était advenu du fait de l'Ogre de la montagne et comment Gharîb l'avait délivrée de la captivité, ce sans quoi elle eût été mangée, elle ajouta :

— Il est du devoir de mon père de donner à Gharîb la moitié de son royaume.

Tumân se leva, baisa les mains et les pieds de Gharîb, et le remercia de ses bienfaits.

— Avec ta permission, mon maître, dit-il, reviendrai-je à la ville d'Asbânîr porter la bonne nouvelle au roi ?

— Va et reçois-en le prix !

Tûmân parti, Gharîb fit route après lui. Tûmân, forçant l'allure, arriva en vue d'Asbânîr de Ctésiphon. Il monta au château, baisa le sol devant le roi Sâbûr.

— Quelles nouvelles, messager de bonheur ? dit le roi.

— Je ne te dirai rien que je n'en aie reçu le prix.

— Dis-moi donc la bonne nouvelle, et je te contenterai.

— Ô roi du temps, je t'annonce la reine Fakhr-Tâj.

À l'évocation de sa fille, Sâbûr tomba sans connaissance. On l'aspergea d'eau de rose. Revenant à lui et s'adressant à Tûmân :

— Approche, s'écria-t-il, et dis-moi la bonne nouvelle !

Et Tûmân s'approcha pour lui expliquer ce qui était

arrivé à Fakhr-Tâj. À ce récit, le roi, joignant les mains,
dit : « Pauvre Fakhr-Tâj ! », puis il fit remettre à
Tûmân dix mille dinars, lui donna la ville d'Ispahan
avec le pays attenant et cria à ses princes :

— Mettez-vous tous en selle, pour aller avec lui à la
rencontre de la reine Fakhr-Tâj !

Cependant, son serviteur particulier se présentait à
la mère de Fakhr-Tâj et la mettait au courant, elle et
toutes les femmes. Dans la joie qui était la leur, la mère
de Fakhr-Tâj donna au serviteur une robe d'honneur et
mille dinars. Quant au peuple de la ville, à l'annonce
de la nouvelle, il décora les places et les maisons.

Le roi Tûmân se mit en selle et tous, au bout de leur
marche, aperçurent Gharîb. Le roi Sâbûr mit pied à
terre et fit quelques pas pour accueillir Gharîb, qui mit
pied à terre et s'avança. Tous deux s'embrassèrent et se
saluèrent. Sâbûr, s'inclinant, baisa les mains de Gharîb, en le remerciant de ses bienfaits. On dressa les
tentes les unes en face des autres et Sâbûr se présenta
chez sa fille. Elle se leva, vint vers lui, l'embrassa et lui
raconta son aventure et comment Gharîb l'avait délivrée des mains de l'Ogre de la montagne.

— Par ta vie, ô belle entre toutes beautés, dit Sâbûr,
je vais lui donner tant que je l'ensevelirai sous mes
présents.

— Prends-le plutôt pour gendre, mon père, et il
t'aidera contre tes ennemis : il est si valeureux !

Mais c'était son cœur seul, son cœur attaché à
Gharîb, qui lui dictait ces mots.

— Ignores-tu, ma fille, répondit Sâbûr, que le roi
Khard-Shâh nous a déjà remis des brocarts et fait don
de cent mille dinars, qu'il est roi de Shîrâz et des pays
attenants, qu'il détient un royaume, des armées, des
soldats ?

À ces mots, Fakhr-Tâj s'écria :

— Je ne veux pas, mon père, de celui dont tu parles, et si tu me forces à ce dont je ne veux pas, je me tue.

Sâbûr alors la quitta et alla trouver Gharîb, qui se leva pour l'accueillir. En s'asseyant, Sâbûr ne pouvait se rassasier de regarder Gharîb. « Par Dieu, se disait-il, ma fille est bien excusable d'aimer ce Bédouin. » Gharîb fit présenter le repas. Ils mangèrent et passèrent la nuit. Au matin, ils se mirent en chemin et arrivèrent à la ville où Gharîb et le roi entrèrent étrier contre étrier. Et ce fut un grand jour.

Fakhr-Tâj regagna son palais et les lieux de sa grandeur. Sa mère et ses servantes, en la retrouvant, menèrent grand train de joie. Le roi Sâbûr, lui, s'assit sur son trône, faisant siéger Gharîb à sa droite ; debout, à droite et à gauche étaient les rois dignitaires, princes officiers et ministres. Ils complimentèrent le roi pour sa fille.

— Que celui qui m'aime donne à Gharîb une robe d'honneur ! dit le roi aux grands de son royaume.

Et les robes tombèrent en pluie sur Gharîb.

Celui-ci resta l'hôte de Sâbûr dix jours durant, puis il manifesta son intention de se remettre en route. Sâbûr lui donna une robe d'honneur et jura, par sa religion, qu'il ne le laisserait partir qu'un mois après.

— Ô roi, dit Gharîb, j'ai demandé pour femme une jeune fille arabe, et je veux réaliser ce mariage.

— Et quel est le meilleur parti ? Cette fiancée ou Fakhr-Tâj ?

— Ô roi du temps, que devient l'esclave quand le maître décide ?

— Fakhr-Tâj est devenue ta servante du jour où tu l'as délivrée des griffes de l'Ogre de la montagne, et elle n'aura d'autre époux que toi.

Gharîb se leva, baisa le sol :

— Ô roi du temps, dit-il, tu es roi et moi un pauvre

homme, et peut-être vas-tu me demander une lourde
dot.

— Sache, mon enfant, que le roi Khard-Shâh, maître de Shîrâz et du pays attenant, a demandé Fakhr-Tâj
en mariage et lui a assuré cent mille dinars. Mais, moi,
je t'ai choisi entre tous, je t'ai fait le glaive de mon
royaume, le bouclier de ma vengeance.

Puis, se tournant vers les grands de son peuple, il
leur dit :

— Gens de mon royaume, soyez témoins que je
marie ma fille Fakhr-Tâj à Gharîb, mon enfant.

Et l'aube chassant la nuit, Shahrâzâd dut interrompre son récit.

Lorsque ce fut la six cent trente-quatrième nuit, elle
dit :

On raconte encore, Sire, ô roi bienheureux, que
lorsque le roi Sâbûr, le roi des Iraniens, eut dit aux
grands de son peuple de lui être témoins qu'il mariait
sa fille Fakhr-Tâj à Gharîb, son enfant, il offrit sa main
à Gharîb, dont Fakhr-Tâj devint la femme.

— Impose-moi, dit Gharîb au roi, une dot à t'apporter ; car j'ai chez moi, en la forteresse de Şâşâ, de
l'argent et des trésors à ne pouvoir les compter.

— Mon enfant, dit Sâbûr, je ne veux de toi ni argent
ni trésor. Je n'accepterai, comme dot de ma fille, rien
d'autre que la tête d'al-Jamraqân, roi du Désert et de la
ville d'al-Ahwâz.

— Roi du temps, j'irai, j'emmènerai mon peuple, je
marcherai à l'ennemi, je détruirai son pays.

Le roi récompensa magnifiquement Gharîb ; gens et
grands se séparèrent. Le roi, lui, pensait que, si Gharîb
allait vers al-Jamraqân, roi du Désert, il ne reviendrait
jamais.

Au matin, le roi et Gharîb montent en selle, et

l'armée reçoit le même ordre. Ils font halte sur la lice et
le roi dit :

— Joutez de la lance, pour mon plaisir.

Tous les braves, chez les Iraniens, joutent entre eux,
et puis Gharîb dit au roi qu'il aimerait jouter avec les
cavaliers iraniens sous une condition.

— Et laquelle ? demande le roi.

— Que je mette un vêtement de prix, que je prenne
une lance non ferrée, mais où j'aurais mis un chiffon
trempé de safran ; que chaque brave, que chaque héros
se mesure à moi, avec sa lance ferrée ; si l'un d'eux
est vainqueur, je lui remets ma vie ; si je le bats, j'im-
primerai ma marque sur sa poitrine et il quittera la
lice.

Le roi fait demander par le chef de l'armée que les
braves se présentent. Il porte son dévolu sur mille deux
cents princes iraniens, qu'il choisit pour champions
valeureux, et leur dit en iranien :

— Celui qui tuera ce Bédouin peut compter sur moi
pour lui marquer ma satisfaction.

C'est à qui s'avancera vers Gharîb, à qui le chargera.
Mais on vit le droit éclipser les choses vaines, et les
choses sérieuses éclipser les bagatelles.

— Je mets mon soutien, dit Gharîb, en Dieu, le Dieu
et l'ami d'Abraham, Celui qui sur toute chose a
pouvoir, Celui à qui rien ne reste caché, l'Unique,
l'Irrésistible, Celui que les regards n'atteignent pas !

Un des Iraniens, un brave, un géant, se présente à
Gharîb, qui ne le laisse rester devant lui que le temps
suffisant pour le marquer, pour lui couvrir la poitrine
de safran, et quand l'autre tourne le dos, Gharîb
l'assomme et le fait tomber à terre d'un coup de lance à
la nuque : ses écuyers l'emmènent hors de la lice. Un
second se présente, que Gharîb marque aussi, puis un
troisième, un quatrième, un cinquième, et tous, cham-

pion après champion, reçoivent la marque de Gharîb, à qui Dieu donne la victoire, tous quittent la lice. On leur présente un repas, ils mangent, ils se font apporter à boire, ils boivent, Gharîb boit et sa raison s'égare. Il se lève pour satisfaire un besoin, il veut revenir, mais se perd et entre au palais de Fakhr-Tâj. En le voyant, sa raison à elle s'enfuit, elle crie à ses servantes de s'en aller chez elles ; elles se dispersent, s'en vont chez elles. Alors Fakhr-Tâj se lève, embrasse la main de Gharîb et lui dit :

— Bienvenue à mon maître, qui m'a libérée de l'Ogre et dont je suis la servante à jamais.

Elle l'attire jusqu'à son lit, l'étreint et son désir à lui s'exaspère, il la déflore et passe avec elle la nuit jusqu'au matin. Et voilà ce qui se passait tandis que le roi s'imaginait que Gharîb était reparti.

Quand ce fut le matin, celui-ci se présenta au roi, qui se leva pour l'accueillir, puis le fit asseoir à son côté. Alors entrèrent les rois, qui baisèrent le sol et, debout à droite et à gauche, s'entretenaient du courage de Gharîb, en disant :

— Louange à celui qui a donné la vaillance à un si jeune homme !

Or, pendant qu'ils étaient là à parler, ils virent, par la fenêtre du château, la poussière d'une cavalerie en marche.

— Eh ! vous ! cria le roi aux courriers, revenez me dire ce qu'est cette poussière !

L'un d'eux, un cavalier, partit, découvrit ce qu'il en était et revint dire :

— Ô roi, nous avons découvert, sous cette poussière, cent cavaliers dont le chef se nomme Sahîm al-Layl.

À ces mots, Gharîb dit :

— Seigneur, c'est mon frère, que j'avais envoyé remplir une mission. Je m'en vais à sa rencontre.

Il se mit à cheval avec les siens, cent cavaliers des Banû Qaḥṭân, et mille Iraniens chevauchaient avec eux. Gharîb alla donc dans cet imposant cortège — mais qui est imposant sinon Dieu ? — et rejoignit son frère. Les deux hommes mirent pied à terre, s'embrassèrent et remontèrent en selle.

— As-tu fait rejoindre à notre peuple, ô mon frère, dit Gharîb, la forteresse de Şâşâ et la vallée des Fleurs ?

— Mon frère, répondit Sahîm, quand ce chien, ce traître a appris que tu t'étais rendu maître de la forteresse de l'Ogre de la montagne, son dépit s'est accru et il s'est dit que, s'il ne quittait pas son pays, tu viendrais lui prendre sa fille Mahdiyya sans lui payer de dot. Il a donc pris avec lui sa fille, ses gens, sa famille et ses biens et a gagné le pays d'Irak. Il est entré à Koufa et s'est mis sous la protection du roi 'Ajîb, qui lui a demandé de lui donner sa fille, Mahdiyya.

En entendant parler ainsi son frère Sahîm al-Layl, Gharîb sentit presque la vie le quitter, sous la violence qui lui était faite.

— Par la vérité, dit-il, de la religion de l'islam, de la religion d'Abraham, l'Ami de Dieu, par la vérité du Seigneur Très Grand, j'irai, oui, j'irai au pays d'Irak, j'y déchaînerai la guerre.

Gharîb entra dans la ville et monta, avec son frère Sahîm al-Layl, au palais du roi, où ils baisèrent le sol. Le roi se leva pour accueillir Gharîb et saluer Sahîm. Gharîb le mit au courant de ce qui s'était passé. Sâbûr lui fit donner dix généraux, chacun avec dix mille braves cavaliers, arabes et persans. Ils firent leurs préparatifs en trois jours. Puis Gharîb fit route et arriva à la forteresse de Şâşâ. L'Ogre de la montagne et ses fils sortirent à sa rencontre : Sa'dân et ses fils, mettant pied à terre, baisèrent les pieds de Gharîb à même les étriers. Gharîb le mit au courant de ce qui était arrivé.

— Seigneur, dit l'Ogre, installe-toi dans ta forteresse ; nous irons, mes fils, mes troupes et moi, vers l'Irak, nous ruinerons la ville d'ar-Rustâq et je ramènerai devant toi ses soldats enchaînés dans les plus forts liens qui se puissent voir.

En le remerciant, Gharîb lui dit :

— Nous irons tous ensemble, Sa'dân.

L'Ogre fit les préparatifs, selon les ordres de Gharîb. Ils se mirent tous en chemin, laissant mille cavaliers à la garde de la forteresse, et allèrent en direction du pays d'Irak. Et voilà pour Gharîb.

Quant à Mirdâs, il était allé avec les siens jusqu'au pays d'Irak, emportant avec lui de beaux présents, qu'il présenta à 'Ajîb en arrivant à Koufa. Puis il baisa le sol et, faisant des vœux pour 'Ajîb comme on le fait avec les rois :

— Mon maître, lui dit-il, je suis venu demander ta protection.

Et l'aube chassant la nuit, Shahrâzâd dut interrompre son récit.

Lorsque ce fut la six cent trente-cinquième nuit, elle dit :

On raconte encore, Sire, ô roi bienheureux, que lorsque Mirdâs se fut présenté devant 'Ajîb et lui eut dit qu'il venait demander sa protection, 'Ajîb lui demanda :

— Qui t'a fait tort ? Je te protégerai de cet homme, quand ce serait Sâbûr, roi des Iraniens, des Turcs et du Daylam.

— Ô roi du temps, répondit Mirdâs, tout ce tort me vient d'un garçon que j'ai élevé sur mon sein après l'avoir trouvé sur celui de sa mère, dans ma vallée. J'ai

épousé sa mère et elle m'a donné un fils que j'ai appelé
Sahîm al-Layl ; quant à son enfant à elle, c'est Gharîb
qu'il se nomme. Grandi dans mon sein, il est devenu
une foudre brûlante, un immense fléau. Il a tué al-
Hamal, seigneur des Banû Nabhân, réduit à néant les
guerriers, maté les cavaliers. J'ai une fille qui n'est
faite que pour toi. Il me l'a demandée pour femme et je
lui ai demandé, moi, la tête de l'Ogre de la montagne.
Il est allé jusqu'à lui, l'a défié, fait prisonnier et l'autre
est passé au nombre de ses hommes. J'ai appris qu'il
professait l'islam et appelait les hommes à sa religion,
qu'il a arraché la fille de Sâbûr à l'Ogre, qu'il s'est
rendu maître de la forteresse de Şâşâ, fils de Shîth, fils
de Shaddâd, fils de 'Âd, que cette forteresse renferme
les choses précieuses d'autrefois et du présent, ainsi
que les trésors des temps anciens, et qu'enfin il s'en est
allé raccompagner la fille de Sâbûr et ne reviendra
qu'avec la fortune des Iraniens.

En entendant parler Mirdâs, 'Ajîb pâlit, se sentit
changer et crut bien être près de sa perte.

— Et où est, Mirdâs, demanda-t-il, la mère de ce
garçon ? Avec toi ou avec lui ?

— Avec moi, à mon campement.

— Et comment se nomme-t-elle ?

— Son nom est Naşra.

— C'est bien elle. Fais-la chercher.

'Ajîb la regarda, la reconnut et lui dit :

— Où sont donc, maudite femme, les deux esclaves
que j'avais envoyés avec toi ?

— Ils se sont tués pour moi.

'Ajîb tira son sabre et la frappa, la coupant en deux.
On tira son corps et on le jeta.

Le cœur pris par les tentations du diable, 'Ajîb dit à
Mirdâs :

— Donne-moi ta fille pour femme.

— Elle est une de tes servantes, répondit Mirdâs, et je te l'ai déjà donnée. Quant à moi, je suis ton esclave.

— J'aimerais bien voir, reprit 'Ajîb, le fils de cette traînée, Gharîb, pour le faire périr en lui faisant tâter de toutes sortes de supplices.

Mirdâs reçut la dot de sa fille : trente mille dinars, cent pièces de soie brochées d'or et relevées de broderies, cent étoffes ourlées, des foulards et des colliers d'or. Puis, nanti de cette énorme dot, Mirdâs s'en alla s'occuper des préparatifs de Mahdiyya. Et voilà pour ceux-là.

Gharîb, lui, faisait route et arrivait à al-Jazîra, qui est le début du pays d'Irak : c'est une ville fortifiée, inattaquable. Gharîb ordonna à ses troupes d'en faire le siège. Ce que voyant, les gens de la ville fermèrent les portes, renforcèrent les murailles et, se présentant chez le roi, le mirent au courant. Regardant depuis les créneaux de son palais, il découvrit une armée immense, tout entière iranienne.

— Que veulent ces Iraniens ? demanda-t-il aux siens, lesquels dirent qu'ils n'en savaient rien.

Or ce roi s'appelait ad-Dâmigh, le « Décerveleur », parce qu'il décervelait les plus braves au fort de la mêlée, et il avait, parmi ceux qui l'assistaient, un homme aussi déluré que l'étincelle, et qui se nommait Sab' al-Qifâr. Le roi l'appela et lui dit :

— Va jusqu'à cette armée, vois ce qu'il en est, ce qu'ils nous veulent, et reviens au plus vite.

Sab' al-Qifâr se glissa au-dehors comme le vent lorsqu'il passe, et il arriva jusqu'au campement de Gharîb. Un groupe d'Arabes, se levant, lui demandèrent qui il était et ce qu'il voulait.

— Je suis, répondit-il, un messager, un envoyé du maître de cette ville auprès de votre maître.

Ils l'emmenèrent, lui firent traverser le campement,

avec ses tentes et ses étendards, et parvinrent avec lui
jusqu'à la tente d'apparat où se tenait Gharîb. Ils se
présentèrent à celui-ci et lui parlèrent de cet homme.

— Amenez-le-moi ! leur dit-il.

Ce qu'ils firent. En entrant, l'homme baisa le sol,
appela sur Gharîb honneurs durables et longue vie.

— Que veux-tu ? demanda Gharîb.

— Je suis un envoyé du maître de la ville d'al-Jazîra,
ad-Dâmigh, frère du roi Kandamar, maître de la ville
de Koufa et du pays d'Irak.

À ces mots de l'envoyé, Gharîb versa des larmes
abondantes et, regardant l'envoyé, lui demanda son
nom.

— C'est Sab' al-Qifâr.

— Va dire à ton seigneur que le maître de ce
campement se nomme Gharîb, fils de Kandamar, le
maître de Koufa, tué par son propre fils, et que Gharîb
est venu se venger de 'Ajîb, ce chien, ce traître.

L'envoyé, tout heureux, partit rejoindre le roi ad-
Dâmigh. Il baisa le sol devant le roi, qui lui dit :

— Quelles nouvelles, Sab' al-Qifâr ?

— Seigneur, le maître de cette armée est le fils de
ton frère, répondit Sab' al-Qifâr, qui lui rapporta tous
les propos de Gharîb.

Le roi crut rêver :

— Sab' al-Qifâr ! dit-il.

— Oui, ô roi !

— Ce que tu as dit est bien vrai ?

— Sur ta vie, sur ta tête, c'est la vérité.

Le roi ordonna alors aux grands de son peuple de se
mettre en selle ; ce qu'ils firent, et le roi avec eux. Ils
cheminèrent jusqu'au campement. Quand Gharîb
apprit la présence du roi ad-Dâmigh, il sortit pour
l'accueillir. En se rencontrant, les deux hommes
s'embrassèrent et se saluèrent. Gharîb emmena le roi

au campement ; ils s'assirent sur l'estrade d'apparat.
Le roi ad-Dâmigh, tout heureux de retrouver son neveu
Gharîb, se tourna vers lui et lui dit :

— Mon cœur brûle de venger ton père, mais je n'ai
pas les moyens de venir à bout de ton frère, ce chien,
car son armée est nombreuse et la mienne réduite.

— Mon oncle, répondit Gharîb, me voici venu, moi,
pour tirer vengeance, détruire l'opprobre et en débarrasser le pays.

— Mon neveu, dit ad-Dâmigh, tu dois te venger
doublement : pour ton père et pour ta mère.

— Pour ma mère ?

— 'Ajîb, ton frère, l'a tuée.

Et l'aube chassant la nuit, Shahrâzâd dut interrompre son récit.

Lorsque ce fut la six cent trente-sixième nuit, elle
dit :

On raconte encore, Sire, ô roi bienheureux, que
Gharîb, lorsqu'il entendit ces mots de son oncle ad-
Dâmigh, qui lui disait comment sa mère avait été tuée
par son frère 'Ajîb, demanda :

— Mon oncle, pourquoi l'a-t-il tuée ?

Ad-Dâmigh lui raconta ce qui s'était passé et comment Mirdâs avait marié sa fille à 'Ajîb, qui n'attendait
que de la posséder. En entendant son oncle, Gharîb
crut que sa tête laissait s'enfuir toute sa raison, et il
s'évanouit, il périt presque. En revenant à lui, il cria à
ses troupes de se mettre en selle.

— Mon neveu, dit ad-Dâmigh, prends patience jusqu'à ce que je sois prêt : je viendrai à cheval, au milieu
de mes hommes, je t'accompagnerai, toi et tes cavaliers.

— Mon oncle, repartit Gharîb, ma patience est à
bout. Prépare-toi et rejoins-moi à Koufa.

Gharîb s'en va, arrive à la ville de Babylone, semant l'effroi dans sa population. Or, il y avait à Babylone un roi, nommé Jamak, qui disposait de vingt mille cavaliers, plus cinquante mille autres, venus des villages et qui, réunis, avaient planté leurs tentes devant Babylone. Gharîb écrit une lettre qu'il fait porter au maître de la ville. Le messager part, arrive à Babylone et s'annonce comme un envoyé. Le portier va trouver le roi Jamak et le met au fait de la présence du messager.

— Amène-le-moi ! dit le roi.

Ce qui fut fait. En présence du roi, le messager baise le sol et remet la lettre. Jamak l'ouvre et lit : « Louange à Dieu, Seigneur des mondes, Maître de toutes choses, qui nourrit tous les êtres vivants et, sur toute chose, a pouvoir ! De Gharîb, fils du roi Kandamar, le maître de l'Irak et du pays de Koufa, à Jamak. À l'heure où te parviendra cette lettre, ta seule réponse sera celle-ci : tu briseras les idoles, tu proclameras l'unicité du Roi qui sait tout, qui crée la lumière et les ténèbres, qui crée toutes choses et, sur toute chose, a pouvoir. Si tu ne fais pas ce que je t'ordonne, je ferai de ce jour le plus sinistre de tes jours. Le salut soit sur qui suit la bonne direction, craint les suites du mal, obéit au Roi Très Haut, maître de la vie future et de celle d'ici-bas, qui n'a qu'à dire : " Sois ! " à une chose pour qu'elle soit ! »

À la lecture de cette lettre, les yeux du roi deviennent fixes, son visage pâlit.

— Va dire à ton maître, crie-t-il au messager, que demain matin ce sera la guerre, la lutte, et l'on verra bien qui sera le maître.

Le messager s'en va informer Gharîb de la situation. Celui-ci fait prendre à ses gens toutes dispositions pour le combat, pendant que Jamak installe son campement face à celui de Gharîb. Les armées se déploient comme une mer houleuse. Tous passent la nuit en pensant au combat. Au matin, les deux camps se mettent en selle et s'alignent. Les tambours battent, les chevaux galopent, la terre et le désert disparaissent. Les guerriers s'avancent. Le premier à entrer en lice pour charger est l'Ogre de la montagne, un arbre monstrueux sur l'épaule. À mi-distance des deux camps, il crie :

— Je suis Sa'dân, l'Ogre !

Et il provoque :

— Y a-t-il quelqu'un pour accepter le défi ? Y a-t-il quelqu'un pour entrer en lice ? Mais que les fainéants et les impuissants restent où ils sont !

Puis il crie à ses fils :

— Eh ! par ici ! Apportez du petit bois et faites du feu, car j'ai faim !

Et eux de crier cela à leurs esclaves, qui amassent du bois et y mettent le feu, au beau milieu de la lice.

Alors Sa'dân se voit défier par un des impies, géant parmi les géants insolents, qui portait sur l'épaule une massue aussi grosse qu'un mât de navire. Il charge Sa'dân : « Eh ! Sa'dân ! » À la voix du géant, Sa'dân se déchaîne, il fait tournoyer son arbre, qui gronde dans les airs, et en frappe le géant. Le coup atteint la massue ; entraîné par son poids, l'arbre s'abat, en même temps que la massue, sur le crâne qu'il pulvérise. L'homme tombe comme un palmier immense.

— Enlevez-moi ce veau gras, dit Sa'dân à ses esclaves, et dépêchez-vous de me le rôtir !

Ils se hâtent d'écorcher le géant, le rôtissent et le présentent à Sa'dân l'Ogre, qui le mange et en croque les os. Quand les impies voient ce que Sa'dân a fait de leur compagnon, leur peau et leur corps frissonnent d'horreur, ils se sentent perdus, leur teint s'altère.

— Tous ceux qui attaqueront cet ogre, se disent-ils les uns aux autres, seront mangés par lui, leurs os

croqués, et le souffle de ce monde éphémère l'empor-
tera au néant.

Ils renoncent à combattre, terrorisés par l'Ogre et ses
fils, puis tournent le dos, fuient pour rejoindre leur
ville. Alors Gharîb crie à ses hommes : « Sus aux
vaincus ! » Iraniens et Arabes chargent le roi de Babylone et son peuple, les frappent du sabre, tant et tant
qu'ils en tuent vingt mille et plus. Ils se ruent tous
ensemble vers la porte, tuent encore une foule de gens.
Et comme les autres ne peuvent fermer la porte,
Arabes et Iraniens les attaquent. Sa'dân prend une
massue à l'un des morts, l'agite devant les ennemis et
entre en lice. Puis il attaque le palais du roi Jamak,
l'affronte, et, le frappant de la massue, le renverse à
terre, évanoui. Sa'dân charge ensuite tous ceux qui
sont dans le palais et les réduit en miettes. Alors les
autres se rendent à merci.

Et l'aube chassant la nuit, Shahrâzâd dut interrompre son récit.

Lorsque ce fut la six cent trente-septième nuit, elle
dit :

On raconte encore, Sire, ô roi bienheureux, que,
lorsque Sa'dân l'Ogre attaqua le palais du roi Jamak et
pulvérisa tous ceux qui s'y trouvaient, les autres se
rendirent à merci.

— Enchaînez votre roi, leur dit alors Sa'dân.

Ils l'enchaînèrent et l'emportèrent, tel un mouton,
Sa'dân marchant devant lui pour le guider. La plus
grande partie de la population avait péri sous les
sabres des soldats de Gharîb. Lorsque Jamak, roi de
Babylone, revint à lui, il se trouva ligoté et entendit
l'Ogre qui disait :

— Ce soir, je ferai mon repas de ce roi Jamak.

À ces mots, Jamak, se tournant vers Gharîb, lui dit :

— Je suis sous ta protection !

— Fais-toi musulman, dit Gharîb, tu seras sauvé et de l'Ogre et du châtiment qu'inflige le Vivant qui ne périt pas.

Et Jamak se fit musulman, de cœur et de langue. Gharîb fit défaire ses liens, puis Jamak proposa l'islam à son peuple. Tous se firent musulmans et restèrent au service de Gharîb. Jamak rentra dans sa ville, fit préparer à manger et à boire, et l'on passa la nuit à Babylone.

Au matin, Gharîb ordonna le départ. Leur chemin les mena à Mayyâfâriqîn, qu'ils trouvèrent vide de ses habitants, lesquels, ayant appris ce qui était arrivé à Babylone, avaient déserté les lieux ; ils avaient marché jusqu'à la ville de Koufa, où ils avaient informé 'Ajîb de ce qui se passait. On ne peut plus troublé, celui-ci rassembla ses guerriers, leur fit savoir l'arrivée de Gharîb et leur ordonna de prendre toutes dispositions pour combattre son frère. En dénombrant ses troupes, il trouva trente mille cavaliers et dix mille fantassins. Puis il en convoqua d'autres, et il en vint encore cinquante mille, cavaliers et fantassins. 'Ajîb se mit en selle au milieu d'une armée immense. Après une marche de cinq jours, il trouva l'armée de son frère campant près de Mossoul. Il installa son campement face à celui de ses ennemis.

Gharîb alors écrivit une lettre et, se tournant vers ses hommes, demanda qui la ferait parvenir à 'Ajîb. D'un bond, Sahîm fut debout :

— Ô roi du temps, dit-il, j'irai avec ta lettre et reviendrai te porter la réponse.

Gharîb lui remit la lettre. Sahîm parvint avec elle jusqu'à la grande tente de 'Ajîb, que l'on mit au fait de cette arrivée.

— Qu'on m'amène cet homme ! dit-il.

Quand on eut introduit Sahîm devant lui :

— D'où viens-tu ? demanda 'Ajîb.

— Je viens te voir de la part du roi des Iraniens et des Arabes, du gendre du roi de ce monde, Chosroès. Il t'envoie une lettre ; rends-lui réponse.

— Donne cette lettre !

Sahîm la remit à 'Ajîb, qui l'ouvrit et y lut : « Au nom du Dieu clément et miséricordieux ! Le salut soit sur Abraham, Son ami ! Voici l'objet de cette lettre : au moment où elle te parviendra, proclame l'unicité du Roi munificent, qui est la cause des causes et qui fait aller les nuages. Laisse le culte des idoles ; si tu embrasses l'islam, tu restes mon frère, tu nous gouvernes, je te pardonne ton crime sur mon père et ma mère, et je ne te demande aucun compte de ce que tu as fait. Si tu n'agis pas comme je te l'ordonne, je te coupe le cou, je ruine ton pays et voilà ton compte promptement réglé. Je t'ai donné un bon conseil. Le salut soit sur qui suit la bonne direction et obéit au Roi Très Haut ! »

Quand 'Ajîb a fini de lire le discours de Gharîb et compris les menaces qu'il renferme, les yeux lui sortent de la tête, il grince des dents, il bout de colère, il déchire la lettre de Gharîb, la jette. Ulcéré, Sahîm lui crie :

— Puisse Dieu, pour ce que tu as fait, paralyser ta main !

'Ajîb alors crie à ses gens :

— Saisissez ce chien et coupez-le en pièces de vos sabres !

Ils fondent sur Sahîm, qui tire le sabre, les charge, tue plus de cinquante guerriers, se fraie un chemin et rejoint, couvert de sang, son frère Gharîb, qui lui dit :

— Toi, dans cet état, Sahîm ! Comment cela ?

Sahîm lui raconte ce qui s'est passé.

— Dieu est plus grand que tout ! crie Gharîb.

Mais la colère le gagne, il fait battre le tambour de la
guerre, les braves montent à cheval, les hommes
s'alignent, les pairs se rassemblent, les chevaux piaf-
fent sur la lice, les fantassins se revêtent de fer et cottes
de mailles serrées, on ceint les sabres, on assure les
longues lances. Gharîb chevauche avec les siens et ce
fut un assaut de nations contre les nations.

Et l'aube chassant la nuit, Shahrâzâd dut interrompre son récit.

Lorsque ce fut la six cent trente-huitième nuit, elle
dit :

On raconte encore, Sire, ô roi bienheureux, que,
lorsque Gharîb chevaucha avec les siens, et 'Ajîb de
même, ce fut un assaut de nations contre nations. La
décision revint au juge de la guerre, dont le tribunal
ignore l'injustice, au juge qui tient sa bouche scellée et
reste muet. Le sang courut et ruissela, gravant sur le
sol des broderies précises. Les nations vieillirent d'un
coup, la guerre s'intensifia et fit rage Les pieds
glissèrent çà et là, les braves restèrent fermes dans
l'assaut, les lâches tournèrent le dos et furent défaits.

La guerre et la lutte durèrent jusqu'à la fin du jour.
Quand la nuit survint, brouillant tout, on battit les
tambours pour rompre le combat ; les deux camps se
séparèrent et revinrent chacun à leurs tentes. On passa
la nuit et, au matin, on battit les tambours de la guerre
et du combat, après avoir revêtu les équipements
guerriers, ceint les sabres éclatants, assuré les lances
de roseau brun, enfourché les destriers piaffants et
crié : « Aujourd'hui, pas de trêve ! » Et les armées
s'alignèrent comme mer bouillonnante.

Le premier à faire une démonstration guerrière est
Sahîm : il pousse son coursier entre les deux lignes et

joue avec deux sabres et deux lances, multipliant les évolutions belliqueuses et suscitant la stupéfaction des gens sensés. Puis il appelle :

— Y a-t-il quelqu'un pour accepter le défi ? Y a-t-il quelqu'un pour entrer en lice ? Mais que les fainéants et les impuissants restent là où ils sont !

Il se voit défier par un des impies, un cavalier pareil à une étincelle. Sahîm ne le laisse rester devant lui que le temps de le frapper de sa lance et de le jeter à terre. Un second se présente, qu'il tue, et un troisième, qu'il met en pièces, et un quatrième qu'il fait périr, et ainsi de tous ceux qui se présentent, jusqu'au milieu du jour, tant et si bien qu'il tue deux cents braves.

Alors, 'Ajîb, au milieu des siens, crie le signal de la charge. Les guerriers fondent sur les guerriers, la lutte s'amplifie, les cris et les injures fusent, les sabres lisses tintent, les hommes massacrent les hommes, cela devient épouvantable, le sang coule et ruisselle, les crânes servent de sabots aux chevaux.

On continua de se battre ainsi, férocement, jusqu'à la fin du jour. Quand la nuit survint, brouillant tout, on se sépara et l'on rejoignit ses campements pour y passer la nuit. Au matin, les deux camps se remirent en selle et songèrent à reprendre la guerre et le combat. Les musulmans attendaient Gharîb qui devait, comme à son habitude, chevaucher sous les étendards. Comme on ne le voyait point paraître sur son cheval, un esclave de Sahîm s'en alla à la grande tente de son frère, mais ne le trouva pas. Il questionna les valets, qui lui dirent ne rien savoir. Fort soucieux, il alla informer les troupes, qui répugnèrent à combattre :

— Si Gharîb n'est pas là, disait-on, son ennemi nous fera périr.

Or, la disparition de Gharîb avait une cause extraordinaire, que nous allons exposer comme il convient.

Lorsque 'Ajîb revint de guerroyer avec Gharîb son frère, il convoqua un homme, un de ceux qui le servaient, nommé Sayyâr.

— Sayyâr, lui dit-il, si je t'ai tenu en réserve, c'est pour un jour comme celui-là. Je t'ordonne de pénétrer dans le camp de Gharîb, d'arriver jusqu'à la grande tente du roi et de me le ramener, en me montrant de quelle astuce tu es capable.

— J'écoute et j'obéis, dit Sayyâr, qui put parvenir jusqu'à la grande tente de Gharîb.

La nuit était noire, chacun s'en était allé dormir, mais Sayyâr restait là, sous prétexte de service. Gharîb eut soif et demanda de l'eau à Sayyâr, qui lui présenta un verre où il avait jeté une drogue. Gharîb n'eut pas fini de boire qu'il tomba, tête en avant. Sayyâr l'enveloppa dans son manteau et l'emporta jusqu'au campement de 'Ajîb. Puis, se tenant devant lui, il déposa son fardeau :

— Qu'est ceci, Sayyâr ? demanda le roi.

— Ton frère Gharîb.

Tout heureux, 'Ajîb s'écria :

— Que les idoles te bénissent ! Délie-le et réveille-le !

Sayyâr fit respirer du vinaigre à Gharîb, qui se réveilla, ouvrit les yeux et se retrouva ligoté, dans une tente qui n'était pas la sienne :

— Il n'y a de puissance et de force, dit-il, qu'en Dieu, le Très Haut, l'Immense !

— Chien, s'écria 'Ajîb, tu oses te mesurer à moi, tu cherches à me tuer, tu me demandes vengeance pour ton père et ta mère ! Je vais aujourd'hui même te les faire rejoindre et t'effacer de cette terre.

— Chien d'impie, répliqua Gharîb, je connais quelqu'un sur qui le malheur viendra rôder, quelqu'un que matera le Roi qui réduit tout à sa merci, le Roi qui connaît le secret des cœurs et t'abandonnera, torturé et confondu, dans la Géhenne. Prends pitié de toi-même et dis avec moi : il n'y a de Dieu que le Dieu d'Abraham, l'Ami de Dieu !

À ces mots de Gharîb, 'Ajîb écume de rage, querelle son dieu de pierre, ordonne qu'on fasse venir le bourreau, avec le tapis des exécutions. Mais le vizir se lève, baise le sol : il était païen officiellement, mais secrètement musulman.

— Ô roi, dit-il, accorde-toi un délai, ne fais rien trop vite, tant que nous ne savons pas qui sera vainqueur ni vaincu. Si nous sommes vainqueurs, nous aurons toute latitude pour le faire périr ; si nous sommes vaincus, cet homme vivant, entre nos mains, nous sera une force.

Et les princes approuvèrent le vizir.

Et l'aube chassant la nuit, Shahrâzâd dut interrompre son récit.

Lorsque ce fut la six cent trente-neuvième nuit, elle dit :

On raconte encore, Sire, ô roi bienheureux, que, lorsque 'Ajîb voulut tuer Gharîb, le vizir se leva et dit :

— Ne fais rien trop vite, car nous aurons toujours le moyen de le tuer !

'Ajîb alors fit mettre à son frère doubles entraves et double carcan, et on le laissa dans la tente du roi, sous la garde de mille guerriers intrépides.

Les gens de Gharîb, eux, cherchaient toujours leur roi, sans succès. Dans le matin, ils étaient comme moutons sans berger.

— Peuple, cria Sa'dân l'Ogre, mettez vos équipements de guerre, confiez-vous à votre Seigneur. Il vous défendra !

Arabes et Persans enfourchèrent leurs chevaux, après s'être revêtus de fer et habillés de cottes de mailles serrées. Les seigneurs se montrèrent, les porte-

étendard s'avancèrent. Alors, l'Ogre de la montagne
entra en lice, portant sur l'épaule une massue qui
pesait deux cents livres. Il caracola et tourbillonna,
disant :

— Adorateurs des idoles, montrez-vous aujour-
d'hui, car c'est aujourd'hui qu'on s'affronte! Celui
qui me connaît s'épargnera le mal que je pourrais
lui faire, mais à celui qui ne me connaît pas, je me
ferai connaître : je suis Sa'dân, serviteur du roi
Gharîb. Y a-t-il quelqu'un pour accepter le défi? Y
a-t-il quelqu'un pour entrer en lice? Mais qu'aujourd'hui, les fainéants et les impuissants restent
où ils sont!

Alors vint le défier un impie, un brave pareil à
l'étincelle. Il chargea Sa'dân, qui le contra en le
frappant de sa massue, lui cassant les côtes et
l'expédiant au sol, où il resta sans vie. Appelant ses
fils et ses serviteurs :

— Allumez un feu, leur dit-il, et faites rôtir tous
les impies qui tomberont! Accommodez-les bien,
faites-les cuire au feu et présentez-les-moi, que j'en
fasse mon déjeuner!

Ils firent ce que Sa'dân avait commandé, allumè-
rent un feu au milieu de la lice et y étendirent le
mort. Quand il fut à point, ils le présentèrent à
Sa'dân, qui planta ses dents dans cette chair et en
croqua les os. En voyant faire l'Ogre de la montagne, les impies furent extrêmement effrayés.

— Eh bien! cria 'Ajîb à son peuple, chargez cet
ogre, frappez-le de vos sabres et taillez-le en pièces!

Vingt mille le chargèrent, les hommes virevoltè-
rent autour de lui, en lui lançant des flèches de
roseau et de bois, on lui causa vingt-quatre blessures et son sang coula à terre. Il resta isolé cependant que les plus braves des musulmans char-

geaient les païens, appelant à leur secours le Seigneur des mondes. On ne cessa de guerroyer et de combattre jusqu'à la fin du jour, où l'on se sépara.

Sa'dân, que tout son sang perdu étourdissait comme un homme ivre, était maintenant prisonnier. On l'avait envoyé, étroitement ligoté, tenir compagnie à Gharîb, lequel, en le voyant prisonnier, dit :

— Il n'y a de force et de puissance qu'en Dieu, le Très Haut, l'Immense ! Dis-moi, Sa'dân, que veut dire tout ceci ?

— Seigneur, Dieu, qu'il nous faut glorifier et exalter, décide de l'épreuve et de la joie, et l'on ne peut esquiver ni l'une ni l'autre.

— C'est juste, Sa'dân.

'Ajîb passa une nuit heureuse.

— Demain, dit-il à ses gens, vous monterez en selle et vous attaquerez l'armée musulmane jusqu'à ce qu'il n'en reste rien.

— Nous t'écouterons et t'obéirons.

Les musulmans, eux, passèrent leur nuit, défaits, à pleurer leur roi et Sa'dân.

— Peuple, leur dit Sahîm, ne soyez pas en peine, car la joie de Dieu, le Très Haut, est proche.

Puis il attendit le milieu de la nuit et prit le chemin de l'armée de 'Ajîb. Traversant le campement et ses tentes, il finit par trouver 'Ajîb siégeant sur le trône de sa gloire, les princes autour de lui. Sahîm, qui avait revêtu l'apparence d'un valet, s'approcha d'une chandelle allumée et moucha le lumignon avec une drogue très volatile. Il sortit de la grande tente, attendit une heure pour laisser à la drogue le temps de faire effet sur 'Ajîb et ses princes. Sahîm les laissa là, tombés à terre comme morts, et s'en fut à la tente servant de prison, où il trouva Gharîb et Sa'dân. Il trouva aussi, commis à

la garde de la tente, mille guerriers que la somnolence
avait gagnés.

— Malheureux ! leur cria Sahîm. Ne dormez pas !
Veillez bien sur ceux dont vous avez à répondre !

Ils allument des torches, Sahîm en prend une,
l'allume au bois qui brûle en y mêlant la drogue,
l'emporte et fait le tour de la tente. La fumée monte et
pénètre les narines de Gharîb et Sa'dân, qui s'endor-
ment, et avec eux les soldats, étourdis par la fumée et
la drogue. Mais Sahîm al-Layl avait sur lui une éponge
imbibée de vinaigre. Il la fait respirer à Gharîb et à
Sa'dân, qui se réveillent. Il les délivre de leurs chaînes
et de leur carcan. Eux regardent Sahîm et invoquent
Dieu pour lui, dans la joie où ils sont de le voir. Puis ils
sortent, emportant tout l'armement des gardes.

— Allez à votre campement, leur dit Sahîm.

Ce qu'ils font. Sahîm, lui, pénètre dans la grande
tente de 'Ajîb, enveloppe celui-ci dans un manteau et
l'emporte vers le campement des musulmans : il passe
inaperçu, par la protection du Seigneur miséricordieux, arrive à la grande tente de Gharîb, déroule le
manteau. Gharîb regarde ce que le manteau cache, il
trouve son frère 'Ajîb, les mains liées dans le dos ; il
s'écrie :

— Dieu est plus grand que tout, Il donne secours et
victoire !

Gharîb prie Dieu pour Sahîm, puis :

— Réveille-le, Sahîm !

Sahîm s'avance, donne à 'Ajîb du vinaigre avec un
peu d'encens. L'effet de la drogue se dissipe, 'Ajîb
s'éveille et se retrouve mains liées dans le dos, entravé.
Il baisse la tête.

Et l'aube chassant la nuit, Shahrâzâd dut interrompre son récit.

Lorsque ce fut la six cent quarantième nuit, elle dit :

On raconte encore, Sire, ô roi bienheureux, que lorsque Sahîm eut pris et endormi 'Ajîb, il l'emmena auprès de son frère Gharîb. Il l'éveilla, 'Ajîb ouvrit les yeux et se retrouva mains liées dans le dos, entravé. Il baissa la tête.

— Lève la tête, maudit ! dit Gharîb.

'Ajîb leva la tête et se trouva au milieu d'Iraniens et d'Arabes, son frère assis sur son trône, siège de sa grandeur. 'Ajîb se tut et ne dit pas un mot.

— Mettez-moi ce chien nu !

Ils le dénudèrent et s'abattirent sur lui à coups de fouet, le laissant le corps faible et les sens éteints. Gharîb confia sa garde à cent cavaliers.

On venait d'en finir avec le châtiment de 'Ajîb lorsqu'on entendit acclamer et glorifier Dieu dans le campement des impies. La raison en était celle-ci : lorsque Gharîb quitta le roi ad-Dâmigh, son oncle, à al-Jazîra, celui-ci, après son départ, resta sur place dix jours, puis se mit en route avec vingt mille cavaliers. Il arriva ainsi tout près des lieux de la bataille et envoya un courrier à cheval pour découvrir ce qu'il en était. Cet homme resta absent un jour, puis revint informer le roi ad-Dâmigh de ce qui était arrivé à Gharîb et à son frère. Ad-Dâmigh attendit l'arrivée de la nuit, puis s'en vint à cheval au camp des impies et abattit sur eux son sabre tranchant. Gharîb, qui entendit, avec son peuple, les cris de « Dieu est plus grand que tout ! », cria à son frère Sahîm al-Layl d'aller se renseigner sur cette armée et sur la raison de ce cri. Sahîm parvint tout près de la mêlée et apprit des écuyers interrogés que le roi ad-Dâmigh, oncle de Gharîb, était venu avec vingt mille cavaliers, jurant, par la vérité d'Abraham, l'Ami de Dieu, qu'il n'abandonnerait pas son neveu, mais qu'il se comporterait en brave et tordrait le cou au peuple des impies, pour la plus grande satisfaction du Roi Tout-Puissant. Il avait donc, dans l'obscurité de la nuit, attaqué avec les siens le peuple des impies.

Sahîm revint mettre son frère Gharîb au courant de ce qu'avait fait son oncle. Gharîb cria à ses gens :

— Aux armes ! En selle ! Allez prêter main forte à mon oncle !

Les troupes se mirent en selle et attaquèrent les impies, les frappant de leurs sabres tranchants et acérés. Le matin ne s'était pas levé qu'ils avaient tué environ cinquante mille impies et fait prisonniers environ trente mille autres, le reste s'éparpillant en déroute, dans tous les sens, à travers le pays. Les musulmans s'en revinrent vainqueurs et triomphants. Gharîb, à cheval, rencontra ad-Dâmigh, le salua et le remercia de ce qu'il avait fait.

— Je parie que ce chien est tombé dans cette bataille, dit ad-Dâmigh.

— Sois tranquille et réjouis-toi, mon oncle ; il est chez moi, et enchaîné, sache-le.

Et ad-Dâmigh en eut une grande joie.

On rentra au campement. Les deux rois mirent pied à terre et gagnèrent la grande tente, où ils ne trouvèrent plus 'Ajîb.

— Par la gloire d'Abraham, l'Ami de Dieu — sur lui le salut ! — quelle étrange journée ! Ah ! le maudit ! cria Gharîb, puis, à l'adresse des valets : Malheureux ! Où est l'homme à qui j'ai affaire ?

— Quand tu t'es mis en selle et que nous t'avons accompagné, tu ne nous a pas ordonné de l'emprisonner.

— Il n'y a de force et de puissance qu'en Dieu, le Très Haut, l'Immense.

— N'agis pas trop vite, intervint l'oncle de Gharîb, et ne te mets pas en peine : où ira-t-il, tandis que nous le rechercherons ?

C'était le serviteur de 'Ajîb, Sayyâr, qui était cause de sa fuite. Il était caché au milieu de la troupe et n'en crut pas ses yeux lorsqu'il vit Gharîb partir à cheval sans laisser au camp personne pour garder son rival. Il attendit, prit 'Ajîb, l'emporta sur son dos et prit la direction du désert, 'Ajîb restant hagard, sous l'effet de la correction reçue. Sayyâr alla, le portant toujours, à marches forcées, depuis le début de la nuit jusqu'au lendemain. Il arriva ainsi à une source, près d'un pommier. Il fit glisser 'Ajîb de son dos et lui lava le visage. 'Ajîb, ouvrant les yeux, vit Sayyâr :

— Sayyâr, lui dit-il, emmène-moi à Koufa, que j'y reprenne des forces, que j'y regroupe troupes, cavaliers et soldats, pour réduire mon ennemi. J'ai bien faim, Sayyâr, sais-tu ?

Sayyâr alla jusqu'à la forêt, y prit un autruchon qu'il rapporta à son maître ; il l'égorgea, le dépeça, rassembla du bois et battit le briquet pour allumer le feu. Il rôtit la bête, la donna à manger à 'Ajîb, à qui il fit boire l'eau de la source. 'Ajîb reprit vie. Sayyâr alla dans quelque tribu arabe dérober un coursier qu'il ramena à son maître. 'Ajîb l'enfourcha et prit le chemin de Koufa. Tous deux allèrent plusieurs jours et finirent par arriver à proximité de la ville. Le gouverneur sortit à la rencontre du roi 'Ajîb, qu'il salua et qu'il trouva affaibli par suite de la correction que lui avait infligée son frère. 'Ajîb entra dans la ville et convoqua les médecins. Quand ils furent là :

— Vous avez dix jours au plus pour me rétablir, leur dit-il.

— Nous t'écoutons et t'obéissons.

Les médecins se mirent à l'entourer de soins, tant et si bien qu'il guérit et releva de la maladie où il était, ainsi que des suites de la correction reçue. Puis, il fit écrire par son vizir à tous ses gouverneurs : ce furent vingt et une lettres que le vizir écrivit et leur expédia. Ils équipèrent leurs troupes et prirent la route de Koufa à marches forcées.

Et l'aube chassant la nuit, Shahrâzâd dut interrompre son récit.

Lorsque ce fut la six cent quarante et unième nuit, elle dit :

On raconte encore, Sire, ô roi bienheureux, que 'Ajîb convoqua ses troupes, qui vinrent se montrer à Koufa.

Gharîb, lui, déplorait la fuite de 'Ajîb. Il envoya après lui mille braves, qui se répartirent plusieurs chemins. Ils allèrent un jour et une nuit, sans trouver de lui nulle trace, et revinrent en informer Gharîb. Il demanda son frère Sahîm, ne le trouva pas, craignit pour lui quelque infortune et se chagrina fort. Mais pendant qu'il était ainsi, Sahîm se présenta, baisa le sol devant Gharîb qui, en le voyant, se leva et lui dit :

— Où étais-tu, Sahîm ?

— Je suis allé, ô roi, jusqu'à Koufa ; j'y ai découvert que ce chien de 'Ajîb est revenu aux lieux de sa grandeur, qu'il s'est fait rétablir et guérir par les médecins du mal où il était, qu'il a envoyé des lettres à ses gouverneurs, et que ceux-ci sont venus avec leurs armées.

Gharîb alors donna à son armée l'ordre du départ. On démonta les tentes et on se mit en marche pour Koufa. En y arrivant, ils trouvèrent tout autour des troupes, comme une mer houleuse dont on ne sait où elle commence ni où elle finit.

Gharîb s'installe, avec son armée, face à l'armée des impies. On plante les tentes, on dresse les étendards et les ténèbres envahissent les deux camps. On allume les feux et les deux partis montent la garde jusqu'au lever du jour. Alors, le roi Gharîb se lève, fait ses ablutions et

sa prière, celle-ci en s'inclinant deux fois selon la
coutume de notre père Abraham — sur lui le salut ! Il
fait battre les tambours de la guerre. Ils battent, les
étendards claquent, les cavaliers revêtent leurs cuirasses, montent à cheval, se font connaître et gagnent
le champ de bataille.

Le premier à faire une démonstration guerrière est le
roi ad-Dâmigh, oncle du roi Gharîb. Il pousse son
coursier entre les deux lignes et se montre à la vue des
deux camps. Il joue de deux lances et deux sabres,
laissant les cavaliers interdits et les deux partis émerveillés. Il crie :

— Y a-t-il quelqu'un pour accepter le défi ? Mais que
les fainéants et les impuissants restent où ils sont ! Je
suis le roi ad-Dâmigh, frère du roi Kandamar !

Alors vient le défier l'un des cavaliers impies, un
brave semblable à une étincelle, qui charge ad-Dâmigh
sans une parole. Ad-Dâmigh l'atteint à la poitrine par
un coup de lance, dont le fer lui ressort par l'épaule, et
Dieu se hâte d'expédier cette âme au feu, terrible
séjour ! Un second cavalier se présente, qu'ad-Dâmigh
tue, et un troisième qu'il tue aussi, et il continue ainsi,
tellement bien qu'il tue soixante-seize hommes très
braves. Pendant tout ce temps, les hommes, les guerriers se sont abstenus d'en découdre. Mais 'Ajîb, cet
impie, crie aux siens :

— Malheureux ! Si vous restez toujours à le défier un
à un, il ne subsistera pas un seul d'entre vous, debout
ou assis ! Attaquez-le donc en une seule fois, afin de
vider le pays de tous ces gens-là et de laisser leurs têtes
foulées comme gravier sous le sabot de vos chevaux !

Alors ils agitent l'étendard terrible, et les nations se
jettent contre les nations, le sang coule et ruisselle, la
décision revient au juge de la guerre, dont le tribunal
ignore l'injustice. Les braves tiennent de pied ferme à

leur place de combat, les lâches tournent le dos,
défaits, et il leur tarde que le jour finisse, que la nuit
vienne avec ses épaisses ténèbres.

On ne cessa de se battre, de lutter, de frapper avec les
lames jusqu'à ce que le jour tombât et que la nuit vînt
tout brouiller. À ce moment-là, les impies battirent le
tambour pour rompre le combat. Mais Gharîb, insatis-
fait, attaqua les Infidèles, suivi par les croyants, par les
serviteurs du Dieu unique. Ah! que de têtes et de
nuques ils brisèrent! Que de mains et d'échines ils
mirent en pièces! Que de cavaliers et de seigneurs ils
hachèrent! Que d'hommes, vieux et jeunes, ils firent
périr! Le matin n'était pas apparu que les impies se
décidaient à fuir au loin : quand l'aube lumineuse
déchira le ciel, ils étaient vaincus, poursuivis par les
musulmans jusqu'à midi. On fit plus de vingt mille
prisonniers que l'on emmena enchaînés.

Gharîb mit pied à terre devant la porte de Koufa. Il
fit, dans cette ville célèbre, proclamer par un héraut
merci et sécurité à ceux qui abandonneraient le culte
des idoles et professeraient le Dieu unique, le Roi
omniscient, Créateur du temps, de la lumière et de
l'ombre. Alors, comme Gharîb l'avait demandé, tous
crièrent merci dans les rues de la ville, tous les
habitants, nobles et petites gens, se convertirent, tous
sortirent confirmer leur islam en présence du roi
Gharîb qui en eut une joie extrême et dont le cœur
s'élargit, se dilata.

Il s'enquit ensuite de Mirdâs et de sa fille Mahdiyya.
On lui apprit qu'il s'était installé au-delà de la Montagne Rouge. Alors, il fit chercher son frère Sahîm et,
lorsque celui-ci se présenta :

— Découvre-moi ce qu'il en est de ton père, dit-il.

Sahîm enfourcha son coursier sans retard, assura sa
lance brune, sans traîner, et prit le chemin de la

Montagne Rouge, qu'il inspecta sans trouver aucune nouvelle de Mirdâs, aucune trace de ses gens. À leur place, il vit un vieillard, un Arabe très âgé, brisé par le nombre des années. Sahîm lui demanda ce que les autres étaient devenus, et où ils s'en étaient allés.

— Mon enfant, répondit le vieillard, lorsque Mirdâs a appris que Gharîb attaquait Koufa, il s'est fort effrayé ; emmenant sa fille avec lui, ses gens et tous ses serviteurs et servantes, il a fait route dans ces déserts et ces solitudes, et je ne sais vers où il est allé.

Après avoir entendu le vieillard, Sahîm revint informer son frère, qui en fut fort chagriné. Gharîb s'assit sur le trône de son père, ouvrit ses trésors, en distribua les biens à tous ses braves et, restant à Koufa, dépêcha des espions pour découvrir ce que 'Ajîb était devenu. Il convoqua les dignitaires de son état ; ils se rendirent à son ordre, et avec eux les gens de la ville : il leur remit de somptueuses robes d'honneur en leur recommandant ses sujets.

Et l'aube chassant la nuit, Shahrâzâd dut interrompre son récit.

Lorsque ce fut la six cent quarante-deuxième nuit, elle dit :

On raconte encore, Sire, ô roi bienheureux, que, après avoir donné des robes d'honneur aux gens de Koufa, en leur recommandant ses sujets, Gharîb, un certain jour, se mit en selle pour aller chasser et giboyer. Il partit avec cent cavaliers et parvint finalement à une vallée avec des arbres, des fruits, et une multitude de ruisseaux et d'oiseaux ; on y voyait paître antilopes et gazelles ; ces lieux reposaient les cœurs et leurs parfums les ranimaient, leur faisant oublier l'abattement où nous plongent les contrariétés. On resta là tout ce jour, qui fut un jour fleuri, et la nuit encore jusqu'au matin. Gharîb fit ses ablutions, puis sa prière, s'inclinant deux fois, louant Dieu, le Très Haut, et Le remerciant.

Alors, sur cette prairie, des cris et un tumulte assourdissant vinrent jusqu'à Gharîb et Sahîm. Le premier demanda à son frère d'aller s'enquérir de la chose. Sahîm s'éloigna aussitôt et, cheminant, vit tout un tumulte de troupeaux volés, de chevaux au licol, de femmes que l'on emmenait prisonnières, d'enfants. Il interrogea des bergers :

— Qu'est donc tout ceci ?

— Ce sont les femmes de Mirdâs, le seigneur des Banû Qaḥṭân, ses troupeaux et ceux de la tribu qui l'accompagnait. Al-Jamraqân, hier, a tué Mirdâs, volé ses troupeaux, emmené prisonnière sa famille et pris les troupeaux de la tribu tout entière. C'est sa coutume à lui, al-Jamraqân, de faire des expéditions et de couper les routes ; c'est un tyran impitoyable, dont les Arabes, les rois ne peuvent avoir raison, car c'est un scélérat indomptable.

Quand il eut appris que son père était mort, les femmes de celui-ci captives et ses biens volés, Sahîm revint mettre au courant son frère Gharîb, qui s'enflamma et dont le bouillant honneur voulut laver l'opprobre et se venger. Il se mit en selle avec les siens pour courir après la chance offerte. Il fit route et arriva aux gens d'al-Jamraqân, criant à ses hommes :

— Dieu est plus grand que le tyran impie qui fait violence !

En une seule charge, il tue vingt et un braves, puis s'arrête au beau milieu du champ de bataille, le cœur pur de toute couardise.

— Où est, dit-il, al-Jamraqân ? Qu'il me défie, pour que je lui fasse goûter la coupe de l'humiliation et débarrasse ces pays de sa présence !

Il n'avait pas fini de parler qu'al-Jamraqân se montre à lui, tel un colosse parmi les colosses, ou un bloc de montagne habillé de fer : c'était, de fait, un géant démesuré. Il attaque Gharîb en tyran impitoyable, sans un mot, sans un salut. Mais Gharîb le charge, l'aborde comme un lion féroce. Al-Jamraqân avait une massue, en fer de Chine, lourde, pesante, qui eût coupé une montagne si on l'en eût frappée. Massue en main, donc, il frappe Gharîb à la tête, mais celui-ci esquive et l'arme s'abat jusqu'à terre, s'y enfonçant d'une demi-coudée. C'est au tour de Gharîb de saisir son épieu et de frapper le géant sur sa main serrée, lui broyant les doigts et faisant tomber la massue de sa main. Se penchant par-dessus le fond de sa selle, Gharîb, plus rapide que l'éclair impétueux, saisit la massue et en frappe al-Jamraqân en plein travers des côtes ; le géant tombe à terre comme un palmier immense. Sahîm se saisit de lui, l'enveloppe de liens et le tire avec une corde. Les cavaliers de Gharîb se jettent sur ceux d'al-Jamraqân, en tuent cinquante ; les autres tournent le dos et, sans s'arrêter dans leur retraite, arrivent jusqu'à leur tribu où ils appellent à grands cris. Tous ceux qui sont dans la forteresse se mettent en selle et viennent les trouver, leur demandant ce qui se passe. Apprenant que leur seigneur est prisonnier, ils se hâtent de courir le délivrer et prennent le chemin de la vallée.

Gharîb, lui, après avoir fait prisonnier al-Jamraqân et mis en fuite ses guerriers, descendit de son coursier et fit comparaître al-Jamraqân. En arrivant, celui-ci fit sa soumission à Gharîb, lui disant :

— Je suis en ta protection, ô cavalier de ce temps.

— Chien des Arabes, répondit Gharîb, tu coupes les routes devant les serviteurs de Dieu, le Très Haut ? Tu ne crains pas le Seigneur des mondes ?

— Et quel est, maître, ce Seigneur des mondes ?

— Qu'adores-tu donc, chien, comme idoles ?

— J'adore, maître, un dieu fait de dattes liées de beurre et de miel ; de temps à autre, je le mange et en fais un autre.

Gharîb, de rire, tomba à la renverse :

— Mais, malheureux ! On n'adore que Dieu, le Très Haut, Celui qui t'a créé et créé toutes choses, qui nourrit tout être vivant, à qui rien ne demeure caché et qui, sur toute chose, a pouvoir.

— Et où est ce Dieu immense, que je l'adore ?

— Apprends seulement que ce dieu a Dieu pour nom, que c'est Lui qui a créé les cieux et la terre, fait pousser les arbres et couler les rivières, créé les bêtes sauvages et les oiseaux, le paradis et l'enfer, qu'Il est dérobé aux regards, qu'Il voit mais n'est point vu, qu'Il est au plus haut pour tout voir, qu'Il nous a créés et nous nourrit. Louange à Lui, le seul Dieu !

À ces mots de Gharîb, les oreilles d'al-Jamraqân s'ouvrirent et sa peau frissonna :

— Seigneur, dit-il, que dois-je dire pour être des vôtres et pour que ce Maître immense soit satisfait de moi ?

— Dis : il n'y a de Dieu que le Dieu d'Abraham, Son ami, l'envoyé de Dieu !

Al-Jamraqân prononça la profession de foi et il fut inscrit au nombre des tenants de la béatitude.

— Goûtes-tu, lui dit Gharîb, la douceur de l'islam ?

— Oui.

— Défaites ses liens !

Ce que l'on fit. Al-Jamraqân baisa le sol devant Gharîb, puis le pied de celui-ci. On en était là quand on vit une poussière qui s'élevait jusqu'à toucher l'horizon.

Et l'aube chassant la nuit, Shahrâzâd dut interrompre son récit.

Lorsque ce fut la six cent quarante-troisième nuit, elle dit :

On raconte encore, Sire, ô roi bienheureux, qu'après qu'al-Jamraqân se fut converti, il baisa le sol en présence de Gharîb, et qu'on en était là lorsqu'on vit une poussière qui s'élevait jusqu'à boucher l'horizon.

— Sahîm, dit Gharîb, découvre-nous ce qu'est cette poussière !

Il partit comme l'oiseau en vol, resta absent une heure et revint :

— Cette poussière, ô roi du temps, dit-il, est faite par les Banû 'Âmir, compagnons d'al-Jamraqân.

— À cheval, dit Gharîb à celui-ci, rejoins tes gens et offre-leur de se convertir. S'ils t'obéissent, ils seront saufs ; s'ils refusent, nous ferons contre eux donner le glaive.

Al-Jamraqân se mit en selle, poussa son coursier, rejoignit les siens et les appela en criant. Ils le reconnurent, descendirent de cheval et vinrent à lui, à pied, lui exprimer leur bonheur de le voir sain et sauf.

— Ô mon peuple, dit al-Jamraqân, qui ne veut point mourir m'obéisse, sinon mon épée le partagera en deux.

— Ordonne-nous ce que tu voudras ! Nous ne te contredirons en rien !

— Dites avec moi : il n'y a de dieu que le Dieu d'Abraham, l'ami de Dieu.

— Seigneur, d'où te vient ce langage ?

Al-Jamraqân leur raconta ce qui lui était arrivé avec Gharîb et conclut :

— Ô mon peuple, vous n'ignorez pas que j'ai toujours eu l'avantage sur vous, au fort de la bataille, là où l'on se bat et frappe de la lance. Eh bien ! j'ai été fait prisonnier par un homme, à lui tout seul, qui m'a fait goûter l'ignominie et l'humiliation !

En l'entendant, les siens professèrent le Dieu unique. Al-Jamraqân les amena jusqu'à Gharîb, devant lequel, après avoir baisé le sol, ils confirmèrent leur islam, en priant Dieu de lui donner victoire et honneur. Gharîb, tout heureux, leur dit d'aller à leur tribu et d'y présenter l'islam.

— Seigneur, répondirent al-Jamraqân et les siens, nous ne resterons pas séparés de toi : nous irons, mais reviendrons à toi dès que possible.

— Allez donc, répondit Gharîb, et rejoignez-moi en la ville de Koufa !

Al-Jamraqân et les siens rejoignirent à cheval leur tribu. Ils présentèrent l'islam à leurs femmes et à leurs enfants, qui se convertirent jusqu'au dernier. On démonta les installations et les tentes et, poussant chevaux, chameaux et moutons, on prit la direction de Koufa.

Gharîb, de son côté, se mit en route et arriva à Koufa où l'attendait un cortège de cavaliers. Il entra au palais royal, s'assit sur le trône de son père, les guerriers prenant place, debout, à droite et à gauche. Les espions se présentèrent et lui apprirent que son frère était maintenant chez al-Jaland, fils de Karkar, maître de la ville d'Oman et du pays du Yémen. À ces nouvelles de son frère, Gharîb cria à ses gens :

— Préparez-vous à partir dans trois jours !

Aux trente mille hommes qu'ils avaient faits prisonniers auparavant dans la bataille, Gharîb proposa de se convertir et de marcher avec lui. Vingt mille se firent musulmans, dix mille refusèrent : on les tua.

Alors se présentèrent al-Jamraqân et ses gens. Ils baisèrent le sol devant Gharîb, qui leur fit donner de somptueuses robes d'apparat et institua al-Jamraqân commandant de l'armée, lui disant :

— Monte à cheval avec les nobles de ton lignage et vingt mille cavaliers et va, à la tête de l'armée, vers le pays d'al-Jaland, fils de Karkar et maître de la ville d'Oman.

— J'écoute et j'obéis.

Laissant leurs femmes et enfants à Koufa, ils partirent.

Alors Gharîb passa en revue les femmes et filles de Mirdâs : ses yeux tombèrent sur Mahdiyya, qui était là, parmi les femmes. Il tomba évanoui. On aspergea son visage d'eau de rose. Il revint à lui, embrassa Mahdiyya et entra avec elle dans la salle de repos ; ils s'assirent, puis dormirent en toute innocence, jusqu'au matin. Gharîb s'en alla siéger sur son trône, remit une robe d'apparat à son oncle ad-Dâmigh, l'institua son lieutenant pour tout l'Irak et lui recommanda de veiller sur Mahdiyya jusqu'à ce qu'il revînt de son expédition contre son frère. Ad-Dâmigh ayant enregistré ses ordres, Gharîb partit, avec vingt mille cavaliers et dix mille fantassins, en direction des pays d'Oman et du Yémen.

'Ajîb était arrivé à la ville d'Oman avec ses hommes, vaincus. La poussière qu'ils faisaient apparut aux habitants. En la voyant, al-Jaland, fils de Karkar, ordonna à ses courriers d'aller découvrir ce qu'il en était. Ils s'absentèrent une heure, puis revinrent lui faire savoir que cette poussière était faite par un roi, nommé 'Ajîb, maître de l'Irak. Étonné que 'Ajîb vînt en son pays, al-Jaland, lorsqu'il fut assuré de la chose, dit à ses gens de sortir à la rencontre des arrivants. Ils sortirent, rencontrèrent 'Ajîb ; on planta ses tentes à la porte de la ville et 'Ajîb, pleurant et le cœur triste, monta trouver al-Jaland.

Or, la fille de l'oncle de 'Ajîb était l'épouse d'al-Jaland, à qui elle avait donné plusieurs enfants. En voyant son parent dans cet état, al-Jaland lui demanda de lui dire ce qu'il avait. 'Ajîb lui raconta, du début à la fin, tout ce qui s'était passé entre son frère et lui.

— Ô roi, conclut-il, il ordonne aux gens d'adorer le Maître du ciel et leur interdit d'adorer les idoles et autres dieux.

En entendant ce discours, al-Jaland, contre toute raison et toute justice, dit :

— Par la vérité du soleil, source de toute lumière, je ne laisserai subsister aucune famille du peuple de ton frère. Où les as-tu laissés, et combien sont-ils ?

— Je les ai laissés à Koufa ; ils sont cinquante mille cavaliers.

Al-Jaland cria alors ses ordres à ses gens et à son vizir Jawâmird :

— Prends avec toi soixante-dix mille cavaliers, va jusqu'à ces musulmans et ramène-les-moi vivants, afin que je les châtie de toutes sortes de supplices.

Jawâmird se mit en selle avec l'armée, faisant route vers Koufa tout un jour, puis deux et jusqu'à sept. Au cours de leur chemin, ils descendirent vers une vallée avec des arbres, des ruisseaux et des fruits. Jawâmird y fit faire halte à ses gens.

Et l'aube chassant la nuit, Shahrâzâd dut interrompre son récit.

Lorsque ce fut la six cent quarante-quatrième nuit, elle dit :

On raconte encore, Sire, ô roi bienheureux, que Jawâmird et ses troupes, lorsque al-Jaland les envoya à Koufa, passèrent par une vallée avec des arbres et des ruisseaux, où Jawâmird fit faire halte à ses gens. Ils se reposèrent jusqu'au milieu de la nuit, puis Jawâmird

donna l'ordre du départ. Il se mit en selle, à quelque
distance devant, et marcha jusqu'à l'aube. Ils descendirent alors vers une vallée pleine d'arbres, où les
fleurs embaumaient, les oiseaux chantaient, les
branches oscillaient. Alors le démon de la poésie
scuffla à la gorge de Jawâmird et il chanta ces vers :

Toute bataille est mer où je plonge mes troupes,
ma force et mon ardeur mènent les prisonniers.
Je suis connu des cavaliers du monde entier :
effroi des cavaliers et rempart de mon groupe.
J'emmènerai Gharîb captif, chargé de chaînes,
je reviendrai content et ma joie sera pleine.
Vêtu de ma cuirasse et mes armes en main,
partout où l'on se bat, là sera mon chemin.

Jawâmird n'avait pas achevé son poème que, d'entre
les arbres, sortit contre lui un cavalier au fier visage,
bardé de fer, qui lui cria :
— Arrête-toi là, brigand d'Arabe, ôte tes habits et tes
armes, descends de cheval et sauve-toi !
Quand Jawâmird entendit ces mots, la lumière
devint ténèbres à son visage, il tira le sabre et fondit
sur al-Jamraqân :
— Brigand d'Arabe, dit-il, tu veux me couper le
chemin, à moi, le commandant de l'armée d'al-Jaland,
fils de Karkar, à moi qui dois ramener enchaînés
Gharîb et les siens ?
Mais à ces mots, al-Jamraqân répondit :
— Tout cela me laisse froid.
Et il chargea Jawâmird en chantant ces vers :

De tous les cavaliers je suis le plus notoire ;
en plein combat, l'on trouve en moi à qui parler.
Pour l'ennemi, qui craint ma lance et mon épée,

je suis al-Jamraqân, le redouté, la bête noire,
Et tous les cavaliers du monde savent bien
   comment ma lance frappe. Il est un capitaine,
Plus : un guide, un seigneur : Gharîb, et c'est le mien ;
   du tumulte guerrier il est le souverain,
Au jour où les deux camps l'un à l'autre s'en prennent ;
   un guide, oui, avec sa foi et sa vie pure,
Et sa rigueur aussi, dont l'ennemi endure
   la mort, quand le combat déchaîne sa tourmente.
Il appelle à la foi d'Abraham, et il chante
   contre l'idole impie de très saintes lectures.

Al-Jamraqân, en quittant avec les siens la ville de
Koufa, avait marché sans relâche pendant dix jours.
Au onzième, ils firent halte et bivouaquèrent jusqu'au
milieu de la nuit, puis al-Jamraqân donna l'ordre du
départ, lui-même marchant en avant. Il descendit donc
dans cette vallée, où il entendit Jawâmird chanter les
vers que l'on sait. Il le chargea avec l'acharnement du
lion et le frappa de son sabre, le coupant en deux. Puis
il attendit l'arrivée de ses gens, à qui il apprit ce qui
s'était passé.

— Séparons-nous, dit-il, en cinq groupes, de cinq
mille hommes chacun, qui feront le tour de cette
vallée. Je garderai avec moi les hommes des Banû
'Âmir. Quand j'entrerai au contact des premiers ennemis, je les chargerai au cri de : « Dieu est plus grand
que tout ! » En l'entendant, vous chargerez à cheval et
les frapperez du sabre.

— Nous écoutons et obéissons.

Les quatre allèrent trouver leurs guerriers, les
mirent au courant, et l'on se dispersa, comme l'aurore
commençait à poindre, dans tous les coins de la vallée.

On vit alors s'avancer une troupe aussi nombreuse
qu'un troupeau de moutons qui eût empli la plaine et

la montagne. Alors, al-Jamraqân et les Banû 'Âmir chargèrent au cri de : « Dieu est plus grand que tout ! », qui fut entendu des impies et des musulmans. Ceux-ci, de tous les cantons de la vallée, crièrent :

— Dieu est plus grand que tout ! Il donne secours et victoire, Il déboute l'impie !

Montagnes et collines reprirent le cri, et tout ce qui était sec ou vert redit : « Dieu est plus grand que tout ! » Étourdis, les impies se frappèrent les uns les autres de leurs sabres tranchants, cependant que les musulmans, les pieux, les chargeaient comme des étincelles. Ce ne furent alors que têtes qui volaient, sang qui giclait, lâches désemparés. On n'avait même pas eu le temps de savoir quels étaient les plus braves, que déjà les deux tiers des ennemis avaient péri, dont Dieu se hâta d'envoyer les âmes au feu, sinistre séjour ! Les autres, vaincus, s'éparpillèrent dans les déserts, poursuivis par les musulmans, qui firent des prisonniers et des morts jusqu'au milieu du jour. Après quoi, on s'en revint avec sept mille prisonniers, et ce furent seulement vingt-six mille impies qui réchappèrent, blessés pour la plupart. Les musulmans s'en revinrent de leur côté, comblés et victorieux, ils rassemblèrent chevaux, équipements, bagages et tentes des vaincus, et les expédièrent à Koufa avec mille cavaliers.

Et l'aube chassant la nuit, Shahrâzâd dut interrompre son récit.

Lorsque ce fut la six cent quarante-cinquième nuit, elle dit :

On raconte encore, Sire, ô roi bienheureux, que, lorsque al-Jamraqân eut à combattre Jawâmird, il les tua, lui et les siens, fit un grand nombre de prisonniers et s'empara de leurs biens, chevaux et bagages, qu'il expédia avec mille cavaliers à Koufa. Il descendit de

cheval, en même temps que les soldats de l'islam, et ils
proposèrent aux prisonniers de se faire musulmans. Ils
se convertirent, en paroles et par le cœur, on défit leurs
liens, on s'embrassa et on mena grande joie. Al-
Jamraqân laissa reposer son immense armée un jour et
une nuit, puis, au matin, partit avec elle en direction
du pays d'al-Jaland, fils de Karkar.

Les mille cavaliers, cheminant avec le butin, arrivèrent à Koufa, où ils mirent le roi Gharîb au courant de
ce qui s'était passé. Tout joyeux, tout heureux, il se
tourna vers l'Ogre de la montagne :

— En selle ! lui dit-il. Prends avec toi vingt mille
hommes et suis al-Jamraqân !

Sa'dân l'Ogre et ses fils se mirent à cheval avec vingt
mille cavaliers en direction de la ville d'Oman.

Les impies vaincus, eux, arrivèrent en cette ville,
tout en pleurs, criant malheur et calamité. Stupéfait,
al-Jaland, fils de Karkar, leur demanda quelle catastrophe les avait frappés. Ils le mirent au fait de ce qui
leur était arrivé.

— Malheureux ! dit-il. Et combien étaient-ils ?

— Ils avaient, ô roi, vingt étendards, et chaque
étendard rassemblait mille cavaliers.

À ces mots, al-Jaland dit :

— Le soleil ne vous a guère bénis ! Honte à vous !
Vous vous laissez battre par vingt mille, quand vous
êtes soixante-dix mille cavaliers, sans compter Jawâmird, qui vaut trois mille hommes à lui seul en pleine
bataille !

Le dépit extrême où était al-Jaland lui fit dégainer
son sabre et crier à tous ceux qui étaient là : « Sus à
eux ! » On tira le sabre contre les vaincus, que l'on fit
périr jusqu'au dernier et que l'on jeta aux chiens. Puis
al-Jaland cria à son fils de se mettre en selle avec cent
mille cavaliers, d'aller vers l'Irak et de le ravager de

fond en comble. Or, le fils d'al-Jaland, qui se nommait al-Qawrajân, n'avait pas son pareil comme cavalier dans l'armée de son père : il pouvait charger trois mille cavaliers. Il fit préparer les tentes, les guerriers accoururent, les hommes se montrèrent. On se prépara, on revêtit les équipements et l'on se mit en route, les uns suivant les autres et al-Qawrajân en tête de l'armée, tout plein de lui-même et chantant ces vers :

> *Je suis al-Qawrajân, mon nom est légendaire,*
> *j'ai subjugué les gens des déserts et des champs.*
> *Combien de cavaliers, lorsque je les étends,*
> *mugissent comme un bœuf, renversés sur la terre !*
> *D'une foule d'armées j'ai causé la défaite,*
> *faisant dégringoler, comme billes, les têtes !*
> *De fondre sur l'Irak rien ne peut m'empêcher,*
> *ni le sang ennemi par mes mains de pleuvoir.*
> *Je ferai prisonniers Gharîb et ses guerriers,*
> *châtiment exemplaire offert à qui sait voir.*

Ils allèrent douze jours durant, et marchaient toujours lorsqu'ils virent une poussière qui s'élevait jusqu'à fermer l'horizon.

— Allez, et me dites ce que c'est, cria al-Qawrajân à ses courriers.

Ils allèrent jusque sous les étendards et revinrent dire au roi :

— C'est la poussière faite par les musulmans.

Et lui, tout heureux :

— Les avez-vous comptés ?

— Nous avons dénombré vingt étendards.

— Par ma vie, je n'enverrai personne contre eux ; je les attaquerai seul, et je mettrai leurs têtes sous les sabots des chevaux !

Or cette poussière était faite par al-Jamraqân. Il

aperçut l'armée des impies, qui était comme une mer houleuse. Il fit descendre ses hommes, planter les tentes et dresser les étendards, le tout en invoquant le Roi omniscient, Créateur de la lumière et des ténèbres, Maître de toute chose, qui voit et n'est point vu, qui, de là où il est, voit tout, Celui à qui l'on doit louange, le seul Dieu. Les impies descendirent aussi de cheval, plantèrent leurs tentes.

— Préparez-vous, leur dit al-Qawrajân, restez équipés et ne dormez qu'armés. Quand la nuit en sera à son dernier tiers, montez en selle et foulez-moi aux pieds ce menu fretin !

Or il y avait là, au milieu d'eux, un espion d'al-Jamraqân, qui entendit quelles mesures les impies comptaient prendre. Il revint informer al-Jamraqân, lequel, tourné vers ses guerriers, leur dit :

— Prenez vos armes ! Quand il fera nuit, venez me trouver avec les mulets et les chameaux. Apportez des clochettes, des sonnailles, des grelots, et mettez-les au cou des mulets et des chameaux.

Or ils avaient plus de vingt mille de ces bêtes. Ils patientèrent jusqu'à ce que les impies se fussent endormis, puis al-Jamraqân fit monter ses gens en selle. Ce qu'ils firent, en mettant leur appui en Dieu et en demandant la victoire au Seigneur des mondes.

— Poussez les chameaux et les bêtes de somme vers les impies, dit al-Jamraqân, et piquez-les au fer de vos lances !

Ils firent donc, avec tous les mulets et les chameaux, ce qu'on leur commandait, puis fondirent sur le campement des impies. Les clochettes, sonnailles et grelots tintaient et, derrière les bêtes, les musulmans s'écriaient : « Dieu est plus grand que tout ! » Montagnes et collines résonnaient du nom du Roi Très Haut, à qui sont l'immensité et la majesté. Ce vacarme considérable fit que les chevaux détalèrent, foulant sous eux le campement au milieu des hommes endormis.

Et l'aube chassant la nuit, Shahrâzâd dut interrompre son récit.

Lorsque ce fut la six cent quarante-sixième nuit, elle dit :

On raconte encore, Sire, ô roi bienheureux, que lorsque al-Jamraqân attaqua dans la nuit, avec ses gens, ses chevaux et ses chameaux, les impies pendant leur sommeil, ceux-ci se levèrent, ébahis, et, prenant leurs armes, se tombèrent dessus les uns les autres à si grands coups que la plupart moururent. Puis ils se regardèrent, ne virent aucun mort musulman, mais trouvèrent ces mêmes musulmans à cheval et en armes. Ils surent alors qu'on les avait pris par ruse. Al-Qawrajân cria à ceux des siens qui survivaient :

— Bâtards ! Ce que nous voulions leur faire, ils nous l'ont fait à nous, et leur ruse a pris le pas sur la nôtre.

Ils étaient près de charger lorsqu'on vit s'élever une poussière qui recouvrait le pays. Le vent la fouetta, et elle s'éleva, formant comme une chape suspendue dans les airs, et, par-dessous, on voyait luire des casques et étinceler les cuirasses ; ce n'était que guerriers à l'air noble, qui avaient ceint le sabre d'acier indien et assuré la lance flexible.

En voyant cette poussière, les impies remirent le combat à plus tard. Chaque camp envoya un courrier qui s'engagea sous la poussière, observa et revint annoncer que c'étaient des musulmans. Or, cette armée qui arrivait, dépêchée par Gharîb, était celle de l'Ogre de la montagne, lequel marchait devant elle. Cette armée une fois parvenue au camp des pieux musulmans, al-Jamraqân et les siens attaquèrent, fonçant sur les impies comme des étincelles et faisant

donner sur eux leurs sabres tranchants et leurs lances
droites et vibrantes. Le jour s'obscurcit et les regards
s'estompèrent sous l'effet d'une folle poussière. Les
preux, les tenaces tinrent bon, les lâches, les pleutres
s'enfuirent, gagnèrent les déserts et les solitudes. Sur le
sol, le sang fit comme des marques de feu. On se battit
et lutta sans trêve jusqu'à ce que, le soir fini, la nuit
vînt tout brouiller, puis les musulmans, rompant le
combat avec les impies, s'installèrent dans leur campement, mangèrent, burent et passèrent la nuit. Quand,
l'ombre disparaissant, le jour revint sourire, les musulmans firent leur prière du matin et se mirent en selle
pour guerroyer.

Al-Qawrajân avait dit à ses gens, lorsque ceux-ci,
après la rupture du combat, s'étaient retrouvés pour la
plupart blessés, et les deux tiers d'entre eux morts sous
le sabre ou la lance :

— Demain, je me montrerai, moi, au centre de la
lice, à la place où l'on se bat et frappe de la lance, et je
prendrai tous les braves dans l'arène.

Quand le matin vint répandre sa lumière, les deux
camps se mirent en selle et, à grands cris, brandissant
leurs armes et tendant leurs lances brunes, s'alignèrent
pour combattre et en découdre. Le premier à faire une
démonstration guerrière fut al-Qawrajân, fils d'al-
Jaland, fils de Karkar : :

— Qu'aujourd'hui, dit-il, les fainéants et les impuissants restent où ils sont !

Pendant ce temps, al-Jamraqân et Sa'dân l'Ogre
demeuraient sous leurs étendards.

Alors se montra un chef des Banû 'Âmir, qui vint
défier al-Qawrajân au milieu de la lice. Ils chargèrent
comme deux béliers qui luttent de la corne, puis, un
moment après, al-Qawrajân attaqua le chef des Banû
'Âmir, le saisit par son brassard, le tira, l'arracha de

sa selle et l'abattit sur le sol, où il le laissa tout occupé
à se reprendre : les impies le ligotèrent et l'emmenèrent à leur campement. Al-Qawrajân tourna et virevolta, appelant au combat. Alors se présenta un autre
chef des Banû 'Âmir, et puis ainsi de suite jusqu'à sept,
qu'al-Qawrajân fit prisonniers avant midi. Alors al-
Jamraqân poussa un cri dont résonna le champ de
bataille et que les deux armées entendirent. Il chargea
al-Qawrajân d'un cœur impétueux, tout en chantant
ces vers :

> *Je suis al-Jamraqân, l'homme au cœur sans faiblesse,*
> *et tous les cavaliers redoutent mon combat.*
> *J'ai détruit, j'ai laissé nombre de forteresses*
> *à gémir, à pleurer la mort de leurs soldats.*
> *Ô Qawrajân, la bonne route est sous tes yeux !*
> *rejette seulement la route où l'on se perd*
> *Et dis qu'il est un Dieu, un seul, en haut des cieux,*
> *qui fixe la montagne et fait aller la mer.*
> *Si l'homme se soumet, demain un paradis*
> *l'accueille et le soustrait aux affres des punis.*

À ces mots, al-Qawrajân rage et gronde, injurie le
soleil et la lune, charge al-Jamraqân en chantant ces
vers :

> *Je suis al-Qawrajân, le brave de ces âges ;*
> *les lions d'ash-Sharâ fuient devant mon image.*
> *J'ai pourchassé le fauve et pris les citadelles,*
> *et tous les cavaliers redoutent ma querelle.*
> *Jamraqân, à mes mots si tu n'ajoutes foi,*
> *défie-moi donc, et viens en découdre avec moi !*

À ces mots, al-Jamraqân le charge, d'un cœur sans
faiblesse ; ils se frappent du sabre, suscitant le tumulte

des deux armées alignées, ils se piquent de la lance,
en criant de plus belle. Et ainsi, ils guerroient et
luttent sans arrêt jusqu'à ce que l'après-midi se passe
et que le jour s'enfuie. Alors, al-Jamraqân fond sur al-
Qawrajân et le frappe, de sa massue, à la poitrine, le
précipitant au sol tel un fût de palmier. Les musulmans l'enchaînent et le tirent, au bout d'une corde,
comme on le fait d'un chameau. En voyant leur chef
prisonnier, les impies sont pris d'une furie païenne, et
chargent les musulmans pour délivrer leur seigneur.
Mais ceux-ci, grâce à leurs braves, supportent l'assaut
et les laissent étendus à terre, le reste tournant le dos
et cherchant le salut dans la fuite, tandis que le sabre
résonne après eux. Et l'on ne cesse de les poursuivre,
si bien qu'on les disperse par les montagnes et les
déserts.

Ensuite, les musulmans s'en revinrent pour s'occuper du butin, qui consistait, entre autres choses, en
une grande quantité de chevaux et de tentes. Ah! quel
butin ils firent! Puis ils allèrent, par la voix d'al-
Jamraqân, proposer à al-Qawrajân de se faire musulman. Ils le menacèrent, lui firent peur, mais il ne se
convertit pas. Ils lui coupèrent le cou, emportèrent sa
tête au bout d'une lance et firent route vers la ville
d'Oman.

Les impies, eux, apprirent au roi la mort de son fils
et la perte de son armée. À cette nouvelle, al-Jaland
jeta sa couronne à terre, se gifla si fort le visage que le
sang lui jaillit par les narines, et tomba évanoui. On
lui aspergea le visage d'eau de rose, il revint à lui et
cria à son vizir d'écrire à tous ses gouverneurs. Il leur
ordonna de venir le trouver avec tous ceux qui frap-
paient du sabre, piquaient de la lance et portaient
l'arc, sans oublier personne. Ces lettres écrites, on les
expédia par courrier. Les gouverneurs préparèrent

tout et al-Jaland put mettre sur pied une armée immense dont l'effectif s'élevait à cent quatre-vingt mille hommes. On prépara les tentes, les chameaux et les chevaux les meilleurs et l'on songeait à partir, lorsque arrivèrent al-Jamraqân et Sa'dân l'Ogre avec soixante-dix mille cavaliers, tels lions farouches, chacun d'eux bardé de fer.

En voyant arriver les musulmans, al-Jaland, tout heureux, s'écria :

— Par la vérité du soleil, source de toute lumière, je ne laisserai subsister chez l'ennemi aucune famille, ni personne pour répéter cette nouvelle, je ruinerai l'Irak, je vengerai mon fils, ce cavalier, ce guerrier né, je laisserai ce feu brûler toujours.

Puis, se tournant vers 'Ajîb :

— Chien venu d'Irak, lui dit-il, voilà la calamité que tu nous apportes ! Par la vérité du dieu que j'adore, si je n'obtiens pas justice de mon ennemi, je te tue de la pire des morts !

En entendant ces mots, 'Ajîb, fort en souci, s'en prit à lui-même. Il attendit que les musulmans eussent fait halte et planté leurs tentes, et que la nuit fût venue. À l'écart du campement, il dit à ceux qui restaient de sa tribu et avec lesquels il se trouvait :

— Apprenez, vous mes parents, que lorsque les musulmans avanceront, nous en aurons une extrême terreur, al-Jaland et moi. Je sais qu'il ne peut me protéger de mon frère ni de quiconque d'autre. Mon avis est que vous partiez avec moi lorsque tout dormira, et que nous allions chez le roi Ya'rub, fils de Qaḥṭân, dont le pouvoir est plus fort et l'armée plus nombreuse.

— C'est le bon sens, répondirent les gens de 'Ajîb à ses propos.

Il leur dit de laisser les feux allumés devant les tentes

et de partir au plus fort des ténèbres. Ils firent ce qu'il ordonnait et marchèrent ; au matin, ils avaient déjà couvert un pays considérable.

En ce même matin, al-Jaland et deux cent soixante-mille hommes cuirassés, bardés de fer et de cottes de mailles serrées, battaient les tambours de la guerre et s'alignaient pour piquer et frapper. Al-Jamraqân et Sa'dân se mirent en selle au milieu de quarante mille cavaliers braves et intrépides, chaque étendard rassemblant mille cavaliers à la générosité indomptable, prompts à la charge. Les deux armées s'alignèrent et, dans leur hâte de frapper et de piquer, pointèrent les sabres et les fers de leurs lances, prêtes à boire la coupe du trépas.

Le premier à ouvrir les portes de la guerre fut Sa'dân. On eût dit une montagne massive, ou quelque djinn rebelle. Un guerrier impie le défia ; il le tua, le jeta sur la lice et cria à ses fils et à ses serviteurs d'allumer un feu et de faire rôtir ce mort. Ils firent ce qu'il commandait, présentèrent l'homme rôti à Sa'dân, qui le mangea et rongea ses os, cependant que les impies restaient là, à regarder de loin.

— Ô soleil, source de toute lumière ! disaient-ils, tout effrayés à l'idée de combattre Sa'dân.

— Tuez ce dévoreur ! dit al-Jaland à ses hommes.

Alors vint le combattre un chef impie. Sa'dân le tua et continua ainsi, tant et si bien que, cavalier après cavalier, il en tua trente. Alors, ces ignobles impies renoncèrent à le combattre :

— Qui voudrait, disaient-ils, combattre contre des génies et des ogres ?

Al-Jaland intervint :

— Que cent cavaliers le chargent et me l'amènent prisonnier ou mort !

Et cent cavaliers se montrèrent, chargèrent Sa'dân,

le visant de leurs sabres et des fers de leurs lances. Il les reçut d'un cœur plus ferme que la pierre, tout en invoquant le Dieu unique, le Rétributeur qu'aucune chose n'accapare au point de Lui en faire oublier une autre. Au cri de « Dieu est plus grand que tout ! », il les frappa du sabre, faisant voler les têtes. En une seule échauffourée, il en avait tué soixante-quatorze et mis le reste en fuite. Alors, al-Jaland cria à dix chefs, dont chacun commandait à mille braves :

— Percez son coursier de flèches : il tombera et vous le réduirez à l'impuissance !

Dix mille cavaliers se ruèrent sur Sa'dân, qui les reçut d'un cœur ferme. Al-Jamraqân et les musulmans, les voyant charger, crièrent « Dieu est plus grand que tout ! » et les attaquèrent. Mais ils n'avaient pas rejoint Sa'dân qu'on lui avait tué son coursier et qu'on l'avait fait prisonnier. Les musulmans continuèrent de charger les impies tant que le jour ne s'obscurcit pas, tant que les yeux ne furent pas aveugles. Le sabre tranchant retentit, chaque cavalier indomptable tint bon, le pleutre s'essouffla et les musulmans restèrent accrochés aux impies comme la tache blanche sur le taureau noir.

Et l'aube chassant la nuit, Shahrâzâd dut interrompre son récit.

Lorsque ce fut la six cent quarante-septième nuit, elle dit :

On raconte encore, Sire, ô roi bienheureux, que la guerre fit rage entre musulmans et impies, les premiers étant, sur les seconds, comme une tache blanche sur un taureau noir. Ils continuèrent de frapper et de se heurter jusqu'à l'arrivée des ténèbres, qui les fit se séparer. Les impies avaient eu une quantité innombrable de tués. Al-Jamraqân et les siens s'en revinrent au

comble de la tristesse : ils pensaient à Sa'dân,
n'avaient pas le cœur à manger ni dormir. Ils firent
leur bilan et trouvèrent dans leurs rangs moins de
mille tués.

— Je vais me montrer au peuple, dit al-Jamraqân,
au milieu de la lice, là où l'on se bat et frappe de la
lance, et je tuerai leurs plus vaillants, je mettrai la
main sur leurs familles, je les emmènerai, eux prisonniers, en rançon de Sa'dân, avec la permission du Dieu
rétributeur, qu'aucune chose n'accapare au point de
Lui en faire oublier une autre.

Tous, le cœur heureux, s'en réjouirent, puis ils se
dispersèrent jusqu'à leurs tentes.

Al-Jaland, lui, entre dans sa grande tente et s'assied
sur son trône, ses gens prenant place autour de lui. Il
fait comparaître Sa'dân devant lui.

— Chien des chiens, dit-il, toi le plus vil des Arabes,
toi le porteur de bois, tu as tué mon fils al-Qawrajân,
qui était le preux de ce temps, qui tuait ses rivaux et
abattait les plus braves.

— Celui qui l'a tué, répondit Sa'dân, c'est al-Jamraqân, chef de l'armée du roi Gharîb, seigneur des
cavaliers. Moi, je l'ai fait rôtir et l'ai mangé, car j'avais
faim.

En entendant Sa'dân parler ainsi, al-Jaland eut les
yeux qui lui sortaient de la tête. Il ordonna qu'on
coupât le cou à Sa'dân. Le bourreau s'empressa et
s'avança vers Sa'dân, mais lui, à ce moment, gonflant
les bras, fit craquer ses liens, bondit sur le bourreau,
saisit son sabre et lui en fit voler la tête. Puis il marcha
sur al-Jaland, qui se jeta hors du trône et s'enfuit.
Sa'dân, tombant sur l'assistance, tua vingt hommes de
la garde du roi, les autres chefs s'enfuyant au milieu
des cris qui s'élevaient dans l'armée des impies. Se
précipitant sur les impies qu'il trouvait, Sa'dân les

frappa de droite et de gauche. Ils s'égaillèrent alors, échappant à ses mains et laissant libre l'allée centrale du campement. Il alla de l'avant, frappant l'ennemi du sabre, sortit finalement du camp et marcha vers les tentes des musulmans. Ceux-ci, entendant le vacarme chez les impies, se disaient que peut-être c'étaient des renforts qui leur venaient. Ils en étaient là, quand Sa'dân s'avança vers eux. Cette arrivée leur causa une joie intense, mais le plus heureux était al-Jamraqân. Il salua Sa'dân, les musulmans le saluèrent, le félicitant d'être sain et sauf. Et voilà pour les musulmans.

Du côté des impies, on s'en revint, et le roi lui aussi, à la grande tente après le départ de Sa'dân.

— Peuple, dit le roi, par la vérité du soleil, source de toute lumière, par la vérité des ténèbres de la nuit, de la clarté du jour et de l'étoile qui chemine, je ne pensais pas, en ce jour, échapper à la mort ; si j'étais tombé dans ses mains, il m'aurait mangé et je n'aurais pas pesé plus lourd à ses yeux qu'un grain de blé, d'orge ou toute autre graine.

— Nous n'avons jamais vu personne, ô roi, qui se comporte comme cet ogre.

— Quand il sera là demain, prenez vos équipements, montez vos chevaux et écrasez l'ennemi sous leurs sabots.

Les musulmans, eux, se réunirent dans la joie de la victoire et de la délivrance de Sa'dân l'Ogre.

— Demain, dans la lice, lui dit al-Jamraqân, je vous montrerai ce que je peux faire et ce qui convient à des gens tels que moi. Par la vérité d'Abraham, l'Ami de Dieu, je les tuerai de la plus vilaine des morts, je les frapperai tant de mon sabre tranchant que les plus intelligents d'entre vous en resteront pantois. Mais voici mes intentions : quand vous me verrez, chargeant de droite et de gauche, attaquer le roi sous ses

étendards, alors chargez résolument derrière moi et
Dieu fera connaître son arrêt !

Les deux partis passèrent la nuit en montant la
garde, jusqu'à ce que, le jour venant, le soleil se fît voir.
Alors, les deux camps se mirent à cheval en un clin
d'œil et même plus vite, le corbeau de l'hostilité poussa
son cri, tous se regardèrent et s'alignèrent pour guerroyer et combattre. Le premier à ouvrir les portes de la
guerre fut al-Jamraqân, qui tourna et virevolta en
appelant à la lutte.

Al-Jaland pensait à le charger avec les siens, lorsqu'on vit une poussière s'élever jusqu'à fermer l'horizon et à obscurcir le jour. Les quatre vents l'agitèrent,
elle se dispersa, et l'on vit au-dessous apparaître
cavaliers cuirassés, guerriers intrépides, sabres cou-
pants, lances perçantes, hommes pareils aux fauves
qui ne craignent rien et qu'on ne peut contenir. À la
vue de cette poussière, les deux camps, remettant le
combat, dépêchèrent des gens pour découvrir ce qu'il
en était et quelle était la force de ces arrivants qui
faisaient tant de poussière. Les éclaireurs partirent,
s'engagèrent sous la poussière, où ils disparurent à la
vue une heure durant, puis revinrent. L'éclaireur des
impies annonça à ceux-ci que les arrivants étaient une
troupe de musulmans, dont le roi était Gharîb. L'éclaireur des musulmans, de son côté, revint leur faire part
de l'arrivée du roi Gharîb et des siens, laquelle les mit
en joie. Ils poussèrent leurs chevaux à la rencontre de
leur roi, mirent pied à terre, baisèrent le sol devant lui
et le saluèrent.

Et l'aube chassant la nuit, Shahrâzâd dut interrompre son récit.

Lorsque ce fut la six cent quarante-huitième nuit,
elle dit :

On raconte encore, Sire, ô roi bienheureux, que l'armée des musulmans fut toute en joie lorsque le roi Gharîb fut là. Ils baisèrent le sol en sa présence et tournèrent autour de lui. Il leur souhaita le bonjour et se réjouit de les voir sains et saufs. Ils arrivèrent au campement, plantèrent pour lui les tentes d'apparat et les étendards. Le roi Gharîb s'assit sur son trône, les Grands de son état autour de lui, et on lui raconta tout ce qui était arrivé à Sa'dân.

Les impies, eux, se réunirent et cherchèrent 'Ajîb, qu'ils ne trouvèrent ni au milieu d'eux ni au campement de ses gens, lesquels apprirent sa fuite à al-Jaland, fils de Karkar. Dans son indignation, al-Jaland se mordit les doigts et s'écria :

— Par la vérité du soleil, source de toute lumière, c'est un chien, un traître ! Il a fui dans les déserts et les solitudes avec ses méchants compagnons. Allons ! il ne reste plus, pour repousser ces ennemis, qu'à se battre farouchement ! Armez-vous de résolution, fortifiez vos cœurs et gardez-vous des musulmans !

De son côté, Gharîb disait aux siens :

— Armez-vous de résolution, fortifiez vos cœurs, cherchez secours en votre Seigneur, demandez-Lui de vous donner la victoire sur votre ennemi !

— Ô roi, répondirent-ils, tu nous verras faire au milieu du combat, là où l'on guerroie et pique de la lance !

Les deux partis passèrent la nuit ; quand le matin vint luire et répandre sa lumière, quand le soleil se leva sur le haut des collines et des plaines, Gharîb fit sa prière, en s'inclinant deux fois selon la pratique d'Abraham, l'Ami de Dieu — sur lui le salut ! Puis il écrivit une lettre qu'il fit porter aux impies par son frère Sahîm. Quand celui-ci les joignit, ils lui demandèrent ce qu'il voulait.

— Parler à celui qui vous commande.

— Reste là ; nous allons prendre son avis à ton sujet.

Il resta donc là pendant qu'ils allaient prendre l'avis d'al-Jaland, en le mettant au courant à propos de Sahîm.

— Qu'on me l'amène ! dit-il.

Quand on eut fait comparaître Sahîm devant lui :

— Qui t'envoie ? demanda-t-il.

— Le roi Gharîb, que Dieu a fait chef des Arabes et des Iraniens. Prends sa lettre et donne-lui réponse.

Al-Jaland prit la lettre, la décacheta et y lut ceci : « Au nom du Dieu clément et miséricordieux, le Seigneur, Celui qui est depuis toujours, le Dieu un, l'Immense, qui de toute chose a connaissance, le Seigneur de Noé, de Ṣâliḥ, de Hûd et d'Abraham, le Seigneur de toute chose ! Le salut soit sur ceux qui suivent la bonne direction, craignent les suites du mal, obéissent au Roi suprême, suivent la bonne route, et préfèrent la Vie dernière à celle-ci. Voici l'objet de cette lettre : on n'adore, ô Jaland, que Dieu, l'Unique, qui réduit tout à sa merci, le Créateur de la nuit et du jour, de la sphère céleste qui tourne, Celui qui a envoyé les pieux prophètes, qui fait aller les fleuves, qui a élevé les cieux et étalé la terre, qui fait croître les plantes et nourrit les oiseaux dans leurs nids et les bêtes sauvages au désert. C'est Lui le Dieu puissant, Lui qui pardonne sans cesse, infiniment patient, Lui qui ferme les yeux sur nos fautes, échappe à nos regards, enveloppe le jour dans la nuit, Lui qui a envoyé Ses messages et révélé les Écritures ! Sache, ô Jaland, qu'il n'est de religion que celle d'Abraham, l'Ami de Dieu. Convertis-toi, et tu échapperas au sabre tranchant ainsi qu'au tourment du feu dans la vie dernière. Si tu refuses l'islam, je t'annonce ta perte, la ruine de ton pays, dont il ne restera plus trace. Envoie-moi ce chien, 'Ajîb, que je venge mon père et ma mère ! »

Quand il eut lu cette lettre, al-Jaland dit à Sahîm :

— Apprends à ton maître que 'Ajîb s'est enfui avec les siens et que nous ne savons pas où il est parti. Mais quant à al-Jaland, il n'abandonnera pas sa religion. Demain, il y aura guerre entre nous, et le soleil nous fera vainqueurs !

Sahîm s'en revint mettre son frère au courant de ce qui arrivait. On passa la nuit. Au matin, les musulmans prirent leurs armes, enfourchèrent leurs chevaux vigoureux et professèrent à haute voix le Roi qui donne la victoire, Créateur des corps et des âmes : « Dieu est plus grand que tout ! » criaient-ils. On battit les tambours de la guerre, tellement que la terre en frémit. Les nobles cavaliers s'avancèrent, les braves qui n'avaient pas froid aux yeux, on alla guerroyer et la terre frémit.

Le premier à ouvrir les portes de la guerre fut al-Jamraqân. Il poussa son coursier au milieu de la lice, joua du sabre et de la flèche de bois, tellement qu'il laissa pantois tous les gens raisonnables. Puis il cria :

— Y a-t-il quelqu'un qui accepte le défi ? Y a-t-il quelqu'un pour entrer dans la lice ? Mais qu'aujourd'hui, les fainéants et les impuissants restent où ils sont ! C'est moi qui ai tué al-Qawrajân, fils d'al-Jaland. Qui veut se montrer, pour le venger ?

Quand al-Jaland entendit parler de son fils, il cria à ses gens :

— Allons, bâtards ! Amenez-moi ce cavalier qui a tué mon fils, que je mange sa chair et boive son sang !

Alors, cent braves chargèrent al-Jamraqân, qui tua la plupart d'entre eux et mit en fuite leur chef. Quand al-Jaland vit ce qu'al-Jamraqân venait de faire :

— Chargez-le ! cria-t-il à ses gens, d'un seul coup !

Ils agitèrent l'étendard de la ruine et ce fut une ruée de nations sur nations. Gharîb chargea avec les siens et al-Jamraqân, et les deux camps s'entrechoquèrent comme deux mers à la rencontre l'une de l'autre. Les sabres yéménites et les lances s'affairèrent tant qu'ils déchirèrent les poitrines et les corps, les deux lignes virent de leurs yeux l'ange de la mort, la poussière monta jusqu'aux nues, les oreilles devinrent sourdes et les langues muettes. La mort enveloppait toute chose, les braves tenaient bon et les pleutres tournaient les talons. On ne cessa de guerroyer et de lutter jusqu'à la fin du jour. Alors, on battit les tambours pour rompre le combat. On se sépara et chacun des deux partis regagna son campement.

Et l'aube chassant la nuit, Shahrâzâd dut interrompre son récit.

Lorsque ce fut la six cent quarante-neuvième nuit, elle dit :

On raconte encore, Sire, ô roi bienheureux, que, lorsque la lutte cessa et que les deux partis se séparèrent pour revenir chacun à leur camp, le roi Gharîb s'assit sur son trône, siège de son pouvoir, ses compagnons disposés autour de lui, et dit aux siens :

— La fuite de ce chien de 'Ajîb me fâche et me mortifie. Je ne sais où il est parti et, si je ne l'attrape pas, si je ne me venge pas, je mourrai du dépit que j'en ai.

Alors son frère Sahîm al-Layl s'avança, baisa le sol et dit :

— J'irai, ô roi, dans l'armée des impies et découvrirai ce qu'il en est de 'Ajîb, ce chien, ce traître.

— Va, répondit Gharîb, et assure-toi de ce qu'il en est de ce porc.

Sahîm se donna l'allure des impies, mit leur vêtement et devint semblable à l'un d'eux. Puis il gagna le camp ennemi, qu'il trouva endormi, étourdi de la guerre et de la lutte. Seuls avaient échappé au sommeil les gardes. Poursuivant sa marche, Sahîm fit irruption dans la grande tente où il trouva le roi tout seul et endormi. Il lui fit respirer une drogue volatile, qui le rendit comme mort. Il sortit, amena un mulet, enveloppa le roi dans une couverture de sa couche, l'installa sur le mulet, avec une natte par-dessus, et s'en revint jusqu'à la grande tente de Gharîb.

Il se présenta chez le roi, sans que l'assistance le reconnût.

— Qui es-tu ? lui demandait-on.

Sahîm rit, découvrit son visage et se fit reconnaître.

— Que portes-tu là, Sahîm ? demanda le roi.

— Ça ? c'est al-Jaland, fils de Karkar, répondit Sahîm en déroulant le tout.

Gharîb, se rendant compte de la chose, ordonna :

— Réveille-le !

Sahîm donna à al-Jaland du vinaigre et de l'encens, ce qui chassa la drogue de son nez. Il ouvrit les yeux, se retrouva au milieu des musulmans, dit : « Qu'est-ce que cet affreux rêve ? », et referma les yeux pour se rendormir.

Sahîm lui donna une bourrade :

— Ouvre les yeux, maudit !

Al-Jaland ouvrit les yeux.

— Où suis-je ?

— En présence du roi Gharîb, fils de Kandamar, roi d'Irak.

À ces mots, al-Jaland dit :

— Ô roi, je suis à ta merci. Sache-le, je n'ai rien fait de mal. Celui qui nous a fait partir en guerre, c'est ton frère ; il nous a divisés, puis il a fui.

— Et sais-tu quel chemin il a pris ?

— Non, par la vérité du soleil, source de toute lumière, je ne sais pas où il est allé.

Gharîb fit enchaîner et garder al-Jaland. Chaque

chef regagna sa tente, et al-Jamraqân s'en revint avec
les siens.

— Parents, dit-il, j'ai l'intention d'accomplir cette
nuit une action qui ajoutera à ma gloire auprès du roi
Gharîb.

— Fais ce que bon te semble, répondirent-ils, nous
écouterons tes ordres et y obéirons.

— Vous allez venir avec moi : prenez vos armes et
marchez doucement, que même une fourmi ne vous
remarque. Dispersez-vous autour du campement
ennemi. Quand vous m'entendrez crier : « Dieu est
plus grand que tout ! », reprenez le cri, puis retirez-
vous et gagnez la porte de la ville. Demandons la
victoire à Dieu, le Très Haut !

On prépare donc tout l'armement souhaitable et l'on
attend le milieu de la nuit. On se disperse autour du
camp ennemi. On attend une heure, et voilà qu'al-
Jamraqân frappe son bouclier de son sabre en criant :
« Dieu est plus grand que tout ! » La vallée résonne,
cependant que les gens d'al-Jamraqân, l'imitant et
reprenant son cri, font résonner, avec la vallée, les
montagnes, les sables, les collines et tous les campements. Réveillés et ébahis, les impies tombent les uns
sur les autres à grands coups de sabre. Les musulmans,
eux, se retirent et gagnent les portes de la ville. Ils en
tuent les gardiens, pénètrent dans la ville et font main
basse sur les biens et les personnes qui s'y trouvent. Et
voilà pour al-Jamraqân.

Quant à Gharîb, lorsqu'il entendit le cri de : « Dieu
est plus grand que tout ! », il se mit en selle, et avec lui
l'armée jusqu'au dernier homme. Sahîm s'approcha
jusqu'aux lieux où l'on se battait. Il vit que les
Banû 'Âmir et al-Jamraqân avaient lancé une attaque
contre les impies et leur faisaient boire la coupe du
trépas. Il revint informer son frère de la situation, et

Gharîb fit des vœux pour al-Jamraqàn. Les impies ne cessèrent de se battre entre eux, de tout leur cœur, avec leurs sabres tranchants, jusqu'à ce que le jour parût et répandît sa lumière sur le pays. Alors, Gharîb cria aux siens :

— Allez, mes braves ! À l'attaque, pour la satisfaction du Roi qui sait tout !

Les pieux chargèrent les débauchés, on vit jouer le sabre tranchant et voler la lance vibrante dans les poitrines de tous les impies hypocrites, qui voulurent entrer dans leur ville. Mais alors en sortirent al-Jamraqàn et les Banû 'Âmir qui les acculèrent dans l'étau de deux montagnes, tuant une quantité innombrable de gens et dispersant le reste dans les déserts et les solitudes.

Et l'aube chassant la nuit, Shahrâzâd dut interrompre son récit.

Lorsque ce fut la six cent cinquantième nuit, elle dit :

On raconte encore, Sire, ô roi bienheureux, que l'armée musulmane, ayant chargé les impies, les mit en pièces de ses sabres tranchants et les dispersa dans les déserts et les solitudes. Ils ne cessèrent de pourchasser les impies à coups de sabre, tant et si bien qu'ils les dispersèrent en tous lieux, plats ou escarpés. Puis ils revinrent en arrière, vers la ville d'Oman. Gharîb entra au château d'al-Jaland, s'assit sur le trône de celui-ci, ses compagnons tout autour de lui, à droite et à gauche. Il fit appeler al-Jaland, qu'on amena aussitôt en sa présence. Le roi Gharîb lui proposa de se convertir, mais il refusa et fut crucifié à la porte de la ville ; on le perça de flèches jusqu'à le transformer en un véritable hérisson.

Gharîb donna ensuite une robe d'apparat à al-Jamraqân :

— Tu es désormais, lui dit-il, le maître de ce pays, tu régneras sur lui, tu y lieras et délieras : car c'est toi qui l'as conquis, avec ton sabre et tes hommes.

Al-Jamraqân baisa le pied du roi Gharîb, le remercia et appela sur lui la victoire perpétuelle, l'honneur et l'opulence. Puis Gharîb ouvrit les trésors d'al-Jaland, regarda ce qui s'y trouvait comme biens, qu'il distribua aux chefs, aux porte-étendard et aux guerriers, puis aux servantes et aux pages ; il passa ainsi dix jours à répartir ces biens.

Il dormait, une des nuits qui suivirent, lorsqu'il vit en songe une effrayante apparition, qui le réveilla, épouvanté, terrorisé. Il réveilla son frère Sahîm et lui dit :

— Je me suis vu en rêve dans une vallée, et cette vallée était dans un endroit très vaste. Sur moi ont fondu deux rapaces, plus grands que tous ceux que j'ai pu voir dans ma vie. Ils avaient des pattes comme des lances. Ils se sont jetés sur moi, et j'en ai été tout effrayé. Voilà ce que j'ai vu.

En entendant ces mots, Sahîm dit :

— Ô roi, il s'agit d'un ennemi, et puissant. Prends garde à toi !

Gharîb ne dormit plus cette nuit-là. Au matin, il réclama son coursier et se mit en selle.

— Où vas-tu, mon frère ? demanda Sahîm.

— J'ai le cœur angoissé. Je veux marcher dix jours pour le détendre.

— Prends avec toi mille braves.

— Je n'irai qu'avec toi et personne d'autre.

Ainsi Gharîb et Sahîm gagnèrent-ils les vallées et les prairies. De vallée en vallée, de prairie en prairie, ils parvinrent à une vallée pleine d'arbres, de fruits et de ruisseaux, parsemée de fleurs, où les oiseaux chantaient leurs mélodies dans la ramure : il y avait là le rossignol, qui reprenait la belle mélodie, la tourterelle qui emplissait les lieux de sa voix, la mésange dont le chant eût réveillé l'homme endormi, le merle dont la voix rappelait celle de l'homme, le ramier et la colombe à collier, auxquels le perroquet répondait de sa voix la plus éloquente. Et puis, il y avait les arbres, avec toutes sortes de fruits qu'on pouvait manger, et chacun de deux sortes.

Émerveillés de cette vallée, les deux hommes mangèrent de ses fruits, burent l'eau de ses ruisseaux et s'assirent à l'ombre de ses arbres, où le sommeil les prit. Ils dormirent, et louange à Celui qui ne dort pas ! Pendant qu'ils dormaient, deux génies vigoureux fondent sur eux, chacun charge un homme sur ses épaules et tous deux s'élèvent jusqu'au plus haut des airs, dominant finalement les nuages. Gharîb et Sahîm, en s'éveillant, se retrouvent entre ciel et terre. Ils regardent qui les porte et voient deux génies, l'un à tête de chien, l'autre à tête de singe, et grands comme palmiers immenses ; leurs cheveux rappelaient les crins de la queue des chevaux et leurs griffes celles des fauves. Quand Gharîb et Sahîm virent ce qu'il en était, ils s'écrièrent :

— Il n'y a de force et de puissance qu'en Dieu !

Voici comment tout cela s'expliquait : il y avait un roi des génies, qui se nommait Mar'ash, dont le fils, Ṣâ'iq, aimait une fille des génies, nommée Najma. Tous deux se retrouvaient dans cette vallée sous la forme de deux oiseaux. En les voyant, Gharîb et Sahîm, qui les prirent en effet pour tels, leur lancèrent des flèches. Ṣâ'iq seul fut atteint. Son sang coula ; Najma, attristée, le prit avec elle et s'envola, craignant pour elle le même sort. Elle vola sans relâche et déposa enfin Şâ'iq à la porte du château de son père, dont les gardes le portèrent devant son père. Quand celui-ci vit son fils, avec cette flèche dans ses côtes :

— Qui t'a fait cela, mon fils ? Je ravagerai son pays et hâterai sa ruine, quand ce serait le plus grand des rois des génies.

— Mon père, dit Şâ'iq en rouvrant les yeux, c'est un homme, un homme de la gent humaine, qui m'a tué, et personne d'autre. Cela s'est passé à la vallée des Sources.

Il n'eut pas plus tôt achevé de parler que son âme s'envola. Son père se gifla, tellement que le sang lui sortit de la bouche, et il cria à deux génies :

— Allez à la vallée des Sources et ramenez-moi tous ceux que vous y trouverez !

Les deux génies allèrent, arrivèrent à la vallée des Sources, virent Gharîb et Sahîm endormis, les saisirent et les emportèrent jusqu'à Mar'ash. Gharîb et Sahîm, en s'éveillant, s'étaient retrouvés entre ciel et terre et écriés :

n'y a de force et de puissance qu'en Dieu, le Très Haut, l'Immense !

Et l'aube chassant la nuit, Shahrâzâd dut interrompre son récit.

Lorsque ce fut la six cent cinquante et unième nuit, elle dit :

On raconte encore, Sire, ô roi bienheureux, que les deux génies, lorsqu'ils se furent saisis de Gharîb et de Sahîm, les emmenèrent à Mar'ash, roi des génies ; quand ils les eurent déposés devant lui, ils le trouvèrent assis sur son trône, telle une énorme montagne, avec un corps surmonté de quatre têtes, une de lion, une d'éléphant, une de tigre et la dernière de guépard. Les deux génies déposèrent donc Gharîb et Sahîm devant le roi et lui dirent :

— Ô roi, en voici deux que nous avons trouvés à la vallée des Sources.

Le roi jeta à ses deux prisonniers un regard de colère ; il rageait et grondait, des étincelles volaient de son nez et toute l'assistance avait peur de lui.

— Chiens d'hommes, dit-il, vous avez tué mon fils, vous avez allumé le feu en mon cœur.

— Et où est, dit Gharîb, ce fils que nous avons tué ? Et où est celui qui l'a vu tuer ?

— N'étiez-vous pas tous deux dans la vallée des Sources, n'avez-vous pas vu mon fils, sous la forme d'un oiseau, ne l'avez-vous pas tué des bois de vos flèches ?

— Je ne sais qui l'a tué, repartit Gharîb. Par la vérité du Seigneur immense, l'Unique, qui existe en tout temps et qui de toute chose a connaissance, par la vérité d'Abraham, l'Ami de Dieu, nous n'avons vu aucun oiseau, tué aucune bête ni aucun oiseau.

En entendant Gharîb jurer par la grandeur immense de Dieu et par son prophète Abraham, Mar'ash sut qu'il était musulman. Il cria à ses gens qu'on lui amenât son souverain, car il adorait le feu au mépris du Roi Tout-Puissant. On apporta une fournaise d'or qu'on posa devant lui. On alluma le feu, on y jeta diverses substances ; alors monta dans la fournaise une flamme vert, bleu, jaune. Le roi se prosterna et l'assistance avec lui, cependant que Gharîb et Sahîm acclamaient le Dieu unique et Très Haut, criant qu'il est plus grand que tout et attestant qu'Il a sur toute chose pouvoir.

Le roi, relevant la tête, vit Gharîb et Sahîm debout, non prosternés.

— Chiens, dit-il, pourquoi ne vous prosternez-vous pas ?

— Malheur à vous, maudits ! répliqua Gharîb. On ne se prosterne que devant le Dieu adoré, qui tire la création du néant à l'être, fait surgir l'eau de la pierre compacte, qui inspire à tout ce qui engendre la tendresse pour ce qu'Il engendre, le Dieu qu'on ne saurait décrire en se l'imaginant debout ou assis ; c'est le Maître de Noé, de Ṣâliḥ, de Hûd et d'Abraham, l'Ami de Dieu ; c'est Lui qui a créé le paradis et le feu, les arbres et les fruits. C'est Lui, le seul Dieu, qui réduit tout à sa merci !

À ces paroles, les yeux de Mar'ash se révulsèrent, il cria à ses gens d'enchaîner ces deux chiens et d'en faire offrande à son souverain. On enchaîna Sahîm et Gharîb et l'on se disposait à les jeter au feu, lorsqu'un des créneaux du château tomba dans la fournaise, la mettant en pièces et éteignant le feu, qui ne fut plus que cendres volant au vent.

— Dieu est plus grand que tout ! cria Gharîb. Il donne secours et victoire. Il déboute les impies ! Dieu est plus grand que tous ceux qui adorent le feu, au mépris du Roi Tout-Puissant !

— Tu es sorcier, dit le roi, tu as envoûté mon souverain, pour qu'il en soit réduit là !

— Fou que tu es, dit Gharîb, s'il y avait dans le feu quelque secret ou quelque preuve, il écarterait de lui ce qui peut lui nuire !

En entendant ces mots, Mar'ash gronda, tempêta, injuria le feu :

— Par la vérité de ma religion, dit-il, c'est dans le feu, et dans lui seul, que je veux vous voir périr !

Il les fit emprisonner, convoqua cent génies, leur commanda d'apporter du bois en quantité et d'y mettre le feu. Ce qu'ils firent. Un feu immense s'éleva et dura jusqu'au matin. Puis Mar'ash monta à dos d'éléphant, sur un trône d'or incrusté de pierreries. Autour de lui vinrent les tribus des djinns, qui étaient de diverses sortes. On fit comparaître Gharîb et Sahîm qui, à la vue des flammes, demandèrent secours au Dieu unique qui réduit tout à sa merci, au Créateur de la nuit et du jour, au Dieu immense que les regards n'atteignent pas, tandis que Lui atteint les regards, au Dieu clairvoyant qui est informé de tout. Ils ne cessèrent d'implorer Dieu, et voici qu'un nuage, montant de l'ouest vers l'est, déversa une pluie aussi grosse que mer houleuse, qui éteignit le feu.

Pleins de crainte, le roi et l'armée rentrèrent au palais. Le roi, tourné vers le vizir et les Grands de son état, leur demanda ce qu'ils avaient à dire de ces deux hommes. On lui répondit :

— S'ils n'étaient pas dans le droit, ô roi, rien de tout cela ne serait arrivé au feu, et nous disons, nous, qu'ils sont dans le droit et disent la vérité.

— La vérité et la voie claire me sont apparues, repartit le roi. Adorer le feu est vain, car s'il était souverain, il aurait écarté de lui cette pluie qui l'a éteint et cette pierre qui a mis en pièces sa fournaise et l'a réduit lui-même en cendres. Je crois, moi, en Celui qui a créé le feu et la lumière, l'ombre et la chaleur. Et vous, que dites-vous ?

— La même chose, lui répondit-on : nous te suivons, t'écoutons et t'obéissons.

Le roi fit alors comparaître Gharîb devant lui. Il se leva pour l'accueillir, l'étreignit, le baisa entre les deux yeux, puis Sahîm de la même façon. Après quoi, les soldats se pressèrent autour de Gharîb et de Sahîm, leur baisant les mains et la tête.

Et l'aube chassant la nuit, Shahrâzâd dut interrompre son récit.

Lorsque ce fut la six cent cinquante-deuxième nuit, elle dit :

On raconte encore, Sire, ô roi bienheureux, que lorsque Mar'ash, le roi des djinns, eut avec son peuple trouvé la bonne voie qui les mena à l'islam, il fit comparaître Gharîb et son frère Sahîm et les baisa entre les deux yeux, et que, suivant le mouvement, les Grands de l'état se pressèrent pour leur baiser les mains et la tête. Après quoi, le roi Mar'ash s'assit sur son trône, invitant Gharîb à siéger à sa droite et Sahîm à sa gauche.

— Homme, dit-il à Gharîb, que devons-nous dire pour devenir musulmans ?

— Dites ceci : il n'y a de divinité que le Dieu d'Abraham, l'Ami de Dieu !

Le roi et son peuple se firent musulmans, de parole et de cœur, et Gharîb entreprit de leur apprendre à prier.

Vint un moment où Gharîb soupira, en pensant aux siens.

— Le chagrin s'est enfui, lui dit le roi des djinns, il est parti, et voici venues la félicité et la détente.

— Ô roi, répondit Gharîb, j'ai beaucoup d'ennemis, et je crains, de leur part, pour mon peuple.

Et de lui raconter ce qui s'était passé entre son frère 'Ajîb et lui, depuis le commencement jusqu'à la fin.

— Ô roi des hommes, dit le roi des djinns, je vais, pour toi, envoyer quelqu'un découvrir ce qu'il en est de ton peuple, mais je ne te laisserai pas partir si vite. Je veux profiter de ta compagnie.

Le roi convoqua alors deux robustes génies dont l'un s'appelait al-Kaylajân et l'autre al-Qawrajân. En arrivant, ils baisèrent le sol.

— Allez au Yémen, leur dit le roi, et voyez ce que

sont devenus les soldats et les troupes de Gharîb et
Sahîm.

— Nous t'écoutons et obéissons, répondirent les
deux génies, qui partirent et s'envolèrent vers le
Yémen.

Et voilà pour Gharîb et Sahîm.

Les gens de l'armée musulmane, eux, se mirent en
selle au matin, avec leurs chefs, et vinrent au palais du
roi Gharîb pour prendre leur service.

— Le roi et son frère, dirent les domestiques, sont
partis à cheval avec l'aube.

Les chefs gagnèrent les vallées et les montagnes, et,
sans cesser de suivre les traces, parvinrent à la vallée
des Sources. Ils y trouvèrent l'équipement de Gharîb et
Sahîm, au sol, et les deux coursiers qui paissaient.

— Par l'honneur d'Abraham, l'Ami de Dieu, le roi
s'est perdu loin d'ici, dirent les chefs.

Ils se séparèrent, fouillèrent la vallée et les montagnes, trois jours durant, mais sans rien découvrir qui
parlât des disparus. Alors, ils prirent toutes dispositions pour le deuil, en mandant aux courriers de se
disperser par le monde, par les forteresses et les
citadelles, et de découvrir ce que le roi était devenu.

— Nous écoutons et obéissons, dirent-ils, et ils se
dispersèrent, chacun gagnant une région.

Par ses espions, 'Ajîb apprit la disparition de son
frère Gharîb, et qu'on était sans nouvelles de lui. Il eut,
de cette disparition, une grande joie. Il se présenta
chez le roi Ya'rub, fils de Qahtân, de qui il avait obtenu
protection et qui lui donna deux cent mille géants.
'Ajîb s'en vint attaquer avec cette armée la ville
d'Oman. Al-Jamraqân et Sa'dân se défendirent, mais,
de nombreux musulmans ayant péri, ils rentrèrent
dans la ville, dont ils barricadèrent la porte et fortifiè-
rent les remparts.

Alors arrivèrent les deux génies, al-Kaylajân et al-Qawrajân. En voyant les musulmans assiégés, ils attendirent la nuit et jouèrent, au milieu des impies, de leurs sabres tranchants, qui, ainsi qu'il est de mise chez les génies, étaient longs de douze coudées et qui, si un homme eût frappé une pierre avec, l'auraient fendue en deux. Les deux génies chargèrent donc au cri de : « Dieu est plus grand que tout, Il donne secours et victoire, Il déboute les impies qui renient la religion d'Abraham, l'Ami de Dieu ! » Ils se ruèrent sur les impies, en firent un grand massacre, cependant que le feu leur sortait de la bouche et des narines. Les impies, quittant la tente royale, virent des choses extraordinaires, qui saisirent leurs corps d'un frisson d'horreur. Perdant leur sens, hors de raison, ils empoignèrent leurs armes et se ruèrent les uns sur les autres, tandis que les deux génies moissonnaient les cous des impies, en criant : « Dieu est plus grand que tout ! Nous sommes les serviteurs du roi Gharîb compagnon de Mar'ash, roi des génies ! » Le sabre ne cessa de voltiger jusqu'au milieu de la nuit, sur les impies qui croyaient que toutes les montagnes étaient démons. Ils chargèrent sur leur chameaux tentes, biens et bagages, et se disposèrent à fuir, le premier à déguerpir étant 'Ajîb.

Et l'aube chassant la nuit, Shahrâzâd dut interrompre son récit.

Lorsque ce fut la six cent cinquante-troisième nuit, elle dit :

On raconte encore, Sire, ô roi bienheureux, que les impies se disposèrent à fuir, le premier à déguerpir étant 'Ajîb. Les musulmans se réunirent, tout étonnés de ce qui survenait aux impies et craignant une arrivée de tribus de djinns. Quant aux deux génies, ils continuèrent de harceler les impies, qu'ils finirent par disperser dans les déserts et les solitudes. De deux cent mille qu'ils étaient à l'origine, seuls échappèrent aux deux génies cinquante mille géants, qui regagnèrent leur pays, vaincus et blessés.

— Ô gens de l'armée, disaient les deux génies aux musulmans, le roi Gharîb, votre maître, et son frère vous saluent. Ils sont les hôtes de Mar'ash, le roi des djinns, et seront avec vous d'ici peu.

En entendant ces nouvelles, en apprenant que Gharîb était en vie, les soldats se réjouirent fort et dirent aux deux génies :

— Dieu vous réserve de bonnes choses, nobles cœurs !

Les deux génies s'en retournèrent et, se présentant au roi Gharîb et au roi Mar'ash, qu'ils trouvèrent siégeant, les informèrent de ce qui s'était passé et de ce qu'eux-mêmes avaient fait. Les deux rois les récompensèrent magnifiquement. Le roi Mar'ash dit à Gharîb, dont le cœur reprenait confiance :

— Je voudrais, mon frère, te faire voir mon pays, te montrer la ville de Japhet, fils de Noé — sur lui le salut !

— Fais ce que bon te semble, ô roi ! répondit Gharîb. Mar'ash demanda deux coursiers, pour Gharîb et Sahîm. Ils se mirent en selle, avec Sahîm et mille génies. Ils firent route, comme un bloc de montagne fendu de tout son long. Ils flânèrent par vaux et montagnes, arrivant pour finir à la ville de Japhet, fils de Noé — sur lui le salut ! Les gens de la ville, nobles et petit peuple, sortirent à la rencontre de Mar'ash, qui entra en ville au milieu d'un cortège imposant. Il monta au château de Japhet, fils de Noé, et s'assit sur son trône, lequel était de marbre entremêlé de fils d'or, surélevé de dix marches et couvert de toutes sortes de soies multicolores.

Quand les gens de la ville furent là, Mar'ash leur dit :

— Descendants de Japhet, fils de Noé, qui vos pères et vos ancêtres adoraient-ils ?

— Nous savons que nos pères adoraient le feu, et nous les avons suivis : tu le sais mieux que personne.

— Eh bien, peuple ! nous pensons, nous, que le feu est une créature parmi d'autres du Dieu Très Haut, qui a créé toute chose. Quand je l'ai su, je me suis soumis à Dieu, l'Unique, qui réduit tout à sa merci, qui a créé la nuit et le jour, la sphère céleste qui tourne, Celui que les regards n'atteignent pas, tandis que Lui atteint les regards, le Dieu clairvoyant qui est informé de tout. Faites-vous musulmans, et vous échapperez à la colère du Dieu Tout-Puissant et, dans la Vie dernière, au châtiment du feu !

Alors ils se convertirent de langue et de cœur.

Mar'ash prit Gharîb par la main et lui fit voir le château de Japhet, son architecture et les merveilles qu'il renfermait. Puis ils entrèrent dans le palais des armes, où l'on montra celles de Japhet. Gharîb vit un sabre suspendu à une patère d'or.

— À qui était ce sabre, ô roi ? demanda-t-il.

— C'est, répondit Mar'ash, le sabre de Japhet, avec lequel il combattait les hommes et les djinns. Il a été ciselé par le maître Jardûm, qui inscrivit sur le plat de la lame des noms prestigieux. Si l'on en frappait une montagne, on la briserait. Il s'appelle al-Mâhiq, « Celui qui détruit », car il ne s'est abattu sur rien sans le détruire, sur un djinn sans le briser.

À ces mots, à cette évocation des mérites du sabre, Gharîb dit son désir de regarder le sabre de plus près.

— Fais comme bon te semble, dit Mar'ash.

Gharîb tendit la main vers le sabre, le prit, le tira de son fourreau : l'éclat de la mort vint fulgurer sur son tranchant. Il était long de douze empans et large de trois. Gharîb voulait le garder, et Mar'ash lui dit :

— Si tu peux frapper avec lui, prends-le.

— Oui, je le peux.

Et Gharîb prit le sabre en sa main, où il avait l'air d'un bâton. L'assistance s'émerveilla de cet homme

— Bravo, dit-elle, seigneur des cavaliers !

Et Mar'ash :

— Il est tien, ce trésor après lequel ont soupiré les rois de la terre. Mais en selle ! que je te fasse voir d'autres choses !

Mar'ash se mit en selle avec Gharîb, les hommes et les djinns marchant pour les servir.

Et l'aube chassant la nuit, Shahrâzâd dut interrompre son récit.

Lorsque ce fut la six cent cinquante-quatrième nuit, elle dit :

On raconte encore, Sire, ô roi bienheureux, que le roi Gharîb et le roi Mar'ash quittèrent à cheval la ville de Japhet, hommes et génies marchant à leur service ; ils allèrent entre des châteaux et des palais vacants, des avenues et des portes dorées, puis sortirent par les portes de la ville et se promenèrent dans des jardins aux arbres lourds de fruits, avec des ruisseaux d'eau vive, des oiseaux qui chantaient la louange de Celui qui a toute-puissance et toute durée. La promenade se prolongea jusqu'à la venue du soir. Alors, on s'en revint passer la nuit au château de Japhet, fils de Noé. À leur arrivée, on leur présenta une table, ils mangèrent et Gharîb, tourné vers le roi des djinns, lui dit :

— Je veux, ô roi, partir vers mon peuple et mon armée, car j'ignore en quel état mon absence les a mis.

À ces mots de Gharîb :

— Mon frère, lui dit Mar'ash, par Dieu je ne saurais

te laisser partir et nous quitter avant un mois, que je puisse profiter de ta vue.

Gharîb ne put moins faire que de ne pas aller contre : il resta donc un mois entier dans la ville de Japhet.

Il mangea, il but, il reçut en cadeau, de Mar'ash, des objets d'art, de l'orfèvrerie, des pierres précieuses : émeraudes, rubis et diamants, des pièces d'or et d'argent, du musc, de l'ambre, des étoffes de soie brochée d'or. Mar'ash fit faire à Gharîb et Sahîm deux robes d'apparat en tissu décoré et broché d'or, et, pour Gharîb, une couronne rehaussée de perles et de pierres précieuses, d'un prix inestimable. Mar'ash fit emballer tout cela et, convoquant cinq cents génies, leur dit :

— Tenez-vous prêts à voyager pour le lendemain : nous ramènerons le roi Gharîb et Sahîm jusqu'en leur pays !

— Nous écoutons et obéissons ! répondirent les génies, qui occupèrent leur nuit à se disposer au voyage.

Mais quand en vient le moment, voici des chevaux, des tambours, toute une troupe qui crie jusqu'à emplir la terre entière. Ce sont soixante-dix mille génies, des airs et de l'eau, dont le roi se nommait Barqân. La raison de la venue de cette armée tenait à une cause énorme et étonnante, à une chose pleine d'intérêt et étrange, dont nous allons parler comme il convient. Ce Barqân était le maître de la ville d'Agate et du château d'Or. Il régnait sur cinq hautes montagnes, chacune avec cinq cent mille génies. Lui et son peuple adoraient le feu, au mépris du Roi Tout-Puissant. Ce roi était le cousin de Mar'ash. Or, il y avait, dans le peuple de Mar'ash, un génie impie, qui ne s'était pas converti sincèrement. Il s'esquiva de chez les siens et marcha tant qu'il arriva à la vallée d'Agate. Il entra au château du roi Barqân, baisa le sol devant lui, appela sur lui puissance et prospérité à jamais, puis lui apprit la conversion de Mar'ash.

— Comment a-t-il pu, dit Barqân, abandonner sa religion ?

L'autre lui raconta tout ce qui s'était passé. À ce récit, Barqân tempêta et gronda, injuria le soleil, la lune et le feu, source des étincelles :

— Par la vérité de ma religion, dit-il, je tuerai, oui, je tuerai mon cousin et son peuple, et cet homme avec eux. Je ne laisserai subsister personne !

Puis il appela les hordes des djinns, choisit parmi eux soixante-dix mille génies et partit avec. Il arriva à la ville de Jâbursâ, autour de laquelle lui et les siens se déployèrent, comme nous l'avons dit. Le roi Barqân s'installa face à la porte de la ville et fit planter ses tentes. Mar'ash convoqua un génie et lui dit :

— Va à cette armée, vois ce que ces gens veulent et reviens au plus vite !

Le génie s'en alla et entra au campement de Barqân. Les autres se précipitèrent sur lui, en lui demandant qui il était :

— Un envoyé de Mar'ash, répondit-il.

On le prit, on le mit en présence de Barqân, devant lequel il se prosterna et dit :

— Seigneur, mon maître m'envoie vers vous m'informer de ce qu'il en est.

— Retourne chez ton maître, répondit Barqân, et dis-lui qu'il s'agit de son cousin Barqân, qui vient le saluer.

Et l'aube chassant la nuit, Shahrâzâd dut interrompre son récit.

Lorsque ce fut la six cent cinquante-cinquième nuit, elle dit :

On raconte encore, Sire, ô roi bienheureux, que,

lorsque le génie, envoyé de Mar'ash, eut pénétré auprès
de Barqân et lui eut dit que son maître le mandait
auprès de lui pour voir ce qu'il en était, Barqân lui
répondit :

— Retourne chez ton maître et dis-lui que son
cousin Barqân est venu le saluer.

Le génie s'en retourna informer son seigneur.

— Reste sur ton trône, dit Mar'ash à Gharîb, et
attends que je revienne après avoir salué mon cousin.

Mar'ash s'en alla à cheval et gagna le campement.
Or, il s'agissait d'une ruse de Barqân : il voulait, une
fois Mar'ash sorti, se saisir de lui. Il disposa autour de
lui des génies et leur dit :

— Quand vous me verrez lui donner l'accolade,
saisissez-le et enchaînez-le !

— Nous écoutons et obéissons.

Mar'ash arriva sur ces entrefaites et pénétra dans la
grande tente de son cousin, qui se leva pour l'accueillir
et l'embrassa. Les djinns, alors, se précipitèrent sur lui,
l'enchaînèrent et le ligotèrent. Regardant Barqân,
Mar'ash lui demanda pourquoi ce traitement.

— Chien des djinns, répondit Barqân, tu laisses ta
religion, celle de tes pères et de tes ancêtres, pour en
adopter une que tu ne connais pas ?

— J'ai trouvé, mon cousin, que la religion d'Abraham, l'Ami de Dieu, était la vraie, et toute autre fausse.

— Et qui vous l'a apprise ?

— Gharîb, roi d'Irak, qui est chez moi, au faîte des
honneurs.

— Par la vérité du feu, de la lumière, de l'ombre et
de la chaleur, je vous tuerai, oui, je vous tuerai tous !

Et Barqân fit emprisonner Mar'ash.

Quand l'écuyer de celui-ci voit ce qui est arrivé à son
maître, il s'enfuit, court à la ville où il informe les
hordes du roi Mar'ash des événements survenus à son

maître. Ils crient, montent à cheval, et Gharîb
demande ce qui se passe. Ils le mettent au fait. Gharîb
crie à son frère Sahîm de lui seller un des deux
coursiers offerts par le roi Mar'ash.

— Tu veux combattre les djinns, mon frère ?
demande Sahîm.

— Oui. Je les combattrai avec le sabre de Japhet, fils
de Noé, en demandant secours au Seigneur dont
Abraham — sur lui le salut ! — fut l'ami, car Il est le
Maître et Créateur de toute chose !

Sahîm lui selle un coursier alezan, un des coursiers
des génies, semblable à une forteresse. Gharîb prend
ensuite son équipement guerrier et part à cheval. Avec
lui partent les hordes, revêtues de cuirasses, tandis que
Barqân et ses gens montent à cheval. Les deux camps
engagent le combat, les deux armées alignées : le
premier à ouvrir la porte de la guerre est Gharîb. Il
pousse son coursier au milieu de la lice, dégaine le
sabre de Japhet, fils de Noé — sur lui le salut ! Du sabre
émane une lumière rayonnante qui laisse interdits les
regards de tous les djinns et inspire l'effroi à leurs
cœurs.

Gharîb joue du sabre à en rendre hagard l'esprit des
djinns. Puis il crie :

— Dieu est plus grand que tout ! Je suis le roi
Gharîb, le roi d'Irak, et je n'ai d'autre religion que celle
d'Abraham, l'Ami de Dieu !

En entendant Gharîb, Barqân s'écrie :

— Voilà celui qui a changé la religion de mon cousin
et lui a fait abandonner la sienne ! Par la vérité de ma
religion, je ne siégerai pas sur mon trône que je n'aie
coupé la tête de Gharîb, éteint son souffle et ramené
mon cousin et son peuple à leur religion. Je ferai périr
tous ceux qui me contrarieront !

Barqân, alors, monte sur un éléphant tout blanc,

pareil à une tour solide ; dans un cri, il le frappe avec
l'acier de sa pointe de lance, qui s'enfonce dans sa
chair. L'éléphant barrit et gagne la lice, l'endroit où
l'on guerroie et frappe de la lance. Arrivé près de
Gharîb :

— Chien d'homme, dit Barqân, qu'est-ce qui t'a
fait venir en notre pays, perdre mon cousin et son
peuple et leur faire abandonner leur religion pour
une autre ? Ce jour, sache-le, est le dernier de ceux
que tu passes sur terre !

À ces mots, Gharîb répond :

— Hors d'ici, ô toi le plus vil des djinns !

Barqân tire un javelot, le brandit et le lance sur
Gharîb, qu'il manque. Il en lance un second, que
Gharîb saisit en plein vol, brandit et renvoie vers
l'éléphant ; le javelot lui perce le flanc et ressort de
l'autre côté. L'éléphant tombe à terre, mort, et Barqân reste étendu comme un palmier immense. Gharîb ne lui laisse pas le temps de bouger d'où il est :
du plat du sabre de Japhet, fils de Noé, il le frappe à
la jointure de la nuque ; Barqân tombe évanoui ; les
génies se jettent sur lui, l'enveloppent de liens. Les
siens, à la vue de leur roi prisonnier, se précipitent,
veulent le délivrer, mais Gharîb les charge, et chargent avec lui les djinns musulmans. Pour Dieu, Gharîb se démène, il plaît au Seigneur qui exauce, il
satisfait sa vengeance avec le sabre enchanté ; tous
ceux qu'il frappe, il les coupe en deux, et leurs âmes
n'ont guère à attendre pour devenir cendres au feu
éternel. Les croyants se ruent sur les djinns impies,
jettent des comètes de feu, tout se couvre de fumée,
cependant que Gharîb, virevoltant de droite et de
gauche au milieu des ennemis, les disperse devant
lui. Ainsi le roi Gharîb parvient-il à la grande tente
du roi Barqân, avec, à ses côtés, al-Kaylajân et al-

Qawrajân. Il leur crie de délier leur maître, ce qu'ils font, brisant ses liens.

Et l'aube chassant la nuit, Shahrâzâd dut interrompre son récit.

Lorsque ce fut la six cent cinquante-sixième nuit, elle dit :

On raconte encore, Sire, ô roi bienheureux, que, lorsque le roi Gharîb eut crié à al-Kaylajân et al-Qawrajân de délier leur maître, ils le délivrèrent et brisèrent ses liens. Alors, le roi Mar'ash leur dit :

— Apportez-moi mes armes et mon coursier qui vole !

Le roi avait en effet deux coursiers qui volaient dans les airs. Il en donna un à Gharîb et garda pour lui l'autre. Quand il eut revêtu ses équipements de guerre, on lui amena son cheval. Il chargea avec Gharîb, tous deux volant sur les deux coursiers, cependant que leurs gens suivaient leur cri : « Dieu est plus grand que tout ! Dieu est plus grand que tout ! », et ce cri était repris par la terre, les montagnes, les vallées, les collines. Puis on s'en revint, cessant de pourchasser un ennemi auquel on avait tué beaucoup de monde, plus de trente mille génies et démons. On rentra dans la ville de Japhet, et les deux rois siégèrent, sur le trône de leur gloire. Ils demandèrent Barqân, mais ne le trouvèrent pas. C'est que le combat les avait occupés au point de leur faire oublier leur prisonnier. Un démon les avait pris de court, un des serviteurs de Barqân : il l'avait délié et emmené auprès des siens, qu'il avait trouvés les uns morts et les autres en fuite.

Le démon alors l'emmena par les cieux, puis descendit sur la ville d'Agate et le château d'Or. Le roi Barqân s'assit sur son trône et vit venir à lui ceux de ses sujets dont on n'avait pas jugé la présence nécessaire à la

guerre. Ils se présentèrent au roi et le complimentèrent
d'être en vie.

— Ô peuple, leur dit-il, que me sert d'être en vie,
quand mes soldats ont été tués, moi-même fait prisonnier, mon honneur détruit parmi les tribus des djinns ?

— Ô roi, lui répondit-on, les rois sont toujours
ainsi : ils affligent ou on les afflige.

— Je dois absolument prendre ma revanche, effacer
cette tache et ne plus être la honte des tribus de djinns.

Il écrivit donc des lettres qu'il fit expédier aux
hordes qui habitaient les forteresses. Elles vinrent à
lui, soumises et obéissantes. Il les passa en revue,
compta trois cent vingt mille robustes génies et
démons

— Que veux-tu ? demandèrent-ils.

— Disposez-vous à voyager dans trois jours.

— Nous écoutons et obéissons.

Et voilà pour le roi Barqân.

Quant au roi Mar'ash, il eut grand déplaisir, lorsqu'il
demanda Barqân, à ne point le trouver.

— Si nous l'avions fait garder, dit-il, par cent génies,
il n'aurait pas fui. Mais où peut-il être allé en nous
quittant ?

Puis, parlant à Gharîb :

— Sache, mon frère, que Barqân est un traître fieffé,
qui ne renoncera pas à prendre sa revanche. Il va, à
coup sûr, réunir ses hordes, et ils viendront à nous. J'ai
l'intention de le poursuivre, tant qu'il est affaibli par
l'effet de sa défaite.

— C'est bien jugé, dit Gharîb, et il n'y a rien là à
reprendre.

— Mon frère, il faut laisser les génies vous ramener
en votre pays et me laisser, moi, mener le bon combat
contre les impies et m'alléger de ce fardeau !

— Non, par le Dieu infiniment patient et généreux,

qui ferme les yeux sur nos fautes, je ne quitterai pas
ce pays sans avoir détruit tous les djinns impies : il
faut que Dieu mette leurs âmes au feu, ce séjour
détestable, et que ceux-là seuls en réchappent qui
adoreront le Dieu unique, qui réduit tout à sa merci.
Mais envoie donc Sahîm à la ville d'Oman où, espé-
rons-le, il guérira de sa maladie.

Sahîm en effet était affaibli. Mar'ash cria aux
génies :

— Emportez Sahîm, avec ces biens et ces cadeaux,
à la ville d'Oman !

— Nous écoutons et obéissons.

Et, emportant Sahîm et les cadeaux, ils gagnèrent
les pays des hommes.

Mar'ash écrivit ensuite aux gens de ses forteresses
et à tous ses gouverneurs. Ils vinrent et leur nombre
était de cent soixante mille. Ils s'équipèrent et se
mirent en route pour le pays d'Agate et le château
d'Or. Ils couvrirent la distance d'une année en un
seul jour. Ils pénétrèrent dans une vallée où ils firent
halte pour se reposer. Ils y passèrent la nuit. Au
matin, ils allaient repartir lorsque apparurent les
avant-gardes des djinns, et les djinns qui criaient.
Les deux armées s'affrontèrent dans cette vallée. On
se chargea, on engagea le combat, la lutte se fit
intense, la terre trembla violemment, l'affaire devint
terrible, ce fut un va-et-vient d'acharnement et de
folie, tout échange de paroles cessa, de longues vies
s'abrégèrent, les impies connurent l'humiliation et la
ruine.

Gharîb chargea en invoquant le Dieu unique,
secourable et adoré. Il coupa les cous, fit dégringoler
les têtes : au soir, il avait tué environ soixante-dix
mille impies. À ce moment, on battit les tambours
pour rompre le combat et l'on se sépara.

Et l'aube chassant la nuit, Shahrâzâd dut interrompre son récit.

Lorsque ce fut la six cent cinquante-septième nuit, elle dit :

On raconte encore, Sire, ô roi bienheureux, que, lorsque les deux armées se furent séparées en rompant le combat, Mar'ash et Gharîb s'installèrent dans leur campement après avoir essuyé leurs armes. Puis vint le repas du soir ; ils mangèrent en se complimentant l'un l'autre d'être en vie. Mais ils avaient perdu dix mille hommes.

Barqân s'installa lui aussi dans son campement. Regrettant ses compagnons morts, il parla à son entourage :

— Si nous continuons à combattre ces gens trois jours encore, ils nous feront périr jusqu'au dernier.

— Et que ferons-nous, ô roi ?

— Attaquons-les cette nuit, pendant qu'ils dormiront, et il n'en restera pas un pour répéter la nouvelle. Équipez-vous, attaquez vos ennemis, et chargez-les comme un seul homme.

— Nous écoutons et obéissons !

Et ils se préparent pour l'attaque.

Or, il y avait parmi eux un génie, nommé Jandal, dont le cœur inclinait à l'islam. En voyant ce que se proposaient les impies, il s'enfuit de chez eux, se présenta à Mar'ash et au roi Gharîb, qu'il informa des dispositions des impies. Mar'ash, tourné vers Gharîb, lui demanda ce qu'il fallait faire :

— Cette nuit, répondit Gharîb, nous attaquerons les impies, nous les disperserons dans les déserts et les solitudes, par la force du Roi Tout-Puissant !

Puis il convoqua les chefs des djinns et leur dit :

— Prenez, vous et vos gens, vos équipements de

guerre ! Quand les ténèbres tomberont, esquivez-vous à pied, cent par cent, en laissant les tentes vides, et cachez-vous dans les montagnes ! Quand vous verrez que les ennemis sont au campement, chargez-les de tous les côtés, d'un cœur ferme et en comptant sur votre Seigneur ; vous aurez la victoire ! Quant à moi, je serai avec vous !

La nuit venue, les ennemis attaquèrent le campement, en invoquant le secours du feu et de la lumière. Mais quand ils furent dans le camp, les croyants fondirent sur les impies en invoquant le secours du Maître des mondes, au cri de : « Ô le plus miséricordieux des miséricordieux, ô Créateur de toutes créatures ! » Ils laissèrent finalement l'ennemi moissonné et mort. Au matin, les impies n'étaient plus que fantômes sans âmes, et ceux qui restaient avaient gagné les déserts et les plaines.

Mar'ash et Gharîb s'en revinrent victorieux et comblés. Après avoir raflé les biens des impies, ils passèrent la nuit. Au matin, ils se mirent en marche pour gagner la ville d'Agate et le château d'Or. Quant à Barqân, lorsque la guerre tourna contre lui et que la plupart de ses gens eurent été tués dans les ténèbres de la nuit, il tourna les talons et s'enfuit avec ce qui restait de ses gens. Arrivé à sa ville, il entra dans son château, réunit ses hordes et leur dit :

— Ô mon peuple, que tous ceux qui possèdent quelque chose le prennent et me suivent à la montagne Qâf, auprès du roi al-Azraq, maître du château Bigarré : c'est lui qui nous vengera !

Ils prirent leurs femmes, leurs enfants, leurs biens, et gagnèrent la montagne Qâf.

Sur ces entrefaites, Mar'ash et Gharîb arrivèrent à la ville d'Agate et au château d'Or. Ils trouvèrent les portes ouvertes, et personne pour leur donner la

moindre nouvelle. Mar'ash prit Gharîb pour lui faire
visiter la ville d'Agate et le château d'Or. Les fondations du rempart de la ville étaient d'émeraude, la
porte de cornaline, avec des clous d'argent, les toits des
maisons et des châteaux en bois d'aloès ou de santal.
On chemina, on alla çà et là, par les avenues et les rues
de la ville, et l'on parvint enfin au château d'Or, où l'on
traversa vestibule sur vestibule : on avait devant soi
une construction de rubis royal, avec des ornementa-
tions d'émeraude et d'hyacinthe.

En entrant au palais, Mar'ash et Gharîb furent
stupéfaits de tant de beauté. Passant sans arrêt d'un
endroit à l'autre, ils traversèrent finalement sept vesti-
bules. En arrivant au centre du palais, ils se trouvèrent
devant quatre grandes salles ouvertes, différentes l'une
de l'autre, le milieu même du palais étant occupé par
un bassin d'or rouge surmonté de figures de fauves,
également en or, qui crachaient les jets d'eau. Le
spectacle sidérait les pensées de Mar'ash et Gharîb. La
grande salle centrale était tendue de tapis tissés de soie
multicolore et abritait deux trônes d'or rouge incrusté
de perles et de pierres précieuses. Mar'ash et Gharîb
s'assirent alors sur le trône de Barqân et organisèrent
dans le château d'Or une gigantesque procession.

Et l'aube chassant la nuit, Shahrâzâd dut interrompre son récit.

Lorsque ce fut la six cent cinquante-huitième nuit,
elle dit :

On raconte encore, Sire, ô roi bienheureux, que
Mar'ash et Gharîb s'assirent sur le trône de Barqân et
organisèrent une gigantesque procession. Après quoi,
Gharîb demanda à Mar'ash :

— Quel parti comptes-tu prendre ?
— Ô roi des hommes, j'ai dépêché cent cavaliers qui

doivent me découvrir ce que Barqan est devenu, en quelque pays qu'il soit, et ce afin que nous lui donnions la chasse.

Tous deux restèrent trois jours au château d'Or, à la suite de quoi les génies revinrent annoncer que Barqân était allé à la montagne Qâf où il avait demandé asile au roi al-Azraq, qui le lui avait accordé.

— Qu'en dis-tu, mon frère ? demanda Mar'ash à Gharîb.

— Si nous ne les attaquons pas, c'est eux qui nous attaqueront.

Alors, Mar'ash et Gharîb demandèrent à l'armée de se tenir prête à partir dans trois jours.

On se disposa donc au mieux, et l'on s'apprêtait au départ lorsque arrivèrent les génies qui avaient raccompagné Sahîm avec les cadeaux. Ils se présentèrent à Gharîb, baisèrent le sol devant lui et, comme Gharîb leur demandait des nouvelles de son peuple, répondirent :

— Ton frère 'Ajîb, en fuyant la bataille, a quitté Ya'rub, fils de Qaḥṭân ; il a gagné les pays de l'Inde, s'est présenté à leur roi, lui a raconté ce qui lui était arrivé de par son frère et lui a demandé asile. Le roi le lui a accordé, a écrit des lettres à tous ses gouverneurs et a rassemblé une armée pareille à une mer houleuse, dont on ne sait où elle commence ni où elle finit. Il est déterminé à ruiner l'Irak.

À quoi Gharîb répondit :

— Pauvres impies ! Dieu, le Très Haut, secourra l'islam, et je leur ferai voir comment on frappe du sabre et pique de la lance !

— Ô roi des hommes, intervint Mar'ash, par la vérité du Nom sublime, il me faut absolument t'accompagner dans ton royaume, faire périr tes ennemis et t'aider à réaliser tes souhaits !

Gharîb le remercia. On passa la nuit dans la perspective du départ. Au matin, on se mit en route et l'on chemina en direction de la montagne Qâf. On marcha tout un jour, après quoi on poursuivit vers le château Bigarré et la ville de Marbre. Celle-ci avait été bâtie, en pierre et en marbre, par Bâriq, fils de Fâqi', père des djinns, qui bâtit aussi le château Bigarré, qu'il nomma ainsi parce qu'il était construit de briques d'argent et d'or alternées. C'était un édifice unique au monde. Quand on s'approcha de la ville de Marbre et qu'il n'y eut plus qu'une demi-journée pour y être, on fit halte pour se reposer.

Mar'ash envoya quelqu'un aux nouvelles ; le courrier s'absenta et revint dire :

— Ô roi, il y a, dans la ville de Marbre, des cohortes de djinns aussi nombreuses que les feuilles des arbres ou les gouttes de la pluie.

— Que doit-on faire, ô roi des hommes ? demanda Mar'ash.

— Divise tes troupes, ô roi, répondit Gharîb, en quatre corps autour de l'armée ennemie. Ils crieront : « Dieu est plus grand que tout ! », puis, lorsqu'ils auront crié la grandeur de Dieu, ils se retireront loin de l'ennemi. Que la chose ait lieu au milieu de la nuit, et tu verras ce qu'il se passera dans les tribus des djinns.

Mar'ash convoque les siens et les répartit comme a dit Gharîb. Ils prennent leurs armes et attendent la mi-nuit. Ils s'en vont alors se déployer autour de l'armée ennemie et crier :

— Dieu est plus grand que tout, par la religion d'Abraham, son ami — sur lui le salut !

Les impies se réveillent, effrayés par ces mots, saisissent leurs armes et tombent les uns sur les autres, tant et si bien qu'aux premières lueurs du

jour, la plupart avaient péri et que seule une minorité subsistait. Alors Gharîb crie aux djinns musulmans ˙
Chargez ce qui reste d'impies ! Je suis avec vous, et Dieu vous donne la victoire !

Mar'ash charge, Gharîb à ses côtés, qui dégaine son sabre al-Mâhiq, lequel était un sabre de djinn. Il mutile les nez, décime les rangs, atteint Barqân, le frappe, le prive de vie et met pied à terre, tout couvert de son sang. Puis il traite le roi al-Azraq de la même manière. Le matin s'avançant, il ne restait aucune famille chez les impies, ni personne pour aller en répéter la nouvelle.

Mar'ash et Gharîb entrent alors au château Bigarré. Ils y trouvent des murs faits de briques d'or et d'argent, des escaliers de cristal enchâssé d'émeraude, une fontaine avec jet d'eau, abritée de tentures de soie brochée de fils d'or et incrustée de pierres précieuses. Ils trouvèrent des richesses innombrables, indescriptibles. Puis ils entrèrent dans la grande salle du harem où se trouvaient de fort jolies personnes. Gharîb, en regardant ce harem du roi al-Azraq, aperçut, parmi ses filles, la plus belle personne qu'il ait jamais vue. Elle portait un habit qui valait mille dinars et avait autour d'elle cent servantes qui relevaient les pans de sa traîne avec des pinces d'or : elle était comme une lune au milieu des étoiles. En voyant cette fille, Gharîb sentit sa raison s'égarer et rester hagarde.

— Qui est cette fille ? demanda-t-il à quelques-unes d'entre elles.

— C'est Kawkab aṣ-Ṣabâḥ, la fille du roi al-Azraq

Et l'aube chassant la nuit, Shahrâzâd dut interrompre son récit.

Lorsque ce fut la six cent cinquante-neuvième nuit, elle dit :

On raconte encore, Sire, ô roi bienheureux, que Gharîb, lorsqu'il demanda à des servantes qui était cette fille, s'entendit répondre que c'était Kawkab aṣ-Ṣabâḥ, la fille du roi al-Azraq. Se tournant alors vers Mar'ash, Gharîb lui dit :

— Ô roi des djinns, j'ai l'intention d'épouser cette fille.

— Le château, répondit le roi Mar'ash, et tout ce qu'il contient de richesses et de domestiques, tout cela est le gain de ta main. Si tu n'avais pas usé de ruse pour faire périr Barqân et le roi al-Azraq avec leurs gens, c'est eux qui nous auraient fait périr jusqu'au dernier. Ainsi ces biens sont tes biens, ces gens sont tes esclaves.

Gharîb le remercia de ces bonnes paroles, il s'avança vers la fille, la regarda, la regarda mieux encore et l'aima d'un violent amour qui lui fit oublier Fakhr-Tâj, fille du roi Sâbûr, du roi des Iraniens, des Turcs et du Daylam, ainsi que Mahdiyya. La mère de cette fille était elle-même la fille du roi de Chine, que le roi al-Azraq avait enlevée de son château et déflorée. Enceinte de ses œuvres, elle lui avait donné cette fille, qu'il avait appelée, pour sa grâce et son charme, Kawkab aṣ-Ṣabâḥ « l'Étoile du matin », et qui était bien la reine de toute beauté. Sa mère était morte alors qu'elle n'avait que quarante jours. Elle fut élevée par les nourrices et par les serviteurs, jusqu'au jour où, à l'âge de dix-sept ans, elle connut ces événements que furent la mort de son père et le violent amour de Gharîb.

Gharîb lui prit la main, la posséda dès cette nuit même et la trouva vierge. Pour elle, elle haïssait son père et était fort heureuse de sa mort. Gharîb ordonna qu'on détruisît le château Bigarré, ce que l'on fit. Il en distribua les richesses aux djinns. Il lui échut à lui-même vingt et une mille briques d'or et d'argent, ainsi que des quantités innombrables, incalculables, de richesses et d'orfèvrerie.

Après quoi, le roi Mar'ash emmena Gharîb visiter la montagne Qâf et ses merveilles. Puis ils se mirent en route et gagnèrent le château de Barqân. Arrivés là, ils le ruinèrent, en distribuèrent les richesses et regagnèrent la forteresse de Mar'ash, où ils restèrent cinq jours. Gharîb demanda à partir pour son pays.

— Ô roi des hommes, dit Mar'ash, je viendrai, au milieu de tes cavaliers, t'accompagner jusqu'en ton pays.

— Non, répondit Gharîb, par la vérité d'Abraham, l'Ami de Dieu, je ne te laisserai pas te déranger ainsi, et ne prendrai de ton peuple qu'al-Kaylajân et al-Qawrajân.

— Ô roi, insista Mar'ash, emmène dix mille cava liers djinns, qui t'accompagneront et te serviront.

— Je ne prendrai que ceux que je t'ai dits.

Mar'ash ordonna à mille génies d'emporter ce qui revenait de butin à Gharîb et de l'accompagner jusqu'à son royaume. Puis il dit aux deux génies, al-Kaylajân et al-Qawrajân, de rester avec Gharîb et de lui obéir.

— Nous écoutons et obéissons, répondirent-ils.

Gharîb, lui, commanda aux génies d'emporter tous ses biens, Kawkab aṣ-Ṣabâḥ comprise. Quand il voulut, au moment du départ, enfourcher son coursier volant, Mar'ash lui dit.

— Ce coursier, mon frère, ne peut vivre qu'en notre pays ; s'il vient au pays des hommes, il meurt. Mais j'ai un autre coursier, rapide, dont on ne trouve pas le pareil au pays d'Irak ni dans le monde entier.

Il fit donc amener le coursier, dont la vue ravit Gharîb. On l'entrava et al-Kaylajân le prit sur lui, tandis qu'al-Qawrajân emportait tout ce qu'il pouvait.

Après quoi Mar'ash embrassa Gharîb, pleurant de cette séparation et lui disant :

— S'il t'arrive, mon frère, quelque chose qui dépasse tes forces, fais-moi prévenir, et je viendrai te rejoindre avec une armée capable de ravager la terre et tout ce qu'elle porte.

Gharîb le remercia de ce dévouement et de la fermeté de son islam, puis les deux génies emportèrent Gharîb et le coursier. En deux jours et une nuit, ils couvrirent une distance qui eût demandé cinquante ans, si bien qu'ils approchèrent de la ville d'Oman. Ils firent halte dans les environs, pour se reposer. Se tournant vers al-Kaylajân, Gharîb lui dit :

— Va, et découvre ce qu'il en est de mon peuple.

Al-Kaylajân partit, puis revint dire :

— Ô roi, la ville est attaquée par une armée d'impies semblable à une mer houleuse. Tes gens ont entrepris de lutter contre eux, ils ont battu le tambour de la guerre et al-Jamraqân s'est proposé pour les défier au milieu de la lice.

À ces mots, Gharîb s'écria :

— Dieu est plus grand que tout !

Puis :

— Kaylajân, dit-il, selle mon cheval, prépare mon équipement et ma lance. C'est aujourd'hui qu'on distinguera le chevalier du lâche, aux lieux où l'on guerroie et pique de la lance.

Al-Kaylajân s'affaira à préparer ce qu'avait demandé Gharîb. Celui-ci prit son équipement guerrier, ceignit le sabre de Japhet, fils de Noé, enfourcha le coursier vif comme la mer et se disposa à rejoindre troupes et soldats. Al-Kaylajân et al-Qawrajân lui dirent :

— Repose-toi et laisse-nous aller contre les impies : nous les disperserons par les déserts et les solitudes, jusqu'à ce qu'il ne reste d'eux aucune famille ni personne pour souffler sur le feu, avec l'aide du Dieu Très Haut et Très Puissant.

— Par la vérité d'Abraham, l'Ami de Dieu, répondit Gharîb, je ne vous laisserai combattre que moi présent, sur mon coursier.

Or, la venue des ces armées tenait à une raison extraordinaire...

Et l'aube chassant la nuit, Shahrâzâd dut interrompre son récit.

Lorsque ce fut la six cent soixantième nuit, elle dit :

On raconte encore, Sire, ô roi bienheureux, que, lorsque Gharîb eut demandé à al-Kaylajân d'aller découvrir ce qu'il en était de son peuple, celui-ci revint lui dire que sa ville était attaquée par une nombreuse armée. La raison de cette venue était la suivante : 'Ajîb était venu, avec l'armée fournie par Ya'rub, fils de Qaḥṭân, assiéger les musulmans. Al-Jamraqân et Sa'dân avaient fait une sortie, rejoints par al-Kaylajân et al-Qawrajân. Ils avaient mis en pièces les armées impies et 'Ajîb avait fui. Celui-ci dit alors à ses gens :

— Si vous revenez vers Ya'rub, fils de Qaḥṭân, alors que son peuple et son fils ont péri, il vous dira : « Sans vous, mes gens et mon fils n'auraient pas été tués. » Et il vous tuera jusqu'au dernier. Mon avis est que vous alliez au pays de l'Inde ; nous nous présenterons au roi Tarkân, qui nous vengera.

— Viens avec nous, dirent les gens de 'Ajîb, et que le feu te bénisse !

Ils allèrent, des jours durant, et arrivèrent ainsi à la ville de l'Inde, où ils demandèrent permission de se présenter au roi Tarkân. Permission fut accordée à 'Ajîb, qui se présenta, baisa le sol, fit des vœux selon les formules réservées aux rois et dit :

— Ô roi, accorde-moi secours et le feu, source des étincelles, sera ton secours, l'obscurité te protégera dans l'épaisseur de ses ténèbres !

— Qui es-tu ? demanda le roi en regardant 'Ajîb, et que veux-tu ?

— Je suis 'Ajîb, roi de l'Irak, attaqué par un frère qui suit la religion de l'islam ; les hommes lui ont obéi, il a soumis les pays, me pourchassant sans trêve de terre en terre. Je suis donc venu demander asile à ta générosité.

À ces mots de 'Ajîb, le roi de l'Inde se leva, se rassit et dit :

— Par la vérité du feu, je te vengerai, je ne laisserai personne adorer quelqu'un d'autre que le feu !

Puis il appela son fils et lui dit :

— Prépare-toi, mon fils, et pars pour l'Irak : accable tous ceux qui s'y trouvent, enchaîne ceux qui n'adorent pas le feu, torture-les de façon exemplaire, mais ne les tue pas : ramène-les-moi, que je puisse leur infliger toutes sortes de tourments, leur faire goûter l'humiliation et faire d'eux un sujet de réflexion pour tous ceux de ce temps qui savent réfléchir !

Le roi choisit, pour aller avec son fils, quatre-vingt mille combattants à cheval et quatre-vingt mille autres à dos de girafe ; il envoya en outre dix mille éléphants, chacun portant un palanquin de santal enchâssé de fils d'or, les ornements et les clous du palanquin étant d'or et d'argent. Chaque palanquin portait un trône d'or et d'émeraude. On envoya aussi d'autres palanquins avec des armes, chacun d'eux supportant huit hommes combattant avec toutes les armes possibles. Le fils du roi était le brave de son siècle et n'avait pas son pareil pour le courage. Il s'appelait Ra'd-Shâh.

Il s'équipa en dix jours, puis on marcha, et l'on

parvint à la ville d'Oman. On l'investit. 'Ajîb, heureux, se voyait déjà vainqueur. Alors, al-Jamraqân, Sa'dân et tous les guerriers vinrent au milieu du champ de bataille ; les tambours battirent, les chevaux hennirent. Ce fut le spectacle que vint surplomber al-Kaylajân et dont il informa le roi Gharîb.

Celui-ci se mit en selle, comme nous l'avons dit. Il poussa son coursier et vint dans les rangs ennemis, attendant qu'on le défiât et qu'on ouvrît la porte de la guerre. Sa'dân l'Ogre se montra aussi, demandant qu'on le défiât. Un des guerriers indiens se montra. Sa'dân ne le laissa rester devant lui que le temps de le frapper de sa massue, qui lui brisa les os et l'expédia au sol, où il resta étendu. Un second se présenta, que Sa'dân tua, puis un troisième, qu'il traita de même, et ainsi de suite jusqu'à trente guerriers. Alors vint au défi un guerrier indien du nom de Baṭṭâch al-Aqrân. C'était le cavalier de son siècle, qui valait à lui seul, sur le champ de bataille, pour guerroyer et piquer de la lance, cinq mille cavaliers. C'était l'oncle paternel du roi Tarkân. En défiant Sa'dân, Baṭṭâch lui dit :

— Brigand d'Arabe, serais-tu assez fort pour tuer des rois ou des héros de l'Inde, ou pour faire prisonniers ses cavaliers ? Ce jour est le dernier que tu vis ici-bas !

À ces mots, les yeux de Sa'dân rougissent, il fond sur Baṭṭâch, le frappe de sa massue, mais le coup rate. Sa'dân chancelle avec sa massue et tombe à terre. Il n'a pas repris ses esprits qu'il est ligoté, entravé et tiré au camp ennemi.

En voyant son compagnon prisonnier, al-Jamraqân s'écrie :

— Par la religion d'Abraham, l'Ami de Dieu !

Il pique son coursier, charge Baṭṭâch al-Aqrân. Tous deux virevoltent une heure durant, puis Baṭṭâch fond

sur al-Jamraqân, le tire par son brassard, l'arrache de
sa selle et le jette au sol. On le ligote et on le tire au
camp ennemi. Et ainsi, un chef venant après un autre
défier Baṭṭâch, celui-ci capture vingt-quatre chefs
musulmans, spectacle qui plonge les musulmans dans
une affliction extrême. En voyant ce qui arrive à ses
braves, Gharîb libère de dessous son genou une massue
d'or d'un poids de cent vingt livres : c'était la massue
de Barqân, roi des djinns.

Et l'aube chassant la nuit, Shahrâzâd dut interrompre son récit.

Lorsque ce fut la six cent soixante et unième nuit,
elle dit :

On raconte encore, Sire, ô roi bienheureux, que le roi
Gharîb, en voyant ce qui arrivait à ses braves, tira une
massue d'or qui était celle de Barqân, roi des génies.
Puis il poussa son coursier vif comme la mer, qui alla
sous lui comme le souffle du vent et fonça tant qu'il fut
bientôt au centre du champ de bataille.

— Dieu est plus grand que tout ! cria Gharîb. Il
donne secours et victoire. Il déboute les impies qui
méprisent la religion d'Abraham, son ami !

Puis il charge Baṭṭâch, le frappe de sa massue, le
renverse à terre et, tourné vers les musulmans, parmi
lesquels il voit son frère Sahîm, il crie à celui-ci :

— Ligote-moi ce chien !

À ces mots, Sahîm s'élance sur Baṭṭâch, le ligote
solidement et l'emmène.

Les musulmans s'émerveillaient de voir un pareil
cavalier, et les impies se demandaient les uns aux
autres :

— Quel est ce cavalier qui vient de sortir de leurs
rangs et de faire prisonnier notre compagnon ?

Gharîb, cependant, demandait qu'on le défiât. Vint

alors au défi un chef des Indiens, que Gharîb
frappa de la massue, l'expédiant à terre où il resta
étendu. Al-Kaylajân et al-Qawrajân le ligotèrent et
le remirent à Sahîm. Gharîb continua de capturer
brave sur brave, faisant ainsi prisonniers cinquante-
deux guerriers, tous chefs émérites. Mais le jour
finit, on battit les tambours pour rompre le combat
et Gharîb, quittant le champ de bataille, regagna
les rangs musulmans. Le premier à l'accueillir fut
Sahîm, qui lui baisa le pied à même l'étrier et lui
dit :

— Tes mains ne sont pas restées inactives, ô
cavalier de ce siècle! Apprends-nous quel brave tu
es !

Alors, Gharîb souleva la visière de mailles qui lui
couvrait le visage. Le reconnaissant, Sahîm s'écria :

— Peuple, c'est votre roi, votre seigneur, Gharîb,
de retour du pays des djinns !

En entendant parler de leur roi, les musulmans
se jetèrent à bas de leurs chevaux, vinrent à Gharîb, lui embrassèrent les pieds à même les étriers,
le saluèrent, tout heureux de le voir en vie, et le
firent entrer dans la ville d'Oman. Il s'assit sur son
trône, ses gens venant se placer autour de lui, au
comble de la joie. Puis on présenta le repas et on
mangea, après quoi Gharîb leur raconta tout ce qui
lui était arrivé à la montagne Qâf de la part des
tribus de djinns. Ils s'en émerveillèrent à l'extrême
et louèrent Dieu d'avoir conservé leur roi en vie.
Al-Kaylajân et al-Qawrajân ne quittaient pas Gharîb.

Puis Gharîb ordonna à ses gens d'aller se coucher. Ils se dispersèrent vers leurs demeures, ne
laissant auprès de lui que les deux génies :

— Pouvez-vous, leur dit Gharîb, me transporter à

Koufa, pour que je fasse ma joie de revoir ma famille, puis me ramener ici à la fin de la nuit ?

— Seigneur, tu ne peux rien nous demander de plus facile.

Or, il y a, entre Oman et Koufa, soixante jours de marche pour un cavalier émérite. Al-Kaylajân dit à al-Qawrajân :

— Je le porterai à l'aller, et toi au retour.

Al-Kaylajân emporta donc Gharîb, al-Qawrajân restant à sa hauteur. Il se passa une heure à peine, que déjà ils étaient arrivés à Koufa et déposaient Gharîb à la porte du château. Il se présenta à son oncle ad-Dâmigh qui, à sa vue, se leva pour l'accueillir et le salua.

— Comment se portent mon épouse Fakhr-Tâj et mon épouse Mahdiyya ? demanda Gharîb.

— Aussi bien que possible, et leur santé est excellente.

Puis un serviteur alla informer la maison de l'arrivée de Gharîb. On en fut tout heureux, on poussa des cris de joie et l'on donna au serviteur le prix de sa bonne nouvelle.

Gharîb entra alors. On se leva, on le salua, puis on devisa. Ad-Dâmigh arriva, Gharîb lui raconta ce qui lui était arrivé avec les djinns. Ad-Dâmigh et toute la maison s'émerveillèrent. Gharîb passa le reste de la nuit avec Fakhr-Tâj. Quand l'aube fut proche, il sortit retrouver les deux génies, fit ses adieux à sa famille, à sa maison et à son oncle ad-Dâmigh, puis monta sur le dos d'al-Qawrajân, al-Kaylajân restant à leur hauteur. Les ténèbres ne s'étaient pas dissipées qu'ils étaient dans la ville d'Oman. Gharîb revêtit ses équipements guerriers, imité par les siens. Puis il fit ouvrir la porte de la guerre. Or, voici qu'apparut, venant de l'armée des impies, un cavalier qu'accompagnaient al-Jamra-

qân, Sa'dân l'Ogre et les chefs prisonniers. Ce cavalier,
qui les avait délivrés, les remit à Gharîb, roi des
musulmans, lesquels se réjouirent de les voir en vie. On
se cuirassa, on enfourcha les chevaux, on battit les
tambours annonçant qu'on allait guerroyer, piquer et
frapper, et les impies alignèrent leurs rangs.

Et l'aube chassant la nuit, Shahrâzâd dut interrompre son récit.

Lorsque ce fut la six cent soixante-deuxième nuit,
elle dit :

On raconte encore, Sire, ô roi bienheureux, que,
lorsque l'armée musulmane eut gagné à cheval le
champ de bataille pour guerroyer et piquer de la lance,
le premier à ouvrir la porte de la guerre fut le roi
Gharîb. Il tira son sabre al-Mâḥiq, le sabre de Japhet,
fils de Noé — sur lui le salut ! — et poussa son coursier
entre les deux lignes, criant :

— Que ceux qui me connaissent s'épargnent le mal
que je leur ferais ! Que ceux qui ne me connaissent pas
apprennent qui je suis : le roi Gharîb, le roi de l'Irak et
du Yémen. Je suis Gharîb, frère de 'Ajîb !

À ces mots, Ra'd-Shâh, fils du roi de l'Inde, cria à
ses chefs de lui amener 'Ajîb. Quand on le lui eut
amené :

— Sais-tu bien que ce tumulte est le tien, que c'est
toi qui en es cause, que c'est ton frère maintenant qui
est au milieu du champ de bataille, là où l'on guerroie
et frappe de la lance ? Cours à lui, et me le ramène
prisonnier, que je lui fasse monter un chameau à
contresens, que je le châtie de façon exemplaire et
regagne le pays de l'Inde.

— Ô roi, dit 'Ajîb, envoie-lui quelqu'un d'autre, car
je me sens devenu faible.

À ces mots, Ra'd-Shâh gronda et tempêta :

— Par la vérité du feu, source des étincelles, dit-il, par la lumière, l'ombre et la chaleur, si tu ne vas pas à ton frère et ne me le ramènes pas bien vite, je te coupe la tête et éteins en toi tout souffle de vie !

'Ajîb part et pousse son coursier, le cœur raffermi ; il approche son frère au centre de la lice :

— Ah ! chien des Arabes, dit-il, ô toi qui vaux moins qu'un brin de corde, tu veux jouer les rois ? Attrape donc ce qui te revient ! Tu peux annoncer ta mort !

À ces mots, Gharîb répliqua :

— Et quel roi es-tu toi-même ?

— Je suis ton frère, et ce jour est le dernier que tu vois en ce monde.

Quand il fut sûr qu'il s'agissait bien de son frère 'Ajîb, Gharîb lui cria :

— Pour la vengeance de mon père et de ma mère !

Puis il remit son sabre à al-Kaylajân, chargea 'Ajîb et lui assena, de son épieu, un coup fantastique et furieux qui lui fit presque saillir les côtes. Il le saisit au col, le tira, l'arracha de sa selle et le jeta au sol. Les deux génies se précipitèrent pour le ligoter solidement, puis le menèrent, humilié et bafoué, cependant que Gharîb, tout à sa joie d'avoir capturé son ennemi, chantait les mots du poète :

> J'ai atteint mon but ! Finie la souffrance !
>   gloire et louange à toi, notre Seigneur !
> J'ai grandi chétif, pauvre et sans honneur,
>   mais Dieu combla toutes mes espérances !
> J'ai pris le monde et dompté les humains,
>   mais sans toi, Seigneur, je ne serais rien.

Quand Ra'd-Shâh vit le sort que Gharîb avait réservé à son frère, il demanda son coursier, revêtit son équipement de guerre, ses brassards et gagna la lice ; il poussa son coursier tout près du roi Gharîb, là où l'on guerroie et pique de la lance.

— Ô le plus vil des Arabes, cria-t-il, ramasseur de bois, serais-tu assez fort pour capturer les rois et les braves ? Descends de ton coursier, enchaîne-toi et baise-moi les pieds, libère mes braves et suis-moi dans mon royaume, entravé et enchaîné ! Alors, je te ferai grâce et tu deviendras l'auguste vieillard de notre pays, où tu te nourriras d'une bouchée de pain !

En entendant ces mots, Gharîb, de rire, tombe à la renverse.

— Chien enragé, dit-il, loup galeux, tu vas voir autour de qui tournent les catastrophes !

Il crie à Sahîm de lui amener les prisonniers, ce qu'il fait. Gharîb leur coupe le cou et alors, Ra'd-Shâh le charge comme un dément, le heurte violemment, furieusement. Tous deux, sans relâche, reviennent à la charge, esquivent, se heurtent jusqu'à l'irruption des ténèbres. Alors on bat le tambour pour rompre le combat.

Et l'aube chassant la nuit, Shahrâzâd dut interrompre son récit.

Lorsque ce fut la six cent soixante-troisième nuit, elle dit :

On raconte encore, Sire, ô roi bienheureux, qu'après qu'on eut battu le tambour pour rompre le combat, les deux rois se séparèrent, chacun d'eux regagnant sa place, où les leurs les félicitèrent d'être sains et saufs. Les musulmans dirent au roi Gharîb :

— Tu n'as pas pour habitude, ô roi, de prolonger le combat.

— Peuple, répondit Gharîb, j'ai combattu des braves et des rois, mais je n'ai vu personne qui sache mieux frapper que ce brave-ci. J'ai songé à tirer contre lui le sabre de Japhet, pour le frapper, lui rompre les os en miettes et mettre un terme à ses jours, mais j'ai préféré lui laisser du temps, avec la pensée que, si je le faisais prisonnier, il pourrait avoir un haut rang dans l'islam.

Et voilà pour Gharîb.

Quant à Ra'd-Shâh, il entra dans la grande tente et s'assit sur son trône pour recevoir les Grands de son peuple. Et comme ils l'interrogeaient sur son adversaire :

— Par la vérité du feu, source des étincelles, dit-il, je n'ai vu de ma vie un pareil brave. Demain, je le ferai prisonnier et l'emmènerai, humilié et bafoué.

On passa la nuit. Au matin, on battit les tambours de la guerre et on se prépara pour piquer et frapper. On ceignit les lances, on lança les cris, on enfourcha les destriers vigoureux, on quitta les campements, on emplit la terre, les collines, les plaines et les vastes étendues. Le premier à ouvrir la porte de la guerre et du combat à la lance fut le cavalier, le preux, le lion intrépide : le roi Gharîb. Il virevolta et chargea, disant :

— Y a-t-il quelqu'un pour accepter le défi ? Y a-t-il quelqu'un pour entrer dans la lice ? Mais qu'aujourd'hui les fainéants et les impuissants restent là où ils sont !

Il n'avait pas achevé de parler que Ra'd-Shâh vient le défier, monté sur un éléphant pareil à une gigantesque coupole et dont le dos portait un palanquin treillissé de fils de soie. Le cornac, perché entre les oreilles de l'éléphant, avait en main un crochet dont il frappait la bête, laquelle se dandinait de droite et de gauche. Quand l'éléphant approcha du coursier de Gharîb et que celui-ci vit cette chose qu'il n'avait jamais vue, il prit la fuite devant elle. Gharîb alors descendit de son cheval, qu'il confia à al-Kaylajân. Puis il tira le sabre al-Mâḥiq et s'avança vers Ra'd-Shâh, à pied, arrivant jusque devant l'éléphant. Or, Ra'd-Shâh, lorsqu'il se voyait avoir le dessous en présence d'un brave, montait sur un palanquin porté par un éléphant et prenait avec lui une chose appelée épervier, qui avait la forme d'un filet, large du bas et étroit du haut, et dont les franges portaient des anneaux par où passait une corde de soie. Ra'd-Shâh traquait ainsi cavalier et monture : il jetait sur eux le filet, tirait sur la corde et, faisant tomber du coursier l'homme qui le montait, capturait celui-ci. Aidé de ce filet, il réduisait les cavaliers à sa merci.

Quand il fut près de Gharîb, il leva la main tenant l'épervier et étendit sur Gharîb le filet, qui se répandit sur lui. Puis il tira à lui son prisonnier, qui se retrouva à ses côtés sur le dos de l'éléphant, et il cria à celui-ci de retourner auprès de ses troupes. Mais al-Kaylajân et al-Qawrajân, qui ne quittaient pas Gharîb et avaient vu le sort de leur maître, saisirent l'éléphant, cependant que Gharîb rompait l'épervier en écartant ses bras. Al-Kaylajân et al-Qawrajân se précipitèrent sur Ra'd-Shâh, le ligotèrent et l'emmenèrent lié dans une corde de fibre de palmier.

Alors on se rua les uns sur les autres, comme deux mers qui s'entrechoqueraient, ou deux montagnes qui se heurteraient. La poussière monta jusqu'aux nues ; les deux armées virent les ténèbres de la mort, la guerre prit de la vigueur, le sang coula, et l'on ne cessa de guerroyer furieusement, de piquer fermement de la lance et de frapper du sabre aussi fort qu'il se pouvait. Cela dura jusqu'à ce que, le jour enfui, la nuit vînt tout brouiller. Alors, on battit les tambours pour rompre le combat et l'on se sépara. Les musulmans avaient pris une part active à cette journée : ils eurent beaucoup de

tués et la plupart d'entre eux se retrouvèrent blessés,
par le fait des ennemis montés sur les éléphants et les
girafes. Leur sort chagrinait Gharîb, qui fit soigner les
blessés et, tourné vers les chefs de sa troupe, leur
demanda leur avis.

— Ô roi, répondirent-ils, ce sont les éléphants et les
girafes, et eux seuls qui nous nuisent ; si nous leur
avions échappé, nous aurions eu le dessus.

Alors, al-Kaylajân et al-Qawrajân dirent :

— Nous tirerons tous deux nos sabres, nous attaquerons les ennemis et tuerons la plupart d'entre eux.

Mais survint un homme d'Oman, qui était conseiller
d'al-Jaland :

— Ô roi, dit-il, je fais mon affaire de la sécurité de
cette armée, si tu suis mes avis et m'écoutes.

Gharîb se tourna vers les chefs :

— Quoi que vous dise ce maître, exécutez-le fidèlement.

— Nous écoutons et obéissons.

Et l'aube chassant la nuit, Shahrâzâd dut interrompre son récit.

Lorsque ce fut la six cent soixante-quatrième nuit,
elle dit :

On raconte encore, Sire, ô bienheureux, que, lorsque
le roi Gharîb eut dit aux chefs d'exécuter fidèlement ce
que leur dirait ce maître, ils répondirent :

— Nous écoutons et obéissons.

Cet homme choisit alors dix chefs, auxquels il
demanda de combien de guerriers ils disposaient.

— De dix mille, répondirent-ils.

Il les emmena tous au dépôt d'armes et remit à cinq
mille d'entre eux des arbalètes en leur enseignant à
tirer. Lorsque l'aube parut, les impies s'équipèrent,
amenèrent les éléphants et les girafes ; les hommes

prirent leur armement complet; on amena bêtes sauvages et guerriers au premier rang de l'armée.

Gharîb se mit en selle avec ses braves. Ils alignèrent leurs rangs, on battit les tambours, les chefs s'avancèrent, et aussi les bêtes sauvages et les éléphants. Alors, l'homme cria ses ordres aux tireurs : ils s'activèrent à leurs flèches et arbalètes. Flèches et plomb percèrent les côtes des bêtes. En hurlant, elles se retournèrent contre les guerriers et soldats ennemis, les foulèrent sous leurs pattes. Alors les musulmans attaquèrent les impies, les encerclant de gauche et de droite. Les éléphants les écrasèrent, les dispersant dans les déserts et les solitudes, les musulmans à leurs trousses, sabre indien en main. Bien peu réchappèrent des éléphants et des girafes.

Gharîb et les siens s'en revinrent dans la joie de la victoire. Au matin, ils partagèrent le butin. Ils restèrent ainsi cinq jours, puis Gharîb s'assit sur son trône, convoqua son frère 'Ajîb et lui dit :

— Alors, chien, que t'en semble? Tu réunis les rois contre nous, mais Celui qui a pouvoir sur toute chose nous donne la victoire sur toi. Convertis-toi, tu seras sauf, et je te tiendrai quitte, pour prix de ta conversion, de la vengeance que je dois à mon père et à ma mère; je te ferai roi, comme tu l'étais, et je me placerai, moi, sous ton pouvoir.

À ces paroles, 'Ajîb répondit qu'il n'abandonnerait pas sa religion. Gharîb le fit mettre dans des chaînes de fer et préposa à sa garde cent esclaves vigoureux.

Puis, se tournant vers Ra'd-Shâh :

— Que dis-tu de la religion de l'islam?

— Seigneur, j'embrasserai votre religion, car si ce n'était une bonne et vraie religion, vous ne nous auriez pas vaincus. Donne-moi ta main : j'atteste qu'il n'y a de dieu que Dieu et qu'Abraham, l'Ami de Dieu, est Son envoyé.

Tout heureux de cette conversion, Gharîb demanda à Ra'd-Shâh :

— Ton cœur est-il bien affermi dans la douceur de la foi ?

— Oui, Seigneur.

— Et maintenant, tu t'en vas dans ton pays, dans ton royaume ?

— Mon père, ô roi, me tuerait pour avoir quitté sa religion.

— Je viendrai avec toi, je te donnerai la terre pour royaume, et les pays et les hommes t'obéiront, avec l'aide du Dieu très généreux et magnanime.

Et Ra'd-Shâh baisa la main et le pied de Gharîb.

Celui-ci manifesta ensuite ses libéralités envers le conseiller qui avait causé la déroute ennemie, et lui donna force richesses. Puis Gharîb se tourna vers al-Kaylajân et al-Qawrajân :

— Eh, vous qui appartenez aux cohortes des djinns !

— Nous voici.

— Je désire que vous me portiez aux pays de l'Inde.

— Nous écoutons et obéissons.

Gharîb emmena al-Jamraqân et Sa'dân, que porta al-Qawrajân, lui-même, avec Ra'd-Shâh, montant sur al-Kaylajân, et l'on gagna la terre de l'Inde.

Et l'aube chassant la nuit, Shahrâzâd dut interrompre son récit.

Lorsque ce fut la six cent soixante-cinquième nuit, elle dit :

On raconte encore, Sire, ô bienheureux, que les deux génies, emportant le roi Gharîb, al-Jamraqân, Sa'dân l'Ogre et Ra'd-Shâh, gagnèrent avec eux la terre de l'Inde. On s'était mis en route au moment du coucher du soleil et la nuit n'était pas achevée qu'on était au Cachemire. Les deux génies déposèrent les quatre hommes au faîte d'un château, dont on descendit les degrés. Or, Tarkân avait su la nouvelle de la défaite et ce qui était arrivé à son fils ainsi qu'à son armée. Il les savait dans une immense affliction, et que son fils ne dormait ni ne prenait goût à rien. Il était donc là, à méditer sur la situation et le sort de son fils, lorsqu'un groupe de personnes se présenta à lui. En voyant son fils et ceux qui l'accompagnaient, il fut stupéfait et épouvanté devant les génies. Tourné vers lui, son fils Ra'd-Shâh lui dit :

— Jusques à quand, traître fieffé, vas-tu adorer le feu ? Malheureux ! abandonne ce culte et adore le Roi Tout-Puissant, Créateur de la nuit et du jour, qui échappe à tout regard !

Tarkân, qui entendait ces paroles, avait un épieu de fer : il le lança sur son fils, mais le manqua, et l'épieu s'en fut tomber dans un coin du château, dont il brisa trois pierres.

— Chien, s'écria Tarkân, tu as fait périr l'armée, tu as perdu ta religion et viens ici pour que je perde la mienne ?

Alors Gharîb marcha sur lui et, le frappant du poing sur le cou, le jeta au sol. Al-Kaylajân et al-Qawrajân le ligotèrent solidement, et toute la maison du roi prit la fuite.

Gharîb alors s'assit sur son trône et dit à Ra'd-Shâh :

— Essaie d'amender ton père !

Et, tourné vers Tarkân, Ra'd-Shâh lui dit :

— Grand maître de l'égarement, convertis-toi et tu échapperas au feu ainsi qu'à la colère du Tout-Puissant.

— Je ne mourrai que dans ma religion, répliqua Tarkân.

Alors Gharîb tira son sabre al-Mâḥiq, et en frappa Tarkân qui tomba à terre, coupé en deux, et dont Dieu se hâta d'expédier l'âme au feu, séjour funeste. Gharîb ordonna de suspendre le corps à la porte du château, ce que l'on fit : une moitié à droite et une moitié à gauche.

On passa le temps jusqu'à la fin du jour. Gharîb fit revêtir les habits royaux à Ra'd-Shâh ; ainsi paré, il s'assit sur le trône de son père, Gharîb siégeant à sa droite, cependant qu'al-Kaylajân, al-Qawrajân, al-Jamraqân et Sa'dân l'Ogre prenaient place, debout, à droite et à gauche. Le roi Gharîb leur dit :

— Tous les rois qui se présenteront, enchaînez-les, et ne laissez aucun chef s'esquiver de vos mains.

— Nous écoutons et obéissons.

Vint le moment où les chefs montèrent au château pour assurer leur service. Le premier qui monta fut le commandant en chef : en voyant le roi Tarkân coupé en deux et pendu, il resta étonné, ébahi, pétrifié. Al-Kaylajân se jeta sur lui, le tira par le col, le jeta à terre, le ligota et l'emmena à l'intérieur du château ; puis il l'enchaîna et l'entraîna. Le soleil n'avait pas paru qu'il avait enchaîné trois cent cinquante chefs et les avait mis en présence de Gharîb, qui leur dit :

— Vous avez bien vu votre roi, suspendu à la porte du château ?

— Et qui l'a traité ainsi ? demandèrent-ils.

— C'est moi qui ai fait cela, avec l'aide du Dieu Très Haut, et je traiterai de même tous ceux qui me contarieront.

— Et que veux-tu de nous ?

— Je suis Gharîb, roi de l'Irak, je suis celui qui a fait périr vos guerriers. Et voici que Ra'd-Shâh a embrassé la religion de l'islam : le voici très grand roi, il vous gouvernera. Convertissez-vous, vous serez sauvés, et n'allez pas là contre, vous vous en repentiriez !

Ils prononcèrent la formule de la foi et comptèrent parmi le peuple des heureux.

— Vos cœurs, leur demanda Gharîb, sont-ils bien affermis dans la douceur de la foi ?

— Oui.

Alors, il les fit délier et leur remit des robes d'apparat :

— Allez, leur dit-il, rejoindre les vôtres et offrez-leur d'embrasser l'islam. Ceux qui se convertissent, laissez-leur la vie ! Ceux qui refusent, tuez-les !

Et l'aube chassant la nuit, Shahrâzâd dut interrompre son récit.

Lorsque ce fut la six cent soixante-sixième nuit, elle dit :

On raconte encore, Sire, ô roi bienheureux, que, lorsque le roi Gharîb eut dit à l'armée de Ra'd-Shâh : « Allez rejoindre les vôtres et offrez-leur d'embrasser l'islam ! Ceux qui se convertissent, laissez-leur la vie ! Ceux qui refusent, tuez-les ! », ces gens partirent rassembler les hommes qui étaient sous leur autorité et qu'ils gouvernaient. Ils leur apprirent ce qui en était, puis leur offrirent de se faire musulmans. Ils se convertirent, mis à part un petit nombre, que l'on tua.

On mit Gharîb au courant de tout cela. Il glorifia et loua le Dieu Très Haut, disant :

— Louange à Dieu, qui nous a facilité les choses sans combat !

Gharîb demeura quarante jours au Cachemire de l'Inde : il put ainsi régler les affaires du pays, ruiner les temples et autres lieux d'adoration du feu et bâtir à leur place des mosquées. Ra'd-Shâh fit faire, de cadeaux et d'objets précieux, une grande quantité de ballots, plus qu'on n'en peut décrire, et expédia le tout par bateaux. Gharîb monta sur le dos d'al-Kaylajân, al-Qawrajân portant Sa'dân et al-Jamraqân, cela après qu'on se fut dit adieu. Ils voyagèrent jusqu'à la fin de la nuit. L'aube n'avait pas encore paru qu'ils étaient dans la ville d'Oman. Leurs gens les accueillirent et les saluèrent, tout heureux.

Quand Gharîb arriva à la porte de Koufa, il fit comparaître son frère 'Ajîb. Quand il fut là, on le crucifia. Sahîm apporta des crochets de fer qu'il fixa aux tendons des talons de 'Ajîb, que l'on suspendit à la porte de Koufa. Après quoi, Gharîb ordonna qu'on le perçât de flèches ; ce qui fut fait, et transforma 'Ajîb en véritable hérisson.

Puis Gharîb, revenu à Koufa, entra dans son château, s'assit sur son trône et passa cette journée tout entière à gouverner. Il se présenta ensuite à ses femmes. Kawkab aṣ-Ṣaḥâḥ se leva pour l'accueillir et l'embrassa. À sa suite, les servantes le complimentèrent d'être sain et sauf. Gharîb resta tout le reste du jour et cette nuit-là auprès de Kawkab aṣ-Ṣaḥâḥ. Au matin, il se leva, se lava, fit la prière matinale, s'assit sur son trône et se disposa à épouser Mahdiyya. On égorgea trois mille moutons et brebis, deux mille bœufs et vaches, mille chèvres et boucs, cinq cents chameaux, quatre mille poules, une quantité d'oies et cinq cents chevaux. On ne fit jamais pareille noce dans l'islam de ce temps-là. Puis Gharîb posséda Mahdiyya et lui ôta sa virginité. Il resta dix jours à Koufa, recommanda à son oncle de traiter ses sujets avec justice et partit, avec les gens de sa maison et ses guerriers, rejoindre les bateaux qui lui apportaient cadeaux et objets précieux. Il en distribua l'intégralité à ses guerriers, qui regorgèrent de richesses. Puis on reprit la route et l'on arriva à la ville de Baby-lone, où Gharîb remit une robe d'apparat à son frère Sahîm al-Layl, en lui donnant le pouvoir sur la ville.

Et l'aube chassant la nuit, Shahrâzâd dut interrompre son récit.

Lorsque ce fut la six cent soixante-septième nuit, elle dit :

On raconte encore, Sire, ô roi bienheureux, que, lorsque le roi Gharîb eut donné à son frère Sahîm une robe d'apparat et le pouvoir sur Babylone, il resta près de lui dix jours. Puis on se mit en route et l'on arriva d'une traite à la forteresse de Sa'dân l'Ogre, où l'on se reposa cinq jours. Puis Gharîb dit à al-Kaylajân et al-Qawrajân :

— Allez à Asbânîr de Ctésiphon, entrez au château de Chosroès, découvrez-moi ce qu'est devenue Fakhr-Tâj : ramenez-moi un homme, un des proches parents du roi, qui puisse m'apprendre ce qui s'est passé.

— Nous écoutons et obéissons, dirent les deux génies, qui prirent le chemin d'Asbânîr près de Ctésiphon.

Or, pendant qu'ils allaient, entre ciel et terre, ils virent une armée considérable, pareille à une mer houleuse.

— Descendons, dit al-Kaylajân à al-Qawrajân, et voyons ce que c'est que cette armée !

Ils descendirent et, allant au milieu des troupes, virent qu'il s'agissait d'Iraniens. Ils demandèrent à quelques-uns de ces hommes où ils allaient.

— Vers Gharîb, pour le tuer et tuer tous ceux qui sont avec lui.

En apprenant cela, les deux génies se dirigèrent vers la grande tente du roi qui commandait ; son nom était Rustam. Ils attendirent que les Iraniens dormissent sur leurs couches et Rustam avec eux, sur son lit d'apparat. Ils le chargèrent ainsi, avec le lit, traversèrent les lignes et la nuit n'était pas à moitié qu'ils étaient au campement du roi Gharîb. Ils s'avancèrent alors vers la porte de la tente royale et dirent :

« Permission ! » À ce mot, Gharîb s'assit et dit d'entrer.
Ils entrèrent donc, avec ce lit et Rustam qui dormait
dessus.

— Qu'est ceci ? dit Gharîb.

— C'est un des rois d'Iran, qui vient, avec une
immense armée, vous tuer, toi et ton peuple. Nous te
l'avons amené pour qu'il t'apprenne ce que tu souhaites savoir.

— Amenez cent guerriers et dites-leur de tirer le
sabre, en se postant à la tête de cet Iranien !

Ce qu'ils firent, puis ils le réveillèrent, il ouvrit les
yeux et vit, à sa tête, une voûte de sabres. Il referma les
yeux, disant : « Quel songe affreux ! », mais al-Kaylajân le piqua de la pointe de son sabre. Il s'assit :

— Où suis-je ? dit-il.

— En présence du roi Gharîb, gendre du roi des
Iraniens. Quel est ton nom et où vas-tu ?

Au nom de Gharîb, Rustam, songeur, se demanda s'il
dormait ou était éveillé. Mais Sahîm lui donna une
bourrade, disant :

— Pourquoi ne réponds-tu pas ?

— Qui m'a amené ici ? J'étais dans ma tente, au
milieu de mes hommes ! répondit Rustam en relevant
la tête.

— Ce sont mes deux génies qui t'ont amené, lui dit
Gharîb.

En voyant al-Kaylajân et al-Qawrajân, Rustam se
recroquevilla dans ses vêtements. Les deux génies se
ruèrent sur lui, les lèvres retroussées sur leurs crocs.
Tirant leurs sabres, ils lui dirent :

— Tu ne t'avances pas pour baiser le sol devant le
roi Gharîb ?

Épouvanté par les deux génies et bien convaincu
qu'il ne rêvait pas, Rustam se leva et baisa le sol,
disant :

— Que le feu te bénisse ! Longue vie à toi, ô roi !

— Chien d'Iranien, répliqua Gharîb, le feu n'a pas à être adoré, car il ne sert à rien d'autre qu'à la nourriture.

— Et qui est-ce que l'on adore ?

— On adore Celui qui t'a créé et façonné, qui a créé les cieux et la terre.

— Et que dois-je dire pour passer dans les rangs de ce Seigneur et embrasser votre religion ?

— Tu dis : il n'y a de dieu que le Dieu d'Abraham, l'Ami de Dieu !

Rustam prononça la formule de la foi et compta parmi le peuple des heureux.

— Sache, ô mon maître, dit-il, que ton beau-père, le roi Sâbûr, veut ta mort. Il m'a envoyé avec cent mille hommes, en m'ordonnant de ne pas laisser survivre un seul d'entre vous.

— Est-ce ainsi, répondit Gharîb à ces mots, qu'il me récompense d'avoir délivré sa fille de la détresse et du malheur ? Mais Dieu lui fera payer ce qu'il a mijoté ! Au fait, quel est ton nom ?

— Rustam, général de Sâbûr.

— Et maintenant celui de mon armée. Dis-moi, Rustam : comment se porte la reine Fakhr-Tâj ?

— C'est assez que tu vives, toi, ô roi de ce temps !

— Comment est-elle morte ?

— Ô mon maître, lorsque tu es parti à la rencontre de ton frère, une servante est venue trouver le roi Sâbûr, ton beau-père, pour lui dire : « Seigneur, est-ce toi qui as ordonné à Gharîb de dormir auprès de ma maîtresse, Fakhr-Tâj ? — Non, par la vérité du feu ! » Alors, il a tiré son sabre et est allé voir Fakhr-Tâj : « Scélérate, lui a-t-il dit, comment as-tu laissé ce Bédouin dormir auprès de toi, sans qu'il t'ait donné de dot, sans qu'on ait fait de noce ? — Mais père, c'est toi qui lui as permis de dormir auprès de moi. — Est-ce qu'il s'est approché de toi ? » Elle est restée muette et a baissé la tête. Alors, il a crié aux sages-femmes et aux servantes : « Ligotez cette putain, et examinez son sexe ! » Elles l'ont ligotée, ont regardé et dit : « Ô roi, elle n'a plus sa virginité ! » Il s'est précipité sur elle, voulant la tuer, mais sa mère est venue la protéger, en disant : « Ô roi, ne la tue pas ! Laisse-la plutôt vivre comme un objet d'opprobre, en l'enfermant dans une cellule, jusqu'à ce qu'elle y meure ! » Sâbûr l'a emprisonnée, mais, la nuit venue, il l'a fait partir avec deux hommes de sa garde auxquels il a dit : « Emmenez-la loin d'ici, jetez-la dans le fleuve Jayhûn, et ne dites cela à personne ! » Ils ont fait ce qu'on leur a commandé et plus personne n'a jamais parlé de Fakhr-Tâj : c'en est fini de ses jours.

Et l'aube chassant la nuit, Shahrâzâd dut interrompre son récit.

Lorsque ce fut la six cent soixante-huitième nuit, elle dit :

On raconte encore, Sire, ô roi bienheureux, que, lorsque Gharîb s'inquiéta de Fakhr-Tâj, Rustam lui apprit ce qu'elle était devenue, et comment son père l'avait fait noyer dans le fleuve. À ce récit, le monde devint tout noir devant les yeux de Gharîb, sa nature s'emporta et :

— Par la vérité d'Abraham, dit-il, j'irai, oui, j'irai à ce chien et je le ferai périr, je ruinerai son pays.

Il expédia des lettres à al-Jamraqân, au gouverneur de Mayyâfâriqîn et à celui de Mossoul, puis, tourné vers Rustam, lui demanda combien il avait de soldats.

— Cent mille cavaliers iraniens, répondit Rustam.

— Prends dix mille de mes hommes, cours aux

tiens et tiens-les occupés, en leur faisant la guerre : je
te suis !

Rustam se mit en selle avec dix mille cavaliers de
l'armée de Gharîb et marcha vers les siens, tout en se
disant : « Je m'en vais faire quelque chose qui me
couvrira de gloire auprès du roi Gharîb ! » Il alla donc
sept jours et s'approcha, jusqu'à une demi-journée, de
l'armée iranienne. Il divisa ses troupes en quatre corps,
auxquels il dit de se déployer autour de l'armée et de
tomber dessus à coups de sabre.

— Nous écoutons et obéissons, répondirent les soldats.

Ils chevauchèrent du soir au milieu de la nuit et se
déployèrent autour de l'armée iranienne, laquelle,
depuis que Rustam avait disparu de ses rangs, attendait
tranquillement sur place. Les musulmans attaquèrent
au cri de « Dieu est plus grand que tout ! », tirant de leur
sommeil les Iraniens sur lesquels ils firent tournoyer le
sabre, leurs pieds défaillirent, le Roi qui sait tout
déchaîna contre eux Sa colère, et Rustam fit sur eux
l'effet d'un feu sur le bois sec. La nuit n'était pas achevée
que les Iraniens étaient morts, en fuite ou blessés. Les
musulmans firent un butin de bagages, de tentes, de
trésors et de biens, de chevaux et de chameaux. Ils
s'installèrent ensuite dans le campement iranien et s'y
reposèrent jusqu'à l'arrivée du roi Gharîb qui, voyant ce
qu'avait fait Rustam et comment il avait disposé son
stratagème pour tuer les Iraniens et briser leur armée,
lui donna une robe d'apparat et lui dit :

— C'est toi, Rustam, qui as brisé les Iraniens : tout
le butin est à toi.

Rustam baisa la main du roi et le remercia. On se
reposa tout ce jour, puis l'on se mit en route à la
recherche du roi des Iraniens.

Les vaincus, eux, se présentèrent, dès leur arrivée, au

roi Sâbûr, devant qui ils déployèrent leur malheur,
leur ruine et leur funeste sort.

— Quelle infortune vous a frappés ? demanda
Sâbûr. Qui vous a fait ce mal ?

Ils lui racontèrent ce qui s'était passé et comment on
les avait attaqués dans les ténèbres de la nuit.

— Et qui vous a attaqués ?

— Personne d'autre que le chef de ton armée : il s'est
fait musulman ! Quant à Gharîb, nous ne l'avons pas
vu.

À ces mots, le roi jeta sa couronne à terre en
s'écriant :

— Nous ne valons donc plus rien !

Il se tourna vers son fils Ward-Shâh et lui dit :

— Je ne vois que toi, mon fils, qui sois à la hauteur
pour une situation pareille.

— Par la vie, père, répondit Ward-Shâh, je ferai de
Gharîb et des grands de son peuple mes prisonniers, et
je tuerai tous ceux qui l'accompagnent.

Il dénombra son armée et compta deux cent vingt
mille hommes. On passa la nuit dans la perspective du
départ.

Au matin, on se disposait à se mettre en route, quand
on vit une poussière qui s'élevait jusqu'à fermer
l'horizon et à boucher la vue de tous ceux qui regardaient. Quand le roi Sâbûr, qui s'était mis en selle pour
recevoir les adieux de son fils, vit cette immense
poussière, il cria à un courrier d'aller découvrir ce qu'il
en était. L'homme partit et revint dire :

— Seigneur, Gharîb arrive avec ses guerriers.

Alors, ils déposèrent leurs charges et les hommes
s'alignèrent pour guerroyer et combattre.

Lorsque Gharîb, en approchant d'Asbânîr de Ctésiphon, arriva en vue des Iraniens qui se disposaient à
guerroyer et lutter, il encouragea les siens :

— Chargez, et que Dieu vous bénisse !

Alors, on agita l'étendard, Iraniens et Arabes s'attaquèrent, nations contre nations, le sang coula et ruissela, les âmes virent la mort, les preux s'avancèrent et chargèrent, les pleutres tournèrent le dos, vaincus, et l'on ne cessa de guerroyer et de combattre jusqu'à la fin du jour. On battit les tambours pour rompre le combat et l'on se sépara. Le roi Sâbûr fit planter les tentes devant la porte de la ville, le roi Gharîb en fit autant avec les siennes, face à celles des Iraniens, et chacun des deux partis gagna son campement.

Et l'aube chassant la nuit, Shahrâzâd dut interrompre son récit.

Lorsque ce fut la six cent soixante-neuvième nuit, elle dit :

On raconte encore, Sire, ô roi bienheureux, que, lorsque les deux armées des rois Gharîb et Sâbûr se furent séparées, chacun des deux partis gagna son campement jusqu'au matin. Alors, on enfourcha les coursiers vigoureux, on lança les cris, on prit les lances, on revêtit les équipements de la lutte et tous les guerriers éminents s'avancèrent, tous lions hardis.

Le premier qui ouvrit la porte de la guerre fut Rustam. Il amena son cheval au milieu de la lice et cria :

— Dieu est plus grand que tout ! Je suis Rustam, chef des guerriers arabes et iraniens. Y a-t-il quelqu'un pour accepter le défi ? Y a-t-il quelqu'un pour entrer en lice ? Mais que s'abstiennent du défi les fainéants et les impuissants !

Alors vint au défi, de chez les Iraniens, Tûmân. Il chargea Rustam, Rustam le chargea, et il y eut entre eux d'horribles assauts. Rustam se rua sur son adversaire, le frappa d'un épieu qu'il avait avec lui et qui pesait soixante-dix livres. Il lui en enfonça la pointe dans la poitrine, l'expédiant à terre, mort et baignant dans son sang.

Le roi Sâbûr, tout dépité, ordonna aux siens de charger. Ils chargèrent donc les musulmans, en demandant secours au soleil, source de toute lumière, tandis que les musulmans le demandaient au Roi Tout-Puissant. Contre les Arabes, les Iraniens se multiplièrent, ils leur firent boire la coupe du trépas. Alors, Gharîb poussa un cri, s'avança de toute son ardeur, tira son sabre al-Mâḥiq, le sabre de Japhet, et chargea les Iraniens, avec al-Kaylajân et al-Qawrajân restant au niveau de ses étriers. Il ne cessa de foncer, sabre en main, tant et si bien qu'il arriva au porte-étendard, il le frappa à la tête, du plat de son sabre, le renversant à terre évanoui. Les deux génies emportèrent l'étendard à leur campement. En voyant tomber leur étendard, les Iraniens, tournant le dos, prirent la fuite en direction des portes de la ville, mais les musulmans les pressaient, sabre en main ; les autres arrivèrent jusqu'aux portes devant lesquelles ils s'agglutinèrent, perdant bon nombre d'entre eux et n'arrivant pas à fermer les portes. Alors, Rustam, al-Jamraqân, Sa'dân, Sahîm, ad-Dâmigh, al-Kaylajân, al-Qawrajân, tous les guerriers musulmans et cavaliers confessant le Dieu unique attaquèrent, aux portes mêmes, les Iraniens idolâtres, le sang des impies coula, tel un torrent, dans les rues.

Alors, ils crièrent merci, levèrent le sabre et jetèrent leurs armes et tout leur équipement. On les mena, comme des moutons, au camp musulman, où Gharîb avait regagné sa tente royale, déposé ses armes et revêtu ses vêtements d'apparat, après s'être lavé du sang des impies. Siégeant sur son trône, il demanda le roi des Iraniens. On l'amena et on le fit tenir en sa présence.

— Chien d'Iranien, lui dit Gharîb, qu'est-ce qui t'a poussé à traiter ainsi ta fille ? Comment peux-tu penser que je n'étais pas un mari digne d'elle ?

— Ô roi, répondit Sâbûr, ne me reproche pas ce que j'ai fait · je m'en repens assez et, si je t'ai combattu, c'est par crainte de toi.

À ces mots, Gharîb fit étendre et battre Sâbûr, ce qu'on fit jusqu'à ce qu'il cessât de gémir. Après quoi, on le mit avec les prisonniers.

Gharîb convoqua les Iraniens et leur offrit de se faire musulmans. Cent vingt mille se convertirent, les autres étant passés au fil de l'épée. Tous les Iraniens qui habitaient la ville se convertirent. Gharîb, au milieu d'une immense escorte, fit son entrée à Asbânîr de Ctésiphon, s'assit sur le trône de Sâbûr, roi des Iraniens. Il distribua les robes d'apparat et les cadeaux, répartit le butin et l'or, distribua des largesses aux Iraniens, qui l'aimèrent et appelèrent sur lui succès, honneur et longue vie.

Après quoi, la mère de Fakhr-Tâj se souvint de sa fille et organisa le deuil ; le château s'emplit de lamentations et de cris. Gharîb, en les entendant, se présenta et demanda ce qu'il en était. La mère de Fakhr-Tâj s'avança et dit :

— Ô mon maître, lorsque tu es arrivé, je me suis souvenue de ma fille et me suis dit qu'elle serait bien heureuse de ton arrivée, si elle était en vie.

Gharîb pleura Fakhr-Tâj, assis sur son trône, et ordonna qu'on lui amenât Sâbûr. On l'amena donc, empêtré dans ses chaînes.

— Chien d'Iranien, dit Gharîb, qu'as-tu fait de ta fille ?

— Je l'ai confiée à un tel et un tel, en leur disant de
la noyer dans le fleuve Jayḥûn.

Alors Gharîb appela les deux hommes et leur
demanda si tout cela était vrai.

— Oui, dirent-ils, mais, ô roi, loin de la noyer, et par
pitié pour elle, nous l'avons laissée au bord du fleuve
Jayḥûn, en lui disant de chercher à se sauver et de ne
pas revenir à la ville, où son père la tuerait et nous
tuerait. Voilà ce que nous savons.

Et l'aube chassant la nuit, Shahrâzâd dut interrompre son récit.

Lorsque ce fut la six cent soixante-dixième nuit, elle
dit :

On raconte encore, Sire, ô roi bienheureux, que
lorsque Gharîb eut écouté des deux hommes l'histoire
de Fakhr-Tâj, et comment ils l'avaient laissée sur le
bord du fleuve Jayḥûn, il convoqua les astrologues et
leur dit, lorsqu'ils furent là :

— Consultez pour moi vos tablettes de géomancie et
regardez ce qu'il en est de Fakhr-Tâj, si elle est en vie
ou morte.

Ils firent leurs opérations de géomancie et dirent :

— Ô roi de ce temps, il nous apparaît que la reine est
en vie, qu'elle a eu un enfant mâle et que tous deux
sont chez un groupe de djinns. Mais elle doit rester loin
de toi vingt ans durant. Compte donc les années que tu
as passées en voyage.

En comptant la durée de son absence, Gharîb trouva
huit ans.

— Il n'y a de force et de puissance qu'en Dieu, le
Très Haut, l'Immense ! s'écria-t-il.

Il envoya des messagers vers les citadelles et les
forteresses qui relevaient de l'autorité de Sâbûr et dont
les chefs vinrent, obéissants. Or, comme Gharîb sié-

geait dans son château, il vit une poussière qui s'élevait jusqu'à fermer le pays et obscurcir l'horizon. Il cria à al-Kaylajân et al-Qawrajân de revenir lui dire ce qu'il en était de cette poussière. Les deux génies partirent, pénétrèrent sous la poussière, prirent un des cavaliers, l'amenèrent au roi Gharîb et le firent se tenir devant lui.

— Interroge-le, dirent-ils à Gharîb : il est de cette armée.

— À qui cette armée ? demanda Gharîb.

— Ô roi, ce roi est Khard-Shâh, maître de Shîrâz, qui vient te combattre.

La raison de tout cela était que, lorsqu'il y eut bataille entre Sâbûr, roi des Iraniens, et Gharîb, avec les suites que l'on sait, le fils du roi Sâbûr s'enfuit, avec une escouade de l'armée de son père, jusqu'à la ville de Shîrâz. Ward-Shâh se présenta au roi Khard-Shâh et baisa le sol, les joues ruisselant de larmes.

— Lève la tête, jeune homme ! dit le roi, et dis-moi ce qui te fait pleurer.

— Ô roi, nous avons vu arriver un roi des Arabes, nommé Gharîb, qui a pris le royaume de mon père et tué les Iraniens en leur faisant boire la coupe du trépas.

Et il raconta au roi tout ce qui était arrivé de la part de Gharîb, depuis le début jusqu'à la fin.

En entendant parler ainsi le fils de Sâbûr, Khard-Shâh lui demanda :

— Est-ce que ma femme est en vie ?

— Gharîb l'a prise.

— Par ma vie, par ma tête, je ne laisserai pas un seul Bédouin ni un seul musulman en vie sur la surface de la terre.

Le roi envoya des lettres à ses gouverneurs. Ils vinrent, il compta leurs hommes : quatre-vingt-cinq mille. Il ouvrit ses magasins, distribua aux hommes les

cuirasses et l'armement, partit avec eux et arriva à
Asbânîr de Ctésiphon. Ils firent tous halte devant la
porte de la ville.

Al-Kaylajân et al-Qawrajân s'avancèrent, baisèrent
le genou de Gharîb et dirent :

— Seigneur, fais-nous ce plaisir : laisse-nous cette
armée en partage !

— Accordé ! Ils sont à vous !

Les deux génies s'envolèrent alors, descendirent sur
la grande tente de Khard-Shâh, qu'ils trouvèrent sur le
trône de son honneur, le fils de Sâbûr siégeant à sa
droite et les généraux de part et d'autre, sur deux
rangs ; tous se consultaient sur la façon dont ils
tueraient les musulmans. Al-Kaylajân s'avança, saisit
le fils de Sâbûr et al-Qawrajân Khard-Shâh. Ils les
amenèrent à Gharîb, qui les fit frapper jusqu'à ce qu'ils
perdissent connaissance. Puis, repartant, les deux
génies tirèrent des sabres que personne n'aurait pu
porter et s'abattirent sur les impies, dont Dieu
s'empressa d'expédier les âmes au feu, sinistre séjour.
Les impies ne virent rien d'autre que deux sabres qui
luisaient, qui moissonnaient les hommes comme on
moissonne les champs. Mais ils ne virent personne. Ils
passèrent leur campement sans s'arrêter et coururent
comme de vrais chevaux, les deux génies les pressant
deux jours durant et tuant quantité d'entre eux. Puis
les deux génies s'en revinrent baiser la main de Gharîb,
qui les remercia de ce qu'ils avaient fait et leur dit :

— Le butin des impies est à vous deux, à vous tout
seuls, et tout tiers exclu.

Ils firent des vœux pour lui, s'éloignèrent pour
rassembler leurs richesses et vécurent tranquillement
en leur pays. Et voilà pour Gharîb et les siens.

Et l'aube chassant la nuit, Shahrâzâd dut interrompre son récit.

Lorsque ce fut la six cent soixante et onzième nuit, elle dit :

On raconte encore, Sire, ô roi bienheureux, que, lorsque Gharîb eut défait l'armée de Khard-Shâh, il ordonna à al-Kaylajân et al-Qawrajân de prendre les richesses qui étaient leur butin, sans que n'importe qui d'autre prît part au partage. Ils réunirent donc leurs richesses et s'installèrent dans leur pays.

Les impies, toujours vaincus, arrivèrent à Shîrâz et organisèrent le deuil de ceux d'entre eux qui étaient morts. Or, le roi Khard-Shâh avait un frère nommé Sîrân as-Sâhir, le plus habile magicien de son temps. Il vivait loin de son frère, dans une forteresse où abondaient les arbres, les ruisseaux, les oiseaux et les fleurs. Une demi-journée la séparait de la ville de Shîrâz. Les vaincus prirent le chemin de la forteresse et se présentèrent à Sîrân as-Sâhir, pleurant et se lamentant.

— Quelle est la cause de vos larmes ? leur demanda-t-il.

Ils lui racontèrent ce qu'il en était, et comment les deux génies s'étaient saisis de son frère Khard-Shâh et du fils de Sâbûr. À ces mots, la lumière devint ténèbres au visage de Sîrân.

— Par la vérité de ma religion, dit-il, je tuerai, oui, je tuerai Gharîb et ses hommes, et d'eux tous, je ne laisserai vivant aucune famille, ni personne pour aller en répéter la nouvelle.

Alors, il prononça quelques paroles, convoqua le roi al-Ahmar et lui dit, lorsqu'il fut là :

— Va à Asbânîr de Ctésiphon et précipite-toi sur Gharîb lorsqu'il siégera sur son trône.

— J'écoute et j'obéis.

Il partit et arriva jusqu'à Gharîb, lequel en le voyant, tira son sabre al-Mâhiq et l'attaqua, aidé d'al-Kaylajân

et al-Qawrajân. Puis ils marchèrent contre l'armée du
roi al-Aḥmar, tuèrent cinq cent trente d'entre eux et
blessèrent cruellement le roi al-Aḥmar, qui tourna les
talons et décampa, imité par les siens, blessés. Continuant de marcher, ils parvinrent à la forteresse des
Fruits et se présentèrent à Sîrân as-Sâḥir, déplorant
leur malheur et leur ruine.

— Maître, dirent-ils, Gharîb a le sabre enchanté de
Japhet, fils de Noé, et coupe en deux tous ceux qu'il en
frappe, et il a aussi deux génies de la montagne Qâf,
que lui a donnés le roi Mar'ash. C'est lui qui a tué
Barqân, lorsqu'il est venu à la montagne Qâf, et le roi
al-Azraq, c'est lui qui a fait périr bon nombre de
djinns.

En entendant ces mots du roi al-Aḥmar, as-Sâḥir lui
dit :

— Va-t'en !

Il partit là d'où il était venu, cependant qu'as-Sâḥir,
après des incantations, faisait comparaître un génie
nommé Za'âzi', auquel il remit pour un dirham d'une
drogue volatile, en lui disant :

— Va à Asbânîr de Ctésiphon, gagne le château de
Gharîb, prends la forme d'un moineau et guette Gharîb
jusqu'à ce qu'il dorme et qu'il n'y ait plus personne
auprès de lui. Alors, prends la drogue, fais-la descendre
dans son nez et ramène-moi Gharîb.

— J'écoute et j'obéis.

Za'âzi' s'en fut, arriva à Asbânîr de Ctésiphon et
gagna le château de Gharîb sous la forme d'un moineau. Il s'installa dans une des fenêtres du château
et attendit, avec l'arrivée de la nuit, que les princes
s'en fussent à leurs couches et que Gharîb s'endormît
sur son lit royal. Quand il dormit, le génie descendit,
tira la drogue en poudre et la répandit dans le nez
de Gharîb, dont le souffle s'éteignit. Le génie le roula

dans une des couvertures de la couche, le prit et
l'emporta, tel un vent de tempête. La minuit n'était
pas encore là, que le génie arrivait à la forteresse des
Fruits. Il apporta Gharîb en présence de Sîrân as-
Sâḥir, qui le remercia de ce qu'il avait fait. Sîrân
voulut tuer Gharîb tant que celui-ci était sous l'effet
de la drogue, mais un des hommes de son peuple l'en
dissuada :

— Maître, lui dit-il, si tu le tues, les djinns ruine-
ront notre pays, car le roi Mar'ash est l'ami de
Gharîb. Il nous attaquera avec tous les démons dont il
pourra disposer.

— Et qu'allons-nous faire de Gharîb ? demanda
Sîrân.

— Jette-le dans le Jayḥûn, tant qu'il est sous l'effet
de la drogue. Il ne saura pas qui l'a jeté. Il se noiera et
personne n'entendra parler de lui.

Sîrân ordonna à Za'âzi' de prendre Gharîb et de le
jeter dans le Jayḥûn.

Et l'aube chassant la nuit, Shahrâzâd dut interrompre son récit.

Lorsque ce fut la six cent soixante-douzième nuit,
elle dit :

On raconte encore, Sire, ô roi bienheureux, que le
génie, lorsqu'il emporta Gharîb et, venu au Jayḥûn,
voulut l'y jeter, répugna à le faire. Il fabriqua un
radeau de bois qu'il assujettit avec des cordes et qu'il
poussa, avec Gharîb dessus, dans le courant. Le courant prit le radeau, qui s'en alla. Et voilà pour Gharîb.

Quant à ses gens, ils vinrent, au matin, accomplir
leur service, mais ne trouvèrent pas Gharîb. Ils virent,
sur le lit royal, sa couverture de peau, attendirent
qu'il se montrât, mais en vain. On convoqua le chambellan :

— Va au harem, lui dit-on, et vois si le roi est là. Car ce n'est pas son habitude d'être absent à cette heure-là.

Le chambellan fut au harem, interrogea ceux qu'il y trouva, lesquels lui dirent n'avoir point vu le roi depuis la veille.

Le chambella revint informer les autres qui, tout désorientés, se dirent les uns aux autres :

— Allons voir s'il est allé se promener du côté des jardins.

— Le roi est-il passé par là ? demandèrent-ils aux jardiniers, qui répondirent ne l'avoir pas vu.

Soucieux, ils fouillèrent tous les jardins et revinrent, pleurant, à la fin du jour. Al-Kaylajân et al-Qawrajân rôdèrent par la ville, à sa recherche, mais n'apprirent rien sur son compte et s'en revinrent trois jours après. Alors le peuple prit le deuil et éleva ses plaintes au Seigneur des humains, qui fait ce qui Lui plaît. Et voilà pour eux.

Gharîb, de son côté, restait étendu sur le radeau, qui l'emporta, sur le courant, pendant cinq jours, puis le jeta dans la mer salée où il fut le jouet des vagues. Gharîb étant ainsi secoué au plus profond de lui-même, la drogue sortit de son corps. Il ouvrit les yeux et se trouva au milieu de la mer, jouet des vagues. Il s'écria :

— Il n'y a de force et de puissance qu'en Dieu, le Très Haut, l'Immense ! Mais qui a pu me traiter de la sorte ?

Or, comme il était là, ébahi de sa situation, voici qu'un bateau passa. Il fit signe, de sa manche, à ceux qui le montaient. Ils vinrent à lui, le prirent et lui demandèrent qui il était, et de quel pays.

— Donnez-moi, leur dit-il, à manger et à boire, que je reprenne mes esprits et vous dise qui je suis !

Ils lui apportèrent de l'eau et des provisions. Il mangea, but et Dieu lui rendit tous ses esprits.

— Quelle est, ô gens, demanda-t-il, votre race, et quelle est votre religion ?

— Nous sommes, dirent-ils, d'Al-Karj, et nous adorons une idole nommée Minqâsh.

— Maudits êtes-vous, vous et ce que vous adorez, chiens ! On n'adore que Dieu, qui a créé toute chose, qui n'a qu'à dire à une chose : « Sois ! » pour qu'elle soit !

Alors, ils se précipitèrent sur lui, violents et furieux, et ils voulurent se saisir de lui. Mais lui, sans armes, jetait au sol, privés de vie, tous ceux qu'il frappait de ses poings. Il étendit ainsi quarante hommes, mais ils se multiplièrent contre lui et le ligotèrent solidement, disant :

— Nous ne le tuerons qu'en notre pays : il faut que nous le montrions au roi !

Et, continuant leur route, ils touchèrent à la ville d'al-Karj.

Et l'aube chassant la nuit, Shahrâzâd dut interrompre son récit.

Lorsque ce fut la six cent soixante-treizième nuit, elle dit :

On raconte encore, Sire, ô roi bienheureux, qu'après s'être saisis de Gharîb et l'avoir ligoté, les gens du bateau se dirent qu'ils ne le tueraient qu'en leur pays, et qu'ils firent route jusqu'à la ville d'al-Karj. Celui qui l'avait bâtie était un géant tyrannique, qui avait disposé avec art, à chacune de ses portes, un personnage de cuivre, lequel sonnait de la trompette chaque fois qu'un étranger entrait dans la ville. Tous les habitants l'entendaient, se saisissaient de l'étranger et le tuaient s'il n'embrassait pas leur religion.

Quand Gharîb entra, la statue fit un bruit énorme et tonitrua tant qu'elle épouvanta le cœur du roi. Il se leva, vint devant l'idole, dont la bouche, le nez et les yeux vomissaient feu et fumée. Le démon, entré au creux de l'idole, parla en sa langue :

— Ô roi, dit-il, il vient de t'arriver quelqu'un qui se nomme Gharîb et qui est roi de l'Irak. Il ordonne aux gens d'abandonner leur religion et d'adorer son maître à lui. Quand on te le présentera, ne le laisse pas vivre !

Le roi s'en fut siéger sur son trône, et voici qu'on lui amena Gharîb, qu'on fit tenir devant lui, en disant :

— Ô roi, voici un jeune homme qui ne croit pas à nos dieux. Il allait se noyer quand nous l'avons trouvé.

Et on lui raconta l'histoire de Gharîb.

— Emmenez-le au temple de la grande idole, dit le roi, et égorgez-le devant elle, avec l'espoir de nous attirer ses faveurs !

— Ô roi, dit le vizir, l'égorger serait manquer de finesse : il va mourir en un moment. Emprisonnons-le, amassons du bois et mettons-y le feu !

Ils amassèrent du bois et en firent du feu jus-qu'au matin. Le roi sortit, et les gens de la ville avec lui. Le roi ordonna qu'on fît comparaître Gharîb. On alla le chercher pour le faire comparaître, mais on ne le trouva point. On revint informer le roi de sa fuite.

— Et comment a-t-il pu fuir ? demanda-t-il.

— Nous avons trouvé chaînes et entraves à terre, et les portes étaient fermées.

— Est-ce au ciel, dit le roi étonné, que cet homme s'est envolé, est-ce en terre qu'il s'est englouti ?

— Nous n'en savons rien.

— Je vais interroger mon dieu à son sujet : il m'apprendra où il est allé.

Le roi se leva donc et vint à l'idole ; mais quand il voulut se prosterner devant elle, il ne la trouva plus. Il se frotta les yeux : « Tu rêves ou tu es éveillé ? » se disait-il. Puis, tourné vers le vizir :

— Vizir, lui dit-il, où est mon dieu, où est le prisonnier ? Par la vérité de ma religion, chien de tous les vizirs, si tu ne m'avais pas conseillé de le brûler, je l'aurais égorgé ! C'est lui qui a volé mon dieu et pris la fuite. Il faut que je me venge !

Il tira le sabre et, frappant le vizir, lui coupa le cou.

Or, la disparition de Gharîb et de l'idole avait une cause extraordinaire : lorsqu'on l'emprisonna dans sa geôle, il s'assit contre la coupole où se trouvait l'idole et se mit à évoquer Dieu, le Très Haut, implorant sa grandeur et sa magnificence. Il fut entendu du génie préposé à l'idole et qui parlait pour elle. Le cœur de ce génie se fit humble :

— Honte à moi ! dit-il. Qui est celui qui me voit et que je ne vois pas ?

Alors, il s'avança vers Gharîb, s'inclina vers ses pieds et dit :

— Seigneur, que dois-je dire pour passer dans tes rangs et embrasser ta croyance ?

— Tu diras : il n'y a de dieu que le Dieu d'Abraham, l'Ami de Dieu !

Le génie prononça la formule de la foi et compta au nombre du peuple des heureux. Le nom de ce génie était Zalzâl, fils d'al-Muzalzil, et son père était un des grands rois des djinns. Il délivra Gharîb de ses liens et, le portant ainsi que l'idole, gagna les régions les plus hautes de l'atmosphère.

Et l'aube chassant la nuit, Shahrâzâd dut interrompre son récit.

Lorsque ce fut la six cent soixante-quatorzième nuit, elle dit :

On raconte encore, Sire, ô roi bienheureux, que le génie, après avoir délié Gharîb, l'emporta avec l'idole et gagna les régions les plus hautes de l'atmosphère. Et voilà pour lui.

Pour ce qui est du roi, lorsque, après être venu demander des nouvelles de Gharîb à l'idole et n'avoir point trouvé celle-ci, il eut, avec le vizir, ce que l'on sait et le tua, les soldats du roi, voyant ce qui se passait, désavouèrent le culte de l'idole : ils tirèrent leurs sabres, tuèrent le roi et se combattirent les uns les autres. Trois jours durant, les sabres tournoyèrent entre eux, tant et si bien que tous moururent à l'exception de deux survivants, dont l'un eut le dessus sur l'autre et le tua. Les pages, irrités contre lui, le tuèrent. Ils se frappèrent les uns les autres, si bien qu'ils périrent jusqu'au dernier. Les femmes et les filles émigrèrent pour gagner les villages et les forteresses, la ville restant déserte et fréquentée des seuls hiboux. Et voilà pour eux.

Quant à Gharîb, Zalzâl, fils d'al-Muzalzil, l'emporta et gagna avec lui son pays, qui était les îles du Camphre, ainsi que le château de Cristal et du Veau enchanté. Le roi al-Muzalzil possédait un veau bigarré, qu'il avait recouvert de parures et de vêtements tissés d'or rouge, et dont il avait fait son dieu. Un jour, al-Muzalzil et les siens vinrent voir leur veau et lui trouvèrent un air fâché.

— Ô mon dieu, dit le roi, qu'est-ce qui te fâche ?

Le démon alors cria, au creux du veau :

— Ô Muzalzil, ton fils a incliné vers la religion d'Abraham, l'Ami de Dieu, par les soins de Gharîb, le maître de l'Irak.

Et de raconter ce qui s'était passé, du début à la fin.

À ces paroles du veau, le roi se retira, ébahi, s'assit sur son trône et convoqua les Grands de son état. Quand ils furent là, il leur raconta ce qu'il avait entendu de l'idole. Tout étonnés, ils lui demandèrent :

— Et qu'allons-nous faire, ô roi ?

— Quand mon fils sera là et que vous me verrez l'embrasser, saisissez-vous de lui !

— Nous écoutons et obéissons.

Deux jours après, Zalzâl se présenta à son père, accompagné de Gharîb et portant l'idole du roi d'al-Karj. Lorsqu'il entra par la porte du palais, les autres se précipitèrent sur lui et sur Gharîb, les saisirent et les emmenèrent devant le roi al-Muzalzil. Il jeta sur son fils un regard de colère et lui dit :

— Chien des djinns, tu as quitté ta religion, la religion de tes pères et de tes ancêtres ?

— J'ai embrassé, répondit Zalzâl, la religion de la vérité, et quant à toi, malheur à toi ! Fais-toi musulman, et tu seras sauvé de la colère du Roi Tout-Puissant, Créateur de la nuit et du jour.

— Bâtard d'enfant, répliqua le roi, irrité contre son fils, tu oses me tenir en face un tel langage ?

Il fit alors emprisonner son fils, qu'on emmena en prison, puis, tourné vers Gharîb :

— Rognure d'homme, dit-il, comment t'es-tu joué de la raison de mon fils, comment lui as-tu fait quitter sa religion ?

— Je l'ai mené, répondit Gharîb, de l'égarement à la bonne route, du feu au paradis, de l'impiété à la foi.

Alors, le roi cria à son génie, nommé Sayyâr :

— Prends ce chien et dépose-le dans la vallée du Feu, où nous le laisserons périr.

Or, il régnait dans cette vallée une chaleur si intense et les graviers y dégageaient une telle fournaise que tous ceux qui y passaient périssaient, sans y vivre

même une heure. Elle était cernée par une haute
montagne toute lisse, qui n'offrait pas le moindre
passage. Le maudit Sayyâr s'avança, emporta Gharîb dans son vol et gagna le quart désolé de ce
monde. Le démon n'était plus qu'à une heure du
but lorsque, fatigué de porter Gharîb, il le déposa
dans une vallée pleine d'arbres, de ruisseaux et de
fruits. Quand le génie, fatigué, eut fait halte, quand
la fatigue l'eut fait s'endormir et ronfler, Gharîb
descendit tout entravé de son dos, puis s'affaira sur
ses liens, qu'il finit par dénouer. Il prit alors une
lourde pierre et la lança sur la tête de Sayyâr dont
les os furent réduits en bouillie. Le génie mort sur
le coup, Gharîb se mit à marcher dans cette vallée.

Et l'aube chassant la nuit, Shahrâzâd dut interrompre son récit.

Lorsque ce fut la six cent soixante-quinzième nuit,
elle dit :

On raconte encore, Sire, ô roi bienheureux, que
Gharîb, après avoir tué le génie, marcha dans cette
vallée : il se retrouva dans une île au milieu de la
mer. L'île était vaste et renfermait tous les fruits
propres à exciter l'appétit de la lèvre et de la langue Gharîb mangea donc les fruits de l'île, but l'eau
des ruisseaux. Des années et des années passèrent
sur lui. Il prenait de la vigueur, mangeait, restant
dans cet état, coupé de tout, seul, sept années
durant.

Or, un jour, il était là, assis, lorsqu'il vit descendre du ciel deux génies dont chacun portait un
homme. En voyant Gharîb :

— Eh ! l'homme, dirent-ils, qui es-tu, et de quelle
tribu ?

Car les cheveux de Gharîb étaient devenus longs

et les autres le prenaient pour un djinn. Comme ils s'informaient sur sa situation, il leur répondit :

— Je ne suis pas des djinns.

Puis il leur apprit tout ce qui lui était arrivé, depuis le début jusqu'à la fin. Ils en eurent pour lui de la tristesse et l'un des deux démons lui dit :

— Reste ici et attends-nous : nous allons apporter ces deux agneaux à notre roi pour qu'il fasse son déjeuner de l'un d'eux, et son dîner de l'autre, puis nous reviendrons vers toi et te ramènerons à ton pays.

Gharîb, les remerciant, leur dit :

— Où sont ces deux agneaux que vous avez ?

— Ce sont ces deux hommes.

— J'implore asile auprès du Dieu d'Abraham, l'Ami de Dieu, auprès du Maître de toute chose, qui sur toute chose a pouvoir !

Les deux génies prirent leur vol et Gharîb resta à les attendre. Deux jours après, l'un d'eux revint, lui apportant un vêtement dont il le couvrit. Puis il l'emporta, volant jusqu'au plus haut de l'atmosphère, tellement haut que Gharîb échappa à ce bas-monde et entendit, dans les airs, les anges qui chantaient la louange de Dieu. L'un d'eux lança une flèche de feu sur le génie, qui fuit devant elle et regagna la terre : il ne resta plus, entre celle-ci et lui, qu'une portée de lance, lorsque la flèche, se rapprochant de lui, l'atteignit. Gharîb, d'une détente, sauta en bas de ses épaules, cependant que la flèche, fichée dans le corps du génie, le réduisait en cendres.

Mais c'était dans la mer que venait de descendre Gharîb : il s'y enfonça de la profondeur de deux tailles d'homme, puis remonta, nagea, tout ce jour-là, et la nuit qui suivit, et un autre jour, si bien que, s'épuisant, il fut sûr qu'il allait mourir. Mais au troisième jour, comme il désespérait de vivre, apparut devant lui une

haute montagne, qu'il rejoignit et gravit. Il y marcha, se nourrissant des plantes de la terre, se repo-
sant un jour et une nuit, puis reprit son ascension
par les plus hauts cantons de la montagne et redescendit de l'autre côté. Deux jours de marche l'amenèrent à une ville avec quantité d'arbres et de ruisseaux, et des remparts et des tours.

À son arrivée aux portes de la ville, les gardes,
s'avançant, se saisirent de lui et l'emmenèrent à
leur reine, qui s'appelait Jân-Shâh et était âgée de
cinq cents ans. Elle prenait tous ceux qui venaient
en cette ville et qu'on lui présentait, couchait avec
eux, puis, lorsqu'ils avaient terminé la besogne, les
tuait. Et elle avait tué beaucoup de monde !

Quand on lui amena Gharîb, il lui plut beau
coup :

— Comment t'appelles-tu, quelle est ta religion
et de quel pays viens-tu ? demanda-t-elle.

— Je m'appelle Gharîb, je suis roi de l'Irak, et
ma religion est l'islam.

— Quitte ta religion, embrasse la mienne et je
t'épouse, je te fais roi.

Mais, en lui jetant des regards de colère, Gharîb
s'écria :

— Maudits soyez-vous, toi et ta religion !

— Tu injuries mon idole, cria la reine, alors
qu'elle est faite de cornaline incrustée de perles et
de pierres précieuses ? Hommes, poursuivit-elle,
emprisonnez-le sous la coupole de l'idole : espérons
que son cœur s'amadouera.

Et l'on emprisonna Gharîb sous la coupole de
l'idole, en renfermant les portes sur lui.

Et l'aube chassant la nuit, Shahrâzâd dut interrompre son récit.

Lorsque ce fut la six cent soixante-seizième nuit, elle dit :

On raconte encore, Sire, ô roi bienheureux, que, lorsqu'on eut pris et emprisonné Gharîb sous la coupole de l'idole, en refermant les portes sur lui, on s'en alla où l'on avait affaire, cependant que Gharîb regardait l'idole. Elle était de cornaline et portait au cou des colliers de perles et de pierres précieuses. S'approchant de l'idole, Gharîb la souleva et en frappa le sol, où elle fut réduite en miettes. Après quoi il dormit jusqu'à la venue du jour.

Au matin, la reine s'assit sur son trône et demanda à ses hommes de lui amener le prisonnier. Ils allèrent chercher Gharîb, ouvrirent la salle de la coupole, entrèrent et trouvèrent l'idole en pièces. Ils se frappèrent le visage jusqu'à faire jaillir le sang au coin de leurs yeux, puis s'avancèrent vers Gharîb pour le saisir. Mais lui, jouant des poings, tua l'un d'entre eux, puis un autre et jusqu'à vingt-cinq, le reste prenant la fuite et allant se lamenter auprès de la reine Jân-Shâh, qui leur demanda ce qui se passait.

— Le prisonnier, dirent-ils, a brisé ton idole et tué tes hommes.

Ils lui racontèrent ce qu'il en était, et elle de jeter à terre sa couronne en s'écriant :

— Les idoles ne valent plus rien !

Alors, elle se mit en selle avec mille guerriers et gagna le temple de l'idole. Elle trouva Gharîb au-dehors : il avait pris un sabre, avec lequel il se mit à tuer les guerriers, à terrasser les hommes.

Devant Gharîb et son courage, la reine sombra dans l'amour. « Je n'ai nul besoin de l'idole, se dit-elle. Tout ce que je veux, c'est que ce Gharîb-là dorme dans mes bras pour le reste de ma vie ! »

— Écartez-vous de lui ! dit-elle à ses hommes, éloignez-vous !

Alors, elle s'avança en marmonnant : le bras de Gharîb s'immobilisa, ses mains mollirent, le sabre tomba. On le saisit et on le ligota, humilié, bafoué, ébahi. Jân-Shâh s'en revint siéger sur son trône, fit éloigner ses gens et resta seule en ces lieux avec Gharîb.

— Chien d'Arabe, dit-elle, tu détruis mon idole, et tues mes hommes ?

— Maudite, répliqua Gharîb, si ton idole était Dieu, elle se serait défendue !

— Couche avec moi, et j'oublierai comment tu t'es conduit !

— Je n'en ferai rien !

— Par la vérité de ma religion, je te torturerai cruellement !

Alors, elle prit de l'eau, marcha sur lui et l'en aspergea, le transformant en singe. Elle lui donna à manger et à boire, puis l'enferma dans une geôle qu'elle fit garder, deux années durant. Puis un jour, elle fit appeler Gharîb et lorsqu'il fut là :

— Te soumets-tu ? lui dit-elle.

Il fit oui de la tête. Dans sa joie, elle le libéra du charme et lui présenta à manger. Il mangea avec elle, badina, l'embrassa et elle reprit confiance en lui. La nuit venue, elle se coucha et lui dit :

— Allons ! fais ta besogne !

— Oui, dit-il, et, à cheval sur sa poitrine, il lui saisit la nuque et la brisa, ne la lâchant que lorsqu'elle eut cessé de vivre. Puis, apercevant une resserre ouverte, il y entra, y trouva un sabre serti de pierres précieuses et un bouclier de fer chinois ; il s'équipa ainsi complètement, attendit le matin, sortit et se campa à la porte du château. Les princes arrivèrent, voulant entrer pour faire leur service, mais trouvèrent Gharîb, revêtu de son équipement guerrier et qui leur dit :

— Abandonnez, ô gens, le culte des idoles, adorez le Roi qui sait tout, le Créateur de la nuit et du jour, le Maître de toute créature, qui redonne la vie aux ossements, crée toute chose et sur toute chose a pouvoir !

À ces mots, les impies se précipitèrent sur Gharîb, qui les chargea comme lion dévastateur, virevolta au milieu d'eux et leur tua beaucoup de monde.

Et l'aube chassant la nuit, Shahrâzad dut interrompre son récit.

Lorsque ce fut la six cent soixante-dix-septième nuit, elle dit :

On raconte encore, Sire, ô roi bienheureux, que Gharîb, en chargeant les impies, leur tua beaucoup de monde. La nuit survint comme ils se multipliaient contre lui, chacun d'eux courant sus à lui et voulant le capturer. Mais voici que mille génies se ruèrent sur les impies, de leurs mille sabres, sous le commandement de Zalzàl, fils d'al-Muzalzil, qui était à leur tête. Ils firent donner le sabre tranchant sur les impies, leur firent goûter la coupe de la ruine et Dieu, le Très Haut, se hâta d'expédier leurs âmes au feu. Il ne resta, du peuple de Jân-Shâh, personne pour aller répéter cette nouvelle. Les alliés de Gharîb lui crièrent : « Grâce, grâce pour nous ! » Ils crurent au Roi rétributeur, qu'aucune chose n'empêche de s'occuper d'une autre, à Celui qui fait périr les Chosroès et détruit les plus grands monarques, au Maître de la vie dernière et de la vie d'ici-bas.

Zalzâl salua Gharîb et le complimenta d'être en vie.

— Qui t'a fait savoir ma situation ? demanda Gharîb.

— Seigneur, après que mon père m'eut emprisonné et t'eut envoyé à la vallée du Feu, je suis resté deux ans en prison, puis mon père m'a libéré. Un an s'est passé, puis j'ai repris les dispositions où j'étais, j'ai tué mon père et les soldats m'ont obéi. J'ai passé un an à gouverner, puis, m'étant endormi en pensant à toi, je t'ai vu en songe combattant les gens de Jân-Shâh. Alors, j'ai pris ces mille génies et suis venu vers toi.

Gharîb s'émerveilla de la circonstance. Il prit les biens de Jân-Shâh et de son peuple, nomma un gouverneur de la ville et les génies l'emportèrent, avec ses richesses. Ils ne virent pas le bout de la nuit sans être déjà dans la ville de Zalzâl, dont Gharîb resta l'hôte pendant six mois.

Après quoi, il voulut partir. Zalzâl fit préparer les cadeaux et dépêcha trois mille génies, qui apportèrent les richesses de la ville d'al-Karj et les ajoutèrent à celles de Jân-Shâh. Puis Zalzâl leur ordonna d'emporter cadeaux et richesses, Zalzâl se chargeant de Gharîb, et l'on gagna la ville d'Asbânir de Ctésiphon. À la minuit, on y était. En regardant la ville, Gharîb la vit assiégée, cernée par une armée immense, semblable à une mer houleuse.

— Frère, dit Gharîb à Zalzâl, quelle est la raison de ce siège, et d'où vient cette armée ?

Gharîb descendit sur le toit du château, appela :

— Kawkab aṣ-Ṣabâḥ ! Mahdiyya !

Réveillées de leur sommeil et surprises, elles s'écrièrent :

— Qui nous appelle à cette heure ?

— C'est votre seigneur, Gharîb, le héros de tant de choses étonnantes !

À ces mots de leur seigneur, les deux dames furent tout heureuses, et avec elles les servantes et domestiques. Gharîb descendit, et toutes se jetèrent sur lui en criant de joie. Le château en résonna, et les chefs, dressés sur leurs lits, disaient : « Que se passe-t-il ? » Ils montèrent au château, demandèrent aux eunuques si l'une des servantes avait accouché.

— Non ! Mais réjouissez-vous de la bonne nouvelle : votre roi Gharîb est arrivé !

Les princes se réjouirent, cependant que Gharîb saluait les gens de sa maison, puis rejoignait ses compagnons, qui se jetèrent sur lui, lui embrassant les mains et les pieds, louant Dieu, le Très Haut, et chantant Sa gloire. Gharîb s'assit sur son trône, appela ses compagnons, qui furent bientôt là et s'assirent autour de lui. Comme il les questionnait sur l'armée qui campait autour d'eux :

— Ô roi, répondirent-ils, il y a trois jours que ces gens-là sont venus nous investir. Ils ont avec eux des génies et des hommes, et nous ne savons pas ce qu'ils veulent ; entre eux et nous, il n'y a pas eu de combat, ni aucun mot échangé.

— Demain, dit Gharîb, nous leur enverrons une lettre, pour voir un peu ce qu'ils veulent.

— Quant à leur roi, dit-on à Gharîb, il se nomme Murâd-Shâh, et il a sous ses ordres cent mille cavaliers, trois mille fantassins et deux cents personnes des cohortes des djinns.

Or, la venue de cette armée s'expliquait par un événement considérable...

Et l'aube chassant la nuit, Shahrâzâd dut interrompre son récit.

Lorsque ce fut la six cent soixante-dix-huitième nuit, elle dit :

On raconte encore, Sire, ô roi bienheureux, que la venue de cette armée qui investissait la ville d'Asbânîr s'expliquait par un événement considérable : lorsque le roi Sâbûr envoya sa fille avec deux hommes de son peuple, en lui disant de la noyer dans le Jayḥûn, ceux-ci l'emmenèrent et :

— Va ton chemin, lui dirent-ils, mais ne reparais pas devant ton père, car il nous tuerait et te tuerait.

Et Fakhr-Tâj s'en fut, toute désorientée, ne sachant où se diriger et disant :

— Où es-tu, Gharîb ? Regarde ce que je suis devenue et en quel état je suis !

Elle marcha et marcha, de pays en pays, de vallée en vallée, et finit par arriver à une vallée pleine d'arbres et de ruisseaux, dont le milieu était occupé par une forteresse, haute et bien bâtie, renforcée aux quatre angles. On eût dit un jardin paradisiaque. Fakhr-Tâj entra dans la forteresse et, y pénétrant, la trouva tendue de tapis de soie et pleine de vasques d'or et d'argent. Elle trouva aussi cent servantes fort belles, qui, à la vue de Fakhr-Tâj, s'avancèrent vers elle et la saluèrent, la prenant pour une fille des djinns, et la questionnèrent sur ce qu'elle était.

— Je suis, dit-elle, la fille du roi des Iraniens.

Et elle leur conta ce qui lui était arrivé.

En écoutant son récit, elles furent toutes tristes pour elle, puis, réchauffant son cœur, lui dirent :

— Sois contente et réjouis-toi ! Tu vas avoir de quoi manger, boire et t'habiller. Nous sommes toutes à ton service.

Elle fit des vœux pour elles, puis elles lui présentèrent à manger, et elle mangea jusqu'à satiété.

— Mais quel est le maître de ce château ? demanda-t-elle aux servantes. Quel est celui qui vous gouverne ?

— Notre maître, répondirent-elles, est le roi Ṣalṣâl, fils de Dâl. Il vient une nuit par mois et s'en va le lendemain gouverner les tribus des djinns.

Fakhr-Tâj séjourna avec les servantes cinq jours.

Elle accoucha d'un enfant mâle, beau comme lune. Les servantes lui coupèrent le cordon ombilical, ornèrent ses yeux de fard et l'appelèrent Murâd-Shâh. L'enfant grandit sur le sein de sa mère. Peu de temps après se présenta le roi Şalşâl, monté sur un éléphant tout blanc, de la taille d'une forte tour, et entouré des troupes de djinns. Il entra au château, où l'accueillirent les cent servantes. Elles baisèrent le sol, et Fakhr-Tâj avec elles. En la voyant, le roi leur demanda qui était cette fille.

— C'est, lui dirent-elles, la fille de Sâbûr, le roi des Iraniens, des Turcs et du Daylam.

— Et comment est-elle venue en ces lieux ?

Elles lui contèrent ce qui lui était arrivé. Il en eut de la tristesse pour elle et lui dit :

— Ne t'afflige pas et prends patience, en attendant que ton fils s'élève et grandisse. Alors, j'irai au pays des Iraniens, j'enlèverai à ton père la tête de dessus les épaules et je t'installerai ton fils sur le trône des Iraniens, des Turcs et du Daylam.

Fakhr-Tâj vint baiser les mains du roi et fit des vœux pour lui. Elle resta à élever son fils en compagnie des enfants du roi : ils montaient les chevaux, allaient giboyer et chasser. L'enfant apprit à chasser les bêtes sauvages, les bêtes fauves et féroces, à manger leur chair, tant et si bien que son cœur devint plus ferme que pierre. Quand il atteignit à l'âge de quinze ans, son âme prit de la hardiesse et il dit à Fakhr-Tâj :

— Mère, qui est mon père ?

— Ton père, mon enfant, est le roi Gharîb, le roi de l'Irak, et moi, je suis la fille du roi des Iraniens.

Alors, elle lui raconta ce qui s'était passé. En l'entendant, son fils s'écria :

— Et mon grand-père a ordonné ta mort et celle de mon père ?

— Oui.

— Par la vérité des droits que tu t'es acquis sur moi en m'élevant, j'irai, oui, j'irai à la ville de ton père, je lui couperai la tête et je te l'apporterai pour que tu la voies !

Et ce qu'il dit plut à Fakhr-Tâj.

Et l'aube chassant la nuit, Shahrâzâd dut interrompre son récit.

Lorsque ce fut la six cent soixante-dix-neuvième nuit, elle dit :

On raconte encore, Sire, ô roi bienheureux, que Murâd-Shâh, le fils de Fakhr-Tâj, se mit à chevaucher avec les deux cents génies, si bien qu'il se forma en leur compagnie. Ils lancèrent des expéditions, coupèrent les routes et, marchant toujours, arrivèrent en vue de Shîrâz, qu'ils attaquèrent ; Murâd-Shâh attaqua le palais du roi, auquel il coupa la tête alors qu'il était sur son trône, et tua quantité de ses soldats, les survivants criant très haut : « Grâce pour nous, grâce ! » Ils baisèrent alors le genou de Murâd-Shâd, qui les compta : ils étaient dix mille cavaliers, qui se mirent en selle à son service. Puis ils s'en allèrent à Bactres, dont ils tuèrent les habitants et firent périr l'armée. Ils en soumirent la population, puis allèrent à Nûrîn, Murâh-Shâh marchant maintenant au milieu de trente mille cavaliers. Le maître de Nûrîn sortit à leur rencontre, soumis, leur offrant richesses et objets précieux.

Murâh-Shâh se mit en selle avec trente mille cavaliers, et, chevauchant, ils gagnèrent la ville de Samarcande des Iraniens. Ils la prirent, s'en furent à Khilât, la prirent, repartirent, et ne touchèrent à aucune ville dont ils ne s'emparassent. Murâd-Shâh allait maintenant au milieu d'une immense armée. Toutes les richesses, tous les objets précieux qu'il prenait aux villes, il les distribuait à ses hommes, lesquels l'aimaient pour son courage et sa générosité.

Il arriva ensuite à Asbânîr de Ctésiphon.

— Attendez, dit-il, que je convoque le reste de mon armée ! Je me saisirai de mon grand-père, l'emmènerai devant ma mère, dont je guérirai le cœur en coupant le cou à cet homme !

Puis il envoya des gens chercher sa mère. C'est ce qui expliquait qu'il n'y avait pas eu de combat, depuis trois jours qu'ils étaient là.

Sur ces entrefaites, Gharîb était arrivé avec Zalzâl et quarante mille génies porteurs des richesses et des cadeaux. Il avait demandé ce qu'était cette armée qui campait, et on lui avait dit ne pas savoir d'où elle venait, et qu'elle était là depuis trois jours, sans qu'elle combattît ni qu'on la combattît.

Fakhr-Tâj arriva, embrassa son fils Murâd-Shâh qui lui dit :

— Reste dans ta tente jusqu'à ce que je t'amène ton père !

Elle demanda pour son fils victoire au Maître des mondes, au Maître des cieux et des terres. Au matin, Murâd-Shâh se mit en selle, les deux cents géants à sa droite, les rois des hommes à sa gauche, et l'on battit les tambours de la guerre. En les entendant, Gharîb se mit en selle et sortit en appelant les siens à la guerre, les djinns se tenant à sa droite et les hommes à sa gauche. Murâd-Shâh se montra, enfoui sous son équipement guerrier, il poussa son coursier de droite et de gauche et cria :

— Ô gens, que votre roi, et lui seul, se montre à moi ! S'il me réduit à sa merci, il sera maître des deux armées. Mais si c'est moi qui le réduis, je le tue ainsi que tous les autres !

À ces mots de Murâd-Shâh, Gharîb s'écria :

— Au diable, chien des Arabes !

Tous deux se chargent, se piquent de leurs lances
jusqu'à les briser, se frappent de leurs sabres jusqu'à
les ébrécher ; sans trêve, ils chargent et esquivent,
s'approchent et s'éloignent. Au milieu du jour, leurs
chevaux étant tombés sous eux, ils mettent pied à
terre, s'empoignent. Alors Murâd-Shâh fond sur Gharîb, le saisit, le soulève et va pour le briser au sol, mais
Gharîb le prend par les oreilles, les tire violemment, et
Murâh-Shâh sent le ciel venir à la rencontre de la terre
et crie à pleine voix :

— Je suis à ta merci, ô cavalier de ce siècle !

Et Gharîb le ligote.

Et l'aube chassant la nuit, Shahrâzâd dut interrompre sont récit

Lorsque ce fut la six cent quatre-vingtième nuit, elle
dit :

On raconte encore, Sire, ô roi bienheureux, que,
lorsque le roi Gharîb prit Murâd-Shâh par les oreilles,
les tira, lui fit dire : « Je suis à ta merci, ô cavalier de ce
siècle ! » et le ligota, les génies, compagnons de Murâd-
Shâh, voulurent attaquer et le délivrer. Mais Gharîb
chargea avec mille génies, tous décidés à s'en prendre
aux génies de Murâd-Shâh. Les autres, alors, crièrent :
« Grâce pour nous, grâce ! » et jetèrent leurs armes.
Gharîb s'assit dans la tente royale, qui était de soie
verte brochée d'or rouge et couronnée de perles et de
pierres précieuses.

Alors, il convoqua Murâd-Shâh, qu'on amena en sa
présence. À la vue de Gharîb, il baissa la tête de honte

— Chien des Arabes, lui dit Gharîb, qu'est-ce qui t'a
donné si bonne opinion de toi-même, que tu montes à
cheval pour iouer les rois ?

— Il ne faut pas m'en vouloir, seigneur. J'ai des excuses.

— Et à quoi ressemblent-elles, ces excuses ?

— Sache-le, seigneur, je suis parti venger mon père et ma mère de Sâbûr, roi des Iraniens, qui a voulu les tuer tous deux. Ma mère est saine et sauve, mais je ne sais si mon père a été tué ou non.

À ces mots Gharîb s'écria :

— Par Dieu, oui, tu as des excuses. Mais qui est ton père ? Qui est ta mère ? Le nom de ton père ? Le nom de ta mère ?

— Le nom de mon père est Gharîb, roi de l'Irak, et celui de ma mère Fakhr-Tâj, fille de Sâbûr, roi des Iraniens.

En entendant ces paroles, Gharîb poussa un immense cri et tomba évanoui. On l'aspergea d'eau de rose et, reprenant ses esprits :

— Tu es, dit-il, le fils de Gharîb, le fils de Fakhr-Tâj ?

— Oui.

— Tu es un chevalier et fils d'un chevalier. Défaites les liens de mon fils !

Sahîm et al-Kaylajân s'avancèrent et délièrent Murâd-Shâh, que Gharîb pressa sur son cœur et fit asseoir à son côté. Puis :

— Où est ta mère ? lui demanda-t-il.

— Elle était avec moi, dans ma tente.

— Amène-la-moi !

Murâd-Shâh se mit en selle et gagna son campement, où ses compagnons l'accueillirent, heureux de le voir en vie et le questionnant sur son sort.

— Ce n'est pas le moment des questions, répondit·il et il entra chez sa mère.

Il lui raconta ce qui s'était passé, et elle en eut une joie extrême. Il l'amena auprès de son père. Gharîb et Fakhr-Tâj s'embrassèrent, tout à la joie de se revoir.

Fakhr-Tâj et Murâd-Shâh se firent musulmans et
proposèrent l'islam à leurs soldats. Ils se convertirent
tous, en pensée et en paroles, et Gharîb marqua sa joie
de cette conversion.

Puis il fit amener le roi Sâbûr, auquel il reprocha sa
conduite, ainsi qu'à son fils. Il leur proposa de se faire
musulmans, mais ils refusèrent. Alors, on les crucifia à
la porte de la ville. Puis on décora la ville, que ses
habitants, tout heureux, ornèrent. On coiffa Murâd-
Shâh de la couronne de Chosroès et on le fit roi des
Iraniens, des Turcs et du Daylam. Le roi Gharîb
délégua la royauté sur l'Irak à son oncle, le roi ad-
Dâmigh, à qui tous les pays et les hommes obéirent.
Gharîb demeura en son royaume, traitant ses sujets
avec justice, et il fut aimé de tous. Et lui et les siens
continuèrent de mener une vie prospère, jusqu'au jour
où vint les prendre celle qui tranche tout plaisir et
sépare ceux qui étaient réunis. Mais louange à Celui
qui demeure éternellement glorieux et vivant, et dont
les grâces brillent sur ses serviteurs !

Voilà ce que nous avons appris de l'histoire de
Gharîb et 'Ajîb

MANUSCRITS, ÉDITIONS,
TRADUCTIONS
ET BIBLIOGRAPHIE DES CONTES
DU SECOND VOLUME FOLIO

LES MANUSCRITS :

— Ms Galland, n° 3609-3611, Bibliothèque nationale, Paris ;
— Ms Benoît de Maillet, n° 3612, Bibliothèque nationale, Paris ;
— Ms Montague, n° 550-556, Bibliothèque Bodleian, Oxford.

LES ÉDITIONS :

— L'édition de William Henry Macnaghten, 4 vol., Calcutta, 1839-1842 ;
— Les éditions dites du Caire, à partir du texte publié à Bûlâq, 2 vol., 1835 ;
— L'édition de Maximilien Habicht (vol. 1-8), achevée par H. Fleischer, Breslau, 12 vol., 1824-1843 ;
— L'édition de Muhsin Mahdi, 2 vol., Leyde, 1984.

LES TRADUCTIONS FRANÇAISES :

— Antoine Galland, édition princeps : 1704-1717. Édition de référence : Garnier-Flammarion, 3 vol., 1965 ;
— Joseph-Charles Mardrus, édition princeps : 1899-1904. Édition de référence : Robert Laffont, coll. Bouquins, 2 vol., 1980 ;
— René Khawam, Phébus, 4 vol., 1986.

ORIENTATION BIBLIOGRAPHIQUE :

Aboul-Hussein (Hiam) et Pellat (Charles), *Chéherazade, personnage littéraire*, Alger, 1981.

Bencheikh (Jamel Eddine), « Mille et Une Nuits (Les) » dans *Encyclopædia Universalis*, 1985, t. XII, p. 269 et suivantes.

Bencheikh (Jamel Eddine), *Les Mille et Une Nuits ou :a parole prisonnière*, Gallimard, 1988.

Bencheikh (Jamel Eddine), Bremond (Claude) et Miquel (André) : « Dossier d'un conte des Mille et Une Nuits » dans *Critique* n° 394, mars 1980, p. 247-277.

Chauvin (Victor), *Bibliographie des ouvrages arabes ou relatifs aux Arabes publiés dans l'Europe chrétienne de 1810 à 1835*, Liège, 1900. *Les Mille et Une Nuits* occupent les tomes IV, V, VI, VII.

Communications, Les Avatars d'un conte, n° 39, 1984.

Elisseeff (Nikita), *Thèmes et motifs des Mille et Une Nuits*, Beyrouth, 1949.

Gerhardt (Mia), *The art of story telling. A literary study of the thousand and one Nights*, Leyde, Brill, 1963.

Littmann (E.), « Alf Layla wa layla », dans *Encyclopédie de l'islam*, nouv. éd., t. I, 1960, p. 369-375 (avec compléments bibliographiques).

May (Georges), *Les Mille et Une Nuits d'Antoine Galland ou le chef-d'œuvre invisible*, P.U.F., 1986.

Miquel (André), *Sept contes des Mille et Une Nuits ou Il n'y a pas de contes innocents*, Sinbad, 1981.

Miquel (André), *Un conte des Mille et Une Nuits, 'Ajîb et Gharîb : traduction et perspectives d'analyse*, Flammarion, 1977.

Miquel (André), Bremond (Claude), Bencheikh (Jamel Eddine), *Mille et Un Contes de la nuit*, Gallimard, 1991.

QAMAR AZ-ZAMÂN, FILS DU ROI SHÂRAMÂN

Manuscrits : Ms Galland, vol. 3, fol. 72a-81a; Ms B. de Maillet, fol. 223a-244a ; Ms Montague, vol. 2, fol. 1a-152b. **Éditions :** Macnaghten, vol. 1, p. 811-vol. 2, p. 64 ; Bûlâq, vol. 1, p. 343-416; Habicht, vol. 3, p. 166-367 ; Mahdi, vol. 1, p. 533-688. **Traductions :** Galland, vol. 2, p. 145-255 ; Mardrus, vol. 1, p. 547-605 ; Khawam, vol. 3, p. 195-386. **Bibliographie :** Bencheikh (J.E.), *La Parole prisonnière...*, chap. III, p. 97-135 ; Chauvin (V.), *Bibliographie...*, tome V, n° 120, p. 204 ; Matarasso (M.), « Éloge de la double sexualité dans les Mille et Une Nuits : la geste de Boudour », extrait de *Diogène*, n° 118, avril-juin 1982.

'ALÎ SHÂR ET ZUMURRUD

Éditions : Macnaghten, vol. 2, p. 212-251 ; Bûlâq, vol. 1, p 484-503 ; Habicht, vol. 7, p. 262-320. **Traduction :** Mardrus, vol. 1, p. 744-770 ; **Bibliographie :** Chauvin (V.), *Bibliographie...*, tome V, nº 28, p. 89.

UNS ET WARD

Manuscrit : Ms Montague, vol. 4. **Éditions :** Macnaghten, vol. 2, p. 345-376 ; Bûlâq, vol. 1, p. 546-562 ; Habicht, vol. 5, p. 34-95. **Traduction :** Mardrus, vol. 1, p. 887-911. **Bibliographie :** Chauvin (V.), *Bibliographie...*, tome VI, nº 282, p. 127.

ḤÂSIB

Manuscrit : Ms Strasbourg, vol. 2, fol. 419 et suiv. **Éditions :** Macnaghten, vol. 2, p. 582-699 ; Bûlâq, vol. 1, p. 657-710. **Traduction :** Mardrus, vol. 1, p. 811-841. **Bibliographie :** Bencheikh (J.E.), *La Parole prisonnière...*, chap. V, p. 149-224 ; Chauvin (V.), *Bibliographie...*, tome V, nº 152, p. 255 · tome VII, nº 77, p. 54-59.

'AJÎB ET GHARÎB

Manuscrit : Ms B. de Maillet, nuits 247-266. **Éditions :** Macnaghten, vol. 3, p. 236-367 ; Bûlâq, vol. 2, p. 105-165 ; Habicht, vol. 8, p. 350-vol. 9, p. 193. **Bibliographie :** Chauvin (V.) : *Bibliographie...*, tome V, nº 13, p. 19 ; Miquel (A.), *Un conte des Mille et une Nuits, 'Ajib et Gharib : traduction et perspectives d'analyse*, Flammarion, 1977.

GLOSSAIRE DES PERSONNAGES HISTORIQUES, DES TOPONYMES ET DES TERMES ARABES

établi par J. E. Bencheikh

Il nous a paru nécessaire de consacrer quelques lignes d'explication : aux personnages ayant réellement existé et qui sont cités dans le texte, afin que le lecteur puisse situer les contextes historiques et culturels des contes ; aux toponymes afin qu'il puisse repérer les lieux ; enfin à certains noms communs arabes, cités en italique dans le texte, dont nous donnons la traduction. Le nom des personnages des contes, celui de certains comparses difficilement identifiables et celui des lieux imaginaires ne prennent pas place dans ce glossaire.

Le mot ibn, qui signifie fils, est transcrit intégralement lorsqu'il est à l'initiale du nom, mais contracté en b. lorsqu'il indique une filiation et se place entre deux noms ; nous aurons ainsi Ibn Sînâ et 'Abd al-Malik b. Marwân.

L'article (al-, ad-, an-, ar-, as-, ash-, ath-, az-, selon la consonne qu'il précède) n'est pas pris en compte dans le classement alphabétique.

Les points sous les quatre lettres Ḍ, Ḥ, Ṣ, Ṭ, indiquent leur prononciation emphatisée en arabe. L'apostrophe marque la lettre gutturale 'ayn. L'accent circonflexe indique une voyelle longue.

L'astérisque signale que le terme qui précède a une entrée dans le glossaire.

A et 'A

'Abbâd b. Tamîm b. Tha'laba : Tamîm* et Tha'laba* sont les éponymes de deux grandes tribus d'Arabes du Nord ; le personnage lance sa généalogie mythique comme une espèce de bravade destinée à impressionner son commensal.

Abbassides : dynastie qui succéda aux Umayyades* et dirigea l'empire musulman de 750 à 1258 depuis Bagdad qu'elle fonda en 762 ; elle tire son nom de son ancêtre al-'Abbâs b. 'Abd al-Muṭṭalib qui était l'oncle du Prophète. Le dernier calife abbasside fut renversé par les Mongols.

'Abd al-'Azîz b. Marwân : fils du calife Marwân Iᵉʳ* qui le nomma gouverneur d'Égypte, et frère du calife 'Abd al-Malik b. Marwân Iᵉʳ* qui le maintint dans cette charge ; il mourut en 704 avant d'accéder au califat qui lui était promis.

'Abd Allâh b. az-Zubayr (624-692) : fils d'Asmâ', fille d'Abû Bakr* et sœur de 'Âisha l'épouse du Prophète, ce personnage se déclara l'ennemi irréductible des Umayyades* auxquels il refusa de prêter serment ; il annonça publiquement la déposition de Yazîd Iᵉʳ* en 681 ; lorsqu'il se proclama Commandeur des croyants, le calife 'Abd al-Malik b. Marwân* ordonna le siège de La Mekke au cours duquel la Ka'ba* fut bombardée de pierres ; 'Abd Allâh trouva la mort au combat.

'Abd al-Malik b. Marwân Iᵉʳ : cinquième calife de la dynastie umayyade* qui régna de 685 à 705 ; il fit bâtir à Jérusalem la mosquée du Rocher dite de 'Umar (b. al-Khaṭṭâb)* ; il reprit la guerre contre les Byzantins et défit Justinien II à Sébaste de Cilicie en 692 ; il créa la première monnaie proprement arabe.

Abû Bakr (570-634) : premier converti à l'islam et premier successeur du Prophète qu'il accompagna dans toutes ses expéditions ; il ne cessa jamais de le soutenir et lui donna sa fille 'Âisha comme épouse ; il consacra son court califat de 632 à 634 à réprimer l'apostasie des tribus bédouines et à lutter contre de nouveaux prophètes ; ce fut un homme simple qui renonça à toute richesse et à toute pompe.

Abû Dharr al-Ghifârî : compagnon du Prophète mort en 652.

Abû Ḥanîfa (an-Nu'mân b. Thâbit, 699-767) : théologien et juriste musulman fondateur de l'école d'interprétation sunnite* qui porte son nom ; née en Irak et favorisée par les premiers califes abbassides*, sa doctrine se répandit surtout vers l'est au Khurâsân*, en Transoxiane, en Afghanistan dont l'actuelle constitution la reconnaît officiellement, mais aussi en Asie centrale turque et en Chine ; la Turquie ottomane lui accorda une reconnaissance exclusive ; elle est dominante aujourd'hui au Pakistan ; cette école d'interprétation admet l'exercice du jugement personnel.

Abû Ḥâzim al-A'raj (le boiteux) : ascète et sermonnaire qui n'hésitait pas à admonester les grands, par exemple Sulaymân b. 'Abd al-Malik*.

Abû Ja'far al-Manṣûr : *cf.* al-Manṣûr.

Abû Mûsâ al-Ash'arî (614-mort entre 661 et 670) : compagnon yéménite du Prophète, chef militaire, gouverneur de Bassora et de Koufa ; après l'accession de Mu'âwiya* au pouvoir, il se retira de la vie active et se consacra aux études coraniques.

'Âd : tribu arabe mythique réputée pour sa puissance, son orgueil et la longévité de ses hommes ; son roi Shaddâd* aurait construit la ville d'Iram comme un paradis sur terre ; la tribu fut alors détruite par Dieu et les chemins de la cité effacés.

Adab : sur le plan éthico-social, ce terme désigne la bonne éducation, l'urbanité et la courtoisie ; au sens intellectuel, désigne l'ensemble des connaissances indispensables au musulman pour vivre dans sa société, y occuper une fonction sociale et y tenir un rang ; depuis la fin du XIXe siècle, ce mot a été choisi pour traduire littérature.

'Adnân : ancêtre éponyme des Arabes du Nord dans le système généalogique qui fut définitivement admis vers 800.

Aḥmad b. Ḥanbal (780-855) : « l'imam de Bagdad », très célèbre théologien, juriste et traditionniste musulman, fondateur de l'une des quatre grandes écoles sunnites* ; il a laissé une œuvre doctrinale considérable ; le hanbalisme est la plus dogmatique des écoles de l'islam ; elle affirme l'origine divine du droit et rejette toute interprétation personnelle ; elle est actuellement la doctrine juridique officielle de l'Arabie Saoudite.

al-Aḥnaf b. Qays (Abû Baḥr) : notable de la tribu des Tamîm* qu'il poussa à se convertir à l'islam ; chef de guerre qui mena plusieurs campagnes en Perse ; il fut partisan de 'Alî* ; très influent à Bassora, il avait une réputation de sagesse ; on lui attribue une foule de sentences et de maximes dont certaines sont passées en proverbes ; il mourut à un âge très avancé après 686.

al-Ahwâz : ville située dans la plaine du Khûzistân (Susiane) sur la rivière Kârûn. Célèbre jadis pour sa canne à sucre et aujourd'hui pour ses gisements de pétrole.

'Ajam : terme collectif qui désigne les non-Arabes, plus spécialement les Persans ; il est comparable au *barbaroï* des Grecs.

'Alî b. Abî Ṭâlib : cousin, gendre et quatrième successeur du Prophète ; assassiné en 661 ; c'est à lui que font obéissance les chiites.

'Alî b. al-Ḥusayn, dit Zayn al-'Âbidîn : petit-fils du calife 'Alî*, il échappa au massacre de Karbalâ' au cours duquel fut tué son père al-Ḥusayn en 680 ; il consacra sa vie à la dévotion, et ses vertus, reconnues même par les ennemis de sa famille, lui valurent le surnom de *Zayn al-'Âbidîn*, « ornement des croyants » ; il est l'un des douze imams chiites.

Alides : descendants de 'Alî b. Abî Ṭâlib* qui eut quatorze fils et au moins dix-sept filles dont de nombreux connurent un destin tragique.

'Âmiriyya : il s'agit de Layla, aimée de Majnûn* qui était originaire de la grande confédération de tribus des 'Âmir b. Ṣa'ṣa'a dont les territoires se situaient en Arabie du Centre et du Sud-Ouest.

'Amr b. 'Ubayd (699-761) : un des premiers mutazilites* ; cet ascète fréquenta la cour du calife al-Manṣûr* avec lequel il débattait de questions religieuses et morales et qui l'estimait grandement.

'Antar (roman de) : célèbre roman arabe dont le héros est le poète guerrier 'Antara b. Shaddâd (vɪᵉ siècle ap. J.-C.) ; ce roman fait le récit d'un demi-millénaire d'histoire arabe.

'Arafât ou 'Arafa : plaine située à environ 21 km à l'ouest de La Mekke et dominée par une crête qui porte le même nom ; là se déroulent le 9 du mois de *dhû l-ḥijja*, autour de la colline d'ar-Raḥma ou de la Miséricorde, une partie importante des cérémonies du pèlerinage islamique.

Ardashîr : nom des rois de Perse et notamment, pour la tradition musulmane, de trois rois de la dynastie sassanide* qui régnèrent respectivement en 226-241, 379-383 et 628-629.

Âṣâf b. Barakhyâ : nom du prétendu vizir et confident du roi Salomon auquel il reprocha d'avoir introduit à la cour le culte des idoles.

Asbânîr : quartier de Ctésiphon où se trouvait le palais des Chosroès*.

'Aṭâ (b. Abî Rabâḥ as-Salamî, ?-733) : juriste et prédicateur de l'ancienne école mekkoise de droit religieux.

Avicenne : voir Ibn Sînâ.

'Azza bint Ḥumayl : jeune fille chantée par Kuthayyir*.

B

Bactres : ou Bactria, il s'agit de Balkh en Bactriane, prise en 653 par les Arabes, aujourd'hui Wazîrâbâd, dans l'actuel Afghanistan du Nord, sur la rivière du même nom.

Balkhash ou *balakhsh* : espèce de rubis qui tira son nom de la province de Badakhshan, pays montagneux situé sur la rive gauche du cours supérieur du Jayḥûn*, et dont la déformation a donné le nom de rubis balais en français et *balas* en anglais.

Banû 'Âmir : nom d'une grande confédération de tribus de l'Arabie du Centre-Ouest ; Qays b. al-Mulawwaḥ*, le Majnûm* de Layla, héros du roman d'amour bien connu, lui appartient.

Banû Isrâ'îl : désigne le peuple juif.

Banû Nabhân : clan arabe se rattachant à la grande tribu des Arabes du Nord de Ṭayyi'.

Banû Qaḥṭân : les Yéménites ; Qaḥṭân* est donné comme l'ancêtre de tous les peuples de l'Arabie du Sud ; celui des Arabes du Nord est 'Adnân*.

Banû Tamîm : grande tribu d'Arabes nomades du Nord qui se répartissent dans la partie orientale de la péninsule arabique : Najd*, Bahrein, Yamâma.

Banû Tha'laba : le nom de Tha'laba est porté par plusieurs tribus arabes qui se rattachent soit aux Banû Tamîm*, soit aux Banû Asad, autre tribu de l'Arabie du Nord dont les terrains de parcours s'étendaient au sud et au sud-est du désert de Nafûd.

Baqlâwa : gâteau feuilleté aux noix ou aux amandes, trempé dans du miel.

Barmécide : *cf.* Ja'far b. Yaḥyâ.

Bayn al-Jibâl : « l'Entre montagnes » : le Jibâl est le nom donné à l'ensemble montagneux situé au sud de la mer Morte ; il est prolongé par le massif d'ash-Sharâ*.

Bilâl b. Rabâḥ : esclave d'origine éthiopienne, un des premiers convertis à l'islam, compagnon et muezzin du Prophète, mort entre 638 et 642 ; il jouit d'un très grand prestige dans l'hagiographie musulmane.

Bilqîs : nom arabe de la reine de Saba.

Bishr al-Ḥâfî (Abû Naṣr b. al-Ḥârith, 767-841) : soufi qui abandonna l'étude du *ḥadîth** pour se consacrer à ses dévotions ; absolument détaché du monde et vivant dans l'ascèse, il prêchait la pauvreté (d'où son surnom de *al-Ḥâfî :* l'homme qui marche pieds nus) et plaçait l'aumône au-dessus du pèlerinage et de la guerre sainte ; par son exemple et ses leçons, il a contribué à définir la conception mystique de l'homme en islam.

Burhân : il s'agit du *Kitâb al-Burhân* dans lequel Ibn Sînâ* commente les *Seconds analytiques* d'Aristote.

Buthayna : *cf.* Jamîl.

C

Calife : en arabe *khalîfa*, titre pris après la mort du Prophète par le chef de la communauté musulmane : *Khalîfat rasûl Allâh :* successeur de l'envoyé de Dieu.

Canon : Canon de la médecine (al-Qânûn fî ṭ-ṭibb), ouvrage d'Ibn Sînâ*, ensemble monumental resté à l'honneur jusqu'à l'époque moderne (1557 à Montpellier, 1593 à Rome) ; il servit de base à sept siècles de pratique et d'enseignement médical.

Césarée : en arabe *Qayṣariyya*, capitale de la Cappadoce en Anatolie centrale, aujourd'hui Kayseri en turc moderne ; ce fut le plus important des évêchés chrétiens d'Asie Mineure et un centre de pensée et de monachisme ; le futur calife umayyade* Mu'âwiya* la força à payer tribut en 647 ; plusieurs expéditions musulmanes furent lancées contre elle au VIIIe siècle entre 724 et 743 ; il ne faut pas la confondre avec la Césarée maritime située à une quarantaine de kilomètres au sud de Haïfa, conquise par les Arabes en 640 après un siège de sept mois.

Chosroès : du nom persan Khusraw, forme arabe Kisrâ, nom propre désignant deux rois sassanides* ayant régné au vi^e et viie siècle et auxquels s'identifie la dynastie ; ce terme finit par désigner plus généralement les rois de Perse.

Comput *(al-Miqât)* : science qui consiste à dresser le calendrier déterminant les heures de la prière.

D et Ḍ

Dâniq et *dânaq* : sixième partie du dirham d'argent, *cf. mithqâl.*

Daylam : région autour du delta du Safîd-Rûd, entre le bord méridional de la mer Caspienne et la chaîne septentrionale du plateau iranien, au nord-nord-est de l'actuel Rayy en Iran.

Diyâr Bakr : province septentrionale de la péninsule arabique dans le bassin supérieur du Tigre, ancien territoire de la tribu des Bakr b. Wâ'il ; orthographe moderne : Diyarbakir, située en territoire turc, sur le Tigre.

F

Fâṭima : fille du Prophète et de sa première épouse, Khadija ; femme du calife 'Alî*, mère d'al-Ḥasan* et d'al-Ḥusayn, morte en 633 ; elle occupe une place modeste dans l'histoire, mais considérable dans la légende notamment chez les Ismaïliens et autres sectes aberrantes de l'islam.

al-Furs : l'un des deux termes employés par les Arabes pour désigner les Persans, l'autre étant *al-'Ajam*.

Fûṭa : pagne couvrant de la taille aux genoux, fait de soie, de nankin jaune de l'Inde ou de lin rayé d'Égypte, porté aussi bien par les femmes que par les hommes ; la *fûṭa* yéménite est particulièrement renommée.

G

Galien (en arabe : Jâlînûs) : né à Pergame en Asie Mineure en 129 ap. J.-C. et mort à Rome vers 199 ; dernier grand auteur d'ouvrages médicaux de l'Antiquité grecque ; il a été traduit en arabe par Ḥunayn b. Isḥâq (808-873), médecin et savant, un des plus grands transmetteurs de la science grecque aux Arabes ; il traduisit des ouvrages de médecine, de philosophie, d'astronomie, de mathématiques et aussi l'Ancien Testament.

Ghislîn : pus, sanie qui coule du corps des réprouvés en enfer (Coran, LXIX/36), ou encore sorte d'arbre qui croîtrait en enfer.

H et Ḥ

Ḥadîth : récit, propos rapportant les actes ou les paroles du Prophète, ou relatant son approbation tacite de paroles ou d'actes effectués en sa présence. L'ensemble des *ḥadîths* constitue la Tradition *(cf. Sunna).*

Ḥafṣa : fille du calife 'Umar b. al-Khaṭṭâb* ; épouse du Prophète en 625 ; morte en 665.

Ḥama : en arabe *Ḥamât,* ville de Syrie située à 152 km au sud d'Alep, bâtie sur les deux rives de l'Oronte.

Ḥammâd fils d'al-Fazârî : Ḥammâd est le nom que se donne le brigand ; il prétend se rattacher par son père aux Fazâra, tribu de l'Arabie du Nord qui nomadisait dans le Najd* ; particulièrement turbulente et rebelle, elle prit part à de nombreux combats avant l'islam et donna du fil à retordre au Prophète et à ses successeurs.

al-Ḥârith b. Labîb aṣ-Ṣaffâr : psalmodiateur du Coran disciple d'al-Muzanî*.

Hârûn ar-Rashîd (766-809) : troisième fils du calife al-Mahdî qui gouverna de 775 à 785 ; cinquième calife abbasside* ; son règne bien que glorieux fut une longue suite de troubles et marqua le début de la désintégration de l'empire islamique en plusieurs royaumes indépendants ; Bagdad n'en connut pas moins alors un éclat très exceptionnel et *Les Mille et Une Nuits* en font une figure légendaire en se référant peut-être à la jeunesse insouciante et heureuse qu'il passa dans les jeux, les fêtes et les plaisirs.

Hârût et Mârût : noms de deux anges déchus qui se prirent aux jouissances de la terre et endurent depuis un tourment éternel.

al-Ḥasan : fils du calife 'Alî* et de Fâṭima*, né en 624, mort en 670.

Ḥasan al-Baṣrî (Abû Sa'îd, 642-728) : prédicateur de Bassora dont les sermons et les allocutions furent célèbres ; il fut l'un des moralistes les plus rigoureux de l'islam et nombre de ses aphorismes ont trouvé place dans les dictionnaires ; ses prises de position politique furent marquantes.

Hishâm b. 'Abd al-Malik : dixième calife de la dynastie umayyade* qui régna de 724 à 743, date de sa mort ; ce fut la dernière période de prospérité et de splendeur du califat umayyade ; sous son règne eut lieu la fausse bataille de Poitiers contre Charles Martel en 732.

Houris : vierges du paradis promises aux croyants.

Hûd · premier des cinq prophètes envoyés d'après le Coran aux

Arabes ; il essaya en vain de ramener à Dieu l'orgueilleux peuple des
'Âd*.

Ḥudhayfa b. al-Yaman (Abû 'Abd Allâh, ?-656) : l'un des compagnons
du Prophète considéré comme l'un des premiers soufis.

Ḥunayn : profonde vallée à une journée de voyage de La Mekke sur la
route de l'actuel Taïf ; là eut lieu en 630 une importante bataille
entre les troupes du Prophète (fortes de 12 000 hommes) et celles de
la confédération tribale des Hawâzin qui chargea par surprise,
bouscula les musulmans et mit en danger le Prophète ; mais celui-ci
se reprit bientôt et mit en déroute ses adversaires faisant près de
6 000 captifs et capturant 24 000 chameaux.

I et Î

Iblîs : nom propre du diable.

Ibn al-Baytar (Abû Muḥammad 'Abd Allâh b. Aḥmad) : botaniste
et pharmacologue originaire de Malaga où il naquit à la fin du
XIIᵉ siècle ; mort à Damas en 1248 ; auteur de plusieurs ouvrages
importants notamment le *Traité des simples*.

Îbn Shihâb : cf. az-Zuhrî.

Ibn Sînâ : connu en France sous le nom d'Avicenne, illustre médecin,
philosophe et logicien, né en 980 près de Boukhara, mort à
Hamâdân en 1037 ; son œuvre immense ne cesse, de nos jours
encore, d'être établie et analysée ; elle ne comporte pas moins de
cent trente et un ouvrages authentiques ; son célèbre *al-Qânûn fî ṭ-
ṭibb* ou *Canon de la médecine** et son *Kitâb al-Burhân**, commen-
taires des *Seconds analytiques* d'Aristote, sont cités dans le récit.

Ibn Zâ'ida : cf. Ma'n.

Ibn az-Zubayr : cf. 'Abd Allâh b. az-Zubayr.

Ibrâhîm b. Adham b. Manṣûr al-'Ijlî : soufi, né à Bactres* en 730, mort
en 777, célèbre pour son ascétisme, sa bonté et son abnégation ; la
légende lui prête une rencontre avec le prophète immortel al-
Khiḍr*.

Iqlîm : climat ; terme désignant une zone s'étendant, en longitude,
d'une extrémité à l'autre du monde habité, et comprise, en latitude,
entre deux parallèles ; la tradition fixe à sept le nombre des climats.

'Irâk et Shibâk : le premier terme désigne une prise qui permet à un
lutteur de renverser son adversaire ; le second désigne l'empoigne de
deux lutteurs ou le fait de prendre les jambes de son adversaire
comme dans un filet.

'Isḥâq b. Ibrâhîm al-Mawṣilî (757-850) : le plus grand instrumentiste et
compositeur de son époque ; partisan des modes anciens, il mit en

musique de nombreux poèmes classiques; auteur de nombreux ouvrages traitant de la composition et des musiciens.

J

Ja'far b. Yaḥyâ al-Barmakî (le Barmécide) : membre d'une grande famille iranienne de secrétaires et vizirs des premiers califes abbassides*; son père Yaḥyâ fut appelé au vizirat par Hârûn ar-Rashîd* et occupa cette responsabilité de 786 à 803; Ja'far fut chargé de plusieurs fonctions et nommé tuteur du prince héritier al-Ma'mûn* : il fut exécuté sur l'ordre du calife en 803 lorsque sa famille tomba en disgrâce; il est entré lui aussi dans la légende des *Mille et Une Nuits*.

Jamîl (b. 'Abd Allâh al-'Udhrî, 660-701) : poète arabe qui consacra ses vers les plus beaux à chanter son amour malheureux et idéalisé pour Buthayna*, mariée de force par ses parents à un autre homme; il a fondé une tradition vivace de la passion chaste en poésie arabe *(al-ḥubb al-'udhrî)*.

Jayḥûn : en iranien l'Amû Daryâ, en grec l'Oxus, fleuve qui se jette dans la mer d'Aral et à l'est duquel s'étend la Transoxiane.

al-Jazîra : terme désignant fondamentalement une île et secondairement une presqu'île ou une péninsule, par exemple la péninsule arabique; il s'agit ici d'une ville dont les fortifications l'isolent comme une île.

Jubba : robe de soie, de coton, de drap, de laine blanche ou de laine grossière, plus ou moins longue selon les pays, à manches longues ou courtes, pouvant servir de vêtement de dessus ou de dessous, portée dans tout le monde arabe aussi bien par les hommes que par les femmes; pour ces dernières elle est en drap, en velours ou en soie et, en général, longue; ce mot arabe a donné jupe et jupon en français, et se retrouve en espagnol, en portugais et en italien.

K

Ka'ba : sanctuaire le plus fameux de l'islam, situé au centre de la cour de la Grande Mosquée de La Mekke; c'est vers lui que prient les musulmans du monde entier et autour de lui qu'on effectue les circuits rituels du pèlerinage.

al-Karj : probablement le pays de Kertch en Crimée, ou peut-être la Géorgie (Kurj, Gurj).

Kawthar : nom d'un fleuve — ou d'une vasque — du paradis qui fut montré et promis au Prophète lors de son ascension nocturne. On décrit ses eaux comme plus blanches que la neige et plus douces que le miel.

Khâlid b. Ṣafwân (?-752) : transmetteur de traditions historiques, de poésies et de discours mémorables, renommé pour son éloquence et ses talents d'improvisateur ; a laissé de nombreux aphorismes et aussi une solide réputation d'avare.

al-Khiḍr ou al-Khaḍir : nom d'une figure populaire qui occupe une place importante dans les légendes, tout à la fois ange, prophète, saint et homme ; l'air, la mer, la terre sont soumis à son commandement ; il se rend invisible, s'élève dans les cieux, parle toutes les langues du monde et jouit de l'immortalité.

Khilâṭ ou Akhlâṭ : ville et citadelle à l'angle nord-ouest du lac de Van ; actuellement en Arménie au nord-nord-est de Mossoul.

Khitây : peuplade turque qui envahit la Transoxiane sous le règne de Sinjâr* qui leur livra une rude bataille en 1141.

Khurâsân : aujourd'hui province de l'extrême nord-est de la Perse avec Mashhad comme chef-lieu ; à l'époque islamique, ce nom désignait une région beaucoup plus vaste qui englobait une partie des territoires de l'actuelle Asie centrale soviétique et de l'Afghanistan ; en fait, l'usage était de désigner par ce nom toutes les contrées situées à l'est de la Perse occidentale jusqu'à la vallée de l'Indus et au Sind*.

Khuzâ'iyya : femme originaire de l'ancienne tribu arabe des Khuzâ'a qui prit possession du sanctuaire de La Mekke et devint la gardienne de la Ka'ba*.

Khwârizm : région située au sud de la mer d'Aral.

Kûfiyya : fichu carré de coton ou de soie qu'on porte sur la tête ou autour du cou ; dans *Les Mille et Une Nuits*, il est porté par les femmes ; il est en usage dans la langue française depuis que, à motifs noirs ou rouges sur fond blanc, il est devenu la marque symbolique du vêtement palestinien.

Kuthayyir (660-723) : poète de l'époque umayyade* dont l'œuvre se situe dans la tradition de celle de Jamîl* ; il conçut une vive passion pour 'Azza* que l'on maria à un autre homme ; cette inspiration de l'amour brisé convient tout particulièrement aux thèmes souvent développés par les amants des *Mille et Une Nuits*.

L

Lithâm : pièce d'étoffe dont on se couvre le bas du visage.

Luqmân : héros et sage légendaire de l'Arabie anté-islamique cité dans le Coran ; on lui prête une longévité exceptionnelle ; on lui attribue des fables qui peuvent le faire rapprocher d'Esope ; les recueils de proverbes arabes le citent abondamment.

M

Madyan : dite Madyan Shu'ayb, ville du nord-ouest de l'Arabie sur la route du pèlerinage de Syrie à La Mekke ; ce nom est en rapport avec celui des Madianites de l'Ancien Testament ; la ville était réputée pour ses sources et ses jardins ; c'est là que Moïse serait venu abreuver les troupeaux de Shu'ayb, son beau-père, le Jéthro de la Bible (Coran XX/42 et XXVIII/21 et 24).

Mage : en arabe *majûs* ; désigne les zoroastriens, adorateurs du feu, qui, après la conquête musulmane, furent contraints de payer tribut.

Majnûn : il s'agit du poète amoureux de Layla, *cf.* Qays b. al-Mulawwaḥ.

Mâlik b. Anas (715-795) : jurisconsulte sunnite* de Médine, auteur du premier traité du droit musulman : *al-Muwaṭṭa* ; fondateur de l'école malikite d'interprétation pour laquelle l'opinion personnelle et le raisonnement par analogie tiennent une place prépondérante ; doctrine pratiquée aujourd'hui au Maghreb, au Soudan et sur la côte orientale de la péninsule arabique.

Mâlik b. Dînâr (Abû Yaḥyâ) : sermonnaire et moraliste de Bassora qui mena une vie ascétique ; renommé pour son éloquence ; on lui attribue de nombreux préceptes de conduite ; il mourut de la peste en 744 ou 758.

al-Ma'mûn (Abû l-'Abbâs 'Abd Allâh b. Hârûn ar-Rashîd) : septième calife abbasside* ; né en 786, il monta sur le trône en 813 après être venu à bout de son frère al-Amîn ; il favorisa la traduction en arabe d'ouvrages, écrits en grec ou en syriaque, de philosophie, d'astronomie, de mathématiques et fonda en 832 à Bagdad le *Bayt al-Ḥikma* ou « Maison de la sagesse », institution scientifique dont l'influence fut décisive pour l'élaboration d'une culture arabo-islamique intégrant les apports des divers peuples de l'Orient ; il proclama en 827 le mutazilisme* doctrine officielle d'un empire fortement rassemblé ; il relança la guerre contre Byzance en 830 et mourut en 833 ; on le compare à 'Abd al-Malik b. Marwân* dont le règne marqua aussi un tournant politique et culturel.

Ma'n b. Zâ'ida (Abû l-Walîd) : homme de guerre et administrateur qui servit les Umayyades* puis les Abbassides* qu'il avait d'abord combattus ; gouverneur du Yémen, il fut ensuite envoyé au Sîstân où il trouva la mort au combat en 769 ; la tradition littéraire trace de lui le portrait d'un guerrier mais aussi d'un mécène d'une extrême générosité qui protégea les poètes.

al-Mansûr (Abû Ja'far 'Abd Allâh) : deuxième calife abbasside*, né vers 709, qui régna de 754 à 775 ; il contribua d'une manière décisive à la création d'un empire centralisé ; il est le fondateur de Bagdad qui commença de se construire en 762 ; on le tient pour un politicien de génie.

Mârût : voir Hârût.

Marwân Ier (b. al-Ḥakam) : premier calife de la branche marwanide de la dynastie umayyade* ; il régna plusieurs mois en 684-685 ; secrétaire du calife 'Uthmân*, il avait une profonde connaissance du Coran, mais se rallia à 'Alî* et occupa les postes de gouverneur de Bahrein et de Médine avant d'accéder au califat

Mashraf : sabre fabriqué dans le Ḥawrân, région de la Syrie méridionale.

Maslama b. 'Abd al-Malik b. Marwân : fils du calife umayyade* 'Abd al-Malik* ; l'un des plus grands généraux de son époque à qui le siège de Constantinople de 716 à 718 valut sa grande renommée ; il dirigea de nombreuses campagnes contre les Byzantins et conquit Amorium en 708 ; en 726 il prit Césarée* de Cappadoce ; il mourut en 738.

Masrûr : porte-glaive africain du calife abbasside* Hârûn ar-Rashîd* auquel il servait de garde du corps et d'exécuteur des sentences.

Mayyâfâriqîn : ville située à 70 km au nord-est de Diyâr Bakr* et à 40 km au nord du Tigre ; c'est l'ancienne Martyropolis où furent rapportées les dépouilles des martyrs chrétiens tombés en Perse ; aujourd'hui Silvan.

Miṣr : nom arabe de l'Égypte, désigne ici Le Caire.

Mithqâl : monnaie dont le poids équivaut à 3/7e de celui du dirham d'argent, unité du système monétaire arabe depuis le début de l'islam jusqu'à l'époque mongole ; le poids du dirham est de 2,97 grammes, soit les 7/10e de celui du dinar qui est de 4,25 grammes d'or ; le dinar valait en principe entre 10 et 12 dirhams, mais il a valu à certaines époques 15, 20, 30 et même 50 dirhams.

Mu'âwiya b. Abî Sufyân : fondateur de la dynastie des Umayyades* dont il fut le premier calife à Damas de 661 à 680 après avoir arraché le pouvoir au calife 'Alî* et à ses partisans les chiites.

Muḥammad b. 'Abd Allâh : descendant d'al-Ḥasan*, fils du calife 'Alî* et de Fâṭima*, mort au combat en 762, sous le règne d'al-Manṣûr*, en revendiquant ses droits au califat ; il a laissé une réputation de sainteté qui lui a valu le surnom d'*an-Nafs az-Zakîya*, « l'âme pure ».

Muqaṭṭam : Le Caire, *al-Qâhira* en arabe, est bâti sur les deux rives du Nil à l'endroit où la colline du Muqaṭṭam descend presque jusqu'au fleuve.

al-Mutawakkil (822-861) : dixième calife abbasside* qui régna de 847 à 861 ; cultivé et raffiné, il aimait à s'entourer de savants, de poètes et de musiciennes ; son action politique fut des plus vigoureuses ; il mit fin à vingt ans d'hégémonie doctrinale du mutazilisme*, s'attaqua également aux chiites et restaura le sunnisme* en s'appuyant sur le petit peuple ; il fut assassiné à l'instigation de son propre fils, et son meurtre inaugura une longue période d'instabilité califale.

Mutazilisme : de l'arabe *al-Mu'tazila*, membres d'une des sectes les plus importantes de l'islam qui a fondé la première école de théologie spéculative ; sa doctrine a marqué profondément la pensée religieuse et philosophique musulmane et a encore inspiré plusieurs penseurs réformistes du XIXᵉ et du XXᵉ siècle.

al-Muzanî (Abû Isḥâq Ibrâhîm, ?-877) : juriste de l'école d'ash-Shâfi'î*, auteur d'un épitomé de droit musulman très connu : *al-Mukhtaṣar* ; réputé pour son érudition et son austérité.

N

Nahr 'Îsâ (Rivière de Jésus) : rivière qui se jette dans le Tigre à Bagdad.

Najd : plateau au centre de l'Arabie qui se termine à l'ouest par des escarpements dominant des plaines sableuses ; l'altitude (jusqu'à 1 800 m) et les pluies favorisent les pâturages et les oasis ; c'est dans l'une d'entre elles, Riyad, que l'Arabie Saoudite a installé sa capitale.

Najrân : ville du sud de l'Arabie à proximité de la frontière avec le Yémen qui abritait lors de la prédication du Prophète une communauté chrétienne importante.

Nûrîn : entre Bactres* et Samarcande, ce toponyme reste obscur ; peut-être faut-il lire Nûdiz, ou plus simplement Nûr, toutes deux localités de Transoxiane.

P

Parasange : en arabe *farsakh* ; mesure de distance persane fondée sur une notion de temps : c'est le mille de marche qui représentait une distance de 5 240 mètres pour les cavaliers et de 4 000 mètres pour les fantassins ; les Arabes le fixèrent à 5 985 mètres ; dans l'Iran moderne il a une longueur de 6 km.

Q

Qâf : dans la cosmologie musulmane, nom de la montagne mythique entourant le monde terrestre ; elle passe pour la chaîne-mère de tous les monts ; marque la limite de l'au-delà ; elle est faite d'émeraude verte dont le ciel renvoie l'éclat ; elle est le repère du griffon fabuleux Sîmurgh.

Qaḥṭân : ancêtre des peuples de l'Arabie du Sud, appelé « Père de tout le Yémen », tandis que 'Adnân* est l'ancêtre des Arabes du Nord ; la confédération tribale des Qaḥṭân comprend le groupe des Ḥimyar et celui des Kahlân.

Qays (al-Khatîm) : poète de Médine, contemporain du Prophète, qui consacra sa poésie à célébrer la tribu des Aws et à chanter l'amour ; ses récits de combat et ses portraits d'amantes sont célèbres ; très courageux, il tira vengeance du meurtre de son père et de son grand-père, ce qui créa sa légende ; il fut assassiné quelques années avant l'Hégire.

Qays b. al-Mulawwaḥ : poète semi-légendaire plus connu sous le nom de Majnûn* Layla, le fou de Layla, qui mourut d'amour pour une jeune fille des Banû 'Âmir* dont la main lui avait été refusée.

Qibla : direction de la Ka'ba* à La Mekke vers laquelle doivent s'orienter obligatoirement les musulmans pour procéder aux prières rituelles.

R

ar-Rabî' b. Khutaym al-Murâdî (?-883) : l'un des grands dévôts (*'ubbâd*) de Koufa.

Raḍwâ : chaîne de montagnes située à la corne sud-ouest de la péninsule arabique, à un jour de marche du port de Yanbû'.

ar-Raḥba : vestige d'une ville forteresse dite : Raḥbat Mâlik b. Ṭawq, fondée sous le septième calife abbasside* al-Ma'mûn* (813-833), près de l'Euphrate entre la Syrie et l'Irak.

Riḍwân : ange gardien des portes du paradis.

Rûm : nom donné par les Arabes aux chrétiens de Byzance d'après la nouvelle Rome, Constantinople.

S et Ṣ

Sa'îd b. Jubayr : pieux musulman, lecteur du Coran qui se réfugia en Arabie après l'échec d'un soulèvement auquel il avait été mêlé en Irak ; il fut arrêté par le gouverneur de La Mekke Khâlid b. 'Abd Allâh al-Qasrî sous le califat de 'Abd al-Malik b. Marwân Ier* ou sous celui de Sulaymân b. 'Abd al-Malik*.

Ṣâliḥ : prophète arabe envoyé à la tribu rebelle des Thamûd* dont les membres l'accusèrent d'imposture (Coran XI/64 et suiv., XXVI/142 et suiv., XLI/16, XCI/13, etc.).

Saljukides : dynastie turque originaire des steppes du nord de la Caspienne et de la mer d'Aral, convertie à l'islam vers la fin du xe siècle ; les Saljukides s'installèrent en Transoxiane puis au Khurâsân* ; ils régnèrent de 1038 à 1057 sur l'Irak et la Perse, tout en maintenant le califat abbasside* sous leur protection et, jusqu'en 1194, sur l'Irak et la Perse occidentale seulement ; une branche tint la Syrie de 1078 à 1117 et une autre le Kirmân de 1041 à 1186.

Salsabil : nom d'un des fleuves du paradis.

Samandûr : ancien port indien près de Bombay qui a donné son nom au « bois d'aloès », expression fautive par laquelle on désigne en réalité le bois d'agalloche ou bois d'aigle employé comme encens à cause de sa résine.

Samhar : célèbre manufacturier de lances connues pour leur élégance, leur légèreté et leur solidité.

Sassanide : dynastie persane qui succède aux Parthes en 224 et constitue un immense empire jusqu'à l'arrivée de l'islam au viie siècle ; cf. Ardashîr et Chosroès.

Sayhûn : c'est le Iaxarte ou Sir Darya, fleuve d'Asie centrale qui se jette dans la mer d'Aral.

Shaddâd : roi de la tribu des 'Âd* auquel la légende prête la construction de la ville mythique d'Iram aux colonnes.

ash-Shâfi'î (Abû 'Abd Allâh Muhammad b. Idrîs, 767-820) : fondateur de l'une des quatre écoles d'interprétation de l'islam sunnite*, l'école shafiite, encore actuellement à l'honneur en Afrique orientale, en Indonésie et dans certaines régions d'Arabie.

Shaqîq al-Balkhî : soufi contemporain de Mûsâ b. Ja'far (745-799), septième des imams chiites.

ash-Sharâ : pays du mont Salma en Arabie, au nord-ouest du Hedjaz, réputé pour avoir été abondant en lions.

Shibâk : cf. 'Irâk.

Sind : basse vallée et delta de l'Indus.

Sinjâr (Mu'izz ad-Dîn) : l'un des plus grands souverains saljukides* qui régna de 1118 à 1157.

Sufyân ath-Thawrî (b. Sa'îd, 716-778) : célèbre théologien, traditionniste et ascète originaire de Koufa ; c'est une figure exceptionnelle de théologien marchand, rebelle à tout pouvoir, qui passa sa vie à échapper aux recherches ordonnées par les Abbassides*, allant de Koufa au Yémen, et de La Mekke à Bassora ; il avait un savoir extraordinairement étendu et jouissait d'une autorité immense ; c'est un sunnite* rigoureusement orthodoxe et un ascète considéré comme un précurseur des soufis ; il est l'auteur de plusieurs ouvrages de droit et son école juridique eut des adeptes jusqu'au xe siècle ; il mourut à Bassora et une masse de traits légendaires s'introduisirent dans sa biographie.

Suhâ : nom d'une étoile très obscure dans la constellation de la Petite Ourse.

Sulaymân b. 'Abd al-Malik : septième calife umayyade* qui régna de 715 à 717.

Sunna : la *Sunna* désigne l'ensemble des pratiques et des enseignements du Prophète dont il convient de suivre la voie; elle est transmise sous forme de récits et d'informations qui portent le nom de *hadîth** et de *khabar*; les sunnites ont reçu leur nom pour leur stricte attachement à la *Sunna* du Prophète alors que les chiites font obédience à 'Alî*; le sunnisme compte quatre grandes écoles d'interprétation : *cf.* Abû Hanifa, Ahmad b. Hanbal, Mâlik b. Anas et ash-Shâfi'î.

T et Ṭ

Ṭâb U Daqq : sorte de jeu de dames qui se joue sur un damier rectangulaire divisé en quatre rangées de vingt et une cases chacune; les deux joueurs disposent de vingt et un pions, les uns blancs, les autres noirs; ils lancent vers une tige de fer fichée dans le sol ou sur une bouteille vide placée debout quatre roseaux taillés dont l'un des côtés a été noirci; ces roseaux jouent le rôle des dés dans le trictrac; le joueur lance ses roseaux; s'il réussit à en retourner trois du côté blanc et un du côté noir, il fait *ṭâb* et avance un pion d'une case; si le joueur en retourne deux du côté noir et deux du côté blanc, il fait *daqq thnîn* et avance un pion de deux cases; s'il en retourne trois noirs et un blanc, il fait *daqq thlât* et avance de trois cases; quatre roseaux noirs lui permettent de gagner quatre cases et quatre blancs six cases.

Tadhkîra : il s'agit de l'ouvrage *Tadhkirat al-Kahhâlîn* de l'ophtalmologiste arabe chrétien 'Alî b. 'Îsâ qui vécut dans la première moitié du xie siècle; son *Mémoire pour les oculistes* est une analyse très détaillée qui traite de l'anatomie de l'œil, de ses maladies externes et internes et de leurs traitements.

Ṭâghût : dans un sens général, divinité adorée par les idolâtres; en particulier, idoles auxquelles les Arabes rendaient un culte à La Mekke avant la prédication musulmane; ce terme s'est généralisé et a fini par désigner un démon, un sorcier, tout homme méchant; il a été appliqué aux juifs et chrétiens rebelles à la religion musulmane.

Tamîm : *cf.* Banû Tamîm.

Tasnîm : nom d'une source au paradis et du nectar que les Bienheureux y boivent.

Ṭawâf : ronde faite sept fois en marchant ou en courant autour de la

Ka'ba* à partir de l'angle où est fixée la Pierre noire ; ce rite est pré-islamique et se rencontre chez les israélites, les Persans, les Hindous, les bouddhistes ; c'est un des hauts moments du pèlerinage musulman.

Tawakkul : fait de s'en remettre à Dieu considéré comme le Pourvoyeur unique.

Tha'laba : *cf.* Banû Tha'laba.

Thamûd : tribu arabe rebelle qui refusa d'écouter le prophète Şâliḥ* et que Dieu détruisit.

U et 'U

Uḥud : défaite infligée au Prophète en mars 625 par une armée mekkoise sur la colline d'Uḥud aux portes de Médine.

'Umar b. 'Abd al-'Azîz : huitième calife umayyade* qui régna de 717 à 720 ; il était marié à une fille du calife 'Umar b. al-Khaṭṭâb* comme il est fait allusion dans le texte ; il abolit la pratique de maudire la mémoire du calife 'Alî* du haut des chaires ; très pieux, il fut le seul à ne pas avoir été taxé d'impiété par les Abbassides* et sa tombe ne fut pas profanée.

'Umar b. al-Khaṭṭâb (581-644) : deuxième successeur du Prophète à la tête de la communauté islamique qui joua un rôle déterminant dans l'expansion de l'islam et dans l'organisation de l'état musulman ; de 636 à 642 il remporte des victoires décisives contre les Byzantins, les Perses et les Égyptiens ; il meurt assassiné à Médine en 644 ; l'homme semble avoir laissé autant de souvenirs que le chef d'état pour son sens de la justice, de l'égalité et de la rigueur morale.

Umayyades : première dynastie arabe venue au pouvoir en 660 après le règne des quatre premiers successeurs du Prophète ; c'est sous elle que sont atteintes les limites de l'expansion arabo-musulmane ; elle fut fondée par Mu'âwiya*, l'un des notables de la tribu mekkoise des Quraysh qui était celle du Prophète ; elle prit pour capitale Damas ; en 749 une révolte, partie du Khurâsân*, vint à bout de la dynastie, renversa Marwân II, le dernier des califes umayyades en 750 et installa au pouvoir les Abbassides* ; l'un de ses survivants parvint à s'emparer de l'Espagne en 756.

'Uthmân (b. 'Affân) : troisième successeur du Prophète, mort assassiné en 656 par des opposants partisans de 'Alî* ; il fit procéder à la recension du Coran.

W

al-Walîd (b. 'Abd al-Malik, 675-715) : sixième calife umayyade* qui succède à son père de 705 à 715 ; souverain autoritaire et croyant fervent, il fait construire la grande mosquée de Damas, s'empare à l'est de Samarcande et du Sind*, à l'ouest de l'Espagne.

Y

Yazîd Ier (fils du calife Mu'âwiya, ?-683) : il succéda à son père de 680 à 683 ; ses troupes livrèrent combat à celles d'al-Ḥusayn, fils du calife 'Alî*, qui trouva la mort près de Karbalâ' où l'on célèbre encore aujourd'hui son martyre ; il eut à lutter contre le soulèvement à La Mekke de 'Abd Allâh b. az-Zubayr*.

Yazîd II (fils du calife 'Abd al-Malik) : neuvième calife umayyade* de 720 à 724 ; jeune, faible et tout entier livré aux plaisirs, il servit particulièrement de cible aux adversaires de la dynastie.

Yusûf b. 'Umar ath-Thaqafî : gouverneur de l'Irak qui réprima en 740 la révolte des chiites de Koufa sous le règne de Hishâm*, dixième calife umayyade*.

Z

Zakât : aumône légale, contribution, en nature ou en espèces, destinée à alimenter un fonds de bienfaisance ou d'intérêt public ; les fondamentalistes réclament aujourd'hui son rétablissement pour imposer le revenu et même certaines catégories de capital.

Zaqqûm : arbre de l'enfer dont les fruits amers sont promis aux pécheurs.

Zayd b. Aslam . esclave affranchi du calife 'Umar b. al-Khaṭṭâb*.

Zemzem : puits sacré creusé à l'intérieur de l'enceinte de la Grande Mosquée ou *al-Masjid al-Ḥarâm ;* on explique ainsi son existence : Agar et son fils Ismaël sont abandonnés à La Mekke par Abraham qui doit revenir près de Sarah ; Agar va et vient entre les deux collines d'aṣ-Ṣafâ et d'al-Marwa, tandis que son fils gratte le sable et fait jaillir l'eau de Zemzem ; mère et fils sont enterrés à l'intérieur du périmètre sacré, collines et eau du puits prennent place dans le rituel du pèlerinage islamique.

Ziyâd b. Abîhi (?-676) : Ziyâd « Fils de son père » par allusion à sa naissance de père inconnu ; gouverneur de l'Irak pour le compte de Mu'âwiya* ; il s'acquitta de ses fonctions avec une extrême rigueur.

Zubayda (bint Ja'far, 762-831) : petite-fille du calife abbasside* al-
   Manṣûr* ; elle épousa en 781 le calife Hârûn ar-Rashîd* ; elle était
   connue pour son goût du faste et son immense générosité.
az-Zuhrî (Ibn Shihâb, ?-742) : traditionniste et jurisconsulte de la tribu
   des Quraysh (celle du Prophète) qui connut et fréquenta plusieurs
   des compagnons de Muḥammad ; fut grand cadi de Syrie sous les
   califes 'Abd al-Malik* et Yazîd II*.

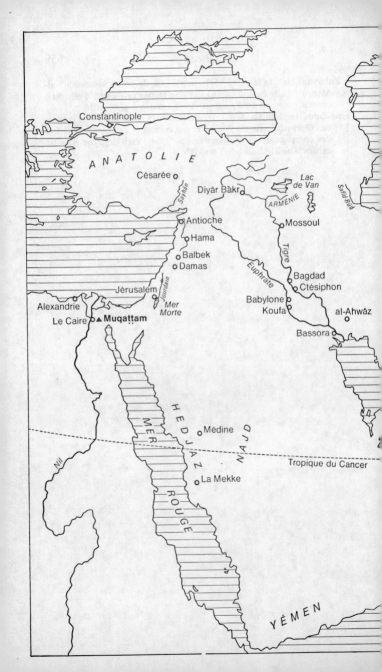

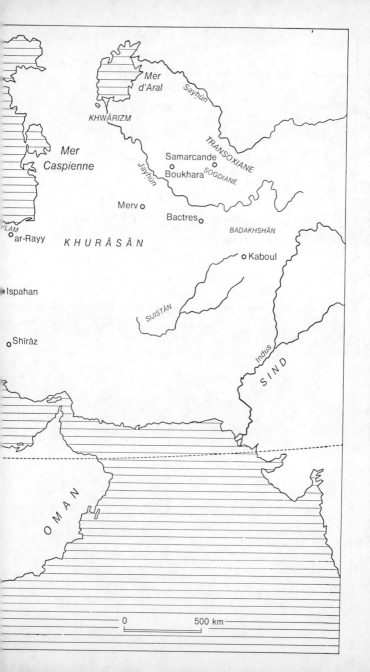

DANS LA MÊME COLLECTION

LES MILLE ET UNE NUITS, contes choisis, **I**. *Édition présentée, établie et traduite par Jamel Eddine Bencheikh et André Miquel, avec la collaboration de Touhami Bencheikh.*

COLLECTION FOLIO

Impression Bussière Camedan Imprimeries
à Saint-Amand (Cher),
le 2 février 2001.
Dépôt légal : février 2001.
1er dépôt légal dans la collection : avril 1991.
Numéro d'imprimeur : 010656/1.
ISBN 2-07-038400-4./Imprimé en France